BENXIANG XIANCHANG

奔向现场

——一位媒体人的行与思

贠瑞虎 著

中国海洋大学出版社
·青岛·

图书在版编目(CIP)数据

奔向现场：一位媒体人的行与思 / 贠瑞虎著. —
青岛：中国海洋大学出版社，2021.4
ISBN 978-7-5670-2696-4

Ⅰ.①奔… Ⅱ.①贠… Ⅲ.①新闻—作品集—中国—当代 Ⅳ.①I253.3

中国版本图书馆 CIP 数据核字(2020)第 255551 号

出版发行 中国海洋大学出版社
社　　址 青岛市香港东路 23 号　　邮政编码 266071
出 版 人 杨立敏
网　　址 http://pub.ouc.edu.cn
电子信箱 cbsebs@ouc.edu.cn
订购电话 0532—82032573(传真)
责任编辑 孙宇菲　　电　　话 0532—85902469
印　　制 青岛国彩印刷股份有限公司
版　　次 2021 年 4 月第 1 版
印　　次 2021 年 4 月第 1 次印刷
成品尺寸 170 mm×240 mm
印　　张 28
字　　数 500 千
印　　数 1～1000
定　　价 69.00 元

目　录

乡村见闻

企业纪事

热点聚焦

行业观察

县域·城市

专题·特稿

省外采风

业务论文

附录

乡村见闻

穷是真穷　贫穷中仍然有希望
干是真干　乡干部包村夜不归

——访贫札记之一

编者的话　改革开放以来，山东省扶贫开发取得巨大成就。14个贫困县脱贫，贫困人口由1984年的760万人减少到1996年的100万人，但是，我们必须清醒地看到，余下的这100万贫困人口大多集中在自然条件恶劣的滩区、库区、山区，脱贫难度大。省委、省政府确定，利用今明两年的时间，基本解决这100万农村贫困人口（其中有31.8万特困人口）的温饱问题。目前，全省上下正在加大力度扶贫。

扶贫攻坚还有哪些难点？还需要解决什么问题？1997年3月底到4月初，记者前往莘县的马西沙荒区、庆云县的苦水区、阳信县的盐碱涝洼区和沂源县的库区、深山区采访。两位记者行程千余里，进村入户摸实情，既为一些地方群众的贫困状况、生存环境的恶劣程度所震惊，也为贫困地区干部群众那种不甘贫困、苦干实干的精神所感动。从今天起，陆续发表两位记者采写的5篇报道，希望引起全社会对贫困地区的进一步关心，充分认识扶贫攻坚的难度，进而采取更加得力的措施，切实打好扶贫攻坚战。

莘县6个贫困乡镇都处在马颊河西岸。这里土地沙化不蓄水，地势高引不上水，水位太深打不出水，小麦亩产只有一两百斤。

魏庄乡是6个贫困乡镇之一。3月26日，我们访问了这个乡的西江店村。站在街上，满眼是土院墙，土坯房，家家都一个样，不见砖瓦房。推开一家的栅栏门，得知户主叫刘海山，全家住两间半土坯房。屋里只有一张旧方桌，两张旧床。床上的被褥还是主人20年前结婚时置办的，已露出棉絮，这便是他们的全部家当了。案板上摆着半碗咸菜丝，锅里热着窝窝头，下面是棒子面稀粥。刘海山夫妇拉巴着3个孩子：大的是女孩，上到小学二年级便停了学；小的也是女孩，8周岁了还没入学；唯老二是男孩，上小学五年级。刘海山说，俺家粮食不够吃，舍不得卖，多种点花生卖，好歹把儿子供出来。问他有存款么，刘海山苦笑着说："俺长这么大，连存折是什么样子都没见过。"

访问第二家只见到一个老太婆。老太婆跟羊住在一间屋。院里的锅台上是刚和好的黄面团，小面缸倒是满满的。据老太婆说，她姓郝，面缸里的面是春节前李春亭省长送来的，没舍得吃。她说："我是老党员，1955 年入的党，每月还能领点补助。村里有好多人吃的不如俺。"随后赶来的村支书闫怀增告诉我们："这两户在村里算中等水平。"

第三家叫裴宝全，58 岁，5 个孩子，挤一间房，没法住，索性把 3 个大的送给亲戚养。裴宝全说，俺也不知道这房子是祖上哪一代盖的。留在家的两个孩子一个上小学，一个还有癫痫病。我们进屋一看，窗户连片纸都没糊，据说冬天也是这么挺过来的。炕上铺着麦草，一床被子已分不出里表。瓮里大约还有 15 公斤麦子。门背后有个咸菜缸，揭开盖，一层白毛毛，满屋顿时充满霉味。裴宝全的妻子说："没舍得多放盐，菜就腌成这样了。"问还能不能吃，裴妻说："不吃这个吃什么？"村支书说："这是全村比较困难的一户。春节时乡里救济了 20 元钱，也没舍得割肉，买了两棵大白菜就把年给打发了。"我们不觉眼圈一热，顺手塞给裴宝全 60 元钱，他两口子掉了泪，我们的泪也下来了。

西江店人一辈辈受穷，他们把希望寄托在下一代身上。村里正在建一所新学校。所谓新，只不过是砖瓦房，得花 20 万元。村支书说："不建没法子。村里 270 个孩子，挤在几间危房，4 个孩子一张课桌。不能耽搁孩子们。我们七拼八凑凑了 2 万元，还欠建筑队 18 万元没着落，就指望今年的香瓜大棚了。"

我们到村里的大棚转了转，香瓜小的有拳头大，大的两个巴掌都拢不住，再有一二十天就能卖钱了。村支书说："村民手里没有钱，400 多个大棚所用的物资都是乡里垫的。像裴宝全这样的特困户，连大棚底肥都是乡上给买的。"村里请来了技术员，每天都要到大棚里指导。一户户村民，像抚育孩子那样，精心侍弄着这些宝贝蛋蛋。大家把希望都寄托在大棚上了。

晚上 7 点，我们在乡政府见到乡党委书记宋军，他正急得团团转：几个村的大棚香瓜得了蔓藤病，传染很快。当天晚上，我们就跟着他匆匆去了魏庄村。村民听说宋书记来讲课，刚拉完草苫子，晚饭还没来得及吃就赶来了。宋军在路灯下举着得病的瓜藤比画着，讲蔓藤病的症状、用什么药、药涂到什么程度、怎么防治，蛮像个专家。他还告诉大家，乡里又签了几份销瓜合同。离开魏庄村已是 9 点多了，宋军又坐着他那辆破吉普车去了尚二庄村。

这天夜里，我们就宿在乡政府，住的是两位党委副书记的办公室兼宿舍。床铺已好几天没人睡了，办公桌上的灰尘手指一划一道痕。乡政府秘书崔书国说，他们都去包村了。接着便给我们拉起乡里的现状：全乡 19 个行政村，去年农民人均纯收入只有 654 元，有 6 个特困村人均收入不足 500 元。村干部有一半没电视机。去年春节全乡有 460 户吃不上饺子。这里很难考出个学生去……

崔秘书说，这里的土质种粮不行，但种瓜却很甜。乡里就把脱贫的宝押到了洋香瓜上。建大棚得花钱，村里穷，乡里也不富，一辆吉普车坐了四届乡干部，换了四次轮胎，勉强能跑就是了。去年县里给了25万元棉花奖金，本想换辆新车，但看到特困户种洋香瓜买不起底肥，就全垫进去了。全乡一下子建了4776个香瓜大棚，投资2700万元，有一半以上是跑上跑下贷的，还有500万元的物料款至今仍然赊着。这一招市场风险不小，但为使农民尽快脱贫，这种风险值得一冒！

房间里很冷。我们躺在床上怎么也睡不着，白天看到的那些事儿在脑子里不住地翻腾。深夜一点，听见一阵吉普车声，知道宋军他们刚刚回到乡政府。第二天凌晨5点，我们还在梦中，就被宋军沙哑的点名声吵醒了。急忙穿衣起床，来到院中一看，宋军的破吉普和乡干部的自行车已出了乡政府大门，他们又下村了。

（《大众日报》1997年5月4日1版，本系列合作者：张天卫）

苦水区苦在水上 “盼水妈”还在盼水

——访贫札记之二

因为这里历史上就缺水，老百姓把这一带称为南北十八苦村，冲着这个“苦”字，记者来到其所在地庆云县东北部的严务镇。

苦水区苦在水上。由于海水入侵，严务镇好多村水咸地碱，种地没个好收成。就连吃水也很难，当地百姓多是在村边的洼地里挖个窝子，渗点咸水喝。早晨打水起得晚点，洼窝里也就只剩黄泥汤了。谁家想喝点甜水，得到几公里外去买。

老百姓吃苦水的日子不知何时是个头，可穷苦的日子还得一天天地熬。按常理，孩子大了就要娶媳妇，娶媳妇就得盖新房。然而，这对于连水都喝不上的穷百姓来说，无疑是难上加难。

3 月 30 日，一个春暖花开的日子，记者到严务镇的特困村关家村采访。高一脚低一脚地转遍全村，映入眼帘的全是些土坯、土墙、土房，似有春风不度之感。村里也有一家正在建新房，上前一问，户主叫张同宾，今年 69 岁，房子是为小儿子建的。所谓新房也是土屋，建在老土屋的后面。三间低矮的旧屋，北墙已倾斜，南墙裂了缝，用几根柱子顶着。张老汉说：“俺老两口住在里面不要紧，塌就塌了，孩子可该说媳妇了，好歹得盖处房吧。我们这里土碱水苦，地里长不出几根毛，又没有别的收入，大儿子盖房娶媳妇欠的 30 袋麦子，到去年才还了 10 袋，这次又得拉新账。”说到这里，老汉长叹一声：“唉，这些债恐怕我到死也还不清啦！”从田里赶回来的村会计刘保瑞告诉我们，老汉在村里当过 32 年的生产队长，1947 年参军，参加过淮海战役，鏖战过吴淞口。老人饱经风霜的脸上，饱含着对贫困生活的无奈和对前景的憧憬。老两口再三挽留我们吃了饭再走。因为建房子要招待帮工的，他家今天特意借了面，蒸了一锅萝卜馅的大包子，这在当地算是上等的饭食了。我们怎忍心去吃，这是老人家从牙缝里挤出来的呀！

告别了张老汉，我们又走访了另一个贫困户。主人下地去了，只有老人和孩子在家。给我们领路的村会计介绍说：这个家庭很不幸，母亲 5 年前去世，撇下张苹、张杰、张华 3 个苦命的孩子。父亲累死累活地拉扯着他们，上面还有孩子的奶奶常年卧病在床。我们走进那黑洞洞的屋子，屋里没一件值钱的东西，仅有的一袋麦子，据说还是刚从亲戚家借的。家里唯一可使人感到欣慰的是墙上的 4 张奖状:张苹四年级年终考试第一名,张杰一年级第一名、二年级第一名、三年级第一名。村会计说:“张苹姐弟仨上学,她爸爸实在供不起,打算让张苹今年读完小学就停学。”我们在屋里待了一大会儿,张苹、张杰姐妹俩默默地站在一旁。我们问张苹:“想不想继续上学?”小张苹嘴角抽搐了两下,“嗯”了一声。我们心里沉甸甸的,一阵酸楚,从口袋里拿出 100 元钱和两张名片,塞到张苹手里,抚着她的头叮嘱:“孩子,你和妹妹弟弟一定要把学上下去,交不起学费就给叔叔写信。”小张苹眼泪吧嗒吧嗒地流了下来,依依不舍地送我们出门,默默地跟在身后,走了很远,很远。

苦水区的老百姓一代一代眼巴巴地盼着甜水来。1992 年,时任国务院副总理的田纪云来此看后流了泪,当场拍板拨款 4000 万元,随后县里就组织建起了庆云水库。兴奋不已的南北十八苦村的老百姓,在通往水库的路口立起一块牌匾,上书:“告别千年苦水,迎来万古甘泉。感谢共产党。”

水库建起来了,然而,由于引水配套设施没有建起来,他们却没能和千年苦水告别。我们专程到水库边看了看,水深得一眼看不到底,偌大的水库,死一般静在那里。离水库几华里的关家村,吃甜水还要到远处去买,就连与水库近在咫尺的坡徐村,至今也没能喝上水库的甜水,依然每天到路边的土窝子里舀咸水吃。

到了嘴边的甜水怎么就喝不上?在坡徐村了解的情况让我们大吃一惊:不少群众反映,修水库时村里卖地得了几十万元,没有用于引水,也不知道都派了什么用场,就稀里糊涂地没了。一位老太太告诉我们:“卖地修水库,本想能吃上自来水,不料甜水没喝上,却落了饥荒。来这村几十年,我都成老妈妈了,也不知盼水还要盼到什么年月?”

采访中,记者曾就引水的困难,问过当地不少干部。他们说,庆云的财政,充其量也就是个“吃饭财政”,哪有资金上引水配套工程?我们想,当地缺乏的,岂止是资金?一些单位和部门的钱,是否都用在了老百姓的紧要处,也是一个疑问。别忘了,农民是我们的衣食父母,他们在盼望着,好事可要办到底呀!

(《大众日报》1997 年 5 月 5 日 1 版)

好想法还得好办法　好办法还得有人抓

——访贫札记之三

阳信是有名的鸭梨之乡，众多农民靠种鸭梨发了财。但阳信至今还有 30 个特困村、1.4 万人生活在特困线以下。

3 月 31 日上午，我们来到温店乡东刘村采访。这是一个特困村，人均一亩地，除了重碱地外，好地只有三分半。所谓好地也是只能打一季麦子的洼子，秋庄稼年年涝得颗粒不收。十多天前下了场春雨，不少地块还湿得插不进脚，麦苗已涝得发黄。粮食打得不多，但任务没减，去年夏季每人就交了 120 公斤麦子。秋后每人又交了 130 多元钱。问起种地的收益，一位叫刘洪宾的老农说："算来算去，这盐碱地简直种不出一点利，好多人都想退地，但村里不允许。""您也没想点儿别的法子吗?"站在一旁的张德俊老汉叹了口气："村里男劳力十有八九想外出打工，可现在打工也不容易，今春村里好多外出的人找不到活干，已陆陆续续回来了不少。"

村里人在无奈中做着自己的选择。刘洪宾的儿媳二十七八岁的样子，结婚不过四五年，丈夫长年在外打工。我们问她，你们年纪轻轻的，脑子又活络，在家养些鸡鸭，搞点副业不照样能挣钱？她说："谁不想这样？这些事俺们不是没合计过，可拿什么养？买鸡苗、买饲料、建鸡舍，哪一样不得花钱？丈夫打工挣点儿钱，一年下来还不够买农药化肥交'提留'，哪有闲钱干别的。再说，咱又没有技术，现在鸡瘟厉害得很，一死就是一大片，俺家底子薄，哪能经得起这样的折腾?"

我们在村里又采访了好几户，也没有看到什么致富项目，问及原因，都是怕这怕那、掂量来掂量去，就是下不了决心。许多人有好想法但没有好办法，于是，养鸡喂兔这类在贫困地区最实用最见效的致富门路，也和这些村民绝了缘。老百姓心中致富的火没燃着，有其自身原因，基层干部也不是一点儿没责任。在东刘村，不少群众抱怨，乡村干部除了催粮要钱，很少进群众的门。

相比之下，阳湖乡闫辛庄村就幸运得多。这里是县委书记和县交通局的扶贫点，先是交通局投资 12 万元把路修到村子里，接着县里又把 120 对优质长毛兔送到家门口，并为村里培训了两名技术员。有人算过一笔账：一只母兔一年最少生八窝，一窝就是十来只，一年下来少说也得 70 只。当种兔卖，一只 50

元，一年就是 3000 多。卖毛的话，一只兔一年产毛 1.25 公斤，一公斤卖 150 元，一年下来也是千数元。一年一年兔生兔，这百十口人的小村还怕脱不了贫？

账是这么算，结果怎样呢？3 月 31 日下午，我们去闫辛庄采访。一进村，养兔户就围上来，问这问那，把我们当成了技术员。有人说："正月十五进的兔子，到现在已死了七八十只，真让人心疼。"还有人抱怨："村里的两名养兔技术员早已外出打工了，兔子怎么个喂法，长了病怎么个治法，也没人指点。"本来对养兔没信心的群众，这下心里更凉了。当初人们算的那笔账看来要打折扣了。

我们顺便问起省里给贫困村户的一些优惠政策，如免除粮食征购任务、免除农业税等能否兑现。县扶贫办冯主任回答："难哪！在我们这样的欠发达地区，贫困村与非贫困村，贫困户与非贫困户，情况差不到哪儿。上面光给政策，不减总任务，我们给这个村免了，就要给别的村加上，给这个户免了，别的户就得多拿，别的村、户能干吗？基层干部公正些还好说，如果不公正，把政策用歪了，反而适得其反。"

从这两个村采访归来，我们感触颇深：扶贫攻坚是个实功夫，靠空喊不行。好想法还得有好办法，好办法还得有人抓。不然，到头来难免竹篮打水一场空。

（《大众日报》1997 年 5 月 6 日 1 版）

穷不可怕　就怕志短
致富有路　路在脚下

——访贫札记之四

鲁村镇黄埠岭村坐落在沂山深处一座光秃秃的岭尖上。岭名就叫黄埠岭。岭下是田庄水库，绕着山岭转了大半个圈。岭下村里的好地30年前就被这座水库淹没了。岭是青石岭，水库修成之后，黄埠岭人赖以生存的保命田就剩零零碎碎散布在青石之间的100来亩山岭薄地。400口人，人均二分八厘地，只有一分半能种粮食，剩下的只能长几个地瓜蛋蛋。

地少，村里家家缺粮吃，男人们只好外出打工，挣点儿钱换点儿面。这个季节家家早已断了麦，能吃上玉米煎饼窝窝头的就算不错。村西一条又窄又陡、曲曲折折的羊肠道，是村子与外面联系的唯一通道。一到雨季，水库的水漫上来，路面上的水能没了人，黄埠岭就成了一座与世隔绝的孤岛。

可喜的是，几十年来与自然环境的顽强抗争，开山造地，磨硬了山里人的骨头，也磨出了他们的志气。山里人缺吃缺穿，但却勤劳并有的是力气。去年县交通局4名包村干部背着铺盖卷、带着锅灶驻到岭上，还带来了10万元修路钱。沉寂的山村沸腾了，能干活的都上了工。一条盼了几十年的路两个月就修通了。山里人第一次在家门口见到了汽车。

驻队干部一号召，村里男女老少齐上阵，炸青石、垒石堰，从岭上水库里挖出淤泥背上岭往石堰里填。从去冬到今春，早起晚睡，光炸药就用去了5吨多，雷管用了1万个，整出了68亩地基。4月2日，在黄埠岭，记者看到岭上已垒起大大小小60多块地基。村民们正攀着陡峭的山路，艰难地往岭上背土。村支书王传来说："围堰里要填60厘米厚的土。这些地造出来，村里人均可达半亩地，保住口粮没问题。"

保住口粮才解决了温饱，致富还得另想办法。驻村干部多方奔波，争取到12万元贷款，利息由县交通局负担，村民人均300元，帮村民养起鸡、鸭、牛，今年就能见到钱了。

记者继续前行，来到沂山深处的长城岭，采访了悦庄镇最穷也最偏远的七里寺村。村子百十户人家，被两座山头紧紧夹在中间，从上午10点到下午4点，一天只能见到五六个小时的太阳。出山得翻好几道岭。位置偏僻，交通不便，和外界几乎没有联系。姑娘不愿嫁进来，村里光棍一大堆，有的老太婆年轻时嫁进山就再也没出去过。

五六年前王保清当了村支书。刚上任那些天，他在家一刻也待不住，整天村里村外来回转。山上山下，房前屋后，不知走了多少遍。荒坡的土层他用镢头刨了再刨，刨出的土用手搓了再搓，用筐子一趟趟拎回院子种上黄烟苗，插上杨树条，长得跟村里的好地没两样。山里像这种沉睡着的宜林荒坡有560亩，七里寺人没理由守着宝山熬穷日子。王保清带着一帮年轻人出了山。出去的人回来一讲，村里炸开了锅。山外人富，有的也是栽萝卜种菜什么的，咱种了一辈子庄稼，还整不了？也有人犯难，咋整？就咱那条羊肠道，手推车都推不出去，啥东西都运不进来送不出去，山坡又浇不上水，咱庄户人又不晓得行情，难啊！王保清说："说来说去不就是个路吗？咱山里人再没什么，还能没力气？"他领着大伙上了工。许多犹豫不决的村民见村干部来了正格的，便也陆陆续续拎着家伙干起来了。就这样一段一段炸石头，平路面，砌路基，一年又一年，一直干了4个冬天，终于把汽车迎到了家门口，把水引上了山，还把电话安进了村。

封闭的山门一打开，过惯了"一年两季粮，剩下时间唠嗑晒太阳"老日子的山里人坐不住了。种菜的，栽黄烟的，开山栽树的，养牛养羊的，一下子多起来，几乎家家有了致富项目。

4月2日下午，我们在七里寺采访，天正下着雨。踏着泥泞的山路，我们岭上岭下跑了个遍。七里寺村户户房前屋后都栽上了佛手瓜。包村干部说："户均过10棵了。"在山顶上，塑料拱棚里黄烟苗已探出了头。在村头，烤黄烟的煤刚拉进村，村民正推着小推车来分煤。王保清说："俺村今年解决温饱（人均收入上千元）没问题。"

与鲁西鲁北平原比，沂源的自然条件是最差的。有好多像黄埠岭那样的小山村，缺水少地，甚至连最基本的生存条件都不具备。但他们与天斗、与地斗、与恶劣环境顽强抗争的勇气和干劲却深深震撼着我们。

（《大众日报》1997年5月7日1版）

扶贫，必须付出更大努力

——访贫札记之五

走鲁西，进鲁北，入沂蒙，访贫问苦千余里，我们既为一些地区干部群众攻坚脱贫的勇气和干劲所感动，也为某些地方思想保守、怨天尤人的精神状态而忧虑。

这项目那项目，咋还没有进村户？

到 1996 年底，山东省尚有 100 万人口生活在贫困线以下，其中 381 个特困村计 31.8 万特困人口，年人均收入不足 575 元。他们绝大多数集中在黄河滩区、盐碱涝洼区、库区湖区和深山区，地域偏僻，交通闭塞，生态环境恶劣，是扶贫工作最难啃的骨头。要在一年多的时间内解决这么多贫困人口的温饱问题，任务非常艰巨。

然而采访中我们发现，不少贫困村至今见不到一个脱贫项目。不少群众反映，从来没听说过什么脱贫致富项目。有的村支书面对贫困怨天尤人，束手无策。我们在鲁北采访一个全县有名的贫困镇，镇长身为行政一把手，上任一个月竟对该镇贫困村的有关情况一无所知。

贫困地区的一些基层干部，一提扶贫，不是说群众懒，就是说缺钱缺物缺人才。真的如此吗？我们在贫困地区发现，不少基层干部嘴上抱怨没资金，手中却拿着“大哥大”，屁股坐着小轿车。鲁西某贫困县算过这样一笔账，全县干部的手提电话费和上下班公车接送领导的耗油费，一年就是 100 万元。在沂蒙山区采访，一位乡镇领导诉苦，该镇一年光接待费竟花了几十万元，而这个镇现在仍有 16 个贫困村，3000 多特困人口年人均收入不足 400 元。

在扶贫采访中，我们经常碰到这样的情况，一些地区国家累计扶贫投入也不少，但仍是年年扶贫年年贫。原因在于领导干部没有真正扑下身子带领群众苦干实干，而是一味等靠要，依赖国家，依赖救济。这怎么能行呢？

这思路那思路，咋就没成脱贫路？

抓扶贫，光有好的出发点，好的思路还不够。鲁西南有个乡镇，去年千方百计动员老百姓种冬瓜，秋后冬瓜倒是丰收了，但卖不出去，变不成钱。老百姓就把烂掉的冬瓜推到了乡政府大院里。采访中，我们听到不少类似的情况。应该承认，绝大多数干部的出发点是好的，也是很想让老百姓脱贫，但好想法好思路没换来好结果。原因之一是他们没有充分认识扶贫攻坚的复杂性。

扶贫攻坚是一项艰苦细致的系统工程，决不能心血来潮，想上个什么项目就上个什么项目，简单布置一下，年底出个数字就万事大吉。要带领贫困地区的老百姓脱贫致富，就得引导他们进入市场参与竞争。但有市场竞争就会有风险。就扶贫而言，对市场经济一无所知的老百姓，其风险就更大了。正因为如此，就更应该扑下身子抓实抓细，把风险降到最低限度。莘县魏庄乡党委书记宋军对此感慨颇多。他说："确定项目时，不扎扎实实到贫困村待待，到贫困户坐坐，不看看老百姓的家底，不了解了解他们能干多大的事，不认真地研究研究市场，确定的项目必然带有盲目性，项目确定了，还得有人专门盯在村里，物资、资金、技术培训、产品销售、一项一项落实。发现问题随时帮助解决。只有村村扶贫有人抓，家家户户有项目，脱贫工作才能落到实处。"

这负担那负担，咋就绕不过这道坎？

有些贫困村尽管口粮都不够，但好多老百姓想退地，因为他们认为种地无利可图。滨州地区有个特困村，人均只有半亩粮田，地涝一年只能收一季，一口人一年还得交 120 公斤小麦，130 元钱，没粮交得拿钱顶。我们走访的贫困户，几乎都叫负担重。这似乎已经成为贫困地区脱贫路上一道无法绕过的坎儿。在这些地方，省政府规定的对尚未解决温饱的贫困户免除粮食定购任务、减免农业税和农业特产税等优惠政策，没有得到落实。

贫困地区农民负担重，原因是多方面的。从客观上讲，越是贫困地区，地方财政越穷，集体无任何积累。通水、通电、办学、修路、上项目……办任何事情，都得掏老百姓的腰包。从主观上看，一些基层干部一上任就想出政绩，脱离实际，逼着老百姓勒紧腰带上项目，搞这样那样的开发。结果往往是上了项目，背了包袱，干部拍拍屁股一走了之，苦果还得老百姓吞，有的项目可能为长远发展积蓄了后劲，却加剧了近期贫困。

外部的原因也不容忽视。中央及省三令五申，在贫困地区，一切验收评比达标都要停止，要为扶贫攻坚让路，但由于种种原因，这些达标验收很难停下来。达标就得花钱，钱从何来？地方财政拿不出，还得从老百姓腰包里抠。滨州地区某县为完成教育"双基"达标，只好把 18 个乡镇合并为 11 个，这样可以少建 7 座中学。

对贫困地区来说，脱贫和减负实际是同一笔账。一二百元有时就足以使一些半穷不穷的人口重新陷入贫困。因为这些钱拿走了，等于拿走了他们脱贫致富的希望和本钱。这也正是有些地方政府把鸡、兔、猪送到老百姓家门口，老百姓仍然不愿意养的原因。

扶贫，一个沉重的话题。扶贫，必须付出更大的努力。

（《大众日报》1997年5月8日1版）

粮价牵动农民心

——博兴农村见闻

7 月中旬，我省粮食系统按保护价敞开收购议价粮。这一工作落实得怎样？8 月 5 日，记者走访了博兴县部分粮所和农户。

这里粮所静悄悄

按记者原来的设想，现今的粮所应该是一派热闹场面。但当记者来到寨郝、店子等乡镇，却发现这里的粮所静悄悄的，几乎见不到售粮农民。下午 3 时，好不容易在利城村售粮点碰到一个叫代培元的农民，一问要卖 1000 公斤，粮点负责人刘树河说，这算近几天的大户了。上午来了俩，总共才卖了 220 公斤。记者翻了翻粮点的发票存根，两人每公斤分别卖了 1.38 元、1.36 元，符合国家保护价标准。

寨郝镇粮所的曹厚勇经理说：自 7 月 19 日挂牌以来，农民售粮高潮一直持续到 28 日，以后就稀稀落落少多了。这几天大伙忙着抗旱，干脆一个人影见不到。县粮食局刘连民局长讲，其他乡镇粮所农民卖粮也都集中在挂牌后 10 天左右。全县共按保护价收粮 1400 万公斤。仓容不足，借用了 50 万公斤容量的社会闲置仓房，新建了 1000 万公斤容量的露天垛。收购资金农发行随要随贷。县政府明确表态，贷款利息及建露天垛等增加的仓储成本由财政补贴。

揪紧的心松弛了

“今年麦子定购价一公斤 1.4 元多，比当时的市场价高 4 毛多。俺包了 17 亩地，加上 8 亩口粮田，25 亩麦子打了 1 万多公斤，没想到国家会专门给咱定保护价，起初俺沉不住气，每公斤 1.1 元先在集市上卖了 1000 公斤。按保护价算算，种粮还是有赚头，俺前几天又卖了 1000 公斤。”在利城村张书亮家，张书亮向记者唠起家常。张的妻子插话道：“剩下的俺想再放放。国家有保护价，想啥时交啥时交，想交多少交多少，俺心里不慌。再说今秋粮食歉收，市场麦价又在看涨，说不定能盼个好价钱。”

粮食局的同志讲，农民争售的大流已过，即使零零散散有卖的，也多是等钱急用。记者走访了一些农户，也有同样的感觉，国家对粮价的宏观调控已初见成效。只要粮所继续不停收、不拒收、不压价，粮价会继续回升，粮农心理也会越来越稳定。

任重道远“蓄水池”

粮价升跌直接关乎粮农的种粮积极性。“谷贱伤农”的趋势若不及时遏制，带来的必然是次年粮食生产的大滑坡。但粮食问题又事关国民经济全局和社会稳定。因此，有效调控粮价意义深远，忽视不得。而要做到这一点，发挥国家宏观调控的优势，粮食部门真正成为调节粮价的“蓄水池”至关重要。粮食丰产，粮价下跌时，政府出台保护价，扶持粮食部门敞开吸纳；粮食歉产，粮价畸形上涨时，粮食部门大量抛售。

但“蓄水池”的真正形成任重道远。从主观看，个别地方政府和粮食部门对“蓄水池”的意义认识不充分。从客观上看，相当一批粮食企业近几年经营滑坡，有些连保吃饭都成问题。“蓄水池”的形成，既有赖于政府建立足够的粮食风险储备金，也离不开粮食企业自身的努力。博兴县粮食系统这几年通过大力发展粮办工业，不仅减少了各乡镇粮所调拨粮食的压力，而且通过粮食的加工增值使粮食加工企业和基层粮所双双受益，该县粮食系统去年实现利税 610 万元，今年上半年实现利润 260 万元，各基层粮所无一亏损。省政府按保护价收购议价粮的通知一发出，该县在滨州地区率先挂牌收购，几个仓容不足的基层粮所自己拿出 9 万多元及时建起露天垛。

（《大众日报》1997 年 8 月 12 日 2 版）

海防林，祝你平安

——沿海看林散记

聂家话林

在海边，能够迎着海的狂暴傲然挺立永不弯腰的，便是这绵延 3000 余公里的沿海防护林带了。

蓬莱市北沟镇聂家村党支部书记聂希谦说："去年风暴潮袭来，所到之处房倒屋摧，俺村的果园离海岸线只有二三百米，却少有损失。靠了这果园，去年全村人均收入过了 3000 元。"

护佑聂家村发家致富的正是海防林。记者数了数，环村的主副林带共有 23 条，形成网格 28 个，网格里便是村庄和果园。

有句话叫"看村看树看到党支部"。这话不假。五六十年代，聂家村党支部领着大伙肩扛人抬搬走了 300 多个沙坑，填平了 300 余个沙坑，树栽了死，死了栽，才造出村周围这片林子。到今天，林子长了二三十年，一棵树没少。聂希谦说："大伙看林子看得紧着呢！砍根树枝，都有人向村委举报。"

最心疼林子的要数村里的老支书。林子是他领头一棵棵栽上的。交接班时前，老人一提海防林两眼放光，他拉着聂希谦的手说："可要看好大伙的命根子，少一枝一叶，死后都别来见我。"

海防林建成前，沿海成千上万个村庄和聂家村一样，都吃过风沙肆虐，埋村吞地的苦头。至今沿海岸线采访，还有不少老人记得这样的民谣："提起北沙滩，叫人好心酸，沙埋成墙根，风起不见天，房屋被沙压，农田变沙滩。"

如今的海岸线上，已耸起密密匝匝的林网，狂暴的大海被驯服得服服帖帖。

毁林忧思

不只是聂振军，几乎所有受益的老百姓都把海防林看作命根子。他们说，毁林就是自己砸自己的饭碗，是"抢子孙饭，造子孙孽"。有外商想占龙口某村的林地搞开发，上级部门一路绿灯，该村的老支书实在顶不住，干脆一走了之，跑到外地躲了好几个月。老人说："咱可不干这缺德损寿的事，让子孙后代戳脊梁骨。"

遗憾的是，一些基层干部连普通群众这点环境意识都没有。他们眼中只有短期的经济效益。于是，毁林开发的现象就不可避免地出现了。沿海岸线采访，记者看到，有的地方侵占林地300亩，建起了高尔夫球场。有的地方绕着海岸线建开发区、疗养院、度假村、别墅、房地产开发项目，足足延伸了8公里，侵占林地数百亩。有的地方砍光树、圈起地要引资建医院，医院没建起来，却让白花花的树茬子空留了好几年。

陪同采访的省林业厅的同志讲，破坏海防林的事件绝不仅仅是记者见到的这几起。这位同志感慨地说，海防林是胶东半岛好几代人花了三四十年的心血筑起的绿色屏障，林地面积286万亩，而近几年各地因各类开发项目就侵占了6000余亩，真让人揪心。

国家将沿海沙岸地段从适宜种树处向岸上延伸200米、泥岸延伸100米、岩岸临海第一座山脊的临海坡面的林地，划为国家特殊保护林带，三令五申不得征占用，但开发商看好的恰恰是这些依山傍海、绿树白沙的好去处。发展经济还是保护生态，委实难以抉择。

我们循着海岸线行走，一位当地人指着岸边的幼苗不时地告诉记者，这棵长了三年，那棵长了六年……哦，三岁的黑松也就刚探出个头，六年生的不过一米高。去年天旱，新植的树苗干死了不少。真不知道赚多少钱，才能填上砍伐海防林造成的时空空白。而大自然已经开始向破坏它的人敲起警钟了。威海林业局一位同志讲，市开发区一条路开到海边，开发区一冬就隆起一个大沙丘。在一些沿海开发区，记者看到，开发商们建的绿地花圃，不少已蒙上尺把厚的一层沙，好多建筑物已被沙堆埋了一二尺深。

护林造林

采访中，一些"老林业"聊起五六十年代建造海防林时的火热场面，激动不已，却又黯然神伤。他们说，时代不同了，再像那时那样，投入那么多的人力物力植树造林，几乎不太可能。海防林生长周期又长，二三十年才能长起来，所以说护林比造林更重要，更管用，更有现实意义。

文登市林业局副局长孙立国讲得更直接："封山护林，就是最好最有效的造林手段。这不仅能保护好现有的林木资源，更重要的是能借助林木自生增加其蓄积量。"

孙立国向记者算了一笔账。文登市1986年开始封山育林，留苗养树。这期间全市通过林木自我繁育增加树木5000余万棵。按每亩地长200棵树计算，全市相当于一分钱不花造林25万亩，而现在造一亩林光苗木就得花一二百元，且造的林并不一定全成活。这样看来，护林确实比造林合算。

话又说回来，护林也不是件容易事。但文登有硬办法。全市45万亩林地，市政府划定25万亩常年死封，20万亩活封，封育区插标立界，登记建档，五年不修枝，二十年不采伐，牛坐槽，羊圈养，严禁进山入滩放牧。封育区实行林场化管理，护林员工资由财政统筹支付。各乡镇的护林工作纳入乡镇长年度目标进行考核，发现毁林案件取消其评先进资格。

如今，文登市的林木覆盖率已达34.1％，高出全省平均水平十几个百分点。1996年6月，威海市在三市一县推广文登市经验，红头文件写得很明确："十年不修枝，二十年不伐树。"

（《大众日报》1998年3月12日2版）

遭遇买方市场

——农民增收路在何方·供需篇

编者按 当前，我省农业生产势头看好，主要农产品生产能力提高，市场供应充足，呈现繁荣景象。但连续半年多来，农产品出口受阻，内销价格下跌，致使农民收入增幅趋缓，完成今年的增收目标，面临严峻挑战。实现农业增产、农民增收，是省委、省政府年初提出的一项重要任务。确保农民增收，不仅事关广大农民群众的切身利益，而且事关农村市场的启动，对拉动整个经济增长，具有全局意义，理应引起我们的重视。记者赴各地农村进行了广泛调查，写出《农民增收路在何方》一组专题报道，就如何实现农民增收做了分析探讨，今日起陆续发表。希望大家都来关注农产品买方市场条件下农业发展的新矛盾、新问题，动脑筋、献计策，为提高农业效益、增加农民收入出把力，以推动农村经济更快更好地发展。

市场的脸说变就变。谁也没有想到，今年的农产品卖得这么难，价格跌得这么惨。

今夏西瓜贱如水。摆在田头的西瓜每公斤才一毛钱，运到市场也不过两毛来钱。有的顾客说，瓜价贱得让人不忍心还价。

在大蒜之乡金乡，往年蒜一下来，客商蜂拥而至，好蒜每公斤两元钱，小混蒜也能卖一块五，此时已能销出大半；今年好蒜才6毛钱，小混蒜不过1毛钱，至今不过销出二成多。

安丘大姜，往年一公斤十几元钱，姜农们坐在地头就能大发其财，春节前后差不多就脱了手。如今姜价不过五六毛钱，至今仍有大批“窝”在家里。

有关统计资料表明，今年一季度，我省粮食、肉类、鸡蛋价格比去年同期分别下降16.1%、21.3%、3.8%。6月份小麦市场价格同比下降15%，猪肉价格下降26.1%，六七月份菜价是上年同期平均水平的1/3。

对于当今的农产品市场变化，仁者见仁，智者见智。但从客观分析，大家有一个共识：我省农产品供求关系发生了历史性的、质的变化，供给不足的状况为供求平衡或供大于求所取代，暂时性、区域性、结构性和低水平的生产相对过剩的买方市场已初步形成。

且看省农业厅提供的一组数字：

蔬菜：去年全省面积和产量分别达1901万亩、5433万吨，均占全国的20%以上。今年上半年，全省总产预计可达6000万吨以上，人均占有量将达到680公斤，其中省内消费仅占20%，其余80%需销往省外。但目前全国人均蔬菜占有量已达253公斤，比北京市去年人均消费量高出113公斤。而且兄弟省份蔬菜生产异军突起，对鲁菜冲击强劲。在北京市蔬菜批发量最大的大钟寺市场，去年5～10月份鲁菜的市场份额已由50%下降到12%，而冀菜却上升到50%。

蔬菜以外，其他农产品面临的市场同样不容乐观。

目前我省西瓜种植面积300万亩，总产900万吨，在全国供大于求、面积产量持续猛增的情况下，我省外销量最多不过30%，余下的靠省内市场消化，城乡人均需消费77公斤。

水果：全省人均占有水果达90多公斤，分别比世界、亚洲、全国平均水平高出23%、56%、59%。而省内消费最多不过占总产量的30%，出口仅1.6%。以往我省果品特别是苹果主要依赖南方市场，但由于陕晋豫冀诸省的强劲攻势，1996年我省苹果在南方的市场份额已由70%降至30%。

畜产品：去年全省肉、蛋、奶人均占有量分别比《九十年代中国食品结构改革和发展纲要》要求的小康人均占有水平多48.5公斤、38.5公斤、2公斤；而去年全省畜产品人均消费量，城镇仅分别为17.85公斤、17.72公斤、7.59公斤；农村仅分别为10.65公斤、12.11公斤、0.35公斤，肉类70%依赖省外市场消化。

水产品：去年全省人均占有量达70公斤，而全省人均消费量仅为36公斤。

透过量化分析可见，我省主要农产品低层次过剩，而步入买方市场，已是不容置疑的事实。但这并不是说，我们靠发展农产品增加农民收入、带动农村经济发展的路子已经走到了尽头。它恰恰暴露了我们在指导和调控生产、开发品种、加工、流通、信息、技术服务等方面工作的不足。如何应对这个市场，无论对指导我省农村经济的各级干部，还是对具体从事生产的农民来说，都是一个全新的课题。

这一点从西瓜就看得最明白不过。今夏西瓜贱如水，一个主要原因是上市时间过于集中在六七月。同是集中上市，泰安郊区良庄镇1万亩耐贮耐运、风味独特的无籽西瓜，每公斤就卖到1.8元，且未上市就订购一空。遗憾的是，这种品种仅占全省种植面积的1/60。河南、北京都有看家品种，作为西瓜大省的我省至今却没在全国叫得响的品种。

我省是小麦生产大省，近年来连年丰收，农民存储较多。粮食企业压库严重，但加工面包的小麦却需大量进口；我省是畜牧大省，每年饲料用粮（主要是玉米)1850 万吨,近几年养殖业市场波动很大,养殖成本居高不下,但据省畜牧局有关人士讲,饲料玉米是普通玉米产量的 3 倍,可大大降低饲养成本,但在我省栽培面积却微乎其微。

近两年果品销价大跌,好多地方成堆苹果摆在路边无人问津,一大袋子苹果几块钱还没人要,但去年 12 月中旬,外商来山东就已订不上优质苹果。

种种迹象表明,目前的农产品买方市场只是一种季节性、品种性、区域性的低层次结构性过剩,还有很大的市场空白亟待开发。

应该说,农产品步入买方,是市场经济发展到一定阶段的必然产物。这种低层次过剩尽管在遇到上市淡季,或碰上诸如今年南方水灾、农作物大面积减产这样的特殊情况以及内需启动、出口回升等,会有一定程度的缓解,但从目前的情况看,它很难在短期内得到根本解决。残酷的事实告诉我们,再凭着老一套想当然的办法指导生产,或只知道闷头种地,亏只能越吃越大。冷静分析这个市场,迅速找准症结所在,然后对症下药,才是解决问题的根本办法。这项工作,已经迫在眉睫。

(《大众日报》1998 年 9 月 21 日 2 版)

加工龙头舞起来

——农民增收路在何方·加工篇

今年上半年蔬菜滞销降价，不少菜农赔了本，但记者在莱阳市龙旺庄镇采访，却发现全镇1.2万亩蔬菜不仅没出现卖难问题，不少农民种菜收益甚至超过了以往。

菜农们讲，关键是品种拿准了。去年种牛蒡，一公斤才卖几毛钱，今年1公斤卖4块多，一亩收入八九千元；荷兰豆往年卖不到两块钱，今年竟卖到8块多，一亩收入上万元。镇长董景清说，菜卖得好，品种拿得准，该给龙头企业记头功。

在龙旺庄镇，大大小小的蔬菜加工企业算来得有几十家，其中规模最大的要数龙大集团。这个企业年加工出口冷冻蔬菜6万吨，加工1吨成品菜得3～10吨毛料菜。6万吨加工规模至少需8万～10万亩蔬菜基地与其配套，而本镇菜全部供应其生产，也仅能满足其对原料需求的1/10。目前为其提供原料的蔬菜有5个省20多个县。本镇菜农卖不掉的菜，它能消化；镇里指导菜农种菜所需的市场信息也是从它那儿得来的。

这几年农产品市场波动最大、持续时间最长的要数肉鸡业。1996年下半年开始出现的肉鸡出口滑坡，一直持续到眼下才有好转迹象。好多养鸡户连饲料钱都赚不回来，不少肉鸡加工企业都停了产。据省畜牧局统计，今年上半年，我省肉鸡存、出栏量同比分别减少21％、27％。

耐人寻味的是，面临同样的市场形势，拥有上亿只养殖规模的诸城市，存、出栏量都未出现大的波动，养鸡户养一只鸡还能净赚2元钱。这里别无妙方，靠的就是强大的加工龙头作后盾。今年以来，仅诸城外贸一家企业就为该市18万户养鸡户贴进了6000万元，收一只鸡高出市场价2元钱。

按理说，是企业就得追求利润最大化，至少不能做赔本买卖。诸城外贸咋了？总经理王金友说："市场最不好时，正是农民利益最需要保护的时候，谁在这时保护了农民的利益，谁就保住了自己稳定的原料基地，也就最好地保护了自己。"

王金友讲，这些年来，企业靠着"四上门"（送鸡苗、饲料、防疫上门、上门收购）"一结算"（鸡农不用投一分钱就可坐等56天出栏后拿纯利润），培植起自己稳定的原料基地。诸城外贸发展到今天，恰恰得益于此。1992年至1993年肉鸡滑坡，价格暴跌，好多加工企业杀种鸡缩规模以图自保，诸城外贸却为严格执行保护价贴进2000万元，让农民养1只鸡能赚1元钱，结果原料基地迅速扩大，1993年下半年市场好转至1995年，企业赚3亿多元。

这些年来，农产品一直未能摆脱“少了少，多了多”的困扰。特别是随着农产品买方市场的逐渐形成，一家一户分散经营与瞬息万变的市场的矛盾日甚一日地显现出来，市场成了农民增收的最大“瓶颈”。有专家甚至断言，在目前国内，农产品只有炒苗子时才赚钱，一步入大规模商品生产，大多数农民必赔无疑。话夸张了点，却很能说明问题。因为中国农民占绝大多数，而消费农副产品的主要是占全国人口比重极小的城镇居民，加之生产盲目，调控乏力，信息、流通加工滞后，无论果品、蔬菜、肉蛋奶，只要一哄而起，就逃脱不了滞销降价的厄运。这样看来，发展像诸城外贸这样的农产品加工龙头企业，就显得更为迫切。实践证明，这是连接产销、实现农产品转化增值、减少生产盲目性、组织千家万户的分散农户进入市场的有效手段之一。

农产品加工龙头企业不同于一般工业企业之处恰在于此。它既要从农民手里获得充裕稳定的原料供应，以发展壮大自身，又有责任引导和帮助农民进入市场，保证农民生产的农产品种得对路、销得出去、卖得价好。有时甚至还得在市场突变的情况下能够舍身割肉，以保护价保护农民的切身利益和生产积极性。从这个意义上讲，它和农民是风险共担、收益共享的利益共同体。

遗憾的是，我省目前的加工这根连接农产品供需的链条，其发展远远滞后于农业生产的发展。以畜产品加工为例，目前全省加工量仅为400万吨，而各类加工企业竟达5000余家。好多肉食品加工企业只是搞一下分割包装而已，粗加工占了大多数，附加值高、技术含量高、竞争力强的精深加工产品、名牌产品所占比重很小。蔬菜加工大多数中小企业只能做到掐头去尾，洗净装箱。由于实力有限，开发产品和开拓市场能力匮乏，常常只能为争夺有限的几个外商竞相压价，自相残杀。产品被外商一倒手，却贴上商标，堂而皇之地进国外超市，价格翻了好几番。

产品结构单一，市场定位狭窄，抗风险能力差，已是我省大多数农产品加工企业的致命缺陷。市场一打喷嚏，企业就打摆子。可喜的是，我省已认识到了农业龙头企业的重要性和目前的不足。去年，省政府确定，在全省重点扶持50家农业龙头企业，并组织这些企业南下上海开拓市场。各地也加大了培植农业龙头企业的力度。

加工龙头舞起来，我省农民进入市场才有坚实的后盾，农民增收也才有切实的保障。

（《大众日报》1998年9月23日2版）

政策用足　增收劲足

——农民增收路在何方·政策篇

我省农民收入来自乡镇企业的那一部分，近两年一直在1/3左右徘徊。今年上半年，我省农民人均收入来自乡镇企业职工工资部分仅301.9元，比去年同期减少53.4元。乡镇企业消化农村劳动力的数量比去年同期下降了9.5%，城镇下岗职工增多又导致农民进城打工难度越来越大，从这个意义上说，土地日益成了农民增收的命根子。特别是在我省一些欠发达地区，这一点表现得更为突出。但一些地方却在这个命根子上打主意，伤了农民的心。

鲁中某县有个村，今年调整土地涉及几户村民承包的杨树林。承包合同尚未到期，又做不通承包户的工作，村干部竟授意村民晚上偷偷将人家的杨树皮全都扒光。这几个承包户愤怒地说，白纸黑字签的合同说不算数就不算数了，以后谁还敢再相信政策，我们发家致富还有什么希望？

省农业厅有关人士介绍说，这种土地承包合同形同虚设、随意中止，耕地3年一小调，5年一大调的现象在我省农村并不少见。特别是在一些经济欠发达地区，甚至多年以来就没有土地承包合同，就只村里有本账，难怪村民的土地承包权得不到保障。

要使农民对土地的经营有一个长远的打算，就得从根本上稳定土地的承包权，扎扎实实落实中央关于"土地承包期再延长三十年，营造林地和四荒地治理等开发性生产承包期可以更长"的土地政策。省政府对此也三令五申。但去年我省延长土地承包期的也就占全省总村数的3/4。其中延长5年以下的占26%，延长6～15年的占43.7%，延长16～30年的占25.6%，延长30年以上的(主要是"四荒"开发)仅占4.7%。多数地方没把承包期延长到30年。在已延长的村子中，有2/3以上在15年以内。

土地是农民的希望。频繁变更土地承包权，变相剥夺了农民的土地经营权，从小处说是挫伤了农民致富的积极性，从大处讲是动摇了农民增收的基础，断了他们的财路。由此可见，落实党和国家在农村的各项政策，对农民增收的确有着决定性作用。

当然有些干部出发点是好的，比如为了农民增收调整农业产业结构等。但即使如此，也有个如何把握尺度、如何具体操作，让群众顺心顺气的问题，决不能因为出发点是好的就可以粗暴行事。在这方面寿光市的做法就很有借鉴价值。这里的大棚菜1989年只有几十亩，如今已达20万亩。这期间，千家万户老百姓之所以心甘情愿进行如此大规模的产业结构调整，就是因为当地政府出台了一系列优惠政策，把住了调动千家万户农民积极性这个基点，而不是通过行政命令压农民、逼农民。如凡是种大棚菜的，免费打井、上电、修路到棚前，免去义务工和两到三年的土地承包费；建大棚的物料由集体统一发放到户，不收任何服务费；建一个大棚市里统一协调2000～3000元贷款；乡镇拿出5万～10万奖励发展好的农户；统一解决产品销售、技术服务问题。去年该市农民人均纯收入3250元，80%来源于蔬菜。

减轻农民负担也是党在农村一贯坚持的一项基本政策。现在的农民家底还相当薄弱，减负政策能否落实好，关系到农民能否将有限的收入投入再生产、通过再生产增加收入。不可否认，这两年全省上下减负力度普遍加大，各地都出台了不少硬措施，但减负的政策还是有不到位的地方。比如，一些地方名义上农民负担不超过当地农民人均纯收入的5%，但却没有按国家有关政策把土地承包费纳入"三提五统"，而是另账收费；更有一些村不征求大多数村民意见，随意抽出土地招标承包或高价发包，或随意提高土地承包费，有的甚至实行"先交钱、后种地"。按有关政策规定，一个村预留机动田不能超过5%，省农业厅就此做过调查，结果发现所调查的村大多超过了5%，个别高达25%，这些做法实际上是变相增加农民负担。还有一些地方，农业特产税不据实征收，仍按人口地亩平摊。今年省直有关部门对各地减负政策落实情况做了一次专门调查，结果发现，一些地方夏粮征收不是户交户结，照旧代扣"三提五统"，不少农民交了夏粮至今还没拿到一分钱。

当然，要想从根本上减轻农民负担，还得想办法发展壮大集体经济。农民手里有了钱，承受能力自然就水涨船高；集体经济壮大了，负担自然也就减轻了。这方面，栖霞市的做法可资借鉴。这个市近两年在80个村实施了"百亩绿色工程"，计划用5年时间每村开发100亩荒山、荒滩发展果园，收入归集体，5年内向农民收取的提留统筹费每年人均不超过100元，5年后不再收取提留统筹款。这不就是最有效的减负手段吗？

当然，与农民增收的有关政策还有很多。党和国家在农村的各项政策必须扎扎实实落到实处，这一点毋庸置疑。各地也很有必要发挥主观能动性，相应出台一些有利于保护和调动广大农民发家致富积极性的"小"政策，营造一个有利于农村商品经济发展的小气候。这一点对农民增收至关重要。

（《大众日报》1998年9月28日2版）

诸城看电说变化

"三电"没了,热点不热了

群众对农电意见大,主要是"人情电""关系电""权力电"猖獗,电费居高不下。村干部的、电工自家的和自己沾亲带故的,电可以毫无顾忌地用,电表却可以不走,电费也可以不交,用的电都摊到群众身上了。

毛病出在村电工身上,根除却不容易。村村有电工,都是村干部任命的自己人,抄表收费电力部门监控不了。

今年8月,诸城电力局取消村电工,设专职电管员,人归电力局管,工资局里发,月月交换抄表,抄的不对可以举报,经核实第一次罚款500元,第二次卷铺盖走人。新制度实施第1个月,孟疃镇有3个村电费每千瓦时降了3分钱。全市查出黑表800块,发现200多处有偷电问题,还有个别村百十户人家就有30多户没电表。经过治理,"三电"一夜之间销声匿迹,全市农村电价降了一二分钱,一年可帮农民省下200万元。

以前电工就听村里的,一些村干部收不上提留就打电的主意,让电工给村民断电,群众急了,又拿着镰刀去割村干部的电线,一来二去,干群矛盾激化了。没村电工这两个月,没一个村干部再打电的主意。

账明白了,电费好收了

收农村电费一度是电力部门最头疼的事。贾悦供电分局局长姜培三说,原来大喇叭上喊破嗓子,挨家挨户催,好多村收一次还得两三个月,有的能拖一年多。现在一说收,慢则三两天,快则小半天,不用上门催,老百姓自个就送来了。

这个电力部门以前想也不敢想的大变化背后,没多少神秘的东西,就一张小收据。1995年,全市所有乡镇供电分局配备了微机,各村每月用了多少电、平均每千瓦时多少钱,每户用了多少、该缴多少全输入微机打出收据,上墙公布,村民不见单据可以拒缴。

城关供电分局局长万军说:"可别小看这小小的收据,它就像一把刀,把方方面面伸向农村电费的手砍回去了,此举一出全市农村电价降到0.65元以下,今年又降到0.63元以下,一年减轻农民负担320万元。"

城关镇王铁沟村会计王立山说："用电交钱天经地义，俺村没一个不讲理的，但要交得明白，交得合理。"现在这个村每月收电费最多 3 天，全是群众主动送来的。

电工没了，服务上去了

村里没电工，群众用电方便吗？贾悦镇贾悦村党支部书记吴桂森说："方便多了。村里 2000 亩麦地 90%浇水得用电，以前村里有电工，浇一遍得半月。如今没电工，这一段抗旱保苗 7 天就浇了一遍。"

在万家镇拙村村委会大院，不少农民正忙着用脱粒机脱玉米棒子。村委会主任张金礼说："现在村民用电碰到问题，打个电话递个条子，电管员就赶来了。村民这几天脱玉米，电管员早早就接上了电，一天怎么也得在这里盯多半天。"以前这个村可不是这样，600 户人 3 个电工，群众真需要时却连个人影都找不到。

难怪原来的电工服务不积极。村里随便找个人就能当，工资一月也就一二百元，伺候好村官，都去忙自个的副业。更何况更换频繁，队伍不稳，业务不熟，工具不全。有了专职电管员就不一样了，月工资平均 365 元，统一交养老医疗保险，集中上班，等于干了份正式工作。一个乡镇四五个电管小区，一区管十来个村，设四五个电管员。小区有维修电话、电力维修三轮摩托，一天 24 小时值班，接到求助电话 15 分钟内必须到现场。打电话不方便不要紧，村村设有电力维修信箱，电管员每天两次开箱。

投资不少，心却踏实了

诸城电力在农电上下的这些功夫，没一项不花钱；23 个乡镇供电分局配微机花了 80 万元；更换高耗变压器，改造低压进户线，户外装电表，800 万元投资一大半是电力局的；建电管小区，设专职电管员，配齐维修车和维修工具，都得几十万上百万元。

局长万胜长说："钱是花得不少，但花得踏实。我们这些管电的都是农民的孩子，听农民抱怨没电盼电、有电怕电，心里实在不安。"

其实真为农民着想就有回报。电价降了，用电放心了，用电量自然上去了，该局今年农村用电量同比增长了 13%。

（《大众日报》1998 年 10 月 18 日 1 版）

林定权　人定心
——滨州农村见闻

3月上旬，走在一望无垠的滨州平原上，料峭的寒风无遮拦地扑面吹来，然而记者还是感受到了浓浓的春意：公路旁、田野里、沟渠边，挖坑的、浇水的、剪枝的、施肥的，有树的地方、随处可见忙碌的农民。

"树是俺的，俺能不上心"

农民对树热心，关键是心里稳当。正在修剪枣树的无棣县水湾镇宗王东村村民李连祥说得好："树是俺的，俺能不上心！"李连祥从怀里掏出捂得热乎乎的、盖着县政府钢印的树权证告诉记者，这上面说得明白，谁栽的枣树归谁所有，可以继承转让，树行两边各两米宽的保护带也归谁永久使用，无论别的地块怎样调整，这块地不能动。

1984年，无棣县仅有枣粮间作面积12万亩，目前已发展到87万亩。特别是1993年以后，全县枣粮间作面积每年以10万亩的速度猛增。凭着这个项目，全县农民每年增加人均纯收入500元，县财政每年收入农业特产税1500万元。县林业局副局长李秀芬说，这其中，政策稳定起了很大作用。早在1984年，县政府就明确规定，枣树谁栽谁所有，30年不变。1993年，经县人大常委会通过，又明确了栽植者对枣树的永久所有权和继承权。目前全县85%以上的枣树栽植者都拿到了树权证。

农民热心，政府省心

农民对树热心，另一个原因是好多地方的林地使用权都拍卖到了农民手里，谁造林谁受益。

邹平县礼参镇山旺村12户农民去年经过拍卖、竞标，承包了4500米河堤，10年后户均可收益6万余元。难怪他们造林那么积极：请亲戚、搬朋友、雇临时工，6天就栽植杨树9800棵，成活率98%。

农民热了心，政府省了心。

以往阳信县乡两级财政每年投入植树造林资金达五六百万元，还是年年栽树不见树，树的成活率仅20%～30%。去年翟王镇拍卖林地5000亩，政府没拿一分钱，5000 亩全栽上了树，成活率达 95%以上。

博兴县去年春拍卖林地 8802 亩，沟渠路总长 56 万米，政府没拿一分钱，群众一季就全部绿化完，且成活率达 90%。

整修后的滨州段 40 多公里小清河大堤，去年通过拍卖，农民自个拿钱，全部得到高标准绿化。水利部门同志说，要靠政府出钱组织，三五年怕也拿不下来。

植树造林，春天是最好的季节。往年这时，最忙的是各级政府特别是林业主管部门，筹资金，备苗木，一级级开会发动，上上下下忙得不可开交，整天催着逼着，群众还是不愿干。今年不一样，地区的林业会还没开，农民就自个忙活开了。地区林业局副局长王建泉说，林地使用权到了农民手里，责权利明晰了，造林护林的劲头挡都挡不住。

稳权是颗“定心丸”

1998 年 3 月，滨州地委行署出台《关于进一步完善落实林地政策的意见》，明文规定，对已有的林地承包关系，要结合第二轮土地延包进一步稳定，承包期限不到 50 年的，要延长到 50 年；明确划定林地范围，通过拍卖、租赁、股份合作等形式，对还没形成承包关系的林地明确使用权，延长承包年限。

下这么大的决心，有正反两方面的经验教训。乡镇干部出身的阳信县林业局局长石春翰，向记者讲了这样一件痛心的往事。有一年县里清理农村宅基地，他当时所工作的乡镇规定，谁在房前屋后超出规定的宅基地面积以外的地方栽有树，就等于多占了宅基地，每棵树就得拿多少钱，结果该镇村庄房前屋后的树遭到了灭顶之灾，一夜之间被砍得一干二净。

的确，从“大跃进”起，每一次农村政策的调整特别是土地变更，林业都是首当其冲的受害者。俗话说十年树木，树要变成钱，得需相当长一段时间。过去林权不清，树随地走，农民辛辛苦苦栽树护树，土地一调，树的所有权就得变更，眼看就要到手的钱便成了泡影。所以每一次土地调整，都伴随着一次大规模的砍树、毁林。造林者的利益得不到有效补偿和充分保障，哪能有种树的积极性？

看来稳权确权确实是颗“定心丸”。林业要兴，非得让农民吃下这颗“定心丸”不可。

（《大众日报》1999 年 3 月 12 日 2 版）

另一种农业

——广饶县大王镇见闻

广饶县大王镇有个农茂集团，集团在3000亩地里建了1200个蔬菜大棚。4月14日，记者在集团设在镇上的专卖店采访，看到精心包装过的圆椒，一个标价3元；两根黄瓜标价3.5元；几种蔬菜混装成礼品篮，五六公斤标价66元。集团驻京办事处的徐俊强说："在北京超市也卖这个价。"

去年，集团的产品一面市，就轰动了中俄经贸洽谈会，如今一大半通过边贸口岸销到了俄罗斯，其余都进了国内各大城市的超市、星级宾馆，还上了从青岛到日本的民航班机。记者在镇上采访，看到3辆来自黑河口岸的大卡车，已在此等了3天。

让人咋舌的还不止这些。这个由镇政府牵头成立的股份制公司，去年投资200万元，建了占地4.5亩的3个全自动控制的日光温室，育了3个月苗，一株1元钱，整整卖了250万元，一亩平均收益55万元。这不是在黄土地里刨金子吗？

这两年国内蔬菜供大于求，滞销价跌，种大棚大多增产不增收，这里的大棚怎么会有这么高的效益、这么好的销路？副镇长张天友介绍说，关键是一个"特"字。进大棚看看，才知此话不虚——

麦卡比圆椒长得比拳头还大，重的达六七百克，轻的也有300多克，色泽纯正，吃到嘴里甜脆可口。真说不清这是蔬菜还是水果；

黄西葫长得和黄瓜一个样，浑身金灿灿，肉多瓤少，一咬又脆又甜，也可以当水果吃；

黄瓜不带刺，大西红柿掰开不淌水，小西红柿长得像樱桃……

这些从以色列引进的、以"凯银特菜"为品牌的新品种，在目前的国内市场非常少见。不仅好吃、耐贮运（放一二十天没问题），而且高产（比国内同类品种高出1倍多）。占地1亩的大棚一年能产1.5万公斤，一般情况下1公斤能赚2元，1200个大棚一年就是3600万元。从目前售价看，1公斤可不止赚2元。

还有更绝的。镇造纸厂的下脚料麦糠，用从美国引进的菌种一发酵，就是很好的有机肥。这1200个大棚用的底肥全是这种有机肥。大棚浇水施肥，电钮一按，滴灌管道就直接送达作物根部。一个棚因此增加了3300元投入，省水省电省工不说，棚内湿度下降30%，病害虫发病率和农药使用量也大大降低了。

去年底，“凯银特菜”获得了农业部颁发的绿色食品证书。今年初，日本的客商专程对这里的土质、蔬菜进行了现场检测，认为这是标准的无公害蔬菜，表示愿作它的国外代理。魏新兴说，这是进入国际市场的一张王牌。

大面积生产以色列高品质蔬菜，农茂集团没有照搬以色列的栽培设施，只引进了滴灌设施，并对国内常见的冬暖式大棚加以改造。菜的产量和品质没受影响，每个棚的建设成本却控制在了2.5万元以内。

该省的省了，该花的却不惜血本。为掌握以色列的先进栽培技术，集团去年一次性引进了600多名大中专毕业生。张天友说，这都是日后推广以色列先进农业技术的骨干。

（《大众日报》1999年4月25日1版）

融入城市的农业

潍坊市奎文区发展农业，颇有点与众不同。

一

出潍坊市区南行三公里，就到了廿里堡街办南屯村的金宝乐园。“五一”前一天，记者来此采访，只见园内熙熙攘攘，人流如织。村委会主任赵信廷说，明天才热闹呢。去年国庆节期间，游客来了10万人次，仅门票就收入了五六十万元。

在园里走走，“农”字味挺浓。主体是果园，经营者是村里人，只不过比普通果园多了几条紫藤、葡萄藤覆盖的长廊，一些山水亭榭和孩子游乐的设施，总投资才120万元。但它火就火在，清新古朴的田园景色、鲜嫩欲滴的各色蔬菜、芬芳诱人的四季花果，恰恰应和了厌倦了都市喧嚣的城里人渴望回归大自然的心态；在这里可以采摘品尝蔬菜瓜果，给树木浇水，给花草施肥，与园丁一起剪枝修叶，这对在钢筋水泥林立的都市里长大的孩子们来说，也别有一种吸引力。

大尝甜头的南屯村在金宝乐园基础上，正在筹建民俗旅游村和植物园，三者联成一体，就是一个占地2000亩的大型生态观光旅游区。

二

奎文区为这种位于城郊，面向城市消费阶层，集生态、科普、环保、休闲于一体的农业起了个名字——城市农业。

提出这个概念，绝非突发奇想。

全区6.3万农民，只有2.15万亩耕地，人均耕地仅0.34亩，其中无地村11个，且城市建设每年还要占用2000多亩耕地。靠单纯盯着城市“菜篮子”这种传统的城郊农业种植模式，农民的增收潜力有限。

该区地处潍坊市中心地带，所辖63个行政村有34个村位于市区，其他离市区最远也只有3公里。城区发展空间很小，嘈杂拥挤，缺少树木绿地和市民休闲娱乐的清静场所。大量“都市里的村庄”住房散、乱、差，又浪费了市区寸土寸金的土地。

这种情况下，发展既兼顾城市生态环境和居民消费新变化，又大幅度提高农业收益的城市农业，就成了大势所趋。

三

地少或无地是市区农村发展的最大障碍。但把这与城市发展通盘考虑，就会发现大有潜力可挖。大虞街办东家村旧村改造前，户均住房占地 0.3 亩，改造后户均住房占地不到 0.1 亩。通过这两年大规模的“村庄小区化，小区园林化，住房楼房化，管理物业化”，全区已有 32%以上农户住进了楼房。用节约的土地出让换钱、建市场、发展“三产”、建绿地，农民多了生钱门路(全区 80%的农户已转入非农产业)，城市生态环境也大为改善。

城里人衣着、保健、观赏等方面消费水平的提高，为发展具有很高经济效益和观赏价值的特色种养殖，提供了越来越大的市场空间。奎文区这两年养殖加工梅花鹿、水貂、狐狸等的小区越来越多，目前全区已达 16 个，存栏量 16 万只，年收入占全区农村经济总收入近 40%。更有意思的是，城区孩子们也常光顾这些小区，观察动物的生活习性，采青草喂养狐狸、小鹿，学到不少书本上学不到的知识。

近两年，区里还兴起 30 多处高档次花卉苗木繁育基地，总面积 3000 多亩；城区也冒出上百处鲜花店，年纯收入 1500 余万元。城区北郊丁家村 1065 口人，耕地不到 400 亩，村里拿出 1/4 的土地繁育常青绿化植物和高档观赏花卉，亩均收入五六万元。

四

奎文区发展城市农业，应该说才刚刚起步。但他们的积极尝试和深入思考，却蕴含不少与传统农业特别是城郊农业完全不同的内容。

其一，传统农业是以提高农产品产量和经济效益为目的，从本质上讲还只是个商品生产问题，而城市农业则兼顾了现代化都市日益需要的生态环境，自觉将自身发展定位为城市发育的一部分，社会生态效益更突出。

其二，传统农业尤其是城郊农业，是以城市“菜篮子”为特定服务对象，但随着各地蔬菜基地的兴起，农产品步入买方市场，其原有的区位优势已不复存在，增收潜力大受限制。而城市农业则把服务范围拓展到现代都市人精神消费这一崭新领域，为农业发展找到了一个全新的市场空间和潜力更大的经济增长点。

这是农业发展的一个新思路，是农业认识上的一个新飞跃。随着服务领域的不断拓展、规模化集约化水平和技术含量的不断提高，其发展前景将更为广阔。

(《大众日报》1999 年 6 月 6 日 1 版)

沙区忧思

去鲁西走走看看，风沙的危害触目惊心。

一

东阿县姜炉乡王小炉村过去人均良田1亩多，如今仅剩半分地。村民杨树峰指着脚下的沙地说："好端端的地都让沙给埋了，真让人心疼啊！以前这些地能打七八百斤麦子，现在就能长点花生，忙活一年，一亩才收入二三百元。"

在东阿县，像王小炉村这样因为风沙危害，人均年收入不到1000元的贫困村有163个。

风沙区的形成，缘于引黄沉池。引黄济津、引黄济聊济德两条干渠的渠道，都位于东阿县。渠道建有沉沙池，在此沉下泥沙，再引走清水。一个沉沙池占地两三万亩，旧的沉满了，泥沙厚达好几米，废弃了，再辟新的。东阿县现有弃之不用的老沉沙池3个，新沉沙池2个，总占地12万亩。经过几代人的努力，已初步治理了10万亩。但治理的效果怎么样？县林业局局长杜吉利说，即使覆上新土，产量也很低。这还不可怕，可怕的是沙堆并非固定不动，大风一起，遮天蔽日，像水一样向外延伸流动，周围的土地也完了。引黄一年为东阿留下流沙1500万立方米。1立方米沙一年吞食3平方米土地，全县每年就损失良田1000亩，各方面经济损失5000万元。沉沙还抬高了水位，加重了土地盐渍化。

老的风沙区没改造完，新的又形成了。杜吉利说，改的不如增的多，长此下去，东阿县就成沙漠了。

二

土地风沙化不光在鲁西比较突出，在全省也呈蔓延之势。

记者从省林业厅了解到，由于黄河口的延伸造陆、河水漫滩、引黄沉沙、内河泛滥改道等原因，全省风沙化面积达174.36万公顷，占总土地面积的11.3％，主要集中在鲁西黄泛平原、胶东沿海、鲁中南3个风沙区，涉及69个县629个乡镇，年均起沙日71～141天。风沙区内风沙化土地83.57万公顷，其中流动沙地0.81万公顷，半固定沙地3.68万公顷，固定沙地18.72万公顷，重盐碱地8.52

万公顷。全省受风沙严重危害的村庄 6365 个，耕地 64.58 万公顷，草地 1.13 万公顷，多年来淹没沟渠 16119 公里。

三

风沙化问题怎么个根治法？省林业厅向记者推荐了高唐县清平镇。

6 月中旬的一天，我们来到清平镇，如同进了原始森林。林外烈日暴晒，热浪滚滚，林内丝丝凉风轻拂面颊，浑身清爽。在这里驱车穿行两个多小时，还走不出茂密的林子。

谁能想到，这里曾经是远近闻名、寸草不生的老沙窝。有一首民谣非常形象地描述了这里当年风沙肆虐的暴烈："老沙窝，一年四季没法活，白天掌着灯，吃饭盖着锅，闺女长到 70 岁，也不嫁这穷沙窝。"

清平镇的治沙经验后来被著名科学家周光召总结为 3331127 模式：30 亩地为一个承包单位，一包 30 年不变，政府投资建 3 间房，打一眼井，拉上电，30 亩地的外圈镇村投资投工栽上 5 行防护林，收益由镇政府、村集体、承包人按 1∶2∶7 的比例分成，里圈为经济林，收益归个人，不交任何公粮提留。从 1982 年开始治理，如今这里不仅生态环境有了根本变化，大多承包户年均收益都在 2 万元以上。

省林业厅绿化处王玉华说，现在防治土地沙漠化，最大的制约因素是资金，"八五"期间全省规划的治沙资金到位还不到一半。土地是农民的命根子，沙区群众打心眼里愿意治沙，但好多连口粮都不够吃，得靠政府拿钱补贴，哪有力量投资治理。所以治沙的根本出路在于政府、集体、农民三者形成合力。清平模式之所以能成功，就在于找准了调动政府、村集体与群众三方积极性的最佳结合点，这对全省面上的治沙工作，有很强的指导意义，应该引起各级政府和有关部门的高度重视。

（《大众日报》1999 年 7 月 10 日 2 版）

邹平话植棉

种棉还是有账算

5月的鲁中旷野，一片盎然生机。在邹平棉区的田野里，到处闪现着棉农们忙碌的身影。

这两年棉价一路下跌，棉农们怎么对棉花还如此上心？里八田乡洛庄村棉农张继峰说："种棉还是有账算。"

去年新棉上市，每公斤籽棉比两年前跌了1元多。但张继峰种的1.8亩棉花，去掉投入，一亩仍然能纯收入近600元。加上棉田套种的西瓜，亩均收入上千元，比单种粮食每亩能增收600多元。

里八田乡有的棉农，还在棉田里套种上早熟西瓜，等早熟西瓜下市后再种二茬西瓜；春棉收获时种胡萝卜、西红柿。三种三收、一亩能收入三四千元呢！

市场之手好神通

邹平是老棉区。以前为了落实棉花种植面积，各级政府层层下指标，签目标责任状，拿着尺子一亩一亩丈量面积，能用的行政手段全用上了，但谁也改变不了棉田面积年年下滑的势头。

去年新棉上市后，国家对棉花的生产和收购基本放开，各级政府不用再为棉花的种植面积犯愁，种不种，种多少，选择权全交到了棉农手中。今年全县棉花种植面积不仅没有大幅度滑坡，而且破天荒出现增长。

县棉花生产办公室副主任张统亮说："市场这只看不见的手，比任何行政手段都管用。"

今年春节一过，市场棉价就开始回升，每公斤籽棉已由去年新棉上市时3.40元上升到目前的5元多。县政府把这个信息通过各种渠道传递到棉农手中，大伙种棉的心劲一下子就提起来了。全县仅春播棉就比去年增加了5万多亩，夏播棉估计还能增加两三万亩。

政府担子更重了

没有了棉花种植面积的压力，政府肩上的担子乍一看轻松了好多，但邹平县的农村基层干部反而比以往更忙碌了。县长刘士合说:“帮棉农增收的任务依旧,提高种植效益的责任依旧,谁能轻松得了?”

以前农民种棉花,最头痛的问题是防治棉铃虫。尽管每天顶着烈日,背着沉重的喷雾器,一天打一趟药,费时费力费钱,一夏天的辛苦劳作也时不时被棉铃虫吃得所剩无几。全县每年因打药中毒住院的棉农,就有好几十位。

去年县政府从财政中拿出 5 万元,引进、示范、培育和推广棉花良种。一季抗虫棉种下来,省时省力,每亩光农药就能少花上百元。今年全县 19 万亩春播棉,95%以上用上了抗虫棉种。各级政府因势利导,利用广播、电视等各种手段广泛宣传,开座谈会,组织示范户现身说法,发动群众搞棉瓜、棉菜套种。全县套种面积达到了 12 万亩,比去年净增 60%。九户镇还投资 100 多万元建起 5 个瓜菜市场,里八田乡等老植棉乡镇也在忙着引进和推广瓜菜新品种,四处奔波,为瓜菜找销路。

“套种的瓜菜变成白花花的票子,我们才能睡个安稳觉。”九户镇副镇长俎荣华说。

(《大众日报》2000 年 5 月 26 日 1 版)

找准优势是出路

——滨州市国有粮店见闻

6月底的一天，记者来到滨州市粮油供应公司第一快餐连锁店。

凌晨2:30，整洁的操作间里灯火通明，职工们换上干净的工作服，开始紧张地准备早餐：炸油条、包包子、煮稀饭、做点心、轧豆浆……个个忙得不亦乐乎。

天刚蒙蒙亮，就有顾客陆续上门。6:30以后，营业大厅七八十个座位坐得满满当当，还有人站在一旁等座位。

早晨8:00，顾客陆续稀少，一位年轻的女服务员边收拾刚刚用过的碗筷边告诉记者："一早晨光一次性筷子就能用七八百双，你说能来多少顾客？"

用了七八百双筷子，就意味着来了七八百名顾客。一人消费一元钱，一早就是七八百元毛收入，看来生意真不错。

像这样的快餐连锁店，该公司共有5个。这些店早上卖早餐，中午起经营中低档快餐，夏天能营业到晚上11:30。

忙活了大半夜的店经理牛俊江说："这么干累点麻烦点，但顾客稳定，一天营业额少说也有三四千元。按15%的纯利润算，一年有二十来万元的纯利润。"

这点效益看起来不算多，但发挥的作用却不小。

这几年粮食供销体制放开，各种扶持性政策取消，市场竞争激烈，曾经作为城市居民粮油供应主渠道的国有粮店经营状况江河日下，其中相当一批举步维艰，职工生活困难。但滨州市粮油供应公司下属的9家国有粮店350名职工无一下岗，其中仅快餐店就能安置一半以上。职工工资月月按时发，多的能拿八九百元，少的也有四五百元。

总经理蔺兵川说："这几年国有粮店面临的外部环境的确非比从前，但也不是没有出路。关键是能否顺应市场，找准自己的位置和优势。"

优势在哪里？蔺兵川认为，在于品牌和服务。这几年城市居民生活水平提高，生活节奏加快，早上起来，周末、节假日，谁不想图个轻松。"干大饭店没能力，但这块市场空当国有粮店完全有能力填补。只要不怕辛苦，品种丰富，干净卫生，价格合适，让人吃得放心、舒心，这个市场大得很。"

基于上述认识，他们对新形势下的国有粮店做了这样的重新定位："作城市居民的大厨房。"从他们的做法看，这个大厨房的内涵并不限于连锁快餐。

比如居民吃饭要买馒头，但这几年馒头加工鱼龙混杂，不少不法商贩在其中掺杂各种增白剂、添加剂，或用硫黄熏，居民吃着不放心。滨州市国有粮店利用自己多年形成的品牌优势，引进先进的馒头生产线，生产不加任何添加剂的原汁原味原色馒头，既方便市民，又分流了职工，市民非常欢迎。

再比如坐门等客经营粮油效益越来越差，他们发挥国有粮店的服务优势，顺应居民消费多样化的趋势，把国有粮店改造成粮油食品超市，除了供应原有品种外，还通过自己加工和多方采购，供应各种高中低档小包装的杂粮、专用面粉，各式各样的面条、水饺、净菜。只要顾客一个电话，不管需用量大小，限时送货上门，经营时间一直到晚上 10 点多，连春节都照常上班，同样深得市民欢迎。

去年市区的国有粮店经营收入达 3600 万元，除了人员工资和各项开支外，不仅略有盈余，还盖了一座宿舍楼。今年又有一座宿舍楼破土动工。这座建起来，适龄职工全能住上 70 多平方米的楼房。他们说："累点苦点心甘情愿，累得值，累中有希望。"

看来，只要找准位置和优势，国有粮店不是没有出路。

（《大众日报》2000 年 7 月 26 日 2 版）

九户镇看奶业

收奶

8 月 18 日凌晨 4:00，窗外的天色还灰蒙蒙的，张行进和往常一样，准时从床上爬起来，喊醒两个儿子，一家三口洗把脸，就开着两辆小拖拉机，匆匆出了门。

张行进是邹平县九户镇北张村的送奶专业户。他和两个儿子每天都要早早动身，开着拖拉机走村串户收来奶，再送到周边的牛奶加工厂。记者也坐着他的拖拉机出了村。

突突响的拖拉机声，好像军营里的起床号。车刚开进新民村，养殖户的院门就呼啦啦次第打开，男的女的手忙脚乱洗净双手，打开冰柜，从里面拎出一桶桶凉好了的雪白牛奶，齐刷刷地摆放在家门口。

张行进挨户停下车，拿着试管，从每只桶里吸上几滴牛奶，滴在小玻璃试片上，再滴上几滴酒精，上面显示酸碱度合格，记者才帮他把桶里的奶倒进车上外表涂得雪白雪白的大罐里。

别看他长得像个大老粗，验起奶来却一板一眼，比实验室里的女化验员还细心。听记者打趣，张行进说："不细心不行啊。到牛奶厂人家还要验哩。一桶不合格，这一大罐奶钱全扣到我头上了。十天半月就白忙活了。"

以前收奶倒没有这么麻烦。一家家的奶桶贴上姓名标签，运到牛奶厂由人家验，哪一桶不合格再退回来。现在养奶牛的人多了，厂家奶源不缺，就把这摊事推给了运奶户，自己只验整罐的。光买这两个大罐和一摊子检测设备，就花了五六千元。"但不花这笔钱，人家不收。"张行进说。

但算算收益，这笔花费也算不了什么。忙活一大早，两辆车能收六七千斤。送到张店的牛奶厂，下午二三点就能返回（再跑远点啥时能返回可就说不准了），一斤提 6 分钱，一天毛收入就是三四百元。去掉各种费用，一天纯收入怎么也下不了二百元。

张行进是镇里第一个收奶专业户。这两年镇上养奶牛的多了，收奶的也多起来。这行当倒成了个发家致富的小产业。

养牛

凌晨 5:00,突突响的拖拉机声一传入耳际,李新德两口子就条件反射似的从床上弹起来。媳妇忙着洗净两手交奶、挤奶,李新德手都来不及洗,就急急忙忙地给牛添草、加料。

昨天的奶交上了,今早的奶挤完了,6 头牛都吃饱喝足,记者和李新德一块将牛拉出去拴到村外,一看表已是早晨 7:00,又到了上地割草的时间。李新德稍稍喘了口气,匆匆吃了个冷馒头,又拿着镰刀出了门。

记者随他到田间割草。齐刷刷的草长得有半人高,看秆看叶和普通的玉米没有两样,可就是不长棒子。

李新德说:“这可不是一般的玉米,而是一种叫墨西哥玉米的特殊牧草。别看它不长棒子,但牛吃起来比吃秸秆和普通牧草要多产六七斤奶。”

一头牛一天多产六七斤,6 头牛一天就是 40 多斤,一斤奶 9 毛钱,一天就多收入 30 多元。一年下来 8 个月的产奶期,不就是好几千元,比种玉米、种麦子合算多了! 难怪他把家里的二亩地全拿出来了。

在九户镇新民村,李新德是最早养奶牛的,养第一头的时间是 1996 年。如今,村里的奶牛已经有 100 多头,有的大户一家就能养 10 多头。

一头奶牛就是一棵摇钱树。去年李新德的 6 头奶牛都进入了盛奶期。每头一天能挤 60 来斤奶,一天毛收入就是五六十元。他自己说,去年 6 头牛毛收入 5 万元,纯收入 3 万多。同来的镇干部则认为,这里面肯定打了埋伏,况且奶牛产的小牛犊的收入还不包括在内。

加工

九户镇里访奶牛,养殖户都承认,养奶牛算不上累活计,唯一的不足是这活太缠人。备草,备料,早、中、晚一天三次喂料挤奶,次次都得卡着点,一刻耽误不得。

活不累,又这么赚钱,怎么这几年养的人并不很多? 村民们说,一头牛得花七八千元,一次性投资太大,拿不出这么多钱来。

分管农业的副镇长俎荣华说:“这还不是最大的问题。关键是担心销路。奶卖不出去,老百姓辛辛苦苦攒下来的血汗钱就打了水漂。”

在邹平县,九户镇算个偏远乡镇,既不靠城,又不靠大公路。前些年群众发家的主要门路是种棉花。近几年棉价下跌,一时又很难找到别的致富路子。正因为如此,镇里提起养奶牛这档子事,比老百姓还要急,于是就实实在在动了不少脑筋。比如钱的问题，今年就定下这样一个政策，买一头奶牛，解决 2000 元贷款。政策出台才半年，全镇的奶牛就增加了 1000 多头。

销路上镇里动的脑筋也不少。周围有点规模的牛奶加工厂也就数淄博的“得益”和“绿赛尔”，但也只是销售旺季收一收。镇领导跑了好多次，想和这两个厂子签订稳定的购销协议，人家就是不答应。也难怪，跨着地市，人家得优先保证当地的。

这不，暑假一到，学生们都放假了，鲜奶销售进入了淡季，镇里产的奶人家就不要了。送奶的专业户只好把奶送到昌乐、临朐的奶粉加工厂。多跑好几百里路不说，价格也少卖了不少。

而且，淄博养奶牛的也越来越多，旺季的这块销路以后未必保得住。

最保险的办法还是上自个儿的加工厂。再三权衡之后，镇里下了这样的决心。再三动员之下，地处镇上的县第四棉纺厂动了心思。县委书记一听这事很支持，当场拍板，帮助解决贷款 500 万元。

俎荣华说：“考察设备的已经出去了。他们一回来，加工厂马上动工。”

（《大众日报》2000 年 9 月 18 日 2 版）

魏宝水细传务农经

好多人认为务农没出息，种地不赚钱。当过陵县电视台副台长的魏宝水，说起自个的下海务农经却眉飞色舞。今年 9 月，他应邀去德州农校开学典礼上做报告，报告题目就叫“广阔天地显身手，务农种地亦风流”。到他承包的边镇农场看看，方知此言不虚。

同是一亩地，收入何其殊

西出陵县县城 10 公里，马颊河拐弯处的三角地带，就是边镇农场。阡陌间穿行，池塘里秋风拂水，荷叶田田，农民们忙着采摘莲藕；池塘边林木掩映，鸡舍猪栏错落杂陈，嫁接树苗的人影随处可见。

一亩地效益到底有多大？池塘里采摘莲藕的农民说：别人种藕亩产也就两三千斤，每斤撑破天卖不到 5 毛钱，一亩水面纯收入也就 1000 多元。可宝水种的藕，亩产 7000 多斤，每斤 7 毛钱，菜贩子还上门争购，一亩水面纯收入怎么也下不来 4000 元；这还不算塘里养的鱼、育的鱼苗。

别人搞水产养殖，一亩水面一年毛收入不过两三千元，除了鱼苗、饲料、人工、水电杂费外，纯收入不过千把元左右。可魏宝水今春光繁育 30 亩水面鱼苗，一亩毛收入就达 3 万多元。

池塘边正在嫁接树苗的农民说：普通的太青杨树苗直接拿出去卖，一棵不过块把钱；宝水在每棵树苗上嫁接上 10 个三倍体小种芽，明春每个带芽的小短枝，剪下来就能卖 4 毛钱，一棵太青杨树苗收入就变成了 4 元多。一亩育 5000 棵太青杨苗，毛收入就是 2 万元……

效益何处来，市场在哪里？

这两年粮价下滑，农产品滞销，不少地方束手无策，但魏宝水今春的 5000 万尾鱼苗一育出，就装进纸箱上了飞往东北的班机，一箱 1 万尾，卖到 180 元。300 亩莲藕还在池塘里采着，购货的车已经守候在池塘边……

不少雇来采藕育苗的农民说：“咱是种么么多，养么么不值钱，可人家宝水就有这本事，能从泥土里刨出金疙瘩，种么么香，养么么赚，简直神了。”

魏宝水说：“神什么！说破了不就是品种二字？”

比如种藕，现在遍地都是白莲藕、五节莲、七节莲、猪尾藕等老品种，产量低，品质差，魏宝水种的是最新培育出来的鄂莲4号。

再比如育杨树苗，别人育的是太青杨等老品种，魏宝水育的却是北京林业大学最新培育的国家级新品系——三倍体毛白杨。

还比如搞水产养殖，别人养的是草、鲢、鲤，魏宝水养的是埃及塘虱、育的是名优稀特的彭泽鲫鱼苗……

鄂莲4号不光成熟期早，品质细白脆嫩，而且亩产比普通品种高出2000公斤；三倍体毛白杨速生丰产，五年一个轮伐期；彭泽鲫生长速度是普通鲫鱼的249%。这样的好品种，再加上两三百亩的规模优势，还愁市场和效益？

信息何处找，技术怎么学？

好品种就有好市场、好效益，这话乍一听并不新鲜，但细琢磨背后大有文章。

品种哪里找？信息何处来？魏宝水说，市场经济时代，不能光低头盯着自个的一亩三分地。只要处处留心，信息到处都是。

魏宝水的确是个有心人。床头上摆满了科技报刊，全是自费订阅的。中央电视台的农村节目每期必看。

信息里面有品种。他种的鄂莲4号就是从《科技日报》上得到的信息。报上说这个新品系因成本费用太高没法推广，他看后二话没说就打电话与武汉水生蔬菜研究所联系，租车千里上门高价求购，运费花了三千元。

信息里面有商机。去年他从《农村大众》上看到，长江、黄河上中游退耕还林约需种苗400亿株，马上通过县林业局牵线，与北京林业大学搭上关系，今年拿出280亩地繁育“三倍体”。苗没育完，300万棵订单已到手中。

技术如何学？魏宝水说，要舍得下本钱。有一次，山东农业大学德州中专部水产班来联系实习基地，每个学生每月准备交50元生活费。他不仅分文未收，还免费为大家请医看病。结果学生们住了三个月，他也学会了彭泽鲫鱼苗繁育新技术。

辞职下海前，魏宝水一个农业专家都不认识，这两年整天电话联系，上门求教，一来二去，山农大、省农科院、省果科所，到处有他的朋友。“只要心诚，跟这些高层次专家接触并不难。”魏宝水说。

风险如何避，成本咋降法？

魏宝水承包的农场，就通过统筹规划形成了相当完整的农业生态链条：台面养鸡养猪，植树种粮种草，水里养鱼种藕。粮食养鸡饲草养猪，猪粪鸡粪肥水肥藕，藕净化水质，茎叶腐烂后变成腐殖质、丰富水中浮游生物、肥水养鱼，塘泥积聚到一定程度清出肥田肥树。动物植物互养互生，鸡贱了鱼补，粮贱了猪补，抗御市场风险的能力随着提高。

一家一户分散经营，还有一个劣势，那就是生产成本高：一家三五亩地得搭上全家的劳动力；家家万事不求人，光打井买泵就得上千元；再配上拖拉机等农机具，花费在万元左右。其实通过有效组织、集约经营，相当一部分无效投资完全用不着花。像魏宝水承包的千亩农场，全部实现管道灌溉，每亩平均投资才100多元。因为机械化程度比较高，上千亩的农场常年雇用的劳动力才二三十人。

（《大众日报》2000年11月17日2版）

全球唯一"村庄造"

世界最大最薄的装饰瓷板

"我们生产的这种瓷板，尺寸可以达到120厘米×240厘米，而厚度仅为0.3厘米，是目前世界上最大最薄的装饰瓷板。"1月15日，在张店区城东村，村党支部书记孙守年在谈到自主研发的世界顶级瓷板时，自豪地对记者说。

去年11月18日，来自中国建筑卫生陶瓷协会、国家建筑卫生陶瓷质检中心等单位的8位专家，经过对该产品的材料评估、考察现场、质疑评议后认为，这种瓷板不仅规格大，而且耐高温、抗菌、防火、易清洗、无辐射，尤其是节约能源，在同等面积下，这种瓷板所用能源是普通瓷砖的60%左右，代表建筑装饰领域未来发展的方向。

2004年，这种新型墙材进入了产业化生产阶段，城东村一期投资1.3亿元，设计年生产能力100万平方米，产值2亿元。如今，这一产品已申报了72项专利，申报成功46项。现在，这种瓷板已销售到北京、上海等地，在许多大型公共场所得到应用。

敢碰世界难题

普通瓷砖由于厚度将近1厘米，所用原料以及烧制过程都需要耗费大量的资源，而如果瓷砖变薄，强度又不够。这成了世界上许多建材企业希望解决的一个难题。

今年40岁的孙守年，高中毕业后，干过会计，后来担任了城东村党支部书记。1992年，城东村发展起建陶厂，红火了几年后，效益开始下滑，利润率降低。2002年，他们到意大利参观时，发现当地一家实验室正在研发一种大规格的陶瓷板，这激发了孙守年的灵感。

回国后，孙守年立即组织成立攻关小组，提出攻关目标。"不知道多少次，大家都满怀希望，认为出炉的产品能成功，但是每次又都化为了泡沫。看着上千万的资金投入到了实验中，研究项目却迟迟没有进展，陷于进退两难的境地。"孙守年在谈起试验过程时说。

为了改进试验方法，孙守年又多次高薪外聘行业内的顶尖人才。随着缺点的不断修正，试验开始有了眉目。2003 年 1 月，在累计投入 3000 多万元研发经费后，“大规格超薄高档纤维复合陶瓷装饰板”面世了。2004 年 7 月，该项目被国家科技部列为“十五”国家科技攻关计划项目，这在淄博的村企中还是第一次。

“让城里人羡慕咱农村人”

“当初，之所以我冒着巨大风险投入研制这种瓷板，关键是我憋着一口气，一口世俗对农民偏见的气。农民总好像和愚昧、无知、落后联系在一起，我就是要纠正这种看法，让城里人羡慕咱农村人。”孙守年在谈到研制世界顶级瓷板的初衷时，这样说。

实际上，这么多年来，这股气一直在支撑着孙守年不断进取。在十几年前，孙守年刚刚担任村支书时，城东村还是一个不起眼的小村庄。600 多口人大部分靠耕种 300 亩薄地过活。现在却发展起村办企业 10 余家，除解决了本村 400 多名劳动力的就业外，还招收了 2000 余名打工者。

记者在城东村看到，村里规划整齐，办公楼、俱乐部、银行、超市一应俱全，假山、绿地、喷泉相映成趣。上百座别墅式的小洋楼最惹人注目，部分家庭甚至还开上了小轿车。一位孙姓村民对记者说：“我在村里的企业工作，一年能收入将近两万元。我们村的村民看病有合作医疗，冬天实行集体供暖，年底还有分红。现在，有好多城里人都羡慕我们！”

（《大众日报》2006 年 1 月 23 日 5 版，合作者：杜辉升）

“说了不算”的村委会

——柳杭村纪事

建设社会主义新农村，管理民主是法宝。民主治村咋民主？它的威力有多大？到淄博市张店区湖田镇柳杭村走走看看便知一二。

群众拍板才办事

3 月 10 日晚，柳杭村委。村民代表就村庄搬迁展开了激烈讨论。原来柳杭靠着石化企业，地下水源、周边空气污染较重。这成了村党支部书记、村委会主任王世明的一块心病。“但村庄搬迁事关家家户户切身利益，一户群众工作做不透，再好的事也得办砸，也会招来阻力和埋怨。”王世明对此体会极深。

“在咱柳杭，让俺们说了算的何止村庄搬迁。大至村里购置小轿车，小至过年分多少斤鱼肉鸡蛋，都得俺们点头。村委态度很明确：64 名村民代表有一个不同意，再小的事也不能办。”村民代表大会上，代表们指着村委办公桌上一大摞摁有代表鲜红手印的各种决定，七嘴八舌地告诉记者。

“大盘子定下还不算”，村民代表介绍说：“俺村的福利待遇在周边是出了名的。男满 55 岁、女满 50 岁，每人每年都能从村委领到 4000 元，另外每季度还有 10 斤鸡蛋，过生日还有 200 元钱。仅每年春节为群众免费分发的鱼、肉就达 8 吨之多。周边一些商家知道柳杭是个大主顾，纷纷上门‘攻关’，可王书记两手一摊：‘找我没用，不光采购盘子我没权确定，就是具体购买谁家的货物，也得由村民和党员代表考察质量和价格，货比三家才能决定。’”

穷变富靠的是民主

“都知道有权就有利，越透明就越没空子可钻。为什么你却主动把手中的权力让给了群众，把村委一切活动置于群众监督之下？”采访中记者提出这样的疑问。王世明回答：“这也是逼出来的。”

1998 年他走马上任前，柳杭是市、省有名的“上访明星”，连中央信访部门都知道柳杭的大名。群众意见大，说到底缘于村务不公开。村办企业由谁承包？承包费是多少？兑现情况如何？村民既无从参与决定更没法监督。这样下去的结果是，不仅 5 个村办企业全部瘫痪，而且背了上千万元债务。到王世明当选时村集体账上仅剩409元。

痛定思痛后王世明祭起"民主公开"这个法宝：村委成员从村办企业经营管理中全部退出，公开竞标确定承包人和承包额，上交的承包费月月公开，年终达不到承诺指标再公开竞标。由于此举使能人脱颖而出，村办企业不仅很快重新启动，而且规模效益芝麻开花节节攀高。村班子也得以从具体的企业经营中超脱出来，腾出精力招商引资。短短几年，村里企业发展到20多家，去年产值达3.2亿元、利税3600万元、村集体收入850万元。

民主不民主当家人是关键

"穷家难当富家更难当。因为经济发展不上去，大伙怨你没本事；村里富了大伙又都盯着集体手里那点钱看你怎么花，村干部是否沾了捞了搞了特殊。要想让群众服气没意见，拧成一股绳加快发展，还得让群众说了算。"王世明深有感触地告诉记者。

早在四五年前柳杭村就10户一组选出一个代表，然后再从64名村民代表中选出5名民主理财小组成员和3名村务监督小组成员。凡是涉及土地租赁等事关村民利益的大小事项，全由村民代表大会充分讨论民主决策，形成意见后再张榜公示。

记者来到柳杭的村务公开栏前，发现这里的村务公开绝不仅仅是说说而已：大至村办企业的公开竞标程序及承包合同兑现情况，小至村干部的工资奖金、差旅费、招待费、办公费、通信费、车辆花销，甚至连村民理财小组对一张收支发票的审核签字，也都公布上墙月月更新，接受群众查询监督。

"大事小事都由我们选出的代表拍板决定，大账小账都有我们选出的代表审核监督张榜公开，能民主到这程度，关键是当家人有肚量、自身清。"采访中，不少村民发出这样的感慨。

自王世明上任以来，党支部、村委会每次换届，他得票都是100%。这几年村里唯一发生的一起上访，就是去年村民联名要求镇政府为王世明加薪。"要不是撇下自个的企业接手村里这一摊，世明早成千万富翁了！人家啥好处不沾，连俺们一根烟都不抽，一门心思办群众的事情，把穷村乱村变成远近闻名的强村富村，俺们就怕他突然提出不干了！"记者在柳杭村随便问了几个村民，都听到这样的赞语、这样的担心。

说了不算才真说了算

"都害怕群众觉悟低，太民主了啥事也别想办成，但柳杭的结论恰恰相反。

关键看你想办的是不是正事！特别是干群隔阂和猜忌越少，越让群众得实惠，群众的素质就越高，思想越开通。”采访中，湖田镇党委书记滕春生得出了如是结论。

以下事例可为佐证。去年村委想将一辆价值十几万元的大客车赠送给经济困难的邻村接送孩子上学。想不到64名村民代表面对这种明目张胆的“卖村行径”，一个反对的也没有。“村班子提的是正事。咱村富了，帮帮周围的乡里乡亲还不应该？”

村民说了算威力有多大？以下小事可见一斑：2003年，一投资商选址建碳5裂解项目，几个地方靠上做工作，想把这个项目争到手。王世明闻讯后到找到投资商只说了两句话：“俺村符合建厂条件的地，你看中哪块，半月就给你平整出来。”半月后投资商过来一看，他想要的地平平整整，民房、养殖场扒了，村民连祖坟也迁走了，于是感慨：“与威信这么高的村委合作，我们放心！”并当场拍板把项目放在了柳杭。如今这个项目总投资已超过亿元，年销售收入很快将突破5亿元，并被列为全省高新技术导向项目。

“以前别说扒祖坟，动坟上一掀土都有人拼命。所以连我也没想到，把这个项目在村民代表大会上一说，没几天村民就主动把坟迁了！”王世明言谈之间不无感激。

“本来我想因迁坟与村委讨价还价，但一想到世明这些年不图名不图利，成天为俺们忙活，而且没办砸一件事，就觉得他说的还能有错？”一位年过七旬的老人告诉记者。

（《大众日报》2006年3月22日9版）

为失地农民栽上"摇钱树"

——潘庄：城市化进程中的抉择与启示

10月21日，秋雨淅沥中，记者来到全国十佳小康社区——淄博市张店区科苑街道潘庄社区，采访他们开创性的农村城市化路径。

钱从何来

——一块土地，三份收益

秋雨荡涤着海鲜淡淡的鱼腥味，中午的海盛水产品批发市场停满了各色运输车辆。据市场管理办公室的张希海介绍，海盛占地100亩，拥有业户上千个，年交易额15亿元，平均每天海鲜出货400万元！

在潘庄，类似的市场还有装饰材料城、大富豪灯饰城等15个。前年各专业市场营业额45亿元，去年增至52亿元。潘庄人不仅将每年近3000万元的土地租金收归囊中，还能从这些市场赚到另外两份收益：居民在此从事保安、保洁、统计、检测、管理等工作可以挣到工资；一个个市场作为潘庄的招商引资项目，按照合约经营30年后，品牌和地上建筑等有形无形资产及其后产生的收益，全部无偿交归潘庄所有。与此同时，在华光路北侧一公里长的地段上，潘庄还建起楼房出租给两岸咖啡、常青树休闲餐饮、英派斯健身等数十家餐饮娱乐企业，每年又有600万元租金稳稳进账。

面对滚滚而来的城市化大潮，一大批城中村和城郊村土地被卖光，收益被分光。失去了赖以生存的土地的农民，以后的生活了无保障，成为影响社会稳定的巨大隐患。但潘庄恰恰相反，对手里宝贵的土地不是一卖了之图现成，而是着眼长远巧妙运作，筑巢引凤发展三产，这样不用自个投资经营，却为失地农民栽下一棵又一棵具有永久保障功能的"摇钱树"。2003年至2005年，引来27个项目，引资额达18亿元。这对其他处在城市化洪流中的城郊村、城中村来说，无疑具有借鉴意义。

有钱咋花

——"摊上一个好书记，胜过养个好儿子"

漫步潘庄社区，10余处小花园点缀其间，高达40%的绿化率令人惊叹。更令人惊讶的是，潘庄还投资5亿元建起居民住宅楼84栋，全居近6000人全部无偿住上楼房，人均住房56平方米，户均楼房2.8套，家家户户由此拥有固定资产过百万元！而且社区内的物业管理费、卫生费全部免收。

集体富了钱咋花？潘庄社区党委书记、潘成集团董事长耿佃成认识非常明确："就得花在老百姓身上，让由村改居的潘庄人，从住房、收入、教育、医疗、养老、生活环境等方方面面，完全像个城里人。"

潘庄的居民年人均纯收入早在2006年就达到1.3万元，远远高出淄博城镇社区平均水平。此外，6000名居民每人每年还有600元的口粮补贴、300元的医疗补助，春节、中秋、重阳还能领到近500元福利。再比如，全体居民由集体出钱参加了合作医疗，投了意外保险。居民到55岁每月可领取420元的养老金。采访时记者还发现，尽管只有邢本江和昝持水两位"五保"老人在此颐养天年，但潘庄自办的养老院却占据了该社区的老年活动中心四楼整整一层，社区还特意请来三个人照顾他俩的生活。"摊上一个好书记，胜过养个好儿子！"老党员陈孝良的感慨，道出了潘庄老人们的心声。

仅富腰包还不够。这几年潘庄把功夫下在提高居民素质上，先后建起了设施、师资一流的幼儿园、小学，孩子上学全部免费。投资200多万元开办了淄博市第一家社区有线电视台，投入1000多万元建起了社区文化广场、社区活动中心等10余处文化娱乐健身设施。所有这些，都一天天春风化雨般改变着居民的生活习惯，提升着居民的素质。难怪社区召开上千人大会，会后地上竟找不到一口口痰。

官该咋当

——"一人暴富不算富，共富才是真本事"

在不少经济强村，"一把手"持大股，班子成员人人有股份。但耿佃成作为潘庄的掌舵人和营业收入高达50多亿元的集体企业潘成集团董事长，与两委成员一样，个个一点股份都不占。

做到这点靠什么？靠耿佃成的品德和境界。他常说，"改革开放走到今天，一人暴富不算富，共富才是真本事！"

在他看来，不少穷村干群关系紧张，但有的富村干群关系更紧张。为什么？因为通过股份制改造，集体积累的财富都集中到了少数人手里。贫富差距越拉越大，群众能没意见?！而要想干成事，为村里引来、留住一棵棵"摇钱树"，群众打心眼里的支持拥护不可或缺。

正是清醒地意识到了这一点，耿佃成连手里的财政大权也主动"剥夺"了：

工资奖金由办事处决定；所有大的开支必须集体研究，重大事项召开居民代表大会，两委成员报销费用由理财小组挨张票据看，再到会计下账，没四人签字一分钱也拿不出来。

潘庄的老少爷们无论谁谈起耿佃成，都夸他没架子，和百姓心贴心。在潘庄，耿佃成从来都是以步代车步行上班，为的是尽量缩短与村民的距离，随时倾听百姓的意见；当社区干部这么多年，他从来没在家里过除夕，总是带上和好的面和馅，与社区的孤寡老人一起包饺子吃年夜饭。

难怪在这个拥有近6000名居民、184个姓氏的社区里，这些年一起上访都没有。更让人叫绝的是，每逢引进或上一个大项目，社区通过有线电视台征求意见，大伙总能很快达成一致，并且从来没出现过堵项目、闹意见的事情。

（《大众日报》2008年10月25日6版，合作者：郭炉）

企业纪事

不该有的结局

——写在宏祥集团倒闭时

编者按 曾经十分红火的宏祥集团垮了，教训惨痛而深刻：盲目贪大求全，“超常规、跳跃式”发展，这一决策失误把宏祥带入绝境；方方面面违背经济规律的过多的“关爱”，使企业不由自主地恶性膨胀，最终将宏祥推向悬崖。本篇报道深入剖析了宏祥由盛转衰的过程，试图从企业内部决策、管理和外部环境两个方面，寻找企业衰败的原因。宏祥之路颇具典型性和代表性。希望本篇报道引起企业经营者及政府部门的警戒。

闻名全国的宏祥集团突然垮了，倒闭之迅速，之彻底，让人瞠目结舌。此事进了 1998 年中国乡镇企业十大新闻。

如果几年前有人预言宏祥倒闭，会被当作笑话。1994 年，宏祥对外公布的工业总产值是 7.78 亿元，利税 8600 万元，被评为中国明星企业；在国家统计局评定的全国 500 家最大乡镇企业中，排名第 13 位。

垮，必然是过不下去了。该垮的谁也救不了。现在重要的是分析垮的原因，从中吸取教训。

1 月的一天，我们来到宏祥，发现厂房、设备已经易主。只有大门口依旧高挂的“中国宏祥集团”的大牌子、宣传栏中被风雨冲刷得斑驳陆离的有关宏祥的介绍，还在依稀诉说着宏祥昔日的辉煌。

采访越深入，我们越有这样的感觉：这本是个大有前途的村办企业，本该有另一种完全相反的结局——如果没有那些违背客观经济规律的做法出现的话。

如果不是“超常规”……

1982 年初，46 岁的丁焕相被选为莱州市丁家村支部书记。丁焕相上任后，集资 5000 元建起宏祥滑石粉厂，当年赢利 4.27 万元。次年用这些钱建成了镁石轻烧窑，又赚了 12 万元。

丁焕相信心倍增。1984 年宏祥上了钢瓶生产线，1986 年产钢瓶 200 万只，成为名副其实的“钢瓶大王”。这年，他给全村每家发了台电视机。

手头宽裕了，丁焕相又相中了冰柜。1987 年，他从银行贷了 7000 万元，上了冰柜生产线。由于设备先进，宏祥冰柜一度成了全国冰柜十大上榜品牌。

靠着这两样，企业有了实实在在的发展，1989 年宏祥实现产值 3 亿元。但丁焕相的胃口绝不止此。进入 90 年代，在一度席卷全国的投资热中，踌躇满志的丁焕相要把宏祥的发展变成“跨越式”，又盯上了空调、热水器和农用车。丁焕相没想到，迷信他的宏祥人更没想到，正是这种超常规的发展，成了宏祥由盛转衰的分水岭。

由于技术、资金等原因，投资 5000 万元的空调一直没形成规模生产。历时 6 年的超薄型燃气热水器项目搭进了六七千万元，压根就没生产出合格产品。投资 3000 万元的农用车项目，仅有几百辆走下生产线。

巨额贷款拼凑的“泰坦尼克号”是成形了，但巨额本息和大船航行所需的大量费用（几个项目开足马力，每月流动资金就需 1.5 亿元），却已开始像铁锈一样腐蚀船体。宏祥开始用钢瓶、冰柜赚的钱填补这个亏空。当宏观经济环境发生变化时，这艘巨轮便不可避免地触上了银根紧缩的冰山。

可惜丁焕相发热的头脑并未被这接二连三泼来的冷水浇醒。国内市场举步维艰，丁焕相又把宝押在了“参与国际大循环”上。想不到 7 万只钢瓶进了巴西却没人要，企业紧绷的流动资金链条彻底断了。

据最保守的估计，宏祥固定资产 3.27 亿元，负债 4.2 亿元，资债相抵已成空壳。有经济专家认为，企业负债率超过 90%，就完全是为银行扛活了。像宏祥这样的高负债，即使勉强维持，债务雪球也会越滚越大。

宏祥冰柜厂一位原经营副厂长说：“孩子生得太多，养活不了，把爹娘都累死了。”

如果不是“太关爱”……

宏祥倒了，损失最大的还是国家和银行。

宏祥在起起落落中，先后向近十家本地和外地的金融机构贷过款。仅在莱州市的贷款就有：农行的 3000 多万元、投资公司的 6000 多万元、农村信用联社的 5000 多万元。这三家最后得到的，仅是宏祥下属三个分厂的死资产。他们把三个分厂租赁出去，今年仅能得到一二十万元的租赁费。看来要想把宏祥的账扯平，实在是遥遥无期。其他金融单位的贷款怎么办，目前还没有确切的说法。

仅靠丁焕相，不可能搓弄出这么个大摊子，似乎方方面面都需要这么个大摊子。也许大家初衷是好的，但不可否认，错误的政绩观、错误的经济工作指导思想占了上风，经济规律却不幸退居次要位置。

有了方方面面的需要，就有方方面面好得过头的“关爱”：批项目一路绿灯，缺资金有人关照，企业在不由自主地恶性膨胀。宏祥应该搞大，成了所有人的“共识”，大家都该做点贡献。

块头上去了，上上下下都来肯定了，宏祥却成了想放不敢放、想拿又烫手的山芋，为了面子谁也不敢让它倒下去。

对宏祥的贷款风险，金融部门不是没警觉。好几次金融部门负责人带队查账，都被毫不客气地拒之门外。按理说，这么大的资金放进去，金融部门该有人驻企业监管，但不仅人派不进去，甚至连这些年企业效益究竟怎么样，在我们采访到的金融部门中，也没有一家能说得清。但款却不能不贷，因为典型树起来了，需要维护。此后几年，尽管银行对宏祥经营有所警觉，但一笔笔的贷款还是不断流入宏祥，仅市农村信用联社又贷给4000余万元。

当地金融机构一位负责人说，这个教训实在太深刻了。假设银行都能摆脱行政干预，建立起贷款第一责任人制度，企业一个账户对外；假如各级领导多一点风险意识和效益观念，宏祥也许会有另外一种结局。

如果不是“一言堂”……

农民出身的丁焕相，有股敢闯敢拼的狠劲。为上钢瓶项目，他3个月跑了48次省城。在企业，他天不亮就绕厂转一圈，经常一天工作18个小时。

是企业就得讲民主决策，是村办企业就该听听村民的意见。但小农意识恰恰限制了丁焕相的眼界。镇党委书记郭方文说，上后面几个项目不是没异议，但他已听不进别人的意见。

初中毕业的丁焕相常笑别人“燕雀安知鸿鹄之志”。他把广告牌插到了省城高层建筑上，要把宏祥建成“江北第一家电城”。但理想脱离现实便成了妄想，妄想进一步延伸便是自欺。在被沉重债务压得喘不过气时，他玩起了数字游戏。当地金融部门一位同志说，宏祥后期的产值利税至少有一半水分。

企业大了，技术含量高了，管理、人才都得跟上。但宏祥的管理是个什么样子呢？镇上一位干部说：“地基没打实，大楼就呼啦啦往上蹿，能立得稳吗？”

宏祥的钢瓶厂易主后实行计件工资，达不到规定的产量、质量指标要被扣罚奖金。没想到，原先松垮惯了的职工连这都受不了，一个月竟罢过二次工。企业现任负责人说，原来700名职工、150名管理人员干的活，现在分别只用200人和8人就够了。人浮于事，比起某些国企有过之而无不及。

宏祥管理层是清一色的村里人，相互间有着这样那样的亲属关系。有些人连初中都没有上过。面对“近亲繁殖”的弊端及人才匮乏，丁焕相曾两次登报高薪招聘到82名人才。对他们的到来，宏祥人异议颇多：有的人认为真有本事的没几个，有的认为和村里不是一条心。说来说去，就怕占了自己的位子。这些人辞的辞，走的走，不到一年仅剩16人。到1998年初，留在企业的仅1人。

丁焕相身上集中了一代乡镇企业家的优点和缺点。在乡镇企业勃兴之初，凭着一股冲劲，凭着乡镇企业特有的优势，他们创造了显赫的业绩。当完成了缺短经济时代拾遗补阙的历史使命，与日渐复苏的国有企业站在同一起跑线上，当企业发展到一定规模，他们身上固有的、没有克服的种种弱点就日渐成为企业发展的致命障碍。

宏祥垮了，垮得让人痛心。但愿宏祥能使人们引为鉴戒。

（《大众日报》1999年2月25日2版，合作者：于向阳）

在扬弃中新生

——烟台冰轮集团公司改革发展三部曲

市场淘汰弱者，也成就巨人。

20世纪90年代的制冷业竞争异常激烈：一方面400多家企业一哄而起（几年间增加了200多家），一方面需求日渐萎缩。于是"让利不让市场"的价格大战一轮压倒一轮，大量企业被迫转产停产。就是在这样的市场夹缝中，烟台冰轮集团公司完成了凤凰涅槃式的再生之路。1992—1998年，销售收入年均递增16.5%，利润年均递增21.6%。

剖析这个具有43年历史的国有老字号企业走向市场的艰难轨迹，有助于我们认清国有企业的症结所在。"冰轮"的实践表明，只要找准症结，勇于扬弃，多年积聚的巨大能量就能喷薄而出，国有企业完全可以在竞争中立于不败之地。

属龙的下海，属虎的上山

冰轮集团始建于1956年，前身是烟台冷冻机总厂。1989年上半年，产品还卖得好好的，下半年突然销不动了。幸好有上半年垫底，全年略有盈利。然而次年前三个月，好转的迹象还是一点看不到，又亏进去100多万元。产品积压，流动资金周转困难，发工资都成了大问题。

企业负责人坐不住了，出外转了一圈，吓出一身冷汗：就在关着厂门夜郎自大时，30%巨额利润率刺激着全国数百家企业竞相上马，制冷业一下子转为买方市场。大家关在屋里连开三天会，经过激烈争论，痛下决心，把手中高度集中的权力放下去。1990年底，改革拉开了帷幕。

职能处室由28个减为18个，变过程管理为目标管理。按照产品专业化原则划分了7个独立核算、自负盈亏的生产分厂，赋予其"产供销人财物"和"短平快"新产品开发7方面48项自主权，明确考核的效益指标。

企业压抑多年的能量喷薄而出。这些过去只考虑产量的生产分厂，前所未有地关心起成本、市场、交货期，由一个个仅靠集团公司单动力驱动的火车厢，变成了一艘艘进退自如、咄咄逼人的战舰。以螺杆制冷机厂为例，任务指标层层分解到每一名职工身上，加班加点满足客户要求，交货期由三个月缩短到不足两个月；除了完成集团下达的经济指标外，还组成若干小分队，走出工厂到处承揽设计、制造、安装项目，当年实现利润 97 万元。

1991 年集团驻外销售服务网点增加了 100 多个，当年推出新产品 15 种 59 个规格，连普通职工也关心起销售来。1991 年集团销售收入比上年增加 45.3%，其中非销售人员实现的占到销售额的 11%，利税比上年增加 10 倍。1992 年利税又比上年增加 64%。

“冰轮”在激烈的竞争中逐步站稳了脚跟。

堵住管理的黑洞

随着市场日趋供大于求，制冷产品的降价幅度达 10%甚至 30%，几近无利可图，国内同行业亏损面达到 70%。

祸不单行，恰在此时，配套电机的厂家却以原材料、工资上涨为由，提出供货价格上涨 10%～15%，这已是近年来的第三次涨价了，这意味着集团全年成本又要增加 300 万元。面对成本呈刚性上升、同行业厂家又竞相压价、获利水平每况愈下的局面，一名副总经理带队，对国内众多电机生产厂家进行考察。经过比较和讨价还价，这些厂家供货价格比集团现行采购价还低 10%，仅此当年降低成本 230 万元。

决策者深受启发：原材料和配套产品同样已转入买方市场，这为降低采购成本提供了客观条件。

集团成立物资询价小组，收集整理分析价格信息，货比三家，随时制订物资订货指导价。采购物资低于指导价，按节约价值提成奖励；超过指导价，价值在 1 万元以内的，按高出部分的 30%予以经济处罚；超过 1 万元以上的调离工作岗位并从严处理。设总稽核员，负责采购的最终把关。询价制运作以来，仅 1996 年就降低采购成本 691.4 万元。

决策者恍然大悟，原来市场景气、日子好过，不知不觉竟掩盖了管理上如此惊人的“漏洞”，市场一有风吹草动，这些“漏洞”对企业的损伤便可能是致命性的。集团组织力量对方方面面的“漏洞”进行彻底排查整改。

外协开口过多过滥。以车辆为例，集团内 33 辆运输车几乎长年被冷落，下属分厂用车反而到社会上去租，仅 1995 年就支付运费 750 万元，按 30%利润计，等于拱手送人 225 万元，加上贷款利息，一年损失 300 万元。集团将各种运输车辆集中调配，优先安排使用；集团车辆运力不足，再由运输科货比三家从社会上租。仅 1996 年前 5 个月，外租车运费就比上年同期减少 150 万元。大量运费在内部银行结算流动，缓解了资金紧缺状况，减轻了利息负担。

超量采购，大量流动资金占压，仅工具库就占压 78 万元，还得配备保管员。集团对量大、易购物资现采现用，尽可能不占或少占库存；对低值易耗品经济批量采购，直接分发到位，不再占用库房。减少保管人员 7 名，倒出库房 700 平方米，连同原来闲置的 30%库房一块利用起来，让富余人员兴办三产，减少流动资金占用 300 多万元。

1996 年集团通过强化管理节省费用 1200 万元。

机构过多人浮于事。合并部室 7 个，减少管理人员 80 多人，下岗分流 1061 人，占职工总数近 1/3，年节省支出 800 多万元。

让资产流动起来

“冰轮”前两年引进外资，利用一个半闲置库房和一个亏损车间，建起弘达、埃克米两个合资企业，去年分别实现利润 140 万元、200 万元，效益是过去的十几倍、几十倍。

这一尝试的成功，为企业解决大量低效闲置资产洞开了新的思路。企业决策者由此明白，资产的本质是增值，流动起来才具备增值能力，以往的闲置和低效资产才能变成摇钱树。产品结构单一、技术开发力量不足、开发资金紧缺也可以同时解决。

是否需要流动，标准是资产回报率或资产保值增值率。集团把下属企业改制成 17 个独资、控股或参股的法人公司，按占有集团资产的多少先提足利润，再计算费用，倒挤工资。保不住工资，就等于这块资产增值能力不足，资产得重组，经营者要走人。经营者动起来了，职工也动起来了。下属法人由以往只关心项目、投入，不考虑投资回报，自觉转向压缩开支。

对回报率低、撤并了法人资格的资产，集团把目标定在大中型空调设备的开发生产上，引进外资和技术，将其连同闲置资产作价入股，高起点嫁接改造，先后建成合资企业 6 个，总投资额 4245 万美元，分流富余人员 540 人。美国顿汉布什公司的立式全封闭螺杆制冷压缩机，英国海洋公司的冷藏集装箱，澳大利亚的船用制冷、平板速冷技术等世界制冷业的“骄子”，纷纷随着合资进入“冰轮”，十几项专利技术居世界领先水平，五项填补国内空白，并争得世界银行环保型制冷无偿赠款 279 万美元，产品竞争力大为提高。

用流动的视角看资产，集团外的闲置低效资产也成了宝贝疙瘩。1997 年 6 月，集团兼并烟台锅炉总厂，不仅增加了高压氧舱、锅炉、换热器、金属结构 4 种富有竞争力的产品，还通过重组，使这块年亏损 472 万元的资产去年赢利 200 万元。用锅炉总厂的部分厂房置换出集团压力容器厂 1.8 万平方米厂房，租赁给顿汉布什公司，年收入租金 640 万元。通过控股芝达公司，置换出集团的小件车间厂房，小件车间降低了成本，一举扭亏为盈。

几年间，集团总资产膨胀到 5.58 亿元，是 1991 年的 4.8 倍；固定资产净值 1.22 亿元，是 1991 年的 2.8 倍。在去年市场萎缩、国内市场容量降幅高达 38.3%、价格大幅下调的严峻形势下，集团销售收入尽管下降了 23.8%，但由于成本下降了 600 万元，资本运营盈利 1286 万元，利润总额反而比上年增长了 22.2%。

（《大众日报》1999 年 6 月 21 日 1 版）

潍柴解困告诉我们什么？

编者按　今年是国有大中型企业扭亏脱困的关键一年。在年末将至之际，我们专门组织采写了一组《改革发展新篇·国企脱困经验借鉴》，从今日起开始发表。

国企脱困事关大局。如何树立信心，千方百计搞好扭亏脱困工作，是摆在各级各有关部门，各个企业，甚至是全社会面前必须很好地回答的一个大问题。脱困的关键在改革。改革的指导方针，党的十五大、十五届四中全会已做出明确阐述。具体到每个企业，各有各的情况和特点，如何将大政方针落实到改革实践中去，才是解决具体问题和矛盾的根本所在。我们介绍这几家企业的经验，目的就是把它们的具体脱困之路展示出来，以资借鉴，同时坚定我们做好国企改革脱困工作的必胜信心。

谈起国企面临的困境，不少人总是抱怨外部环境，然而，到潍坊柴油机厂看看，才知道企业能做的事原来也不少。

如果一味“等、靠、要”，13000 名潍柴职工的工资或许至今还没有着落。恰恰是靠着自个儿，短短一年多，潍柴不仅走出困境，今年 1～9 月还实现利税 3733 万元、利润 389 万元，工资月月按时发，且平均比去年增了 26%。

潍柴这一年所做的，说来并不新鲜。然唯其如此，更值品味：把企业内部点点滴滴的事情做好了，一定程度就抓住了国企脱困的关键。怕就怕看不到这一点，或看清了不屑去做、做不到家。

没有什么救世主，只有自己救自己！

转变观念不能光靠空喊

如果不是那次险些呛死人的市场风浪，潍柴人可能至今还躺在安乐窝里睡大觉。

也难怪，这个 1946 年诞生于炮火中的国有老企业，一直是内燃机行业的宠儿：产品供不应求，效益长盛不衰，在柴油机最紧俏的 90 年代初，一张炙手可热的提货单竟被炒到 2 万元。

市场的脸说变就变。1997 年下半年起，产品堆积如山无人问津，资金周转困难，连水电费都拿不出，到 1998 年上半年，职工先后有 6 个月领不到工资。潍柴人第一次饱尝了市场竞争的残酷。

1998 年 6 月，年仅 37 岁的谭旭光就任厂长，潍柴开始反思。

产权不清，负债过高……这些国企通病潍柴一样不少。但光在这些问题上打转转，只等政府来帮助解困，显然是不够的。

当务之急是弄清企业自身能做些什么。

产品滞销，与宏观环境不无关系。但后来居上的同行业"小字辈"，为什么日子仍然好过？走出厂门一比，病根显而易见，"双脚"已别无选择地踏进市场，"脑袋"还停留在大门外：

13000 名职工，真正干一线的仅 3000 多人。大大小小管理辅助部门 34 个，仅科级以上干部就有 750 多名。管理重叠，人浮于事，表面都忙忙碌碌，实则互相掣肘。用户买件 10 元的小配件，要 3 个环节签字，盖 5 个章，跑 6 里路。一位客户来购配件，从开票到提货，在厂里转了 3 天还弄不清配件在哪里，一气之下走人。

6 个月领不到工资，按说该有点危机感。但到车间走走看看，都急又都不急：又不是光我一个人领不到工资，咱是国有大企业，国家总不能眼睁睁看着 1 万多名职工饿饭！

34 个管理部室被削掉 13 个，349 名科级以上干部被免职，400 多名管理人员被分流，中层干部平均年龄从 50 多岁降到了 39 岁。3000 多个岗位被取消或合并，1700 名富余人员下岗或分流，辅助岗位人员压缩了 35%。

拆庙、并岗、减人，不光为省几个钱，关键是减少环节，提高效率，让人人都有危机感。供热站砸煤块岗位露天作业，脏、累、苦。正式工不愿干，一直雇用临时工。现在 4 个岗位 24 个人竞争。争上了并非高枕无忧，因为还有 20 个人在一边等着。

堵死管理黑洞任重道远

销售公司原有 6 辆车，维修费一年竟达 80 万元，这笔钱能够再买 6 辆新车。账摆到桌面上。40 多个二级单位，个个小车、面包车、货车俱全。一到周末，油库前车就排成了长龙。司机有空就去修车，全厂 300 多辆车一年维修费 800 多万元。今年办公、运输用车集中管理，报废停用 100 多辆，不仅够用，还通过对厂外服务赢利 150 万元。修车先写申请再招标，财务处直接与维修厂结算，光维修费省了 400 万元。

本来不可思议的事儿，几十年来司空见惯，以为理所当然。较真儿就得触动一些人的利益，反正都是公家的，犯得着为这得罪人？方方面面的规章制度就成了一张张废纸。

谭旭光玩起了硬的：二级单位费用在上年基础上拦腰一刀，与职工月收入挂钩，完不成，职工没工资，单位负责人走人，六亲不认。一名老资格的专业厂厂长没完成指标，谭旭光将其就地免职，从做决定到发文件没用10分钟。一年来，因没完成指标被免职的中层干部有20多名。

企业动了正格的，再没有人不拿公家的事当自个的办。

以前好多人从职工医院开出螺旋霉素到厂门口换豆腐，大伙见怪不怪。企业办社会项目年支出近2000万元。暂时剥离有困难，费用拦腰砍断。医院被迫压缩开支，对外服务创收，今年硬是帮厂里省下500万元。工人文化宫600万元资产过去也就厂里开大会用用，今年承包经营，16名职工工资不用厂里开，还能上交40万元。

以前取暖用煤用多少进多少，煤质好坏没人追究，一下雨煤堆上满眼石头；进厂磅都不过。如今费用包干，公开招标，招标下来每吨比去年少花50元。一冬4万吨至少节支200万元。

物料采购公开招标，暗箱操作黑洞被堵死，1～9月原材料、外协件采购成本分别降了540万元、570万元。电话费包干后一月从未超过8万元，而前几年高达27万元……

潜能恰在逼放间

有一次，潍柴请外国专家讲管理课，专家提问：“怎样才算称职的中层干部？”一位专业厂厂长答曰：“厂长让干啥就干啥。”专家哑然失笑：“厂长不吩咐你就整天闲着？”

谭旭光深受启发：只有打破多年形成的唯命是从、畏首畏尾的思维惯性，才能最大限度激发干部职工潜能。

办法是：对方方面面的负责人既定死指标，头悬利剑；又授之以权：只要工作需要，上可调动厂长，下可全权奖罚任免。

一逼一放，活力尽现。

铸造厂过去光管生产，不管消耗，下属干部任免、职工奖惩说了不算，万元产值废品损失高达1800元，年亏损2280万元。新厂长徐宏将合格品指标分解到人，与收入挂钩。设置67个动态岗位，完不成任务者下岗，再由原来下岗的替补；职工月收入高低相差800多元。万元产值废品损失很快控制在900元以内。今年1～10月仅亏18万元。不光工人急，车间主任、工艺技术人员也坐上了针毡。整天泡在车间找漏洞，攻难题。连曲轴缩松这个建厂几十年来解决不了的老难题，仅用3个月就攻下了，月减少损失10万余元。

以前生产处下任务，动能公司提供能源，专业厂出产品，各管一头，没人考虑成本。现在水电风气费用包给动能公司，硬生生比去年砍了4900万元，但该公司有权围绕节能安排生产。于是，动能公司处处算细账：建厂50多年职工全上白班，上班拖拖拉拉，干不完周末加班是奉献。但一天峰、平、谷电价差价大得惊人（每度分别是9角、6角、3角）；几个人加班，全厂水、电、风、气全得开。几十年来天经地义的惯例打破了：从9月起周六周日水电风气全停，一律不准加班，当月节支7.69万元；职工破天荒上午歇班，下午和夜里上班，避峰就平就谷，当月节约电费51万元。全厂万元产值能耗降了1700元。

以前设计人员光管设计，不计成本，更不管设计的产品有无市场竞争力。现在实行项目负责人制，设计人员设计的产品在市场上没竞争力，不仅收入受影响，能不能继续在岗都成问题。于是，琢磨设计成本，走出厂门征求用户意见进行设计变型，与竞争对手比较改进产品，这些多年来想都没想过的事情，如今使得设计人员寝食难安。

压力大了点，但效益显而易见。615柴油机上15根塑料管，10多年来一直用塑料管材中最高档的。为了赢得价格优势，设计人员逐根分析，发现有13根只是普通小油管，改用丁腈胶质管就足够了。一项小革新，每台柴油机降低成本上千元。

（《大众日报》1999年12月6日1版）

淘金"黑色地带"

——由山东东大化工集团扭亏看物流管理

山东东大化工集团公司(以下简称东大)有两组数字让人惊叹:

主导产品生产能力和原材物料用量,近两年翻了一番,但原材物料及产成品运输费用、车辆、库存不仅没增,反而大幅度下降。

1997年底,这个背负4.6亿元债务包袱的国有老字号企业,账面亏损5800万元,债主踏破门槛,停水断电,大部分设备被迫停产,濒临破产。次年减亏4700万元,今年1~10月份实现利润75万元。

东大脱困,得益于四个字——物流管理。他们在被管理学家称为"黑色地带"的采购、仓储、运输等非生产环节,创出了不凡业绩。

缺口由运输撕开

思路洞开缘于车辆拍卖。

前身为张店化工厂的东大,建厂40年来,原材物料运输一直由公司车队承担。车队26名员工、18辆大货车,附加一个修理厂,运转费用不菲,效率却不高。司机上班拖拖拉拉,不想出车就推说车子有毛病;跑一趟上海按说五六天能打个来回,但哪辆车跑一趟都得十七八天。都知道司机借机跑了私活,一趟能赚回台彩电,但想追究,一句车在路上出了毛病,就堵得你哑口无言。

法子想的不少,成效就是寥寥。公司决定向内部招标拍卖,18辆车卖了12辆,收回75万元,14名司机中标,其余车辆报废,人员分流。拍卖车辆想承担公司运输任务,吨公里运价先是与公司以前平均运价持平;过渡两个月后降低2分,与市场价持平;紧接着又比市场价降低3分钱。

车成了自己的,每辆车运行里程比拍卖前多出两倍。半年公司节约运输费用184万元,加工人员工资、运输规费、车辆维修费一概不用负担,合计节约费用354万元。

拍卖车辆逐渐进入报废期,公司开始将运输推向社会,先是面向社会公开竞价招标,年节约运费390万元;然后又对运量相对集中的几条线路公开招标卖断,吨公里运价由0.44元降到0.2元,前后节支1431万元。

库存·信息·采购

东大开始有意识导入物流管理这一全新理念。

所谓物流管理，就是为实现资源配置最优化、成本最低化而进行的从起点到终点间的原材料、中间过程库存、最后产品和相关信息有效流动及储存的管理。

东大是大型化工企业，使用原材物料多达 2 万多种，库存占用资金 5228 万元。具备了运输环节的优化控制这个前提，企业开始向物流管理的下一个目标——合理库存挺进。

过去由于运力、运输效率有限，原料采购需提前一星期；产品到客户手中需一星期以上。现在运力、运输效率大为提高，原材料购进最多需提前 2 天；国内市场送货一般不超过 2 天。可以就近采购的物资，坚决保持“零库存”。对不易采购的，采购计划批准前必须先经仓库保管员审核签字，确认库里没有存货和替代物品。1998 年企业库存比上年降低 2/3，减少资金占用 1800 万元。今年仅去掉危险品仓库，让危险品直接进入生产装置，就减少资金占用 2200 万元。

实现合理库存，信息有效流动是关键。由于能及时掌握国内外市场的大量信息，东大在库存的控制上始终处于主动地位。1998 年二季度，预测到丙烯价格将有大的回落，提前压缩库存，等回落到最低点又大量购进，仅此增加效益 100 多万元。去年国家加大打私力度，东大分析到国内化工原料市场将有大的波动，加大产品库存，待价格上扬后集中促销，一举增收 200 万元。

信息的有效流动，对采购环节优化控制产生了深刻影响。由于众多原材物料的供求信息、最低价格通过互联网等渠道，在企业有关部门间实现了快捷采集传递，东大建立起供应公司一口采购，技术、财务、审计、设备四部门随时检查监督的高效物资采购体系，采购由暗箱操作走向彻底透明。仅 1998 年采购成本就降低了 1910 万元。生产部门提报的采购计划最迟半天就能得到落实。

提出一个新课题

物流管理在发达国家并不新鲜，日本丰田公司早在 70 年代就广泛采用，到 90 年代初日本制造业已普遍采用。

可惜的是，目前国内大多数企业对这一概念还相当陌生。一提降低成本，就知道盯着生产环节。其实随着生产工艺水平的不断提高，这个环节的挖潜空间已日趋有限。以东大为例，主导产品环氧丙烷、聚醚均系引进日本先进技术，全过程计算机控制。仅盯着生产环节降成本，企业显然无路可走。

市场竞争不断加剧，生产越来越趋向多品种、小批量，营销区域越来越宽。随之而来的是，采购成本、仓储费用、运输费用在企业全部成本中所占比例越来越高(东大已超过90%)。但众多企业忽视的恰恰是这一块。特别是国有企业，采购、运输、仓储不计成本，一概包揽。难怪这一领域被管理学家称为“黑色地带”。

东大在向人们展现管理创新无穷潜力的同时，也向国企提出一个强化管理的全新课题，那就是依托社会化、专业化的服务体系，克服“大而全”“小而全”的通病，降低成本，提高管理水平和市场竞争力。

物流管理依托的是社会化、专业化的物流服务体系。有人据此认为，目前国内这样的服务体系还没有形成，企业全面推行物流管理的外部条件尚不具备。但就是在这样的环境下，山东(松下)电器公司不设车队和仓库，全部物资流转仅一人就负责得很好。

东大的实践证明，需求产生一切。推行物流管理以前，所在地张店区没一家专业化的化工储运企业。但运输走向社会短短一两年时间，在企业巨大运量的刺激带动下，张店及周边一批专业化工储运公司迅速崛起(耐人寻味的是，私营企业占了绝大比例)，且在激烈的竞争中日渐走向成熟，专业优势发挥得越来越明显。最终受益的，还是东大自己。以青岛液氯运输线路的拍卖为例，运回1吨拍卖底价是190元，结果竞价竞到了90元。尽管明知谁也不会做赔本买卖，但东大还是有点心虚，因为怎么算中标企业都没有赚头。后来才知道，中标企业早已对线路路况、坡度、收费进行了详细考察测算，据此改装加长了车厢，花钱不多，车辆没增加运输能力却增加近1倍，这样一来又有了赚头。账算到这个地步，有几个“大而全”“小而全”的“国字号”能做得到?

(《大众日报》1999年12月23日1版)

转轨三题

富与穷

用车也分淡旺季。这事发生在财大气粗的银行里，委实是件新鲜事。

中国农业银行寿光支行就是这么要求的：每年第三季度是业务淡季，机关车辆停运两部。

不光分淡旺季。双休日、节假日机关车辆的钥匙全交办公室封存。

不独用车，连一度电、一滴水、一张纸、一支笔也限额供应：水电费、电话费包干到部室；办公用品统一采购，凭票供应。费用开支一支笔审批。

靠着这些，支行机关去年减少费用开支 82 万元。

日子过得紧巴巴的，不是因为没钱：1995 年至今，该行累计实现利润 8143 万元，去年实现利润比 5 年前净增 2256 万元；5 年间各项存款净增 13.8 亿元，连续四年跻身全省“十大县级盈利行”之列。

存款年年增，利润年年涨，费用开支却一直维持在五年前的水平上。行长南振玉说：“金融竞争日趋激烈，入世挑战迫在眉睫。银行要求生存，图发展，就得在降低经营成本，提高竞争力上狠下功夫。现在不居安思危，痛下决心，对自己苛刻点，将来就可能连饭都吃不上。”

多与少

这几年农行寿光支行 1000 多个遍布乡村的存款代办点全部撤销了(仅此年降低存款成本 80 万元)，但存款总量却年均递增 25 个百分点。此现象乍看反常，细思量颇耐寻味。

向商业性银行转轨前，该支行习惯了计划经济下的传统粗放经营方式：存款重量不重质，只要能多拉，能动用的人财物一概用上，不计成本，不惜代价，连赠送实物、提前返还利息等不正当手段也用上了。员工注意力根本放不到提高服务质量上。

向商业银行转轨这几年，他们才悟透：搞商业化经营，规模扩张是基础，降低成本是关键，利润最大化是目标，而优质、高效的金融服务正是开拓市场、赢得客户、实现上述目标的必由之路。

于是，他们撤了代办网点，停了高息揽存，将利润指标分解到基层处所，实行效益与费用支出、工效工资挂钩；腾出精力抓服务：通过明察暗访、社会监督和严格奖惩，确保文明用语、服务承诺、岗位职责等规范化服务落到实处；发挥结算、形象优势，先后与交通、电信等50多个部门建立了稳定的业务关系，并通过代发工资、以贷引存切入联盟化工等大企业。

实践表明，这条路子走对了。这几年，该行农村存款市场占有率不仅没降，反而提高7个百分点。来自企事业单位的低成本存款余额比五年前净增4.28亿元。

死与活

银行最大的经营风险莫过于呆账死账多，不良贷款居高不下。该行从马店冷藏厂的死而复生中探到了柳暗花明的通幽曲径。

这个资不抵债的“小乡企”已经关停好几年，支行贷给的120万元本息无归，成了回收无望的死账。

农行寿光支行多方努力征得法院和该厂所在镇政府支持，以资抵债形式得到该厂资产所有权。一个体大户主动与支行签订为期10年的租赁合同，投入启动资金100万元。企业活了，当年上缴租金10万元。看到效益不错，这个大户主动以138万元购买了企业全部资产。这笔钱加上已缴租金，农行寿光支行贷款本息全部收回还颇有盈余。

一子走对，全盘皆活。去年以来，农行寿光支行通过以资抵债，获得45家债务相对集中的中小企业的资产所有权。通过反租、招标出租等形式，已启动盘活37家，活化沉淀多年的信贷资产4255万元，实现租金收入116.6万元，上千名下岗职工重新走上工作岗位。

去年底，该行不良贷款比例压缩到了13.77％（达到国际通行的控制范围），比1994年下降14个百分点。优良贷款率名列全省县级支行前茅。贷款利息回收率年均提高4个百分点，去年达97％。

（《大众日报》2000年4月16日1版）

创新之路无止境

市场竞争是无情的。近10年来，众多失去了计划经济“特权”的国有物资企业，在各种新兴经济成分的四面夹击下，举步维艰。但恰在这10年间，面临同样的外部环境，有这样一个国有控股物资企业却在悄然崛起：资产由500万元增加到8.6亿元，年销售收入由2亿多元增长到20多亿元。这个企业就是润华集团股份有限公司(以下简称润华)。

领先一步抢先机

润华的前身是省机电设备公司汽车科。1990年，公司从省机电温暖的母体中分离出来，主动把自己抛进市场经济的峰头浪尖，成为全国物资系统首批独立的汽车专营公司。

独立后第一个决策，便是租赁省体育中心2万平方米场地建汽车超市，让汽车与顾客直接见面。决策一提出，不要说职工，领导班子意见都不统一：“从来都是车挑人，还没听说过人挑车，一年花几十万元租金讨好买车的犯得着吗？再说几百辆车露天摆着丢几辆咋办？”润华的决策者告诫职工：高高在上的日子肯定长不了，不赶快放下架子，摆脱计划经济僵化的经营模式，很快就会连饭都吃不上。

1990年12月，全国第一家汽车超市在省城亮相，四五百辆各种品牌型号的汽车齐刷刷摆放整齐，客户要车当场挑，开票、交款、挂临时牌照、加油，一条龙服务。不到两年，销售额由当初的2.6亿元升到了9.5亿元，一跃成为省内实力最强的物资流通企业。

独立之初的润华，人不过40名，资产不过500万元。失去了强大的资金和计划调拨作后盾，资金短缺成了危及生存的拦路虎。唯一的办法还是转变观念。

当时生产厂家产品大量积压，公司决策者主动到一汽请缨，发动公司全体职工走出办公室开展促销竞赛，不到两个月帮一汽销出800辆车。一汽领导感动了，与润华建立了全国物资系统首家利益共享、风险共担的汽车联营销售公司。此后，润华又以同样的方式，与上海大众等厂家建立了营销联合体。有了利益联系作纽带，货源要多少有多少，而且可以先提车后付款，润华得以每年以几千万元的流动资金运作着10多亿元的销售额。基层物资企业纷纷加入润华的销售网络，遍布全省的销售网络日趋成形。

独立、超市、联营，步步开物资流通系统先河，抢占市场竞争先机，集团销售额蹦着高儿往上蹿，最高年份达 22 亿元。

不断创新造优势

效益越好，决策者头脑越冷静：投资 5000 万元，集展销、维修和配件为一体的山东汽车商城进入紧锣密鼓的建设阶段。当时好多人不理解，但决策者看得远："汽车销售由货源、资金之争转向服务之争，是大势所趋。不居安思危再造优势，好日子长不了。"

果不其然，没过几年，汽车经销热一哄而起，仅济南就有 360 多家，惨烈的竞争中一批批汽车经销商纷纷落马，但润华却牢牢扎稳了脚跟，汽车销售收入始终稳中有升。因为那些小打小闹的汽车经销商无法提供的软硬件服务，润华已完全具备了。

专业代理公司、品牌专营店、汽车消费贷款……在营销服务上，润华年年有新招，"润华"已成为正式注册的服务品牌。客户在此不光能买到新车，还能得到以旧换新、旧车交易、机动车拍卖、汽车租赁等服务。

经营服务不断创新带来的绝不仅是多卖几辆汽车。这几年汽车市场供大于求，整车经营利润下降，有的品种几近无利可图。但润华超前培植的汽车经营"副产品"，已经成为新的利润增长点，仅汽车维修去年就实现利润 160 万元。

迅速扩张有学问

靠汽车贸易起家的润华人深知，不跳出单一的产品贸易范畴，企业很难驶上低成本扩张的快车道。但与多元化经营和低成本扩张伴随而来的巨大风险又让决策者颇费踌躇。

思路洞开缘于一次成功的资产运作。集团公司曾建起一座润华世纪大厦，但由于投资巨大，涉足的又是从未经营过的酒店业，收益并不理想。公司果断决策，以大厦的全部资产评估作价，入股华夏银行让其进行经营，不仅规避了涉足这一自己并不擅长的全新领域带来的经营风险，而且每年拿到极为可观的稳定红利。更重要的是，作为该银行的主要股东之一，成功步入金融领域，赢得了这个强有力的融资后盾。

润华人明白了这样一个道理：多元化的资本运营关键在于能否认清自身的优势和劣势，扬己所长，避己所短。

对于做精了汽车贸易的润华人来说，最大的优势是了解市场，懂得并善于开拓市场。集团充分发挥这一优势，低成本控股因销售困难被迫停产的济南东亚药业公司，仅一年就使其生产的复方大青叶片的市场占有率在省内同行业名列前茅。目前，润华药业的资产已增至6000万元，成为省内颇有名气的制药企业。

经营石油化工是润华的弱项，但这个产业的利润又委实诱人。润华选准了“胜利股份”这一成长性很强，管理、产品、市场优势兼备的石化企业，以500万元投资入股，短短3年时间，通过股市增值和送配股份，润华拥有的这块股份实际评估值增长了10倍。

现在，润华的“副业”利润已远远超出其汽车主业。

蓬勃活力“改”中来

在管理体制创新上，润华也颇为超前：全省首批经营、用工、价格、分配四放开试点企业、首批全员劳动合同制和工资改革试点企业、首批股份制改革试点企业、首批50家建立现代企业制度试点企业。样样不甘落后。

一个个试点带来的绝不仅是一纸空名。董事长栾涛说：“只有通过持续不断的改革创新，让上至老总，下至员工，人人心头都有为企业发展殚精竭虑的内在压力和动力，企业才具备了无尽的发展活力。”

通过股份制改造和建立现代企业制度，这个被计划经济的重重束缚缠绕得几近窒息的国有物资企业，不仅募集到1.2亿元股金，更重要的是彻底摆脱了行政部门的种种掣肘，做到了产权明晰、政企分开，建立起有效制衡、协调运转的法人治理结构。

通过人事、用工、分配等一次次改革，用人上的终身制、分配上的大锅饭被彻底摒弃：干部能上能下，职工能进能出；经理层对中层干部、中层干部对部门人员一年一次双向选择，推行“在岗、试岗、待岗”动态管理，每年保持5%的淘汰率；取消档案工资，部门负责人和员工在什么岗拿什么工资，与业绩挂钩，业绩突出的人员1年能拿到20多万，而亏损部门的负责人和员工的收入仅相当于济南市的最低工资标准，定期不能扭亏，部门撤销，全体待岗。今年企业新选拔的中层干部，有6位年龄不超过30岁，最年轻的才26岁。

这样的体制，这样的用人和分配机制，上至“老总”，下至员工，谁不为企业的发展尽心竭力？

（《大众日报》2000年7月9日1版）

活力，在重组中迸发

——鲁能泰山电缆电器有限责任公司快速发展探析

巍巍泰山脚下，一个生机勃勃的大型企业集团正在崛起，它就是鲁能泰山电缆电器有限责任公司。

这个公司1998年10月创立，由山东电力集团公司所属鲁能控股公司与山东泰山国际电缆电器集团合资组建，鲁能控股公司对后者所属上市公司——山东电缆电器股份有限公司间接控股。

这个合资公司突飞猛进的发展堪称奇迹：1999年完成销售收入13.66亿元，比1998年增长18.18%；实现利润2.55亿元，比1998年翻了一番多。

8月中旬，记者前往公司采访，探寻它迅速崛起的秘密。

强者之手紧握在一起

资产重组前，泰山国际集团所属核心企业山东电缆，是泰安市4家上市企业之一，经济效益连续6年名列全国同行业之首。

这样一个响当当的强企业，却去“投靠”山东电力？当时企业内外不少人不理解，更有人担心股权变更后企业和职工利益受到损害。但时任上市公司董事长的李田祚心中有本大账：挟上市之威的山东电缆，虽然规模和效益在国内同行业屈指可数，但面对国内电缆市场白热化的竞争和国外同行业的步步进逼，企业犹如市场风浪中的一叶扁舟，随时都有被吞没的危险。加之配股融资时，国家股股东可能没有配股资源进行配股而放弃配股权，山东电缆的长远发展将大受制约。而山东电力不仅拥有现成的广阔市场，而且有大量可以用作配股资源的优质资产。与山东电力结成联合舰队，企业一定能抗风浪、大发展。

个人得失和企业的长远利益摆在面前，何去何从？作为全国“五一劳动奖章”获得者的李田祚，毫不犹豫地选择了后者。在1998年初的全国人代会上，他向同是全国人大代表的山东电力集团公司董事长刘振亚，伸出了寻求联合的“橄榄枝”。

对实力雄厚的山东电力来说，近年来，以鲁能为品牌的多种经营产业尽管发展迅猛，效益雄居全国同行业首位，但仅靠内涵式扩大再生产，扩张速度大受限制。与山东电缆联合，借壳上市，以此为跳板进军资本市场，实现直接融资，无疑是一条低成本迅速扩张的理想途径。

两个有着强烈发展欲望的企业家一拍即合。然而，山东电缆毕竟是泰安市的市属企业，这桩“自由恋爱”能否结成“美好姻缘”，还得看泰安市政府意下如何。

把一个优势企业的控股权拱手让人，泰安市政府同样面临着这样那样的压力和非议。经过与山东电力反复磋商，审时度势，泰安市政府还是毫不犹豫地亮起了绿灯。市国有资产经营公司副总经理孔德胜接受记者采访时，透出了当时市政府的深谋远虑：“看待国有资产要算活账不能算死账，算大账不能算小账。只要有利于增强国有资本的控制力和影响力，有利于职工利益和地方经济的发展，政府就要全力支持。”

一个完全按市场规律和产业关联度进行的强强联合式资产重组，终于水到渠成。

1998 年 10 月，鲁能泰山电缆电器有限责任公司正式挂牌。

1999 年 12 月，山东电缆电器股份有限公司正式更名为山东鲁能泰山电缆股份有限公司，上市股票简称“鲁能泰山”。

机制创新方能脱胎换骨

产权变更到底对企业产生了什么样的深层影响？上市公司现任董事长赵启昌认为：“股份制是一种比较完备的企业组织形式和产权制度，但也并非‘一股就灵’。要使国有企业真正实现脱胎换骨，还得抓准一个着力点——机制创新。”

的确，从创立之初，山东电缆的改革就没有停止过，但由于没有产权结构的根本变革，经营者奖惩任免还是上级部门说了算，国有企业多年积淀下来的政企不分、权责不明等种种痼疾并未根除。

资产重组改变了产权结构，为现代企业制度建设创造了良好条件。上市公司依照公司法进一步健全了股东会、董事会、监事会和经理层，真正建立起各负其责、协调运转、有效制衡的法人治理结构。包括泰安市国资委在内的所有股东，均按出资比例享有相应的权利和义务，不再直接插手经营者的奖惩任免和日常经营活动，从而实现了企业所有权与经营权分离，政企职责分开。董事长由过去的只对政府负责，转变为对全体股东负责；经理层由董事会聘任，实行年薪制，收益与绩效挂钩，形成了激励约束机制。

按照新机制的要求，企业的决策者和经营者在磨合中迅速找准位置，适应角色。上市公司总经理赵文才深有感触地告诉记者：“以前我们企业领导班子由政府任免，缺乏监督。现在，大家的身份完全变了，说到底就是董事会聘任的高级打工者。干不好，董事会就会砸掉你的饭碗。”

再好的机制都离不开强有力的人才支撑。带着前所未有的压力和动力，董事会和经理层开始向国有企业的痼疾开刀。今年年初，将36个管理部门压减了一半，中层干部实行竞争上岗，由96人减到51人，其中有34人是新上任的年轻人。与此同步，管理人员减少了200多人。

借鉴山东电力的管理经验，以招才聚贤为主旨的“人才工程”也紧锣密鼓地付诸实施。

以前，企业好几年进不了个名牌大学生，人才成长只有当干部一座独木桥。如今，企业为技术人员专门设置了待遇优厚的种种岗位，在科研项目立项、资金上大力倾斜，项目收益与个人所得直接挂钩。仅今年就吸引来名牌大学生20多个。公司还将30多个优秀科技人员送到国外培训。近两年企业每年都有十几个新产品问世。

这几年电缆行业竞争激烈，效益下滑，企业在生产环节上的成本已经降到最大限度。公司就在采购成本上“针尖削铁”，推行比价采购。去年11、12两个月，就降低成本165万元。

低成本一体化扩张效应：1＋1＞2

鲁能泰山电缆电器有限责任公司的低成本扩张，曾被中国证监会列为1999年国内资本运营的典型案例。

之所以典型，是因为通过重组双方的强强联合和优势互补，产生了1＋1＞2的骄人绩效。

资产重组不到两个月，上市公司一次就从山东电力拿到上亿元的电缆电线订货合同，在市场开拓中得近水楼台之便。但这仅仅是优势互补的冰山一角。

鲁能泰山电缆电器有限责任公司董事长吴高亭说：现代企业要实现低成本迅速扩张应当以资本运营为手段，以资本最大限度地扩张增值为目标。

正是在玩转资本运营这一“魔方”上，强强联合的优势发挥得淋漓尽致。

盘活存量。资产重组时，泰安市政府同时将泰安变压器厂无偿划转给鲁能泰山电缆电器有限责任公司。当时，这个企业已资不抵债，濒临破产。资产重组后，有限责任公司对变压器厂的优良资产进行剥离经营。新成立的鲁能泰山电力设备有限公司轻装上阵，大刀阔斧改革用人和分配机制，企业焕发生机，今年上半年实现利润116万元。

股票上市，为企业向社会直接配股融资洞开了方便之门。但没有良好的业绩、品牌和优质的配股资源作支撑，这个优势便无法最大限度得到发挥。有鉴于此，有限责任公司打出了 3 张王牌。

一是优化增量。上市公司和股票名称更名后，借助鲁能这一国内第一品牌的无形资产优势，上市公司进军大西南电缆市场，投资 100 万元，与重庆市电力局一下属公司组建合资公司，仅去年就拿回纯利润 80 万元，投资收益率高达 80%。

二是借配股机遇注入优质资产。针对电缆行业赢利能力普遍下降的现实问题，去年上市公司增资配股时，有限责任公司以其持有的聊城热电公司 60% 的股权，全额认购了国家股应配股份。这块优质资产的进入，成为上市公司稳定的利润增长点，仅去年第四季度就带来净利润 3244 万元。最近，上市公司董事会通过决议，再增持聊城热电公司 15%的股权，使上市公司赢利水平提高到一个新的层次。

三是战略性重组。去年山东电力拿出鲁能信通公司的电力通信传输网络、宽带交换网络及计算机局域网、广域网等部分优质资产，与上市公司合资组建鲁能信息港，由上市公司控股，进军高科技网络产业，开展外文网站同步翻译、电子商务等业务。此举大大提高了上市公司的科技含量和核心竞争力。

通过这一系列卓有成效的资本运作，国有资本的控制力、影响力和带动力明显增强。到去年底，鲁能控股公司和泰山市政府拥有国有股虽然只占上市公司总股本的 30.04%，但控股运营的总资产却比 1998 年增加了 127%，达 24.41 亿元。上市公司去年通过配股，募集资金 4.68 亿元；实现净利润 1.12 亿元，比 1998 年增加了 89%。

（《大众日报》2000 年 8 月 27 日 1 版，合作者：徐守礼）

驶入扩张快车道

20 世纪最后 5 年，鲁能集团(以下简称鲁能)总资产增加了 403 亿元，净增 1.6 倍，累计上缴税费 213 亿元；去年多种产业总资产是 1995 年的 7.41 倍，实现利税 23.5 亿元，是 1995 年的 5.9 倍，实现利润已远远超出电力主业。其扩张速度之快、质量之高，令人折服。

探索鲁能的扩张奥秘，不仅有助于我们学习扩张谋略，看清国有企业的优劣势所在，还有助于我们从宏观上把握名优企业在优化资源配置中担当的角色，增强搞活国有经济的信心，从而探索一条有中国特色的发展“跨地区、跨行业、跨所有制和跨国经营的大型企业集团”的成功之路。

抢占竞争制高点

现代企业的竞争说到底是实力的较量。只有具备了一般企业无法比拟的竞争优势，才能“不战而屈人之兵”，在残酷的市场竞争中稳操胜券。

虽说房地产开发市场充满了风险，但今年初，青岛麦岛城建开发项目对外招标，中外七八十家客商仍然闻风而至。难怪如此，这是青岛市区黄金地段最后一块未开发的“风水宝地”。经过一轮又一轮的激烈角逐，最终中标的是鲁能。原因很简单，鲁能信誉高，实力强，管理有优势，交给他们青岛市放心。

对鲁能来说，麦岛项目中标，仅仅是牛刀小试。巨资开发重庆北部新城、四川宜宾新区、济南南部新区……大手笔一个接一个，个个让人惊服。

进军房地产业，只是鲁能多元化发展的一个侧面。这几年，鲁能的非电产业已延伸到金融证券、工业实业、矿业开发、房地产、商贸旅游、信息传媒、体育等八大领域。

这些领域对于靠电起家的鲁能来说，大多是以前从未涉足过的。但鲁能同样干一样成一样，样样出手不凡，业绩显赫，让人刮目相看。鲁能到底靠什么？集团总经理陈进行认为，靠的是决策者过人的眼光、胆识和市场运作能力。

此言极是。

比如重庆北部新城开发项目，早在 1998 年，鲁能决策者就敏感地捕捉到其中的巨大商机，但开发商必须自筹资金完成新城全部基础设施配套建设，总投资得 35 亿元。集团拿出 2000 万元作资本金，然后由鲁能重庆公司到当地运作融资。结果主干道刚刚铺通,投资不过七八千万元,北部新城的土地就开始迅速升值,求购二级开发权的房地产商络绎不绝。新城开发所需的巨额投资就这么一步步滚动起来了。有几个企业具备这样的眼光和胆识?

鲁能控股公司总经理高洪德说:“我们进入的领域,都是这个产业最前沿、技术和资金高度密集、一般企业没法进入、没法竞争的领域。”这正是鲁能高人一筹的地方。他们投资开发的泰安石膏矿项目、四川夏塞多银矿项目、九寨沟草地金矿项目、巨野煤矿项目、四川卧龙自然保护区旅游开发项目,无一不是国内甚至世界上独一无二的稀缺资源,投资和开发规模都在国内同类项目中数得着。

现代企业的竞争说到底是实力的较量,是对企业综合实力的考验。只能具备了雄厚的品牌、管理和市场运作能力,干别人干不了的,才能造就一般企业无法望其项背的竞争优势。鲁能人深谙个中深义。“九五”最后两年,鲁能控股北京国研科技,同时成为南开大学戈德集团第二大股东,从而间接参股戈德股份、河池化工两家上市公司。跨入21世纪的门槛,鲁能与山东大学、四川大学等著名学府合作,在济南、成都、北京等地建立高新技术孵化中心和产业化基地,高起点进入高新技术产业化领域,再一次占据了竞争的制高点。

“抢占了制高点就占有了明天。”鲁能人如是说。

令人折服的资源整合力

资产的整合有赖于对企业内外部资源深度和厚度的深刻认识。重组的是资产,冲击的是观念。胜于雄辩的事实为鲁能人上了一堂生动的资本运营课:用静止的眼光看国有资产,看到的只是问题和困难;用流动的观点看资产,看到的则是信心和财富。

在惊叹鲁能大手笔、大气魄的同时,不少人并不服气:“鲁能靠电起家,财不大气不粗才怪哪!”这话只对了一半。

时光倒转到5年前,不要说数千万数亿元的对外投资,就是从事电力主业,鲁能也是捉襟见肘。

当时的山东电网,装机缺钱,发电缺煤,仅停工半停工的在建发电机组装机就达253万千瓦。铺开的摊子无法如期建成投产,每年仅利息负担就是10亿多元。“九五”之初,鲁能陷入了深深的困境。

但困难之中蕴藏着发展机遇。重新审视自我中,意想不到的资源潜力渐露冰山一角。

电力是资金密集型行业,几十年来鲁能积聚了雄厚的资产存量。守着如此巨大的国有资产宝库，却装机缺钱，发电缺煤，关键在于对资源缺乏足够的整合能力。

比如燃煤占发电总成本的60%以上，集团内几十个电厂每天耗煤7万多吨，但各厂自己进煤，分散管理，相互竞价，结果处处被动，因燃料告急，仅1995年山东电网30万千瓦机组就停运十次共计60多天。1996年，鲁能成立燃料集团，对所有电厂用煤实行集约化管理，燃料成本大大降低，且此后再未发生缺煤停机现象。

以前，鲁能下属企业都有自己的独立账户，大量资金沉淀在基层，分散使用，形不成拳头。1996年，鲁能与银行联手成立结算中心，把下属企业的账户全部集中起来实行在线管理，当年融资20亿元。1996年到1997年，鲁能先后投入建设资金60多亿元，投产发电机组354.5万千瓦，相当于"八五"期间的两倍。

同样的资源条件在不同企业家手里，发挥的作用千差万别，区别正在于对资源的认识水平和整合能力。

1997年5月，鲁能以石横电厂的实物资产出资，与法国电力公司等四方联合成立山东中华发电有限公司，鲁能占有36.6%的股份。好端端的电厂拿给外国人入股赚钱，企业内外非议不断。但非议归非议，一下子从国际资本市场引来资金10.03亿美元，却是铁板钉钉的事实。

事实改变人、教育人，更能统一人们的认识。

思路一旦洞开，巨大的资源潜力喷薄而出。鲁能把资本扩张的吸入口接到了资本市场的血管上，比之于靠单纯借贷的规模扩张，优势不言自明。

1998年，鲁能以聊城电厂60%的股权作价入股，间接控股"山东电缆"，实现"借壳上市"，次年上市公司通过配股从资本市场拿回4.68亿元。

拿出邹县电厂、十里泉电厂4台30万千瓦机组组建国际电源公司，1999年6月在港以9.36倍的市盈率成功上市，一次筹资2.99亿美元。

借我一双翅膀

现代企业的扩张从一定意义上说是资本的扩张。没有产业资本和金融资本的紧密结合，没有强大的资金后盾，高速扩张寸步难行。这个早已为西方跨国公司的实践验证的真谛，在鲁能人的心中一天天加重着分量，鲁能据此做出了漂亮文章。

1996年华夏银行股份制改造，鲁能抓住这个千载难逢的机遇，以16%的股份参股，成为该行第二大股东。以后又通过受让其他股东的股份，持股比例逐年增加，目前已成为该行第一大股东。

1997年，鲁能一举收购济南工行持有的股份，控股济南国际信托公司，重组而成的“英大国托”经过连续几年的增资扩股，注册资本金已接近重组之初的5倍。资金规模扩大到重组之初的10多倍，一举跨入全国十大信托公司行列。

1999年9月，“湘财证券”成为国内第一家获准增资扩股的证券公司，鲁能认购了该公司的股份，成为其第一大股东。同月又控股山东金穗期货公司。

1999年11月，鲁能参与了交通银行重组改造，成为其第四大股东。同月，又收购控股“蔚深证券”。今年5月，经中国保监会批准，鲁能保险代理公司正式挂牌营运。

银行、信托、证券、期货、保险代理……鲁能的触角越伸越远。国内经济界人士认为，拥有如此完备的金融手段的产业资本，在国内也不多见。

涉足金融资本，使鲁能迈上了一般企业无法企及的竞争平台，为鲁能的高速扩张插上了腾飞的翅膀。

1999年鲁能进军重庆北部新城开发，华夏银行重庆分行一次承诺贷款额度12亿元，2000年鲁能在华夏银行的投资回报率超过8%。

证券投资，收益更是了得：去年“蔚深证券”实现利润1.03亿元，“湘财证券”实现利润4亿多元，鲁能的证券投资回报率高达30%。这样下去，鲁能在证券方面的投资4年之内完全有把握全部收回。

（《大众日报》2001年6月9日1版）

打造百分之百的民族产业

——皇明太阳能集团的发展轨迹

短短五六年时间，从一个背负着近百万元债务、连厂房都没有的小手工作坊，发展到年销售额8亿元、品牌价值21亿元、年产量超过整个北美洲地区总产量、八项主要经济指标全国同行业第一的中国太阳能“第一品牌”，皇明太阳能集团(以下简称皇明)的崛起速度引人瞩目。

寻根皇明的发展奥秘，不仅可以清楚地看到，一个有着强烈责任感和使命感的科研工作者，怎样通过与市场对接实现产业报国大志，而且可以清楚地感受到，一个民营企业的崛起，与一个全新民族产业的勃兴是怎样地同消共长、鱼水相连。

结缘绿色能源　书生报国圆梦

一个成功的企业背后，是一个卓越的企业家。追溯皇明的发展轨迹，不能不关注皇明的领军人黄鸣。

1982年毕业于华东石油学院的黄鸣，分配到地矿部德州石油钻探技术研究所没几年，便由于成果突出被晋升为科研室副主任、高级工程师，并成为地矿部石油海洋设备“七五”重点技改领导小组最年轻的成员。

在研究所期间，黄鸣好几次赴美考察。每次走进美国的大卖场，他都要有意识地搜寻中国的产品。遗憾的是，好不容易找到了，都是些摆在角角落落、价格低廉的纺织品或“小五金”。搞科研出身的黄鸣暗下决心：“再也不能成天关在‘象牙塔’里。只有与市场对接，才能实现报国大志。”

一个偶然机会，一本《太阳能》杂志让他想起了上大学时陈如恒教授的话，“石油只能开采50年”。一个在大脑中尘封已久的思绪被激活：石油、煤炭等资源日益减少，环境和能源危机已成为危及人类生存发展的世界性课题，为什么不能让取之不尽、没有污染的太阳能为我所用？

没有国家拨款、没有任何现成经验可资借鉴，一切都是从零开始，但这更坚定了黄鸣开发利用太阳能的信念。黄鸣看得很远：“我们的许多企业之所以引进了国外的技术和生产线，还得被人家牵着鼻子走，就因为我们引进的不是人家的技术创新体系，所以引进东西还在消化，人家更先进的技术已经出来了。

太阳能则不同，产业是新的，国内外处于同一起跑线。我们发展好了，创立的就是百分之百的民族产业，就能形成自主知识产权和核心竞争力，就可以向国外输出品牌、技术和生产线，把别的国家变成我们的产品加工厂。”

设计、试验，车、铣、磨、焊无一不干，居然设计出第一台太阳能热水器。没几个人知道太阳能热水器是什么东西，他就一个地方一个地方摆摊子，一遍又一遍跟人家讲解，在居民楼顶爬上爬下，一遍遍修改完善，安装维修了好几千次，全然忘记了自己是个高级工程师，设计的太阳能热水器居然小有名气。

依托单位“三产”发展了好几年，由于体制原因，心仪已久的太阳能事业难以长成参天大树。1995 年，38 岁的黄鸣舍弃了在单位的诸多头衔和荣誉，放弃了表叔公让他赴美国当总经理的邀请，背负着近百万元的债务，一次性买断单位的“三产”，毅然“下海”了。

五六年过去了，皇明的产品不仅销遍了全国，而且出口十几个国家。2000 年 4 月，黄鸣作为中国太阳能产业的唯一代表，出席在华盛顿举行的中美可再生能源论坛，以累计为国家节煤 120 多万吨、减少污染物排放量 11 亿吨的骄人业绩，赢得与会代表的阵阵掌声，让国际能源专家对中国太阳能产业刮目相看。今年在荷兰举行的世界能源可持续发展大会上，乌克兰能源部邀请皇明去开办分厂，欧盟一个大财团董事长主动提出用高价购买皇明的生产线。“打造百分之百的民族产业”的梦想正一步步变成现实，黄鸣的眼里饱含泪花。

市场设计产品　产品提升产业

“下海”创业之初，正遇上太阳能市场的“严冬”。当时的国内市场，几个人、几十个人就是一个小手工作坊，制作工艺简单，产品粗制滥造，用不了一段时间就出现腐蚀漏水现象，而且集热效果不理想，温度稍低就不能正常使用，更谈不上越冬。消费者和经销商被折腾怕了，刚刚看到点曙光的太阳能市场面临着彻底断送的危险。

“只有用过硬的产品提升整个产业，彻底改变消费者的认识，太阳能产业才有希望。”黄鸣下了这样的决心。在许多技术和销售人员因看不到公司前景纷纷离开的情况下，皇明毅然在旺季停产，将价值几十万元的产品打入废品库，并开始了大规模的技术改造。

半年之后，皇明不光拿出了从外观、性能、用材、工艺等方面彻底改观的新一代太阳能热水器，而且又陆续建成了国内第一条太阳能热水器全模具化、机械化、现代化生产线，彻底改变了太阳能热水器的手工业生产方式，并建成国际最大的真空管生产线。

新产品投放市场，没几个月就出现了大量仿制产品。许多人认为应该打假，黄鸣力排众议："只有始终走在同行业最前面，才能成为太阳能产业的佼佼者。与其占用庞大的人财物力打假，不如拿出精力加快创新。"

创新的源头在哪里？皇明的回答是：市场设计产业。

1997年，售后服务部接到用户来信，反映太阳能热水器阴雨天热水供不上。当时市场上的解决方案是，在水箱里加装电加热管，但加热速度慢，且电热管发生故障时也不好维修。皇明立即成立攻关小组，研制出的太阳伴侣电热水器，通过微电脑中央控制实现了自动上水、智能加热及太阳能、电能工作时间的合理搭配，不但解决了电加热管加热速度慢、水量少、不易维修的问题，而且一年365天24小时全天候供应热水，且节能90%以上。

在与用户的广泛接触中黄鸣发现，勤劳的中国家庭主妇每天要承担大量的家务劳动，但为了节俭，不管什么样的天气，洗衣淘菜、洗锅碗瓢盆，两只手成天浸泡在凉水里，很少有人舍得用热水。受此启发，皇明提出了家用太阳能热水中心的概念，将太阳能热水器的使用范围由传统的家庭洗浴拓展到温水洗衣、洗漱、洗菜、洗锅碗瓢盆等众多领域，让人们以低廉的成本享受到了舒适的现代生活。

宾馆通过燃煤和燃油锅炉供应热水，既浪费能源又污染严重，皇明推出了大型太阳能热水工程。野外作业人员洗浴难，皇明设计了可移动式太阳能浴房；一些地方定量供水，皇明设计了时代双星太阳能热水器；青岛等地斜室顶安装不方便，皇明专门设计了特制支架。

在北京、南京、济南等城市，皇明都建有自己的研发中心。太阳能的核心部件真空管的发明者、悉尼大学太阳能实验室的章其初教授是皇明的首席技术顾问，国家863计划后续能源专家组成员王志峰博士是北京皇明中科联合实验室主任……研发本部的百十号人员，不管是资深的技术专家，还是刚出校门的大学生，进企业后都要先跟着经销商走村串巷爬屋顶，从事一段时间的产品安装和售后服务；科研人员30%的时间在市场调研，60%的科研课题来自市场。这样的科研结构，使皇明既站到了产业发展的最前沿，又时刻与市场保持着紧密的联系。

几年来，皇明先后推出四代新产品，不仅拓宽了太阳能的使用领域，解决了不同层次、不同地域消费者的不同需求，而且一直领导着中国太阳能产业的市场潮流，把太阳能热水器带入了大件家庭耐用消费品的新时代。同时以百余项技术专利，建立了强大的技术壁垒，并成为国内第一个参与太阳能国家标准制定的企业。

科普托起产业　服务创造市场

让消费者接受一个全新的产品，其难度绝不亚于创造一个产品。

下海创业之初，人们对太阳能这种全新的绿色能源并不认识。黄鸣决定从“ABC”做起，普及太阳能的基本知识。于是，一支支身着绿色服装的小分队，带着科普资料和产品，踏上了漫漫征程。从1997年起，皇明“为了子孙的蓝天白云”绿色科普万里行活动每年4次，风雨无阻，雷打不动，每次动用的人力都超过员工总数的半数以上，足迹遍及全国3000多个县市区。大家一路走来一路歌，一边散发着宣传资料，一边答疑解惑、现场演示。皇明人创办的《太阳能科普报》以每期300万份的发行量迅速撒遍了大江南北。与此同时皇明还在全国各地兴建了近百个独具特色的太阳能科普园。培训、咨询、知识竞赛、公益广告，所有能利用的宣传方式都用上了。

不少人看到皇明的“你可以不用皇明的产品，但你不能不了解太阳能”的宣传词，认为是在“作秀”。甚至连企业内部也有人认为，一个企业投入这么大的人财物力普及一个产业的基本知识，简直是为他人作嫁衣。但黄鸣看得很远，要想打开一个基本是空白的全新市场、培植起一个具有广阔发展前景的新兴产业，必须有不计眼前得失的长远眼光和“甘为他人作嫁衣”的博大胸怀。“这就好比种西瓜，西瓜大了，自己才可能分得更大的一块。谁也不想动手，都想坐享其成，怎么能行?”

实践证明，黄鸣的看法没有错。1996年，中国太阳能产业的总产值仅6亿元，2000年已发展到60亿元；皇明也水涨船高，年产量由1996年的几千台发展到今年的30万台，年产值由1996年的上千万元发展到今年的8亿元，国内市场占有率高达十几个百分点。难怪中国太阳能协会的负责人这样评价：“皇明是中国太阳能科普和产业化当之无愧的先驱。没有皇明，就没有今天巨大的中国太阳能市场。”

自己千辛万苦打下来的市场自己最知道珍惜。

在皇明，上百个大专以上文凭的销售代表遍布全国各地，他们主要工作不是推销产品，而是严格选择信誉高、服务意识强的经销商，监督他们的售后服务。为了树立经销商的长远服务意识，皇明拿出销售额的4%，采取百分制的形式对经销商进行考核奖惩，按消费者的投诉扣分，以四年为期兑现。前几年皇明每个月还能接到好几十次消费者投诉，今年每个月只接到一两次。

站在产业的顶尖上，黄鸣见到记者的第一句话却非常平静：“我想从总经理的位子上退下来，做一些战略谋划工作。”

“不要认为这样的工作很轻松，甚至是可有可无。这才是企业发展最核心的。就像比尔·盖茨之于微软，一个优秀的企业家，首先应该是一个战略谋划者，一个企业产品方向的确定者、产业潮流领导者，而不是大量具体而微的管理或技术工作。”

“企业的核心竞争力不仅是几项或几个顶尖的技术或人才，而是资源整合力，即迅速把企业方方面面的资源整合起来，把企业家的战略意图付诸实施。”

其实，黄鸣已经在这样做了。今年，集团用年薪50万元从LG公司挖来高级管理人才任集团生产副总经理；用年薪30万元从中国台湾“康师傅”挖来高级管理人员任行政副总经理……

透过这一项项举措，永立国际产业潮头的梦想已不再遥远。

（《大众日报》2001年11月1日1版）

重汽是这样“复活”的

编者按 去年1月18日，当濒临破产的中国重型汽车集团有限公司下放山东重组挂牌时，明亏潜亏累计83亿元，集团总负债138亿元，资产负债率高达128%。

一年后的今天，重汽以一组令人振奋的业绩宣告了她的“复活”：去年销售收入62亿元，销售各种汽车1万余辆，盈亏相抵基本持平，职工工资一分钱不欠……

强烈反差勾起一串大大的问号：重汽怎样走过再生之路？它带给人们特别是困难国有企业什么启示？记者通过深入采访，拉直了这一个个问号。

一年少花六个亿，怎么堵的

时光倒转回一年前。

临危受命的济南市委副书记，重汽集团党委书记、董事长马纯济面临着怎样一个烂摊子：库存资金一分没有，连几百元出差费都借不出来；职工连续十几个月发不出工资，挤进办公楼上访要工资的一拨又一拨，看到什么抱什么，甚至连食堂包子一出锅都被一抢而空。

最大的难题还是管理。以下数字再清楚不过地说明，重组之初的重汽已到了病入膏肓、积重难返的地步：

2000年，销售公司销售汽车3000辆，仅销售费用就花去1.4亿元，一辆车高达4.7万元；集团济南本部2.8万名职工年工资2.4亿元，每辆车分摊人工费用8万元；再加上十五六万元材料费，卖一辆车亏损10多万元；为了解决产品积压问题，20万元一辆车，缴2万元定金就可以提走，致使大量货款无法回收，至今还有12亿营销账款收不回来，有的想打官司都过了时效期，甚至有的连要钱凭证都找不到。

一方面生产入不敷出，资金严重短缺，生产经营难以为继；另一方面下属公司诸侯林立，大量资金体外循环。集团仅二级公司账户就多达上千个，这还不算孙子辈重孙辈的小公司。下属公司谁抓到钱谁先花，负责人谁签字都可以报销，仅济南销售公司一年招待费就高达1000多万元，相当于上千元的饭菜一天摆 30 桌。没钱只好高息举债，仅集团本部就举债 70 亿元，最高年息达 25%，能抵押的资产全抵押出去了。

“没有被对手打败的企业，只有自己打败自己。”这是经历了生死考验的重汽人得出的血的教训。新重汽首先拿自己人开刀，挖掉管理上的“毒瘤”。

——下属公司账户和小金库全部清理，实行收支两条钱，所有资金由集团统收统支、统贷统还，所有开销由集团财务副总“一支笔审批”，谁坐支处分谁。仅二级公司小金库就清理出上千万元；一个零部件公司就清理了 80 多家下属法人机构。

——包死基金，销售费用与销售公司负责人收入挂钩，以回款为基本数据考核营销人员业绩。去年销售公司回款 23 亿元，销售上万辆车销售费用仅 9500 万元；单车销售费用降低了 5000 元；今年集团与销售公司签订责任状，1.3 万～1.5 万辆的销售任务，销售费用仅 8000 万元。

——过去原材物料大量积压占用资金不说，仓库不够还得花大价钱租别人的。现在集团导入现代物流理念，将 30 多家配套厂的仓库搬入重汽，需要什么随要随供。下属生产企业包死费用基数，实行招标采购，仅卡车公司去年就降低成本 4000 余万元。严格实行订单生产，最大限度减少产品积压。去年集团总生产成本下降 15%，共计 6 亿元。

财务这个无底洞一堵死，重汽集团全盘皆活。去年公司资金周转期仅 83 天，而过去则长达一年半。

记者感言：管理像个闸，把得紧了就能多蓄水，松一松，对漏洞视而不见，再多再金贵的水也会在不知不觉间流掉，那么这个水库就“死”了，依赖它滋养的生命也会枯萎。新重汽一年堵住 6 亿元生产成本上的漏洞，说明我们的许多企业，特别是老国有企业在节支方面还有很大潜力可挖。这需要企业领导和全体员工瞪起眼来抓，绝不允许出现肥了小家瘦死大家的现象。

裁减员工近 5 万，怎么减的

去年一年，重汽主业人员从重组前的 7.3 万人降到目前的 2.4 万人，一年减员 4.9 万，但整个过程过渡平稳，没有出现大规模集体上访事件。

零部件公司是减员分流的试点单位，去年人员从 6219 人减到 2509 人，减幅近 60%。而单是定编定员、竞聘上岗、减员分流方案，前前后后就搞了 22 遍。在具体执行中，从社会上聘请专业人员命题、监考、改卷，确保公平公正；突出一个“情”字，对于单亲、双职工、特困户等情况特殊的职工，在相同条件下竞岗时优先考虑。

由于工作细致，职工心情平稳，橡胶密封件厂223名够条件的职工，仅用一天就全部签完退养协议。甚至还涌现出许多感人肺腑的场面，如传动轴厂17名退养老党员离岗前一天，专门来厂里过了最后一次组织生活，把厂房打扫得干干净净后才恋恋不舍地离去。

减人不是目的，关键是把人的积极性调动起来。

过去零部件一直是整车生产的"瓶颈"，员工上班磨磨蹭蹭，下午不到三点，车间里就没人了。去年公司对竞争上岗人员实行岗位动态管理，每年保持3%到5%的末位淘汰率，收入直接与效益挂钩，干多少拿多少。员工们坐不住了，周末加班加点、两个人干三个人的活成了常事。零部件公司下属的专用设备厂过去日子最难过，一个月销售收入三四十万元，仅能维持职工档案工资的50%。去年该厂人员减了一半，但销售收入稳定在180万左右，去年12月人均工资达到1200元以上。

前几年重汽一年流失人才数百名。去年重汽选出15名科技专家和30名青年科技专家，在资金极为紧张的情况下千方百计挤出钱来，发给他们专门补贴；投资二三百万元与清华大学联办研究生班；对于产品设计开发人员实行岗位工资制，人员工资比其他岗位平均高出四五百元；去年还专门为科技人员建起一幢宿舍楼。原先因这样那样的原因离开重汽的专业人才，仅去年就回来10多个。

记者感言：国有企业最大的弊病是人员包袱过重，而重汽在这方面表现得尤为突出。沉重的人员包袱，不仅加大了生产成本，削弱了产品竞争力，更严重的是导致企业机构臃肿，事无专责，人浮于事，效率低下。只有把该减的人减下去，让留下来的人既有压力又有动力，国有企业才能轻装上阵、活力四射。"没有干不成的事，只有干不成事的人"，诚哉斯言。

订单排队过大年，怎么来的

时光上溯三四年，重汽厂区里七八千辆汽车露天摆放，长年积压，雨淋风蚀，不少车漆皮脱落，部件锈死，成了一堆废铁。

今年2月，记者再去重汽，眼前的变化让人难以置信：一辆辆不同型号的汽车缓缓驶下生产线，车窗挡风玻璃上贴着用户名称和编号，完全是订单生产。往年一二月份是销售淡季，1月连百十辆车都卖不出，春节前后职工放假一二十天。但今年销售形势却好得出奇，1月份销售609辆，回收现金1.3亿元。进入2月份短短几天，已接到订单近600辆。集团决定春节不放假，开足马力满足用户需要。

重组不过一年，重汽靠什么重新叩开了业已关闭的市场大门？靠的是观念转变。

过去，重型汽车基本靠电厂、矿山等大型企业集团消费；现在，个体运输户、民营企业的消费比重越来越大。再维持过去那种一种车型包打天下的生产模式，产品不积压才怪！去年重汽开始围绕市场需求突出产品的个性化设计和订单生产，一年开发新品种 62 个，一条生产线常常同时下线十几个不同品种的车型。比如个体户长途贩运一般都是好几个司机轮流开，歇人不歇车。重汽为此专门设计出高顶或半高顶驾驶室，室内宽敞舒适，司机座位后面放两层卧铺，司机可以轮流休息。有的司机到站后舍不得住旅馆，完全可以在车上凑合一夜。这种个性化产品投放市场，受欢迎程度可想而知。

过去，集团销售搞的是人海战术，销售机构和人员全国撒得到处都是。去年，重汽将散布在全国的 18 个地区销售公司整合为 11 个，销售人员由 1300 人降至 800 人。销售人员不再从事具体的产品推销，而是变成一个个“拔根毫毛就能变出一堆代理商的孙悟空”，同时腾出精力抓好代理商的管理和客户的售后服务。

全新的营销观念，重新树起了重汽品牌，使重汽迈入了良性循环的发展轨道。去年重汽实现销售收入 62 亿元，是 2000 年的 3 倍多；新产品数量占到整车销售量的 60％以上；第四季度订单装车数量占销车总数的 70％以上。

记者感言：采访马纯济，他有句话掷地有声：“没有打不开的市场，只有转不过弯的头脑。”其实陷入困境的国有企业何止重汽——并不是因为基础不好、技术力量不强，而是因为计划经济遗留下来的头脑僵化、观念陈旧的积弊根深蒂固、坚不可摧。重汽的实践表明，只要转变观念，真正围着市场转，国有企业潜力不可限量。潜力在哪里？就在人的头脑里！

（《大众日报》2002 年 2 月 9 日 2 版，合作者：姜言明）

服务商机无限

——记全国邮政战线先进单位德州市邮政局

“185 一打，邮政服务到家。”在德州市区，随便碰个人问问，都对这句话耳熟能详。

如今的德州邮政，服务范围早已超出信函、包裹等传统领域。牛奶、鲜花、纯净水、液化气、生日蛋糕……都成了其上门服务的主营业务。

也许有人心存疑惑：这些差事竟然成了堂堂“国有邮政职工”的分内事，这不是屈尊掉价、不务正业吗？德州市邮政局局长吴文强却说：“别小看这些不起眼的小行当，它联结着最广阔的市场群。抓住了这个市场，就掌握了企业最核心的竞争力。”

从云端到谷底

对德州邮政来说，1998 年 10 月是个分水岭。几乎在一夜之间，邮电分营，多年背靠电讯大树、养尊处优的邮政职工，一下子从云端掉到谷底：11 个县市区局 7 个没有办公场所；不足分营前 20%的营业收入，要养活分营前 49%的员工，还得承担机要文件、义务兵信函、盲人读者免费投递等服务义务，不少县市区局发工资都得向上伸手。

让邮政职工坐立不安的不只是眼下。仅在德州，从事速递业务的竞争对手就多达 15 家。以前投递员骑车出门，车后两个袋子一边装报刊，一边装信件，可随着新闻媒体自办发行，不少投递员另一边的袋子已空空如也。

是逆势而上还是坐以待毙？德州邮政面临生死抉择。

邮政不像工业企业，没有看得见摸得着的产品。它拥有的，就是百年铸就的邮政品牌和实物传递网络；它能向用户提供的，就是服务。但光靠这些多年来赔本的所谓服务，到底能不能支撑偌大的德州邮政，养活 900 多名职工(其中还包括 160 多名离退休职工)？许多职工忧心忡忡，了无信心。

德州邮政的出路到底在哪里？经过一次又一次的反思、讨论，全局上下逐渐达成了这样的共识：服务业是 21 世纪最具潜力的产业，是国内特别是德州最待开发的处女地。德州邮政的服务不是没有前途，而是才刚刚起步，许多既有的优势根本没有发挥出来。

以报刊投递为例,多少年来,报刊订阅以单位为主,邮递员投递报刊信件,都是送到村、居和单位的传达室。但许多村、居、单位收发室如今已名存实亡,报刊信件不能及时送达用户手里。加之城镇临时单位增多、职业变更频繁,小区居民、失业职工、个体工商业户、流动人口,这个最具潜力的市场,反倒成了邮政服务的空白点。

只要把用户需要当成邮政的义务和商机,把服务当成邮政的看家产品用心经营,迅速占领最广阔的市场群,邮政企业商机无限、潜力无限。

德州邮政找到了走出低谷、逐鹿市场的撒手锏。

小信箱撬动大市场

要想占领市场,首先要解决从投递员到用户间"一公里"的问题。在资金极为紧张的情况下,近三年德州邮政累计贷款 900 余万元,在用户家门口安装了 20 余万只信报箱,仅德州城区就安装了 10 万多只,覆盖了 50%的城区住户;实施"三进工程",设立校园邮局 50 余个,在商贸集散地设立邮政代办点 100 多个,在全市农村设立邮政代办所 8100 个。

将城区投递员由原来的 20 多个增加到 180 多个,将投递频率由每天两趟增加到三趟。公开承诺:报刊今订明送,省内报刊当日最早时间直投到户;特快专递、信函、包裹单到局之日当日送达市区、县城用户。甚至连上门收订报刊,承接包裹、储蓄,也成了投递员、代办员的分内事。

市场经济就是这般神奇莫测。有时桀骜不驯、苛刻得让人无法接受;摸透了它的脾气,又温驯慷慨得出人意料。

"信箱工程"刚铺开,广告商就找上门来。仅箱体广告每个每年 25 元,当年收回投资的 60%。2001 年全系统实现箱体和插箱广告收入 200 万元,带动账单业务 150 万份。更意想不到的是,由于直投到户,仅德州城区个人报刊订户就增加到 3 万多户,是 3 年前的 10 倍;近 3 年邮政储蓄新增额竟相当于此前 12 年的总和!

栽下梧桐树,自有凤来栖。2000 年 8 月,石家庄郎微乳业公司 5 名业务员在德州走街串户跟踪调查了 3 天,最终选定德州邮政为其产品总代理,并免费赠送了 100 辆三轮车作为投递工具。目前德州邮政已代理了上海光明、济南佳宝等 10 多个著名奶业品牌,目前日投递牛奶 4 万袋,直投到户占德州城区市场份额的 80%,去年实现配送收入 120 万元。

为提高投递时效,去年德州邮政建立了物流配送公司,设立了 28 个社区物流配送站,基本达到德州城区每平方公里一个,15 分钟送货上门;把以前专供特快专递使用的185热线，改造成集订购、投诉、业务咨询为一体的邮政服务热线，与各配送站和相关部门计算机联网，用户需要什么，只需一个电话，投递员投送到户，甚至连代放固定、移动电话号码，代收话费、水费、电费、煤气费，代订、代送演出门票、火车票、飞机票，代发养老金，都纳入其服务范围。去年仅代放电话号码一项就增加收入150万元。国内鼎鼎大名的连锁零售巨头上海联华超市集团也动了心，计划把德州邮政的物流配送站改造成现代化的百货连锁便民超市。

撤走椅子，树起形象

每天清晨，随便走到德州邮政的一个营业窗口，你都能发现，身着标志服的邮政员工列队站立，高声朗诵“我是邮政人，邮政是我家，一举一动树邮政形象，一心一意为用户服务”，一丝不苟地演练着规范化礼仪服务动作，严整的阵容，饱满的热情，让人肃然起敬。

每早做操并不新鲜，但对德邮却有不同寻常的意义。正是从一点一滴的小事抓起，德州邮政的品牌才在用户心目中一点点闪亮起来。

多少年来，邮政职工当惯了“官商”“坐商”，用户上门爱理不理，服务态度生冷硬横，与用户从内心深处总隔着厚厚一堵墙。许多新招来的投递员服务热情倒是挺高，但送货上门风风火火，穿着随便，举止粗鲁，不少用户对此颇有微词。

MBA（工商管理硕士）出身的吴文强敏锐地意识到这不是小事：邮政靠服务吃饭，服务不好，失去了用户，就等于自砸饭碗。

从去年起，德州邮政在全系统推广规范化服务：聘请专职教官，从员工的着装、仪表到服务用语、办理业务的每一个动作，设计出24个文明用语和规范化动作；每早6点到7点进行一小时强化训练，局领导带头，每期一个月，前后共四期，考试不合格不准上岗；实行大密度明察暗访，不按文明用语和规范化动作操作者第一次警告，第二次重罚，第三次辞退。把服务窗口的椅子全部撤掉，仅这些椅子就拉了3卡车；180多名投递员头戴小黄帽，身着黄色制服，挂牌上岗，上门服务。

不少邮政职工认为自己是国企职工，干不好别人也没办法。德州邮政在全系统推广星级服务，打破正式工和临时工、代办员界限，按服务水平、服务效果、服务技能、接触客户的不同方式，把服务和投递岗位分成五个星级，与待遇挂钩，评不上星级者下岗。

一点一滴的严格要求，使职工把优质服务化为自觉行动。去年7月，一位住在德州医药大楼17层的用户需要一桶纯净水，而大楼电梯下班时间停用。

德州邮政的投递员扛着满满一桶纯净水，硬是从一层爬到了17层。用户开门一刹那，看着浑身被汗浸透的投递员，感动得不知说什么好。

鱼和熊掌可兼得

在德州采访，记者听到许多匪夷所思的新鲜事。

去年母亲节，德州邮政一下子收到999封寄给母亲的信，而且要求配送鲜花。送吧，搭上人力物力不说，光资金就得赔进很大一笔。“就是空运也要如数送到”，局领导果断拍板。上至机关干部，下至普通员工，全部投入投递行列。直到当晚23:30分，当投递员手捧最后一束康乃馨，出现在刚下火车的一位母亲面前，真情地喊了声“妈妈，祝你节日快乐”时，这位远行刚归的母亲感动得大哭起来。

去年2月，德州水厂遭受污染，市民饮用水告急，市区一些商家趁机哄抬价格大发其财，4元一桶的纯净水一下子卖到15元，有的干脆从外地水库直接拉水装瓶，面对超额利润诱惑，德州邮政每天供水数百桶，没抬过一分钱价格。

服务没有边界，客户满意没有止境。

一儿女不在身边的老人提出，能否让投递员上门投递时陪他进屋说几句话。于是每到投递时间，这位孤独的老人都能和上门投递的小伙子亲亲热热聊上好一会儿。

一个行动不便的老太太一次打电话给“185”：“我家收音机的电池用完了，能否送两节过来。”投递员不到10分钟，就把电池送了过去。

这一桩桩、一件件的小事情，乍一看都是些赔本买卖，但德州邮政人看得很远：“社会效益和经济效益并不矛盾。只有让用户的心跟着你走，才能让用户的腰包跟着你走。”

事实确乎如此。无限的服务背后总是伴随着无限的商机。去年水荒前后仅十几天工夫，德州邮政的纯净水用户猛增了600多户。2000年在全行业普遍亏损的情况下，德州邮政在消化上年亏损2000万元的基础上实现扭亏为盈；2001年完成收支差额580万元，劳动生产率由分营前的11万元/人达到去年的15万元/人，增幅列全省第一，员工收入跃入全省前5位。德州市邮政局因此被评为全国邮政战线先进单位。

（《大众日报》2002年5月19日1版）

“西铁城”本土记

——财经新闻故事①

开栏的话 市场经济惊涛拍岸，改革攻坚脚步声急。财经现象愈发异彩纷呈，它已渗入社会生活的方方面面，与每个人有关；而构成浩瀚财经汪洋的，也正是每天都在发生的故事。

适应新形势和读者的新需求，我们的财经新闻报道应更加注重从观察人的经济活动和财经生活体验入手，描述鲜活生动又内涵深刻的财经故事，见微知著，窥斑知豹，让财经报道更加鲜活、具体、生动，让读者从更为轻松的阅读中获得有用的信息和理性的启示。

6 月 3 日，在位于淄博市周村开发区的东星表业公司，总经理杨冰正在看西铁城泰国工厂厂长发来的电子邮件：“拜访贵厂，非常感动贵厂的优点，我们将认真借鉴这些独到之处，借以提升我们的企业竞争力。”

接待西铁城类似级别的高层主管观摩学习，已经成了杨冰的家常便饭。目前东星不仅是这家世界 500 强企业上百家海外工厂中唯一的本土化管理企业，而且成为其培训海外高管的样板厂。

探路周村

1994 年落户周村时，东星的投资者只是一个叫加贺的日本中小企业，任命的总经理是与其打了 20 多年交道的中国台湾人。所谓投资仅是投石问路——运来的 3 集装箱设备最老的 46 岁，最新的也有 20 多年了，在日本当废铁处理还得花钱。

作为负责这个项目的区外经贸委科长，时年 26 岁的杨冰当时的第一反应是上当了。后来冷静一想，人家是独资企业，要骗也是骗自己。要想让外商放心投资，只有让外商睁眼看看咱中国人。没有说明书和图纸，他就带领员工把车床拆开，用三四台拼装成一台。4 个多月后从这七拼八凑出来的十几台设备嘴里，竟然吐出了合格产品，日商看得眼都直了，1995 年 7 月干脆任命杨冰为总经理。

尽管如此，日商对东星能否承担高端精冲模钢表壳生产还是半信半疑，下的订单全是铜壳铝壳的低档产品。杨冰自己垫资买了几台国产设备，不到半年就攻克了这一难题。母公司又一次大为震动，对东星的投资由100万美元陆续追加到400万美元，1998年又将最重要的精冲模钢坯工序迁到东星，用东星表壳装配的手表每块最高卖到9万多元。

南迁之忧

然而为保住日本工厂职工的饭碗，一直为西铁城配套生产表壳的加贺留给东星的订单仍少得可怜。在吃不饱的情况下，东星强烈要求拥有自主接单权，与母公司加贺的冲突越来越激烈。一次偶然的机会，西铁城发现，原来加贺交给自己的最好的表壳全是远在中国的东星生产的。如获至宝的西铁城当即派人到周村考察。

2001年4月，西铁城斥资400万美元收购东星，目的非常明确，那就是卖掉东星的厂房和设备，把人员全部迁到东莞的主力工厂，并为杨冰开出数十万元年薪。原因很简单，东星最近的配套厂家也在广东，生产手表这种需要极强配套能力和物流支撑的时尚产品，周村明显先天不足。但杨冰和区领导告诉日本老板：人才和环境是共生的。离开周村这片乡土和创业环境，再优秀的人才也无法毫无牵挂地投入工作施展才华。西铁城只好暂时搁置南迁动议，但却把企业法人代表换成日本人，并派来好几个董事常驻东星进行监督。

东星本土

此后西铁城被一次次打动着。

刚易主时东星厂门前的道路年久失修坑洼不平，晚上漆黑一片。但几个月后这条路不仅翻修一新，还装上了漂亮的路灯。又有一次日籍高管要求查查有无乱收费单据，结果会计一张也没找到。

还有件事让日籍法人代表感慨良多。当时杨冰和他正与瑞士客商谈判，一位区部门负责人带人突然闯进会议室要求检查劳动卫生。情急之下杨冰一个电话打过去，5分钟区纪委书记就赶来调查处理。区委书记陈勇听说后马上做出批示，没几天这个负责人便被撤职。于心不忍的杨冰再三为其求情，陈勇斩钉截铁地说："谁让周村的投资环境受影响，我就让谁个人利益受损失！"

点点滴滴的小事一次次让西铁城悟到了东星的成功奥秘——不光对杨冰，而且对东星所处的周村也日益放心。2002年末，西铁城开始陆续撤走日方董事。次年12月24日，最后一位日籍高管离开周村，至此东星完全实现管理本土化。

本土效应

2004年东星实现利润比上年翻番，人均纯利润雄踞西铁城中国工厂之首，并利用自身赢利将设备全部更新一遍——本土化的成功再次打动了西铁城。

这几年西铁城考察了成都、苏州等好多城市，甚至连当地有无便捷国际航线和地道的日本料理、方便不方便打高尔夫球都逐一考察了，但权衡再三还是将年销售收入10亿元的精密机床加工中心项目放到了周村。

日本贸易振兴机构东北亚地区总代表江原规由考察东星时感慨："日本在华独资企业完全本土化，东星是我见到的第一个。回去起草下一轮中国投资指南，这个例子一定要写进去，这太有说服力了。我还要给中国的招商者说一句：抓成功一两个本土化企业，比什么优惠政策都管用！"

事实上本土效应在周村已日益凸显。靠着东星这块金字招牌，世界500强之一的三菱重工来了，投资1400万美元的造纸机械项目已经投产；日本星野株式会社8万吨造纸项目也落户周村……2003和2004年全区到位外来资金54亿元，两年工业投入超过前10年总和；去年综合竞争力跃居全省县域经济30强第18位。

（《大众日报》2005年6月8日1版）

轻骑突破重围

——财经新闻故事②

盛夏的阳光透过玻璃直射进来。刚从非洲考察市场归来的王利民一脸凝重。尽管短短两年间带领济南轻骑跨越了生死鸿沟，但他脸上丝毫没有轻松的感觉。

临危受命

2003年，连创中国股市资产负债率、年度亏损额、关联欠款、违规受罚等6项第一的济南轻骑，是块难啃的硬骨头。

当年5月29日，王利民临危受命，进驻济南轻骑。而10天前，公司刚因连续三年巨亏被上交所停牌——如当年仍不能扭亏，济南轻骑只能彻底退出股市。

就在王利民当选济南轻骑董事长2个月后，济南中院一纸通知书，又将公司推到破产还债的悬崖边——由于无力清偿到期债务，截至是年8月31日，公司被提起的还债诉讼逾210起，其中仅进入执行程序的诉讼涉及金额就达5亿多元。

一个总股本9.7亿股、境内外股民25.4万人、职工8000多名、债权人400多名的上市公司一旦退市破产，所引发的连锁反应，王利民深知意味着什么。

生死时速

中止破产程序，化解退市风险，首先要在短短3个月内达成债务和解协议，也就是说，须说服400多名债权人（包括18家银行），在近24亿元的申报债务面前做出巨大让步——王利民清楚自己是在与时间赛跑，但济南轻骑别无选择。

债权登记公告一发布，公司立即组成10个小组，逐个与债权人进行艰苦细致的沟通说服，直到债权人大会召开前一天的凌晨1点，才最终取得符合法定比例的债权人的让步。2003年12月，债权人会议如期召开，经表决，依法通过济南轻骑提出的债务和解协议：济南轻骑在3个月内一次性清偿债权本金的40%，即8.35亿元，各债权人则放弃对济南轻骑除债权本金外的其他债权。

然而,对资金已捉襟见肘的济南轻骑来说,这意味着要在3个月内将8.35亿元清偿完毕,才能终结破产危局。在这生死存亡关头,济南市委、市政府从外部环境上全力协调母公司中国轻骑集团偿还拖欠上市公司的关联欠款,支持济南轻骑履行债务和解协议。

2004年4月21日,和解协议如期履行完毕,4月26日法院宣告济南轻骑破产案终结。至此,济南轻骑资产负债率由284.6%降至59%,每股净资产由-1.46元升至0.38元。

复市攻坚

一家上市公司的大老板坐着15万元的国产红旗车,连手机都舍不得随便用,这在目前的企业家群体里委实少见,但这一切却实实在在发生在王利民身上。

"化解债务包袱只解决了死不了的问题。如不改变花钱大手大脚,不计成本的陋习,尽快扭亏为赢,济南轻骑就不能复市交易,而退市又意味着彻底丧失在资本市场上融资的功能。"王利民说。

从走马上任之初,王利民就开始在企业大刀阔斧推行预算管理,细化承包和预算单位,堵塞财务漏洞。仅2003年"三包"损失,就由上年的1100万元降至130万元;与此同时,千方百计凝聚人心重振士气,加大市场和新产品开发力度。从2003年三季度起,公司利润月月攀升,出口创汇、生产成本等指标迅速恢复到1999年以来的最好水平。2003年公司摩托车产量同比增长58.34%,出口创汇增长156.65%,在上年亏损34.05亿元的情况下实现净利润1743万元。

2004年年报显示,济南轻骑继续赢利,并于当年8月9日在上交所顺利恢复交易。

痛定思进

由连续五年产销量稳居全国第一到亏损严重、资不抵债、濒临破产,轻骑现象的出现不是孤立的。

"它既集中暴露了中国股市发展初期运作不规范、监管不到位、上市公司法人治理结构残缺、大股东权力不受约束等共性问题,也与企业自身盲目扩张、管理混乱粗放、产品开发乏力密切相关。这种忽视内力提升的发展模式,一旦碰上日趋严格的股市监管及包袱轻、机制活、新品迭出的外资、民营摩托车企业的强势挤压,资金链条断裂、陷入绝境只是早晚问题。"反思惨痛教训,王利民如履薄冰。

痛之愈深，动之愈切。复市后，济南轻骑眼睛向内，不仅成功实现与欧洲动力研发、意大利产品设计及法国动力部件三大合作，通过了国际上最严格的欧盟 E-MARK 测试认证，而且拥有了国家级技术中心，一跃成为国内拥有独立自主知识产权最多的摩托车企业；在原材料成本和出口退税下降等影响利润近 4000 万元的情况下，去年费用率同比下降 2.1 个百分点。

产品、成本、市场三管齐下，使济南轻骑内外销市场双线飘红。去年不仅内销量同比增长 30%，而且成功打入欧美高端市场，面向欧美的出口量占总出口量的比例比同期全行业高出 19 个百分点。济南轻骑因此再次跻身济南 2004 年工业 50 强前列及全省工业 100 强，王利民也被评为全国摩托车行业十大风云人物。

任重道远

“大病初愈的济南轻骑，要想活得好、活得强，从根本上提高持续经营能力和赢利水平，必须引入强有力的战略投资伙伴。”谈及今后发展，王利民并不轻松。

济南轻骑的重组之路可谓一波三折。

2003 年 9 月 27 日，三联集团宣布介入重组，但由于盈利水平和持续发展能力难以达到双方预期目标，次年 1 月重组即告终止。

债务包袱的解除让济南轻骑魅力倍增，在众多前来洽谈的战略合作伙伴面前，济南轻骑经过审慎选择，去年 6 月与中国化工集团所属的中车集团达成初步重组意向。但直至今日，重组进展仍不明朗。

事实上，王利民肩头的担子远不止此。作为包袱更重、困难更大的轻骑集团的党委书记，到任后他提出了分兵突围、化解矛盾、降低风险和人员分流的化解思路。在市委、市政府支持下，集团采取与各子公司的产权关系、劳动关系、债权债务关系“三切断”和“成熟一个，解决一个，稳定一个”的措施，先后关停各类公司 18 家，破产 1 家，实现了 6 家子公司的改制和人员身份置换，目前已剥离资产 4.2 亿元、债务 6.1 亿元，妥善安置职工 4200 人。今后该集团还需清算破产 10 家企业，并与 21 家企业通过股权转让方式解除产权、人员和债权债务关系。

“把这些盲目扩张带来的沉重包袱彻底甩掉，才能从根本上改变集团财务状况恶化、不堪重负的现状，实现精干主业，轻装突围。”王利民说。

（《大众日报》2005 年 7 月 2 日 1 版）

魏桥悖论

——全球最大棉纺巨头传奇

后配额时代的到来，注定了中国纺织行业的多事之秋。年初以来，随着实行了40年之久的全球纺织品配额制度寿终正寝，先是美国三次限制中国纺织品进入数量，接着欧盟设限威胁接踵而至。然而面对如此动荡的国际市场，全球最大的棉纺企业魏桥创业集团不仅没有收缩阵线，反而逆势而上，出人意料地投入70亿元巨资，扩建纺织印染服装系列项目。

追溯魏桥24年发展轨迹，这种迥乎常态的逆向决策对张士平来说并非首次。从20世纪80年代初起步时，这位魏桥创业的决策者便弄潮在纺织市场和宏观政策的风口浪尖。也正是这一次次的"离经叛道"，缔造出了全球第一的传奇。

差距往往在低谷时形成

魏桥的前身是邹平第五油棉厂。1981年张士平接任厂长时，这个小厂仅有60多名职工。由于当时国家对棉花控得很死，企业除了旺季收购棉花简单加工外，其余时间便无活可干。为了改变半年开工半年闲状态，张士平在棉花加工行业第一个走出去收购大豆、花生、棉籽加工油料，到1984年企业利润跃居全国棉麻行业第一，引得各地棉花加工厂竞相学习仿效。但此时魏桥却上了毛巾厂项目，1986年当年建厂当年实现利润25万元。

1989年魏桥涉足棉纺时，全国棉纺织市场刚刚转入买方市场。但恰在这年，魏桥建成万吨纱锭，之后又筹资6000万元建成3万多枚纱锭的棉纺厂和336台织机的织布厂，到1992年企业年利税已达1260万元。1993年到1997年棉纺织市场两次跌入低谷，全行业连续亏损6年，但这一时期魏桥先后投资3.3亿元，使棉纺织能力扩大到28万锭。

许多人对这种逆势而上的做法大惑不解，但张士平却自有见解：每一次市场波动都蕴藏着巨大的发展机遇，市场地位和发展差距往往在市场低谷时形成。

事实做了最好的注脚。到1997年亚洲金融危机爆发时，魏桥利税已突破1.5亿元，比1992年增长10倍多，年均增长64%；出口创汇年均增长82.7%。

到 1999 年兼并滨州一棉时,已拥有纱锭 33 万枚,一跃成为全国最大的棉纺织企业。

受益"快速反应部队"

按说走到这一步,魏桥该歇歇了。原因明摆着:国内市场供过于求,纺织行业连年亏损,甚至连国家都不得不狠下杀手限产压锭。但魏桥不仅没有停步,反而在 5 年内投入 170 亿元,将纱锭从 33 万枚增加到 500 万枚,织机从 4000 台发展到 42000 台。

更让人称奇的是,生产能力的猛增不仅没有把魏桥拖入滞销困境,反而带来各项指标年均 50%以上的迅猛增长。1997 年到 2003 年,魏桥出口创汇年均增长 71.5%。到 2004 年集团销售收入已达 231.25 亿元,跃居全省第九。各项指标连续 7 年稳居全国同行业首位,并跻身中国工业企业百强、中国出口企业百强和全球最大棉纺企业。

这种看似违背常理的发展模式源于张士平对市场的独到认识:从 20 世纪 90 年代大家就认为国内市场饱和了,但直到现在中国棉纱出口还小于进口,这说明中国自产的棉纱是不够用的,关键是怎样发挥自身优势,把来自国外的棉纱挤出去。

优势怎样强化?魏桥盯住了三个字:

快。魏桥基本上所有项目都是当年立项当年施工当年投产。以 21 万千瓦热电机组为例,不到 10 个月就投产发电,与国内同规模热电厂比建设速度快了 1 倍,投资仅为其一半。9 个工业园生产、财务、销售高度统一,组成一支"快速反应部队",根据市场需求反应极为迅速,棉布、棉纱新品种打样时间仅为 3 天和 2 天。

高。扩张不靠低水平重复建设,而紧盯一个"高"字。仅去年魏桥就从日、美等国引进喷气织机、剑杆织机等顶尖设备 3890 多台(套)。目前集团已拥有十大类 2000 多个品种,高技术含量棉布占到 60%,成为全国最大的无接纱、精梳纱和无梭布生产基地。

低。目前魏桥吨纱耗棉仅 1040 公斤,管理人员仅占全部职工的 0.8%,年人均劳效达 20 万元以上,均居国内外领先水平。

所有这些都保证了魏桥能在最短时间内,以最低成本、最高效率、最丰富品种、最好品质迅速抢占稍纵即逝的市场商机。

资本血脉接通国际市场

许多人会说,谁不想这样上规模上水平?问题是每年动辄投入数亿数十亿元，钱从何处来？

其实从1981年起步之初，资金就成了魏桥发展的“拦路虎”。当时国家对固定资产投资控制得极死。上榨油厂时靠职工集资10万元才买了两套榨油设备；上毛巾厂时职工又集资89万元买了52台织机。这点钱现在看来不起眼，但对当时只有几十名职工的小油棉厂来说，却是职工的全部家底！“不冒这样的风险，就没有魏桥。”今天的魏桥人这样感慨。

1992年下半年，国家采取了适度从紧的财政金融政策。正当不少企业对资金一筹莫展时，魏桥却通过巧借外力打开了资金通道，先后开工合资企业8家，不但直接利用了外资，而且提高了技术档次，拓展了国际市场，并将魏桥的产业链条延伸到色织、印染、服装等深加工领域。

不少企业羡慕魏桥与银行的关系，但这同样离不开胆识、勇气和自信。以兼并滨州一棉为例，此前两年滨州一棉合并亏损额高达6000万元，拖欠贷款达3800万元。但魏桥二话不说将银行债务全部承揽下来，兼并当年盈利2000多万，次年盈利4000万，魏桥也由此赢得了银行的信任和厚爱。

2003年10月以来，国家开始抑制局部投资过热，这也是魏桥进入棉纺织领域以来遇到的第三次宏观紧缩。但早在此前魏桥已把资金血脉接到了国际资本市场。当年9月魏桥股票在中国香港成功上市；次年5月在港首次配售成功，两次总计募集资金30亿港币。为了保证发行和配股成功，张士平马不停蹄穿梭于欧美，与跨国投资巨头交流沟通，并邀请他们来魏桥实地考察50多次，大大增强了他们连续增持魏桥股份的信心，其中仅摩根大通持股比例就高达12.49%。这一系列努力不但使魏桥纺织配售获得13.8倍的市盈率，而且直接推动了国际银团的长期再融资贷款。仅2003年9月至次年上半年，魏桥就融通外资5.15亿美元。

（《大众日报》2005年8月2日1版）

淄矿：置之死地而后生

置之死地而后生，这是兵家演绎的制胜神话。在市场经济风云变幻中，曾因资源枯竭身陷绝境的百年淄博矿业集团(以下简称淄矿)同样再现了这一幕。

从2002年4月整体改制至今，初步走出困境的淄矿经过第三次创业，实现销售收入210多亿元，2005年综合效益又同比增长20%。资产总额比改制时的48亿元翻了一番还多，达到百亿元。职工收入比改制时增加了一倍，且连续三年进入全国企业500强。

再造一个淄矿

1996年，由于煤炭资源枯竭身陷绝境的淄矿，靠职工集资4000多万元，仅用28个月就在济北建成“救命工程”第一矿——许厂煤矿，创造了中国煤矿建设史的新纪录。到2005年底，整个济北矿区年原煤生产能力达1000多万吨，比淄矿老矿区产量最高的年份翻了整一番。

到唐口矿井走走看看，才能体会到何谓济北精神。这里的主井、副井、风井深度均超过千米，在全亚洲也不多见。为了让矿井早一天建成，从开工第一天起，建设者们每天都要与地下各种难以想象的复杂环境斗智斗勇：

由于软岩层的存在，井壁水泥浆难以成型。建设者经过艰苦攻关，创造性实施了二次支护综合治理等措施，终于穿过了300多米厚的软岩层，创出了综合平均成井率113米/月的先进水平。

随着掘砌深度的增加，三个井筒最大涌水量高达107立方米/小时，且侏罗系含水层构造特殊，治水极为困难。建设者们克服困难，探索成功壁后注浆等防治水技术，保证了施工进度和井筒安全。

随着深达千米的井筒形成，地压越来越强，导致副井井筒及井下主要峒室、运输大巷发生严重变形，井壁破裂。针对严峻局面，建设者与山东科技大学历时8个多月联合攻关，终于完成了副井井筒和其他变形巷道的修复治理，化解了矿井风险……

一个个难关的攻克，不仅创造出6项省级以上的先进技术成果，其超千米多立井快速建设技术还被评为全国煤炭行业十大科技成果，整个济北矿区快速高效建设技术被评为煤炭工业科技进步特等奖。

双重逼迫下的选择

随着一个个老矿井日渐采空，大量职工生计受到威胁。在资源枯竭和前些年市场疲软双重逼迫下，坚持“两条腿”走路——煤炭主业和非煤产业同时发展，成为必然选择。

1958 年建矿的埠村煤矿最多只能再开采 10 年。“如果不加紧发展替代产业，到时只有破产一途。”正是在这种认识支配下，这几年该矿先后培植起新型墙材、耐火材料等非煤产业，去年这些产业销售收入基本可与煤炭主业持平。照这个势头发展下去，到 2010 年非煤产业销售收入可达 7 亿元，是现在煤炭主业的两倍多。

在非煤企业采访，记者强烈感受到，替代接续产业不仅是资源枯竭煤矿的必然选择，而且完全可以成为新的经济增长点。以天晟煤矿装备公司为例，改制后该公司成功开发出现代化的矿井综采支架，在济北矿区一炮打响后迅速走出省门，生产规模、品牌质量一跃进入全国前三名。2005 年销售收入达到近 3 亿元。现在 1500 名员工年平均工资奖金加分红达到 2.5 万元，连刚结婚的小夫妻都争着买新房。

该集团加快自主创新步伐，先后开发出低腐蚀隧道、精制衣康酸等一批具有自主知识产权的高新技术产品，培植起硫酸铝等 10 个骨干优势项目，形成了煤、电、化、材四大板块的经营格局。2005 年非煤产业销售收入达到 25 亿元，压电晶体材料、硫酸铝等产品规模跃居全国同行业老大。

希望在西部

2005 年岁末，淄矿西部开发喜报频传：在贵州建设的第一个矿井破土动工；在陕西投资 3.4 亿元建设的亭南煤矿投入联合试运转。

有人说煤炭企业占有了资源就拥有了明天。集团董事长马厚亮不这么看：“仅靠挖煤单打独斗，再多的资源都有用尽之时。几十年后淄矿还得重蹈资源枯竭的覆辙。”

持续发展靠什么？马厚亮归结为两个字：“融合！”在他看来，单纯的资源占有开发如果不与产业链条延伸紧密融合，就形不成竞争优势；挖完煤赚一把就拍屁股走人，人家也不会把宝贵的资源给你！

这样的发展思路，与资源所在地党委、政府希望综合开发的要求不谋而合。淄矿开始由单一产业向产业链群转变，由资源主导型向循环经济转变，由企业独立发展向与区域经济融合转变。

靠着这张牌，淄矿西部开发一路绿灯。比如在黔西南州控股开发糯东矿井的同时，淄矿还参股开发与煤矿相连的兴义电厂，从而一举获得 17.2 亿吨的煤炭资源，又一个近 1000 万吨级的特大型煤炭生产基地已呼之欲出。

（《大众日报》2006 年 2 月 8 日 1 版）

20 年跨越“50 年”

——东岳集团发展路径探访(上)

编者按 东岳集团偏处桓台一隅,却吸引专家博士上百名,连续打破多项国外技术垄断,堪称奇迹。

起家的本钱仅是国企“退役”的两台小转炉,短短 20 年却跃升为全球最大的绿色制冷剂、PTFE 高分子材料生产基地——在我国和世界氟化工行业,东岳集团的位置都举足轻重。

作为民营企业,却集全国重点高新技术企业、国家级新材料产业化基地骨干企业,国家重点火炬计划、国家“863”计划和“十一五”科技支撑项目、山东省高新技术一号工程实施企业等于一身;国家发改委和省政府在紧控土地的大背景下破格批准其规划建设国内第一个氟硅材料专业园区;省政府专门为其召开现场办公会,明确提出扶持东岳集团;淄博市在科技大会上奖励其科技扶持资金 5000 万元——在淄博、山东乃至全国,东岳集团的殊荣令人钦羡。

走进东岳集团,不仅一个接一个奇迹令人惊诧,而且一个又一个谜团诱人破解。

如果把东岳集团的崛起看作一种现象,那么这个现象折射的是民族工业如何从瞬息万变的市场走势中敏锐捕捉稍纵即逝的商机,从而摆脱低档循环怪圈;如何打破自主创新的体制性障碍,有效整合一切可以利用的科技资源,从而迅速抢占行业制高点;在经济效益与环保效益之间如何谋求高度协调等一系列规律性东西。

“赶英超美”曾是中国人孜孜以求的梦想,在善于创造奇迹的东岳集团人手中,在氟化工领域,这个神话仅用短短 20 年就变成了现实。破解这个神话的核心,就是东岳集团人“兴我民族工业”的强烈责任感和分秒必争的速度感。

十多年来,东岳集团年年都有大项目上马,但几乎每个项目都执行了该集团独创的“三个三分之一”速度定律,即只用常规项目建设“三分之一的投资”“三分之一的时间”和“三分之一的人员”,高标准高效率地完成项目建设任务,并且每个项目都取得了圆满成功。

比如 1995 年新上 3000 吨无水氟化氢时,按一般规律需要两三年,但东岳集团将工期一压再压，前后仅用了10个月。

再比如投资1亿多元的3000吨聚四氟乙烯装置，业内普遍认为需要三四年，但东岳集团从开工到投产仅用了11个月。而且短短4年多聚合物产量迅速扩大到6000吨、1万吨、2.2万吨，单体达到3.5万吨，一跃成为全球最大的PTFE高分子材料生产基地……

又比如1998年开始正式与清华大学合作，不到一年便开发成功绿色制冷剂项目。之后品种年年增加，规模迅速扩张，短短三四年跃升为全球最大的绿色制冷剂制造商，并以国内市场占有率遥遥领先和产品1/3出口的骄人业绩，一跃成为三菱、大金、杜邦、海尔、格力、美的、春兰、长虹等100多个国内外知名品牌的优秀供应商……

谈到分秒必争的初衷，东岳集团董事长张建宏有句话发人深省："20年前东岳起步时，我们国家在氟化工领域的技术、工艺和规模与发达国家相比，至少落后50年！在今天这样一个淘汰性极强的竞争时代，要想迅速赶超发达国家，把东岳建成世界的东岳，唯一的办法是以快补晚，以高补晚！"

事实上只要走进东岳集团，无论与什么人接触，从董事长到管理团队，从技术骨干到普遍员工，你都会感受到，这种"兴我民族工业于胸"和"东岳就是要打世界牌"的强烈责任感，渗透到每名员工内心。

以高补晚，离不开过人的胆识和魄力。上马素有"塑料王"之称的3000吨聚四氟乙烯时，因为技术难度太大，国内一片哗然。许多专家几乎异口同声："你们干不了！"一家企业老总听后甚至哈哈大笑："什么？东岳要上3000吨聚四氟？我还要造原子弹呢！"但就是在这样的情况下，张建宏直接叫板欧美、日本行业巨头："我们就是要用自己的行动证明：中国人自己也能搞3000吨规模的聚四氟乙烯！"正是被张建宏的胆识和魄力所感召，国内几十名目睹了中国氟化工沉浮变迁的老专家不远千里赶到东岳集团，把毕生的经验教训毫无保留地献给了东岳集团。为了项目成功，他们甚至只在东岳集团专门在城区为他们建设的宿舍住了3天，就强烈要求搬到偏处乡镇的公司，与东岳集团的建设者一样靠在施工现场……

以快补晚，更需要常人难以想象的努力和付出。在3000吨无水氟化氢建设中，为了抢回反转炉晚进厂40天带来的工期损失，从董事长、总经理到一般工人，一律吃住在现场，一连几十天昼夜苦战，谁累了随便找地方打个盹，甚至下雨天也没一个人离开。3000吨聚四氟乙烯建设中，东岳集团这支久经考验的铁军仿佛进入了着魔状态，每一个参战者都失去了上下班概念，当天任务完不成没有一个员工回家。工程最紧张时，工地上的帆布扯起来没几天就被狂风撕破，水钻刚打开一个洞里面的开水就结成了冰，有的员工手冻得烂乎乎的，一脱手套甚至能撕下一层皮肉，但没一个人叫苦退缩……2002 年项目一次试车成功，不仅创造了中国人自己也有能力上 3000 吨聚四氟乙烯的神话，并且获得 6 项国家专利。

速度就是市场空间，就是竞争力；提前投产就是最大的节约和效益。东岳集团以自己的实践一再证明了这一点。从 1987 年建厂到 1997 年，东岳集团总资产由 200 万元增至 8000 万元，年销售收入由 300 万到突破亿元大关。从 2001 年到去年短短 5 年间，东岳集团的销售收入又从 3 亿元增至 34.6 亿元，在中国石油化工 500 强中由第 497 位跃至第 52 位，并名列中国大企业集团竞争力 500 强第 4 位，成为中国氟化工行业的第一品牌和国际知名氟化工品牌。

（《大众日报》2007 年 6 月 23 日 1 版）

盯上《京都议定书》后面的商机

——东岳集团发展路径探访(下)

20 年追上 50 年,仅靠一腔热血远远不够。但恰恰在这点上,东岳集团表现出了超乎寻常的眼界、见识和整合能力。

2005 年底,寄托着几任化工部长梦想的离子膜技术在东岳集团获重大突破。不要小看这薄如蝉翼的离子膜,尽管一张重不过几钱,但却贵超黄金。它不仅是氯碱工业的核心原料,也是氢能燃料电池产业的核心材料。这项关键技术一直为美国杜邦公司垄断,我国所用全靠进口,市场价每吨高达 1000 多万元。

让人意想不到的是,正是这个先后被列入国家“六五”“七五”科技攻关计划,2004 年 1 月国家科技部甚至专门为其启动国家“863 计划”的技术难关,东岳集团人仅用两年时间便通过了国家“863”验收。之后该项目又被列为“十一五”国家科技支撑项目,山东更是将其确定为全省高新技术“一号工程”,举全省之力扶持其产业化。

“没有校企联姻,我们孤掌难鸣。”谈到这项技术的研发,张建宏感慨最深。“在这项创新成果上,我只是从前人手里接过了接力棒。”早已把家从上海搬到东岳集团的上海交通大学教授、离子膜研发课题负责人张永明博士再三强调。

正是有了与上海交通大学的校企合作,有了对前人研究成果和这一领域研发力量的有效整合,才有了技术上的突破。随着东岳集团年产 50 吨燃料电池离子膜所需全氟磺酸树脂生产装置的建成,我国由此成为全球第二个能够供应燃料电池全氟离子膜材料并拥有自主知识产权的国家。

“目前参与项目攻关的博士、教授等专家已达 120 余人。这些人才的快速集聚,得益于该集团‘不求所有,但求所用’的人才整合机制、‘特殊人才特殊政策’的人才引进机制和‘赛马重于相马’的人才选拔机制。”淄博市委常委、桓台县委书记陈勇说。

东岳集团地处乡镇,无论人才引进、信息获取都不占先机。但他们打破区域、地域局限,先后与清华、北大等 20 余家科研院所建立了不同形式的合作关系,与全国有机氟行业前 100 位权威专家保持着密切联系。这些人才通过东岳集团的有效整合,成为该集团开发自主知识产权、抢占行业制高点的生力军。

按照联合国1997年通过的《京都议定书》确定的清洁发展"双赢"机制，作为合作方的日本三菱商事和新日铁提供项目所需的1200万美元总投资及全部技术，并在6年的合作期内每年出资6000万美元，购买项目产生的"减排权"，用以履行议定书规定的国际环保责任。东岳集团作为项目实施方，不仅每年可减排温室气体1000多万吨，还可为国家和企业自身赢得3.6亿美元的总收益。

为什么这样一个环保与经济效益双赢的项目会花落东岳集团？从《京都议定书》签订之日起，张建宏就盯上了其背后的商机。经过连续几年的艰苦谈判，日方选中东岳集团。

无独有偶。对东岳集团发展具有决定性意义的绿色制冷剂项目同样是通过有心人张建宏的敏锐捕捉和全力拼抢，成为东岳集团最有竞争力的"撒手锏"。

1999年初，张建宏从一张报纸上获悉清华大学朱明善教授牵头研究的氟制冷替代产品研制获得重大突破，他二话没说立即赶往北京寻求合作。一家民营企业结亲全国最著名高校谈何容易。明知如此，看准这个"金娃娃"的张建宏一年往返北京30余次，终于将清华专家请到东岳集团实地考察。当年底双方合作成立公司，很快该产品不仅成为我国唯一自行研发并被欧美国家环境保护组织认定可以推广的带有绿色标志的含氟制冷剂替代品，还获得国家技术发明奖。

"如果不了解全球关注臭氧层保护的大背景，不了解制冷剂行业的最新发展动态，就不可能抓住这个商机。"张建宏告诉记者："一个具有环保发言权的企业才可能成为百年企业。我们一开始就提出'安全环保高于一切'，这两年又将这一理念上升到'安全环保是东岳的第一价值'的高度。"

正是在对第一价值的自觉追求中，东岳集团大尝甜头。建厂20年来，东岳集团一方面累计投资2亿余元进行环境治理和工艺技术改进，去年仅"三废"利用就实现销售收入12000万元、利税4000余万元。另一方面，他们咬住氟化工产业链条延伸不放松，从初级原料无水氟化氢起步一路开发下去，形成了上下游配套、产业高度耦合的产业链群，而产品吨价格也由最初的5000元上升到几万元、几十万元甚至几百万元、上千万元，并步入资源能源综合利用效率、降本盈利和市场控制能力不断提高的良性循环轨道。

（《大众日报》2007年7月7日2版）

齐峰:逆势上扬为哪般?

扑面而来的全球金融危机,使一些企业或限产停产,或迎风倒下,但地处淄博市临淄区的山东齐峰特种纸业股份有限公司(以下简称齐峰)却在造纸行业中一枝独秀,9月、10月经济效益连连刷新历史最高纪录。今年前10个月实现利税同比增长超过50%。

齐峰"风景这边独好"谜底何在?董事长李学峰一语道破:"只有科学发展,才能规避风险!"

"30年未破难题,一个小厂能行?"
——垂直提升打破国际巨头垄断

作为靠生产低档油毡原纸起家的"小造纸",直到1997年齐峰还因污染严重深陷濒临倒闭的泥潭。

"要想彻底走出困境,必须占领技术制高点,通过技术垂直提升让产品供不应求。"在低档纸行业摔打了20多年的李学峰下了这样的决心,并盯上了填补国内空白的高档装饰原纸。

当时,这种主要用于中密度纤维板、刨花板、防火板、强化木地板等多种人造板饰面的特种纸生产、技术和国内外市场,全部为欧美几大巨头垄断。中国造纸行业历经30多年,始终未能研发成功。

但打破垄断谈何容易。李学峰先是从德国请来一名专家,然而一年多下来搭进上千万元,洋专家却要知难而退了。企业内外,动摇、非议和压力扑面而来,李学峰也犹豫了:"中国造纸30多年没有攻克的技术难题,咱一个小厂能行?"但从不服输的李学峰此时已没有退路,因为建厂以来所有的积累全搭进去了。他在职工面前强作笑颜继续鼓劲,南下北上四处求教、凑钱,仅一个半月就出发11次。2000年7月,投入2000多万元自主设计开发的耐火板幻彩饰面纸终于通过了国家纸张质量监督检验中心的鉴定。

这填补国内空白、替代进口的产品一上市,垄断多年的国际巨头在国内纷纷降价,因竞争不过齐峰,最终退出了中国市场。短短几年,齐峰竟然带动国内强化木地板价格每平方米下降了几十元。难怪东北一位客户竖起大拇指说:"齐峰为中国人争了光、争了气、争了利!"

“身住小瓦房，胸怀全世界”

——水平扩张销量直逼世界第一

2006年，在年产20万吨装饰原纸项目一期工程启动仪式上，李学峰致辞时面对100多位中外客户，第一个动作就是双手抱拳连连鞠躬作揖：“实在对不起！耽误了你们提货发财。今天10号纸机已正式投产，将会满足大家的迫切需求。”

尽管齐峰已由起家时的一台老式小造纸机发展到现在的10台现代化造纸机，年产量跃居亚洲第一、世界第二，在全球高档装饰原纸市场中占有10.77%的份额，占国内市场份额的37.2%，但产品仍然供不应求。难怪这个年销售额十多亿元的民营企业连一个像样的办公楼都没有——董事长和管理人员仍挤在20世纪70年代建厂时盖的由几十间砖瓦房组成的三合院里办公。

“谁叫咱的产品老是供不应求呢！没办法，钱都投到新项目上了。”李学峰自嘲中不无得意，“盖成办公大楼不赚钱那叫财产，盖成厂房赚钱那叫资产。财产是用来消费的，资产却是用来赚钱的。所以咱这叫‘身住小瓦房，胸怀全世界’！”

“拿岗位当地种，员工都是小老板”

——两次解放思想逼出成本优势

“拿着岗位当地种，员工都是小老板。”这是齐峰两次思想大解放的核心，也是针对去年底以来煤电油运和各种原材料价格直线上涨的压力，以及最近以来的全球金融危机，化“危”为“机”，将涨价增支因素转化为成本竞争优势的法宝。

从去年底开始，经过上上下下3个月的思想解放和反复测算讨论，细化到每一名员工的岗位成本包干方案终于出台。今年3月方案正式实施，岗位节约与每一名员工收入直接挂钩，当月原材料、水电气等成本就下降220万元；4月份全公司又降低成本390万元。

今年8月临淄区开展解放思想大讨论，李学峰以此为契机，带着80余人到兖州太阳纸业参观学习，回来后划小核算单位，按利润考核，提出“生产经营权下放，人人都是小老板”。因为产品供不应求，增产即是增利，一下子调动起一线员工的生产积极性。

正在着手新一轮扩张的李学峰雄心勃勃地告诉记者：“对有些企业来说，金融风暴和市场萎缩是场灾难，但对拥有技术、规模和成本优势的齐峰来说，这恰恰是难得的发展机遇！”

（《大众日报》2008年11月25日11版，合作者：郭炉）

热点聚焦

节水的潜力到底有多大

一个蹲在旁边看妈妈洗衣服的孩子忽发奇想：妈妈，世界上能不能没有水？

妈妈不假思索地回答：傻孩子，怎么能没有？没有水就没有妈妈和你。看来这位母亲也知道水的重要性，但她可曾意识到，自己用长流水洗衣服，白白浪费掉多少水？

济南市节水办的刘亦范主任算了一笔账：就普通家庭洗衣而言，一般 1 件衣服用 4 盆水即 12 公斤，但很多人却习惯于用长流水洗。这样约需 10 盆水即 30 公斤。按一家庭每月洗 20 件衣服计，济南全市 77 万户家庭每月就要浪费 13.86 万吨，相当于全市目前的日缺水量。相反，若用洗菜水浇花，洗衣水冲厕，使生活用水得到再利用，全市又将节水 13.86 万吨。

节水的潜力究竟有多大？

我省每年农业灌溉用水 160 亿～180 亿立方米，占全省用水总量的 80%，可谓用水大头。但灌溉渠系的有效利用系数仅为 0.5 左右。这就是说，由于粗放式的大水漫灌，每年有 80 亿～90 亿立方米的水白白浪费。那么，灌溉的有效系数能否提高？从我省近十年来推广的节水灌溉技术看，完全可以。目前我省采用节水措施的灌溉面积也有 4600 万亩，每年共节水 30 亿立方米以上。如果继续加大这些技术的推广力度，使我省灌溉渠系的有效系数提高到 0.75，还可节水 30 亿立方米。假如采用更先进的现代渗灌技术，能比地面灌溉节水 80%。可见农业节水大有潜力。

工业方面，目前我省城市日缺水量超过 100 万吨，预计到 2000 年，除计划新增供水能力外，城市日缺水仍达 140 万吨。其始作俑者正是占城市用水量 80%的工业用水。从生产用水较多的造纸行业看，国外一般水平每生产 1 吨纸用水约 200 吨，比较先进的厂用 60 吨，严重缺水的以色列仅用 12 吨，而我省有的厂却高达 500 吨。钢铁、化工等行业，单位产品耗水量也大得惊人。但如果采用先进的节水技术，其节水潜力将非常可观。在这方面，潍坊化肥厂有成功的经验。他们自 1975 年以来，连续进行了四次节水技术改造，到 1985 年，产值增加了 1.69 倍，但取水量却减少了 6.6%，万元产值用水量由原来的 2447 吨下降到 855 吨，仅为 1975 年的 35%。

工业用水回收利用也有很大潜力。我省污水排放量每年达 15 亿立方米。

据济南、青岛等城市统计，约有90%的污废水未经任何处理就直接排出。事实上，近80%的污废水都可回收处理，用作工业的冷却水、农业灌溉、养鱼和绿化用水。据水利部门测算，如将节水措施综合利用，到2000年每年可节水60亿立方米，近乎我省目前可利用水资源的40%。节水潜力如此之大，为什么好多单位和人眼睁睁看着我们的生命之源大量流失而无动于衷？

关键是人们的节水意识淡薄，水价畸形，板子没有真正打疼浪费水者。水从自然状态来到用户手中，已经成了一种商品，价格不应低于治理和利用其所付出的成本。但目前，1000立方米黄河水的水费价格，还换不来一瓶矿泉水。据调查，目前全省生活用水平均价格为0.5元/立方米；工业用水平均价格为0.67元/立方米。据此测算，炼一吨钢才需10～20元水费；一个4口之家每月用10吨水，也不过5～10元。而每增1立方米日供水能力需投资一两千元。在沙特，1吨水价相当于1吨油的价格。试想，若水价贵如油，谁还敢大肆挥霍？

有关资料表明，每节约1万立方米水，可节省供水工程建设费400万元，节省排水和污水处理工程投资600万元。但节水是一项系统工程，只有全民参与，全社会携手，在思想上真正重视，在投资体制和水价上大力改革，并真正做到依法管水，体现出节水者受益，浪费者受罚，才能真正将节水工作落到实处。

（《大众日报》1996年6月10日2版）

在济南吃早点

编者按　济南市居民吃早点难的问题由来已久。不久前，记者看济南，走上海，采访了两地有关部门和饮食行业的部分单位，并到早点摊点品味了一番，两相对比，颇有感喟：早点不是个小问题，而是一个与群众生活息息相关的大问题；它不仅反映着一个城市的综合管理和服务水平，也从一个侧面折射出一个城市的精神生活面貌，影响着城市的整体形象。采访归来，记者写成了三篇报道，旨在通过对两地早点的对比分析，为办好济南的早点业开启一种新的思路。尽管济南的早点供应还不尽如人意，工作中还有这样那样的难处，但我们相信，只要政府部门真正重视，下气力去抓了，济南的早点供应乃至整个餐饮业，一定会有大的改观。

济南的早点，名声不佳，群众有意见。为此，记者专门在济南吃了几次早点。

山师大北街，这条不足200米长的街道，连接着山师大、山师附中和山师附小3座学校，两旁居住着万余居民。一大早，晨练的、买菜的、上班的、上学的，熙熙攘攘，尘土飞扬。一支30多人的个体摊点队伍，就在这条街上拉出大桶，支起油锅，摆开长条桌，等待着来去匆匆的早点客。

卖油条的两人显然是夫妻，老婆和面兼收钱，老公炸油条兼过秤。看我们走上前来，女的一边和面一边问："几两？""半斤。"于是，她搓搓手，接过我们递过去的钱，再搓搓手，又把手插进面盆。这时，我们心里掠过一丝不快：纸币上可能有上万个细菌，不知有多少揉进了那盆面里。男的还算稍微讲究一点，用一只油乎乎的塑料袋套起手来，抓起油条放进秤盘里。秤没有打起来，他又用另外一只手的食指和拇指尖夹起一根油条，放在秤盘里。看着油条被装进塑料袋中，我们只有尽量安慰自己。我们又要了两碗稀饭，一瞧碗筷，也是油腻腻的。看看洗碗的桶，里面水的颜色和邻座人喝的稀饭相差无几。也难怪，一个早晨半桶水，得洗上百人用过的碗筷，还能清得了？旁边一位中年人对我们说："明知道不干净，还得闭着眼硬吃。因为找不到干净的地方，慢慢也就习惯了。"我们也就将就着吃起来。还没吃完，炸油条的夫妇开始收摊，油凉了一会儿，被倒进一只塑料桶里，大概准备下次再用。锅底剩下厚厚一层黑油渣。我们问摊主："一锅油炸几天？"男的头也不抬地说："三五天吧。"

一位晨练归来的老教工指着两棵老杨树很是激动："这两棵树，就是被炸油条的油烟熏死的。本来挺清新的空气，现在被弄得乌烟瘴气。摊子乱七八糟横在马路上，赶上学生上学，人挤人，车蹭车，半天挪不动一步。要是再刮风下雨，更惨，泥一把土一把，搅和着雨水，就更够滋味了！”

一位中年妇女接着说：“我们早上都在家做饭吃，不是不想出来吃，实在是不想拿自己的身体开玩笑。”

以后几个早晨，我们又跑了几个居民小区，情况比山师北街好不到哪儿。在济南市落成最早、居民最多的甸柳小区，竟没有一处统一规划的早点摊群，早点与市场混杂在一起。而燕山小区的早点群恰恰横跨在一条臭水沟上，臭味扑鼻，倒人胃口。

今年上半年，市政府组织的一次检查表明，被个体摊点垄断着的济南早点市场，花色品种单一，卫生状况脏乱差的现象相当普遍。80 多个被检查的摊点中，有 3/4 的摊位没有健康证和卫生许可证。如此状况怎能让市民放心？

早点市场成为个体户的一统天下，那么，曾经是济南早点顶梁柱的国有饭店干什么去了？带着这一问题，我们跑了十几家饭店，发现没有一家国有饭店经营早点。市财委商业网点办、市饮食服务公司负责人的介绍进一步印证了记者的这一印象。

过去，在计划经济体制下，全市 100 多家国营饭店，家家卖早点，顾客排成长龙，营业额占到全天的 1/3。南门饭店卖烧饼、豆腐脑的红火劲，附近的老人至今还记忆犹新。何以如此？经营早点的国有饭店可以享受国家平价调拨的粮油煤。1 公斤油与议价的比，差价就达 1 倍多。用会仙楼老店员的话说，买进的油不用进锅，卖出去就能保住饭店不亏。

计划粮油煤被取消后，国有饭店与其他饭店站到了同一起跑线上。这样一来，100 多家国有饭店就顶不住了，做早点利薄，算不着账，谁还有心思再经营？到现在，市属饭店经营早点的只剩下聚丰德一家，每个区里也仅保留了一两家。

就这样，个体户迅速填补了这个空白，一统济南早点天下。

面对遍地开花的个体摊点，工商、卫生等部门深感头疼：个体摊点布点分散，来无踪去无影，卫生和质量很难管住。虽然花的力气不少，但济南的早点令人“不想吃，不敢吃，又不能不吃”的状况仍是江河依旧。

采访中，一位拿着煎饼果子的早点客曾向记者发出过这样的感慨：“济南人真可怜！”是啊，由个体“把持”的早点，老百姓是信不过也离不开。假如哪个大饭店能把价格压一压，做出的早点干净可口，那能赢得多少市民的心啊！

（《大众日报》1996 年 9 月 9 日 2 版，合作者：于向阳）

在上海吃早点

立秋后的上海之晨依然暑气逼人。尽管不到7点，但徐汇区天钥桥路的“你我他”早点店的外卖窗口外，早已排起一条蜿蜒的长龙。一位刚买上粢饭的年轻人告诉记者：“这里的早点便宜、可口、放心，多花点时间排队值！”

真是这样吗？我们穿过熙熙攘攘的人流步入店内。100多平方米的营业厅里已是顾客满座，还有不少人耐心地候在桌旁等空位。我们随便要了4只小笼蒸包、4只三丝春卷、2只椰丝团、2碗豆腐花，津津有味地品尝起来。一早吃了个肚儿圆，一结账才8元钱，人均不过4元。

店里的值班经理王象军如数家珍地介绍着早点的品种：糖糕、薄饼、蒸包、麻球、糕团……蒸的、煮的、炸的、煎的、烤的总共有5大类50多个品种。看看玻璃橱窗上的价目表，贵的一份只有两三元，便宜的才四五角。深受上海人偏爱的早点“四大金刚”（大饼、油条、粢饭、豆浆）都在4～8角之间。

邻座一位外地人说：“俺出差七八天，来这吃过五六次，每天吃两三种，至今还未重过样。上海的早点真让人羡慕！不出店就可尝遍上海风味。”

在徐汇区，像这样的早餐店有7家，均是“你我他”的连锁店。我们顺路踏访了另外几家。发现这些店不仅经营的价格、品种统一，连店外店内的装饰、服务人员的着装也一模一样：白色工作服、纯白色桌面、橘红色座椅、淡蓝色地砖、白色乳胶漆墙壁，显得简洁明快，清新敞亮。

像“你我他”这样的早点连锁店，全市几乎每区都有。单是在上海负有盛名的就有新亚集团的“豆浆大王”、徐汇区的“你我他”、长宁区的“多旺”、普陀区的“白玉兰”等好多家。目前全市已有早点连锁网点70多个，均是原市、区饮食公司创办的国有店铺。另外，全市还有不少连锁早点供应亭和供应车，仅普陀区就有供应亭30个、供应车300辆。

市商委一负责人透露，从现在的势头看，今年大众化早餐网点发展到120家完全有把握，这要比市政府的要求多出20家，以后每年还将增加三四十家。

其实，今年3月份以前，上海的早点也好不到哪儿去。

和其他城市一样，近几年，上海经营早点的国有饭店也越来越少。占领上海早点市场的基本是外来打工的个体摊点。业主不经健康检查、操作不符合卫生标准、质量差、品种少的现象极为普遍。好多市民还反映，个体摊点炸油条好几天不换一锅油，还在面粉里加洗衣粉。平常横在路上，车都过不去，一到逢年过节或是刮风下雨，又跑得无影无踪。

市民吃早点难、吃放心早点更难的呼声传到市委、市政府，市领导非常重视，将增设100家大众化早点供应网点列为市政府1996年的实事项目，任务分解到区。

对国有饮食业来讲，早点明摆着是桩微利买卖，加上市政府对价格有明确限制，照老一套经营方式，亏本已成定局。那么，利从何来？普陀区的白玉兰餐饮公司总经理许守钢一语道破天机："关键在于经营方式的转变。比如，采取中心厨房统一进货加工，再配送给连锁店，节约的成本和取得的效益就相当可观。"

这个连锁公司由于中心厨房统一进料制作，仅采购原料一项每年就可节约成本120万元；加上操作和采购人员减少，避免了各分店设备的重复购进，总共节约资金239.3万元；各店省去了相当一部分制作工序，营业面积扩大，每天可增加700人次周转就餐，全年可增加营业额75.6万元。

另外，有了中心厨房的集中加工、统一配送，一个员工不多的连锁分店可以在一个早上很快拿出50多个品种的早点，并保证规格和质量，同时，使店铺的就餐环境大为改观，腾出精力在服务质量上上水平上档次。

中心厨房的出现，使上海的国有早点业走上了"集约经营，规模效益"之路，既保证了早点的低价位、大众化，又为企业赢得了可观的经济效益。

"多旺"连锁店的创办者、长宁区饮食公司总经理邵金芳心中另有一笔账：即使不赔不赚，大众化早餐业也值得一干。今年公司开了5家连锁店，就为公司消化了108名下岗职工，公司负担减轻了，上岗职工的收入提高了，何乐而不为呢？

质优、价廉、品种多、卫生佳、成本低，国有饭店有干头，市民群众有吃头，上海的大众化早点业焉能不蒸蒸日上？

上海人真是好福气！

（《大众日报》1996年9月10日2版，合作者：于向阳）

早点不是“小不点”

走上海，看济南，两地国有饮食业的早点差别甚大。

为什么会产生如此大的差距？

在上海和济南采访，记者曾经问过两地国有饮食业的经理们一反一正两个问题：“你为什么经营大众早点？”“你为什么不经营大众早点？”

上海的经理们认为，早点市场是个稳定的市场，虽然利润不高，但拥有庞大的大众消费群体，800万市民有一半出来吃早点，人均两元钱，日营业额就有800万元，相当于一个特大型商场。况且国有饮食业拥有规模、卫生、设备等个体摊群无法比拟的优势，走规模化的路子，薄利多销，不就有丰厚的利润了？

济南的经理们认为，国有饭店本来就负担着那么多的退休职工和下岗职工，包袱重，做起早点来，还要开销职工的夜班费、水电煤气费，忙活一天，毛利还不如办一桌酒席。本高利薄，劳民伤财，实在不合算，更无法和个体摊点竞争，因而不敢干也不去干。

同是“利薄”，上海人没有把早点当作“小不点”来看待，而是视为一个大产业，因而好多中小型店铺改做早点后，日营业额达到以前的三四倍，利润相当可观，而且还安排了相当一批本行业的下岗职工。事实上，在上海，中低档消费占到了全市餐饮业日营业额的70%。

但在济南饮食行业中，讲求的多是“上档次，上水平”，忽视了像早点这样颇受市民欢迎的“小芝麻”，也就失去了潜力巨大的中低档饮食市场这个“大西瓜”，也就只好背负着下岗和退休职工的沉重包袱，维持着目前这种萎靡状态。历下区某饭店去年为装修欠了一屁股债，当时在济南很够档次，以为五年内不用再动，没想到不到一年就落了个“吃档次的看不上，吃便宜的不敢来”的尴尬局面，月营业额很快下降到三四万元，连发工资也不够，只好改卖盒饭。

怎样看待早点市场，上海人扎扎实实给我们上了一课。

如果早点对餐饮业来讲，还是一个经济利益问题，那么对政府来讲，解决好早点问题则是事关群众切身利益，具有极高的“含金量”的大事情。

在上海，听到一个词，叫“工作价值”，上海的政府官员认为，越是事关老百姓切身利益的工作，工作价值就越高。解决早点问题，就有很高的工作价值。市民吃早点难的呼声传到市委、市政府，上上下下极为重视。市委书记、市长亲自抓不说，市里还规定：凡卫生、价格、品种、质量经市里验收合格的，由市政府统一挂牌，享受返还营业税、房租优惠、城市增容费减半、水电暖煤气特别照顾等优惠政策。工商、税务、城建、水、电、防疫、卫生、银行等十几个单位和部门都动真格的，甚至不惜牺牲部门利益，为国有饮食业经营早点开绿灯。

平心而论，近几年来，济南市在解决老百姓吃早点难的问题上，也费过不少脑筋，动过不少心思。但年年列为市政府实事项目的早点问题，至今却不见起色，根本原因恐怕在于有关部门在思想上并没有真正重视起来。

济南市二商局基层处的一位同志讲过这样一件事：有一年，市政府要求国有饭店卖早点，但饭店刚一“伸出舌头”（门前出摊），公安、交通、卫生等部门就找上门来，“舌头”缩回去了，市政府的要求也落空了。

都知道早点微利，国有饭店没有积极性，但哪个部门能让企业尝到实实在在的甜头？个体摊点固然影响城市形象，可又如何从根本上解决问题？

为了解决群众吃早点难的问题，今年年初，济南市曾又一次要求全市70多家饭店经营早点，并提出集中管理个体摊点群。但时至今日，落实到位的寥寥无几。看来，还得像上海那样，只有任务到人，跟踪检查，奖惩兑现，才能落到实处。

早点，不仅仅是一个物质生活问题，它更是一个窗口，直接反映着一个城市的精神面貌和城市综合管理水平。解决好早点问题，产生的社会效益远远超过经济效益。搞城市建设，盖高楼、修马路、抓卫生，这些事情固然必不可少，但让老百姓能吃上干净、卫生的早点，不同样也是很好的城市建设吗？

（《大众日报》1996年9月11日2版，合作者：于向阳）

岗位，是多还是少

说起再就业，不少人抱怨岗位少，活难找。但他们常常忽视这样一种现实：不少农民却进城找到了工作。据省劳动厅不完全统计，目前我省城镇就业的外来劳动力占职工总数的10%，仅济南市就有30多万人，而济南市去年的下岗职工为7.15万人。

最近济南市市中区劳动部门推出一项承诺，凡辖区内下岗职工登记求职，保证48小时内为其找到岗位。区劳动服务公司副经理刘红卫说："活有的是，就怕人们看不上眼。"

济南市劳动服务公司去年组织142家企业召开用工供需见面会，原计划招聘4000名下岗职工，结果只招到2000来人。原因是许多下岗职工一听个体私营企业招人，干脆不来。有的来了，也是放不下架子到个体私营企业就业。

济南市劳动服务公司的纪绍霖说，由于端惯了"铁饭碗"，好多下岗职工不认为到个体私营企业是再就业。有的即使找到活干，仍把自己归入下岗职工行列，认为不是政府安排的工作就不算再就业。有的干脆待在家里等，也不管原单位效益多差。

在济南市劳务市场，记者遇到某商业批发企业一女工，她下岗两个月，今天才第一次鼓起勇气出来找工作。记者问她想找什么工作。她说自己干了17年出纳，只会干这个。其实，不会干可以学。济南市劳动服务公司最近免费为下岗职工进行六个专业的再就业培训，结果只有微机专业人们争着报名，家政、烹饪等其他专业十多天没一个报名的。

眼界再开阔些，就会发现，第三产业是就业潜力巨大的产业，目前西方发达国家"三产"吸纳劳动力的比重达70%，而我国仅为26%。在这方面，我省的潜力同样远未挖掘出来。济南三元家政中心的王新告诉记者，该中心每天接到要求提供家政服务的电话相当多，由于愿意从事这项工作的人太少，目前只能满足不到一半的需求。上海百帮服务中心组织下岗职工从事各项便民服务，吸纳劳动力3000余人，人均月收入610元。我省国有饮食企业大多效益不佳，职工发不出工资，但上海的饮食企业却瞅准了市民急需早餐服务这个空当，积极发展价廉物美的连锁早餐，不仅利润可观，还解决了职工的收入问题。

随着家庭结构小型化、人口老龄化、居民消费多元化和生活节奏的日趋加快，“三产”的发展领域越来越宽，人们对养老、托幼、餐饮、家政、家教、保健娱乐、物业管理等方面的需求越来越大。这些方面的社区服务，劳动力密集，所需的技能，不算太高，下岗职工若能放下架子，不仅能急社会所需，而且能获得比原单位更高的收益。当然，扩大就业的潜力还不止这些。如今后几年国家和我省将投巨资进行基础设施建设，这将提供大量就业机会。

据了解，我省在扩大再就业渠道方面已取得可喜的进展。以济南市为例，近两年从事“小饭桌”、托老院、托幼院、接送孩子、净菜上门、照顾病人等家政服务的下岗职工已达4000余人。仅去年在私营企业就业的下岗职工就达1.08万人。在聊城、济南、德州等市地，大量下岗职工进入农村从事农业开发，把再就业的领域拓展到一个更新更广的领域。

（《大众日报》1998年5月24日1版）

取消公用车　堵住无底洞

在淄博高新技术产业开发区管委会大院里，以前停得密密麻麻的公车这些天少了许多。不论哪一级机关干部，上下班或外出办事大都骑起了自行车。管委会为此专门新建了两个自行车棚，如今还是不够用。大家说，车改了，还是骑自行车合算。

不仅是财政“黑洞”

人、车、会被称为财政支出的三大黑洞，也是各级政府机关久治不愈的顽症。淄博高新区也未免此俗。六年前，高新区初建时仅一部公车，车改前已达67部，购车总花费1100万元。年均购车11部，花费183万元。除了一次性购车投入外，仅去年车辆各种费用支出就达250万元，占当年财政收入的4%。

车越购越多，财政越来越不堪重负，许多意想不到的负效应也在日渐显露：

最突出的是竞相攀比。在高新区有一个不成文的规定，部门副职以上(副处级)配备专车，先是桑塔纳，再是红旗、奥迪，车越购越豪华。管委会离市区有一段距离，为接送机关人员上下班，区里专门购有班车，但后来班车全都闲着没人坐，因为部门下属的科室也买了车，甚至仅有两个人的科室也不例外。管委会131名机关干部中，平均4人一部，却还是不够用。派车成了各部门最头痛的事，谁外出都得要车，没车宁肯等一两天。车的利用率却并不高，有的一天闲着谁也不能动，因为是领导的专车；有的送人到市里开一天会，就在那里守一整天。但下班后利用率却出奇的高，大多让司机和有关人员用于办私事。

更严重的是，个别部门和科室为了买车或支付车辆费用，向基层摊派，加重了基层负担，败坏了高新区形象。

领导决心关乎改革成败

早在去年下半年，管委会就着手调查公车管理的漏洞和问题，领导层认识日渐统一：公车已经到了非改不可的地步，这不仅是财政的一大漏斗，而且已严重影响到干部作风、工作效率，甚至成为滋生腐败的温床。车改被写入今年高新区工作报告，作为年内必办的头等大事。管委会领导公开表态：“阻力再大也要一改到底，决不回头。”

车改乍一听千头万绪，但实施起来并不复杂。今年5月，管委会将下属8个部门的39辆车（城建、环卫等专用车及教育部门用车除外），列入第一批车改范围，集中起来统一调度，根据4月份的出车里程把用车补贴分发到部门，结果当月用车量比以前减少了2/3，39辆车中有20辆闲着。6月份，管委会干脆把交通补贴以现金形式直接发给个人，用车费用个人负担，当月用车量只有上月的1/10，39辆车绝大多数闲起来了。区里遂决定留下7辆以备外事及重大接待活动之用，其余32辆分三批公开拍卖。到7月底已拍卖了两批，计划8月上旬全部拍卖完毕。

取消公车后，为防止有人向下属单位借车，报销“的费”，区纪委及时公开举报程序，制定了严格的处罚办法，给各级干部打上了预防针。

账算明了问题就好办了

改革前公车似乎成了权力、地位的象征，想改势必触及方方面面的特权和切身利益，遇到阻力也是自然而然的事。但出人意料的是，真改起来进展却异常顺利，大家情绪稳定，积极拥护。

反思原因，关键是利益关系明确了。以前公车的好处大家或多或少都在享用着，但国家搭进去多少钱没人明白，或者说明白了也不心疼，反正不是花自个儿的。而且享受了心理还不平衡，因为机会并不均等。公车取消后，交通补贴发到个人手里，人人得到了看得见的实惠，能不衷心拥护？

交通补贴乍一看真不少，正处级年均2万元，副处级年均1.4万元，一般干部年均五六千元，国家是否吃了亏？管委会办公室王军向记者算了一笔账：

以部门领导为例，车改前正处级的专车一般是红旗或奥迪，购新车每部30万元，年均折旧费（按10年折旧期计）加上其他各种费用年财政负担6.5万元，车改后减去补贴每人每年少支出4万余元。

1998年全区购新车花费115万元，第一批车改的39部车不计折旧各项费用支出就达135万元，两项合计财政支出250万元。车改后一年发给个人的交通补贴总共才120万元，而且不准再购新车。两相比较年节约财政支出130万元，32部公车拍卖后还可收回220万元。

（《大众日报》1999年8月6日2版）

“放心肉”吃出了啥滋味

这几天，“放心肉”成了济南市民的热门话题。8月28日，济南农工商集团肉联厂（以下简称肉联厂）的15个“放心肉”专卖店一亮相，就成为省城市民瞩目的焦点。

“俺就冲着这块国字号老招牌”

9月4日，记者在黄台市场肉联厂专卖店采访，遇见专程来此买肉的济钢退休职工李玉章。肉联厂的肉，李师傅已吃了几十年。他说：“今天多跑了四五里，就是冲着肉联厂这块国字号老招牌。这几年到处在讲‘放心肉’，但俺吃肉从来就没踏实过，从市场买回去的肉常常一炒一包水。再者说，谁敢担保不碰上病猪死猪肉。”

省电力二公司的黄珊度老师傅这天是第三次来工业北路肉联厂专卖店，却是他第一次掏钱买这儿的肉。黄师傅说：“现在自吹自擂的多了，没有一个承认自己的东西孬。到底是孬是好，俺得考察考察。”两天的实地观察，黄师傅悬着的心放实了。

记者了解到，专卖店的肉比市场上每公斤贵1元，但顾客说：稍贵点无妨，重要的是吃着放心。

“放心肉”让人放心吗？

仔细想想，也不能怪黄师傅们多心。放心肉到底放心吗？光瞧瞧窗明几净的专卖店显然不行。记者随后来到肉联厂。

到底是现代化的屠宰车间，与记者印象中又脏又乱、充满血腥的杀猪现场完全两回事。墙壁、窗户玻璃干干净净。一头活猪从开膛、剥皮、肢解到过磅、冷却、包装，十几道工序，完全是自动化流水作业。尽管如此，每道工序旁还忙活着一个“白大褂”，是专搞质检的。其实这里的质量检测，从生猪进厂就开始了。厂里有专门的病死猪无害化处理车间，无论哪一道工序发现问题，整个流水线都要停下来消毒，病猪经无害化高温灭菌处理后被炼成工业用油。遇到肉眼不敢断定的病猪肉也不要紧，这里有三四十年历史的化验车间。车间技术员说，他们积累的生猪病理有300种之多，检测技术国内领先。

在这里,每100头猪就有两三头得进无害化车间,屠宰成本水涨船高,上市自然贵一些。配送车间副经理王东林说,贵点儿少卖点儿不要紧,不能砸企业牌子,更不能坑消费者。从厂里出去的肉都经过了低温冷却,当天的肉卖不掉,就进厂里熟食品加工车间做香肠,次日上市的肉全是当天宰杀的。这恐怕是一般个体屠宰户做不到的。

企业活了,难处也不少

出车间时,记者看到不少工人挤在门口,一问都是马上要上岗的。说起这个转变,这些在家里歇了整三年的职工们很感慨:杀了几十年猪,今天才杀出了门道。真不敢想咱还能再扬眉吐气。

“放心肉”投放市场至今,专卖店日营业额大多在四五千元。厂里的热线电话这几天格外忙,多是市民打来要求增设销售网点的。赢利多少且不说,重要的是200名下岗职工又有了活干。

难怪他们感喟不已。到8月28日生产线重新启动时,厂里的屠宰设备已停了整3年。停产的那些日子,这些杀了一辈子猪的老职工怎么也弄不明白,自己背靠这么个国有大企业,咋就杀不过个体屠宰户。

当然,这只是个起步。厂子一位负责人说,企业日宰杀能力2500头,供应济南市场绰绰有余,但现在一天也就杀一百四五十头,15个专卖店销量毕竟有限。个体商贩上门要求代销,企业有顾虑,怕有的“挂着羊头卖狗肉”,坏了产品名声。靠自身力量增设网点又没能力,连恢复生产线的钱都是下岗职工集的资。

这位负责人又谈了一些其他困难。比如货源问题,现在搞生猪定点屠宰,企业的命运完全控制在基层食品部门手里。给的价合了他们胃口,就给你供生猪;给的价稍不合意,就卡你脖子,断你货源。这个问题靠一个小小的企业去协调,也真难为他们。

“定点屠宰”,该定的定住了吗?

济南肉联厂的苦衷的确耐人寻味。

国家搞生猪定点屠宰,本意是对群众的健康负责,要定住生猪入市质量关,因为病猪肉、注水肉对消费者危害实在太大了。但好多地方却把此曲解成生财捷径。有的地方甚至说,看住了猪,就是看住了钱袋子。也难怪,多一头猪留在当地宰杀,就能多收一份屠宰税。买不到猪,无米下锅,相当一批国有大型肉联厂只好停了产。

或许地方的初衷是好的。但事实上，许多集中定点屠宰场所并没把该定住的东西定住。一些定点场所只圈了个围墙，把原来分散的屠宰户集中到一起，收收费、盖盖章而已，根本不具备必要的卫生条件和检测手段。更何况个别执法人员还徇私枉法。今年5月，记者曾暗访过长清平安店生猪定点屠宰市场，结果发现，就是这个每天向省城供肉100多吨的大市场，当时约80%的业户在卖注水肉，注水后一头猪能多出肉20多公斤，到头来坑的还是消费者。

再为养殖户想一想，这两年农产品起落最频繁、幅度最大的，恐怕得数生猪了。面对统一的大市场，养殖户往往不知所措。而变相定点屠宰，却将生猪供给分割成一乡、一县的小单元，农民的市场信息、销售门路都受到局限，难免生产上、价格上频频震荡。有专家认为，这需要大型屠宰企业靠公平竞争真正强大起来，成为市场龙头和养殖户的龙头，从而调节产销，避免养猪的盲目性。

（《大众日报》1998年9月6日1版）

土地加减法

新年伊始，记者从省国土资源厅了解到，2000 年全省共开发整理复垦耕地 28 万亩，耕地总量略有增加。

站在我省耕地多年锐减的大背景下审视，上述新闻意义非同寻常。这至少说明，经过多年努力，危及齐鲁儿女生存和发展的耕地锐减趋势正在得到初步遏制。

回头看看，触目惊心：从新中国成立初到“八五”末，全省年均减少耕地 67 万亩，相当于一个中等县的耕地面积；而人口却年均增加 91 万人，同样相当于一个中等县的人口。

目前我省人均占有耕地仅 1.3 亩，低于全国平均水平。6 个市地 47 个县市区人均耕地不足 1 亩，2 个市地 37 个县市区人均耕地低于世界粮食组织确定的 0.8 亩的警戒线。

世纪之交，这个来之不易的增减交替到底有多少深长意味？

用途管制

——少减也是增加

保护耕地的最大压力来自基本建设失控。

统计数字表明，新中国成立以来我省耕地减少最多的是 1985 年，这年村村点火，大上乡镇企业，一下子占用耕地 110 万亩。1992 年出现开发区和房地产热，圈地成风，有的县乡都搞开发区。这年全省耕地净减少 60 万亩。

要发展就免不了上项目、搞建设，占用耕地。遗憾的是耕地牺牲并没换来相应的效益。不少乡企没办多久就关门歇业，圈起的大院白白荒芜。不少别墅区、度假村盖起来后，至今闲置积压。

凡事热过头，必然伴随着长官意志。以权代法、违法用地成为耕地锐减最主要的始作俑者。

1998 年新《土地管理法》颁布后，我省及时出台了实施办法，改原来的分级限额审批为土地用途管制，重新调整划定基本农田保护区范围，严格控制各类建设占用耕地总量，对非占不可的逐一落实“占一补一”的占补平衡制度，仅 1999 年就压缩不合理用地 3500 亩，收缴耕地占用补偿费 1.3 亿元。烟台等不少地市还对基层土地管理部门实行垂直管理，为理直气壮执法监督创造了条件。

用途管制，占一补一，有效杜绝了长官意志、以权代法、化整为零、先占后批、越权超标审批等土地违法行为。聊城市去年通过建设用地指标总量控制和建设项目定额用地双重管理，节约耕地占用面积123公顷。德州市对不符合土地用途总体规划的建设项目一律不批，近两年异地调整建设用地项目10多个，保护基本农田近千亩。1999年以来全省共查处各类违法占地案件8688起，有70多人受到了党纪、政纪处分，8人受到刑事处罚。

堵住耕地流失的“漏斗”，辛辛苦苦增加的耕地才不致被抵消，所以少减也是一种增加。这是土地加减的一大辩证法。

集约利用

——搞建设未必占耕地

上项目，搞建设免不了占用土地。但到底是不是非得占用耕地、占多少合适，这中间大有学问。

同是建民营经济开发园，枣庄市台儿庄区泥沟镇占地200亩，没有一分耕地，用的全是锅炉厂、面粉厂的闲置厂区。

东营、滨州两市针对胜利油田打井用地面广量大的问题，研究探索节地方式，使每口油井由原来的占地5亩多降至现今的3.5亩。

这几年不少城市搞开发，离开老城建新城，新区建得美轮美奂，旧城却还像个小村庄；不少地市建厂修路明明可以不占耕地，却偏不如此，只为节约投资；不少村庄周围新房遍布，村里却无人居住，老屋空置，白白占用大片耕地，成了名副其实的“空心村”。德州一项调查表明，只要合理规划，现有的农村宅基地可用10～20年，而不用新批。

种种迹象表明，目前我省的土地利用率还相当低，许多建设项目完全用不着铺新摊子，只需对已占土地挖潜改造就足以解决用地问题。

正是看准了这一点，高唐县对县属24个企事业单位3.9万平方米旧厂房和95公顷闲置厂地进行优化组合，既满足了优势企业时风集团扩大生产之急需，又优化了土地配置，减少了耕地占用。

兖州市新兖镇结合小城镇建设，统一规划设计，将城市规划区外的行政村合并成6个中心村，住房以2层楼为主，建成后可节约土地741亩。

威海市在城镇、村庄建设用地时，以旧城、旧镇、旧村改造挖潜为主，使旧城区土地利用率提高了2～3倍。其中建设居民楼1380座，安置农民3万人，比建平房节约土地3900亩。800多家企业建设用地以原场地、闲置土地和废弃土地为主，节约土地 1100 亩。

开发整理

——用好每一寸土地

想方设法保护和节约用地，固然可以在一定程度上降低耕地锐减速度，但不可能完全弥补建设占地带来的巨大亏空。所以，实现耕地的总量动态平衡，还得在“开源”上多做文章。

采访中记者见到了不少这样的例子。莱芜、五莲、临朐等市县对土地后备资源相对集中的山丘地区，坚持以规模开发为主，实行山区小流域综合治理，统一规划，统一标准，统一施工，一治一座山，一治一个流域。枣庄市山亭区近年来通过轰轰烈烈的大会战，先后从荒山上开垦出耕地 16.2 万亩。这些新增耕地与各项建设用地抵消后，净增耕地 8 万多亩，全区人均 0.2 亩。

目前我省尚有未利用土地 203.95 万公顷，这些土地广泛分布在黄河三角洲及荒山荒坡、沿海、沿湖沿河的滩涂、低凹地带，白白闲置。另外还有大量工矿企业废弃土地得不到整理复垦。加大这些土地的开发整理力度，正是实现我省耕地总量动态平衡的关键所在。

选准路子，引入市场机制，土地开发整理才能吸引来千家万户的积极参与。1998 年，高青县对长期处于荒芜和自然状态的大芦湖按“一水一台”模式进行开发，仅去年就复垦土地 8082 亩，其中台面 4747 亩，水面 3335 亩。由于路子选择较准，台上种植粮棉作物，台下养殖各类名优特产，当年即收回开发复垦成本。

资金不足，是制约土地开发的主要因素。济宁市政府建立土地开发整理基金，每年拿出 1000 万元以上的专项资金用于塌陷地带的土地开发整理。滨州地区通过引进外资完成了沾化 6 万亩苜蓿的开发。泰安市实行建设项目与土地开发整理项目挂钩制度，建项目占用耕地者，必须开发复垦不少于所占面积且质量相当的耕地，没有条件开垦的按规定缴纳开垦费。1999 年以来该市共收取耕地开垦费 1667 万元，这些钱全部用于开发复垦，可增加耕地 1716 公顷，大大高于这两年的各类建设占用耕地面积。

省政府对土地开发整理工作极为重视，专门召开全省土地开发整理工作会议，出台了《山东省土地复垦管理办法》，加大资金投入，近几年共安排土地开发整理项目 136 个，投入资金 3610 万元，带动地方配套资金 17 亿元，开发整理土地 181.4 万亩，增加耕地 53.4 万亩。

（《大众日报》2001 年 1 月 2 日 2 版）

汽车：甘当配角又何妨

——热门产业冷思考之一

历经50年坎坷的山东汽车工业，进入21世纪第三春，好戏连台——

岁末年初，青岛颐中汽车公司刚刚与一汽集团“联姻”，就拿到了6500辆“猎豹”轿车的生产订单；

4月24日，在上海通用烟台东岳汽车有限公司，赛欧经济型轿车以每小时16辆的速度下线；

6月9日，9年的马拉松式谈判后，中国重汽集团与瑞典沃尔沃公司合资项目在北京钓鱼台国宾馆签字……

汽车是我省重点培植的支柱产业。这些接踵而至的喜讯，又一次引发了各地发展汽车工业的热情。日前召开的全省汽车工业会议明确提出，到2005年整车生产能力要达到80万辆，2010年达到170万辆，全行业工业增加值占到全省规模以上工业的10%。有关部门预测，如果上述目标如期实现，按50%省内配套和销售计算，2005年我省汽车工业就可直接提供30万个就业岗位，比现在增加近10万个，间接就业人员超过200万，拉动我省钢铁、机械、橡胶等上下游产业1800亿元。

前景固然美好，现实却不容盲目乐观。“在国外汽车巨头大举抢滩中国，国内汽车市场竞争格局基本成形的今天，头脑发热，遍地开花，注定死路一条。要想在竞争惨烈的汽车大战中占有一席之地，首先要当好配角。”一直从事山东汽车产业发展规划编制工作的省经贸委产业政策处处长王万杰说。

烟台车身公司绝处逢生，就是最好的例证。

1997年，我省与韩国大宇合资78亿元，兴建国内最大的汽车发动机及零部件项目。天有不测风云。在亚洲金融危机的打击下，大宇汽车破产，山东大宇项目也被迫停产。为重新启动大宇发动机项目，2001年初，烟台车身公司动工。遗憾的是，9亿元投进去了，由于既无名气，又缺少规模生产能力，投产一年多总共才卖出去200多辆车。当地政府心急如焚。时任省长的张高丽一语中的：“有一个好车型，更要有一个好的合作对象。”

思路一换天地宽。2002年12月，在省和烟台市撮合下，烟台车身公司被国内最大的合资企业——上海通用整体收购，成为赛欧轿车生产基地。今年，赛欧轿车在烟台的产量可达3.4万辆，预计明年将达到10万辆，2007年达到30万辆。与其一墙之隔的大宇发动机项目随之迎来重启的曙光。

当好配角，照样能赚大钱。类似的事例不只烟台一家。青岛汽车厂“赠送”给一汽集团后，很快走出困境，去年销售收入118亿元，上缴税收在青岛工业企业中仅次于海尔集团。

省内汽车企业要甘当国际、国内巨头的配角，省内企业之间也不例外。烟台汽车制造厂放下省属老资格国有企业的架子，与“农哥们”时风集团达成合资、合作协议，双方发挥各自的技术、资金和销售网络优势，联手打造轻型汽车制造“航母”。业内人士对此番合作的前景看好。

遗憾的是，这样的合作，在我省汽车工业企业之间还是凤毛麟角，多数企业仍在各自为战，都想“一柱擎天”，又都上不着天，下不着地。就拿汽车改装厂来说，仅济南一地就有近20家，多数又分属邮政、环卫、园林诸多部门，但像红旗、考格尔这样的大企业却只有一两家。有专家建议，如果以其中有实力的企业为龙头建立工业园，将这些分散的资源加以整合，济南完全可以在国内改装车市场占据一席之地。

汽车工业的竞争，说到底是规模和实力的较量。目前国际主要汽车生产企业资产规模和营业收入都在千亿美元以上，每年仅技术开发费就高达几亿甚至几十亿美元，新产品层出不穷。为争夺潜力巨大的中国市场，各大公司与国内企业合资合作的步伐明显加快。在国内，一汽、上汽、东风三大集团的资产规模达2024亿元，占全国汽车行业的62.66%。反观我省，到2002年底有汽车生产企业近300家，其中整车企业11家，改装车企业53家，规模以上的发动机及主要零部件企业近200家。这么多企业加一块，总资产仅相当于一汽集团的1/4。在这种情况下，我省绝大多数汽车生产及配套企业若依旧“躲进小楼成一统”，不要说发展，以后的生存都成问题。

发展才是硬道理。对单个企业来说，当主角也好，当配角也罢，只有规模做大了，实力上去了，汽车工业才能在整个山东经济发展的大舞台上唱好主角，成为支柱。

（《大众日报》2003年9月8日1版）

小火电：应该败败“火”

——热门产业冷思考之二

小火电一哄而上是个老问题，但眼下依然热力不减。

统计显示，去年以来，我省仅正式批复的地方小火电建设项目就有44个，装机容量200万千瓦，相当于20世纪80年代全省总装机容量的近1/3。这还不包括许多不经报批偷偷上的。

争上小火电，是因为许多地方尝过甜头。

20世纪80年代前，由于电力投资主体单一，严重缺电一直是制约国民经济发展的“瓶颈”之一。为了打破这一“瓶颈”，从80年代中期开始，国家实行多家办电、还本付息政策。龙口电厂成为全国第一个集资兴建的电厂。

由于投资本息可以分摊在电价中收回，电力建设收益稳定，利润空间可观，各地集资办电的积极性空前高涨。特别是20世纪90年代以来，我省年投产发电装机容量逐年猛增，仅去年就达到400万千瓦。在今年全国电力供应普遍紧张、19个省市区被迫拉闸限电、经济发展受到严重制约的情况下，我省电力供应却仍然相当充足。

但还本付息电价又是一柄“双刃剑”，在有效缓解我省电力供应紧缺局面的同时，也大大抬高了终端电价水平——往往集资办电越迅猛的地区，终端电价越高，有的地区每千瓦时竟高出全省水平一角多。

终端电价偏高，部分用电负荷较大的企业于是又投资建设自备电厂，这进一步助燃了“小火电热”。目前全省发电总装机容量已达2600万千瓦，但最高负荷1700万千瓦，平均负荷仅1400万千瓦，发电机组年平均利用时间不足5000小时。

按目前的建设势头，未来3到5年，我省发电装机将达到三四千万千瓦，发电机组平均利用小时数还将继续下降。而且从全国看，由于西部地区发电成本较低，加上国家西部大开发政策的支持，西电东输已成大势所趋，山东的富裕电力不仅送不出省门，还得承受外电输入的压力。

电力供过于求，发电企业的高投资回报时代必然成为过去。2000年，经省政府批准，我省1996年以后新上的5万千瓦以下小火电平均上网电价由过去的0.5元多降到了0.33元左右，基本处于微利状态。

但微利并不等于无利。从目前的上网电价看，毕竟还存在一定的利润空间。这正是各地依然争上小火电的内在动力。

未来几年，小电厂的生存空间究竟有多大？这棵备受各地青睐的“摇钱树”到底还能摇多久？以下信息让我们得出了并不乐观的结论。

目前，国家电力体制改革正在紧锣密鼓进行中，改革的总体要求非常明确，就是“厂网分开、竞价上网、提升服务、降低电价”。在降低电价方面，群众、企业的呼声，电力供应企业开拓市场的需要，与政府的要求高度一致。

目前，我省各大电厂已与山东电网分离，并为华电、华能、国电、鲁能等几大发电公司所分割，发电市场的垄断局面已经打破，“竞价上网、降低电价”的外部条件已经具备。东北三省、华东五省一市将分别于明年1月1日、4月1日实施竞价上网。我省作为竞价上网试点单位之一，经过两年试点，竞价上网的硬件设施已经完备，实施方案已上报国家有关部门，全面实施为期不远。

竞价上网后，小火电的命运到底会怎样？让我们看看以下数字：

就5万千瓦以下的纯发电机组来说，且不说其污染环境，单从生产成本看，其标准煤耗每千瓦时523克，比5万千瓦以上大机组多耗煤166克，仅此一项，生产成本比大机组高出20%～30%。再从人力成本看，全省302家小电厂去年发电量仅173亿千瓦时，职工总数却高达6万人；而全省38家大电厂发电量1067亿千瓦时，职工总数仅3万人。而且竞价上网在即，这必将促使各大发电企业进一步深挖内部潜力，降低成本，增强企业竞争力。据初步测算，经过竞价上网，我省近期上网电价可能接近甚至低于许多小火电的生产成本。这些都将使小火电特别是热负荷较低的小火电，生存前景更加黯淡。

业内人士介绍，小电厂持续升温，从表面看是电价问题，从根子上是电力市场不公平竞争问题。由于地方保护等原因，小火电在防治污染等方面的投入，大大低于大机组的投入。通过竞价上网，营造出公平合理的电力市场竞争秩序，运用市场手段合理配置资源，成本高，发出的电就没人买，一些生产成本过高的小火电，自然就没有了生存空间。

既浪费资源又污染环境的小火电，应当败败“火”了。

（《大众日报》2003年9月10日1版）

子午胎：抱团才能闯天下

——热门产业冷思考之三

初秋的招远天高云淡。站在总投资26亿元的玲珑橡胶有限公司工业园内，市委书记刘为群显得神清气爽。他向记者介绍说，目前，玲珑公司投资9.7亿元的全钢子午胎项目一期工程已经投产，年底可达到100万套生产能力；年产600万套的半钢子午胎项目，明年3月就可形成200万套生产能力。“十五”末，这个公司子午胎生产能力将达800万套，年销售收入50亿元，利税8亿元。

尽管这一扩张速度让人惊叹，但这家公司的负责人对记者说：“威海三角集团、成山集团，比我们上得还猛！”

何止玲珑、三角、成山。仅去年以来，全省就冒出子午胎项目15个，而且每个项目一上就是30万套，一投资就是3亿多元。

不仅山东，目前子午胎投资热遍全国。统计资料显示，1997年到2002年，我国子午胎产能已从1317万套增长到5432万套，年均增长32.8%，5年间翻了两番。

子午胎投资升温，缘于巨大的市场空间。目前西欧轮胎子午化率达100%，北美、日本也到了90%，而我国尚不足40%。随着高等级公路和汽车工业的发展，适宜复杂路面，但时速较慢的斜胶轮胎正迅速为伸张性能好、适宜高速行驶的子午轮胎取代。据统计，2002年国内子午胎消费量约为3800万套，是1997年的3.1倍。

我国潜力巨大的子午胎市场，吊起了跨国巨头的胃口。以世界三大轮胎跨国公司——米其林、固特异和普利司通为代表的国外轮胎巨头，正在加紧争夺容量有限的中国市场，其合资企业占到了国内子午胎总产量的70%以上，而在建、拟建的专为轿车、轻型卡车配套的半钢子午胎项目，预计还可新增产能1800万～2000万套。这些都对国内特别是山东轮胎企业造成了前所未有的竞争压力。玲珑橡胶集团党委副书记王国辛感慨地说：“现在的轮胎生产企业，不上子午胎等死，上慢了找死。”

大干快上，需要实力支撑。国际上大的轮胎企业，产能均在2000万套以上。世界排名第一的米其林公司，年销售额达130亿美元，而我国290家轮胎生产企业去年的销售额才300多亿元人民币。去年我省子午胎总产量为1500

万套，最大的企业去年销售收入还不到 30 亿元。除三角等五大轮胎企业外，其余的产能均在 30 万套以下。

子午胎项目对技术、管理要求颇高。像米其林这样的跨国巨头，每年的技术开发投入都达上亿美元，员工中技术和市场开发人员占绝大多数。而我省目前匆匆上马的子午胎项目，多是各自为战，大都简单复制 10 年前引进的生产技术。由于缺乏自主开发能力和核心技术，老是跟在人家后面跑，产品档次上不去，在动平衡等关键技术上赶不上国外产品，半钢轮胎价格比人家低上百元，在市场上也没有多少竞争力。出口市场则主要集中在第三世界国家，甚至有西欧市场的订单送上门来，也无人敢接。

业内人士认为，在跨国巨头步步紧逼下，山东子午胎行业唯一的出路就是对内整合资源，形成拳头；对外加快合资合作，搭上跨国公司融资、技术开发和市场平台的顺风车。

道理显而易见，操作起来却并非易事。

1997 年以来，我省两次召开专门会议，都未能解决几大轮胎企业的联合重组问题。威海三角、成山两大集团连统一的领导班子都任命了，但还是没能走到一起。

引进外资同样如此。目前米其林以 1.05 亿美元的投资与上海轮胎橡胶集团成立了合资企业。普利司通公司收购的天津锦湖轮胎有限公司年产量达 350 万套，并将在江苏建设年产 300 万套的子午胎项目。印尼佳通集团购买了宁夏、重庆等省市的五家轮胎企业……但我省目前未能引进来一家跨国轮胎巨头。青岛一家大型橡胶企业与米其林几年谈而未果。一位外商带着 1300 万美元想与胶东某轮胎企业合作，但市里就是不表态，外商只好怏怏而返。

省橡胶行业协会理事长杨绍君认为，我省轮胎行业之所以在兼并联合与合资合作方面进展缓慢，关键是地方政府和企业的眼前利益作祟。由于部分企业实力较强，加之子午胎行业眼下市场和效益都不错，谁也不愿放弃手中的“摇钱树”。但应当提醒的是，随着跨国巨头的大举进入和国内市场的日趋饱和，未来几年山东轮胎企业的命运不容乐观。

有关专家强调，在与跨国巨头加紧合资合作的同时，我省轮胎业当务之急是依托骨干企业，集中分散的人财物力，以股权为纽带建立利益共沾的行业技术研发中心和投融资平台，强化技术创新能力，迅速做大做强骨干企业。只有这样，山东轮胎业才能在激烈的市场竞争中立于不败之地。

（《大众日报》2003 年 9 月 13 日 1 版）

寒冬中的温情与期盼

又是一年寒冬至。

迎着刺骨的寒风，穿行在省城的大街小巷，感受着下岗失业人员的酸甜苦辣，那种艰辛背后的窘迫与坚韧，温情背后的宽容与希冀，深深镌刻在记者的心灵深处。

一个岗位与一个困难家庭

12 月 4 日早上 6:50，家住济南市槐荫区东仓小区的郭玉芹迎着凛冽的寒风，在公交车的站牌下等着。

45 岁的郭玉芹要去上班的地方是位于八一立交桥周边的露天绿化岗位——一种多年来由民工包揽的苦差事。

今年 8 月以来，济南市拨出 1950 万元，专门为再就业困难群体腾出了 2800 个公益性工作岗位。郭玉芹就是这一政策的首批受益者。

由东仓小区到八一立交桥，要倒两趟车，前后得四五十分钟。班上的同事说："老郭的午饭从来没超过一块钱。"就这样忙碌一个月，除去公交月票、午饭钱和扣缴的各种保险，到手的工资也就 300 多元。

尽管如此，郭玉芹说起这份新工作还是一脸感激："像我们这样的大龄失业女工，能有个安稳的工作就知足了！而且养老、失业、工伤、大病保险全给交着。"

3 年前，郭玉芹工作 30 多年的保温瓶厂破产了，仅有的几千元失业补偿金，连还婆婆生病、家里买房欠下的一屁股债都不够。一家三口唯一的生活来源，就是在酒精厂工作的丈夫张国范的一点儿微薄工资。可今年至今，张国范仅仅领到三个月工资，总共不过 1500 元。

"要不是政府提供的这个岗位，真不知道以后的日子该怎么过！"郭玉芹说。

一次培训与一片全新天地

从北园路一条小巷子走进去，就到了周禄明的雕刻标识工作室。推门进去，两台雕刻机正紧张地运转着；办公桌上，摆满了玲珑剔透的珠宝盒、化妆品盒、鱼形酒瓶架等有机玻璃制品，造型之精美让人惊叹。

“是创业培训班让我发现了自己的潜能。”一见记者，周禄明就发出了这样的感慨。

周禄明所说的创业培训班，是济南市劳动保障局就业训练中心专门为下岗失业人员开办的。2000年以来，这个培训班先后免费培训下岗失业人员300多人，其中20%的学员都像周禄明一样，办起了自己的创业项目，不仅解决了自个儿的出路问题，而且安置下岗失业人员300多人。

“真想不到，下岗失业人员中间，竟然潜藏着如此惊人的创业能量!”培训班负责人张兆仁说。

刚开始办班时，中心请来老师满堂灌，结果发现效果并不理想。去年中心负责人在上海开会时接触到世界劳工组织的创业培训模式，才发现了问题的症结所在：下岗失业人员最需要的不是枯燥空洞的理论知识，而是创业信心和具体而微的创业指导。

也就从这时起，培训班首先从清除下岗失业人员创业的心理障碍做起，引导他们发现自身潜力，树立创业信心。然后按照创业过程的具体环节，指导学员开展市场调研、选择创业项目、撰写项目计划书……逐一解决创业过程中遇到的资金、技术等种种难题。

正是在这样的培训中，周禄明找到了自己的创业项目。

“下岗以前，我在厂里当了好多年技工，只要看一眼别人制作的手工艺品，回来就能模仿得一模一样。可下岗10多年来，从来没想过创办自己的企业。”周禄明说。今年年初，在培训老师的指导下，周禄明不仅办起了济南唯一一家亚力克(有机玻璃)制品加工厂，而且安置了7名下岗失业人员。

“我们马上就能拿到厦门亚力克公司在山东的总经销权。”分手时周禄明信心十足地告诉记者。谁能想到，说这话的，竟然是离开单位十几年靠到处给别人打零工糊口的下岗工人。

“这笔贷款简直就是及时雨!”12月8日，成通文化市场一个店铺里，刘永舟面对记者一脸喜色。

刘永舟是济南国棉一厂的失业工人，两年前在朋友帮助下搞起了邮品经营。“可邮品这东西本大利小，全仗着薄利多销。特别是邮票年册，进100本就得1万多元，资金需求量很大。年底正是销售旺季，我下岗已10多年了，这么大的流动资金拿不出来。”

一筹莫展时，刘永舟从报纸上了解到济南市专门为下岗失业人员设立了小额担保贷款。抱着试试看的想法，他找到了市信用担保中心，想不到竟然成了首批拿到这笔贷款的三个幸运者之一，而且全部由财政贴息。“两万元贷款拿到当天，我就进了一批邮册。”刘永舟喜滋滋地说。

遗憾的是，同是失业人员的赵春生却没有这么幸运。在市信用担保中心，和工作人员交涉了大半天的赵春生一脸苦相地告诉记者：“既然专门为我们设立了担保资金，怎么还要我们再找担保人。再者说，像我们这样的下岗失业人员，上哪里找人再担保！”

一笔贷款与一次命运的改变

市国资局副局长周新坦言，再担保难，是小额担保贷款工作进展缓慢的主要原因。据了解，信用担保中心 10 月下旬正式运作以来，仅正式出具了 3 份担保书，而前来咨询的下岗失业人员多达 300 多人，领取申请表的有 100 多人。

“毕竟只有 500 万元的担保资金，按放大 5 倍、人均贷款 2 万元计，全部用上充其量只能吸引 2500 万元银行贷款，解决 1000 多人的创业需求。可小额贷款毕竟不是无偿拨付的救济金，它的扶持对象是那些有创业能力的下岗失业人员。只有强化风险意识，建立有效的还款约束机制，才能实现担保资金的良性循环，进而最大限度保证更多下岗失业人员的创业需要。”周新解释说。

道理虽然不错，但较高的再担保门槛，毕竟成了相当一批下岗失业人员改变自身命运的一个难以逾越的“拦路虎”。看来好政策要想真正落到实处，还有很长一段磨合过程。

相关链接

今年以来，省委、省政府把再就业工作作为“五大民心工程”之一，制定出台了《关于进一步完善和落实再就业扶持政策的通知》；建立了由各级党委政府“一把手”任召集人的联席会议制度；逐级签订目标责任状，实行百分制考核办法，加大投资投入力度，狠抓减免税收、再就业小额担保贷款等各项扶持政策落实。特别是在重点做好“4050”大龄困难群体再就业工作的同时，进一步把一户两代、夫妻双方、抚养未成年子女的单亲家庭下岗失业人员再就业作为一项硬指标。截至 9 月底全省共安排再就业资金 4.34 亿元；筹集小额贷款担保资金 2.16亿元。共有 29.4 万下岗失业人员实现再就业，占年初计划的 147%；其中大龄困难群体再就业 5.8 万人。

（《大众日报》2003 年 12 月 25 日 3 版）

滨海房受追捧　投资需理性

风自海上来　楼市起旋风

7月10日下午，济南索菲特银座大饭店宾客盈门，三宇和记举行会员制俱乐部成立酒会，吸引了省城众多媒体和投资者关注的目光。一位知情人透露，这个由三位姐妹白手起家办起的房地产营销策划公司，靠着代理乳山银滩的海景楼盘，不到一年竟然足足赚了六七百万元。

走在济南、青岛、淄博的大街小巷，代理这种海景楼盘的房地产经纪公司不时映入眼帘；翻开这些城市的大小报刊，滨海楼盘的营销广告比比皆是。到荣成石岛、乳山银滩等滨海小镇走走看看，每逢周末，满载着城市居民的"黄金海岸消夏看房置业直通车"一辆接着一辆；不光一座座拔地而起的海景楼盘纷纷销售告罄，就连不少刚刚圈地动工的楼盘也已名花有主。据了解，目前仅乳山银滩旅游度假区到位外来投资就达37亿元，其中很大一块投向房地产业；全区房地产开发面积已达200万平方米，仅青岛人在此购房的就超过1500套，总投资2亿多元。

不光省内市民慷慨解囊，就连远在东北、上海、温州、北京的投资者也纷纷一掷千金。去年威海一家房地产开发公司参加上海的商品房交易会，碧海蓝天的大幅照片在展厅一亮相，立即在交易会上引起轰动，当场卖出60多套；温州、上海的"炒房一族"甚至包机前来威海买房，有人一口气买下10多套。

休闲好去处　养老绝佳地

这些一度冷清的滨海小镇，为什么突然间成了城里人竞相追捧的购房热点？业内人士指出，关键是这些地域碧海蓝天、优美宁静的自然风光契合了都市人远离喧嚣、追求休闲舒适的心理期待。

对整日穿梭在拥挤嘈杂的车流人流漩涡，呼吸着混浊的汽车尾气和工业废气、被快速的工作生活节奏折磨得身心疲惫的都市人来说，几乎都有这样的期待和梦想：风景绝佳的大海之滨，一套属于自己的"第二居室"，节假闲暇之时驱车前往，沐浴着清新湿润的海风，享受着海天一色的自然风光，与大海、阳光、沙滩紧紧相拥，抚慰一下疲惫的身心。但沿海大中城市高昂的房价又非一般工薪阶层所能承受。这种情况下，一些海滨小城镇，就以其较低的房价、尚未被开发破坏的天然景观，成为都市人购房休闲、度假旅游的首选地带。

上述群体之外，以举家搬迁定居为主要目的的离退休人员，也已成为滨海房产的又一主要消费群体。以乳山银滩为例，目前仅已经入住的大庆油田离退休职工就达1500户。在石岛的“淄博村”等滨海新建小区，也入住了不少齐鲁石化等大型石油化工基地的离退休职工。采访中这些在石化企业奋斗了一辈子的老职工告诉记者，他们在此购房的最大目的，就是想寻找一处空气清新、环境优美之地安享晚年。

投资需理性　最忌瞎跟风

在大批购房者中，不乏以投资升值为主要目的，希望大赚一把的炒房者。就是那些以休闲度假为主要目的的普通购房者中，也或多或少抱有投资升值的心理期待。

在这些投资者的热情追捧下，滨海楼盘售价直线上扬。在胶南新城区，两三年前每平方米仅1000多元的楼盘，如今已上涨到近3000元；在乳山银滩、荣成石岛，去年楼盘每平方米才七八百元，如今最一般的楼盘已上涨到一千六七百元，能看到海景的楼盘更是飙升到二千五六百元。在跟涨不跟跌的投资心理影响下，滨海房价的一路飙升又进一步助长了人们的投机心理。

那么，目前这个价位到底是高还是低？省房改办原副主任、《山东房地产》杂志副主编张体钦认为，随着钢材、水泥等建筑材料价格的迅速上升，一些滨海小城的楼盘上涨到每平方米一千五六百元，应该说这个价格并不算高。在目前个人投资理财渠道并不太多、股市有风险、存款利率较低的情况下，滨海小城的房地产，应该是一条比较不错的投资渠道。但房价上升到2000元以上就得考虑考虑，2500～3000元更得斟酌斟酌。

为什么这么说？张体钦认为，尽管从长远看，滨海地段为宝贵的不可再生资源，可开发的面积越来越少，加之开发水平和繁荣程度的不断提高，房价上升肯定是大势所趋。但从眼下看，目前这轮直线上涨肯定有个极限，而且不排除一些房地产商特别是“炒楼团”人为炒作的因素。这些水分一旦蒸发，房价肯定还有个回落的过程。因此投资滨海楼盘，最需理性判断和长远眼光，最忌盲目跟风、头脑发热和短期行为。

另外，滨海小城镇海景房的升值潜力，还要根据楼盘所在的具体区位、距离大中城市的距离、现在和未来的交通条件、发展前景以及配套设施情况、小区的成熟程度具体判定。一般来讲，距离大中城市越近，交通条件越好或改善速度越快，周边区域的规划水平及配套设施越好，升值潜力就越大。反之则大打折扣。

张体钦还提醒说，对一些以休闲度假和定居养老为主要目的的购房者来说，尤其要亲自考察一下开发商的信誉、所购楼盘的水、电、暖、煤气、通信等基础设施及周边交通、子女上学、就医、购物等综合设施的配套情况，切不可轻信开发营销人员的片面宣传。否则一座小楼孤零零地立在那儿，前不着村后不着店，要热没热要气没气，不要说升值，就是入住都很困难。

（《大众日报》2004年7月14日3版）

大调整　大机遇　大发展

——我省创造性落实宏观调控政策述评

7月8日，在全省领导干部座谈会上，省委副书记、省长韩寓群透露的信息令人振奋：全省GDP在一季度增长15.1%的基础上，二季度继续保持了"速度快、效益好、活力强"的特点，各项经济指标呈现出"该升温的在升温，该降温的在降温，该稳定的在稳定"的向好态势，经济发展更加协调健康，上半年GDP预计增长15%左右。

"这个结果来之不易。这是全省上下以科学发展观总揽全局，深刻把握中央宏观调控政策精髓，加快优化经济结构、着力提高发展质量，取得的丰硕成果。"面对记者，省发改委负责人感触良多。

果断有力落实调控措施

对高耗能、高耗水、高耗材、污染重等低水平重复建设项目和部分行业投资过热问题，省委、省政府态度明确。在省八届七次全委会等多次会议上，省委书记、省人大常委会主任张高丽三令五申："要坚决防止不讲质量，不讲效益，单纯追求、盲目攀比增长速度，搞低水平重复建设。要明确重点，分类指导，该限制的坚决限制，该调整的坚决调整……"

早在去年底以前，我省就关停"五小"企业1606家，其中有4.4万吨及以下立窑水泥生产线310条、小钢铁企业53家。

国办发〔2003〕103号、〔2004〕2号文件下发后，我省再次对在建项目特别是钢铁、电解铝、水泥等项目进行了全面调查清理，坚决关停了年产100万吨以下钢铁、日产2000吨及以下水泥企业，并停建了所有在建钢铁项目。

全国固定资产投资项目清理电视电话会议召开后，省政府立即召开常务会议和全省电视电话会议，就清理工作进行具体部署，并成立了由省委常委、常务副省长林廷生任组长的清理工作领导小组，经过1个多月调查审核，一批不符合要求的项目分别被停建、取消立项或暂停建设，限期整改。

"解决低水平重复建设和部分行业投资过热问题，既为了防止经济大起大落，更为了好钢使在刀刃上，从根本上缓解煤电油运及其他各种资源的紧张状况，腾出有限的资源、资金，全力确保真正有效益、有市场、有竞争力的好产业、好项目，实现经济的持续健康发展。”省经贸委主任李书绅道出了我省大刀阔斧落实中央宏观调控政策的内在动因。

《国务院办公厅关于暂停审批各类开发区的紧急通知》下发后，我省立即停止了新设开发区和原有开发区的扩区审批，并分三批公布撤销开发区 739 个，减幅达 74.6%；减少规划总面积 37.7 万公顷，减幅达 77.4%；核销规划面积 12.5 万公顷，其间立案查处土地违法案件 3.95 万件，查处率达 98.8%，收缴出让金和罚金 21.6 亿元，55 人被依法追究刑事责任。新土地管理法实施以来截留、拖欠农民的 9.53 亿元征地补偿费，到 6 月底已基本清欠到位。

优化结构紧扣调控实质

“大调整既是大挑战，也蕴藏着大机遇。抓住了机遇，就能赢得历史性发展；失去了机遇，发展前景就可能变得艰难。”胡锦涛总书记在中央经济工作会议上的这段论述，成为全省上下准确把握中央宏观调控政策的指南。

“能不能保持经济发展的良好势头，在激烈竞争中掌握主动，关键看结构调整能不能取得进展。”“结构调整事关经济社会发展全局，是我省经济发展的主线，必须贯穿始终，始终牢牢抓住不放。要通过调整结构，加快经济增长方式由粗放向集约的转变，实现速度与结构、质量和效益的统一，形成经济发展的良性循环。”省委书记、省人大常委会主任张高丽反复强调。

跳出不讲质量、不讲效益、单纯追求盲目攀比增长速度的怪圈，引导各地把精力倾注在优化经济结构和投资发展环境上，必须从机制上解决问题。为此，省委、省政府专门出台措施，将财政收入占 GDP 比重、税收收入占地方财政收入比重列为对各级政府考核的硬指标。

真正实现有质量、有效益的经济增长，关键是减少政府对经济生活的直接、过度干预，充分发挥市场和广大企业在资源配置中的主体作用。由此着眼，这几年我省结合政府“提速”，逐层取消、下放各种项目审批权，在全国率先实施省管技改项目登记备案管理；放宽市场准入限制，促进投资主体多元化。特别是结合《行政许可法》的实施，引导各级政府把该管的管好，把该放的放开放活，腾出手脚，集中精力提高办事效益和服务水平，优化投资发展环境。

面对新形势、新任务、新问题，全省上下变挑战为机遇，积极改善投资发展环境，努力拓宽融资渠道，通过资金集约投入、土地集约利用、资产优化重组等办法，聚拢五指改造提升传统产业，发展壮大制造业，集中培植骨干企业和优势产品，拉长汽车、船舶、石化、电子信息、家电、服装、食品七大产业链条；实施大企业集团战略，加快企业组织结构调整重组和规模膨胀，全力引进、培植、确保辐射带动能力强的大项目，抓好“高新技术、民营经济和外经贸”三大亮点，提高单位面积投入产出率。在土地、信贷资金极为紧张的情况下，1～5月累计完成工业技改投入549.6亿元，同比增长58.3%；开发新技术、新产品3800项，组织实施企业技术创新项目800项。

产业结构明显优化，经济效益显著提高。1～5月全省地方工业实现利税、利润分别增长48.42%和56.01%；工业利税雄踞全国第一。制造业对整个工业的拉动作用明显增长，今年上半年增加值同比增长31.2%，拉动规模以上工业增长25.5个百分点。传统产业中冶金、建材、煤炭、电子、轻工、纺织、机械等行业利润增长均在50%以上。

统筹协调实现调控目的

“三农”问题既是国民经济最薄弱的环节，也是启动农村消费市场、拉动经济增长的关键所在。今年以来，全省上下认真贯彻落实中央一号文件精神，按照省政府提出的确保8000万亩永久性基本农田长期稳定、粮食播种面积保持在1亿亩左右、粮食总产量700亿斤、人均占有粮食800斤左右“四条底线”，将基本农田全部分解落实到地块，树立保护标志，层层签订责任书，加大保护力度；多策并举稳定粮食播种面积，实施粮食增产工程，从今年起用五年时间完成500万亩中低产粮田改造，建设2000万亩高标准粮田。仅今年我省安排直接用于“三农”的财政性资金就达204.7亿元，其中预算内资金176亿元，比上年增长44%；另外还从土地出让金中拿出不少于20%用于土地开发和高标准基本农田建设。

今年上半年全省农村投资大幅增加，规模以上固定资产投资1168.2亿元，增长86.2%，比规模以上城镇投资高出55.1个百分点。其中农林牧渔投资117.9亿元，增长88.5%；直补种粮农户1664.5万户，兑付资金7.35亿元。这些措施的实施为夏粮丰收奠定了基础，预计今年全省小麦总产330亿斤左右，增长5%左右；全省规模以上农副产品加工业实现增加值占全省的8.5%，居工业39个行业之首；农民人均现金收入1863.3元，8年来首次实现两位数增长并超过城镇居民收入增幅，增幅达17.5%。

为了促进区域经济的协调梯次发展，省委、省政府制定实施了半岛城市群发展规划，加大力度打响半岛制造业基地品牌；并先后实施了东部突破烟台、西部突破菏泽及加快发展“30强县”，重点帮扶“30弱县”战略。

目前，半岛8市辐射带动作用明显增强，上半年规模以上工业增加值、利税依次占全省的70.5%和69.4%，实际利用外资占到全省的84.8%；地方财政收入占全省56.1%。面向日韩的半岛制造业基地威力初显，上半年日、韩对鲁投资分别增长61.8%和32%，制造业利用外资高出全省平均增幅10个百分点，占全省的比重提高到83%。

中西部地区发展势头迅猛，工业销售收入、利税大幅增长，财政收入对全省的贡献率比上年末提高了11.4个百分点。30个经济强县GDP增速高出全省5.8个百分点，实际利用外商直接投资增长72.4%。30个弱县地方财政收入平均增速23%，农民人均现金收入比全省平均水平高出8.9个百分点。

“宏观调控不是要不要发展，而是如何既快又好地发展。”回顾一年来的调控实践，省发改委主任倪永康如是感受。遵循中央关于宏观调控的一系列指示，把握宏观调控的精神实质，全省上下思路更为明确，在推动宏观调控向纵深发展中，山东这艘经济巨轮一定能航行得更快更稳。

（《大众日报》2004年7月28日1版）

“五小”关出新天地

——认真落实宏观调控政策·创新实践在山东①

编者按 随着国家宏观调控力度不断加大，一系列不容回避的问题摆在各级党委、政府面前：如何在果断有力落实国家宏观调控措施的基础上，保持全省经济持续健康协调发展？如何正确对待部分行业投资过热和低水平重复建设问题？如何在加强农业等国民经济薄弱环节的同时实现经济社会效益的协调统一……针对上述问题，从今天起刊发这组“认真落实宏观调控政策·创新实践在山东”报道，意在开启思路，深化认识，推动山东经济巨轮更加稳健航行。

小水泥、小煤窑、小炼钢等“五小”企业，高耗能、高耗水、高污染，一直受到国家产业政策的严格限制。在新一轮宏观调控中，低水平重复建设的钢铁、水泥项目，又进入了严控产业的“黑名单”。

“五小”一度遍地开花的章丘市，目前情况怎样？市政府副秘书长穆向阳说：“最厉害时多达上百家的小炼钢、小铸造现已基本绝迹，十几家水泥厂现在只剩下规模较大的两家。今年以来，市里又痛下杀手，将70多家小煤窑关停并转。”

一个“五小”企业，就是当地财政的一棵“摇钱树”。一棵棵“摇钱树”被连根拔掉，对市财政的影响有多大？穆向阳说：“五小关出高效益，仅煤炭产业就可为财政多贡献1亿元。”

煤窑少了，财政收入反而大幅增加？这账明摆着：过去小煤窑遍地开花，征收监管困难，税源严重流失，1吨煤只能提供10多元税款，现在关停并转后煤炭资源集中在五大集团手里，每吨上缴税款近百元。

下决心向“小煤窑”开刀，市里还有更深一层考虑：全市探明开发的矿产资源有25种，其中以煤炭、铝土储量最大，是全国重点产煤县（市）和优质铝土出口基地，素有“金章丘”之称。但煤炭、铝土等都是不可再生资源，毫无节制地疯狂索取，资源只能越挖越少，煤尽城衰是迟早的事。章丘要实现可持续发展，必须居安思危，彻底摆脱这种饮鸩止渴的发展模式，把发展重心由地下转到地上，但遍地开花的“五小”企业掌握在个人手里，规模小，效益差，实力弱，短期行为严重，越界开采、破坏性疯狂开采屡禁不止，既破坏和浪费资源，又埋下了安全生产隐患。

通过关停并转，把有限的资源集中到大集团手里，情况则截然不同。在过去完全依赖煤炭产业的东风集团记者看到，投资 6000 万元建设的东风高档毛巾生产线一期工程已正式投产，这条生产线引进的是世界最先进的箭杆织机等先进设备，产品远销日本、俄罗斯等国家和地区，每条售价是普通毛巾的 1.5 倍。二期工程建成后，可实现利税 4600 万元。目前该集团已经由煤炭延伸到纺织、化工、房地产等领域，非煤产业已占到全集团产值的 3/4；集团实现利润、上缴税款均占全市的 1/3。

煤炭产业只是章丘调整产业结构的一个缩影。在同样的发展思路指导下，小炼钢、小铸造、小水泥现在也基本寿终正寝。

“吃祖宗饭、断子孙路”的后路被堵死，逼迫企业把眼光转向能耗低、附加值高的朝阳产业，全市产业结构发生了脱胎换骨的变化。靠铸造起家的汇丰集团生产的罗茨鼓风机已占到国内市场份额 47%。章丘电机厂通过与海尔的嫁接改造，已成为国内最大的家电电机生产企业。圣泉集团用玉米芯加工成糠醇等高新产品，占据了国内 1/3 的市场份额。

不光对浪费资源的“五小”企业痛下杀手，就是对破坏环境的“大财神”也不手软。早在 2000 年市里就将坐落在城区的两家大水泥厂搬了出去，其中仅交通水泥厂迁建粉磨站就投入了 2000 多万元。去年 9 月停喷近 3 年的百脉泉群复喷。为了确保泉群不再停喷，市委坚决停采泉头区域内的九层煤，并关闭了南部山区泉头区域内的 6 口煤井。数千万元的收入白白放弃，许多人不理解，但市委书记陈先运看得很远：“泉水是章丘的灵魂和‘名片’，保住了灵魂和名片，也就保住了章丘的城市特色和永久魅力。”

泉活了，天蓝了，城绿了，河清了，投资的国内外客商络绎不绝，仅今年全市就新投资过千万元的项目 42 个，过亿元的项目 17 个。去年全市地方财政收入 7.06 亿元，同比增长 26%，跻身全国县域经济基本竞争力百强县(市)列第 37 位。

（《大众日报》2004 年 7 月 29 日 1 版）

破“颈”方显真功力

——认真落实宏观调控政策·创新实践在山东②

调控力度加大，使土地供求关系日趋紧张。不少地方面对这一“瓶颈”怨天尤人，但胶南市在不撞“红灯”的前提下，去年固定资产投资比上年翻了一番，今年上半年地方财政收入净增1亿多元。市委书记张大勇说：“宏观环境对每一个地方都不宽松，但越是这样，越能考验一级党委政府的运筹能力。”

在胶南隐珠镇信谊工业园建设工地，记者看到，一块块被炸出的巨石正被艰难地移到路边堆成小山。现场总指挥胡汉民说：“这里原是一片荒草丛生的乱石滩，仅挖掘清理石块平整土地就增加工程量40多万方，增加建设费用150多万元。”

谁能想到，就在这片百十亩地的乱石滩上，竟冒出了高档无纺布、汽车配件、塑料板材3个大项目，总投资2.27亿元。

不仅荒地要利用起来，在隐珠镇，开发商报批土地前镇里先审查单位面积投入产出比；土地证批下来后先由镇里包管一年半，开发商按期完不成预定投资，镇里有权收回土地安排别的项目。有了这个“撒手锏”，单位面积投资规模小、随意圈占闲置土地等问题迎刃而解。仅今年上半年该镇实际利用外资就达7137万美元；全市引进投资额过千万美元的外资大项目达14个，总投资2.2亿美元；过5000万元的内资项目20个，其中过亿元的4个。

在胶南，眼下最响的口号是“二次招商”。为了突破土地“瓶颈”，市里一方面投入巨资开发复垦土地，今年上半年新增耕地1.37万亩；另一方面对闲置、低效利用的土地、厂房资源全面调查摸底，通过上门招商、网上推介等方式，上半年签约项目116个，其中57个已开工投产，盘活低效利用土地1500亩，闲置厂房13.2万平方米。这一办法还为当地骨干企业膨胀开拓了空间。泰发集团今年上半年兼并为其配套的小企业8个，出口创汇1.2亿美元，同比增长30%。

不光闲置的厂房、土地被利用起来。在王台镇的农家小院，北屋住人，南屋安上铣床、磨床等设备，一个个像模像样的家庭工厂就运转起来了。镇长王本宾告诉记者，目前全镇拥有纺机专业村29个，仅去年就冒出家庭工厂700多家。

走在王台的村村落落，所见所闻让记者惊诧：这里的家庭工厂，与浙江绍兴、义乌相比毫不逊色。规模小点的为镇上的纺机龙头配套生产零部件，规模大点的甚至可以组装织机整机。全镇纺机从业人员达2.2万人，去年纺机产业销售收入29亿元，上缴税款5000万元，农民人均纯收入5000多元。

家庭工厂最大的瓶颈是启动资金。针对这一问题，市里用破产企业资产冲抵不良贷款的办法，改善胶南农村信用社的资产质量，引导其把贷款直接投向农户，仅去年就投给王台农户小额贷款1.6亿元，两年间该社效益也由青岛倒数第一前移5位。

有限的土地要见缝插针，对真正的好项目市里却倾力支持。去年留日硕士崔云龙带着4个国家级新药药号和4个国家“863”高新技术研究项目找上门来，市里从极为有限的可用土地指标中挤出200亩供其建厂，并以药号抵押方式帮其解决启动资金2000万元。为保证这个企业的长远发展，市里还为其预留了400亩地。这个项目今年4月建成投产，仅一期工程就能实现产值6.3亿元，几个新药全部投产后可实现产值30亿元。微生态饮品等系列产品全部达产后，在这片仅仅600亩的土地上可创造销售收入200亿元。

（《大众日报》2004年7月30日1版）

“弱质”长成金链条

——认真落实宏观调控政策·创新实践在山东③

农业是弱质产业，也是本轮调控中重点加强的国民经济薄弱环节。

弱质产业要想强起来，离不开龙头企业的带动辐射。但现实中不少地方恰恰在这方面不舍得下力气，都觉得这类企业远不比工业项目来钱快、出政绩。

但邹平的做法截然相反。这个县有个西王集团，靠着玉米产业链，这家村办企业去年实现利税1.24亿元，连世界500强之一的日本住友株式会社也主动上门，与其合资建设玉米色拉油生产线。今年几个玉米深加工项目建成后，西王利税可再翻一番，年消化玉米50万吨，相当于全滨州市总产量的1/3。

“农字号产品的市场竞争力，主要体现在资源综合利用上。”西王集团董事长王勇说。

西王最初靠玉米淀粉起家，但淀粉人人能干，市场很快饱和。为了生存，西王将淀粉的副产品玉米胚芽通过管道打到下道工序生产色拉油，年增加效益400万元；从淀粉的高浓度废水中浓缩出玉米浆，与玉米纤维、胚芽粕等副产品一块加工成年产10万吨的高蛋白饲料，不仅根治了污染，且年增加效益1600万元。

西王由此一路延伸产业链，将淀粉乳打到下道工序生产口服结晶葡萄糖、麦芽糊精，一跃成为国内最大的麦芽糊精生产企业；口服葡萄糖三期工程建成后，30万吨的年产量雄踞亚洲第一。而且由于淀粉乳全部自己消化，省去脱水、烘干、包装等环节，仅此年节约成本3800万元。口服葡萄糖产生的母液通过生物发酵又可生产出附加值更高的赖氨酸，每吨母液增值5000多元；利用赖氨酸的副产品每天还可生产150吨优质农用肥，靠此年创效益1800万元。

在邹平，与西王异曲同工的还有怡康集团。它从玉米淀粉做起，现已延伸出附加值更高的原料药无水葡萄糖。

“农字号产品的附加值关键在于产业链条和技术含量。”怡康总经理助理程平说。

据了解，目前国内无水葡萄糖需求量达15万吨以上，但正常产量只有3万吨，其余全靠进口。靠着填补国内自主知识产权空白的技术及比进口产品更为明显的成本优势，怡康年创利润3000万元，不仅在广阔的国内市场腾挪自如，而且打入国际市场，出口一吨纯利润 1500 元，利润率高达 1/3。

不光周边的玉米被邹平的涉农企业吃光榨尽，就连全县 1/3 的玉米秸、麦秸、稻草、棉花柴，都进了齐星集团的塑木复合材料生产线。这些一文不值的农作物秸秆，在进口先进设备上转上一圈，就变成硬度高出普通木材 10 倍的集装箱托盘及高档装饰板材。靠此齐星年增加利润 2280 万元，8000 吨的年产量相当于再造 5400 亩森林，仅消化农作物秸秆一项就使农户直接增收 1200 万元。

目前邹平已由玉米、棉花、奶牛、小麦等延伸出淀粉深加工、纺织服装、乳制品、脱水蔬菜、塑木复合材料、啤酒六大产业链条，上百家涉农企业销售收入、利税占到全县 90%以上。在其强力带动下，全县地方财政收入 6 年间在全省上升了 48 个位次，雄踞第 26 位；今年上半年地方财政收入同比增长 67.6%。

农字号企业的迅速膨胀，不仅为农产品提供了广阔的销售市场和增值空间，而且为县里壮大财源、反哺农业提供了强力支撑。仅今年上半年全县农业基础设施投入就达 8600 万元；去年以来仅减免“两工”等涉农税费，就使农民人均受益 104.8 元。

“更重要的是涉农企业大多是劳动力密集产业，它为转移农村劳动力提供了广阔舞台。”邹平县委书记说。2002 年以来，全县 62 万农业人口中仅直接转移到工厂的就达 9 万人，目前在该县务工的外来民工已过 10 万。

（《大众日报》2004 年 8 月 1 日 1 版）

硬杠杠砸出高效益

——认真落实宏观调控政策·创新实践在山东④

潍坊市奎文区不大，辖区面积仅67平方公里，但发展速度不慢，去年GDP增长24.3%；财政总收入在全省县市区中前移了8位。更耐人寻味的是，财政总收入在GDP中的占比高达12.45%，且两年间提高了两个百分点。

在财政收入快速增长的同时，非税收入占地方财政收入的比重却在直线下降。去年该区非税收入仅占地方财政收入的8.37%。今年头5个月地方财政收入8539万元，同比增长40.6%，但其中非税收入仅678万元。

这两组占比背后藏何玄机？相互间有何联系？潍坊市委常委、奎文区委书记王元榜揭开了谜底。

财政收入占GDP中的比重，是一个地区经济结构和发展质量的集中反映。原因显而易见：遍地开花铺摊子，不加选择上项目，拼命降低税收、地价等门槛招商引资，一味追求GDP，未必能换来高效益及财政收入的真正增长。

打破这一怪圈，需要抬高新上项目和招商引资门槛。但既要抬高门槛，又想培植或引来真正有效益的大项目，那就得拿出绝活，其中最核心的一条是把由多如牛毛的乱收费、乱罚款、乱摊派构成的非税收入降下来，把政府的办事效率、执法服务水平提上去。由此着眼，这几年奎文区围绕单位面积的投入产出比出台文件：亩均投入150万元以下、单体项目投资1000万元以下的项目一个不批。

这道门槛乍看简单，真下决心并不容易，它意味着一大堆绕不过此槛的项目只好忍痛割爱。

“我们也是逼出来的，一则国家宏观调控对建设用地严格控制，更重要的是奎文区可用土地太少，不可能乱铺摊子。看得再远一点，如果‘剜到篮里都是菜’，寅吃卯粮，有限的土地占光用尽撒了芝麻盐，那持续发展怎么办?”王元榜说。

门槛高了，奎文区同时亮出吸引外来大项目和调动现有企业技改投资、高效发展的高招：工业企业年度技改投资达到500万元的，与外来投资一视同仁，除排污费和水资源费以外，实行“零收费”；同时享受招商引资奖励政策，一次性奖给项目实施企业法人代表总投资的一定比例。所有税收过100万元的内外资企业，一律奖励企业法人上缴税款的5‰，今年又把奖励门槛抬高到200万元。结果仅去年全区技改投入就达13亿元，同比增长205.7%，相当于建区9年的总和。

多予少收还不够，区里出台政策，每个重点项目由一名区级领导全程承包服务；每半年由企业对部门和机关工作人员进行一次“双评”打分，排名靠后的末位淘汰；建设行政审批服务中心，投诉中心和效能监察中心，保证“一站式”审批服务、限时办结、首问负责制落到实处。

一软一硬双管齐下，政策的魔力、环境的魅力喷薄而出。一个个活生生的事实不断印证着这样几句话：地域有限，发展无限；企业有限，潜力无限；人才有限，能力无限。

四五年前利税只有五六百万元的华鑫包装材料有限公司，这几年每年新产品开发投入都在五六百万元，虽然2.5万吨的年产量在省造纸行业只能算个“小不点”，但去年实现利税4478万元，人均利税9.33万元，雄踞全省造纸行业第二。福田重工潍坊车辆厂利用区农用车厂闲置厂房进行技术改造，在这块仅仅200多亩的老厂区内，今年可生产农用车20万辆，年创产值25亿元，亩均产值上千万元。

到位的政策和宽松的环境，不仅让区内企业攒足了发展后劲，也引来一个个外资大项目。今年上半年全区实际到位外来资金15.6亿元，同比增长57.1%；其中投资额过千万元的项目44个，总投资29亿元，同比增长69.3%。

（《大众日报》2004年8月2日1版）

“苦树”伸出蜜枝枝

——认真落实宏观调控政策·创新实践在山东⑤

许多人没想到，电解铝行业的市场寒冬来得这么快。今年以来，每吨电解铝下跌2000多元。我省尽管仅有电解铝生产企业10家，但产能发挥不到50%，多数处于盈利线以下。

电解铝跌入低谷，恰是全国各地一哄而起过度投资自酿的苦果。据了解，2002年全国电解铝总产量仅435万吨，但2003年就达556万吨，今年预计将达750万吨。

一哄而起盲目上马，既导致市场迅速出现阶段性过剩，也使原材料氧化铝供应出现缺口，每吨进口到岸价格由2003年的263美元涨至目前的500美元。同时作为国家重点限制的高耗电产业，今年以来电解铝用电已由过去的每度0.31元提高到目前的0.48元，吨铝相应增加电费成本2550元。

更致命的是，这两年新上电解铝项目大多以铝锭和建筑型材等初级产品为主。这样的产业结构遇上市场寒流，命运可想而知。

与电解铝行业苦不堪言形成鲜明对比的是，一些由电解铝大树上延伸出来的枝枝丫丫，日子却过得相当滋润。

在博兴县鲁丰铝箔公司(以下简称鲁丰)记者看到，仅有的两名销售人员正在忙着帮财务人员收预付款。公司总裁助理李坤说：“客户争着上门交款，财务人员实在忙不过来，只好把销售人员顶上去。”

鲁丰生产的铝箔广泛应用于医药、食品等包装领域。目前，该产品世界人均消费量已达0.4公斤，欧美国家更是高达2公斤，而我国去年仅0.17公斤，因此市场前景极为广阔。填补我省高精宽铝箔空白的鲁丰靠着大大低于进口产品的成本优势，业已垄断全省医药包装市场。

铝箔的附加值取决于成品薄厚。巴掌厚的铝带每吨进价1.6万元，但经过轧薄、打磨等工序，就变成薄仅零点几毫米、每吨售价2.7万元的“单零箔”。鲁丰投资1.2亿元、薄度仅为前者1/10的“双零箔”今年底投产后，每吨售价高达3.3万元，新增利税8000万元。

“大家都意识不到的产品恰恰最有增值潜力。”博兴县县长丁爱军感慨道。

与鲁丰靠精、细、薄称雄铝业深加工市场异曲同工的是山东丛林集团。它为国内第一辆磁悬浮列车配套生产的铝合金车体，生产断面 938 毫米，创下一次成形铝板断面世界纪录；为航空航天领域生产的巨型无缝空心铝管直径达 500 毫米，同样在国际上屈指可数；为深圳国际展览中心生产的屋顶遮阳板宽达 1.3 米，也创下世界之最。这些产品附加值比普通民用建筑型材高出好几倍。在目前民用建筑铝材供大于求的情况下，丛林的产品却成了丹麦马士基等跨国巨头的抢手货，去年集团销售收入 25 亿元，利税 3.7 亿元。

断面大小和宽窄长短，是大型工业铝材附加值高低的决定性因素。原因显而易见，对列车、船舶、飞机及大型建筑屋顶而言，断面越大、越宽越长，焊接点越少，抗压力和抗撞击力就越强，安全性自然越高。正是较早意识到这点，丛林投入巨资，与科研机构合作开发出压力高达 1.35 万吨的万吨挤压机，而此时全球压力超过 9000 吨的挤压机仅 3 台。靠着这个重达 1630 吨的庞然大物，丛林一举打破大型铝材设备设计制造和生产一直被国外垄断的神话。

更耐人寻味的是，这个靠小水泥起家的乡镇企业以前也拥有过 1.2 万吨的电解铝生产线。“电解铝是高耗能产业，国家不控制我们也不想再干了，因为拉一次闸，原来的电解槽温度一降一升，26 万元就没了。更何况这种产品大家都能干，守在这棵树上迟早会吊死。”谈到几年前果断关停电解铝生产线，董事长张修基如是说。

（《大众日报》2004 年 8 月 3 日 1 版）

银滩的启示

——认真落实宏观调控政策·创新实践在山东⑥

银滩房卖火了。仅青岛市民就已购房1500多套，总投资2亿多元。不光已建成的楼盘纷纷销售告罄，甚至好多楼盘刚动工就已名花有主。

恰在此时，乳山对银滩旅游度假区的房地产开发来了个点刹车，不仅对待开发的地段严格控制，“宁慢不快、宁留不卖”；就是对批准在建的项目，开发要求也相当苛刻：“宁疏不密、宁空不盖”，其中最严格的底线是：土地容积率不超过0.7，绿化率不低于50%。

在寸土寸金的银滩，不管上述哪一“宁”，都意味着单位土地上可盖的房子少了，白花花的银子丢了。但乳山市委书记赵熙殿自有深意：“我们更看重房后文章。”

1992年开发起步之初，正碰上国内房地产开发过热的大气候。不光当地企业和政府部门被卷了进去，国内众多企业也蜂拥而至，一时间银滩塔吊林立，车水马龙，可惜好景不长，仅仅一两年国家银根紧缩，靠巨额贷款吹起的房地产泡沫轰然炸开，连当地医院都砸进去500万元，驻当地的四大银行亦大受牵连。短暂喧嚣唯一留给银滩的是一大堆挥之不去的永久伤疤——直到记者1997年前去采访，一栋栋孤孤零零的“烂尾楼”还在风雨中飘摇。

“东京、海南包括银滩的教训都一再敲响警钟，地方经济过分依赖房地产开发十分危险。更重要的是土地特别是滨海好地越卖越少，这种寅吃卯粮、透支后世利益的发展模式只能把一个地方拖入地枯财竭的泥潭。”赵熙殿谈起当初的教训至今仍心有余悸。

痛定思痛，乳山开始了重新审视：跳出银滩看乳山，这里底子薄，要想发展必须当好配角，做好借韩（国）、借青（岛）、借大（企业）三篇文章。跳出房产看银滩，这里距青烟威三市仅百十公里，绵延20多公里的海岸线上沙质松软，风景如画，被誉为“天下第一滩”，完全可以成为乳山实施打环境牌、唱开放戏，实施“三借”战略的一张王牌。

由此着眼，乳山开始了银滩的“二次开发”，投入巨资高起点规划设计和基础设施配套，甚至对每个小区、楼盘都严审图纸，确保每个小区都是一个景区，每座建筑都是一个景点。2002年银滩被评为国家AAAA级旅游度假区，次年通过国际环境管理体系认证。国内外投资者的眼球再次被吸引过来，目前这里实际到位外来资金已达 57 亿元。

银滩越火，乳山人头脑越清醒。

不仅要振兴银滩，更要充分发挥银滩的独特优势，树立“三产是途径，二产是目的；建房是手段，办厂是目的；安居是前提，创业是目的”的观念，大做“房后”文章。为此，乳山集中精力借房引项，吸引国内大企业来此边建生活区边建工业园，以“三”带“二”。特别是抓住国内石油巨头产业转移的机遇，把乳山建成“不出石油的石油城”，先后引进大庆石油、长庆石油、太原石化、齐鲁石化、胜利油田、中原油田等 8 家石油巨头。其中大庆油田在投资 5 亿元建设 2 个共 3500 户职工生活区的基础上，又投资 5 亿元开建工业园、投资 5.6 亿元开发宫家岛。在“房后”的强力带动下，短短几年，乳山综合经济实力就由全省中游跃入 30 强县行列。

（《大众日报》2004 年 8 月 6 日 1 版）

行业观察

花卉何日成"支柱"

编者按 山东省委、省政府在"九五"规划中，将花卉业列为我省农业五大新型主导产业之一和农民增收的重要支柱，可见省委、省政府对发展花卉业极为重视，也寄予了厚望。但花卉业在我省毕竟是一项新兴产业，生产规模较小，粗放经营普遍，距成为支柱产业尚有较大差距。那么，阻碍花卉业发展的症结在哪儿？成为"支柱"还要做怎样的努力？

深秋时节，是菊花怒放之时，也是菊花旺销之季。然而已届10月中旬，在菊花栽培专业村潍城区军埠口镇朱家文庄村，望眼欲穿的花农们仍然没有等到往年那种车水马龙的购花盛况。霜降之日就是菊花开始凋零之时，眼看着霜降一天天逼近，大批菊花的销路还没有着落，这个村90%以上靠养花为生的农民们怎能不心急如焚！

让人不解的是，这个拥有十几年种菊经验的花卉专业村，至今竟无专人负责花卉销售，更谈不上有什么市场信息渠道。原来他们的花主要依靠胜利油田团体购买，可从今年起，人家着手自给自足，花农们却浑然不知，既不调整品种，也不考虑新的销售渠道，走到今天这一步是迟早的事。

省花卉协会负责人告诉记者，在我省，像朱家文庄村这种只知埋头种花、不管市场变化的情况并不少见。据统计，到"八五"末，我省花卉种植面积已达10万亩，产值达5亿多元，但由于种植主要分散在千家万户，因此生产粗放、各自为战的现象相当普遍。有的地方几十年一贯制，把着老品种不放手；有的地方一窝蜂跟着别人跑，人家种啥他种啥，结果种的品种雷同，枯在地里卖不出，没种的稀有品种价格却在一个劲往上蹿。一些传统的花卉基地如菏泽、莱州、青州等地固然具备了一定的种植规模和知名度，但种植的花卉传统品种居多，且多为大田栽培，经济效益大受限制。

与生产粗放相伴生的，是我省花卉市场的发育不成熟。广东、云南、上海、北京既是花卉生产大省(市)，又是花卉的主要集散地，均拥有国内外知名的花卉市场。而我省时至今日不仅没有全国知名的花卉市场，连省内知名的也寥寥无几。一般来讲，市场与产业是共消长的。上述诸省市花卉业的迅猛发展无疑得益于市场的带动，我省花卉业发展的缓慢不也能从市场的先天不足中找到某些原因吗?

传统粗放的生产经营方式带来的弊病是显而易见的。

其一,受季节限制销售时间短。以秋菊为例,每年也就是国庆节前后的一二十天,超过这个期限,就成了一文不值的残枝败叶,但市场的需求却不受节令限制,往往越反季的东西越值钱。比如菏泽的牡丹,秋后把根扒出晾干运到广东栽培,春节前后开花,立即成了广东、港澳乃至东南亚国家的抢手货。一个花头在广东卖 50 元,到香港卖 200 元港币,到了新加坡、马来西亚价更高。一株牡丹 10 多个花头,算算账不知比本地售价高出多少倍。遗憾的是,这种反季生产经营在我省并不多见。即使在牡丹之乡菏泽,2 万亩种植面积中大棚栽培、反季供应的也不过 1000 亩。

其二,运输不便。花卉的主要市场是大中城市,但盆栽和大田栽培的整株花卉粗大笨重,很难大批量长途运输。

其三,产量大受限制。盛产月季的莱州市 1 平方米产月季 120～140 枝,但在国外的现代化温室里,产量竟达 600 枝。

花卉业要长成利润丰厚的大产业,必须解决常年生产供给和长途便捷运输问题。而要解决这个问题,就要引进现代化的花卉生产工艺。引进鲜切花就是一条有效的途径。它是指将植株引入大棚集约化生产,含苞欲放时剪下包装,成批运出,最后成为消费者手中的插花。鲜切花近几年在我国花卉市场的销量直线上升。全国目前年产鲜切花 7 亿枝,仅云南一省就达 3 亿枝,而我省仅 400 万枝,不要说外销,连省内市场也只能供应 30%。

有人担心发展花卉会与粮食争地,事实上这个担心是多余的,关键是怎么发展。我省花农的实践证明,花卉业同样是农民脱贫致富的有效途径。青州花农算了一笔账,一亩地种菜收入 6000 元,养鱼收入 8000 元,而种花收入则在万元以上。由此可见,我省将花卉业列为“九五”期间农业的五大新兴产业之一,是富有远见和切实可行的。

花卉业无论从眼前看还是从长远看,都是一个潜力巨大的朝阳产业。尤其目前,我国花卉消费量的年递增速度非常快。这个市场实在太诱人了!

(《大众日报》1996 年 11 月 6 日 2 版)

黄河岂容污染

——长清、平阴黄河段污染点源目击记

今年，黄河断流时间不短。7月下旬，记者随省黄河水文水资源局的同志，对黄河济南段几个重要的污染点源进行了现场察看。干涸龟裂的河道上，不时能看到一摊摊发黑发臭、漂浮着白色泡沫的死水。昔日一直为滔滔河水稀释着的黄河污染水，此时毫无遮拦地裸露在我们的视野里。

位于平阴县城关镇翟庄村的黄河田山一级提灌站，是正在建设中的济南引黄保泉工程的取水口。当记者来到这里时，取水口已是污水弥漫，臭气熏天。与引黄渠相距不过一二十米的，是一条宽两三米、正流淌着污水的排污渠。同行的姜东升工程师介绍，平阴县城的工业及生活废水均是通过这条排污渠直接流入取水闸内，再排入黄河河道，每年排放量达2000万～2500万吨。下雨时，如排污渠水量过大，取水闸不能及时排出，污水就从取水闸上游十几米处直接流入黄河。

我们随后来到平阴县龙桥造纸厂。这个厂就建在黄河滩里。一见有人走进厂门，一女工急忙跑在我们前面向污水处理处打手势。本来悄无声息的污水处理设备随即隆隆运转起来。显而易见，该厂的治污设备一直是“视情况”而开开停停。尽管如此，该厂厂长仍承认，处理过的污水COD含量达350左右(比国家许可的排放标准高两倍多)。省黄河水文水资源局的同志讲，这个位于田山一级提灌站上游8公里处的造纸厂，年直接排入黄河的污水约有100万吨。

在长清县平安店镇老王府村，记者看到黄河支流北大沙河入黄口黑水横流，泡沫翻滚，臭气逼人，污水肆无忌惮地直接流入黄河河道。据同行的同志介绍，该河只有下雨时才有少量径流，平时则是长清县工业及生活污水的排污渠，年排放量为2500万～3000万吨。而该河入黄口距下游的济南黄河水厂取水口仅二十几公里，且同在一岸。

黄河是我省最重要的客水资源，对沿岸的工农业生产及群众生活至关重要。但这三个污染点源各项主要污染物含量及浓度大多高于国家规定的排放标准。特别是北大沙河，有的有害物质含量竟高出国家规定排放标准好几倍，其对黄河水质及沿岸人民生产生活的危害显而易见。

细心的人们或许不会忘记，去年黄河断流，人们苦苦期盼了120天，最先盼

来的不是水质纯净的“甜水”，而是一股黑乎乎、漂浮着大面积白色泡沫、散发着刺鼻臭气的“苦水”。现在若还任这些排污口污水横流，谁也难保去年的情景不会重现！

（《大众日报》1997 年 8 月 8 日 2 版）

撑不大的"小作坊"

——话说乡企之一

编者的话 采访记者自今日起发表一组有关乡镇企业的述评，取名"话说乡企"。这些文稿，从一种现象或一个侧面切入，引申出乡镇企业的品牌培育、科技开发、经营策略、资本运营、产权改革等话题。记者所言，不是下定论，也不是挑刺揭短，旨在通过自己对乡镇企业的观察分析，取其要略，就事论理，引导人们思考一些深层次问题。

近年来，我省乡镇企业的发展成就喜人。然而，随着市场竞争的日趋激烈，乡镇企业原有的一些优势渐渐消失，而自身在管理体制、产品结构、经营者素质等方面存在的问题，暴露得更加突出，成为实现二次腾飞的障碍。凡此种种，需要综合施治，从深处来说，尤其需要进一步解放思想，开阔思路。而思想的解放，务须落实到观念更新上，落实到促进两个根本性转变上，体现在真正研究问题、解决问题上。这样，乡镇企业才能主动迎接新的挑战，以崭新的姿态跨入21世纪。这也是这组述评的要义所在。

市场经济既无情，又耐人寻味。同样一棵树上，竟结出了天壤之别的两颗果子。

1992年，北京食品研究所转让"黑色食品专利配方"。广西、山东一南一北两家企业上门，同时花1万元拿回了这个专利。

5年过去了，广西的南方黑五类集团已经和它的广告语"逢黑必补"一样家喻户晓。1996年销售收入达3亿元。而济宁市宏丰食品厂（以下简称宏丰）却仍然是一个年销售收入不过300万元的"小作坊"。

盛夏时节，记者来到宏丰，看到这个小乡企的院子里已是杂草丛生，设备蒙着一层厚厚的尘土。

厂长刘宝成一肚子苦水："俺的设备是好设备，产品是好产品。可就是没有流动资金，谁要能注入200万元，一年实现利税百十万元不成问题。"说的也是，同样配方，同样设备，南方黑五类能畅销，宏丰黑五类没有理由卖不出去。

从企业目前的经营情况看，缺钱还真是制约企业发展的大问题。然而，随着采访的深入，企业陷入困境的根子便渐渐被找到了。

引进专利之初，人们对黑色食品的营养价值还知之甚少，广西黑五类投入巨资，大规模培育南方市场。而宏丰却在为解决了几十个人的饭碗问题而沾沾自喜，只知埋头生产，基本上没有广告投入。宏丰失去了一次宝贵的发展机遇。

结果仅仅两年，南方黑五类声誉鹊起，迅速跨江而来，兵临城下，产品甚至摆到了宏丰对面的小卖部。而此时的宏丰却正在为产品积压而愁眉不展。企业资金周转困难，更别想拿出钱来树品牌了。

1994 年，以生产豆奶闻名的维维集团上门要求注入资金，与之联营，以维维的品牌开拓市场。宏丰怕肥水流入外人田，在重重顾虑中，拒之门外，痛失了又一次走出困境的机遇。

苦苦挣扎到 1995 年，宏丰不得不放弃自己的品牌，向日商出售初级产品，眼睁睁看着人家精深加工、重新包装后赚大钱。

现代经济学关于企业效益有个公式：企业效益最终值＝效益基本值×增值系数。效益基本值是指企业的产品质量所决定的效益，这只是一个“毛坯”，它只有经过增值系数加工放大后，才会实现企业最终效益的最大化。而增值系数的大小，恰恰取决于企业形象、品牌、商誉等构成的企业无形资产的大小与企业经营者资本运营本领的高低。

一南一北两家黑五类同时投产，质量不相上下，为什么结果天差地别？关键在于南方黑五类的增值系数（主要是品牌系数）高于宏丰黑五类。正是由于南方黑五类把增值系数的培育放在突出的位置，结果企业效益倍增，获得惊人成功。

“宏丰现象”在我省乡镇企业的发展中并不少见。且不说中小企业，就是资产上亿元的大企业，掰着指头数数，又有几个在全省乃至全国叫得响的品牌？一些乡企的头头们要么抱着“捞一把就行”的小成即满的念头，要么把企业形象塑造、品牌培育看成是企业的负担，把广告商为其策划广告当作是摊派，只偏重于提高质量的技术改造，以至于高质量的新产品迟迟不能为市场所接受，常常败给质量并不高于自己的竞争对手。

愿宏丰的教训，能给其他乡镇企业敲响警钟。

（《大众日报》1997 年 9 月 1 日 2 版，本系列合作者：于向阳）

要摘桃子得有胆

——话说乡企之二

“世界很大，又很小。”在文登市铺集镇采访，文隆电池有限公司的总经理林乐泉语出惊人。

小到什么程度？“世界电池行业的最新技术和信息，几分钟就能传到我的办公桌上。”

一个高小水平的乡企负责人口气怎么这么大？原来，加拿大和澳大利亚的科研机构都和他建立了联系。更让人吃惊的是，这个在1991年还是濒临破产的“小造纸”的乡镇企业，如今竟承担着我省十大高新技术开发项目之一——镍氢电池项目。

文隆公司与高新技术结合，缘于6年前一个偶然机遇。1991年春节，一位在天津上学的研究生回铺集镇过节，他谈起南开大学的实验室正在开发一种大电流、免维修、无污染的新型汽车蓄电池。春节一过，林乐泉凑了50万元上了天津。南开大学的教授们说：“这个项目还从未走出过实验室，工业化生产能否成功，我们也没有把握。你要有胆子，咱就试一试。”

当时身处绝境的文隆公司把宝押在这上面。他们和教授们一道画图纸，订设备，反复调试，半年生产出合格产品，当年实现利税600万元。

胆识、诚心和不达目的不罢休的劲头，让林乐泉真正交上了南开的教授朋友。教授们说：“我们的实验室，就是你的实验室。你们的企业，就是我们的新技术试验基地。”在以后几年里，实验室开发的新技术源源不断地注入企业。企业的规模和利税也逐年翻着跟头往上长。1996年，公司实现产值2.1亿元，利税3890万元。

通过教授朋友，林乐泉与加拿大和澳大利亚的实验室挂上了钩。这个乡镇企业与世界上最新的技术和信息的距离一下子缩短了。省十大高新技术开发项目之一的镍氢电池项目就这样来到了文隆公司。

镍氢电池比现在通用的电池能量密度高好几倍，而且解决了专家一直头疼的高能电池辐射问题，被行家称作“绿色电池”。文隆公司已经投产的一期工程年利税将达到1亿元。

文隆公司的发展令人深思。我省乡镇企业比江苏多，1996年创造的产值却比江苏少了700个亿。我省绝大多数乡镇企业科技含量低、产品“粗老笨重”是一大原因。这是我省乡镇企业进一步发展的致命“瓶颈”。

但谈起引进高新技术，提高产品技术含量，特别是高精尖技术，好多乡企老板却望而生畏：“咱农民文化程度低，‘粗老笨重’都玩不转，哪倒腾得了这玩意儿。”文隆公司却不这么看：“只要敢走出去，就能引得进来。”

同属威海市的威达公司老总杨桂模也有同感：“高新技术并非高不可攀。只要打破心理障碍，大着胆子走出去，与外界建立联系，好的技术、信息和人才就不愁引不进来。”威达公司正是靠着引进技术、信息和人才，仅用9年时间，就从“八间土屋一条狗”的小作坊，一跃成为拥有6家合资企业、年利税2000多万元的省级乡镇企业集团。它的主导产品钻夹头，已足以与国际最先进的同行抗衡，市场占有率、出口量稳坐全国同行头把交椅。

看来，能不能引进高新技术，是一个观念问题；引进以后怎么干，还是个观念问题。思路开阔一点，有胆有识就能摘到别人摘不到的桃子。

（《大众日报》1997年9月2日2版）

贪多嚼不烂

——话说乡企之三

胶东有一家乡镇企业，这几年马不停蹄铺摊子、上项目，产品由最初的液化气钢瓶，一下子扩展到冰柜、冰箱、空调、热水器四大类，最近还上了个农用车项目。公司老总雄心勃勃要建立北方最大的家电城，到20世纪末产值拿到50亿元。

该公司目前的年生产能力已达到：冰柜60万台、热水器36万台、空调36万台、钢瓶200万只、农用车1万辆。如果生产全部开足，每月需要5亿元的流动资金。然而，公司十多年来积累的资金全都砸进去了，还背了一屁股债。结果，没有一种产品的实际产量能达到生产能力的一半。企业经营举步维艰。

一个靠生产液化气钢瓶起家的企业，一下子把战线拉得这么长，捉襟见肘的何止是资金。管理、技术、质量、人才、信誉等欠缺暴露无遗。新的果子没有摘着，原有的优势也丢掉了。公司一位管理人员说，当初如果一心一意搞钢瓶，完全可以垄断国内的钢瓶市场。

食不厌精。和上述情况形成鲜明对比的是，荣成的连杆集团，就在小件上做出了大文章。

1986年以前，连杆集团还是一家镇办小农具厂，只有几台老掉牙的机床，仅能生产锄镰锨镢四大件，年利税从未超过10万元。上大项目，企业显然没有能力。总经理李允轶把眼光盯在连杆上，贷款20万元，从航空航天部引进了当时全国唯一一台微机控制连杆生产组合机床。

别小看这个巴掌大的小连杆，却是动力机械的关键部件，仅山东年需求在100万件以上，而且随着机械工业发展，需求量还在与日俱增。李允轶紧紧抱住这个宝贝疙瘩，精雕细刻，先把它做成为农用车配套的省优产品，然后一步一步钻下去，产品越做越精，档次越做越高，现已拥有十几个系列、30种规格和型号，覆盖全国170多个主机厂，并远销泰国、印度等几十个国家和地区，搞出了一个国内市场占有率达70%的连杆家族。1996年实现利税2300万元，成为名副其实的“小件巨人”。

如今，李允轶又把眼光盯在了中国轿车工业的发展上。今年7月，我们来到荣成，该企业从法国引进的雪铁龙轿车连杆生产线已经投产。想想下个世纪我国轿车工业的广阔前景，记者不禁为李允铁的眼光所折服。

在威海看乡企，工友集团、木机集团、光威集团、医用制品集团等效益好、规模大的乡企巨人都是清一色的“小、精、专”。产品不过是小小的木机、渔竿、一次性医用注射器，但市场占有率都在60%以上，有的甚至达到90%。看来，产品不怕小，就怕不精。

“大而全”日薄西山，“小而专”咄咄逼人。孰大孰小，发人深思。

（《大众日报》1997年9月3日2版）

四两拨千斤

——话说乡企之四

我省乡镇企业发展到今天,大块头的企业确实不少,单是在省工商局注册的省级以上乡镇企业集团就有 300 多家。但让人困惑的是,尽管年年千方百计增加投入,但效益的增长却总难有大的跨越。怎样通过最少的投入,来实现“跳跃式发展”,达到“四两拨千斤”的效果呢?剖析一下菱花集团的发展轨迹,定会有所启示。

菱花集团这几年的发展简直是个奇迹。1993 年到 1996 年,菱花集团的资产从 4500 万元增加到 23 亿元。4 年间,资产增了 50 多倍,每年以十几倍的速度超常发展,企业利税也由 500 多万元上升到去年的 1.3 亿元,4 年增了 20 多倍。诀窍就是资本运营。

1993 年以前,菱花集团年年用尽吃奶的劲降成本,年年勒紧腰带搞投入,扩规模,奋斗了十几年,资产不过三四千万元,利税不过一千来万元。企业负责人江保安深有感触:“乡镇企业没爹没娘,投入完全靠自己,按传统的方式经营,就像蜗牛爬坡,不可能有跳跃式发展。打破原有的思维定式,学会资本运营,企业就坐上了直升机。”

多年的跌打滚爬,菱花集团形成了自己知名的品牌、过硬的产品和成熟的管理。这些优势局限在企业内部,其作用实在有限,把他们导入资本运营,作用可就大了。

最先让他们尝到甜头的是租赁已经停产的国有企业鄄城味精厂。菱花集团付出的仅仅是 300 万元的技改投入和每年 150 万元的租金,得到的却是一个年利税 800 万元的企业。用江保安的话来说:“租赁鄄城味精厂,给我们实实在在地上了一堂课。如果只用实物的眼光来看待鄄城味精厂,看到的很可能只是问题和困难。但如果用资本的眼光看,看到的却是该厂可观的资产价值。这个厂技术装备不错,职工素质也比较高,况且地处玉米高产区,原料充足,唯一缺少的就是机制不活,技术不过关。以我之优势,补彼之劣势,结果必然事半功倍。”

菱花人搞资产运营,不仅看到了死资产的活价值,而且看到了死资产的市场优势。在从“产地销”到“销地产”的转变中,轻而易举地拿到了这些死资产原有的市场份额。兼并静海味精厂便是这样的大手笔。

1994 年 12 月，菱花集团控股已停产两年的天津静海味精厂。以先进的生产技术、管理模式和经营观念，与静海味精厂地处京津唐中心的地利实现了优势互补，在三大城市门口建立了自己的生产基地，菱花集团轻而易举进入了垂涎已久的京津唐市场，产品供不应求。

4 年来，菱花集团先后兼并、租赁、联合了江苏镇江味精厂、吉林长春味精厂、内蒙古呼和浩特味精厂等 16 家企业，在江浙、东北、华北、西北地区都建立了自己的生产基地，占了全国近 1/4 的市场份额，成为全国第二大味精生产厂，名列全国最大乡镇企业第七位。

资本在流动中增值，在流动中实现优势扩张，这是市场经济的一条基本原理。

（《大众日报》1997 年 9 月 4 日 2 版）

不能光靠“子弟兵”

——话说乡企之五

万杰集团是我省乡企中当之无愧的“大哥大”，固定资产13亿元，在全国乡镇企业综合实力排名中名列前茅。按道理，企业发展神速，观念也应超前。然而，在这里采访，却听到这样的话：“别看俺学习不好，可俺老子在村里当干部，毕业后，俺最不济也能弄个车间主任干。”

话听起来很平常，但反映了目前乡镇企业存在的一个普遍问题，那就是根深蒂固的家族观念。

胶东有一家特大型乡镇企业，高层负责人是清一色的“子弟兵”：常务副总裁是总裁的侄子，董事局两个副主席竟是一对夫妻……企业的核心层人物从大到小排下来，活生生一个族谱！

采访中，我们见到不少年纪轻轻的总经理，尽管只有二十几岁，却掌握着几百万乃至几千万元的企业资产。怎么如此“年轻有为”，原来接的是“老子的班”。

淄博市某区去年对乡镇企业中的财务人员进行过一次检查摸底，竟发现120多家的乡镇企业所用的财务主管都是企业一把手的亲属。用起来放心嘛！

家族制这个顽症，在乡镇企业中之所以很有生命力，根本原因在于企业经营者的封建封闭思想意识。“肥水不流外人田”，似乎只有自己的亲信和亲族才能帮自己守好这份产业。且不说企业不是个人的，即使是，企业这么大的摊子，市场竞争如此激烈，靠没本事的七大姑八大姨被动地守，又能守多长时间？亲缘上的自己人，从企业发展上看未必是自己人。

现代企业的竞争，表面看是人才、信息、市场的竞争，但从更深层次看，是一种观念的竞争。谁拥有了海纳百川的开放观念，谁就拥有了企业竞争的最大优势。西方一些大跨国公司，最初也有家族式的烙印，但企业越发展，家族制的色彩越淡，从家族以外广引的人才越来越成为企业经营管理的核心，这正是这些跨国公司在国际市场的立足之本。

兖州的太阳纸业集团正是如此。10年前，这个乡镇企业仅有30名职工、15万元资产。10年后的今天，这个企业已拥有4.6亿元资产、年利税1.1亿元，成为全国造纸行业的“老四”。1991年至今，该企业聘请的长期和短期中高级人才就达千余人次，分管生产和销售的两名副总经理都是从外面挖来的。

内举不避亲，外举不避仇。该厂有个过硬的“5%员工淘汰制”：每年年终通过民主评议，不管是普通职工还是领导干部，只要是被划入5%之列的，任你是“天王老子”，也张榜公布，坚决淘汰。仅1996年，就淘汰不合格员工60多名。

村干部出身的太阳纸业老总李洪信说得好：“人虽有情，市场无情。市场竞争容不得讲亲情讲情面。”

说一千道一万，企业长远发展容不得狭隘封闭的小农观念。

（《大众日报》1997年9月5日2版）

林业，让我们重新认识你

灾后话林

今年我省农业可以说多灾多难。先是遭受百年不遇的大旱，接踵而至的是11号台风。然而让人惊奇的是，一些林木茂密的地区，却在这两次自然灾害面前“岿然不动”。

今年夏季，在林木覆盖率达46%的莒南县洙边镇，周围乡镇庄稼因干旱大面积减产绝产，而该镇域内降雨却增加了108毫米，秋粮喜获丰收。

今年夏秋，蒙阴县联城乡小山口村的庄稼长势喜人，果茂林密。山里人说，是树带来了汩汩山泉。现在山谷绿化了，井打十几米就能见水，而且井水一直很旺。

林业生态专家认为，森林覆盖面积达到一定程度，可以使水平降水（雾、露、霜）高出无林区15.5%～30%，垂直降水（雨、雪）高出5%～10%以上，形成局部范围内独具特色的小气候，而且森林比裸地每年可多涵蓄17%的降雨量。

林带的屏障作用更是显而易见。今年11号台风所到之处，树倒屋毁，损失惨重。但据日照市林业局调查，在该市沿海防护林带背风面的村庄中却没有发生倒塌现象，林带保护的2.4万公顷农作物也基本未发生倒伏，平均粮食单产达410公斤，而无林带保护的庄稼则倒伏严重，亩产仅一二百公斤。

其实，近年来出现的各种农业自然灾害，无不与森林有着“载舟覆舟”的必然联系。

多了少了

我省林业值得骄傲的地方很多。新中国成立初期，我省仅有残次林450万亩，森林覆盖率不到2%。后来，党和政府发动千家万户植树造林，到目前，全省林木覆盖面积已达4646万亩。特别是“八五”期间，全省基本消灭了宜林荒山，农田林网面积占到宜林网面积的95%，平原绿化达到林业部部颁标准，沿海防护林体系基本合拢。

在成绩面前，一部分人陶醉了，认为林业建设大功告成，林子不少了。真是这样吗？

科学研究表明，一个地区森林覆盖率达30%以上，才能形成比较稳定的生态系统，而我省的林木覆盖率仅为20.2%。目前，全省还有新规划的2000多万亩山滩需进一步绿化，有近300万亩疏残林地需要改造。

另外，我省人均占有林地仅是全国平均值的27.5%，是世界平均水平的1/22。我省人均活立木蓄积仅为全国平均水平的1/12，是世界平均水平的1/90。我省不仅森林面积少，而且林地质量差，用材林、防护林平均每公顷蓄积仅为全国平均值的1/6，是世界平均水平的1/7。

由于林木覆盖率低，水土流失和风沙化面积加大，风、沙、旱、涝灾害频繁发生，使全省平均每年有4700万亩农田不同程度遭受自然灾害侵袭，因此影响粮食产量40亿公斤，经济损失近50亿元。

我省是水资源严重短缺的省份之一，但由于森林覆盖率低，水源涵养能力差，水土流失严重，导致全省地表径流每年白白流失70亿立方米水，流失土壤2.8亿吨，流失养分相当于419万吨标准化肥。

由此可见，要从根本上改善生态环境，确保我省农业乃至整个国民经济可持续发展，就不能不在发展林业这个治本之道上下功夫。

把脉寻病

“八五”期间，全省植树造林热潮空前高涨，五年间造林比“七五”期间增加了70%以上。“八五”以后，部分地区通过了达标验收，对林业的投入明显减少，有些地方甚至出现滑坡现象。据了解，有的地区农桐间作面积已由前几年的760余万亩下降到1996年的240余万亩。

这一现象的出现，最主要的原因是个别地方的领导没有摆正发展经济与保护林业生态环境的辩证关系。不可否认，与整个农业总产值相比，林业产值所占比值偏小(全省仅为1/10左右)，加之林业生产周期又相对较长，于是，有些干部在政绩意识的驱使下，急功近利，不仅放慢了造林速度，甚至毁林种粮种菜，使本来就比较脆弱的生态系统每况愈下。具有讽刺意味的是，毁林最烈的地区往往是风沙水旱灾害肆虐的地区。

往后多看几年，就会发现，林业的生态效益恰恰是最长远、最可观的经济效益。经济与生态、眼前与长远、治标与治本孰重孰轻，发人深思。

投资体制改革和配套政策滞后，也是我省林业长足发展的深层次障碍。长期以来，林业建设需要的大多数资金和劳力来自群众，但投资与受益互不相干，群众很难从中获得直接效益，从而影响了他们长期投入和开发的积极性。可喜的是，我省一些地区已开始进行森林分类经营、宜林荒山荒滩拍卖、租赁和股份合作等项有益探索，力求在林业所有制、投资和利益分配机制上有所突破，变一个积极性为多个积极性，为林业发展带来新的生机。

（《大众日报》1997年10月28日2版）

旅游业今年打什么牌？

我省是当之无愧的旅游资源大省，“一山一水一圣人”饮誉海内外，漫长的海岸线让内陆省份羡慕不已，发展旅游业的条件得天独厚。正由于此，省委省政府将其确定为我省第三产业中仅次于信息产业的发展重点。但遗憾的是，我省的旅游潜力远未发掘出来。去年，全省接待海外游客、旅游创汇分别屈居全国第 8 和第 10 位，是广东省的 1/12 和 1/13；昆明一个市，去年旅游创汇就相当于我省的 70%。

这一巨大落差的出现绝非偶然。狭窄的视野已成了我省旅游业长足发展的绊脚石。

打打综合开发牌

平心而论，近几年我省旅游业在观念上已有了长足转变，已由坐等客至变为把旅游资源看成需要推销的产品，仅去年就派出促销团 105 批 520 人次，涉及 24 个国家和地区。

然而，光盯着现有几个孤零零的景区，只围着“一山一水一圣人”打转，无异于自缚手脚，画地为牢，要让旅游业再上台阶很难。如果不断开发具有浓郁地域特色和丰富历史文化内涵的旅游新品种，就能发现许多新机遇。曲阜近年来推出的孔子故里修学旅游，仅对老景点稍加包装开发，赋予新内涵，就使其大受欢迎，甚至招来不少美国、加拿大的回头客。近两年我省在德国市场推出骑自行车中国游，也备受德国游客欢迎。

提高旅游收入，不能仅仅依靠旅游人数的增长。目前国外旅游商品创收占旅游总收入的比重已大大超过饭店、景点门票和导游收入。在美国科罗拉多大峡谷，用石头加工的小小工艺品能卖 38 美元。在新加坡，旅游者人均消费 2000 美元，一大半用在了购买商品上。而我们的旅游商品数十年一个样，很少开发出独具地域特色、让人爱不释手、情不自禁掏腰包的旅游工艺品。去年我省接待海外游客 58.5 万人次，若每人拿 200 美元购买旅游商品，就可创汇 1.17 亿美元。这么大的市场，可惜少有企业问津。

“散客”的牌要打好

我省的旅行社大多习惯了为团队旅行提供服务。实际上目前的旅游市场散客比例越来越大，已远远超过由旅行社组织的团队游客量，特别是以家庭为核心的散客市场正显示着越来越大的潜力。脑筋活络的上海人从中发现了增收的新市场。锦江旅游公司成立了散客服务中心，开通热线电话，提供一条龙服务，在众多上海旅行社异常激烈的竞争中独辟蹊径，收入不亚于团队服务。

国际旅游界有这样一种说法：衡量一个国家旅游业是否发达，不是看它一年接待了多少游客，旅游总收益有多少，而是看它的散客接待量和所占比重。后两个指标能表明该国旅游业的内在质量。与旅游发达国家散客接待量达60%相比，我省对外旅游接待目前仍以团队为主，这从一个侧面说明我省旅游接待在方便游客方面还有欠缺之处。

具体而言，过去我们发展旅游业，习惯于将自然景观看作旅游资源，而实际上，旅游景点的社会环境也是无形的旅游资源。在旅游开发中人们往往忽视后者，其实它对游客特别是散客影响更大，因为这类人需要的服务更多更细。如游客反响比较强烈的人身及财产安全问题，旅行社、饭店、交通、景点等服务不规范问题，小贩追游客强卖纪念品问题，景点的环境卫生问题，涉及行、食、住、游、购、娱诸多方面。这些问题的存在，直接影响散客旅游的数量。解决好这些问题，开发和保护好景点的社会环境，完善配套设施，提高服务水平，对开发客源特别是散客源能起事半功倍的作用。

在美国夏威夷，每年游客成百上千万，有的游客甚至去过七八次之多。其实阳光、沙滩并非夏威夷所独有。确实，外国人出来旅游，并不只是走走逛逛，更重要的是休闲度假。像北欧国家的人们，每年带薪假期达五六周，近几年来华旅游人数保持年均10%的增长率。这是一个潜力极大的旅游客源。但好多海外游客却将来我省旅游形象地形容为“白天逛大庙，晚上睡大觉。”这样的旅游环境，来一次就够了。

“工业旅游”的牌值得打

近来不少游客慕名前往胜利油田、海尔集团（以下简称海尔）厂区参观。特别是西欧人，对海尔尤其感兴趣。海尔也将厂区看成一个很好的旅游资源，拟斥资数百万元加以开发，培植海尔的工业旅游资源。

工业也能旅游，这事乍一听挺新鲜。但在国内外都已不算新东西。上海推出的以参观上海大型工业企业和高科技企业为内容的工业旅游项目就颇受欢迎，特别是让那些来上海取经的企业界人士趋之若鹜。北京景泰蓝厂、长沙远大空调城等，也已成了观光游览的新热点。

在国外，法国雷诺、标致、雪铁龙三大汽车公司所属工厂每年接待游客20

万人次;法国核电站去年接待游客 40 万人次。美国造币厂不仅让顾客参观,还让其带走一张刚印出的钞票(经特殊处理不能上市),每年来厂的游人成千上万。

不仅工业可以旅游,有特色的城市建设本身就是很好的旅游资源。像上海高楼耸立的陆家嘴金融贸易区、布局别致的外高桥保税区,其全新的现代化都市风貌颇具吸引力。我省泰安市也正按“大水面、大绿化、大空间”格局美化城市,发展其独具特色的城市旅游资源。

随着时间推移,人们旅游的兴趣越来越广泛,这一方面对旅游业发展提出了更高的要求,同时又恰恰为旅游业提供了更多的发展机遇和更大的发展空间。

比如方兴未艾的生态旅游,正应和了人们在喧嚣的城市忙碌工作之余急于寻求清静闲适、回归大自然的心理,因而国际旅游界甚至有人认为,这将成为 21 世纪世界旅游的主题。这方面我省潜力巨大。目前全省仅森林公园就有 58 处,其中国家森林公园 23 处。像蒙山森林公园、刘公岛森林公园、万鸟之岛长岛等,这些地方或林密草茂花香鸟语,或湖光山色烟波浩渺,或依山傍海秀色可人,间或人文景观点缀其间,正是人们回归大自然的理想去处。禹城、曲阜等地还在开发观光农业,让人重温田园旧梦。这些都是极具潜力的旅游资源。开发建设好这些资源,就等于为我省旅游业培植了财源滚滚的新的经济增长点。

(《大众日报》1998 年 5 月 21 日 10 版)

家具：如何让消费者满意

1998年5月6日至10日，第五届全国家具展览订货会在山东国际博览中心举行。订货会上，尽管来自全国20多个省市区的200余家知名企业都拿出了自己的看家产品，在摊位布置、争夺客商方面也使出了浑身解数，有的甚至不惜用卡车、压路机压在家具上以显示产品结实耐用，但相当一批摊位仍冷冷清清，无人问津。原因何在？透过眼花缭乱的展品细心比较，就会发现，式样雷同、相互模仿现象相当严重，应该说是一个重要原因。

一位经销商说，现在消费者越来越挑剔，欣赏口味千变万化，对家具的功能和审美品位要求越来越高，厂家还想拿“放之四海皆宜”的“大路货”糊弄消费者，岂不是一厢情愿？

让经销商和消费者感兴趣的展品也不少。但这些展品的生产厂家大都对市场做了认真的调研和分析。像南方一些厂家生产的高档板式家具，表面处理精度高，集使用、装饰、观赏于一体，就颇受青睐。还有一些厂家展出的实木家具造型自然朴素、不虚加矫饰、线条简洁明快，也颇受欢迎。济南雅特家具公司生产的文体性系列现代化办公家具既兼顾了稳固实用，又突出了办公室空间的开放性和个人空间的情趣，在众多现代化办公家具中颇有点“鹤立鸡群”。

一位家具经销商说，他在一次世界家具博览会上曾见过奥地利一个厂家开发的集床、桌、柜和沙发为一体的多功能家具，印象极为深刻。其特点是不用任何工具，只用家具上的旋转手柄即可实现四种功能的相互转换。这位经销商认为国内消费者特别是城市消费者大多居住空间狭窄，而且搬迁频繁，没有财力频繁更新家具，因此消费习惯越来越倾向于讲求家具的移动方便和一体多用，总想尽可能地节约空间。家具生产厂家无视这一变化趋势，就等于自动放弃了相当一批消费者。

另一位经销商说，表面看家具市场供过于求，实际上针对特殊年龄段、特殊消费群、具有特殊功用的家具仍很少见。比如便于儿童取拿东西、搬动、牢固耐用、尺寸合适、色彩斑斓、趣味性强、有益于开发儿童智力的儿童家具在市场上凤毛麟角。国外已经出现的音乐床、催眠床、防紫外线床、电子摇床、磁性床等保健家具、环保家具，在国内市场也还是空白。

中国家具协会一位人士指出，家具市场产品雷同，缺乏特色和个性，清清楚楚地表明我国家具行业在产品开发方面相当滞后。目前人们的消费需求日趋个性化，家具的更新换代周期越来越短，这对企业的产品开发提出了相当高的要求，相应迫使企业的生产方式必须“多品种、少批量”。但我国家具行业的状况却是恰恰相反，这就难怪市场上充斥着相同或相似的“面孔”。

业内人士认为，要开拓适销对路产品，占领国内国际市场，必须把握准家具市场的新特点、新走势。

广东家具协会的王克认为，我国家具消费市场将呈现四大特点：一是家具显露华贵、保值趋势而形成高档化；二是对家具造型艺术、色彩搭配的审美情调日益浓厚而形成艺术化；三是追求家具个人品位而形成个性化；四是针对不同社会层面生活环境、经济条件而形成多元化。

无论从这些观点的表述还是从本届家具展览会看，功能多元化、设计个性化、产品更新换代周期缩短都成为目前乃至今后一段时间的家具消费趋势。国内家具企业要想在激烈的市场竞争中站稳脚跟，就不能无视上述趋势。

（《大众日报》1998 年 5 月 21 日 11 版）

鲁酒如何再造优势?

酿酒业是我省一轻行业的支柱产业,也是我省相当一些地方财政收入的台柱子。到"八五"末期,我省白酒、啤酒产量均跃居全国首位。然而自去年起,鲁酒遇到了前所未有的挑战,产量猛增势头开始锐减,特别是今年1～4月份,我省白酒产量同比下降20%,啤酒同比下降11%。许多酒类生产厂家产品销量不畅,效益明显下滑。鲁酒向何处去,已成为我省酿酒业无可回避的一道难题。

白酒业:增长方式亟待转变

客观讲,我省白酒业产量下降、效益下滑主要受到了全国市场的影响。据资料显示,目前我国白酒年产量为800万吨,而正常的国内市场只能消费400万吨。这表明我国白酒市场已严重产大于求、供大于销。不仅山东白酒如此,今年1～4月份全国白酒产量也同比下降了12.3%。然而发人深思的是,面对严重饱和的全国白酒市场,川酒依然坚挺如初,皖酒崛起势头强劲,湘酒近两年也一直一枝独秀。人们不禁要问,鲁酒势减是否也有自身的一些原因呢?

追溯山东白酒业崛起的发展历程就不难发现,我们走的是一条粗放型的靠外延式增长拉动产业迅猛发展的路子。在短期利益驱动下,各地争办酒厂的浪潮此起彼伏,你未唱罢我登场,很少在开发新产品、提高产量质量和档次上下功夫。这样做的后果是,总量固然上去了,但单个酒厂的实力、效益、产品档次、附加值却差得很远。我省目前有153种白酒,但真正的国家级名酒一个没有。唯一够得上国家级优质白酒的也只有孔府家酒,出厂价不过13元,而人家五粮液的出厂价竟达221元,茅台酒的出厂价为300元。兰陵酒产量全国第一,但去年利税也只能屈居全国第12位,因为该厂大部分白酒出厂价仅二三元。山东白酒是地地道道的"民酒",原料70%是地瓜干,20%是高粱,仅有10%是大米和小麦,明显地制约了产品的档次和企业的效益。五粮液年产量不过5000多吨,利税竟达11亿元,而山东去年105万吨的白酒产量利税不过18.6亿元。在去年的全国白酒企业利税排行榜上,川酒独占前五名,而山东白酒企业除兰陵居第12位外,排在前面的也只有景芝和秦池,分别为第14位和第20位。

有鉴于此,一些业内人士呼吁,山东白酒结构调整和产品升级换代势在必行。我省一轻总会也明确提出,山东白酒在总量上不宜再扩张,到2000年全省产量将稳定在120万吨；要通过优胜劣汰对小酒厂实行关停并转，同时鼓励几个规模较大的酒厂通过兼并、联合形成规模经济，以增强山东白酒的整体竞争力。

啤酒：兼并重组势在必行

与白酒一样，我省也是全国屈指可数的啤酒工业大省。去年产量达232.3万吨，接近全国总产量的12%，无论从产量上还是从规模上均稳坐全国头把交椅。

我省啤酒工业能打出今天这片天下，一直靠质量优势。但从目前的国内市场看，随着跨国公司纷纷抢滩国内市场、啤酒行业合资、兼并联合浪潮的剧烈冲撞，以及国内啤酒市场的日趋饱和，企业规模、实力及其派生的品牌优势、成本优势日益成为啤酒企业生死存亡的关键因素，鲁啤的旧有优势日益失去光彩，面临的挑战越来越严峻。特别是进入1998年，鲁啤产量保持迅猛增长的势头顿时逆转，产量下降了11%。

应该说，这种状况的出现，正是鲁啤没能顺应国内啤酒市场竞争格局的新变化，及时调整产业结构，生产厂家至今"小、乱、多"的必然结果。说其"小"，是因为大多数啤酒生产企业生产规模至今仍在5万吨以下，相当一批甚至在3万吨或3万吨以下，形不成规模效益。说其"多"，是因为省内啤酒生产厂家林林总总达40余家。说其"乱"，是因为许多地方县县都有啤酒厂，有的县甚至有两个。在目前的市场环境中鲁啤的这种局面很难形成规模和品牌优势，更无力进行技术创新，因而只能在激烈的市场竞争中节节退缩，越来越被动。

可喜的是，我省已着手改变这种局面。目前省计委、省一轻总会联合行文，明确今后省内啤酒企业不得擅自扩大生产规模，5万吨以下规模的企业主要通过依托大集团的兼并联合求得发展；并明确将以青啤集团为龙头，加快省内啤酒工业的联合兼并，将青啤培植为全国最大的啤酒集团。目前已有4个地市将5个啤酒厂送给了青啤，使之生产规模扩大了24万吨，还有一批联合兼并项目正在洽谈中。众多鲁啤纷纷投入青啤麾下，不仅使自身获得了新生，也使青啤如虎添翼，今年产量有望达到60万吨，一两年内有望成为全国啤酒行业排头兵。

葡萄酒：潜力巨大待开发

与山东白酒、啤酒在已呈饱和的激烈的市场夹缝中苦苦求生不同，我省葡萄酒面临的市场环境则要宽松从容得多：1996年全国产量仅为16万吨，1997年为30多万吨。我国目前人均占有葡萄酒仅为0.2升，而世界人均占有4升，欧洲一些国家人均已达70升。这个市场实在太大了。

省一轻总会提供的数字表明，去年我省葡萄酒产量比上年增长59.76%，今年1～4月份比去年同期增长79%，尽管增长势头迅猛，但去年年产量不过3.4万吨。酿酒用葡萄的生长需要比较特殊的气候条件，这一点我省恰恰具有得天独厚的优势。况且像张裕这样的厂家拥有百年葡萄酒酿造历史，又有享誉中外的品牌，没有理由不成为全国同行业的佼佼者。一些白酒、啤酒企业与其在原来的独木桥上苦苦挤渡，倒不如在葡萄酒产业上像孔府家、齐民思一样另辟一条蹊径。

有人担心，去年以来的"葡萄酒热"只是人们一时心血来潮，况且众多厂家一哄而上，产品成倍翻番，会不会重演白酒覆辙？这种担心虽然不无理由，但并不符合实际情况。一则目前我国葡萄酒的产量和消费量只是在基数很小的情况下翻番，绝对产量并不太大。专家们预测，就是到20世纪末全国生产能力也不过40多万吨，还不到目前国内白酒、啤酒总产量的1%，再者说，任何经济现象的出现都不会是偶然的。葡萄酒热的背后恰恰体现出人们保健意识增强、消费水平提高，而且社会越发展，这种趋势会越明显。还应该看到，因价位偏高，目前的葡萄酒消费群还只局限在大中城市和一些收入较高的社会阶层以及一些公众场合，远未进入普通工薪家庭和农村，消费量打了很大折扣。当然，我省葡萄酒业的发展再也不能像白酒、啤酒那样遍地开花。只要扎扎实实建好基地、下大气力培植名牌，这个产业一定会成为鲁酒家族的又一支劲旅。

（《大众日报》1998年6月18日10版）

山东环保产业:支柱亟待撑起来

编者按 环保产业是一项潜力巨大、回报丰厚、市场前景广阔的大产业。在西方许多发达国家,环保产业已成为一个重要的经济增长点;在我国,也有不少省市已重视了环保产业的发展;而在我省,环保产业仍然很薄弱,环保总产值仅为6.5亿元,环保产品生产企业小而散,技改投入少,产品种类单一,科技含量低,没有形成主导产品和拳头产品,根本无法与国内外同行业竞争。究其原因,首先是认识不足,重视不够,没有看到环保产业的巨大市场潜力和其在我省经济可持续发展中的战略地位;其次是缺乏统一的行政指导和政策资金扶持,甚至连现有的不少优惠政策都落实不好,使用不足。鉴于此,我们编发了这些稿件,希望能对我省环保产业的发展有所帮助。

在一些企业家眼中,环保只有投入没有产出,是笔赔本买卖。这个看法从个别企业的短期利益看或许不无道理,但放在企业长远发展的大背景下考察,放在全社会经济可持续发展的宏观背景下审视,则站不住脚。看看涉足这一领域较早的环保型企业,看看西方发达国家,我们惊奇地发现,环保实际上是一项潜力巨大、回报丰厚、市场前景广阔的大产业,是一个能保证我省经济可持续发展的关键产业。

环保产业发展滞后不仅导致环境继续恶化,
而且将严重制约我省经济的可持续发展

所谓环保产业,是指以防治环境污染、改善生态环境、保护自然资源为目的所进行的技术开发、产品生产、商业流通、资源利用、信息服务、工程承包等。发展这一产业对我省既有现实意义,又有深远影响。

道理显而易见。环保产业发展滞后所伴生的,必然是对能源的巨大浪费。以每万元国内生产总值耗煤为例,1996年我省为1.54吨标准煤,而浙江仅为1.17吨;1996年我省比浙江多耗能源2200万吨标准煤,相当于全省能源消耗总量的1/4。1996年我省国民生产总值为5960亿元,按国际先进水平计算,只需消耗1800万～2300万吨标准煤,而我省当年的实际耗能总量却是这个数字的3～4倍。

能源浪费带来的直接后果是环境恶化。据有关部门监测，1997年上半年，反映我省水环境质量的20条省控河流，水质多数超过国家地面水环境质量四类水体标准。南四湖距岸10公里湖区内，湖水含氧量仅有5%，鱼虾大量减少，湖区3万渔民不能以打鱼为生。

资源浪费带来的负效应何止于此。其中最严重的后果是加剧了我省资源供需的矛盾，制约了我省经济的可持续发展。

我省既是产能大省，又是耗能大省。1996年全省原煤产量、原油产量、发电量分别占全国总量的6.5%、18.4%、7.4%，而能源消耗总量竟分别占到全国的6.8%、8.9%、7.4%。以一次性能源为例，按“九五”期间国民生产总值年均增长10%的规划速度测算，2000年当年，我省一次性能源需求量为12045万吨标准煤，而可供量仅9100万吨，缺口达2945万吨。

另外，我省水资源总量仅为全国总量的1.14%，却要养活占全国7.2%的人口，灌溉全国6.4%的耕地，供应占全国工业总产值9%的工业用水，更何况水体污染使可用水越来越少。我省人均耕地低于全国平均水平，但1996年全省仅粉煤灰、煤矸石就分别占地3.14万亩、1.58万亩。

所有这些都表明，发展我省环保产业刻不容缓。不发展，我们就缺少一个与经济强省相匹配的良好生态环境；不发展，我省的经济发展就没有充足的资源做保证。

发展环保产业不仅能净化环境，而且能带来滚滚财源，为我省培植一个新的经济增长点

济南裕兴化工厂（以下简称裕兴厂）是一个生产铬盐、硫酸等产品的化工企业，但生产铬盐产生的大量有毒铬渣却成为小清河源头最严重的污染源。为解决这个问题，裕兴厂曾采取掩埋法，不仅要花钱买地，而且解决不了铬渣渗漏污染水源的问题。

最后，他们组织专家对铬渣的化学成分进行分析，发现它与炼铁原料消石灰的化学成分相近，经过济南钢铁厂协助试验，终于闯出一条用铬渣炼铁烧结的好路子。有毒铬渣得到综合利用，两个企业双双受益：济钢每年节约原材料费近百万元；裕兴厂不仅实现了铬渣年排年用，每年还可消耗老渣1万吨，年节约铬渣处理费170万元；小清河源头也少了一大污染源。

德州热电厂燃煤发电后排出大量粉煤灰，既占土地又污染环境。德州大坝集团用它代替黏土和混合材料生产硅酸盐水泥，可将热电厂每年排出的10万吨粉煤灰全部“吃”掉，建厂10年来已“吃”掉粉煤灰120万吨，废物利用累计创

利税 1.12 亿元；热电厂也节约排灰占地 900 多亩，节约处理费用 2034 万元。

风机、水泵、工业锅炉是我省三大耗能设备，耗电量、耗煤量分别占全省用电、耗煤总量的 1/4、1/3。自 1996 年起，我省对这三大设备实施技术改造，经过两年努力，年可节约标准煤 30 多万吨，节电 5.66 亿千瓦时，减排二氧化碳、粉尘、二氧化硫等大气污染物 15.5 万吨。统计资料显示，“八五”期间我省通过对资源的综合利用，累计减少工业固体废料排放 1.27 亿吨，节约能源 2245 万吨标准煤，创直接经济效益 133.1 亿元。

发展以资源综合利用为主要内容的环保产业之所以既能净化环境，又能带来滚滚财源，是因为工业生产排放的“三废”（废水、废气、废渣），有许多恰恰是有用的资源，对“三废”的排放实质是一种资源的浪费。难怪西方发达国家把工业废弃物视为“第二矿山”，将城市废弃物称为“都市矿山”。特别是进入 90 年代，这些国家甚至掀起了抢垃圾的热潮。西方国家通过对资源的综合利用，带动了环保产业的迅速崛起，并逐步成为这些国家的支柱和输出产业。以美国、加拿大为例，近几年经济增长速度尽管只有 2％左右，但环保产业却以 10％的高速度飞速发展。

差距巨大让人焦灼，我省环保产业亟待奋起

发展以资源综合利用为主要内容的环保产业，必须有过硬环保产品做保证，因为资源综合利用产生的丰厚回报，最终要通过环保产品来实现。而研究开发、生产安装环保产品，本身就可获得可观的利润。据有关部门透露，目前我国开发生产环保产品的行业，利润率高达 13％左右，这样的高额利润在目前的市场形势下确实少见。

更为诱人的是，与如今众多迈入买方市场的行业相比，随着全球环保意识的空前高涨，环保产品的市场空间大得惊人。国外经济专家预测，环保市场将成为世界经济贸易结构性变化所出现的四大市场之一，环保贸易将进入世界十大贸易之列。联合国发展计划署的研究报告表明，1996 年全球环保产业的市场规模达 5400 亿美元；到 2000 年，全球环保产品及服务的开支可能达到 6000 亿美元以上。从国内看，“九五”期间，我国投入污染防治的资金达 4500 亿元，我省环保项目的投资额为 330 亿元。据了解，“九五”期间全国约需新型环保设备 2000 种，价值 3230 亿元。

面对这么大的市场需求，我省环保产品总产值仅 6.5 亿元，且生产厂家主要以集体经济、小型企业和兼业为主；工程设计人员多是科研院所的兼业人员，施工人员多是社会闲散劳动力。由于缺乏统一的行政指导、规划和质量监督，这

些环保产品开发、生产、施工企业基本处于自由发展状态，该享受的优惠政策享受不上，该得到的扶持无法得到，资金薄弱，产品种类少，科技含量低，形不成主导产品、拳头产品、系列产品和规模优势，大部分产品尤其是大型成套设备的质量、性能、技术水平与国外同类产品差距很大，根本无法与其竞争。

业内人士指出，尽管环保产品开发生产滞后只是我省环保产业发展滞后的一个侧面，但它丢掉的绝不仅仅是滚滚财源。以造纸行业为例，由于缺乏成熟的技术和污水处理设备，好多企业病急乱投医，有的上的设备技术可行，但运行费用高得难以承受，有的尝试过多次，冤枉钱花了不少，却根本达不到处理标准。这对我省环保产业发展产生的负效应是致命性的。

业内人士还指出，不只是环保产品开发生产滞后拖了我省环保产业发展的后腿。环保产业是一项投资大、投入产出周期长的产业，但由于缺乏宏观协调规划、配套政策法规不完善，该落实的优惠扶持政策落实不了，一些利用环保设备的企业同样缺乏足够的压力和动力。由此看来，要想将环保产业培植成真正的支柱产业，要想使之变成实实在在的新的经济增长点，必须从整体规划协调、政策法规的配套完善和落实等方面入手，营造一种既有压力又有动力的发展环保产业的良好外部环境，调动产学研、工贸商各方面的积极性，有步骤有重点地稳步推进。只要这些工作真正落到实处，环保产业这个支柱完全有可能在我省真正支撑起来。

（《大众日报》1998 年 7 月 16 日 10 版）

环保是个大产业

胜利石油管理局(以下简称胜利油田)紧靠渤海湾,听说大多数油井综合含水率高达95%。真不知这么多油花花的污水排到海里,会把渤海污染成什么样子。

9月中旬,记者到油田采访,却见海水碧蓝,了无被污染迹象,防波堤下海潮退后的积水处,偶尔还能见到些许小鱼。油田的污水都上哪儿去了?油田职工骄傲地说,从哪来回哪去,都回到了地底下。

原来油田的各个采油厂,都投资建起了污水处理站、污水回注站和回注管网。仅孤东采油厂建这些设施就花了1.76亿元。油井采出的液体经过油水分离和集中处理,再经回注站和回注管线回注到地下,污水回注率100%。

油田环保处处长陈家清说,现在油田开发已进入高含水期,仅一个孤东采油厂,日产液量就高达13.4万立方米,其中95%是水。整个油田的污水都排到海里,那还了得!但由于含油层太深了,不注水就采不出油来。用黄河水回注,1立方米水光成本就1.8元。仅孤东采油厂一天就得回注13.6万立方米,用黄河水一天得花24.5万元,浪费淡水、污染环境且不说,1立方米还得交1元多排污费。整个油田仅此一项,一年得多花五六亿元。看来油田这么不惜血本治污的背后,还有一本十分合算的效益账。

在油田有三句家喻户晓的口号:污水不外排,原油不落地,油气不上天。三句口号每一句都针对环保,每一句的实施都得花钱,但每一句又都有实实在在的经济效益。

原油不落地。现在油井出沙严重,管线腐蚀厉害,油井、泵站清污频繁。以前清污和管线维修时不注意回收,污油漏得到处都是,连附近的小河都是黑的。现在每个采油厂都配有数十辆专门回收污油的拖拉机,职工把外泄的污油一勺一勺都收起来了。这项工作看似琐碎费力,但效益可不小,仅胜利采油厂去年就回收污油19046吨,创经济效益1523万元。

油气不上天。以前没有原油稳定装置,相当一部分有用气体从原油罐里泄漏出来,白白上了天。胜利采油厂从1987年开始,投资数百万元建成六座原油稳定装置,每年回收轻烃气72万立方米;1993年,该厂又投资350万元在储油罐上安装了天然气回收装置,每年回收天然气700多万立方米。不仅减少了大气污染，还取得了可观的经济效益。

在胜利油田，连生活垃圾都能出效益。记者在油田采访，见一车车垃圾从油田自己开发的城市生活垃圾处理装置中进去，变成了塑料袋、复合肥料和动物饲料。油田的同志讲，这套装置，一年可吃掉一个10万人规模的城市的生活垃圾，年创利润100多万元。油田管理局副局长张长河说，这是我们油田几个高级工程师退休后开发的，可不能小看这套小小的设备，目前国内还没有能生产的。你想想，一个县城用一套，市场有多大？以后推广开来，光生产设备可不就是个大产业？

（《大众日报》1998年10月28日2版）

切莫光算“眼皮账”

鲁北地区看环保，别有一番滋味在心头。

8月31日，省政府下达通知，明令14家处于敏感地区、对下游危害比较大的污染企业9月1日全部停产，德州印染厂大名赫然在列。但是9月15日，记者到德城区采访，却发现该厂设备照旧运转如常。车间的操作工说，这些天一直正常上班，设备从来没停过。

德州市环保局负责人解释说，经检测，这个企业治污设备已经达标，市环保局前天刚向省环保局做了汇报，请求批准继续生产。记者听后很是不解：既已达标，怎么还上了省政府的关停名单？既有省政府决定，为什么压根生产没停过？倒是企业一位副厂长说得明白：企业正在赶制一批出口产品。出口订货合同已签了，到期完不成订单，损失可就大了。说来说去，还是一个钱字。

临邑县有家麦草制浆的乡镇造纸厂，被列入今年6月底的限期治理名单，但9月15日晚，记者踩着泥泞去这家企业采访，大老远就有一股刺鼻的草浆味扑面而来。借着手电光看看，路边水渠里全是浓浓的臭水。厂方介绍说，企业6月底已经按环保部门要求停了产。6月底至今已两月有余，而且正逢雨季，真不知道这股臭水是从哪儿来的？看看这个厂的中段水治理项目，也就是完成了个土建工程。据说这个企业是县里和所在乡镇的利税大户，去年完成利税700万元。

省环保局有关人士讲，这家企业从建厂到投产，压根就没执行环保“三同时”。这样的企业，当初怎么立的项，又是怎么投的产？

当地一位人大常委会副主任说的“实在”：砸锅卖铁办个企业不容易！怎么说关就关了。前一阵环保局关了一家造纸厂，我去看了看，这么多设备停了多可惜，还有许多职工没饭吃，就给它开起来了。

是呀，在鲁西北这样的欠发达地区，建个企业不容易，关一个利税大户，也真是怪心疼的。但环保是国策，上关国民经济可持续发展，下联千家万户的生存环境。岂能为了“眼皮账”、就置国策和国家环保法律法规于不顾。再说近点，怎么就不可怜可怜那些饱受污染之苦的老百姓？

据悉，国家对海河流域的水污染治理眼看就要开始了，鲁北地区首当其冲。当地环保部门一位负责人对此忧心忡忡：我们这里历史欠账多。这几年上的项目不少，但执行环保“三同时”的又不多，企业小，没实力，地方财政又拿不出钱，帮其治污，真不知以后怎么办？话又说回来了，当初上项目时，为什么不把把关？这个责任到底该谁来负？

（《大众日报》1998 年 11 月 2 日 2 版）

机电出口，我们有没有这个“真本事”？（上篇）

一车皮抵不上一提兜

山东省委副书记、代省长张高丽日前说：对外贸易，机电出口才是“真本事”。

2020年省政府将外经贸工作确定为整个经济工作的亮点来抓。而在这个亮点中，最应该“亮”起来的是哪一块？张高丽认为，应该是机电。

何出此言？省机电进出口办公室主任李民生说，机电出口是高技术含量、高附加值产品，是高新技术在国际市场实打实的较量。

他向记者举了这样一个例子：

上海一家企业生产的为运载火箭配套的微型轴承，一个只有小米粒大小，但出厂价高达135美元。用小口杯装上一杯，就是50万美元；用旅行包装上一包，就是上千万美元。

我省是农产品和服装出口大省，一个美国家庭平均每人有3件中国造衬衫，但我们的丝绸衬衫在美国的平均卖价只有8美元；一双青岛产球鞋出口到美国也不过3美元，还不如国内市场的售价；章丘一亩大葱种子出口到日本才50元，而一亩日本大葱种子却高达200元……

去年省政府聘请了一批两院院士担任经济顾问。举行签字仪式时，省领导请原国家科委主任宋健院士讲讲话。他说，讲什么好呢？反正是山东老乡嘛！不客气地讲，你们出口一车皮大豆、玉米，赶不上人家出口一提兜芯片。而且你们这一车皮可能国家要给补贴的，而人家一提兜芯片是给国家净赚美元的。

除了高技术含量、高附加值外，机电产品又是制造业及相关性产业的基础，其出口创汇能力，体现着一个地区的综合经济实力和产业发展水平，决定着相关产业在国际国内市场的整体竞争力，其对整个国民经济具有极为明显的提升、拉动作用。

比如电子信息技术的发展水平，就直接决定着传统制造业的自动化、信息化改造程度；造纸、纺织、矿山机械及其他工业装备、数控机床的开发制造水平，直接决定着造纸、纺织服装、煤炭等相关产品的产量、成本、品质和市场竞争力。

再比如汽车、轮船、装载机、大型电站设备等机电产品，是资金、技术、劳动力高度密集型产业，每一项产品的出口都牵扯到众多产业，在启动内需、拉动相关产业增长等方面的作用不可低估。像造一艘大型货轮，就牵扯到通信、锅炉、钢材、室内装潢、五金机械、发动机、仪器仪表及各种零部件等数十个产业。烟台莱佛士船厂一艘货轮出口创汇就是 1 亿美元。聊城客车厂第一辆豪华大巴下线，一台就卖 186 万元。这么大的出口创汇额，能带起多少个相关厂家间接进入国际市场？这不言自明。

就是普通的小五金、小零部件出口，其在扩大就业、拉动相关产业方面的作用也不可小视。乐陵市有一家民营企业叫金麒麟集团，它生产的是汽车上不起眼的小零部件——刹车片，但产品全部出口美国，安排劳动力就业 3000 余人，同时带动周围四五个小厂为其配套。如今，这家企业已成为乐陵市的利税大户。

现在一提发展高新技术，不少地方就盯着生物制药。一位业内人士分析说，不是说生物制药不该发展，但着眼于对相关产业的提升带动作用和综合效益，着眼于扩大劳动力就业等现实问题，把机电产品这个"真本事"练好了、练硬了，山东经济的整体竞争实力才能有质的提高。

全省国企不敌一家天津外企

既然机电出口才是外贸的"真本事"，那么我省在这方面的"本事"到底怎么样？岁末年初，从青岛海关传来喜讯：我省机电产品出口同比增长 21%，增幅居全国第二，分别高出全省、全国外贸出口增幅 4.3、8.2 个百分点；出口总额由"八五"末的 10 亿美元增长到去年的 37.97 亿美元，年均增幅达 24.4%。

面对这样一组来之不易的数字，省机电进出口办公室的同志却怎么也轻松不起来。他们说，纵向比，我们进步不小。但跳出山东看山东，我们与先进省市的差距不是在缩小，而是越拉越大。

以下数字可为佐证：1999 年，上海、江苏、浙江机电产品出口与我省机电产品出口的差距分别为 63.4 亿美元、56.3 亿美元、15.1 亿美元；而去年上述差距则分别拉大 104.1 亿美元、101.8 亿美元、34.6 亿美元。

从经济总量上看，我省排在全国前三名，占到全国的 1/10 左右，算得上响当当的经济大省。但从外贸出口看，我们的差距就大了：广东大约是 700 亿美元，占全国的 1/4。江苏约 400 亿美元。而我省仅为 250 亿美元左右，排在 10 名左右。机电出口表现得更加明显，2001 年我省出口额近 38 亿美元，排在全国第 9 位，仅占全国机电出口总量的 3%左右。与排在首位的广东省比，还不足人家 554 亿美元机电出口总额的 1/10。

机电产品出口是一个地区产业和产品在国际市场竞争力的集中表现。目前，机电产品出口占全国外贸出口的比例是44.6%，广东、江苏、浙江较发达省份则分别达到本省的58%、51.4%、48.5%，而我省仅为20.9%。这与我们在全国的经济大省地位很不相称。

机电出口的差距，是我省产业结构、产品结构、企业所有制结构不合理的集中表现。

从所有制结构看，外资企业是机电产品出口的主力军。目前上海、江苏三资企业出口占整个机电产品出口的比例已高达75%，而福建、辽宁更是高达80%。但在我省仅为59.7%。去年我省36家机电产品出口重点企业，出口总额为13.36亿美元，全省所有的"三资"企业出口仅为23亿美元，全省国有企业机电产品出口加起来才8.87亿美元。而天津仅一个摩托罗拉公司，一年出口额就达17亿美元。一个企业，就把我们这样一个经济大省远远甩在了后边。1999年我省民营企业机电出口还是空白，去年出口也仅为3314万美元，而浙江民营企业1999年出口就达4.2亿美元。

从产业和产品结构看，我省机电产品出口中，劳动密集型的低附加值金属制品1999年为19.6%，去年尽管下降到了15%，而江、浙、沪、闽四省市还不到10%。在出口前10位的大类商品中，技术密集型产品如集成电路、自动数据处理设备等，年出口额远远低于先进省市。难怪我们每次参加有关进出口的交易会，拿出去的总是些扳手、钳子、暖瓶等低附加值的大路货。

再看区域经济结构。我省的机电出口主要集中在青岛、烟台、威海等沿海城市，其中仅青岛去年出口就达23.7亿美元，占了全省出口总额的近60%，而且出口技术含量比较高。而鲁北、鲁西、鲁南一带外贸出口中，还是农副产品占大头，至于机电产品出口，不仅总量小，而且产品档次相当低。

从机电出口企业的结构看，省机电办的同志诙谐地形容说，苏、浙、沪等省市的机电产品出口既有"猛虎"又有"群狼"。我们也有像海尔、海信这样的"猛虎"，但数量实在太少，其他绝大多数，充其量只是些"小绵羊"。

看来在机电出口这个真枪实弹的较量中，我们还得痛下决心，花大本钱苦练苦练"真本事"！

（《大众日报》2002年2月2日2版，本系列合作者：吴洪斌）

机电出口，我们有没有这个“真本事”？（下篇）

1亿美元是这样拱手让人的

抛开历史空谈差距，既不客观也不公平。

改革开放以来，服装鞋帽、农副产品一直是我省外贸出口的拳头产品。正由于此，国家在项目布点、出口扶持等方面对山东也是以服装鞋帽、农副产品定位；而把机电产品出口重点放在苏、浙、沪、粤诸省市。由于起步晚，基础薄，尽管“九五”期间我省机电产品出口保持了24.5%的年均增幅，但差距越拉越大也在意料之中。

再看利用外资，“九五”期间广东663亿美元，江苏339亿美元，山东仅136亿美元。我省各类开发园区数量居全国之首，但苏州市仅两个新区创造的价值就超过我省各类园区的总和。因此，在外资企业这个机电出口的主力军方面，我们同先进省市根本不是一个重量级。

但是，排除历史原因和不可比因素，我们有能力做足的文章到底做足了没有？入世后随着各项优惠倾斜政策的取消，大家又站在了同一起跑线上，站在这个起跑线上重新审视，我们应该把握的机遇到底把握住了没有？省机电办的同志讲了这样一个沉甸甸的例子：

去年，威海、烟台两家造船企业分别拿到5000万美元的货轮出口订单。按惯例购方先付30%的定金，船造到一定程度再付50%的货款。这么大一笔钱交给你，到时不能交货怎么办？购方要求反担保。两家造船企业跑遍我省相关部门和企业，就是开不出反担保函。正在这时，福建一家外贸进出口公司找上门来，不但提供反担保，而且解决了一大笔流动资金，条件是船必须由他们代理出口。上亿美元的出口创汇就这么拱手送人，而且人家还拿到纯利润1%的代理费和一笔可观的融资利息。

机电产品是资金高度密集型行业。但由于流动资金不足，我省不少企业只好忍痛放弃到手的订单。据对我省23户企业的调查，缺乏流动资金影响机电出口1亿美元！

省机电办的同志痛心疾首地说：我们铆足了劲儿，一年又能增加几个1亿美元?!

人家能办到的我们为什么办不到？关键还是个观念问题。

去年省机电办的同志领着一个澳大利亚客商到鲁西一家企业，外商声明：你两亿元人民币的资产我拿2亿美金收购。没想到还没走出厂门，职工就围上来了："我们不做洋奴，不为洋人打工。"一块诱人的蛋糕就这样失之交臂。

观念落后绝不仅体现在一时一处。这几年尽管减少审批和收费项目的声音震天响，但业内人士透露，直到今天，与外企相关的收费项目仍然很多。这样的投资环境，别说外资，连省内资金也未必留得住。采访中，一位曾在西部诸省投入数十亿资金的省内某著名企业集团负责人就曾跟记者这样抱怨："谁愿意肥水流了外人田，但我们的教训实在太深刻了！"可不是么，这个集团曾在鲁中某县建了个工业园，还没开业，农民就把园门堵得严严实实。一问方知，支付给县里的巨额土地补偿费一分没到农民手里，全被县政府花了。

说到差距，不少人常常归因于体制，其实体制背后还是个观念问题。比如可否给民营企业自营进出口权，前几年国家没有明确。但浙江怎样对待这个问题？没明确就意味并不反对，那就积极帮其申办，同时在巴西圣保罗、南非约翰内斯堡等地开办浙江产品市场，将民营企业的机电产品辐射到这些国家及周边地区。去年我省民营企业机电出口仅为浙江1999年的0.79%。这时我们才明白：等国家政策明确了，我们已晚三秋了。

显而易见，单纯就机电出口抓机电出口，不可能从根子上解决问题。不从观念和体制上动刀子，不仅是机电出口难有飞跃，全省的对外开放都将受到制约。

上一条山东"别克"生产线如何？

改革开放以来，我省涌现出一大批优势产业和企业。这些产业和企业如何走出国门？从发达省市的实践看，加强与国外公司的合作是条有效途径。

济南二机床最典型不过地说明了这个问题。过去这个企业生产的大型成套设备尽管国内一流，但很少能进入西方发达国家市场。1997年该企业与日本小松制作所合作，为"美国通用"在泰国的总装中心提供汽车冲压生产线，开创了我国重型锻压设备成线出口的先河。1998年开始，该企业与德国穆勒·万顿公司合作，把两条重型汽车冲压线打到了"美国通用"本部，之后又将拥有自主知识产权的重型压力机打入美国本土市场，去年出口额达951万美元。

机电出口，山东的潜力到底在哪里？突破口应该选在什么地方？业内人士认为，在加大自主创新的同时，通过"大进"吸收国外的资金、关键技术和设备，提升我省机电产品的技术水平和市场竞争能力至关重要。事实也是如此。广东去年机电进口 500 多亿美元，出口也是 500 多亿。去年山东三星公司进口 7215 美元，增长 369.1%；出口 8249 美元，增长 396.1%。

以汽车工业为例，我省有国际先进的 30 万台发动机生产线，大到底盘，小到连杆、刹车片，配套能力都在全国遥遥领先，但始终“开”不出自己的轿车。业内人士认为，在入世后关税大幅下调、国内汽车厂家竞相降价的今天，鲁产轿车要想跑起来并成长为机电出口的支柱产业，光靠我们自身的力量建总装厂显然不现实。最可行的办法是模仿上海“别克”模式，通过引进国际汽车巨头的品牌、资金、技术和管理，整合我省的有效资源。

造船、IT 等产业以及乡镇和民营企业同样如此。我们已经具备了一定的基础，但由于形不成规模优势，无法攥紧拳头及时实现升级换代，因此出口创汇潜力远未发挥出来。伴随着入世后国内市场的第二次开放，日本及欧美一些大公司正在加紧将其加工制造基地向外转移。这是我省发展一次千载难逢的机遇。能否抓住这一机遇，做好承接文章，实现我省机电出口质的跨越，这对我们的投资环境，对各级政府的决策能力、办事效率都是一次严峻考验。

以下事例可为佐证。2000 年东营引进日本三洋激光头项目时，日方条件极为诱人：设备技术他们提供，产品全部出口，达产后出口创汇 4.5 亿美元。条件是当年必须出口。双方开始接触已是 7 月 28 日，一个投资 12 亿元的项目要想在仅剩的 5 个月内建成投产，条件的确苛刻。但双方从接触到签字仅用两天，从签订协议到注册成立公司仅用 3 天，6.3 万平方米厂房从动工到建成，设备安装到位，3000 多名职工同时培训上岗，仅用 75 天。这样的效率连日本人都惊诧不已。难怪这样一个人人眼馋的“香饽饽”情有独钟，花落东营。

外经贸部副部长魏建国去年来山东时分析说，机电出口，光急没有用。必须研究市场，细分市场，找准比较优势。

比如温州一民营企业生产的柴油机组在我国已经淘汰，但该企业了解到非洲、拉美一带缺电，马上生产出一种一家一户可以使用的简易手提式柴油发电机，一下子出口 2000 万美元。上海出口到南非的黑白电视机在我国属于淘汰产品，在南非每台却卖到 50 美元，年供货 16 万台。纽扣是最不起眼的小商品，但浙江仅此出口 2 亿美元。

我省是传统工业大省，与发达国家相比，我们缺乏像海尔这样的可以在美国本土建厂的优势企业，但与越南、缅甸、南非等第三世界国家比，我们相当一批企业都有明显的比较优势，巨菱、轻骑等企业就通过跨国建厂打进了这些国家。

要想细分市场，首先得走出国门了解市场，同时也让国际市场了解自己。

去年山东常林集团参加“菲律宾中国产品展览会”期间，通过现场展示结识了菲律宾客商，产品一下子打进东南亚市场。

遗憾的是，真正能够跨出国门的山东企业寥寥无几，在这方面我们大有潜力可挖。

（《大众日报》2002 年 2 月 3 日 2 版）

市场竞争实为业户素质之争

——探访淄博·义乌小商品市场

2003年底，因辞职下海名噪一时的义乌市长周启水，携10亿元巨资北上张店，意欲再建一个义乌小商品城，重现"华夏小商品第一市"。

2004年12月28日建成开业至今短短一年时间，小商品城一期工程1500个商铺租售一空，日均客流量超过两万人次，交易量比开业之初增加了10倍。

义乌人办市场绝招何在？周启水一言以蔽之：我们的市场不仅是个商品交易平台，而且是所大学校。原因显而易见：义乌的小商品市场之所以长盛不衰，就因为摔打出了数以万计的经营大户，所以市场竞争实质就是经营业户素质的竞争。

从开业第一天起，来自义乌的管理人员每天晚上放弃休息时间，对经商新手进行技能培训：大到经营策略，小到合同签署和花色品种选择，事无巨细逐一讲解。多次带领业户到义乌考察学习，组织来自义乌等地的经营大户现身说法。"经过一年磨炼，90％以上的业户走出了徘徊摸索期。"周启水说。

采访中张店区财贸局副局长边昌文讲了这样一个例子：去年他到义乌考察，在寸土寸金的日用品批发市场竟发现一个经营牙签的摊位。小小的牙签也能赚钱？摊主的回答让人吃惊："别看这个只有立锥之地的小柜台，每天批零牙签10吨也就是1亿根左右。按100根毛利1分钱计算，每天获利1万元。"

"这就是义乌人的经营理念和成功奥秘。"周启水说，"都看不起针头线脑之类的小商品，恰恰成就了义乌商人的'无竞争空间'。义乌人信奉薄利多销，为了培养下线客户经常宁肯一分钱不赚，甚至再搭上一顿请客户的饭钱，但下线越来越多越稳定，销量越来越大，光上线供货商的返利就极为可观。"

一年来周启水们除了下功夫扭转业户的经营观念、对经营业户减租让利外，仅宣传投入就达1000万元。"这一块再加上一期工程每年2000多万元的财务成本，我们不仅不赚钱且搭进去不少钱。但市场培育好比养鸡生蛋蛋再孵出越来越多能生蛋的小鸡。"

一位姓贺的玩具经营业户感慨地说："小商品城刚开业时一个铺面仅6000元，现在来提货的批发户越来越多，我的铺面太少样品摆不开，想再扩大铺面可拿2万元都找不到想出让的，真盼望二期工程赶快上马再多租几个铺面。"

按惯例，投资10亿元的大项目没一年半载批不下来，但这个项目从立项到办完所有手续仅用了40天，投资2亿多元的一期工程从动工到投用仅10个月。市委书记张建国、市长刘慧晏多次到工地现场办公解决问题，并专门批示有关部门限期落实直达小商品城的公交线路和停靠站点。开业前夕张店工商分局仅3天就为千余名业户办完了营业执照。

张店区委书记黄希俭对此感触良多："大型市场与一般的商业零售企业是完全不同的两个概念。后者只是一个城市的配套设施，而前者才是一个城市经济社会的带动源和发动机，因为它不仅能带来广泛就业，繁衍裂变出一个个腰缠万贯的大小老板，而且能带来源源不断的商品集散量和人流、信息流、资金流，开拓出无可限量的市场空间，带动一个又一个的相关产业。而这才是一个城市的活力之源。"

以前人多地少缺粮米，交通、产业并无优势的义乌已经说明了这一点。靠着小商品市场的拉动，这个偏处一隅的小城不仅跃升为"买全国卖全国"、拥有经营业户3万多个，产品辐射全球206个国家和地区、年交易额3000亿元、日出口集装箱1000余个、长驻外商5000余人、直接创造就业机会16万个的世界超市，而且带动起铺天盖地的加工厂。

采访中记者了解到，小商品城的辐射带动效应在淄博已经显现。开业一年来购销范围不仅迅速扩大到全省17市，而且辐射到八个省市。而且全部投资完成后，小商品城可创造3万个就业岗位。

（《大众日报》2006年1月4日3版）

县域·城市

弃子活棋

——章丘市搞活区域工业的探索

章丘有个靠玉米芯发家的企业叫圣泉公司，它用小小的玉米芯加工出的呋喃树脂，曾获国家星火计划博览会金奖和中国铸造协会“金鼎奖”，并为国内80%的铸造企业所采用，还打入30多个国家，去年创利税1922万元。然而几年前，这不过是家资产不过200万元的亏损大户。

企业扭亏为盈并迅速发展壮大，得益于总经理唐一林的“弃子”战略。唐一林上任之初，厂里的主导产品糠醛供不应求，加之生产工艺简单，原料便宜，国内企业争相上马。唐一林没有被一时的繁荣所陶醉，他力排众议，投资1500万元迅速上了呋喃树脂生产线。短短三个月，市场剧变，一哄而上的糠醛生产企业纷纷下马，而超前开发呋喃树脂的圣泉公司在激烈的市场竞争中站稳了脚跟。

圣泉为章丘搞活工业企业开启了一种新的思路。市领导认识到：从一定意义上说，发展工业如同下棋，一子弃好，全盘皆活；若每子必争，则可能得不偿失。

章丘电机厂被海尔集团兼并前，年产值8000万元，利税700万元。但这个为滚筒洗衣机配套生产电机的企业，已面临滚筒洗衣机市场萎缩的威胁，而且还被4000万元负债压得喘不过气。去年年底，市里果断将其无偿划拨给海尔集团，使之成为海尔的全资子公司。海尔注入5700万元，帮其偿清全部债务，仅此年少付利息500万元。海尔还消化其70%的产品，并输入现成的新产品，使该厂产品由原来的3种增加到17种。如今该厂已开足马力，年产值可达4亿多元。这将成为章丘一大税源。

弃子看似轻松，实则需要胆识和魄力。

基因重组红细胞生成素是只有美、德、日等少数国家才能生产的世界先进技术。一个成规模的工厂年产量不过40多克，收入竟达二三亿元。然而就是这一世界领先的高新技术，该市竟让美国赛洛金公司拿到了65%的股权。此举一出，好多人指责市里将费了九牛二虎之力抱回的“金娃娃”拱手让人，但决策者们心里有本明白账。因为捷足先登的东阿阿胶集团已开始将此投放市场，而章丘市去年11月才拿到卫生部的试生产许可证。再硬着头皮上项目和人家硬拼，显然力不从心。自己没能力干的事就要舍得让别人干，这才是扬长避短。企业在自己的地盘上，让外商凭其雄厚的实力发展，自己不但可收35%的红利，还有可观的税收,何乐而不为?

在章丘市委秘书长李万百办公桌上,记者看到一本摊开的《哈佛管理全集》,里面用红笔划出一句:"企业家最大的责任不是制造产品,而是制造顾客"。章丘市企业家们也早心有此想。但看看章丘的工业现状,制造顾客谈何容易。章丘的工业靠小化肥、小煤窑、小水泥、小轧钢、小铸造起家,大多傻、大、笨、粗,缺人才、缺技术、缺资金,虽曾辉煌一时,但当面对买方市场时,多数企业因先天不足陷入困境。谁也没有能力一家家保,一家家救。该破则破,该卖则卖,该并则并,这样的弃子恰恰能发挥借力发力、扬长避短的奇效。仅去年该市市乡工业企业就破产 40 家、拍卖 12 家、兼并 18 家、租赁 60 家,盘活资产 2.7 亿元。

弃子不是图省事、甩包袱,而是盘活存量,让该死的死了,为优势企业创造更大更好的生存空间,并让尽可能多的失业和濒临失业的职工吃上饭。市里用换回的大笔活钱滚动发展,扶持壮大海泰、华明、东风三大集团,培植起章丘自己的优势产业。

以海泰为例,有了雄厚的资金作后盾,又被授权经营国有资产,如虎添翼。不论国有乡企私营,这个集团看准了就果断控股或注入资金。短短几年滚动发展,海泰已拥有子公司 22 家,去年实现利税 3000 万元。海泰等三大集团去年共实现利税 1.5 亿元,占市属工业利税的 60%。

(《大众日报》1998 年 5 月 15 日 1 版)

技术创新看禹城

在鲁西北地区，禹城市工业的发展可用“快速”来形容：去年全市64家销售收入500万元以上的工业企业实现利税2.2亿元，是10年前的8.6倍。近3年上述企业年利润平均增幅达40.1%。市领导解释：这得益于持续不断的技术创新。

政府导向至关重要

禹城神禹纺织有限公司去年创利税1380万元，出口创汇居德州第二。谁能想到，这个1976年建厂的棉纺企业，5年前连工资都发不出。当时棉价飞涨，再靠几十年一贯制的棉花粗加工，只能停产关门。在市里扶持下，企业千方百计筹到100万元，终于在全国首家开发成功特强聚酯缝纫线，产品95%出口国外。

禹城是老棉区，90年代前期像神禹这种类型的企业不在少数，企业规模小，技术含量低。随着买方市场的来临和市场竞争的不断加剧，一批企业濒临绝境。

与其拆了东墙补西墙，帮一个个陷入困境的企业惨淡经营，不如通过技术创新高起点集中培植骨干企业，从根本上提高县域工业竞争实力。市委市政府下发文件：非高技术、高附加值项目不予立项；对每年投入技术创新资金300万元以上的企业，按投入的一定比例奖励企业法人（仅去年就颁发奖金10多万元）；投入达不到规定数额，第一年黄牌警告，第二年调整班子。近10年全市共完成自主创新项目50项，省级以上创新项目35项，有4项被评为国家级新产品。一批生机勃发的高新技术产品，取代了原来占主导地位的食品、纺织等传统产品，使全市工业结构发生了脱胎换骨的变化。

宁肯冒险也不等死

技术创新高投入、高风险，所以不少企业认为不创新是等死，搞创新是找死。禹王集团公司总经理刘锡潜却另有高见：科研成果从实验室到工业化生产，中间有个非常复杂的过程，一两次转化失败是常事。只要认准这条道坚定不移走下去，迟早能获得理想回报。

1988年，刘锡潜听说沈阳有项专利技术，转让过两家大化工厂均以失败告终。他买下这项专利，把专利研究者请来一住就是5年。靠着这种对技术创新的执着追求，这个名不见经传的村办企业开发成功国家级新产品“忘不了”3A脑营养胶丸，一跃成为省级高新技术企业。

前身是禹城第一油棉厂的禹城环宇集团的技术创新经历，则可用“惊险”二字来形容。

1996年前后，也是因为棉花问题，这个企业连水、电都因欠费被掐。企业从中科院买来国家“八五”科技攻关成果——低聚糖技术，本以为抱了个“金娃娃”，结果费了九牛二虎之力试产成功，才知道该产品在国外已被淘汰，东挪西借的800万元眼看就要打水漂。企业并不气馁，在专家帮助下继续攻关，终于生产出填补国内空白的异麦芽低聚糖，产品国内市场占有率高达75%。去年这个企业实现利税1224万元，是棉花加工最好年份的14倍。

正是靠着这股破釜沉舟的劲儿，禹城一大批小纺织、小建材、小食品企业死而复生。目前全市利税过千万元的企业已达7家，有3家被认定为省级高新技术企业。

“草船借箭”引人才

县域企业搞技术创新，一缺人才二缺技术。但通裕集团总经理施兴奎说：“事在人为，只要有决心，草船也能借来箭。”

通裕集团是一家乡镇企业，前几年由于产品技术含量低，市场日渐萎缩。要生存就得搞创新，要创新就离不了人才，但企业地处偏僻乡村，条件差，想引来人才并不容易。

1996年，公司从青海高薪引进4名高工，在市区为其买了高档商品房，还买了专车接送他们上下班，并帮其家属安排工作。还有些专家不愿来禹城安家，或不能常驻公司工作，公司就聘其做兼职技术顾问，每月发给1000多元工资，给每人配上手机和手提电脑，费用全由公司报销。靠着这些办法，公司共引进专、兼职专家40多人，其中教授、博士和高工7人，一年仅此花费上百万元。在他们帮助下，公司的产品利润率由原来的10%提高到现在的35%，成为省级技术创新示范企业，其中球墨铸铁管模被评为国家级新产品，遥控石油钻井弯向接头填补国内空白。

通裕集团的做法在禹城并不少见。目前全市企业共引进高层次人才130人，有3家建立了跨国技术合作关系，有21家分别与国内3个以上科研单位建立了合作关系。

（《大众日报》2000年7月29日1版）

巨额投资何处来？

——邹平引资辩证法

在经济欠发达的鲁西北地区，邹平的工业投入引人瞩目。1998年至2000年，全县累计投入35亿元，相当于前15年的总和；今年头9个月到位资金20.6亿元，完成投入18亿元。巨额投资从何而来？该县的引资思路充满了辩证法。

欲取先予

琥珀啤酒厂是邹平数一数二的利税大户，从1998年起连续三年利税都在5000万元以上。去年县里却拿出其50%的产权让香港华中公司买断。好端端的企业活生生让别人拿走一半，一时间许多人难以接受。但事实很快改变了大家的看法。华中公司加盟后，一次性投入资金1200万美元，从德国引进先进的生产线，使该厂生产能力由15万吨上升到40万吨，进入全国前5强；产品由普通啤酒升级到无醇、纯生等高档啤酒；年实现利税增长2000多万元。

这样的例子在邹平并不鲜见。

西王集团将千辛万苦建起来的淀粉厂拿出来让北京先锋粮农公司控股，一举实现捆绑上市，从股市拿回资金2亿元，仅投到邹平的资金就达1亿余元。西王集团以这块资金为主，又新上了结晶糖等四个项目，达产后年增加利税4000余万元。

都知道西王热电厂是棵“摇钱树”，两台6万千瓦发电机组，一度电上网净赚一毛二，但邹平热电集团却把这棵“摇钱树”70%的股权以1800万美元的价格出让给了美国太平洋顶峰公司。如今，热电集团不仅坐收西王热电厂一部分可观的红利，而且正在用拿回的1800万美元重建一个同样规模的电厂。县里一分钱不花，凭空又增加了一大税源。

拿出最好的项目吸引外资，这是邹平招商引资的一大法宝。县领导说，外商投资的目的就是赚钱。你不拿最好的项目，不让人家赚钱，谁会来你这里；就是来了也留不长久。产权在谁手里并不重要，重要的是钱投到了邹平，企业还在邹平这个地盘上。企业发展快了，地方经济的盘子大了，受益的还是邹平人自个儿。

欲扬先抑

这几年，“小炼油”“小化工”等“五小”泛滥成灾。为了眼前和局部利益，不少地方对此不仅不闻不问，反而处处对上级部门的检查整顿设置障碍。邹平的决策者不是这样，和有关部门、乡镇签订责任状，供电部门停电，技术监督部门不发生产许可证，工商部门吊销营业执照，县长亲自带队，先后采取了10余次行动，终于将这些“五小”全部取缔。仅青阳镇就关闭“小轧钢”19家。

这些被关闭的“五小”，大都是所在乡镇的“摇钱树”。仅青阳镇的19家“小轧钢”，一年就贡献税收109万元。109万元，对并不富裕的青阳镇可不是个小数目。取缔的阻力可想而知。但县里的决策者铁定了心，认为发展经济就要有长远眼光，绝不能让“一只老鼠害了一锅汤”。对这些企业放任不管，就是对邹平县不负责任。“你想想，这些粗制滥造、以次充好的产品充斥市场，谁还敢再和邹平的企业打交道！牌子砸了，环境被污染得一塌糊涂，谁还愿意来你这里投资！”

县里的看法没有错。这两年该县关闭“五小”从局部看损失不小，但从全县看企业利税同比增幅每年都在30%以上，利润增幅甚至高达40%。

欲进先退

1998年至2000年，邹平地方财政收入在全省县市区中上升了37个位次，跃居第35位。成绩面前，不少人飘飘然了：“邹平3年不发展，北边的县也赶不上！”

今年县里憋足劲儿要进“全省30强”，但抓的第一件事却是为各级干部泼冷水。县领导分头带领各乡镇、部门和企业负责人到青岛、烟台、东营等地考察，最后拿出一天时间在荣成总结，对照人家找差距。许多同志看得脸红心跳。长山镇13名村支部书记向全县858个村发出“从自己做起，建设经济强村，为全县跨入30强做贡献”的倡议书。一直认为发展得可以了的民营企业家张广富也坐不住了，拿出多年积蓄投资4500万元新上连铸连轧生产线，年产优质钢材30万吨，实现利税1500万元。

发展的劲头鼓起来了，县里不是逼着大伙四处奔波跑资金，找项目，而是“退而织网”，层层落实责任，在优化环境上下功夫。抓“四位一体”的乡镇规范化建设；抓文明建县工作；抓城区环境综合整治；建“一站式服务大厅”；成立收费监管办公室和规费征收大厅，统一收费项目和标准，算好收费数额公布于众，由个体工商户自动上门缴纳。

服务好了，收费少了，环境好了，外来客商和个体私营业主的投资积极性也就调动起来了。今年1～9月份，全县工业投入中仅企业自筹资金就达14.3亿元；引进县外资金3.2亿元；民营企业投资过千万元的项目达12个。

县长王建泉说："市场经济是环境经济。民营经济也好，外资项目也好，就像候鸟，哪里环境适宜就向哪里奔。"中建八局负责人说："走了这么多地方，就邹平施工环境最好，建筑材料放在工地上，没人动一块木头，没一个人上门找碴。"或许正因看中了这，不少建筑企业在邹平建完工程，不但不是拿钱走人，反而将工程建设费转成业主单位的股份，摇身一变成了邹平企业的股东。今年全县仅土建工程折价入股就为企业节省建设资金近3亿元，这等于引来近3亿元外来投资。

（《大众日报》2001年11月6日2版）

环境新论

——解读乳山现象

黄海之滨，青、烟、威都市圈的中心，短短五六年间，一座滨海风情、园林风韵、生态风貌、现代风格的崭新城市——乳山，悄然崛起。

去年，乳山的地方财政收入3.73亿元，在全省前移13个位次，跻身全省经济强县行列；累计实际利用外资2.6亿美元，是1998年以前总和的2倍。今年1～6月份，该市地方财政收入2.7亿元，同比增长26.9％。开工建设投资过500万元项目182个，总投资52.5亿元，其中过亿元项目18个。实际利用外资在去年翻番的基础上又同比增长108.9％。

一个个让人刮目的数字背后，是乳山市优化投资环境、再造发展优势的全新理念。这种以当好配角为着眼点，从硬体、软体、活体三个层次入手，系统营造"环境洼地"的全新理念，对全省各地创造性贯彻落实省委工作会议精神，解放思想，干事创业，加快发展，颇有启示意义。

配角论

乳山有个亚洲第一、全球第三的中鲁果汁有限公司（以下简称中鲁），它不仅拥有全球8％、日本50％的浓缩果汁市场份额，而且率领中国果汁企业打赢了反倾销官司，迫使美国将中国输美果汁的关税由91.98％降到51.74％。

谁能想到，它在几年前只是一个资产只有千万余元、利税不足百万元、生产规模不足千吨的县属小厂。

中鲁的飞速崛起，得益于"不求所有但求所在，不求属谁但求所得"的配角意识。靠着这种意识，中鲁"内找靠山、外借大船"，搭上了国家农业投资公司和日本三菱公司两班快车。几年来，国投五次增资，三菱四次增资，不仅使中鲁彻底突破资金瓶颈，而且帮它坐上日本果汁销售市场的头把交椅。

配角意识既是一种勇于承认不足的魄力和胸怀，更是一种扬长避短、借梯登高的长远眼光。以中鲁为例，乳山市政府拥有的股份尽管由79％下降到了11％，将控股权拱手让给了"外人"，但短短几年公司年产量却扩大到7.5万吨，资产增加到5亿元，利税增加到6000多万元。

在乳山，配角理念不只在企业生根发芽，而且已深入到经济生活的各方面。

市里明确提出“一顶帽子大家戴”，举全市之力提高金岭和银滩两个省级开发区的项目承载能力，其他乡镇引来的项目全部向两区及位于其中的五园集中，税收由两区与引资乡镇五五分成。既调动了各乡镇招商引资的积极性，又避免了各自为战、盲目圈地、重复投资等弊端。

威海市委常委、乳山市委书记赵熙殿认为，在全球产业大转移、分工协作更明确的今天，就绝大多数县、乡、村和县域企业而言，根本不具备当主角的实力，唯我独尊，好高骛远，贪大求洋，各自为战，不仅脱离实际，而且容易带来重复建设、资源浪费等诸多弊端。只有打破“宁为鸡头不为凤尾”的怪圈，才能使有限的资源最大限度发挥作用，进而实现超常规、跨越式发展。

甘当配角更要善当配角，找准主次角色的结合点。乳山市立足资源和区位优势，系统实施了“四借兴乳”战略：抢抓30万家韩国企业向外转移和山东建设胶东半岛制造业基地的难得机遇，做好“借韩兴乳”文章；发挥碧海银滩等资源优势，抓住国内一些大企业特别是石油企业多业拓展的机遇，吸引外地大企业来乳安居兴业，做好“借大兴乳”文章；抓住山东建设半岛城市群的机遇，明确提出“乳山既是威海的乳山，更是青岛的乳山”，主动承接青岛的辐射，延伸青、烟、威的城市腹地，做足“借青兴乳”文章；借助周边旅游城市，“借旅兴乳”。

思路决定出路。清醒的配角意识日渐深入人心，逐渐转化为全市上下打造环境品牌的内在动力和自觉行动。目前来乳山投资的青岛企业已达30多家，总投资超过30多亿元。仅今年上半年，青岛就向乳山输送游客10万多人，占来乳游客的31%。乳山已有40多家企业被外地大企业控股、买断，累计盘活资产6亿元，安排4000多名职工就业。大庆石油管理局在投资2亿元建成1700户颐园一区职工公寓的基础上，今年还投资2.4亿元动工兴建颐园二区职工公寓，并投资5亿元开建了大庆乳山工业园……

经营论

在乳山市的决策者看来，环境应该分为硬体、软体、活体三个层次。硬体环境，就是以水、电、路、暖、城市建设等为内容的区域物质环境；软体环境，是以政策、法规、管理、服务为主要内容的区域行政环境；活体环境，是以诚信、文明、和谐为主要内容的区域人文环境。

突破基础设施“瓶颈”，优化、美化硬体环境，怎么扫除资金短缺这个“拦路虎”？乳山人说，政府得学会“脱身术”，把城市当作资本来运营，当作产业来发展。以建材市场为例，市政府只出一张规划图，只把质量关，将5万平方米的建设用地使用权，连同设施开发权、经营管理权捆绑出让，不仅投资上千万元的市场一期工程一分钱没花，还获得直接收益 565 万元。

以前整天抱着“摇钱树”讨饭吃，优化硬体环境只考虑有多少钱办多少事，现在大家才明白，原来“市场就是最大的国库”，“城市就是最大的一笔国有资产”。

这几年，乳山市通过建立土地贮备制度，对城市经营性用地实行招标拍卖，仅近两年就实现政府收益 8800 万元，财政平均每亩净收益 24 万元，较以往协议出让土地，财政收入增加 20 多倍。

像经营产品一样对环境进行策划包装，同样的环境往往能身价百倍。富山路北端有 9.4 亩闲置土地。市里没有急于出手，而是将整个富山路规划定位为主要商业区。规划方案一出台，开发商趋之若鹜，11 家开发商经过 60 多个回合的较量，开出 1100 万元的天价，亩均收益 118 万元，创下当时全省县级土地拍卖的最高纪录。

经营环境只是手段，吸纳社会资本，提高环境对项目的集纳和承载能力才是目的。最成功的例子是银滩旅游度假区的新一轮开发。几年前记者来此采访，但见一座座烂尾楼孤零零地漠然耸立，不多的几处草坪盖着厚厚一层沙子。如今乘车沿海岸线疾驰，碧草银沙、绿树红楼尽收眼底。管委会副主任王涛介绍说，度假区自 1992 年启动以来，五六年间仅建起 8 栋小楼和 20 栋别墅。新一轮开发以来，这里短短四五年就建起高中档别墅 500 多栋，宾馆酒店 26 座。特别是投资 3000 多万元的管委会服务大楼、投资 1400 多万元的 60 万平方米绿化带建设，管委会没花一分钱，而且辐射带动周边 3000 亩土地亩均升值两三万元。基础设施的配套、环境的优化美化又引来众多投资者。目前进入该区的项目已达 130 多个，实际到位资金 20 多亿元，仅今年就有国际游艇中心等 8 个投资过亿元的项目动工建设。

一子活，全盘活。1998 年以来，乳山市完成城建投资 28 亿元，市财政仅投入 1.4 亿元。

软体论

去年 6 月 8 日，韩商金启龙急需 1 个月完成 2 万件防寒服的加工出口订单。乳山市城区街道办事处一上午就拿出两份详细的合作方案。金先生决定租用厂房生产，办事处 50 分钟就办好了　切手续，一周内整修好 5000 平方米厂房，配套好生产所需的水、电等基础设施。一个月后金先生按期交货，感动之余，他把在中国的总部搬到乳山，还追加投资 600 多万元。

在乳山接触外商，类似的事情俯拾皆是。

在城区工业园，外商只要决定投资，马上就可拿到一把住房钥匙，房里生活设施一应俱全。韩资企业孚美服装公司刚搬到这里时，手握一大把订单，就是招不来工人。驻地机关干部每人主动联系一至两名工人，不到 3 天，近百名熟练工人全部到位。

在区域间资源争夺空前激烈的今天，政府的办事效率和服务水平等软体环境，越来越成为招商引资的关键。只有将把握在一小部分人手中的权力掏出来，釜底抽薪，标本兼治，才能建立高效廉洁的行政执法体系。

早在 1999 年，乳山市就建立了涉外服务大厅，29 个与外商投资相关的部门集中在同一个窗口"一站式办公"，并推行了首问负责制、限时办理制度和末位淘汰制；之后又建成"一条龙服务"的报建项目审批大厅；今年又将二者合并为行政审批中心，办事程序、收费标准、审批程序、审批时限、举报电话等一律公开。去年以来，砍掉审批项目 238 项。

这几年，不少地方政府提速是"两头急，中间拖"，卡就卡在一些部门的中层干部身上。乳山市在市直部门中层干部之间推行了严格的轮岗制度，轮岗后仍然工作消极的，就地免职——"科长现象"迎刃而解。

乱收费、乱罚款一直是投资环境的恶疮。此风之所以久刹不止，就是因为收费多少直接关系各单位的自身利益。去年 7 月，乳山市将 71 个具有执法收费职能的部门，由差额拨款或自收自支变为市财政全额拨款；收费收入与工资待遇、办公经费完全脱钩。市财政每年尽管仅人头费就增加支出数百万元，但这些部门的乱收费、乱罚款现象明显减少，投资环境大为改善。

营造干事创业的浓厚氛围，光靠约束远远不够。为使每名干部既有干头又有奔头，2001 年 3 月，市里拿出 22 个重要部门、乡镇的"一把手"岗位面向社会公开推选，把符合条件的所有干部的基本情况印发给 180 个参加投票的人员，由其带回去与干部职工共同酝酿，上午发票，下午投票，每个岗位的得票前两名作为考察人选。目前全市已"定位直推"调整干部 3 次，涉及主要领导岗位 81 个。考核干部，业绩为准，标尺就是招商引资等主要经济指标成效，完成任务的各单位党政"一把手"年终兑现 1 万元奖金，上不封顶；完不成的，第一年诫勉，第二年撤职。

水活了，鱼儿才能游得欢，长得快。公开透明的干部政策和客观公正的考核奖惩措施一石击水，"想干事、能干事、干成事"的各类人才脱颖而出，人心思上的浓厚氛围蔚然成风。

活体论

走在乳山的街头巷尾，记者常常为不经意间碰到的一件件小事所感动。

淅淅沥沥的小雨中，一个烟盒从急驰的出租车上扔下，接着，出租车减速、停车，司机走下来弯腰捡起。扔烟盒的乘客非常尴尬，以为司机要训斥他，想不到出租车司机却微笑着说："对不起，耽误你时间了！"

一座建筑前，一个操着外地口音的小伙子抱着一摞广告纸想贴在墙上，一位老大爷坚决不让。小伙子苦着脸说："我出来找个活儿不容易，况且贴在墙角也不碍眼，你就睁只眼闭只眼吧。"老大爷说："都像你这样想，咱这城市成啥了？"

在乳山市的决策者心目中，老百姓对环境的这份挚爱，比引多少个项目都有分量。他们说，如果说硬体环境是基础，软体环境是关键，那么活体环境才是引商、安商、留商的根本。它涉及每一个社会成员的思想观念、文化素质、道德情操和精神风貌，打造起来最漫长也最艰难。

1997年岁末，赵熙殿调任乳山市长。有人提醒说："以前每年春节，都是群众集中上访期，市里的惯例是市长请请城区周围的村支部书记，请他们帮忙做做群众的工作，否则年都没法过。"原来，这些年市里历史欠账高达2亿多元，其中拖欠城区和开发区周围19个村征地补偿费5700万元。

赵熙殿在人代会上公开承诺："今年市长不请客。本届政府任期内偿还全部历史欠账。"不少人不以为然，但赵熙殿说："头等大事是民心，而民心和人气，才是一个地区最重要的投资环境。"承诺当年，市里偿还欠账3400万元。在每年的政府工作报告中，偿还欠账都被列为当年要办的十件大事之一。

新一届党委、政府言必信、行必果，在群众中很快树起威信，乳山的人气一下子提了起来。

活体环境的核心是人。这几年，乳山年年组织干部到南方考察、挂职，引导群众开阔眼界；年年开展星级农村党支部书记评比、星级出租车评比，以点带面提升群众的文明意识……

有些事看起来无从下手，但拨动了某根心弦，却能激发出难以想象的爆发力。

在崖子镇，一位韩商投资的工艺品厂因为资金周转困难发不出工资。村民主动凑了8万元，为工人发了4个月工资。渡过难关的韩商感动之余，每年给该村追加补贴6万元。韩商姜瞬忠想在东井口村投资600万元建座集吃住娱乐于一体的井口山庄，但看中的地块庄稼即将成熟，担心一时腾不出地来，可是村民不到两天就自动砍掉了庄稼，把地整得平平整整。后来，这个韩式风格的山庄又为东井口村引来一个又一个的韩商……

（《大众日报》2003年8月7日1版）

群峰竞起天尽头

——荣成簇群发展战略探析

早春二月，春寒料峭。天空不时飘洒的片片飞雪，在一夜之间，把“天之尽头”的滨海荣成装扮得冰清玉洁。

但沿千里海岸线一路走来，更让人心动的是一个个增势迅猛的龙头企业、引擎项目和产业簇群。统计资料显示，去年该市实施投资额过亿元的重点项目49个；全社会固定资产投资、合同利用外资、实际利用内资悉数翻番，分别达106亿元、6.2亿美元、24.8亿元；实际利用外资3亿美元，增长84.3%；地方财政收入9.5亿元，增长30.5%。

在与国内外产业资本的主动对接中，荣成“纵抓产业链条延伸，横抓簇群集聚膨胀”，营造出了区域经济发展的全新优势。

敞怀打造簇群引擎

“荣成鲍鱼、海参产量国内最大，但在市场上却要打大连的牌子。”

“荣成可开采的花岗石660多年都开采不完，但优质石材却被当作原料运到外地，加工贴牌赚了大钱。”

“荣成销售收入过亿元的企业54家，但最大的企业2002年销售收入还不到时风、魏桥一半。”

“不打破敝帚自珍、夜郎自大的思想怪圈，敞开怀抱，实现与国内国际产业资本的高层次对接，荣成就无法培植起带动区域经济跨越发展的强力引擎。”

……

踏雪荣成听“虎啸”，头顶“山东第一强、江北第一虎”桂冠的荣成人，如今言谈之间危机意识透骨入髓。

对接需要胆识和胸怀。2002年底，市政府忍痛割爱，拿出全市最大的石材加工企业——年利润上千万元的中磊石材公司，由亚洲石材业的“龙头老大”香港高时发展有限公司控股，之后又连续两次减持股权，使港方股份占到80%。结果去年中磊实现利润2100万元，比上年翻了一番，上缴税收同比增长75%。

蜕变往往是痛苦的，但没有付出的痛苦，就无法对接到国内巨头和跨国资本的大动脉上。荣成汽车产业的异军突起就是最好例证。

东风荣成汽车公司的前身是荣成供销社汽车大修厂。前几年这个企业尽管年产"小王子"轿车仅七八百辆，但小日子过得蛮滋润，甚至有人拿出5000万元巨资想购买这个车型，企业负责人都没舍得出手。然而，自个小打小闹终究成不了大气候。为了进入东风集团的发展框架，荣成的决策者苦口婆心牵线搭桥，终于把这个企业与东风集团拉到了一起；市政府还免费赠送10%的股份让东风控股。背靠东风这棵大树，去年"小王子"产销量猛增到2168辆。今年东风集团又投资3亿元对该企业实施技改，项目达产到年生产能力可达3万辆，销售收入20亿元、利税3亿元。

无独有偶。经过内蒙古民营企业重组的华泰汽车有限公司，凭借韩国现代的技术支撑，瞄准高档越野车这一市场空当巧出奇兵，去年上缴税收8515万元，增幅达2.8倍；今年投资10亿元的技改项目达产后，年可新增销售收入140亿元、利税25亿元，成为韩国现代海外最大的越野车生产基地。

"契合"打通对接血脉

荣成港湾星罗棋布，是国内距韩国最近的城市，航线直通日本、韩国。承接日韩产业转移，条件得天独厚，但前几年在此落户的外资大项目屈指可数。原因何在？就在于泛泛用力，没有找准区域优势与跨国产业转移的结合点。

与国内外产业资本有效对接，一厢情愿无济于事。去年市里果断调整招商思路，抓住日韩造船产业转移的难得机遇，向韩商集中推介荣成"港多、水深、避风"等发展造船业的独特优势，甚至不惜巨资搬迁蜊江港"腾笼引凤"，结果韩国第三大造船企业现代尾浦来了，第六大造船企业STX动心了，投资5亿美元的STX造船、投资3000万美元的尾浦造船、投资2980万美元的韩国伽耶造船等大项目纷纷花落荣成。

"我们看中的，不只是国际造船巨头带来的巨额投资，更重要的是其对相关产业的辐射带动作用。一个现代尾浦造船，在韩国的配套企业就达180多家。引来这样几个龙头，就等于培植起了一个造船产业簇群，这比零敲碎打盲目招商，要合算好多倍！"副市长王秉伟说。

事实上，龙头引擎的集群效应，在荣成已威力初显。以汽车产业为例，在华泰和东风荣成两个整车龙头的辐射带动下，投资6000万美元的韩国现代汽车变速箱和前后桥项目正在启动，浙江人和集团投资1.8亿元的汽车配件工业园已引进十几家零部件企业，同时中国台湾金光集团投资1100万美元、澳大利亚MULIGATE公司投资2000万美元的两个零部件项目也已签约，汽车及零部件产业集群已经呼之欲出。

板块孕育对接“磁场”

在荣成乃至整个威海，港西镇都算得上一匹异军突起的黑马。目前该镇已开业外资企业34家，其中仅去年就实际利用外资5300万美元，比上年翻了两番。今年春节刚过，该镇又与韩国AT电子、日本烟草株式会社等签订了总投资近4000万美元的5个外资项目。

一个几年前还是“一条马路一座楼，一辆轿车还奋拉着头”的万人小镇，一不临港二无资源三没工业基础，短短几年竟一跃成为远近闻名的“外商独资镇”，镇长马仁敏一语道破玄机：“我们靠着盯住主导产业，延伸产业链条，强化配套能力，打造起了对接跨国资本的特色板块。”

以该镇的光电子产业为例，从玻璃毛坯、光学镜头到夜视镜、瞄准镜、数码相机，从手机内置天线、话筒、扬声器等到手机总成、复印机、计算机解码器，每一个外资企业都是整个产业链条中的一个生产车间。完整的产业链条、极强的配套能力和较低的采购成本，吸引来一个又一个龙头和上游企业；而上游龙头企业巨大的零部件吞吐能力，又吸引来一个个下游配套企业。如此相辅相成，招商引资的良性循环也就日趋成形。

“簇群就是竞争力。在地价等优惠政策已无多大弹性空间，劳动力成本等都差不多的情况下，由板块簇群带来的成本和市场优势，才是招商引资的最大王牌。”马仁敏深有感触地告诉记者。

在荣成，像港西这种与国内外产业资本的高层次对接，已经延伸到不少镇村。正是超前洞悉了新形势下生产要素集聚的内在规律，跳出“剜到篮子都是菜”怪圈的荣成各镇村，这两年紧扣各自的特色产业，全力拉长产业链条，强化配套能力，优化投资环境，各打各的优势牌，崖头镇的汽车、电机，俚岛镇的食品和海产品深加工，人和镇的石材，成山镇的加工贸易，石岛镇的临港工业和物流……一个又一个成龙配套的块状园区和产业簇群迅速崛起。有了这样的块状园区和产业簇群，有利于各种生产要素迅速集聚的另一种强力磁场也就水到渠成。

（《大众日报》2004年3月25日1版）

一石激水　称冠 30 强

——异军突起看临淄(上)

6 月 7 日，从全省县域经济现场会上传出喜讯，淄博市临淄区以经济社会发展综合评价指数绝对值和增速均居全省经济 30 强区县第一的骄人业绩，荣获省委、省政府 100 万元重奖。

目标聚力　机制活人

2003 年 4 月，淄博市委书记张建国到临淄区检查指导时，要求临淄发挥优势奋力赶超，争创全省第一经济强区。当时该区经济社会发展综合评价指数仅列全省 30 强县市区第 5 位。

在总体目标下，临淄逐年分解制定了阶段性目标，建立健全决策机制、执行责任、考核监督三个体系，每年财政收入的 2% 作为财源建设基金，专项用于奖励干事创业的有功之臣。2004 年度，凤凰镇领导班子由于经济发展成绩突出，获得了 228.45 万元重奖。

临淄坚持“以公论识人才、靠能力定取舍、凭实绩用干部”，通过竞争上岗、公开选拔、公推公选等方式不拘一格选拔人才，一大批想干事、会干事的年轻干部脱颖而出，走上了重要岗位。

“齐文化一个重要理念是‘尊贤尚功’。目标明确思想激活，想干事的人有机会，能干事的人有舞台，会干事的人政治上有地位、经济上得实惠，全区上下奋勇争先的创业激情自然喷薄而出。”区委书记解维俊如是感慨。

以下数字可为佐证：2005 年全区新开工投资过千万元的工业项目 192 个，总投资 100.9 亿元，当年有 114 个项目竣工投产，年度工业投入 70 亿元；仅地方规模以上工业企业就新增 92 家。

激活文化　威力四射

在许多人看来，齐文化和齐鲁石化公司是临淄发展的两大优势。但在解维俊看来，这些还只能看作是有利条件，只有激活这些有利条件，才能转化为优势。

比如，临淄作为长达 800 多年的齐国都城，创造了博大精深的齐文化。但由于大量历史遗存埋藏于地下和纷繁艰涩的典籍史料之中，导致齐文化长期以来“有听头，无看头”。

为了唤醒激活沉睡的齐文化，临淄区确定了“抢救史料、综合研究、普及知识、服务现实”的总体思路，先后建起了管仲纪念馆、临淄足球博物馆等近 10 家博物馆。这些在全国县市区最为密集的博物馆群，年吸引游客 200 万人次，其中海外游客 5 万多人次，使临淄成为日、韩及东南亚等国家地区的重要旅游目的地。

弘扬文化需要平台和载体。着眼于此，临淄区成立了齐文化研究中心和文物局、申报世界文化遗产办公室，全面启动了“齐国故城及王陵”申遗，“蹴鞠”“孟姜女哭长城”被列入首批国家非物质文化遗产。去年举办的第二届齐文化旅游节吸引海内外游客 33 万人，旅游总收入 1.37 亿元；期间签约项目 60 个，总投资 50.6 亿元。

为将齐文化品牌推向极致，当地党委政府经过精心组织和论证争取，国际足联主席布拉特于 2004 年 7 月专程赶到北京，为临淄颁发了“世界足球起源地”证书；去年 5 月，临淄作为特邀嘉宾又应邀出席了国际足联百年庆典；今年 4 月，以足球起源地代表团的身份，应邀出席了 2006 世界杯重大活动之一的“魅力足球展”。

借势“齐鲁”　融合攀升

市场经济的基本特征之一是生产要素的有机整合，这与齐文化“变革、开放、包容、务实”的理念正相吻合。

坐落于区内的国家特大型企业齐鲁石化公司同样是临淄加快发展的有利条件。如何做足激活文章，这几年临淄区牢固树立“一体化”“一盘棋”“一家人”的意识，强化并落实“研究齐鲁、服务齐鲁、借助齐鲁、联合齐鲁”的战略措施，全力推进地企经济的快速融合。

围绕齐鲁石化生产需要和产品深加工，该区大力发展精细化工、塑料加工、化工设备等配套产业，先后培育出齐鲁增塑剂、齐旺达、齐鲁塑编等一大批强势企业，开发了塑编袋、化工设备等配套产品和电缆粒料、塑胶手套、医药中间体等一系列下游产品，培育了 2300 多家配套齐鲁石化和利用其原料的企业。

为进一步放大载体效应，该区还全力加快全国第三个国家级专业化工园区齐鲁化学工业区的基础设施配套和服务水平提高，打造吸引国内外化工企业快速集聚的投资“洼地”。今年“五一”前，仅应邀参加“百家企业进临淄”活动的 120 余家与本区产业关联度较高的海内外知名企业，短短一天就在临淄签下 30 个投资项目，总投资额达 38.8 亿元。

（《大众日报》2006 年 8 月 2 日 1 版）

排行榜推着企业跑

——异军突起看临淄(中)

“十五”期间,临淄经济发展跨越让人刮目:全区地方生产总值、工业总产值、地方财政收入年均分别增长14.36%、32.42%、29.69%。

激活一点　群峰竞起

到临淄看企业,给人的感受是个个生龙活虎。据统计,目前全区地方规模以上企业已达366家,是“九五”末的3倍多;民营企业达22179家,比“九五”末翻了一番。

探寻个中原因,齐峰集团董事长李学峰的感触最具代表性:“不敢有丝毫懈怠,稍一松劲就有被超越的可能!”与临淄企业家们交谈,有这样危机意识的绝非一人。原来,临淄区对区级财政贡献前40强排行榜每季度均在新闻媒体上公布。位次就是地位!排在后面的企业自然铆足劲儿往前赶,没上榜的想法往上挤,上榜的谁敢松懈?

“不光给压力,还要让贡献大的干事创业功臣政治上有地位,经济上得实惠。”区长唐福泉告诉记者。这几年,该区连续几年出台促进经济发展的意见,引导各级不断增投入、上项目,鼓励优势企业做大做强,连续开展了“工业发展年”“项目建设年”等活动,并把扶持经济发展的各项专项资金集中捆绑使用,重奖优秀企业家、创名牌企业、利税大户等,奖金从2003年的1300万元增至去年的2300万元,三年来已兑现5000多万元。同时,将明星企业家、优秀企业家个人照片及区内财政贡献前40名的名单公布在省、市党报上,政府出钱为干事创业者树形象、做广告。

一石激起千层浪。各企业你追我赶唯恐落后,新建企业如雨后春笋,骨干企业迅速膨胀扩张,2005年全区销售收入过亿元的企业达54家,其中过10亿元的4家,过50亿元的1家;20多个产品市场占有率全国第一,其中黄原胶占到全国市场的70%、全球市场的1/4,装饰原纸占到全国市场的75%、全球市场的10%。

园区搭台　集群隆起

园区是产业聚集的载体,是工业发展的增长极。2002年,临淄区依托齐鲁石化规划建设了齐鲁化学工业区。2003年,又依托南金兆集团,对凤凰镇与临淄经济开发区实行了“镇区合一”。

通过龙头带动、园区集聚、大企业集团裂变等多种聚合方式,临淄区迅速把一个个孤悬的点状企业“结”成链条产业,把产业链条“聚”成产业板块,形成了占全区工业经济总量70%的精细化工、塑料加工、钢铁冶金、特种纸及应用“四大特色板块”和“一个产品连一线、一个企业带一串、一个产业扩一片”的集群效应,成为招商引资的长效载体。

以齐鲁化工区为例,该区通过市场化运作,投资8亿元配套完善了基础设施,可降低入驻项目约20%的建设成本,以齐鲁石化为龙头的原料就地供应和产品就地消化又可降低近20%的产品购销成本。这些投资优势,再加上“一站式”服务等高效管理体制,使齐鲁化工区启动仅三四年时间,在建项目已达51个,总投资67亿元,其中不乏美国伊士曼、澳大利亚莱纳公司、英国BOC等跨国巨头的投资项目。

镇域经济　异军突起

临淄之强,还体现在异军突起的镇域块板。据统计,2005年全区14处乡镇(街道)仅财政收入过千万元的就达8个,其中过亿元的1个,过3000万元的3个。

4年前,临淄区组团到广东省中山市考察,发现与人家相比,自己差就差在镇域经济板块上。镇域板块如何做强?该区打破财政收入由区里统收统支的传统模式,确立乡镇的一级财政地位,放权放钱于基层,明确提出“谁挣钱谁支配,谁多挣谁多留”,增长部分2∶8分成,乡镇拿大头。

妙棋一招,全盘激活。各乡镇(街道)纷纷加快基础设施配套,优化投资环境,吸引扶持有潜力、有市场竞争力的大项目,重点培植专业化特色板块。凤凰镇的冶金和生物制药、南王镇的精细化工、朱台镇的高档装饰原纸及深加工等镇域特色板块已具规模。

点状企业群峰竞起,产业集群强势隆起,镇域板块异军突起,使临淄经济迅速崛起。去年全区完成固定资产投资同比增长45.4%,地方规模工业实现总产值同比增长70%。

(《大众日报》2006年8月22日2版)

民本理念促和谐

——异军突起看临淄(下)

2005 年底,临淄区城乡居民储蓄存款余额达 133.47 亿元,人均存款达 22364 元,均居全省 30 强第一位;农民人均纯收入、城镇居民可支配收入分别达 5715 元、12899 元,近 5 年年均分别递增 9.23%、9.25%,均居全省 30 强前列。

这一组指标生动体现了临淄工农、城乡和经济社会间的协调发展。

以城带农

把做大做强、做亮做美城区作为转移、减少农民的重要措施,实现城乡统筹发展。这是临淄构建和谐社会的重大步骤。

穿行于城乡之间高标准的临淄大道、中轩路等绿色通道,处处感受着快捷交通带来的便利和愉悦。据统计,近年来临淄区仅城乡基础建设累计投资就达 36 亿元,目前城区建成区面积达 36 平方公里,城区人口增至 28.26 万人。2005 年城市化水平达 52%,比 2000 年提高了 9 个百分点。公共绿地面积 423 万平方米,人均 15.7 平方米,居全省首位。

目前,全区公路通车总里程已达 692 公里,每百平方公里拥有公路 90 公里,在全市率先实现了“村村通公路”“村村通客车”,形成了区内“半小时交通生活圈”。

龙头带动

支持农业发展,临淄每年集中上千万元完善齐城农业高新技术开发区的基础设施配套,充分发挥专业园区的产业聚集优势,引导农业龙头企业集中。

聚集出效益。短短三四年间,面积仅两平方公里的齐城农业开发区集聚培植起蔬菜、畜禽、乳制品和休闲食品加工企业 40 多家,累计吸引投资 19.8 亿元,带动农户 4 万多个,每年增收 10 亿多元。

以日屠宰肉鸭 1.5 万只的民信公司为例,仅该公司就带动规模养殖户 260 余户,鸭苗、饲料、技术、收购、防疫全部无偿提供,养殖户只需领来鸭苗交回成鸭,每只就可领净赚两元,一户一个棚,一年就是三四万元的收入。由美国种苗巨头维生公司投建的工厂化育苗基地占地仅几十亩,但提供的种苗竟可供应周边数万个蔬菜大棚，且品种最新、价格便宜，菜农省时省力。

救助多元

在南王镇王寨西村，记者看到，政府掏钱正在为该村的残疾人乔国修建砖瓦房。乔国告诉记者，他失去劳动能力后家境困难，“是政府圆了我住新房的心愿。”

临淄区向困难群众提供住房救助，已先后投资148万元，分两批为169户贫困家庭修盖了住房。新的救助体系建立后，该区计划用3年时间，再投资300万元，为270户危房特困户免费新建住房750间，从根本上解决全区所有贫困户住房难的问题。

临淄区还先后出台了《农村最低生活保障暂行办法》等6个救助办法，建立了多层次、全方位的城乡救助体系，目前人均保费已达426元，比2000年增加110元。对困难学生实行了“两免一补”，先后发放抚恤和社会救助1626万元。全面推行以大病统筹为主的新型农村合作医疗，区财政每年拿出专项资金600多万元，补助标准提高到每人15元。全区还广泛发动社会各界踊跃参加“慈心一日捐”活动，两年共募集善款1900多万元，位居全省各区县之首。

生活提质

社会事业的发展，是人民生活质量改善的重要标志。着眼于此，临淄区按照教育优先发展的思路，不断优化整合各类教育资源，积极改善办学条件。近6年，共投资2.1亿元用于教育基础设施建设和配备工作，新建、扩建学校28所。全区专任教师基本实现了平均人手一台微机，学生每12人一台微机，建成了临淄教育网，基本实现了教育教学手段现代化。“十五”期间，该区还创建省示范幼儿园9所，省规范化学校19所。

该区近6年累计投资3.8亿元，新建了临淄区人民医院综合楼、齐都医院病房楼，全区医疗营业面积增至21.75万平方米，病床床位达1070张。通过不断加强村级卫生室规范化建设和农村药品“两网”建设，近几年该区还先后被评为“全国农村初级卫生保健工作先进区”“全国农村中医工作先进区”“全国农村牙防工作先进区”等。

（《大众日报》2006年8月25日2版）

“山东屋脊”新高度

——山区县沂源摘得多项桂冠

素有“山东屋脊”之称的沂源县不仅平均海拔全省最高，而且在又好又快发展上登上了令人刮目相看的高度：这个曾是国家级贫困县的山区小县，如今不仅地方财力由全省倒数跃入全省中上游，而且摘得了“全国绿化模范县”“省级园林城市”“山东省适宜人居环境奖”“山东省社会文化先进县”等桂冠。

“加快发展不易，经济与生态、文化并重，强县与富民并举更难。但只要把准了‘着眼长远’这个着力点，就一定能走出一条符合沂源实际的科学发展之路。”回顾沂源这几年的跨越轨迹，县委书记韩国祥说。

四企上市成标识

——抢占工业制高点

今年2月联合化工股票在深交所上市。这是今年山东第一家上市企业，也是沂源第4家上市公司。

一个山区弱县一下子跃升为全省上市企业数量最多的县，这一现象不仅引起资本市场广泛关注，省政府还专门在沂源召开全省县域资本市场发展现场会，总结推广沂源经验。

工业强县路咋走？该县一是通过产权联合、兼并重组，引导各类生产要素向优势企业聚集，先后组建企业集团12家，培育出医药及包装材料、节能材料、精细化工、高分子材料四大优势产业。其中药玻、鲁阳分别跃升为亚洲最大的药用玻璃包装制品和陶瓷纤维生产企业，瑞阳成为全国规模最大的头孢类原料药生产企业，联合化工进入中国石油化工企业500强，华联矿业跻身全国采选矿行业效益十佳。今年上半年全县利税过千万元企业13家，其中过亿元企业4家。二是高度重视技改投入和技术研发。近5年技改总投入就达90.8亿元，占工业项目总投资的66%，并先后培育出国家级重点高新技术企业4家、省级高新技术企业14家，建成省级工程技术研究中心4家、企业技术中心2家；目前该县高新技术产业产值占规模以上工业总产值比重达47.3%，为全省区县最高，并拥有博士后科研工作站3家。药玻和鲁阳还成为国家标准制定企业。

一县山区半县绿

——生态跃上新高地

不少地方工业的飞速发展都以牺牲环境为代价。但穿行在沂源城乡，不仅满目青山碧水，而且处处空气清新。目前全县森林覆盖率48%，城区绿化覆盖率44%；环境空气质量、河流断面、工业废水排放、城市污水处理和城区垃圾无害化处理等指标达标率均达100%。“全国绿化模范县”“山东省适宜人居环境奖”“省级园林城市”等桂冠花落沂源。

对一个主要工业经济指标连续五年增速35%以上、工业对县财政贡献率70%的小县来说，做到这一点靠什么？为了水清气爽，尽管财力尚不宽松，但去年该县仍然果断关停了有1200名职工、COD排放占全县60%的县造纸厂，同时还关闭了2条立窑水泥生产线。为了青山披绿，今年该县完成造林补植4万亩。

县委、县政府的决心明确：“绿色生态优势是地处沂河源头的沂源加快发展的最大潜力所在，也是沂源参与区域竞争的最大资本。为了这个事关长远发展的重要战略基点，任何牺牲和付出都在所不惜！”

生态环境的绿化美化净化不仅铸就了“鲁中生态高地”的区域品牌，还使该县一跃成为中国北方发展无公害绿色有机农产品的最佳适宜地带。以此为依托，该县大力调整优化农业产业结构，倾力打造“中华大果园”品牌，拓宽农民增收渠道，目前全县果品面积已达70万亩，年总产量10亿公斤，粮经比例高达1∶9，沂源苹果成为全国唯一的“北京奥运专用果”。

两大源地靓品牌

——文化铸造软实力

今年1月，全省文化建设工作会召开，沂源作为全省五个受表彰的县之一，荣获“全省社会文化先进县”。

沂源历史悠久，早在四五十万年前，与“北京人”同期的“沂源人”就在这里繁衍生息，并孕育了自旧石器时代以来的灿烂文明，拥有商周故城、西汉东安古城、隋唐摩崖石刻等文化遗存。

为将“无形文化”变为“有形资本”，该县着力打造生命文化、爱情文化、生态文化、地质文化四大文化品牌，加大对各类文化资源的挖掘、保护、传承和宣传推介力度。

以生命、爱情两大文化品牌的打造为例，该县先后举办全国首届“牛郎织女”传说学术研讨会和全国“沂源猿人”学术研讨会，在全国产生了较大影响。沂源被认定为“山东古人类发源地”，被中国民俗学会授予“牛郎织女传说之乡”。今年6月“牛郎织女传说”被列入国家级非物质文化遗产名录。中国民俗学会还在沂源成立“中国牛郎织女传说研究中心”。该县与中国民俗学会合作，编辑出版了《牛郎织女传说》丛书，发行了“牛郎织女”个性化邮票（品），举办了首届中国（沂源）牛郎织女·七夕情侣节，扩大了牛郎织女品牌的影响力。

山东古人类发源地、牛郎织女传说之乡、中国北方溶洞之乡……一张张精美的“文化名片”让沂源这颗深藏大山的明珠散发出越来越迷人的光芒。今年1～6月全县旅游综合收入同比增长56%。

（《大众日报》2008年8月31日1版）

桓台：把更多的实惠给予农民

初春时节，记者在桓台访企业看农村，置身于一个个热火朝天的项目建设现场，阵阵暖风扑面而来。

作为李克强同志深入学习实践科学发展观活动联系点，桓台县以“城乡统筹、建设经济文化可持续发展示范县”为实践载体，认真贯彻李克强同志的指示精神，突出实践特色勇破发展难题，立足长远发展切实惠民利民，努力将联系点办成贯彻落实科学发展观的示范点。

一

2009 年 2 月 25 日，在邢家镇黄家村，村民崔佃玉、张爱莲夫妇提起李克强副总理的回信兴奋不已，尽管时过 40 多天，说起信中的内容仍如数家珍：“李克强副总理离开俺家后，俺们村发生了很大变化，特别是通上了自来水。喜悦之余，俺俩索性代表村民给李副总理写了封信，想不到 1 月 9 日就收到了回信。在信中，他不仅为俺村发生的新变化由衷高兴，还向俺们全家和乡亲们问好，祝愿俺们来年有个好收成，生活再上一层楼。他在信中还说，要把更多的实惠给予农民，让农民过上‘和城里人一样的好日子’。”

去年 11 月 3 日，李克强来到桓台深入城乡社区、田间地头、工厂车间和农村敬老院，看望基层党员干部、农民、企业职工、五保老人，同大家交流座谈，调研指导深入学习实践科学发展观活动，共同探讨科学发展大计。这期间他来到黄家村崔佃玉家里，与一家人唠家常，从种子化肥柴油供应、粮食价格、农业直补、土地承包、宅基地转让、旧村改造，一直聊到城乡统筹、农村医保、养老和生活设施的改善。

实地考察后，李克强同志听取了省委、淄博市委、桓台县委关于开展学习实践活动情况的汇报，4 日上午又在桓台县深入学习实践科学发展观活动党员干部会议上作了重要讲话，希望桓台县把学习实践活动与应对当前形势、做好实际工作、解决群众反映强烈的突出问题结合起来，不断深化认识，突出实践特色，保发展、惠民生、促改革，确保活动取得实效。

离开桓台后，李克强同志一直牵挂着桓台群众的生产生活，关注着桓台县的学习实践活动。今年 1 月 19 日，他在北京专门听取了桓台县的情况汇报，并先后三次对桓台县的学习实践活动作出批示。在2月20日的批示中，他指出，桓台县委在分析检查的基础上，研究提出整改落实方案，并建立工作台账，内容具体，责任明确。望扎实推进，办实事，建机制，把学习实践活动真正建成群众满意工程。

国家发展和改革委员会主任、联系点联络指导组组长张平也十分关注桓台的学习实践活动和经济社会发展情况。他多次听取汇报、审阅汇报专报、了解相关情况，还赴桓台县调研指导，两次指派国家发展和改革委员会副主任彭森到桓台研究指导学习实践活动。联络指导组驻点同志出谋划策，全程参与了桓台县的学习实践活动。

二

省委、省政府和淄博市对桓台县的学习实践活动高度重视。早在活动开展前的去年9月28日，省委书记姜异康就专程来到桓台县调研指导学习实践活动。他指出，桓台作为李克强副总理的联系点，既光荣又责任重大。桓台县要将联系点当作实现又好又快发展的机遇，认真解决思想认识问题，进一步加深对科学发展观的学习理解，深化工作思路，提高工作标准和要求，保持争先创优的标准和干劲，在工作深入、增加针对性、见到实效上下功夫，圆满完成学习实践活动的任务。之后，他又多次专门听取淄博市委、桓台县委关于学习实践活动的汇报，提出具体要求。

省委副书记、省长姜大明听取桓台的情况汇报后，立即安排分管城建、土地、环保工作的副省长专门听取淄博市、桓台县的汇报，帮助协调解决实际困难和问题。省委副书记刘伟先后六次到桓台县调研，对学习实践活动的每个阶段、每个环节给予具体指导。省委常委、常务副省长王仁元专门对桓台的学习实践活动特别是应对金融危机提出要求，帮助解决了经济运行中的实际问题。省委常委、组织部部长李玉妹亲自部署安排桓台县学习实践活动，定期听取活动进展情况汇报。淄博市委先后9次召开专题会议帮助桓台研究思路，市委市府主要领导多次深入桓台指导督查学习实践活动。

各级领导的重视关心和悉心指导，使桓台县上下深受鼓舞。县委立即组织县级班子成员和部门主要负责人深入基层展开调研，精心谋划整个活动。按照“更具桓台特色，充分体现思想性、创新性、操作性”的要求，精心制定《实施意见》和《实施方案》；建立健全县委、部门党委（党组）、基层党支部三级责任体系、领导干部学习实践活动档案、进度跟踪和质量评价体系，对活动进行全过程纪实和进度跟踪，确保了学习实践活动的扎实有序展开。

三

尽管国际金融危机对实体经济的影响日趋加深，但记者踏访桓台，却感受到企业家们保增长促发展的信心十足。据统计，去年全县规模以上固定资产投资完成113.9亿元，增长30.7%；新上一次性投资1000万元以上项目98个，其中41个投资过亿元项目已经建成投产，投资6亿元的鸿杰印务精品包装印刷等大项目即将建成投产。

面对突如其来的严峻经济形势，桓台县委明确提出："把联系点办成科学发展的示范点，首先要把应对严峻挑战、保持经济平稳较快发展作为最重要的实践，以成果检验学习实践活动成效。"他们果断暂停对工业企业的一切行政事业性收费，今年可为企业减负2000余万元；政府主导组建了注册资金1亿元的担保公司，年可增加信贷投放约8亿元；举行政银企恳谈会，引导鼓励金融机构增进了解加大信贷投放，仅去年最后两月就帮助20家骨干企业落实信贷资金13.76亿元；实行重点企业县级领导挂包制度，指导企业用足政策，帮助解决实际困难。在此基础上抓项目策划增投入，抓结构优化促调整，抓深化改革增活力。目前，全县70家"亿元企业"没一家关停，没一个职工被辞退。

"通过学习实践科学发展观活动，我们更加清楚地认识到，越是经济发展面临较大困难时，越是抓投入上项目、抓机遇促发展的大好时机。只要坚定信心，再大的困难也能克服！"淄博市委常委、桓台县委书记陈勇说。

四

2月25日，记者在邢家镇黄家村采访，恰逢村民许翠兰家刚刚装好太阳能。"俺村紧靠太阳能设备生产厂，但过去村民谁都不愿装太阳能。不是拿不出这几个钱，而是水解决不了。现在村里通了自来水，开关一拧水就上去了，用个热水洗个澡，随时都行！"许翠兰乐呵呵地告诉记者。

桓台县去年启动了总投资3.5亿元的城乡供水一体化工程，一期工程完工后，已有4个镇39个村4万余农村居民喝上了与城区同网同质的自来水。而这，只是桓台县统筹城乡改善民生的缩影之一。

把更多的实惠给予农民，让农民过上"和城里人一样的好日子"，既是李克强副总理的殷切期望，也是该县学习实践活动的重点。仅2008年，县财政对民生的投入就达2.1亿元，较上年增长84%。

让农民住上和城里人一样的小区楼房。马桥镇打破村庄界限，将27个自然村集中到金诚、北营、五庄和镇中心四个配套设施齐全、环境优美的居住社区，目前已建设居民公寓190幢，可入住6500余户，还腾空置换土地10000亩。借鉴马桥经验，唐山镇将所辖32个村整合为3个生活社区，现已建成住宅楼35幢，可入住1150户。

让乡下人享受城里人一样的社会保障和公共服务。从去年10月开始，县财政投入1100万元，将“新农合”大病报销限额由5万元提高到10万元；每年投入2660万元，为全县18岁以上农民办理了基本养老保险，今年1月1日起60岁以上农民就能领取养老保险金；在实现村村通客车、自来水、电话、有线电视、网络基础上，投资400余万元建成乡村少年宫30所；完成了3处镇中心卫生院改造和200处村级卫生室、50处农村社区综合服务中心建设，并建成国家级乡镇综合文化站4处、村级文化大院98家。

五

去年10月下旬起短短一个月，桓台28名县级干部走遍全县335个行政村，先后召开座谈会342次、走访群众1286户，通过面对面“听群众呼声、找存在问题、想自己责任、理发展思路”，不仅访出了感情、动力和责任，而且访出了发展方向。这就是得到李克强同志充分肯定的“县级领导干部村村访”活动。今年该县将这一活动作为一项制度固定下来，规定县级领导干部每年要对全县335个行政村走访一遍，尤其要到群众意见大、矛盾突出的地方去，真诚听民声、真实察民情、真心解难题。

着眼长远促发展，体制机制是保障。立足这一认识，桓台县坚持边学边查边改，已废止不符合科学发展观要求的规章制度160个，同时修订368个、新建185个；突出关键领域推进制度创新，先后制定出台了12个方面的体制机制文件。比如围绕建立以工促农、以城带乡长效机制，制定出台了《关于加快城乡统筹发展的意见》；围绕建立完善社会保障体系和弱势群体救助机制、公共财政对民生的正常增长机制，制定出台了《关于进一步加强民生工作的意见》；围绕建立“以效益体现价值、以财富回报才智”的人才激励机制，制定出台了《关于进一步加强人才工作大力实施人才强县战略的意见》；围绕形成导向鲜明、指标科学、权重合理的干部实绩考评体系，制定了《关于建立体现科学发展观要求的经济社会发展综合评价体系的意见》。

机制就是导向标。2008年桓台县地区生产总值增长15.7%；地方财政收入增长24%；城镇居民人均可支配收入、农民人均纯收入分别增长16%和14.1%。全县万元GDP能耗比上年下降6.14%，二氧化硫、COD同比分别削减18.67%和16.1%。

（《大众日报》2009年3月15日1版）

胶东跃起一条龙

在烟波浩渺的黄渤海沿岸，一条绵延 210 公里的经济隆起带已具雏形。这就是烟台北部沿海经济产业带。它东起牟平养马岛，西至莱州三山岛，总面积不到烟台的 1/5，却创造了全市 60%以上的 GDP。

这条沿海经济产业带恰似一条巨龙，把分散在烟台 8 个县市区的众多企业和 9 个省级以上开发区聚点成片，连片成带，对内整合区域资源，对外承接国际产业转移，成为拉动烟台经济快速前行的强力引擎。

龙形布局

跃动，缘于深刻的内省。

去年 8 月，张高丽同志到烟台现场办公，一路走来感慨良多：在珠三角、长三角，公路两旁城镇连片，厂房林立，而我们这里却是苹果、葡萄和蔬菜大棚……

这番话，引发了烟台市调整产业结构、实现跨越式发展的深刻反思。

过去，烟台人自嘲是"锁起门来，吃着罐头，喝着张裕看钟点"。所谓名牌，也就是三环锁、飞轮罐头、张裕酒、北极星钟表 4 大件。在"村村点火，户户冒烟"的热潮中，烟台乡镇企业也曾红火过，但市场经济大浪淘沙，真正成龙成凤者寥寥无几。"八五"期间，烟台尽管建起了几个重点项目，但与省内外先进城市比，龙头企业和终端产品少，产业拉动和集聚能力不强的问题仍相当突出。人家青岛家电的"五朵金花"皆是终端产品，一个终端拉长一条产业链，带动一批企业。而烟台的万华、氨纶、正海生产规模虽为同行业全国老大，但只能为他人生产原料和中间部件。

这些年，烟台也在千方百计调结构，可多是就农业调农业，就企业抓企业，整个经济结构仍然没有大的改观。

审视北部沿海，烟台的优势并不逊色：从养马岛到三山岛，港口星罗棋布，仅国家一类开放口岸就有 5 个，旅游、黄金、石材、水产等资源优势突出，涵盖了全市 80%的科技、研发和高等教育实力。

放眼国内外，集聚经济是城市经济的最主要特征。由单个企业单打独斗的点状经济到向园区集中的块状经济，再到带状产业集群，是区域经济发展的必然规律。而烟台作为区域中心城市，所辖县市区的发展仍停滞在零星布局、各自为战阶段。

在认真调查论证的基础上，烟台上下形成了这样的共识：在地区间生产要素争夺空前激烈的今天，面对日韩和欧美国家制造业加速向中国转移的难得机遇，只有打破行政区划限制，高起点统筹规划，大手笔整合各种资源，举全市之力重点突破，把北部沿海打造成有利于各种生产要素迅速集聚和优化配置的强力平台，形成首尾呼应的龙形经济布局，才能拉动全市经济实现跨越式发展。

龙头初昂

一年过去了，记者沿着烟台北部黄金海岸线一路走来，一个又一个大企业、大项目映入眼帘，魄力之大，势头之猛，让人惊叹。

在龙口，资产已达106亿元的南山集团，正在紧锣密鼓建设七大项目，今后3年将完成总投资120亿元，到2006年销售收入将达400亿元，利税40亿元，其中仅投资36亿元的连轧轻合金项目，达产后就可实现销售收入80亿元；

在烟台经济技术开发区东岳汽车有限公司总装车间，一台台崭新的"赛欧"轿车正缓缓下线，到2007年，年产量可达30万辆……

一条产业带的迅速崛起，离不开骨干企业的强力带动。这就好比没有高高昂起的龙头，就没有凌空腾飞的巨龙一样。在飞速发展的北部沿海产业带，每一个大型企业背后，都带动衍生出一大批相关企业，形成了一个个生产关联度紧密的产业链条。

以东岳汽车为例，从今年5月正式投产到年底，产量可达3.6万辆。与此同时，相配套的汽车零部件企业趋之若鹜，几十家外地相关企业入驻烟台，目前已有12家正式纳入东岳配套麾下。更可喜的是，我省在烟台、青岛、威海三市总投资78亿元、沉寂了五六年的汽车零部件项目被一举盘活，其中包括投资57亿元的烟台大宇发动机项目。

但烟台的决策者明白，像东岳这样的大项目毕竟太少，黄渤海沿岸的经济隆起带还只是"龙头初昂"。近年来，烟台上下为此煞费苦心。

亚洲金融风暴暴发后，韩国大宇综合机械株式会社投资建设的烟台有限公司陷入困境。危难之际，烟台开发区筹措了3000万元帮其恢复生产，这几年又像尽职尽责的"保姆"一样，对其关心呵护。大宇重工烟台公司奇迹般死而复生，坚定了韩国大宇综合机械株式会社将整体产业移师烟台的决心。今年5月，他们投资5000万美元，在烟台开发区建设数控机床生产基地，年底投产后销售收入将达10亿元。在其带动下，东镐重工、宇光机械等12个日、韩投资项目相继在开发区落户，总投资4000多万美元。

今年上半年，大宇重工烟台公司实现利税3.2亿元，纳税1.9亿元。

大宇重工只是烟台培植龙头企业的众多例子之一。这两年该市通过引大项目、嫁接改造等方式，千方百计打造辐射带动能力强的龙头企业。就连效益不错的正海、张裕、万华等也面向世界寻找合作伙伴。去年，全市工业技改投入112亿元，今年1～8月份超过去年全年，达到113.7亿元。

承接国际资本转移，借力打造龙头企业，必须有坚实的基础和独特的优势。烟台港口众多，区位优势得天独厚。但分管外经贸的副市长李淑芹认为：对区位优势认识不到位，发挥不好，就无法变成市场优势。

在这方面，烟台有过切肤之痛。10年前，烟台港与青岛港的集装箱吞吐能力都是2万多标箱，如今青岛港已达400多万标准箱，而烟台港去年才十七八万标箱；全市5个国家一级开放口岸单船停泊能力不超过10万吨，集装箱60%要通过青岛港出海。

港口问题、航线问题，说到底还是观念问题。可喜的是，烟台人正在以时不我待的紧迫感，主动把区位、资源优势转化为实实在在的市场优势。

港口城市优势在港。承接国际资本转移，突破点也在港。为了扩大港口吞吐能力，近两年蓬莱投资8亿元建起万吨级泊位5个，3万吨级泊位2个。今年，烟台开通了到韩国的集装箱航线，与美国环球货柜公司合资9600万美元建设的集装箱码头已经国家批准。

港口优势一旦形成，国内外资本就会纷至沓来。在蓬莱市临港工业区内，投资千万美元以上的项目已达几十个，以这些企业为龙头，蓬莱已发展起配套加工项目80多个，总投资50亿元。从1978年到2001年，烟台市实际利用外资60亿美元。而从去年到今年8月，该市实际利用外资就达25亿美元。目前，在烟台投资的韩国企业已达1200多家，仅去年以来就增加了600多家。

龙身蓄势

一条巨龙要想腾挪自如，龙身的每一个关节都应该布局合理，充满活力。正是着眼于这一理念，烟台市对北部沿海经济产业带的每一个组成部分都进行了明确定位，以特色鲜明的板块经济组群谋求最大限度的整体竞争优势。

产业链条的长短，决定着产业互补性和竞争能力的强弱。招远立足资源优势，对黄金矿业资产进行重组整合，组建起拥有15家全资子公司、9家控股参股公司的招金集团；引来美国卢金匠、香港励福等中外知名首饰加工企业；投巨资建设黄金乐园、黄金文化博物馆，形成了从黄金开采、金银精炼、高档首饰加工交易到黄金文化旅游等成龙配套的大黄金产业链条。以招金励福贵金属有限公司为例，6 名技工创造的年产值竟高达五六亿元。

在绵延 20 公里的莱州石材长廊，2000 多家石材加工企业依次排开，就连远在新疆、内蒙古等地的 80 多家石材企业也在此设立了办事处或销售点。市委书记刘延林认为，要想形成产业的迅速集聚，产业带的战略定位不应该是平面的，而应该是立体的。着眼于此，莱州市在石材工贸区建设中突出市场的龙头地位，打响“中国石都”品牌，投资 3000 万元建设国际石材会展中心，并将于今年 10 月举办首届国际石材博览会。目前莱州石材年产值已达 30 多亿元，加工的石材 1/3 来自市外，1/3 来自国外，产品远销欧美等国家。

按照市里将北部沿海打造成高新技术、临港工业、滨海旅游三条产业带和机械汽车工业、黄金产业、电子信息产业、食品工业四大基地的整体规划，各市区立足自身优势，加快传统产业优化升级和产业链条的延伸。一个个特色鲜明的板块经济组群日渐成形，相互呼应，优势互补，一个产业集聚、优势集中的北部沿海高速增长区呼之欲出。

采访结束前，记者登上兀立海中的芝罘岛，俯仰碧海蓝天，沐浴港城秋风，不禁心旷神怡，豪气荡胸：凤翔宝地，龙跃胶东。去年省烟台现场办公会至今才一年多，烟台的变化让人欣喜；一年后的今天，省委、省政府又在烟台召开全省加快发展现场会，响鼓重槌，催人奋进。

（《大众日报》2003 年 9 月 28 日 1 版）

威海的定力

——另一种发展观

编者按 2003年9月29日，省委、省政府在烟台召开动员大会，做出“实施可持续发展战略，全面启动生态省建设”的重大战略部署。刚刚闭幕的十六届三中全会又明确要求：“坚持统筹兼顾，坚持以人为本，树立全面、协调、可持续的发展观，促进经济社会和人的全面发展。”

事实上，经济发展与生态环境保护，并非水火不容。二者的协调发展，不仅能对生产要素产生更大的集聚效应，而且能营造出源源不断的发展后劲。

这，正是威海16年来的发展历程给予我们的最大启示。

深秋时节，沿烟威公路进入威海境内，公路两边一望无际的沿海防护林顿时扑入眼帘，它像一道绿色长城，把风暴沙尘挡在了三面环海的威海之外，营造出一个气候宜人、“天生丽质”的宜居佳境。

成立地级市16年间，威海这个“一家熬鱼半城腥”的滨海小城，市区建成区面积已经由13平方公里扩大到44平方公里，人口由7万增加到43万；全市GDP年均增长18.2%；财政收入年均增长23.3%；城乡居民人均储蓄由573元增加到去年的1.3万元。今年头9个月，全市GDP达到569.87亿元，同比增长17%；限额以上工业企业实现销售收入966.7亿元，同比增长36.51%。

城大了，人富了，但环境却比以前更洁更绿更美了。难怪联合国两次把“国际改善居住环境最佳范例奖”颁给了威海。今年10月6日，该市又获得全球人居领域最高奖——“联合国人居奖”。

一个经济高速增长的沿海开放城市，生态环境能保持这样的水平，委实是个奇迹。市委书记崔曰臣不无感慨地说：“在区域间生产要素争夺日趋激烈的大背景下，我们也面对过这样那样的诱惑和压力，也经历过激烈的争论和痛苦的抉择。但坚持科学的发展观，实现经济与生态的良性循环，没有定力万万不行。”

这种定力，说到底就是一种超越了心浮气躁的冷静心态和超越了急功近利的长远眼光。

环保优先
——面对数亿美元的巨额投资

到过威海的人都有这样的感受：举目仰望，天高云淡，晴空如洗；俯瞰大海，水质清冽，碧波荡漾；极目远眺，海天一色，鸟飞鸥翔。

统计资料显示，去年该市所辖三市一区大气质量均在良好以上，成为全国第一个国家环保模范城市群，中心城市 158 天保持一级以上；近岸海域水质达到国家二级标准。

这种近乎“原始”的生态环境，是威海几任班子和全体市民精心打造的结果。

成立地级市之初，威海召开的第一个市委常委会，就确立了“环保优先”的发展理念。在 1992 年经省政府批准的《城市总体规划》中，威海在全省率先提出了建设“以高科技为主导的生态化海滨城市”的定位。

环保优先，说起来易，做起来难。

对于刚刚起步的新兴城市来说，最大的诱惑就是外来投资。有一年韩国某集团找上门来，准备投资 2.5 亿美元建设水泥厂。面对这样一个“到嘴的肥肉”，要，还是不要？威海面临着艰难抉择。

威海三面环海，陆上山清水秀林密，海滨滩平沙细礁奇。这样一块天赐宝地，最大的优势就是环境。但上水泥项目势必破坏山体、绿化，还会带来粉尘污染。决不能为了眼前利益和所谓政绩，“吃祖宗饭，断子孙路”。几经论证，2.5 亿美元的巨额投资被“一票否决”。

这几年威海市为了优化投资环境，大刀阔斧简政放权，先后取消、合并、下放审批项目 870 项，但环保第一审批权和一票否决权雷打不动；污染环境的，耗能高的，耗水多的“三个不上”雷打不动。建立地级市以来，全市因污染而拒之门外的项目 210 个，其中外资项目投资额 5 亿多美元，内资项目 40 亿元。

共 80 多亿元的外来投资白白放弃，环保部门承受的压力可想而知。时任市长的崔曰臣曾经这样评价环保部门：“你们是流血流汗不流泪！”已当了 9 年市环保局局长的李树纯说：“我们流血流汗也偷偷流泪。但为了威海的明天，压力再大也不能让步！”

保护环境，仅仅抬高项目的进入门槛远远不够。这些年来，威海已建成污水处理厂 6 座，日处理能力 22 万吨，超过污水排放能力；建成垃圾处理厂 4 个，城市垃圾无害化处理率 100%。市中心 70 多家污染企业全部搬迁出去，750 台燃煤锅炉悉数拆除，大多数居民扔掉了蜂窝煤炉，用上了煤气、暖气。连在市区生活了 60 多年的鞠大爷也深有感触地说:“一到冬天,城里的空气比上世纪六十年代还好。”

如今在威海,重视环保已成为全社会的自觉行为。

只念过三年书的农民谷成,毅然放弃了手头正干得红红火火的房地产生意,自费成立了全国第一个民间环保组织,倾尽所有储蓄并东挪西借,投资 600 万元在威海的荒山秃岭上建起占地 12.6 公顷的中华环保园。鑫山冶金公司利用废气发电,利用废水冷却炼铁炉,将含铁废渣卖出去生产水泥,不仅实现了“三废”零排放,每年还节能增效上千万元……

规划先行

——面对寸土寸金的城市土地

威海看城,一步一景。

穿行在市区的大街小巷,花坛、草坪、广场、雕塑随处可见;漫步海滨,一个又一个匠心独具的开放式公园次第排开,为长长的海岸线套上一串串精美的花环;环视四周,蓝天碧海,绿树红瓦,三重奏层次分明又浑然天成。难怪新加坡资政李光耀说:“来到威海,我想起了新加坡。”

依山傍海,是大自然给予威海的特殊馈赠。但城市要发展,人口要增长,城市的整体面貌又不能破坏。这其中,《城市总体规划》及《绿地系统规划》《千里海岸市区段风景资源评价》等一系列重点区域和地段的控制性详规的超前编制和严格执行,发挥了决定性的作用。

威海的城市建设,突出的是整体特色。在总体布局上,该市把城市划分为工业、商业、旅游度假等 9 个簇群,各个簇群利用山、海、河、林、绿地自然分割,巧妙地分布于山海之间。城市建设重点向两个开发区转移,最大限度降低中心城区的开发强度和建筑密度。市区建筑不是分散建设,而是选择适当的位置组团建成标志性地段,决不允许出现锯齿式的天际线和“鹤立鸡群”的空间效果。建筑风格以“红瓦淡墙”为主,在空间组合上留足绿化“红线”、建筑“绿线”、文物“紫线”、海岸“蓝线”,确保高度适中,体量适中,间距拉开,做到不遮山、不挡海,避免一景遮百景、一点盖一线,一楼挡一面,形成了“城不压山、城不占海、城不进岛”的独特城市轮廓线。

“白纸胜雪好作画”。但规划再好,把关不严也是废纸一张。威海市深谙此道:领导可以变,但规划的连续性和严肃性不能变;规划一张图、审批一支笔、建设一盘棋,一张蓝图管到底,一届接着一届干。

威海中心城区的土地寸土寸金,黄金地段每亩高达数百万元,商品房价格高得让开发商眼红。把好“红线”“绿线”“蓝线”“紫线”，控制开发范围和建筑高度、体量，动辄拿出几百亩上千亩土地植树造绿建广场，不仅等于白白放弃数亿数十亿元的土地拍卖和开发收益，还要投入巨额资金。但威海的决策者执行规划铁面无私，美化城市不惜巨资。

为了将海滨南路两侧的威海公园建成标志性景观，市里拿出340万元面向国际征集设计方案。方案拿出之前，不少开发商找门路托关系要求开发房地产项目，但市里严格把关，沿路6.5公里长的周边区域，整整四年没批一个项目，没建一处房子。仅近几年，威海市区就新建公园300公顷，绿地1232公顷。目前市区建成区绿化覆盖率已达40%，人均占有绿地16.85平方米。

舍得眼前的利益和诱惑，才能换来意想不到的长远效益。去年投资两亿元、占地46.5万平方米的威海公园一建成，沿线土地就增值10多亿元。

独具特色的城市风貌，和谐优美的人居环境，本身就是一张靓丽的城市名片。去年威海共接待国内外游客725万人次，同比增长13%；实现旅游总收入55.5亿元，同比增长19%，相当于全市GDP的7.8%。其中接待海外游客13万人，创汇5200万美元，同比分别增长15%和20%。

生态立市

——面对年均2000万棵的艰巨造林任务

到威海看看，你会惊奇地发现，原来人与自然竟能和谐到如此程度：

驱车环行在天鹅湖四周，整个湖面洁白一片，成千上万只白天鹅或立或卧，或游或翔，或走或奔，姿态之美让人叹为观止。

穿行在郁郁葱葱的刘公岛森林公园，一只只精灵可爱的梅花鹿不时撞入眼帘。据统计，这个3.15平方公里的小岛上，野生梅花鹿多达200多只……

白天鹅、野生梅花鹿这些高贵客人钟情威海，缘于威海人的精心呵护。

为了保护白天鹅，荣成28中地理教师李明伟自费购买相机，一有空就到海边转悠，一看到谁捕杀白天鹅就拿着相机拍照。荣成农民袁学顺，一到秋天第一批白天鹅降临，就早出晚归沿湖区巡逻，经常跳入刺骨的海水，把受伤的白天鹅抱回家悉心救治。20多年来他义务救助受伤白天鹅300多只，花去了家中的所有积蓄，还落下严重的腰腿痛……

人与自然的和谐相处，生态环境的优化美化，离不开绿荫的恩泽和庇护。这一点威海人感受最深，付出也最多。

今年威海雨水较多。每逢骤雨初歇，漫山遍野立即人头攒动，从市领导到机关干部、普通群众，绿化荒山成为自觉行动。光栽树还不行，隔三岔五大家还得上山看看栽活了没有,否则林业部门验收不合格,只好在报纸上露丑丢人。

"林业在威海各级领导心目中的分量,一届比一届重。"市林业局局长王强深有感触地告诉记者。仅今年以来,由市委、市政府主要领导主持召开的绿化调度会议就达7次之多。市委书记崔曰臣、市长宋远方还亲自致信各市区和市直部门,对今年的造林工作提出明确要求。

前几年威海市年均造林8万亩。目前全市有林地面积比建立地级市之初增加了48万亩;森林覆盖率达32.7%,是全国平均水平的两倍,比建市初期增加了5.9个百分点。但威海人并没就此满足,这两年市里又明确提出:全市森林覆盖率每年要提高2个百分点,到2006年达到40%。

两个百分点,意味着每年成片造林16万亩2000万棵树,人均要植8棵树。

为了实现这一艰巨任务,市里将300多个山头的绿化任务分配到100多个市直部门,包片包栽包活包管理包成林,一包五年不变。市长与各部门签订责任状,造林情况纳入全年目标考核体系。仅今年春季和雨季,全市就造林2700万棵,成活率达到98%以上。

林子要造更要管。威海市明确规定,对防护林、风景林实行"死封","十年不修枝,二十年不砍树",让林木植被充分生长恢复。

一片林子就是一个绿色银行。去年威海市与上海禾阳生物科技有限公司合作建设40万亩速生杨生产基地和木材加工厂。项目实施后仅农户就可直接增加收入6亿元。这还不算板材厂提供的分红、税收和就业机会。

一棵树就是一台造氧机。资料显示,目前威海每立方米空气负离子含量高达4000多个,比一般城市高出一二十倍。难怪连一向挑剔的上海人,也纷纷包机到威海买房。这几年威海房价年均递增300多元;住房建设每年为全市GDP增长贡献6个百分点,成为名副其实的支柱产业。

保护环境就是保护生产力,保护城市的明天;建设精品城市,优化美化人居环境,就是扮靓城市的形象和品牌。威海为这一命题作了最好注脚。

正是看中了这里的生态环境,韩国三星株式会社转遍了国内的大中城市,最后毅然把对环境条件要求极高的通信设备有限公司建在了威海高新技术开发区。这个项目又引来八九个韩国配套企业。正是看好威海的"全球最佳人居环境",目前在威海长期居住的韩国人已达6000多名。今年4月非典疫情尚未缓解,韩国大成光学会社总经理黄先生就把妻子和孩子接到威海,决心在此长期生活创业。

省委工作会议召开以来,威海市大力优化投资软环境,加大招商引资力度,通过多种手段在国内外打响"最适合人类居住和创业"的城市品牌,迎来了又一轮加快发展的新热潮。仅7、8月间，来此考察投资事宜的韩国团队就多达90个。9月23日至25日，又有4个国际性会议在威海召开，其间签约利用外资项目14个，总投资3.05亿美元。今年前三季度，新批外商投资企业455家，实际利用外资6.79亿美元，同比增长74.1%。

（《大众日报》2003年11月4日1版）

制度创新挺起济南工业

工业曾是济南的荣耀。全国第一台龙门刨、小机床、重型机车诞生在这里。小鸭顶呱呱，轻骑遍神州，机械、电子、化工、医药一度在全国响当当。

工业也曾是济南的伤痛。“大烟囱”弄脏了蓝天，老国企深陷困境，5 家上市公司清一色被戴上 ST 帽子。

扭住制度创新这个“牛鼻子”，包袱也能变成财富。今年 1～9 月，济南规模以上工业企业实现销售收入 1171.7 亿元，同比增长 32.39%；利润 59.2 亿元，增长 53.93%。

勇啃硬骨头　到位不越位

在济南 ST 现象中，轻骑股份无疑是最难啃的。由于资产负债率高达 267%，关联欠款 28.6 亿元，2002 年亏损额 34.05 亿元，连续 3 年亏损的轻骑股份面临退市、破产双重危局。

“轻骑走到今天，根本原因在于国有股‘一股独大’，法人治理结构不健全，大股东权力不受约束，上市公司活生生被母公司掏空拖垮！”济南市委、市政府下决心依法规范轻骑股份的法人治理结构，组成由市经委、财政局、国资局等十几个部门参加的联合工作组，从外围环境上协调轻骑集团偿还上市公司的关联欠款。省委副书记、济南市委书记姜大明到济赴任仅 10 天，就主持召开专题会议研究解决轻骑的问题。在市委、市政府协调下，4 月 26 日，轻骑股份债务和解协议如期履行完毕，破产还债程序终止，资产负债率降到 62.45%，出口创汇额跃居全市前茅，并于 8 月 9 日在上交所复牌交易。

轻骑股份是济南国企改革攻坚的缩影。

“搞活‘老、大、难’国企，政府既要到位，实实在在帮助企业卸下债务、人员等企业自身无力解决的历史包袱，更要找准定位，帮助企业建立权责明确、有效制衡的经营管理机制。”市政府一位负责同志深有感触地告诉记者。正是扣住了这两个“命门”，正昊化纤等一家家国字号企业轻装上阵。重汽集团 3 年前“省属市管”时，负债率高达 138%、累计亏损 83 亿元、欠发职工工资 13 个月。如今职工总数已由 7 万多人下降到 2 万人，“一年持平、两年盈利、三年大发展”的目标如期实现，去年实现销售收入 152 亿元，利税 10.3 亿元，跃居全国重型汽车行业头把交椅。

引入生力军　走活全盘棋

市场之手就是这么神奇。

两年前，永宁制药资产负债率高达120%，银行停贷，连买原料的钱都拿不出，3/4的职工下岗待业；更要命的是，GMP验收所需的巨额改造资金没着落，只能眼睁睁等着关门。

深秋10月，记者来到省城东郊的力诺科技园，发现永宁8000平方米的新厂房已傲然挺立，在今年6月底GMP验收大限的最后一天，6个型剂一次性通过国家药监局的验收。

“没有力诺的资金注入，永宁早就关门了。”永宁的老员工说。仅帮助永宁通过GMP验收，力诺就投入7000余万元。目前永宁的资产负债率降至50%，净资产达5000万元。

“国有资产就像块‘冰糕’，自己没能力保存好，眼睁睁看着它一天天融化殆尽，人家正好有个‘冷库’，不仅不会让它化掉，还能做得更大更好，为什么还要紧紧抱住不放?”济南化医国有资产运营公司负责人对此感慨良多。

注入民营资本等有生力量，解决的绝不仅仅是“老、大、难”国企的生存发展问题。“兼并化医公司所属的永宁、宏济堂两个老字号后，力诺已拥有中西药号500多家，今年仅医药产品销售收入就可达到5亿余元，2007年力诺医药工业园全部建成后，可实现销售收入30亿元，跨入全国医药企业前10强。”力诺集团董事长高元坤说。

封闭保守的观念一旦被打破，带来的不仅是医药、化工等传统工业的重新崛起，也为民营经济插上了腾飞的翅膀。据统计，去年济南市非公有制经济实现增加值482.7亿元，占到了全市GDP的35.3%。

推倒土围墙　迈进新天地

10月20日，美国摩根士丹利亚洲投资公司与山水集团签订意向书，投资5000万美元购买山水水泥主业30%的资产，在济南组建合资公司并着手运作明年在境外上市。

与世界500强联手，进军国际资本市场，只是山水集团打破地域限制，面向国际国内两个市场有效配置两种资源的妙手之一。近几年，山水集团跳出济南，大手笔整合山东水泥行业，先后低成本收购了青岛流亭水泥厂，整体划转潍坊水泥厂，一跃成为全国第二大水泥生产企业。

济南的企业要走得出去，济南以外一切有利于工业脊梁再度挺起的生产要素也要引得进来。小鸭与重汽完成一次重组后，9 月 6 日又与南京思威特集团签订二次重组战略框架协议：洗衣机主业一年内可获得思威特 2 亿元资金的投入，明年年产量可达 100 万台，2007 年将成为北方最大的洗衣机生产基地；主业之外的超市小型制冷设备刚刚与英国依奎普公司建立了战略合作关系，就拿到了 1 千万美元的订单……

不仅“丑女”要送得出去，“靓女”也要舍得嫁人。在山东与世界 500 强合作战略（济南）峰会上，济南市拿出二机床集团、锅炉集团等优质资产，向世界 500 强挂牌推介转让产权。而早在此前，市机械电子国有资产运营公司所属企业，通过与外地资本的重组整合，两年间净资产增加 10 亿余元，增幅高达 228%。

欲兴济南，先挺工业。推倒观念、地域和所有制“围墙”的济南市，目前正在规划、建设以石化—化纤—纺织产业链、电子信息和钢铁、医药为主的东部产业带，以汽车、机械装备、建材水泥三大产业链为主的西部产业带，承接城市工业转移的黄河以北产业带和二环路以内以都市型工业为主的总部经济区。围绕“三带一区”，“2133 工程”全面铺开，到 2007 年，全市工业 5 年投入 1500 亿元，规模以上工业企业将达 3000 个，实现销售收入 2500 亿元，其中收入过亿元的 300 个。

（《大众日报》2004 年 11 月 2 日 1 版）

“五柱”擎起新济宁

在世界工业化的历史长河中，因资源而兴、因资源而衰的城市并不鲜见。以前工业利税五六成依靠煤炭提供的济宁市有无此虞？以下数字让人们悬着的心放了下来：目前该市上述占比已降至30%左右，但地方财政收入却跃居全省第四，去年同比增长26.7%，今年1～8月增长28.4%。

靠居安思危调整优化经济结构，济宁已搭建起生物技术、工程机械、医药、煤电化、纺织服装5大新兴产业基地的强力膨胀框架，基本摆脱了对资源型产业的过度依赖，走出了一条科学发展的新路子。

结合文章

济宁有个“生物谷”。这里聚集的30多家生物技术企业生产的都是当之无愧的高新技术产品。以华润公司为例，玉米在此经过生物发酵等环节，就变成可用作汽车燃料的汽油醇。目前该公司总投资已达16亿元，年可实现产值25亿元、利税5亿元，规模雄居世界第三。

济宁一不临海，二不紧靠人才、技术密集的大都市，却成了国家级生物技术产业基地，关键是做足了结合文章。

以玉米为主要原料的生物工程，最核心的技术是细菌培养发酵。而发酵的关键是气候、水、电和蒸汽。济宁地处南北交汇地带，气候湿润，煤、电、水等资源充足。面对得天独厚的资源优势，市委书记贾万志头脑却异常清醒：“再丰富的资源都有挖光用尽的一天。济宁决不能重蹈国内一些资源枯竭城市的覆辙。”

正是敏锐洞察到了这一点，早在1999年该市就开始未雨绸缪筹划实施产业转型，之后又把调整重心逐渐明晰到用足用活现有和潜在的各种资源，以“大、高、外”项目为突破口，拉长产业链条，集中培植工程机械、煤电化、纺织服装等五大产业基地。其中生物技术成了重中之重。

显在、潜在的资源和产业优势一旦被充分认识，并经过科学的挖掘、整合和包装推介，就会产生意想不到的集聚效应。泰国正大集团来了，投资10亿余元的正大菱华L-赖氨酸项目投产后年可实现销售收入19亿元、利税10亿元；日本明治、爱利思达两大跨国公司来了，投资3000万美元的明治鲁抗硫酸粘菌素项目明年3月就可投产……目前济宁的生物技术企业年消化玉米250万吨，相当于全市总产量的1.4倍，成为带动当地产业结构优化升级的强力引擎。

进退之间

地球很大也很小。谁能想到，济宁一个招商引资项目，竟然震动了远在大洋彼岸的美国国会——今年世界500强之一的伊顿公司决定关闭美国本部工厂，把设备迁到济宁。由于牵扯到大量工人失业，此事竟被提交到美国国会进行讨论。

让人诧异的是，伊顿此前转移生产能力的首选地并非济宁。不仅如此，由于经营理念差异，合资双方经常发生激烈冲突，它甚至想把以前设在济宁的合资企业搬到浦东。

为了打掉伊顿的投资顾虑，济宁决定退出在合资企业的全部股份。结果伊顿不仅没搬走这个企业，还另起炉灶在济宁开工建设了仅一期工程投资就达2900万美元的伊顿工业园。

济宁市市长吕在模对此感慨良多。他说，培植新兴优势产业，不光要找准进的突破口，更要抓住跨国公司产业转移的难得机遇和内在规律，学会以退为进，借梯登高。

退既需要技巧，更需要胆识。

2002年小松山推税后利润达2.8亿元。然而恰在这年7月，市里以转让20%股份形式，果断放弃了控股权，仅此当年减少分红1600万元。好端端的企业拱手让给日方控股，一时间责难之声不绝于耳。但市里另有深虑：小松山推尽管效益不错，但由于世界500强之一的日本小松没拿到控制权，所以多年来迟迟不愿增加新的产品和投资。而这样一个“龙头”止步不前，辐射带动乏力，济宁的工程机械产业只能在原地上打转转。

舍小方能成其大。短短两年间，小松山推年产量由2000台增加到4800台，年销售收入由21亿元增加到37亿元。日本小松还准备将小松山推的年产量扩大到1万台，并准备在济宁开建总投资2200万美元、销售收入近9亿元的叉车和油缸项目。

跨国巨头最具示范带动效应。目前落户济宁的世界500强项目已达14个。去年全市实际利用外资2.3亿美元，同比增长169%；今年1～8月实际利用外资3亿美元，增长5.4倍。

魅力磁场

走近银河集团新厂区，一座40余米高的奔牛铜雕扑入眼帘。与这个张扬的巨塑紧紧呼应的是，它背后投资10亿元的60万套全钢子午胎项目——去年8月动工到今年6月投产前后只有短短10个多月。集团董事长牛益顺介绍说，这还只是一期工程。到2008年银河将完成投资100多亿元，全钢和半钢子午胎产力分别可达300万套和500万吨，集团销售收入可达120亿元。

银河只是济宁企业飞速膨胀和集聚裂变的一个缩影。目前全市在建的投资千万元以上项目714个，总投资近1000亿元。

"企业家的底气胆识和创业激情，'大、高、外'项目的集聚膨胀，得益于决策目标、执行责任、考核监督三大体系营造出来的干事创业氛围。"市委一位副秘书长说。

济宁在决策目标体系的制定过程中，既广泛听取专家、群众等方方面面意见，又不墨守成规，敢于自加压力，"跳起来摘桃子"。每年的工作目标都分解细化出责任人、承办单位、协办单位和时限要求。五大班子的每一位成员都必须牵头承担负责一项重点工作。完成任务重奖，完不成有责任追究制度等着。近百个市直部门须定期接受群众面对面质询和公开评议。去年以来，全市有164名干部因为考核评比优秀得到提拔重用，1名市直部门领导和4名县级干部因考核结果较差被降职或免职，3名群众评议落后的部门领导被诫勉。有位厂长因为引进了一个投资30亿元的大项目，竟然一次拿到300万元巨奖。

考核看项目，用人凭实绩，奖得眼热心跳，罚得胆战心惊，营造了一个魅力十足的磁场，比学赶超的氛围也就水到渠成。仅去年一年市里就召开现场办公会20多次，现场帮助投资者协调解决难题40多个。投资25亿元的上海凯赛生物技术项目落户济宁时遇到的资金瓶颈，我国香港客商许嘉伟等投资1.06亿美元的1200万套女士休闲服项目遇到的电价难题，就是在这样的现场办公会上迎刃而解。

许嘉伟在济宁的一路绿灯，很快让他的舅舅——宁波著名民营企业家竺韵德怦然心动。两人与香港邦达公司一拍即合，投资100亿港元的德源纱厂今年4月才在济宁动工建设，一期工程到记者发稿时已建成投产。2008年投资全部到位后，年生产能力可达300万锭，销售收入120亿元，提供就业岗位2.3万个，成为世界领先的紧密纺生产基地。

（《大众日报》2004年10月13日1版）

青岛保税区待"点睛之笔"

如果把青岛比作山东对外开放的龙头，青岛保税区及其转型为区港联动的青岛保税区和青岛港，可以说就是这个龙头上的"龙眼"。无论从青岛港及青岛市的发展需求观察，还是站在山东承接日韩产业转移、建设半岛制造业基地的角度审视，这个"龙眼"尚待描上"点睛之笔"。

全国面积最小的保税区

保税区是实行保税政策的特别经济区域。具体来讲，从境外入区的货物处于保税状态，无须许可证和配额，不征关税及进出口环节税，何时需要何时提取，需要多少提取多少，出区时才视实际状态征收关税。这无疑为国内企业采用国外原料和先进技术设备，降低物流成本和资本占用、保证供货时间提供了一条便捷通道。同时国内货物入区视同出口，直接享受出口退税政策，入区企业经营自由。保税区日益成为我国吸引外资、国内企业降低出口成本及跨国公司全球采购仓储分拨的重要平台和窗口。

成立7年间一直屈居全国末位的青岛保税区，自1999年底独立运作以来短短四五年间，实际利用外资、外贸出口、各项税收分别是前7年的7.3倍、10.5倍和19倍；已引进投资过千万美元的项目43个，其中世界500强21家；去年每平方公里实现财政收入过亿元，各项税收3.5亿元，外贸进出口3.5亿美元，就业9000人，单位面积产出率全省第一，主要经济指标跃入全国保税区前列。

但与排在全国最前列的保税区相比，差距仍很明显。以上海外高桥保税区为例，目前已集聚世界500强企业70多家，去年财政收入130亿元，进出口180亿美元；张家港保税区去年财政收入达10亿多元，而青岛保税区去年财政收入才3亿多元。

差距如此之大，发展空间受限是一个不容忽视的因素。据了解，目前外高桥保税区面积已达10平方公里，张家港保税区周边已集聚起40平方公里的化工产业集群，并发展成年交易额四五百亿元的化工产品集散地；厦门象屿保税区已由国家批准时的0.48平方公里扩至5平方公里。而青岛保税区目前为全国面积最小，现有的2.5平方公里区域内已布满项目，新批的1平方公里物流园区只能安置物流项目，甚至连世界500强的伊士曼公司100亩土地的要求都不能满足，许多冲着保税区政策来的跨国项目只好移师别处。

目标是自由贸易区

随着世界经济的发展和国际贸易规模的不断扩大，将现有的保税区转型为自由贸易区，角色归位已是大势所趋。

与保税区相比，自由贸易区以其境内关外，区港结合，经营范围、货物和船员进出、外币兑换结算自由，免征关税及入区企业所得税、增值税等更为明显的竞争优势，日益成为世界各国吸引外资、扩大出口、增加就业、使用当地原料、吸纳先进技术、带动区域及其周边发展的重要手段。目前全球自由贸易区已发展到 1200 个，其中仅美国就达 183 个。

对山东来讲，拥有自由贸易区的意义更是非同寻常。

从小处看，国际性港口无一不是自由贸易区支撑下的中转枢纽港。其中德国汉堡港仅转口和过境贸易带来的仓储、运输、装卸等相关劳务收入就达 11 亿美元。反观青岛等国内港口，由于港区分离，缺少自由贸易政策支撑，货物进出口手续烦琐，费用过高，大量中转集装箱不得不绕道别国，结果只能沦为直线港或周边枢纽港的喂给港。青岛港要想成为中国北方最大的国际航运中心，必须尽快插上自由贸易区的翅膀。业内专家甚至断言，如果插上这个翅膀，再加上广阔的腹地和低廉的劳动力，青岛港完全可以吸引来绕道韩、日的庞大中转货源，从而超过大量依靠中转集装箱的釜山港。而青岛港发展成国际性的枢纽大港，才能带动青岛迈入国际性大都市行列，进而发挥对山东经济的龙头带动作用。

跳出青岛看山东，跨国企业最讲究物流成本和效率。而仓储加工分拨便捷、外汇结算自由、费用最低的自由贸易区，恰恰是跨国公司提高原材料采购配送和产品出口效率、降低物流成本的重要平台。自由贸易区本身就是一张名牌、一个品牌。世界哪一个地区设立了自由贸易区，嗅觉灵敏的跨国资本马上就会跟到这里。如果缺失这一平台，我省对外资的吸引力也就大打折扣，承接日韩产业转移、建设半岛制造业基地就失去了一个最有力的磁石和砝码。

“区港联动”正在冲刺

按照国家有关部署，区港联动作为自由贸易区的试点和雏形，将把保税区的政策与港口的功能统一起来，并赋予一系列特殊政策，体现自由港作用。试点成功通过验收，再选择三到五家直接转为自由贸易区。这表明，区港联动不仅将成为我国继保税区、出口加工区之后对外开放力度最大的政策特区，而且已经成为保税区向自由贸易区转型的先决条件。

正由于此，全国15个保税区加入了争夺试点的行列，青岛保税区继上海之后被列为全国第二批7个区港联动试点之首，实属不易，为下一步转型为自由贸易区埋下了极为难得的伏笔。

据了解，国家已明确试点保税区“成熟一家，验收一家，运转一家”，而且通过验收就可正式申报自由贸易区。目前上海外高桥保税区区港联动试点已于今年4月先期通过国家验收，并已正式提请将洋山港批准为自由贸易港。大连、宁波已经通过国家验收，天津、张家港等早在今年10月就提请国家验收。“面对进展神速的兄弟省市，我们至今还达不到验收条件，希望有关方面进一步加大支持力度。”青岛保税区负责人焦灼地说。

据了解，上海外高桥保税区试点通过验收当天，就有12家知名的物流企业签约入区，每平方米地价涨到108美元还舍不得出手。

（《大众日报》2004年12月6日3版）

山东锻造新引擎

——青岛新观察(上)

青岛过去一直被定位为全省对外开放的龙头，但近两年省委、省政府对青岛寄予的厚望已远不止此。

在2004年《政府工作报告》中，龙头前的“对外开放”换成了“经济发展”；今年省委、省政府更是明确提出，要把发挥青岛的龙头带动作用，作为今年突出抓好的5项工作之一。

种种迹象表明，在山东省的决策者眼里，推动青岛强势崛起，已经成为全省经济发展全局的定盘星。

龙头分量有多重

站在全国、全球的大背景下审视，龙头城市在区域经济发展的分量一目了然。

随着经济全球化的迅猛发展，高度一体化的区域经济板块，已经成为区域综合竞争力的主要载体和经济发展的主要推动形式。目前美国、日本的三大城市群，GDP均已占到本国的70%。长三角、珠三角两大城市群产生的GDP已占全国的28%。这两大经济板块，连同正在实施的西部大开发和振兴东北战略，以及正在崛起的京津唐经济圈和刚刚进入国家决策视野的“中部崛起”战略，已对山东形成夹击之势。面对这种日趋边缘化的严峻形势，有效整合半岛诸市的各种资源，加快半岛制造业基地和城市群建设，形成整体竞争合力，就显得尤为迫切。

在区域经济特别是“半岛板块”的崛起中，龙头城市的分量到底有多重？中国海洋大学《青岛建成半岛制造业基地对策研究》课题组从发展经济学的角度深入研究后认为：在区域经济发展中，不同时期、不同产业、不同地区的发展是不平衡的，这种不平衡往往导致经济增长首先集中于某些地区或城市，这就形成了经济增长极或者所谓龙头。在区域经济发展中，增长极首先产生的是集聚效应，这种效应积聚到一定程度，受到空间容量、商务成本等方面的限制，自然要向周边地区溢出扩散，从而对腹地经济产生类似火车头的带动效应。而且龙头越大，综合实力越强，集聚和扩散功能就越强，带动作用也就越大。上海之于长三角如此，港、深、穗之于珠三角同样如此。这有力说明，在区域间生产要素争夺空前激烈、中心城市日益成为区域经济发展决定性因素的今天，“半岛板块”要想在夹缝中异军突起，龙头城市的辐射带动作用尤其不可或缺。

为什么选择青岛

半岛乃至山东的龙头在哪里？北京大学周一星教授认为，非青岛莫属。

作出这一判断，缘于青岛的独特优势和巨大潜力。

青岛位于中国大陆伸向西太平洋的最前端，与日韩地缘相近人缘相通，经济外向度高达96%，国际知名度大，是日韩产业转移的最佳桥头堡，目前落户的世界500强企业已占全省的65.2%；去年实际利用外资和出口分别占全省的35.6%和44%，具备了参与国际产业分工协作的坚实基础，最有条件率先建成面向国际特别是日韩的产业协作区和制造业基地。

国际化大港口是一个城市参与国际分工、集聚生产要素、拉动区域发展最重要的手段之一，在这方面青岛更是优势独具。拥有天然深水航道胶州湾，可规划建100个以上大型深水泊位，具有10亿吨级杂货和集装箱港址的发展潜力。拥有112年历史的青岛港已建成万吨级深水泊位28个，拥有我国大陆最大的集装箱、铁矿石和原油码头，与世界150多个国家和地区的450多个港口贸易往来密切，去年集装箱量跃居全国第三，跻身世界14强，建设国际集装箱中转枢纽港和北方航运中心条件得天独厚；依托大港口发展临港大工业和现代物流业，形成长链条大配套大集散潜力巨大。以此为龙头，还可将腹地延伸至拥有全国26.2%的人口和25.9%的生产总值的沿黄9省区。

品牌众多，产业基础雄厚，经济增势迅猛，发展潜力巨大，为青岛确立龙头地位奠定了实力。早在1903年青岛就因诞生青啤而名扬海内外；改革开放后又造就出海尔、海信等一批知名企业、品牌和企业家，冰箱、空调等10种产品市场占有率全国第一。去年全市GDP突破2000亿元，财政总收入495亿元，人均GDP突破3000美元，居全国副省级城市第五。而且旅游及海洋资源丰富，特别是集中了全国一半以上的高层次海洋科研人才，又赢得了2008年奥帆赛的主办权，发展海洋及旅游产业并带动整个服务业前景广阔。

正是看到了这些潜力，具备了一定的实力，省委书记、省人大常委会主任张高丽明确提出：“青岛好全省就好，青岛发展快全省发展就快。”省委副书记、省长韩寓群也多次疾呼：“青岛强则半岛强，半岛强则山东强。”

龙头高昂差在哪

全省上下众望殷殷，青岛市的决策者头脑异常清醒。青岛市委副书记、常务副市长崔锡柱告诉记者:“从所处位置来看,青岛理应成为全省经济发展的龙头,但从综合实力和目前所起的作用看,青岛距离省里要求还有不小的差距。”市发改委主任刘明君也分析认为:“在区域经济总量中的占比是成为龙头城市的重要标志。目前上海 GDP 已经占到长三角的 27.5%,深圳、广州已占珠三角的 60%,而青岛仅占全省的 14%。”

记者手头的一份专题调研则系统分析了差距之所在:

产业拉动能力不够强。对外开放之外尚未与周边形成紧密的经济联系,主导产品家电产业省内配套率不足 20%,计算机、手机不到 10%;船舶、石化等辐射带动能力极强的重化工业还未形成突出优势。

城市规模不够大。城市规模与辐射带动能力密切相关,但目前青岛的城市人口仅 246.8 万人,属中等城市规模,生产要素集聚能力还不够突出,对周边拉动能力也大受限制。

服务业发展不够快。龙头中心城市最显著的标志是发达的服务业,但青岛去年生产性服务业的增加值仅占 GDP 的 16.9%,金融保险业比重比全省平均水平还低 1.8 个百分点;国外驻青商务代表机构 1677 家,但金融机构仅 8 家;物流以水运为主,铁路、公路分别仅占 12.3%和 3.7%,商贸物流规模小枢纽功能比较弱,缺乏大型贸易中心和批零集散市场,消费品零售额一直居济南之后。

技术研发能力不够强。高端关键技术决定着产业的发展方向、控制能力和利润水平,是龙头城市发挥辐射带动作用的重要方面,但青岛尖端研发机构还比较少,科研力量甚至落后于济南,中高级专业人才在全国城市中仅排 23 位,最具优势的海洋科研主要集中于基础性研究领域,对海洋产业发展带动作用很小;作为支柱产业的家电电子产品处于产业链条末端,附加值不足 5%;工业产值利润率甚至低于全省和全国平均水平。

《青岛建成半岛制造业基地龙头对策研究》课题组还特别强调,龙头城市的聚集扩散功能与腹地大小直接相关。目前上海的腹地已遍及长江流域,广州甚至把腹地扩大到包括华南 9 省区在内的泛珠三角地区,大连的腹地则直达东三省和内蒙古东部,但青岛港作为沿黄九省区的出海口,目前来自省内的集装箱占比高达 90%,这从一定程度上制约了青岛集聚辐射能力的提高。

(《大众日报》2005 年 5 月 29 日 1 版,合作者:于晓波)

力挺龙头待破“颈”

——青岛新观察（下）

众星捧月月更辉。突出发挥青岛的龙头带动作用，把青岛打造成承接海内外、辐射带动全省的区域性国际航运、现代物流、商务、金融和高新技术产业中心，从青岛自身到外部环境，尚需在诸多方面实现突破。

“重”在集群突破

审视青岛工业的百年历程，“轻型”产业一直占据主导地位。这样的产业结构尽管对青岛发展贡献不小，但产业链条短、拉动能力弱却相当突出。增强对自身及周边的辐射带动作用，首先要让产业结构“重”起来。

着眼于此，近几年青岛抓住国际重化工业加速外向转移的难得机遇，以引进培植大型重化工业项目为突破口，带动家电、电子、石化、汽车、造船、港口6大产业集群强势崛起，年加工进口原油1000万吨、实现销售收入230多亿元的大炼油，近期年产值可达76亿元的大造船等一批大项目纷纷落户。

青岛市委有关人士告诉记者，这两年市委书记杜世成、市长夏耕抓得最紧的就是大项目和产业集群，正是看中了这些产业增长速度快、增长周期长、产业关联度高、产业链条长、辐射带动能力极强的突出优势。以汽车整车为例，对零配件的拉动比例达1∶16，造船则涉及国民经济110个行业中的90多个，高低密度聚乙烯、苯烯、聚丙烯等石化项目对下游产品的拉动比例更是高达1∶50。

采访中记者强烈感受到，一个大项目落地，众多上下游企业纷至沓来的集群效应在青岛已开始显现。以修造船项目为例，去年7月与中船重工全面合作协议刚一签订，韩国浦项制铁、新加坡郭氏兄弟、宝钢等相关产业巨头闻风而来，武汉重工铸锻、重庆齿轮厂、陕西柴油机、725研究所等“六厂四所”更是风从影随，一个以造船业为龙头的产业集群在青岛已具雏形……

破“篱”潜力惊人

在全国15个保税区中，青岛保税区无疑是匹黑马。去年该区每平方公里创造各项税收4.8亿元，GDP超过13亿元，单位面积产出率雄居全省第一，各项经济指标由2000年以前的全国末位跃居前列，去年又第二个被批准为全国区港联动试点区，为青岛插上自由贸易港(区)的翅膀抢得先机。

但与排名居前的一些保税区相比，差距仍然相当悬殊：去年上海外高桥保税区各项税收已达285亿元，江苏张家港保税区财政收入11.3亿元，而青岛保税区这两个数字仅为11.9亿元、3.47亿元。

究其原因，业内人士分析指出，发展空间受限不容忽视。据了解，目前上海外高桥保税区管辖面积已达100平方公里，张家港仅工业配套区面积就达43平方公里，而沿黄9省区仅此一家的青岛保税区，目前规划面积仅2.5平方公里(新批的1平方公里物流园区除外)，而且项目已全部布满，许多慕名而来的跨国大项目不得不移师别处。面对这一形势，有关专家大声疾呼，充分发挥保税区在吸引跨国企业、扩大出口方面的独特优势，增强青岛的辐射带动作用，亟须突破观念和体制障碍，为青岛保税区创造广阔的发展空间。

在这方面，青岛港已尝到了甜头。副市长胡绍军告诉记者，以前青岛港就是青岛港集团公司，青岛港集团就是青岛港。但面对中转集装箱仅占青岛港吞吐总量7%的巨大潜力，面对6年内分别投入270亿元争夺北方国际航运中心的天津和大连两港，面对掌握着全球80%以上的中转集装箱货源和航线的跨国船公司，青岛要想充分发挥出其在港口方面的龙头优势，建设北方航运中心和国际性枢纽大港，在咄咄逼人的兄弟港竞争中占据主动地位，必须果断打破国有资本独家垄断的观念和体制禁区。着眼于此，近两年市里按照建设"万国码头"的全新思路，引进多元化投资主体，海丰集团等跨国巨头纷纷云集青岛，独资或控股开发前湾码头，仅美国环球货柜和香港招商局集团总投资就达10多亿美元。

"承载"取决框架

6月底之前，投资99.38亿元、横跨胶州湾的青岛海湾大桥将开工建设。这条跨海通道奥运会之前建成后，将成为青岛"三点布局、一线展开、组团发展"城市发展新战略的重要交通支撑。

业内人士指出，空间结构布局合理与否，发展框架能否拉开，直接关系着一个城市对各种生产要素的集聚和承载能力。

20世纪90年代以前，青岛主城区基本偏处胶州湾老港区周边的狭窄带状区域。20世纪90年代，青岛主城区开始向东部扩张；2001年起又大举向西海岸挺进。中国海洋大学有关专家在与其他发达城市研究比较后认为，这种"一城两翼"的发展框架，尽管带来了城市实力的明显增强和城市人口的快速聚集，但中心城区发展空间狭窄、集聚辐射带动能力受限的"瓶颈"并未根除。正是着眼于此,“三点布局、一线展开、组团发展”的现代化城市布局应运而生。

青岛市建委副主任刘德胜认为,这一全新战略布局的实施,将有力拉开青岛的城市发展框架,形成定位明确、重点突出的产业集聚、功能辐射和旅游观光功能分区,提高城市对各种生产要素的承载能力,保持和凸现青岛的城市特色和魅力。现在最迫切的问题是,作为新规划主轴线的300公里滨海大道,特别是沿线的海湾大桥及连接青黄两岛的海底隧道尚未打通。正是着眼于此,目前青岛正在紧锣密鼓打破这些“瓶颈”。这些“瓶颈”打破之后,青岛现代商务集中区、黄岛临港重化产业集群聚集区、红岛海洋科研出口加工产业区三个特色鲜明的经济增长极及琅琊、胶南、红岛、鳌山、田横5大特色组团才能沿滨海一线次第展开,并迅速串线成珠,进而产生强大的辐射和集聚效应。

对接以谋共赢

采访中青岛市委一位负责人告诉记者,现在苏南各城市对外招商引资时都一概宣称自己来自上海。与此形成鲜明对比的是在我省发生的一件事:现在半岛各市招商引资中竞争惨烈,互不相让,结果去年某市赴日招商,问遍出席招商会的80多名日本客商,竟没一人听说过该城市。

这从一个侧面说明长三角各城市接轨上海、依托上海的观念已深入人心。但这也折射出半岛8城市打破行政分割、各自为战的怪圈,最大限度利用好青岛这个国际知名城市的品牌优势,加快一体化的进程,紧迫到了何种程度!

长三角、珠三角的发展经验一再表明,一个城市的发展速度,越来越取决于所在区域板块的总体合力及龙头城市的辐射带动作用;培育和壮大龙头城市同样离不开周边城市和广阔腹地的强力支撑。正出于此,韩寓群省长去年8月明确提出,半岛8市要树立双赢意识,主动对接青岛,在产业布局、基础设施建设等方面搞好衔接,主动承接青岛的辐射和产业梯度转移,实现市场相通、体制相融、产业互补、错位发展。

不得不提的是,基础设施尤其是交通的融合,是推动区域一体化的突破口,但目前半岛制造业基地三城市间高速路尚未实现互通。由此可见,昂起青岛这个龙头,省直部门在项目布局和基础设施建设等方面的倾斜扶持何其迫切!

(《大众日报》2005年5月30日1版,合作者:于晓波)

百川涌来海更阔

——青岛打造国际枢纽大港

一

2005 年 8 月 15 日召开的全省沿海港口会议，吹响了我省“构建东北亚国际航运中心”的冲锋号角。恰在此前，投资 45 亿元的青岛前湾港招商局国际集装箱码头工程全面开工建设。

据测算，该项目 2010 年底全部建成后，年吞吐能力将达到 280 万标准集装箱和 120 万吨散杂货，项目筹建及营运期营业收入 227 亿元，直接税收贡献 30 亿元，为青岛及周边地区经济带来 319 亿元的经济流量和 1 万余个就业岗位。而这，还仅是可以测算出来的直接收益。

有关专家认为，该港区与青岛保税区及其“区港联动”有关政策整合后，有利于货物快速集拼、流动和集运，从根本上改变目前我国货物需经韩国釜山港分拨中转的局面，对于把青岛建设成东北亚航运中心龙头和国际性枢纽大港、增强青岛市的核心竞争力及对全省经济发展的龙头带动作用，将发挥至关重要的作用。

作出这样的判断，主要依据是：国际枢纽大港最主要的标志就是中转集装箱的吞吐能力，目前全球知名港口无一不是自由贸易区支撑下的中转枢纽港。靠着这一优势，腹地极小的新加坡港集装箱中转量已占业务总量的 70%以上，韩国釜山港仅 2001 年就吸引中转集装箱 239 万标箱。也正由于缺少这个“撒手锏”，青岛等国内大港国际中转集装箱量仅占其总业务量的百分之几。而实施“区港联动”后，通过青岛前湾港招商局国际集装箱码头的货物仅在通关手续费、拖车费等方面，每个集装箱平均就可节约 350 元物流成本。其将对青岛市跃升为国际枢纽大港，推动其成为东北亚航运中心龙头，作用可见一斑。

二

然而就是这样一个项目，却受到一些非议。

有相当一部分人认为：把最好的岸线资源拱手让给青岛以外的跨国巨头控股经营，既牺牲了青岛最宝贵的海岸线资源，挤占了青岛港集团有限公司长远发展的宝贵空间，也等于引“狼”入室——把世界最强的船运巨头引到了家门口，与青岛港集团有限公司面对面抢夺货源，说白了，就是“用自己的地，种别人的庄稼”，把自家的企业逼到了毫无退路的死胡同。

对此，青岛市委、市政府态度很明确：“我们不仅需要一个青岛港（指青岛港集团有限公司），更需要若干个青岛港。”

为什么这么说？

一是竞争压力使然。据了解，港口的核心竞争能力，来源于港口的吞吐、装卸、集散能力。而所有这些，都离不开巨额的资金投入。目前天津港规划总投资已近 300 亿元；辽宁省明确提出，未来 6 年将投入 270 亿元，再造一个大连港。这么大的投资，光靠一家企业显然远远不够。只有广开资金来源渠道，借力登高，才能在周边港口咄咄逼人的竞争中后来居上，进而占据竞争的主动权。

二是国际港航业的发展态势使然。只有打破唯我独尊的局面，敞开胸怀引进国际船运巨头参与港口建设经营，才能引进源源不断的国际中转集装箱货源，进而带动青岛港跨入国际中转枢纽大港行列。

正由于此，早在 2002 年青岛市就明确提出建设“万国码头”，推进港口投资主体和货物流转多元化。在这一战略构想指导下，芬兰富腾、中远集团、英国铁行、丹麦马士基、香港招商局等中外巨头，纷纷投入数亿元巨资，以参股或控投形式参与青岛港的开发运营。而这，才是青岛港目前跻身集装箱全球 14 强的根基所在，也是其到 2010 年稳居中国北方集装箱大港首位和世界集装箱大港前 8 强的希望所在。

三

敞开胸怀广纳百川，带来的绝不仅仅是一个青岛港在未来竞争中的主动地位，其更大的启示在于，它为加快半岛城市群和制造业基地基础设施跨越和核心竞争力提升，洞开了一种全新的思路。

在全球经济日趋一体化、区域间生产要素争夺空前激烈的今天，经济发展得慢了都是落后。这种情况下，任何关起门来夜郎自大的思想，都可能将一个地方的经济发展拖入一步落后步步落后的死胡同。原因显而易见，资本的逐利天性决定了其总是不可逆转地流向最有利于自己增值的地方。你关上一个地区生产要素流动的闸门，它必然会流到其他闸门大开、更适于增值的地方。而区域间经济发展的差距，往往就是在这样的犹豫与封闭中悄然拉开。

无数惨痛的教训已经证明了，靠人为的垄断与地方保护，救不了任何一个企业。“只有把竞争对手引到家门口，让自己的企业在短兵相接的白刃战中强筋壮骨、学会游泳，才是对自己企业的真正爱护。”青岛市一位分管港航的副市长感慨。

但愿我们能从中得到启示。

（《大众日报》2005年8月23日10版）

兴科三题

——淄博高新区采访札记

淄博高新区面积不大，仅占全市的1/10，却拥有全市80%的高新技术企业和6个世界500强项目，吸引来全市12家上市公司中的11家，创造了13个全国乃至全球第一。

淄博高新区起点也不高，2000年企业注册资金仅8亿元，境内财政收入2.6亿元，但短短4年新增注册资本57.49亿元，去年境内财政9.6亿元。

擎起高新技术这个强力“引擎”，该区的探索耐人寻味，给人启示。

引与留

淄博高新区有个陈爱华，2001年作为天津大学培养的第一个材料学博士，带着两个国家“863”研究课题举家搬到淄博投资创业。但去年初，他却萌生去意。原因是自己创办的公司控股权旁落他人，承担的两个课题因此进展迟缓。

高新区管委会主任崔洪刚弄清症结后，马上对症下药，由高新区风险投资公司注资1200万元持股40%，再加上与陈博士原拥有的20%的技术入股，终于收回公司主导权。陈博士从此大显身手，两个“863”课题进展神速，短短1年多全部通过国家级验收，最近一跨国公司又决定向其注资260万美元。“两年内公司就可跃升为全国龙头！”面对记者，如鱼得水的陈博士雄心勃勃。

崔洪刚由此感慨：“发展高技术离不开人才。但优厚的待遇或能吸引来人才，却未必能留得住人才。”

近几年，该区下力气搭建创业平台，健全技术创新体系，先后投资1.5亿元建成高新技术创业孵化中心8.7万平方米；成立了注册资本5000万元的风险投资公司，现已为各类成长型企业注资4700万元；设立了孵化企业种子基金、大学创业园和博士创业园，为来区项目和人才提供企业注册、办公场所、投融资、产业化等一条龙服务，其中仅为每个博士提供的创业资助就达30万元。

巢好凤来栖。目前该区仅创业中心在孵企业就达118家，拥有国家“863”项目3项，专利技术102项，年营业收入突破2亿元。来此创办企业的博士达60多名，另外还有院士1名、博导4名。

专与聚

“培植高新技术产业，吸引人才自主创新固然重要，但借大攀高‘拿来主义’同样必不可少，有时甚至见效更快。”管委会副主任刘兆东说。

“拿来”并非“胡子眉毛一把抓”。高新区发挥淄博老工业基地的产业优势，针对不同产业的特点和配套设施要求，分区施策，先后规划建设了医药、建材、电子信息、新材料等功能相对集中的产业园区，吸引企业入园集聚。

“专”的优势在于有效整合各种资源，产生人才技术相对集中、产业链条完整、配套功能完善、运行成本较低的集群效应。

以新华国际医药工业园为例，先是新华医药、环中制药、东大化工、大成农药等当地企业纷纷入驻，紧接着荷兰 DMS、美国 Perrigo、日本三和、德国蛇牌、意大利 IMA 等跨国制药巨头就接踵而至。新型纺织工业园引来亚洲最大的色织布和牛仔布项目；新材料工业园投资 3.5 亿元的中博先材一期工程，投资 10 亿元引进美国 PPG 公司技术、填补国内空白的超白玻璃项目相继建成投产，投资 15 亿元的中材金晶玻纤项目也已开工建设。

以专求聚，有力提升了产业档次，拉动新材料、生物医药等高新技术产业强势崛起。目前该区仅新材料类高新技术企业就达 20 家，成为国家级生物医药产业基地，拥有国家“863”项目 6 项，年创产值 200 亿元，约占全区工业总产值的 60%。

软与硬

“大烟囱，冒黑烟，混混沌沌少晴天，一年吸进半块砖”，这是前几年淄博高新区四宝山周边大气污染的真实写照。然而 8 月下旬记者来此采访，但见这里晴空如洗，白云朵朵。

为了这片晴空，该区先后关停水泥厂 7 家、生产线 18 条，并投入巨资还山造绿，全力恢复被开挖得千疮百孔的山体植被。另外还关停造纸厂 3 家，投资 6000 万元实现了辖区污水河的雨污无渗漏分流；还新建了占地近 17 公顷的火炬公园。目前全区人均绿地达 41 平方米，城市绿地率超过 39%。

治污造绿需要大投入，但在淄博高新区看来，这样的硬件环境，有时甚至比办事效率、执法服务水平等软环境还重要。正如崔洪刚所说：“尽管我们有‘一个窗口对外、一个漏斗收费、一条龙服务’，收费最低效率最高的一流投资软环境，但如果天老是灰蒙蒙的，河老是臭烘烘的，人家跨国巨头，高层人才看一眼就烦了，谁还愿留在你这个地方？”

有舍才有得。这几年该区基础设施和环境优化美化投资高达 10 多亿元，但仅去年全区实际利用外资就达 8101 万美元，相当于 2000 年的十几倍；完成工业产值 336.6 亿元、利税 36 亿元，分别是 2000 年的 3.4 倍、2.6 倍；其中仅 77 家省级以上高新技术企业就分别占到全区工业产值、利税的 80%。

（《大众日报》2005 年 8 月 26 日 1 版）

创新凸显新淄博

百年工业老城淄博像头雄狮，在攻坚破难走出困境后精神抖擞，按照省委“一二三四五六”的工作思路切实转变经济增长方式，锻造竞争新优势，趟出了高效节能可持续发展的新型工业化之路。2004年全市GDP和地方财政收入比2000年翻了一番，年均分别增长14.5%、18.13%；规模以上工业销售收入、利润分别比2000年增长1.36倍和2.43倍。今年前10月地方财政收入、规模以上工业利润又同比增长31.58%和64.87%。

在淄博经济大格局中，高新技术的辐射带动作用尤为突出。今年前10个月全市完成产值612亿元，居全省第三；同比增长56.88%，高出全省平均水平14.9个百分点；占规模工业总产值的比重达26.93%，居全省第四，比“十五”初提高10多个百分点，并被命名为国家首批新材料产业化基地和火炬计划生物医药产业基地，成为亚洲最大的增塑剂生产基地。

咋选突破口？
——立足优势攥拳头

技术创新从何处突破？淄博市科技局局长周元军认为，应该围绕主导产业重点突破，调优产业结构，提高区域核心竞争力。

着眼于此，淄博市以建材、医药、化工等传统骨干产业为切入点，以国家级高新技术开发区、齐鲁化工区和新华国际医药工业园为平台，通过产业规划和政策引导，吸引传统产业改造升级和高新技术成果产业化项目向园区集中，集中精力重点突破，攻其一点带动全局，全力强化其在新材料、精细化工、生物制药三大领域的市场竞争优势。

由于突破点集中，又紧密结合自身产业基础和技术优势，收效可谓事半功倍。以新材料产业为例，淄博立足原有技术、人才优势，以被批准为国家首批新材料成果转化及产业化基地为契机，集中有限的资源和人财物力，在有机高分子材料、先进陶瓷材料、高性能隔热材料、磁性材料、稀土材料、纳米材料、复合材料七大领域系统实施“7123”工程，不仅传统骨干企业脱胎换骨，而且投资15亿元的中材金晶玻纤等大项目纷纷涌入。由淄博第一家陶瓷研究所改制而成的硅院开发的耐磨陶瓷配件，附加值是普通工业陶瓷的几倍，其开发的中华龙国宴用瓷每套卖到20万元天价。去年新材料基地仅20家骨干企业就转化科技成果116项，实现销售收入320亿元，3年净增产值221亿元，提前一年完成“7123”目标。目前全市70%的高新技术产值来自新材料。在科技部最近进行的绩效考评中，该市居全国18个综合性基地的第三位。

政府何所为？

——创造环境巧服务

淄博高新区有位陈爱华博士，2001年带着两个国家“863”课题前来创业，但去年初却萌生去意，原因是所在企业机制不活，自己没有自主权，承担的两个课题进展迟缓。淄博市委常委、高新区管委会主任崔洪刚闻讯后登门拜访，对症下药牵线搭桥，由高新区风险投资公司注资1200万元持股40%，再加上与陈博士原有的20%的技术入股，拿到该公司的主导权。陈博士的两个“863”课题由此进展神速，短短一年通过国家级验收。

陈博士的经历只是淄博优化技术创新环境的缩影。在淄博决策者的眼中，营造环境首先得搭建起吸引集聚人才、加快成果转化的平台。该市先后投资1.5亿元，建成建筑面积8.7万平方米的国家级高新技术创业孵化中心。仅市高新技术开发区就引来世界500强项目6个。

营造环境离不开好政策。该市对达到省级研发中心的一次奖励30万至50万元，国家级奖励200万元；对博士以上引进人才一次性提供创业资助30万元。近两年，每年列入全市重点扶植的“双百工程”的高新技术项目都占到了总数的60%。目前全市拥有国家级研发中心5处、省级45处，80%的规模企业都建立了自己的研发机构。“十五”期间全市有21个项目列入国家“863”计划及国家攻关计划，相当于此前总和的10倍多。近三年全市取得科技成果369项，其中达到国际领先或先进水平的38项，填补国内空白或国内领先的310项，自主知识产权产品产值占全市高新技术产值的35.2%。

服务怎么个巧法？新材料论坛最具说服力。以今年的第四届论坛为例，仅前来参加的院士就有24名，另外还吸引来国内外顶尖的新材料专家和行业巨头400余人，期间共与当地企业签订技术合作项目476项，可拉动投资63.77亿元。而此前举行的前三届论坛已签订技术合作项目864项，仅完成中试或产业化的148个合作项目就可实现产值78.45亿元、利税18.7亿元。

“把顶尖的专家和行业巨头引过来，帮企业接上头，让二者自由恋爱直至联姻。这是政府最能发挥优势的地方。”淄博德惠来公司董事长孙守年对此感触颇深。借助这个桥梁，这个小小的村办企业竟然开发出全球最大最薄的纤维陶瓷板，一举拿到 47 项国家专利并跻身国家科技攻关计划，仅一期工程年销售收入就达 15.2 亿元。

企业咋唱戏？
——借脑创新壮筋骨

“五中全会把增强自主创新能力作为调整产业结构、转变增长方式的中心环节。这对淄博这个依托资源开发起家的老工业基地及当地企业具有极为紧迫的现实意义。原因明摆着，这样的产业结构不仅浪费资源、污染环境，而且技术门槛和附加值极低，市场一打喷嚏马上感冒。只有通过引进消化吸收再创新增加自主创新能力，切实转变经济增长方式，才能规避市场风险，增加核心竞争力。”在淄博采访，从政府到企业都对此感同身受。

一度备受“老东北现象”困扰的淄博企业不仅是这样想的，也是这样做的。

以计划经济时代辉煌一时的淄博工陶集团为例，前几年由于产品升级换代乏力，经营举步维艰。与世界 500 强企业之一的日本旭硝子合作后，他们坚持消化吸收再创新的原则，先后引进氧化法电熔刚玉、CA 熔融材料等 10 个专利产品，不仅迅速走出困境，而且一跃成为国内最大的玻璃耐火材料生产基地。

老国企通过技术创新焕发青春，新民企巧借外脑迅速成长。其中最典型的例子莫过于东岳集团。这家 1987 年靠一台小转炉起家的民营企业，先后与国内 20 多家科研院所建立合作关系，并在北京、上海成立研发机构，吸引了上百名博士、院士为其服务，其与清华大学联合开发的我国唯一具有自主知识产权的绿色制冷剂系列产品问世以来市场占有率高达 56%，生产规模跃居世界第一。在科技部和省科技厅关心、支持下，他们与上海交通大学联手，攻克了离子膜研发难关，打破了美国杜邦的技术垄断，使我国成为全球第二个能够供应燃料电池全氟离子膜材料并拥有自主知识产权的国家。

在淄博，从国有大企业到中小民营企业，借脑借力创新求变蔚然成风。去年全市企业就与各类科研院所达成合作协议 1200 多项；今年全市新增高新技术企业 48 家，比上年增长 19.8%；前 10 个月申请专利 1207 件，增幅达 30% 以上。

（《大众日报》2005 年 12 月 15 日 1 版，合作者：杜辉升）

青岛:“拥湾”领跑蓝色经济

8月10日至11日,青岛不仅迎来了盛况空前的“中国·青岛蓝色经济发展国际高峰论坛”,而且拿到这一高层次盛会的永久举办权。而此前仅两天,该市还摘得“2009中国十大品牌城市”桂冠。

事实上,今年青岛获得的殊荣远不止此:在《2009年中国城市竞争力报告》中,青岛名列中国最具竞争力城市第七,比去年提升了五个位次。在上海举行的首届“中国最具软实力城市”颁奖典礼上,青岛荣获“中国最具软实力城市”称号……

一系列殊荣独钟青岛,只是这座蔚蓝色城市面对国际金融危机,逆势而上沉着应对,积极作为科学务实,凝心聚力埋头苦干,推动经济社会又好又快发展的一个表征。更可喜的是,今年以来,青岛各行业、区域工作形成了多点突破、全面推进的局面,统计显示:上半年全市实现生产总值2282.4亿元,增长10.5%,高出全国平均水平3.4个百分点;地方财政一般预算收入181.1亿元,增长8.5%;规模以上工业实现利润198.9亿元,增长37.9%。

把握大势定准位

——大战略谋划新格局

在外需市场回暖乏力、全球经济调整和产业布局重新开始,我国经济发展进入以内生动力为主、区域经济群峰并峙竞相发展的全新阶段,青岛作为我省经济发展的龙头如何准确定位?新一届青岛市委、市政府站在百年青岛的新起点上,围绕环胶州湾200公里岸线蕴含的资源要素,科学、超前谋划,重新审视城市发展未来路径,搭建全新坐标系,创造性提出了“环湾保护、拥湾发展”的全新战略;明确提出以此为平台和载体,把青岛建成以港口为依托,以海洋为特色,以服务业为引领,先进制造业和高新技术产业发达的经济中心城市,成为山东半岛蓝色经济区的核心区和胶东半岛高端产业聚集区的龙头。

根据这一战略修订的《青岛市城市总体规划(2006—2020)》进一步细化了上述战略:今后青岛将以环胶州湾区域为核心,以“依托主城、拥湾发展、组团布局、轴向辐射”为空间发展战略,以“一主三辅多组团”为城市框架,通过内涵发展全力强化老城区的现代服务业主导地位和辐射带动作用,把环胶州湾核心圈层建成国际化、生态化、花园式现代化新城区；以此为依托积极辐射和带动外围地区，构建以即墨、胶州、胶南为内圈层，以莱西、平度及临近区域为外圈层的多圈层拥湾发展格局，促进各圈层合理分工与有机协作，合理引导城镇组团的有序发展，形成轴向辐射、点轴分布的网络状城镇空间布局结构。

今年7月在香港举行的城市推介会上，省委常委、青岛市委书记阎启俊郑重宣布：维多利亚湾见证了香港的崛起，胶州湾哺育了百年青岛。为加快城市发展步伐，青岛正在全面实施"环湾保护、拥湾发展"战略，着力在环胶州湾区域规划建设新型城区，争取在不远的将来，把胶州湾沿岸打造成为生态岸线、经济岸线和生活岸线，将胶州湾地区建成高端产业发展核心区、"亲水"生活休闲区、生态和人文景观区，届时的胶州湾将像维多利亚湾一样富有魅力，成为一个宜商、宜居、充满活力的滨海城市组群。

稍加审视就会发现，"环湾保护、拥湾发展"的提出和实施，不仅跳出了青岛狭小的城区市域范围，将区域研究范围扩大至整个山东半岛，从更为阔大的区域经济社会发展视角审视规划青岛的未来，拓展城市发展空间；更是该市依托港口、品牌、开放、产业、基础设施等独特优势，在激烈竞争中谋大势抓大事，齐心协力抢占制高点，在做大基础上全力做强，打造新的发展平台，增强自主创新能力，形成新的区域增长极，带动整个城市能级提升、产业结构不断优化升级、城市特色和辐射带动能力不断强化的重大战略举措。

顺势而为调结构

——大项目带动新布局

面对打造蓝色经济区、半岛高端产业聚集区等重大机遇，青岛这座因海而生、凭海而兴的城市，未来的话语权在哪里？市长夏耕的回答响亮而有力：充分发挥辐射带动能力强、陆海空优势明显、海洋科研与教育机构密集等优势，紧紧依托"环湾保护、拥湾发展"强力引擎和核心载体，将青岛率先建成中国蓝色经济科学发展先行区、山东半岛蓝色经济区核心区、海洋自主研发和高端产业的聚集区、海洋生态环境保护和生态文明示范区。

着眼这一思路定位，该市立足全国1/3的海洋科技开发机构，2/3的海洋科研人才、80%的涉海领域两院院士集聚青岛的优势，以地处胶州湾北部的高新区为重中之重，围绕"体制机制创新先行区""高新技术产业和高端人才聚集区""生态文明示范区"三大目标，全力打造青岛第三代新城。仅今年5月以来就先后有中科院光电研究院青岛光电设备、光电新材料研发和产业基地，华东机械锻造机器人，3G基站天线等6个高科技项目相继开工；青岛国家大学科技园主园区、中科院青岛创新创业产业园定址于此；光电环保仪器仪表、华拓脱硝催化剂签订投资协议。与此同时由杰华生物技术集团投资3600万美元的抗癌、抗病毒针剂核心工厂已完成投资5000万元，全部投产后年销售收入可达500亿元；总投资3亿美元的杰华生物城也将落户青岛出口加工区。不仅如此，“全国最大的动车生产基地，在位居‘拥湾发展’核心圈层的城阳区已成雏形；一个围绕‘空港’的临空产业链条呼之欲出。”城阳区委书记王鲁明告诉记者。

顺势而为调结构，项目拉动是关键。今年青岛仅51个旅游大项目总投资就达623亿元。其中投资规模过10亿元的项目16个；今典红树林等7个休闲度假项目总投资高达290亿元；宝龙城市广场、海上嘉年华等4个购物娱乐项目总投资163亿元。上半年已建成总投资为9亿元的旅游大项目4个，下半年还将有10个项目竣工。更值得一提的是，深圳华强集团一期投资50亿元的文化科技产业基地建成后，将成为集创意、设计、研发、经营及人才培养于一体的全国最大文化科技产业园和中国版“迪士尼”。

另外青岛还结合“环湾保护，拥湾发展”战略，陆续下发了《服务业发展布局规划》《物流业发展推进方案》和《关于加快总部经济发展的意见》。在这些意见政策助推下，今年青岛共安排市级重点项目335个，总投资3374亿元。上半年新开工重点项目94个，超额完成年初确定的80个全年计划目标；全市规模以上固定资产投资完成1113.4亿元，比去年同期增长26.3%，高于年度计划6.3个百分点。特别是二季度以来，重点项目投资每月平均递增近80亿元。青岛地铁建设规划获得国家批准；海底隧道、海湾大桥、高新区基础设施工程等一大批重点项目顺利推进。

一系列重点项目的顺利推进，不仅有力拉动了经济增长，而且在城市空间拓展、辐射能力增强等方面发挥了举足轻重的作用。据统计，仅勃兰特利B-2B系列直升机组装生产等35个已竣工或主体竣工的重点项目总投资就达120亿元，预计达产后可实现年产值240亿元，增加利税20亿元。其中仅上汽通用五菱发动机投产后连同已经投产的整车项目预计就可实现年产值100多亿元。另据统计，上半年全市七大产业累计实现总产值3755.6亿元，同比增长12.5%。其中石油加工、铁路客车、船舶等8个行业产值增幅超过15%。高新技术产业产值增长15.2%，占规模以上工业总产值的45.1%。

乘势而上壮实力

——国家规划寻“青岛机遇”

3月23日，注册资本金30亿元的大唐山东发电有限公司在青岛开业；仅仅过了6天，《董家口港区总体规划》又得到国家正式批复。

胶南市委书记张大勇告诉记者：总投资500亿元的董家口港区作为山东蓝色经济九大核心区之一，建成后泊位比胶州湾内现有泊位总和还多20个，从而使青岛的港口布局首次跳出胶州湾范围，在更大平台上运筹岸线资源，形成更为宏阔的“一湾两翼”发展格局。据了解，《董家口港区总体规划》获批仅4个多月，已吸引来投资过亿元的大项目10个，总投资额超过300亿元。

而这，只是青岛抢抓国家规划中的“青岛机遇”的典型例证。

今春乍暖还寒之际，国务院出台了十大产业调整振兴规划，其中的九大产业都在青岛经济发展中扮演着重要角色。该市抓住国家规划中蕴含的“青岛机遇”，立足产业特点，确定了家电电子、石化化工、汽车机车、船舶海洋等产业推进方案。其中包括建立投资1000万元以上技改项目库，组织实施1000个技术创新项目，落实一批对今后产业结构调整和长远发展发挥重要作用的大项目。

视野决定思路的高度。今年6月国家船舶工业调整和振兴规划出台，青岛作为国内第三个能够建造10万吨级FPSO、第二个能够制造大型船用柴油机曲轴和目前建造海上采油平台上部模块最大单件的城市，被纳入国家战略和我国三大造船基地之一。该市抓住这一机遇，总投资240亿元加紧建设海西湾、即墨、胶南三大船舶基地，实施修造、船配、海洋工程一体化集群化发展。预计5年后这三个基地船舶工业年产值将超过500亿元。“仅7月29日揭牌的青岛武船重工有限公司在海西湾建设的造船基地，总投资就达55亿元。”青岛市委常委、开发区工委书记姜杰告诉记者。

青岛最强的比较优势在港口。面对全球化背景下的区域竞争，该市在环渤海乃至东北亚的全新坐标系下重新定位，加紧整合资源。2月25日铁矿石吞吐量占全球25%的青岛、日照、烟台三个亿吨大港签署战略联盟框架协议，目标直指东北亚国际航运中心和全球铁矿石交易中心。6月29日由青岛港集团、迪拜环球港务集团、中远集团、马士基集团联手香港泛亚集团组建的青岛新前湾集装箱码头有限责任公司正式开业，“三国五方”总投资14亿美元，联手开发经营世界上一次性规划建设最大的顺岸集装箱码头——青岛港前湾四期集装箱码头，目前全部10个泊位已完成建设进度3/5。

在全国进出口严重萎缩的背景下，上半年青岛港完成吞吐量15757万吨，同比增长5%；利润增长5%。

而青岛前湾保税港区一期作为中国沿海港口自由贸易的先行先试区即将实现封关运营，更为青岛港口及临海产业享受“境内关外”政策、实现与世界无障碍联通，提供了无可限量的想象空间。

逆势而动保增长

——全球抄底增“青岛席位”

5月27日，秉持“走出去走进去走上去”雄心的海尔集团面对波涛汹涌的海外市场，果断出手投资参与新西兰斐雪派克公司股权融资计划，计划完成后将获得该公司20%的股份。双方还签署协议：在全球范围内互补和强化双方技术优势，发展高端家电产品，共享市场和供应链资源。

无独有偶。金王集团成功收购了位于美国俄克拉荷马州的KREMLIN油田，成为在国际金融危机中中国企业成功收购海外能源项目的典型案例；青岛陆洋兴达贸易公司参股印尼矿业合作开发铁矿。

面对席卷全球的国际金融危机，以外向型经济为主要特征的青岛企业不是怨天尤人，而是主动出击拓展国际市场，审时度势抢抓国际金融危机下的“抄底”机遇，在全球经济舞台中谋取更多的“青岛席位”。

统计数字显示，今年上半年全市获准境外投资项目29个，总投资额1.41亿美元，同比增长241.2%。平均单个项目规模为377.16万美元，是去年同期的6倍；对外投资过千万美元大项目5个，占项目总数的17.2%，直接拉动全市对外投资总额2倍以上增幅，带动技术、设备、原材料和零部件出口2.6亿美元。全市对外承包工程新签合同额和完成营业额更是分别同比增长了135%和80%。

主动出击国际市场的同时，海信集团与世界家电巨头惠而浦联手在浙中建厂布点。青岛啤酒斥资2.5亿元拿下趵突泉啤酒的品牌、销售网络等资产，使其在济南的市场占有率超过80%。据该公司半年报透露，上半年青啤啤酒销量同比增长12.6%；主营业务收入89.7亿元，同比增长15.1%；实现净利润6.4亿元，同比增长67.9%。

应对危机的核心措施在科技，持续发展的强大动力也在科技。6月24日青岛棉纺企业最后224台有梭织机在青纺联控股集团停止了运转。这标志着在国内全行业无梭织机占比不足40%的情况下，百分之百无梭化的青岛纺织已经占据了技术的制高点。与此遥相呼应，省内最大的服装出口企业绮丽集团上半年出口同比增长10%，订单已排到10月份。

正是在一个个旗舰企业的主动出击下，上半年全市规模以上完成工业增加值1117.4亿元，同比增长12%，增幅较一季度提高4个百分点，预计拉动全市生产总值5.6个百分点；完成工业总产值4458.4亿元，居全国副省级城市第3位。

（《大众日报》2009年8月20日1版，合作者：于晓波）

专题·特稿

重在质的提高

——改革发展新篇系列述评之一

“买方市场”这四个字，如今出现的频率越来越高。但买方市场到底意味着什么？商家体会得更深。

随便找位企业经营者聊聊，都有这样的感觉：市场从来没有像今天这么拥挤不堪，经营从来没有像今天这么艰难。

如果说这还仅限于感性认识，那么下面一组数字足可引为理性判断的佐证：

据省统计局统计，1998 年全省工业品出厂价格总水平下降 4%，直接影响工业收益 235 亿元；今年上半年，又下降了 4.1%，直接影响工业收益 130 亿元。到目前，全省工业品出厂价格已连续下降 20 多个月。如此长时间、大范围的价格下跌，是新中国成立以来没有过的。

近两年，全省制造业 73 种重点产品平均生产能力利用率仅 74%，其中 1/3 不足 50%，最低的只有 3.5%。

种种迹象表明，我省工业经济在经过多年的持续、快速发展之后，正面临新的挑战。世纪之交，工业结构的战略性调整，又一次摆上我省经济工作的重要议事日程。

产品滞销价跌，企业经营困难，大家有充足的理由把原因归结为买方市场全面形成，产品过剩，市场饱和。但看看下面一组数字，就会发现这种说法并不全面。

1998 年，我省造纸业因销售不畅，实现利润比上年减少 4600 万元，全国每年却需进口高档纸 306 万吨。纺织品滞销价跌，全国每年却有 60 亿美元的化纤原料和高档毛织物需要进口。机电产品也是如此，省计委综合处一位负责人说，我们的产品找不到卖点，但全省 90%的电讯设备、60%的技改设备却需花外汇进口。

一方面是生产能力大量闲置，产品滞销价跌；一方面大量产品供不应求，仍需进口。由这个侧面可以见得，我们的产品不是多了，而是结构不合理。

我省工业经济是以能源、原材料等基础产业及初级产品的加工为主体，造纸、酿酒、化肥、水泥、农机、纺织、塑料是传统产业的骨干行业，其位次均居全国前列，历史上都曾创造过辉煌业绩，为我省经济的发展、财政收入的增长、人民群众生活水平的提高，做出过重要贡献。但在新的市场形势下，这些行业结构性矛盾表现突出，与国外先进水平相比更是相形见绌。

——产品结构不合理，档次水平低。造纸业中低档次产品占了50%，而市场急需的铜版纸、高档瓦楞纸等较高档次产品所占比重却很少；水泥行业525#以上高标号水泥只占总产量的9.4%；棉纺行业精梳纱产量只占15%；塑料业中一般产品占70%以上；外贸出口绝大多数是农副产品和初级产品，机电产品出口比重比全国平均水平低18个百分点。产品档次低，附加值自然也低。以纺织品为例，我们的产品在日本平均卖价是64.7日元/平方米，而意大利、英国的产品都在1000日元以上。德国塑料门窗每平方米售价在400～600元，而我们的产品售价仅200元。

——企业组织结构不合理，生产集中度低。以啤酒为例，美国一个AB公司年生产能力就达1100万吨，而我省41家啤酒生产企业生产能力总共才390万吨，平均生产规模仅9万多吨。造纸、水泥、化肥、纺织、塑料等行业也不例外，生产规模小、散、乱，低水平重复建设造成的弊端显而易见。

——技术结构不合理，装备水平低。如我省水泥行业，回转窑仅占10%，远低于全国21%的水平，吨水泥粉尘排放量为6公斤，而发达国家已普遍采用回转窑，吨水泥粉尘排放量只有300克。综观全省，高新技术产业增加值仅占全省工业增加值的6.7%，低于全国平均水平两个百分点。

上述问题的存在，使我省传统工业在激烈的市场竞争中处于被动地位，有些行业的优势已开始萎缩，工业经济结构已经到了非调整不可的地步。可是，对于调整的紧迫性和新特点，一些地方和企业认识并不到位。新中国成立以来特别是改革开放以来，我们不是一直在调整吗？现在“老调重弹”，与以往有什么不同？回顾一下我省经济发展的脉络，就会对这个问题一目了然。

改革开放之初到80年代中期，我省面临的突出问题是粮棉食品等生活必需品短缺，农轻重比例严重失调，结构调整的核心是发展粮棉生产和轻纺工业。80年代中期到末期，衣食等生活必需品日渐丰富，消费需求不断升级，调整的重心转向发展以家用电器为主的耐用消费品。从80年代后期到90年代中期，随着经济的高速增长，煤炭、钢铁、电力、交通、通信等基础产业及直接服务于生活的“三产”发展滞后的问题渐渐浮出水面。于是，增强基础产业的支撑能力，打破制约经济发展的“瓶颈”，发展第三产业，改善投资环境，就成了这一时期结构调整的主题。

20年间三次大调整，三步大跨越，调整的重心尽管各有侧重，但面对的大背景都是短缺经济，调整着眼点都是量的扩张，只要有产出，就有市场，有效益。而如今新一轮调整面对的市场环境完全不同：短缺经济时代已告终结，买方市场全面形成，产品低层次过剩，内需不足，消费乏力；亚洲金融危机的影响依然存在，经济生活国际化趋势不断加强，以知识经济为特征的新技术革命迅速崛起，跨国企业的竞争已经杀到了家门口；消费需求已经发生了重大变化。面对这样的市场环境，工业结构的调整再一味追求量的扩张，这条路子显然走不通了，唯一的出路是把调整的着眼点转向质的提高。

以质的提高为着眼点进行结构调整，要求各级政府和企业经营者必须跳出一味争项目、上规模的怪圈，紧盯市场和效益，以市场为导向，以效益为中心，集中人财物力，在产业结构、产品结构、企业组织结构和所有制结构等方面动一番大手术，盘活存量，优化增量，加快利用高新技术改造传统产业步伐，促进产业结构优化升级，壮大骨干优势产业，努力提高产品市场竞争力，推进高新技术产业化。把握住这一点，我省工业经济才有可能形成新的竞争优势，为长远发展打下坚实基础。

变则通，通则昌。在思想认识上、指导和发展经济的具体手段上，我们应迅速适应这个转变，力争在新一轮结构调整中有一番大的作为。

（《大众日报》1999 年 10 月 12 日 1 版）

投资主体多元化:诱人的蛋糕如何切

——改革发展新篇系列述评之二

随着党的十五届四中全会的召开,投资主体多元化被撩开了神秘面纱,昂首走向前台。这是搞活国有企业认识上的一次飞跃。正确把握这一机遇,对我省国企走出困境至关重要。

一块诱人的蛋糕

前身为寿光县造纸厂的山东晨鸣集团(以下简称晨鸣),从1958年建厂到1986年的28年间,积累总资产仅1670万元,其中净资产502万元,工人发不出工资,生产经营难以为继。

是投资主体多元化让晨鸣摆脱困境,步入发展快车道。1992年,晨鸣以定向募集方式进行股份制改造,募得股金2418万元;次年香港第一东方集团注资339万美元;1997年晨鸣B股上市,募集资金5.46亿元。是年起晨鸣以资金、管理的优势进行低成本扩张,总资产达到21亿元,其中净资产13亿元;生产能力由原来的6000吨发展到40万吨,效益连续四年列全国同行业首位。

在晨鸣,尽管国有成分所占比例逐年下降,到1997年仅为37.13%,但由于仍居控股地位,国家基本没有投入,却控制了相当于1986年143倍的总资产和259倍的净资产。

目前我省国企面临的突出问题,是国有成分比重过大,企业债务负担沉重,投入严重不足。在全部工业企业中,国有资产所占比重比全国平均高出6.5个百分点,负债率达64.4%。仅111户重点国企平均负债率就达59.96%。按省政府计划,要在2000年末将负债率降到54%,至少要注入资本金200亿元,单靠国家投入显然远远不够。

晨鸣的崛起清楚地说明,推进投资主体多元化,其意义不仅在于搞活某个单一的国有企业,更重要的是,增强国有资本的控制力、影响力、带动力,聚集起更多的社会资金,从整体上搞活国有企业。

不仅仅是融资问题

不少地方和企业对投资主体多元化心驰神往,一个重要原因是想靠它的融资功能，解决企业投入不足、负债沉重的燃眉之急。有这种想法很正常，令人担忧的是把眼睛完全盯在这上面，对建立规范的法人治理结构和转换企业经营机制漠然置之。

1996 年 12 月，淄博四砂股份有限公司(以下简称四砂)在上海证交所挂牌上市。按理说这该是投资主体多元化最理想的形式。但遗憾的是，上市募集的大量资金并没把企业带入高速发展的快车道。由于企业仍难摆脱政府行政干预，法人治理结构形同虚设，监督制约有名无实，加之市场不景气，经济效益下滑，股票下跌。

经过慎重论证，淄博国资局将持有的 4000 万股国有股及 650 万股配股权有偿转让给内蒙古艾史迪集团。艾史迪持股 34.48%，处于控股地位；市国资局持股 29.2%，成为第二大股东。公司真正成了民营企业控股，国有、社会法人、社会公众共同参股的混合所有制企业。权责明确的法人治理结构应运而生，企业生产经营出现转机，目前净资产已是上市初的 1.97 倍。

四砂遇到的问题并非个别现象。据对我省改制的 524 户国有企业调查，实收资本中国家股平均占到 77%，法人股、个人股、外商股、集体股分别只有 12.4%、7.6%、1.9%、1.1%。国家倡导投资主体多元化的真正目的，是通过利益纽带强化各个投资主体对企业的关切、监督力度，改变国有企业政企不分、所有者权益虚置的弊端，促使企业从根本上转换经营机制。但上述多元化投资结构，却难以形成相互制衡的法人治理结构，难以让企业从根本上转换经营机制。

还缺什么

从 1994 年诸城市将市机动车辆厂 576 万元资产无偿转让给北京汽车摩托车联合公司，到 1998 年挂牌上市，仅仅四年时间，企业(改制后叫北汽福田车辆股份有限公司)产量比 1993 年增长了 53 倍，净资产增长了 107 倍，上缴税金增长了 98 倍，不但成为诸城市第一利税大户，还带动该市与之配套的企业 58 家，安排就业 1.1 万人。

说起北汽福田的投资主体多元化之路，不少人羡慕不已。但即使现在，把 576 万元资产无偿拱手让人，并不是所有地方领导和企业负责人都能下得了这个决心。

并非所有企业都能像晨鸣一样，既能从外面大把拿钱，又不涉及权力、利益格局的根本变更。对相当一批效益不好的企业来讲，要实现投资主体多元化，就得敢于让别人兼并、控股。而如此势必影响到企业负责人的位子、地方领导的权力。一触及这点，一些当事人就打起了“小九九”。更有一些地方和企业负责人，习惯于“单门独院”过日子，“但求所有，不求所得”，开放意识、资本社会化意识不强，主动追求资本扩张、增值意识不够。由此看来，投资主体多元化，观念是只“挡路虎”。

记者从省经贸委了解到，目前我省国有企业投资主体多元化，进展并不理想，虽然一批企业产权多元化已经起步，但国有资本所占比例过大，尚需进一步提高非国有资本所占比重、建立规范的法人治理结构。另外目前还有不少国有工业企业仍保留着工厂制；还有相当一批改制企业只是国有独资的“翻牌公司”。究其原因，都与观念保守不无关系。

投资主体多元化进程缓慢，还有个体制和政策的问题。比如，一涉及产权变更，当地税收就要受影响；企业搞了股份制公司，要上缴国有股红利和非经营性资产占用费，而对工厂制企业和国有独资公司尚无此说，这就不利于国有企业改为多元投资结构，尤其不利于改为国有参股公司。目前，个别已改为多元投资结构的企业，为享受国有企业的政策，甚至要求再改回去，正是由于这个原因。

再比如，各级国有资产运营体系没有普遍建立。由谁作为国家资本出资人、持有者去运作这个前提不具备，企业跨地区、跨隶属关系相互投资参股、产权流动就没法进行。因此，只有相应的体制和政策性变革配套进行，国有企业产权多元化才能取得实质性突破。

（《大众日报》1999 年 11 月 21 日 1 版）

好风扬帆竞发展

——写在省“两会”召开前夕

龙年春早，万象更新。全省人民关注的省九届人大三次会议和省政协八届三次会议即将拉开帷幕。

“两会”召开前夕，记者赴各地调查，并到省有关部门采访，所见所闻，令人鼓舞，催人奋进。省统计局提供的一组数据显示：1999 年，全省实现国内生产总值 7662.3 亿元，同比增长 10.1%，比全国平均水平高出 3 个百分点；地方财政收入完成 404.5 亿元，比上年增长 14.8%；财政收入过亿元的县达 106 个，比上年增加 9 个，其中超 3 亿元的县达 15 个。省政府圆满完成了年初确定的工作目标。

成绩固然让人振奋，但更可贵的是，成绩背后显示了省委、省政府正确处理改革发展稳定的关系、驾驭宏观经济的卓识、胆略和能力。

多管齐下　投资拉动经济增长

去年年初，我省经济工作面临的形势异常严峻，其中最为突出的问题是：消费市场疲软，物价持续走低，内需持续不振，投资拉动作用减弱，外贸出口下滑。要保证国民经济持续稳定增长，实现 10%的发展目标，难度可想而知。

突破口选在哪里？省委、省政府审时度势，决定抓住国家实施积极财政政策的有利时机，通过扩大投资拉动经济增长，进而带动消费市场启动。

扩大投资，乍一听只有简简单单四个字，但钱从哪里来？这才是最大的难题。

我省充分利用国家增发 1000 亿国债的有利时机，先后争取到国家投资 150 多亿元。在这块资金的牵动下，积极改革投融资体制，采取措施拓展建设资金筹措渠道，形成了多元化投资局面。去年全省的在建工程中，多元化投资和多渠道资金来源的项目占到了 46%，利用外资项目占到 34%，利用股票上市融资的项目占 7%。像日照电厂这种投资 51.2 亿元的大项目，仅外商投资就达 3.5 亿美元。

据省统计局提供的数字，去年全省共完成全社会固定资产投资 2245.1 亿元，比上年增长 9.2%。其中城乡集体投资、个体投资达 631 亿元和 306.3 亿元，分别比上年增长 3.4%和 11.7%。

投资规模的扩大，不仅有力地拉动了经济增长(仅新增国债项目就拉动全省 GDP 增长 2 个多百分点)，而且对启动内需、扩大消费起到了明显的带动作用。以农村电网改造为例，去年我省共投入改造资金 50 余亿元，农村到户电价平均降低 0.1 元，受益农民 700 多万户。农村电费明显下降，不仅促进了农村用电量增长，还在一定程度上启动了农村家电消费市场。全年农村居民用电量增长了 5.8%，一些地区出现了农民踊跃购买家电的热潮。

攻坚破难　国企改革稳步推进

今年 1 月 10 日，省纺织工业厅向外界公布，我省纺织行业提前一年实现了中央确定的减员压锭、扭亏增盈的目标。

纺织行业率先扭亏脱困，只是我省深化国有企业改革的一个侧面。

早在去年年初，省委、省政府就结合我省实际，把 111 户重点国有企业的改革确定为整个国企改革的突破口，于 2 月份出台了《加快建立现代企业制度的意见》。针对国企改革面临的深层次重点难点问题，省委、省政府主要领导深入企业进行调查研究，多次分片召开重点企业和各市地、有关部门座谈会。省经贸委、省财政厅等部门组织专门班子，对重点国有企业一户一户研究路子、措施，协调解决问题；先后出台了《关于全省 111 户重点国有企业增资减债降低资产负债率的指导意见》《111 户重点国有企业年度财务审计办法》《山东省工业结构产品结构调整的意见》等一系列配套政策，对债务负担重、筹融资渠道窄、经营者奖惩机制不明确等制约国企改革发展的深层次问题，拿出了具体解决办法。

重点难点问题逐个突破，使全省国有企业建立现代企业制度和战略性重组的步伐明显加快。全省国有工业企业公司制改造面达到 37.5%，其中 111 户重点国有企业完成整体改制的达 70.4%；实现国有资产授权经营的企业已有 50 家；通过发行新股、配股等形式，去年 50 家上市公司共募集资金 69 亿元；全年发行企业债券直接融资 8.9 亿元。一批债转股企业负债率降到了 30%～50%的合理水平。通过实施兼并、联合、参股、破产等多种形式的改制，中小企业的活力明显增强。社会保障体系逐步完善，为国企减员增效提供了有力保障。

国企改革的稳步推进为我省经济增长注入了充足的活力。去年全部国有和年销售收入 500 万元以上的非国有独立核算工业实现销售收入 6558.8 亿元，比上年增长 12.8%，实现利润 285.1 亿元，增长 26.6%，实现利税 652 亿元，增长 16.6%。到去年 11 月底，全省亏损企业亏损额比上年减亏 12.9%，亏损面同比缩小 2 个百分点。

“三外”齐增　对外开放再入佳境

1999 年 11 月 2 日，济南西门子变压器有限公司正式拿到了增资批准证书，总投资由 4100 万马克增加到 17400 万马克。年末岁尾，西门子公司增资扩股这一大手笔，为我省一年来改善投资软环境、吸引跨国公司的重大举措作了精彩的注脚。

1999 年开春，受亚洲金融危机的滞后影响，我省外贸出口一度低速增长，而招商引资工作面临的更是连续四年下滑的尴尬局面。此外，随着经济国际化的深入，所有的人、财、物都可以在世界范围内进行优化配置，我省原有的资源、劳动力方面的比较优势开始逐渐削弱，山东亟须再造对外开放的新优势。

去年 6 月，省委、省政府在青岛召开了一次近年来少有的高层次对外开放和旅游工作会议，随后省政府又颁布了《关于进一步改善外商投资软环境的若干规定》，从建立健全涉外政务公开制度、制止对外资企业“乱收费”及重复检查等方面，扎扎实实解决外商反映强烈的突出问题。1999 年成为我省改善外商投资环境力度最大的一年、解决外商投诉成效最明显的一年。

在大力改善投资软环境的同时，省委、省政府从外经贸发展全局着眼，提出了利用外资“大高新”“小成套”出口、以大揽大、境外带料加工等四大新的战略。四大战略的启动实施，迎来了外贸、外资、外经“三外”齐增长的大好形势。1999 年我省外贸出口彻底扭转了亚洲金融危机以来徘徊不前的局面，重新步入快速增长的轨道。全年出口总额增长 11.8%，高出全国平均增长水平 5.7 个百分点；吸收外商投资也先于全国回升，不但各项指标全面增长，而且项目质量和水平也有所提高，与跨国公司的合作迈出了新步伐；一批具有资金和技术优势、综合实力强的大型企业集团走上国际舞台，对外承包工程和劳务合作这条“短腿”也由此变“长”了。对外承包劳务经营队伍迅速壮大，获权企业已达 112 家，居全国第一，对外承包劳务工程市场也由上年的 75 个国家和地区增加到 102 个。

星火燎原　新经济增长点活力凸现

就在新千年的日历即将翻开的时刻，1999 年 12 月 24 日凌晨，两只可爱的兔宝宝在山东农科院降生了。这不是两只普通的兔子，而是我省科技工作者历经苦心钻研“孕育”出的两只“克隆兔”。它们的诞生填补了我省动物克隆技术研究的空白，标志着我省在动物克隆方面达到了国内先进水平。

好消息一个接着一个，在稍后公布的 1999 年度国家科技奖励项目中，我省又有 35 项优秀成果获此殊荣，获奖数量连续七年居全国各省市第一位。1999

年全省取得重要科技成果3688项，专利申请量5588件，授权量6536件，分别居全国各省市第二、三位，其中专利授权量创造了《专利法》实施以来的最高纪录。

扎实的研究开发工作，为高新技术产业化奠定了坚实的基础。1999年全省高新技术企业已发展到1220家，电子信息、生物技术、新材料等领域的一大批新成果得到转化，高新技术产业增加值占工业增加值的比重也达到了12.5%。高新技术产业已开始成为全省最具活力的新增长点。

一花独放不是春，百花齐放春满园。回望1999年，一大批新的经济增长点已在齐鲁大地形成燎原之势。

针对我省个体私营经济发展情况，我省及时制定出台了《关于加快全省个体经济、私营经济发展的决定》。各地按照省委、省政府的部署，把发展个体私营经济列入重要议事日程，全省个体私营经济不断发展壮大，增长速度、规模效益都显示出蓬勃发展的良好势头。截至1999年底，全省个体私营经济注册资本总额达750亿元，比上年增长27%。同时骨干企业迅速膨胀，注册资本千万元以上的达350多户，上亿元的已有7户，私营企业集团发展到160余户。一批规模大、科技含量高、经济效益好的科技私营企业在全省生物技术、新型材料、电子技术、精细化工等领域初步形成群体优势。

山东是旅游资源大省。为把这巨大的资源优势转化为产业优势，1999年，省委、省政府确定将旅游业作为我省国民经济的支柱产业加以培植，并着手制定顺应国际发展趋势的大旅游规划。相继建成的济南泉城广场、曲阜孔子研究院、南山高尔夫球场等项目，陆续推出的“山水圣人旅游线”和“黄金海岸旅游线”等精品线路，提高了我省旅游产品的档次，促进了游客数量的大幅度增长。再加上“假日经济”适时吹来的东风，我省旅游业大大地“火”了一把，初现支柱产业的模样。全省全年旅游总收入达307亿元，比上年增长16.43%，占国内生产总值的3.9%，接待海外人数和旅游创汇两项指标均创10年来最高增长率。

回顾过去的1999年，各项成绩的取得来之不易；展望未来，挑战与机遇并存。这次“两会”，将绘就我省迈向21世纪的宏伟蓝图。我们坚信，在省委、省政府的正确领导下，经过全省人民的共同努力，山东一定会迎来一个更加美好的明天。

（《大众日报》2000年2月15日1版，合作者：魏震）

曙光在前

——人大代表谈国企改革和结构调整

今年是实现国有企业改革脱困三年目标的最后一年，是决战之年。

2 月 16 日上午，李春亭省长在《政府工作报告》中，把努力实现国企改革脱困三年目标，作为新的一年我省着力抓好的重点工作之一。

这个话题，成为备受代表关注的焦点。

胜算几何

决战之年，胜算几何？代表们从我省纺织业的率先突破中增强了必胜信心。

两年前，许多人对我省的压锭减员任务还心存疑虑：两年压缩 81 万锭，分流安置下岗职工 10.5 万人，谈何容易！两年后的今天，疑虑顿消：我们不仅如期完成任务，去年国有纺织企业还实现利润 3.2 亿元。

让代表们感慨的远不止此。

1997 年菏泽地区企业亏损面高达 88%，负债率 122%，70%以上处于停产半停产状态，亏损额高达 4.5 亿元，下岗工人 10 多万人。然而，经过不懈努力，菏泽企业两年间亏损面下降了 40 个百分点，去年实现利润 2.3 亿元。

来自政府部门的一些代表说，亏损面之大、富余人员之多、工艺装备之落后，全省工业企业中少有超过纺织业的；企业状况差、改革脱困难度大，少有超过菏泽地区的。他们能做到的，别的地市没有理由做不到。

企业界的代表同样充满信心。威海的三角集团去年上缴税金 2.2 亿元，效益居全国轮胎行业首位。就是这种水平的企业，去年还能降低生产、采购成本 5383 万元。集团董事长丁玉华代表感慨道：国企潜力之大可见一斑。只要尽好主人的责任，把企业的事当自个儿的事干，这种巨大的潜在优势就会喷薄而出，国有企业就有辉煌的前景。

莱钢集团公司总经理李名珉代表说，“入世”在即，钢铁企业面临的挑战更为严峻。但挑战中孕育着新机遇。靠着强烈的责任感和忧患意识，在竞争激烈的国内市场，我们挺了过来；面对经济全球化的挑战，我们一样能谋得更大发展。

制胜关键

决战之年，最难攻破的堡垒是使国有及国有控股大中型亏损企业基本扭亏脱困。正视困难，把握先机，才是决胜的关键。

那么，制胜的关键环节何在？菏泽地区行署专员陈光代表认为，在于通过改革改组拓宽扭亏空间。陈光解释说，就单个企业扭亏抓扭亏，只能跟消防队似的，不仅力不能及，而且收效寥寥。必须跳出一企一地甚至一国，把亏损企业放在更大的空间下审视，采取战略性措施改组，借助外力盘活。

菏泽啤酒厂的死而复生，为这一观点作了最好的注脚。就因跳出菏泽，引来青啤进行资产重组，这个长期停产濒临倒闭的企业不仅很快恢复生产扭亏为盈，而且短短两年生产能力由 3 万吨扩张到 20 万吨，成为全区屈指可数的利税大户。一步迈出，天宽地阔。

蓬莱市委书记刘树琪代表与陈光的见解不谋而合。他说，就县域经济而言，实现国企改革脱困自身力量有限，必须打破地域、行业、所有制界限，立足国内外两个市场配置资源，面向大企业、大集团挂靠联合，才能四两拨千斤。

先决条件

新汶矿务局是个资源濒临枯竭的老矿区，去年仅离退休人员工资就负担了 1.2 亿元，与该局亏损额所差无几，还承担着沉重的富余人员和企业办社会包袱。局长郎庆田代表认为，要使国企扭亏脱困，平等参与市场竞争，政府部门必须拿出实实在在的措施，在完善社会保障体系，减轻企业办社会负担等方面，为企业创造良好的外部环境。这是打好国企改革脱困决战的先决条件。

聊城市委书记张敬涛代表认为，转变观念，也是打好国企改革攻坚决战的先决条件。他说，目前我省国有企业面临的一个突出问题是，国有成分特别是国有独资企业所占比例过大，战线太长，结构性矛盾突出。解决这个问题必须着眼于整体上搞活，有进有退，有所为有所不为。通过改革改组，使国有资产管理向优秀企业家集中，资源向优势企业集中，资金向优势产品集中，把优势企业做强、优势产品做大。

聆听《政府工作报告》，与代表们广泛交流，记者深深感受到，国企改革，胜利之期不会遥远。

（《大众日报》2000 年 2 月 19 日 1 版）

闯过难关是坦途

——国企改革攻坚述评之一

近两年来，我省各级党委政府和企业，按照中央提出的国有企业扭亏脱困三年目标，真抓实干，攻坚破难，取得了令人振奋的成绩：截至去年底，全省国有及国有控股工业企业亏损面已下降到26.29%，其中大型企业亏损面降到20%以下，年实现利润增幅比上年提高25个百分点；今年1～4月，国有及国有控股工业企业亏损面比全国平均水平低10多个百分点，其中大中型企业实现利润同比增长2倍。

一

实现扭亏脱困三年目标，是一场硬仗。在这场攻坚战中，干部职工精神状态至关重要。

在众多陷入困境的国有企业中，淄博矿务局这个连续亏损26年的百年老矿资源枯竭，在册职工与离退休、伤病亡遗属的比例高达1∶1，3.6万名在册职工有一半需要安置。

干部职工没有被困难压倒。万人誓师大会上，他们喊出这样的口号："只要精神不滑坡，办法总比困难多！""大干小困难，小干大困难，不干更困难！"一系列改革措施随即出台：打破"大锅饭"，划小核算单位；发展非煤产业转岗分流；职工自谋出路……两年苦战终于拼出一条路：1998年职工人均实发工资7743元，接近全省煤炭企业平均水平，3.6万名在册职工有下岗的，但很少有找不到出路的。

淄博矿务局只是我省众多走出困境的国有企业的一个缩影。每个企业的脱困路都是一部自立自强史。干部职工以自己的实践有力证明：只要精神不倒，意志不垮，国有企业完全有能力摆脱困境，重振雄风。

两年前扭亏脱困攻坚战正式打响时，我省曾对亏损企业做过一次摸底，结果发现，领导班子观念陈旧、畏难发愁的占20%；管理混乱、"跑冒滴漏"严重的占30%。"扭亏先扭人的观念，扭观念先扭带头人"。各级党委、政府形成了这样的共识，仅去年就调整国有亏损企业领导班子100多个，举办扭亏脱困学习班30余期，培训经营管理者1200余人次。青岛钢铁集团公司曾连续两年亏损

1.2 亿元。调整后的新班子扑下身子真抓实干，企业近两年实现利润 3515 万元，负债率下降 10.93 个百分点。

二

论困难企业之多、亏损面之大，菏泽地区在全省屈指可数：1997 年县属以上工业企业亏损面高达 88%，亏损额 4.5 亿元，负债率 122%，70%以上的企业处于停产半停产状态；21 万职工一半下岗。仅两年时间，全区工业企业亏损面就降到 38%，去年实现利润 2.3 亿元，下岗职工仅有 3.6 万人。

行署专员陈光认为："政府不是消防队。平均用力，孤立地一个个企业抓扭亏，不仅力不能及，而且收效甚微。只有把亏损企业放在全省、全国甚至全球背景下重新审视，通过资产重组实现优势互补，才能从整体上搞活国有企业。"近两年来，菏泽地区县属以上工业企业改制面达 92%，其中 85%扭亏为盈。

菏泽着眼于整体搞活的做法，从一个侧面反映了我省国有企业扭亏脱困的基本经验。

1997 年底，我省国有及国有控股大中型工业企业亏损面达 25.5%。按照"十五大"提出的目标，要在 3 年内将国有大中型企业亏损面控制在 20%以下，时间紧迫，任务艰巨。但省委、省政府态度非常明确：不仅要如期完成国有大中型企业扭亏脱困任务，更要着眼于发展、着眼于整体搞活，通过国有大中型企业扭亏脱困，带动全省国有工业企业的战略性调整，使国有企业经营状况明显好转，总体效益显著提高，竞争实力显著增强。

按照这一思路，各地普遍树立了"大扭亏"观念，打破地域、行业、所有制界限，立足国内外两个市场，加大亏损企业产权重组力度，形成了"四个一块"的全新思路：对因产品规模小、市场竞争力差造成亏损的，依托优势企业兼并、租赁、托管，优势互补"靠一块"；对因高负债和资金紧张导致亏损但产品尚有竞争力的，通过加大扶持力度"扶一块"；对一般竞争性的亏损企业，通过出售和股份合作制等多种形式退出国有成分"放一块"；对资不抵债、扭亏无望的"破一块"，从源头上消灭亏损。

这些措施有效地改变了我省国有成分比重过大、战线过长、竞争力不强的被动局面。各地腾出手脚，把扭亏脱困与结构调整紧密结合起来，按照"四个一批"的结构调整思路，加快传统骨干行业的改造升级，加快培植高新技术产业。去年不仅实现了酿酒、水泥等 7 个传统骨干行业的整体扭亏，减少国有亏损企业 113 家，而且使相当一批亏损企业走上良性循环轨道，成为颇具活力的新的经济增长点。

三

国有企业多年积淀下来的众多深层次问题，单靠企业单兵突破远远不够。

省委、省政府正确决策，针对国有企业债务负担和人员包袱过重、资金紧张、投资主体单一、监督制约机制不健全等突出问题，先后出台了做好国有大中型亏损企业扭亏脱困工作、加快建立现代企业制度、对重点国有企业增资减债降低资产负债率、加快推进国有大中型企业投资主体多元化及治乱减负等一系列配套政策，把改革同改组、改造、加强管理结合起来，逐个破解国有企业改革脱困面临的深层次问题，为国有企业走出困境提供了有力的政策保障。

各级各部门振奋精神，上下一心，层层签订扭亏脱困目标责任状，主要领导包企业，逐户调查摸底，因企施策，分类指导，把扭亏目标和措施层层分解落实到企业及责任人，对扭亏脱困工作实行月调度、季通报，年终考核，引导和帮助企业健康发展，为国企脱困创造了良好的外部环境。

据统计，仅去年省财政就安排扭亏增盈贴息资金 1500 万元，帮助困难企业从银行贷款 1.5 亿元。各地也积极筹措扭亏增盈专项资金，对扭亏有望的企业进行重点扶持，目前已有 17 户企业正式签订了封闭贷款合同，合同贷款 3.49 亿元。经过多方积极推荐争取，有 38 户企业被国家经贸委列入债转股名单，申请转股金额 219 亿元，其中 13 户企业已与有关银行和资产管理公司签订了债转股协议，协议转股金额 68 亿多元。到去年底，我省共向国家推荐上报新增和结转兼并破产项目 212 个，批准 179 个，计划核销银行呆坏账准备金 30.08 亿元。

四

有关人士指出：对我省国有企业扭亏脱困取得的成绩，必须一分为二地看待，既要看到成绩，树立信心，又要保持清醒的头脑，不能盲目乐观。

一方面，经过两年多的攻坚破难，绝大多数因资金、领导班子、管理等问题造成亏损的企业，都已通过采取相应措施实现扭亏，剩下的大都产品、工艺落后，债务、人员负担沉重，管理欠账多，是扭亏脱困最难啃的硬骨头。另一方面，相当一部分扭亏企业还处于亏损边缘或微利状态，产品结构、管理水平、内部机制并没有根本改观，扭亏的基础并不牢固，只要市场稍有不利形势，很容易再次滑向亏损的泥潭。

还应当看到，在亏损企业大幅度减少的同时，每年都有新的亏损企业不断冒出来。以去年为例，全省 269 家国有及国有大中型亏损企业中，新增的亏损企业就有 80 户。

此外，产品结构的优化升级、经营者素质的提高、社会保障体系的完善等尚需一个过程。

所有这些都说明，实现扭亏脱困三年目标，从整体上搞活国有企业，任重而道远。

（《大众日报》2000 年 7 月 3 日 1 版）

新形势呼唤新办法

——国企改革攻坚述评之二

强化企业管理，提高科学管理水平，是建立现代企业制度的内在要求，也是国有企业扭亏增盈、提高竞争力的重要途径。在这方面，我省国有企业进行了大量富有成效的探索和创新，成绩引人注目。

一

近几年，邯钢经验在我省国有企业中得到普遍推广。但推广不是照搬，必须结合自身实际大胆创新。济钢在学习邯钢“模拟市场倒逼成本”的基础上，创造性地探索出“倒推正定”的全新成本控制模式：不仅依据市场行情和目标利润倒推出各生产环节的成本计划，而且以影响成本的主要经济指标达到同行业前三名和本企业历史最高水平为原则，从初始环节往前正算成本，然后比较修订，确定成本计划，再层层分解考核，落实到班组。这一模式的实施，使济钢在全国同类型机炉 169 项可比经济技术指标中，有 41 项名列第一。在全行业普遍经营困难、效益下滑的情况下，济钢近三年不仅消化减利因素 10.02 亿元，而且实现利润 5.57 亿元。

二

买方市场下，成本和价格优势越来越成为企业形成竞争优势的关键因素。但从面上看，大多数企业降低成本的着力点还仅停留在生产环节。其实，随着技术进步和工艺水平的不断提高，这个环节的挖潜空间越来越小。

而跳出生产环节看，购销运输和仓储一概包揽、不计成本的“大而全、小而全”的弊病在我省国有企业还没有大的改观。随着消费结构的变化，企业生产越来越趋向于多品种、小批量，采购成本、仓储费用、运输费用在企业产品全部成本中所占比例越来越高（我省工业企业达 30%）。但众多企业忽视的恰恰是这一块“黑色地带”。

从 1996 年起，东大化工集团在储运管理上大胆改革创新，形成了独具特色的现代物流管理模式：取消原有的自备车队，优化供销方案，依托社会化服务提高运输效益，降低运输成本，最大限度压减库存。1996 年至 1998 年累计节约支出 1397 万元，1998 年减少库存资金占用 1800 万元。

三

卖方市场条件下物资短缺，企业别无选择，只能把关注点放在原材物料能否充足供应上，成本问题退居次要位置。买方市场条件下，物资供应充足，为企业大幅降低成本、提高效益提供了广阔的选择空间。潍坊亚星集团较早意识到这一点，在购销管理上大胆创新，建立起科学、规范的"购销比价管理体系"。通过"三审一检一考核"(采购计划、价格、票据审核和经济责任制考核)的管理流程，严把进出两个环节，变被动的事后监督为事前、事中、事后全过程主动管理，变采购过程的"暗箱操作"为比价采购、公开招标，近 5 年累计节约支出 7092 万元。去年全省百户重点企业，通过"学亚星"，节约采购费用 10.4 亿元，相当于企业实现利润的 27%左右。

四

明水化肥厂这几年实现利润一直保持在上千万元，但企业负责人的办公室里，一台空调也看不到；销售部门配了不少手机，但厂级领导只有一部，谁出差谁用。厂领导自觉，职工也不含糊，连采购一个钢卷尺、一个小毛刷花了多少钱，都有人操心。

这个 1958 年建厂的老国企，干部职工对企业的关注能达到这样的程度，关键是个人利益和企业业绩紧紧连在了一起。通过两次改制，职工持股比例占到企业全部股份的 68.14%，建立起规范的法人治理结构及按劳分配与按股分红相结合的分配机制。

省经贸委企业处的同志说，管理创新说到底只是手段，它只有以制度创新为前提，才能最大限度地激发人的活力，把强化管理变成企业经营者和每一名员工的自觉行动。

五

省委、省政府对加强和改进企业管理一直十分重视。从 1995 年起，一年一个主题，在全省范围内年年开展"管理效益年"活动，并组织实施"企业管理示范工程"。通过大张旗鼓总结推广先进典型，有力地影响和带动了企业管理水平的提高。省政府领导同志说，我省经济发展快，效益好，很重要的是抓了管理，增强了全社会的管理意识。

与此同时，各地在推进国有企业产权多元化、建立国有资本出资人制度、完善法人治理结构和企业经营者业绩考核奖惩等方面也下了不少功夫。这些做法对加强和改进企业管理起到了明显的促进作用。

但从总体上看,我省国有企业改革任务还相当艰巨:目前还有一些企业没有进行改制,已改制的也不同程度地存在着结构不规范、出资人不到位、投资主体单一、机制转换不快等问题,还没有形成有效的激励约束机制。相当一批国有企业观念陈旧,创新意识淡薄,"等靠要"思想严重,基础管理松弛,财务管理混乱,对市场变化反应迟钝。管理思想、管理制度和管理方式远远不能适应新形势的要求。

所有这些都说明,把改革与管理创新结合起来,同步推进,相互促进,仍然是我省国有企业一个长期而紧迫的艰巨任务。国有企业应尽快由经验管理向科学管理转变,建立科学的管理决策体系。这项工作做好了,我省的国有经济才能具备足够的竞争实力和充足的发展后劲。

(《大众日报》2000 年 7 月 5 日 1 版)

唱响调整重头戏

市场就是这般诡谲莫测、风高浪险！

20 世纪最后 5 年，山东经济发展面临着前所未有的严峻考验：买方市场陡然出现，大量产品低层次过剩；通货紧缩，内需不畅，物价连年持续走低；亚洲金融危机爆发，产品出口受阻；知识经济兴起，经济国际化趋势加剧……

沉浮系于一瞬间。面对接踵而至的困难和挑战，我省各级各地广大干部群众，紧紧抓住经济结构调整这个“牛鼻子”，转观念，除沉疴，闯新路，驾驶着山东经济这艘巨轮，跨过一个又一个激流险礁，扬帆竞发，破浪疾驰。驾驭宏观经济的胆识和魄力引人瞩目，取得的成绩令人鼓舞。

壮士断腕
——聚力出重拳

站在“九五”起跑线上，山东经济面临的巨大压力首先来自市场。

有关资料显示：“九五”初期，我省 52%的产品生产能力利用率在 60%以下，工业企业 40%的产成品积压滞销。随着亚洲金融危机的爆发和买方市场的加深，这种矛盾日益突出。众多企业举步维艰，随时面临出局危险。

产销不畅，竞争乏力，归根结底源于经济结构不合理。

以传统支柱产业纺织业为例：“八五”末我省 3 万锭以下棉纺企业平均规模不到 1 万锭，而国外多在 10 万锭以上。纺织行业美国无梭织机比重已占 71%，毛纺每万锭用人仅 400 人，而我省无梭织机仅占 7.9%，毛纺万锭用人多达 2400 人。

传统产业结构层次低，缺乏规模和竞争优势，高新技术产业发展滞后。这样的经济结构，不调整死路一条，但平均用力，个个都想保，显然力所不及。更要命的是，众多企业只生不死，小、散、乱，挤占了大量市场空间和人财物力，死的死不了，活的活不好。

几十年低水平重复建设积成的沉疴痼疾，要想在短期内有所改变，必须拿出壮士断臂的决心和魄力，有进有退，有所为有所不为。省委、省政府果断决策，制定了“四个一批”的调整总体思路：对传统产业采用高新技术改造一批；对骨干优势产品集中力量扶持壮大一批；对有发展潜力的高新技术产业加大力度扶持一批；对长线产品和落后生产能力坚决转移淘汰。

调整的第一锤首先砸向纺织业。

从1998年起，我省大刀阔斧减员压锭，两年压缩棉纺生产能力81万锭，分流安置下岗职工10.63万人。不少纺织工人是流着泪砸掉了赖以生存的纺锭。但不经历这样痛彻心骨的阵痛，就不可能有整个行业的改造新生。

落后生产能力压减的同时，我省腾出手脚集中22亿元技改资金重点投入，两年间全省纺织行业纺纱支数平均提高11支，纯棉精梳比重提高6个百分点，实现利润比压锭前增长了54%，达到90年代最好水平。

纺织业只是我省结构调整的一个缩影。关闭小煤井、小炼油、小水泥、万吨以下小造纸……“九五”期间，这种壮士断臂式的调整几乎遍及我省传统产业的方方面面。

关停并转、淘汰落后说到底只是手段，调整的根本目的在于聚拢五指重拳出击，加快传统产业改造升级，集中力量膨胀骨干企业和优势产品，从总体上提高我省经济的总体竞争力。以造纸行业为例，近两三年我省虽然关停减少“小造纸”384家，但产业结构却发生了翻天覆地的变化，仅晨鸣集团去年创造的利税就超过了调整前全行业的总和。

统计资料显示，“九五”期间我省累计投入技改资金2660亿元，其中投资额上亿元的重大技改项目就达125项。五年累计更新改造落后设备200多万台套，形成先进生产线3000多条，主要生产企业45%的生产设备达到国内或国际先进水平。酿酒、水泥等7个传统产业得到脱胎换骨式的改造升级，去年整体扭亏为盈。一大批知名品牌和优势产业脱颖而出，成为拉动国民经济发展的中坚力量。

家底不同，调整的思路各有千秋。

战略重组

——*流动中盘活*

以菏泽地区为例，1997年一二三产业比例仅为52∶28∶20，工业总产值还不如沿海一个经济强县。县属以上企业平均负债率高达122%，70%的企业停产半停产。

面对这么个家底，搞调整谈何容易。但并非无路可走。

1997年底，该区将业已停产的菏泽啤酒厂65%的产权转让给青啤。企业不仅死而复生，而且生产能力迅速由3万吨扩大到10万吨。

以孤立的方式搞调整，头痛医头，脚痛医脚，碰到的尽是困难和包袱。着眼于整体上搞活、战略性重组，看到的却是信心和财富。

全区上下敞开区门市门县门，像推销产品一样推销自己的企业，近三年先后有75家困难企业被省外国外企业兼并重组，不仅盘活资产20多亿元，而且新增资产7.3亿元。

结构调整是挑战，更是重新审视自我、重塑自我优势的难得机遇。谁能看清自己的优势和劣势，谁就能站在更广阔的背景下配置资源，一切优势为我所用。谁认识得晚，就会被困难压垮，被激烈竞争淘汰出局。

西部如此，经济基础较好的中东部地区更不例外。

烟台市以“内外并举，挂大联名”为抓手，在结构调整中内选10户重点企业集团，对市内企业的低效资产进行兼并重组，拉长产业链条，加快优势产业膨胀速度；外引三九、古井贡等国内知名企业，拉动弱势产业优化升级。近三年有130多户困难企业扭亏脱困；烟台正海、东方电子等一批在国内市场举足轻重的高新技术企业迅速崛起，去年市属工业实现利润比上年增长87.3%。

思考在步步深入，一个个符合市场经济规律的全新观念，在战略性重组、重塑自我优势中发挥着越来越难以估量的威力；“不求所有，但求所在”“不求所在，但求所有”等一组组看似对立的观点，彼此结合，各有妙用。

当泰山索道、山东电缆这些支柱企业的控股权分别转让给浪潮、鲁能时，泰安市强调的是前一句话：正因看重所在，才下决心忍痛割爱，才会有鲁能的电力优势资产、品牌、资金的进入和山东电缆连年翻番式的迅速膨胀；才会有5年投资36亿元的“浪潮软件园”的落户和全市电子信息产业未来几年的迅速崛起。

当海信集团盘活辽宁、贵州等地的闲置资产，双星集团在四川、陕西等地搬迁新建、控股租赁17个生产基地，红星集团到原料基地重庆、贵州、湖北建厂，青啤集团巨资收购上海嘉士伯等洋品牌，海尔集团甚至把科研和生产基地建到美国时，青岛强调的是后一句话：正因了不求所在，才会有全国乃至全球范围内的原料、市场、资金、技术为我所用，才会有十大优势企业的迅速膨胀（去年利润占到全市工业的80%）。

……

战略性重组出规模、出市场、出竞争力、出效益。“九五”之初，有人用“有山无峰”“有群狼无猛虎”形容我省经济结构的被动局面。站在“十五”起跑线上，我们可以自豪地宣布：经过短短几年的战略性调整，我省重点扶持的八大骨干企业集团和136户重点企业，已经成为国民经济的“关键少数”和推动全省产业结构优化升级的骨干力量，仅今年1～7月份，这136户重点企业就拉动全省工业利润增长近60个百分点。其中111户重点企业集团户数仅占全省国有工业的3.7%，资产、利润却已占到全省国有工业的77%和74.3%。

破旧立新

——药猛病根除

说来教训深刻。

“七五”“八五”期间，我省某市东奔西走，争取来十几个重点项目，投资额上百亿元。本以为抱回了金娃娃，谁曾想不少项目费了九牛二虎之力建成投产，却成了“烫手的山芋头”。企业经营举步维艰，数十亿元的债务包袱压得当地政府喘不过气来。

一位经济界人士分析说，除了项目“无本出生”，完全靠贷款建设，利息负担沉重外，政府越俎代庖、市场定位不准亦难逃其咎。

放眼全省，类似现象并不少见。

短缺经济时代，我们习惯了“政府刨坑，企业栽树”的经济发展模式。条块分割，不同的地区、行业各有各的利益，各有各的小算盘；投资风险制约机制又没建立。一说发展，大家首先想到的是跑项目、争资金、上规模。

这种各自为战、片面追求量的扩张的旧观念、旧体制，正是造成地区间产业结构雷同，“小而全”“大而全”、低水平重复建设，主导产业不突出，市场竞争力差的根本原因。

买方市场条件下，不对这些旧观念、旧体制施猛药、动大手术，不仅现有的结构积弊难以根除，甚至有限的增量也很难投到该投的地方，结构性矛盾只能越积越深。

淄博市果断对准病根举起了手术刀：“搬庙去和尚”，将13个工业主管部门压减为6个行业办公室，人员由508人减到123人；打破条块分割，将69户市属企业下放区县管理。结果新上项目项项成功，近两年全市工业实现利润年均增幅20%以上。

观念、体制的转变程度决定结构调整的深度和广度。过去上项目搞技改政府拍脑袋。这两年我省改革项目审批体制：新上项目必须有利于提高产品技术含量和促进产业结构优化升级；项目初选后专程到北京请两院院士论证拍板，向全社会公开推介招标。由于项目选择准、技术含量高、竞争力强，去年我省争取到的国债贴息技改资金，占到全国的1/10。

以前企业投资渠道狭窄，增量投入完全依靠银行贷款，这两年我省明确规定：凡省内已批准的同类项目，原则上不再审批或转报，引导具有较强投资能力的大型企业集团向已批准的项目投资；企业新上技术创新、技改项目凡实行投资主体多元化的，在项目审批和资金扶持上优先考虑；投资额5亿元以上或建设周期在3年以上的重大技改项目，具备多元化投资主体，有关部门方可批准或向国家转报。

投融资体制的全新思路，不仅有效堵住了低水平重复建设，而且拓宽了投融资渠道。这几年银行实行负债比例和风险管理，贷款额大幅度下降，加之亚洲金融危机影响，企业资金普遍紧张，但“九五”期间我省技改投入不仅没有减少，而且达“八五”的1.4倍，其中80%来自多元化投资主体。

挑战声急

——思路是出路

回顾“九五”，我们的结构调整固然取得了不小的成绩。站在新世纪的起跑线上，山东经济又一次面临着沉浮攸关的严峻挑战：

入世在即，国际的竞争已经到了厂门口、家门口，跨国公司很快就会与我们展开贴身较量，争夺有限的人才、资源和市场空间。不迅速调整结构，及早应对，相当一部分企业可能会有灭顶之险。

知识经济迅速崛起，高新技术产业的发展程度将成为21世纪市场竞争的决定性力量。不尽快拉长这一短腿，未来的竞争中，我们就会处于劣势地位。

上海、广东发展迅猛，江苏、浙江咄咄逼人，一步落后，就会被远远甩在后边。

翻翻我们的家底，更让人寝食难安：

资源开发型和劳动密集型产业多，原料型和初加工产品比重大，资源深加工、资金技术密集型产业少。高新技术产业规模小，带动能力弱；生产集中度低，多数企业距合理经济规模相差甚远。从整体上看，这种产业结构并没得到彻底改观。

所有制和一二三产业结构不合理，国有经济战线过长；个体私营经济发展缓慢，经营水平和层次不高；经济外向度不高。第三产业所占比例比美国低38个百分点；出口商品总值与国内生产总值的比率，比上海、广东、江苏低24、61、18个百分点。

市场瞬息万变，调整永无止境。

在今年的经济工作会上，省委书记吴官正谆谆告诫：“经济结构调整，不是局部的、暂时的，而是全局性的、战略性的；不仅要坚决压缩落后的生产能力，还要加快先进生产能力特别是高新技术产业的发展；不能封闭起来搞调整，而要在开放中搞调整，以开放促调整，带动经济结构优化升级；不仅要解决当前的市场供求问题，更要着眼于长远发展，提高经济的整体素质和效益。”

在今年的对外开放工作会上，省长李春亭大声疾呼："随着行业的开放、关税的降低、市场准入限制的放宽，进口压力将会增大，一部分企业尤其是那些成本高、技术水平低和管理落后的企业，将面临严重冲击。如果不抓紧调整、提高市场竞争和抵御风险的能力，企业的生存便成问题。"

济南在猛醒："我们的出口总值占 GDP 比重，不仅低于南方城市平均水平 20 多个百分点，甚至低于全省和全国平均水平。"

潍坊在猛醒："去年我们实际利用外资比青岛少 8 亿美元，外资企业出口创汇仅为青岛的 1/10。"

烟台一位领导说："过去结构调整意味着发展快慢，现在则意味着生死存亡，不调整就是在等死。"

"兴盛起于忧患"。忧患意识的觉醒，是一个民族、一个地区走向成熟的标志，一个国家、地区逆境中奋起的希望所在。

调整呼唤新思路，山东应有大作为：

泰安市 36 个部门分别出台文件，为民营经济发展松绑铺路，力争 3 年内将民营经济在国内生产总值和地方财政收入中的比重提高到 50%。

济宁市确定，国有资本从一般性竞争企业退出变现，集中资金重点投入，大力发展高新技术产业。

"十五"期间，我省将重点发展电子信息、生物工程和新材料三大高新技术产业；专门拿出 6 亿元设立风险投资（计划三年内增加至 20 亿元），加快高新技术成果转化。

面对跨世纪的发展蓝图，日照、聊城、德州、临沂……从东到西，从南到北，靠山的走山路，靠海的走海路，各打各的优势牌，各施各的大手笔，议调整群策群力，抓调整紧锣密鼓。

透过这些新思路、大手笔，我们仿佛听到新一轮经济发展大潮的滚滚涛声。经济现代化的壮丽前景，已经在向我们频频招手。

（《大众日报》2000 年 9 月 25 日 1 版）

发展,时代的主题

千年更迭,世纪交替。

站在21世纪的起跑线上,滚滚时代大潮又一次把山东经济的巨轮推到了峰头浪尖。逆水行舟,不进则退,一股浓浓的紧迫感和危机意识油然而生。快发展,大发展,成了本次"两会"代表、委员讨论的焦点话题。焦灼之情溢于言表,拳拳之心令人动容。思虑之密,见解之深,让人思路洞开。

经济发展问题已不是单纯的经济问题,而是关乎前途命运的政治问题;抓不住发展这个主题,经济社会生活中的一些难题就无从解决;不进则退,小进也是退。稍有懈怠,就会在竞争中处于不利地位——

让硬道理硬起来

20世纪最后5年,是山东经济社会发展极不平凡的5年。这5年间,短缺经济退出历史舞台,买方市场日益形成,物价连年走低,内需乏力,企业生产经营面临着前所未有的严峻挑战。经济全球化趋势加剧,国际的竞争已延伸到了厂门口、家门口。国有企业面临的内外部压力增大,改革进入攻坚阶段。农产品滞销价跌,农民增收的压力进一步增大,农村劳动力转移缺少渠道,这些都给农村和城市的稳定、给经济社会发展,带来了前所未有的压力和挑战。

就是在如此困难的情况下,山东经济仍然保持了持续、快速、健康的发展,圆满完成了"九五"计划的既定目标,胜利实现了现代化建设的第二步战略目标,发展成就引人注目。5年间全省国内生产总值年均增长11%,人均国内生产总值达到9580元,5年增加3822元。全省地方财政收入由1995年的179亿元增加到去年的463亿元。电力、交通、通信等基础设施"瓶颈"制约基本消除,人民生活水平提高,社会稳定,各项事业健康发展。

回顾5年来的艰辛历程,代表、委员们深有感慨,"九五"成就来之不易,我们也积累了许多宝贵经验,首要的一条,就是无论什么时候,面临再大的困难,都毫不动摇地坚持了发展这一硬道理。

省人大代表、省经贸委主任王仁元告诉记者,国有企业改革发展、扭亏脱困,千困难,万困难,解决的办法只有一个:扭住发展不放松。

这话的确说到了问题的根子上。"九五"期间,全省各级各部门积极向中央争取基础建设资金、国债技改贴息资金，从并不宽松的财政收入中千方百计挤出资金，通过贴息拉动银行贷款，千方百计拓宽投资融资渠道，广泛吸纳社会资金，加大基础设施建设和企业技术改造、技术创新、高新技术产业化步伐。5 年间全省完成固定资产投资 10197 亿元，其中仅争取国债项目就达 535 个，总投资 527.3 亿元。这些都对拉动全省经济增长起到了至关重要的作用。5 年间全省累计投入技术改造资金 2660 亿元，省里先后拿出 17.1 亿元，扶持高新技术产业发展；筹集了 21.5 亿元，并成立担保机构扶持中小企业发展。5 年来全省累计更新改造落后设备 200 多万台套，纺织、造纸等一大批传统产业实现脱胎换骨，重新焕发了生机和活力。一批优势企业和名牌产品在激烈的市场竞争中迅速崛起。

来自德州代表团的一位市领导结合当地的实际情况指出，欠发达地区经济基础薄弱，财政和农民增收面临的压力都比较突出。解决这一问题，集中做好“更快更好发展”的文章尤为重要。这几年德州市通过放手发展民营经济，地方财力迅速增长。去年全市地方财政收入比上年增加 22%。全市 GDP、地方财政收入新增部分的 41%、44.7%来自民营经济，带动农民收入大幅增加。记者从省有关部门了解到，去年我省个体工商从业人员已达 669.5 万人，对缓解社会就业压力、安置下岗职工发挥了至关重要的作用。

李春亭省长在《关于山东省国民经济和社会发展第十个五年计划纲要的报告》中指出，今后 5 年到 10 年，是我省经济社会发展极为重要的时期。展望新世纪，我们既面临着机遇，又充满着挑战，必须增强发展的紧迫感。

代表、委员们对此感触颇深，他们认为，只有保持经济较快增长，才能有效解决经济社会生活中存在的突出问题，增强综合实力，保持社会稳定，提高人民生活水平。还有代表、委员指出，落后就要挨打，经济上能否真正强起来，早已不是单纯的经济问题，而是关乎党和国家前途命运、兴衰成败的严峻政治问题。

省人大代表、莱芜市市长于希信指出，不进则退，小进也是退。稍有懈怠，就会被先进地区甩得更远，被咄咄逼人的后来者迎头赶上，就会在竞争中处于不利地位。过去的成功经验已经表明，面对复杂的国内外经济环境，发展是硬道理，没有发展，一切问题的解决都无从谈起。今后更要坚定不移地叫响发展这个硬道理，营造发展氛围，探索发展路子，加快调整促发展，深化改革促发展，扩大开放促发展，强化科技促发展，靠发展强身健体，在市场竞争中立于不败之地。

置身市场竞争最前沿的莱钢集团总经理李名岷代表说起发展更是感慨良多，全国钢材市场供大于求，国外企业步步进逼，没有加快发展，就没有今天莱钢产品在国内外市场的竞争力。而没有未来几年的大投入、高起点技术改造和新产品开发，莱钢在日益加剧的国内外竞争压力下，无疑将没有立足之地。

认识决定行动，思想解放程度决定着发展的速度和质量；思想解放不是空话，它有着实实在在的内涵；只要符合“三个有利于”，就要敢冒敢试敢闯敢干，打破陈旧观念才能换来新一轮大发展——

发展离不开思想解放

同是沿海省市，广东的私营企业总户数比我省多了5万多户，平均注册资本比我省多67万元。为什么被人家拉下这么大一截？省政协委员、德州市德城区副区长纪金海一语中的：关键是认识不到位，思想不解放。

认识决定行动。比如如何看待民营经济，广东省早在1992年就明确提出，要把大力发展民营经济作为增创广东新优势、率先实现现代化的重要方面，不限发展速度，不限经营方式，不限经营规模。东莞市还提出，国有企业、外资企业、民营企业，一视同仁，不能有任何歧视和偏见。广州市提出，谁对发展民营经济认识不到位、服务不到位，就挪谁的位。反观我们，不少地方对发展民营经济心存疑虑，自缚手脚。

思想解放的程度决定着发展速度和质量，没有思想解放做先导，发展就迈不开步子，差距越拉越大，是自然而然的事情。

李名岷代表认为，思想解放不是一句空话，它有着实实在在的内涵，改革发展的每一步深入都伴随着利益结构的重新调整和思想观念的巨大冲击。思想解放不可能一劳永逸。

对于这点，省人大代表、泰安市委书记鲍志强同样感同身受。

去年泰安市把仅有的4家上市公司之一的泰山索道公司的控股权，出让给浪潮集团，一石击水，波浪迭起。有人认为，把全市屈指可数的利税大户和好不容易争来的上市公司拱手让人，是肥水流入外人田。但泰安市委、市政府决策者心中另有一笔账：控股权拿在自己手里，却没有优质资产配股融资，上市之壳岂不是白白浪费？泰安急缺的不是这个，而是发展高新技术所需的项目和技术力量。转让控股权，表面看政府手里的资产少了，权力小了，但换来了5年投资35亿元的“浪潮软件园”和电子信息产业的崛起。一出一进，这是多大的经济效益？

抓住思想解放这个牛鼻子，就是要按照“三个有利于”的标准，敢冒、敢试、敢闯、敢干；敢于突破传统观念的禁区。

资金短缺是加快基础设施建设的瓶颈。章丘市前两年靠着出让城区公交线路运营权，从东北佳木斯市融来500万元资金，政府一分钱没花，一个人没出，却开通了7条公交线路、新上45辆城市公交车。青州市两个个体户自筹资金105万元，购买了私家列车投入铁路货运。遗憾的是，目前在我省，类似情况还屈指可数。民营企业的投资还有不少禁区。打破这些禁区，有多少社会闲散资金可以为我所用？这一块发展潜力不可限量。

来自青岛市的代表、委员们认为，从战略上加快国有经济战略布局调整，搞活国有企业，同样有一个思想解放的问题。目前我省国有经济布局战线过长，比重过大，活力不足，效益不高的问题比较突出。解决这个问题，必须打破所有制界限，建立国有企业退出机制，加快国有企业投资主体多元化改造，这样才能聚拢五指，重拳出击，从根本上提高国有经济的控制力和竞争力。

省人大代表、青岛港务局局长常德传告诉记者，思想解放出生产力，出效益。这几年沿海港口建设总量过剩，竞争激烈。按照以往的思维定式，光在价格上搞竞争，青岛港务局不可能有今天的好日子。正因为彻底解放思想，打破思维定式，青岛港务局才拓开了全新的发展空间。过去内地企业要出口，先得把货物运到沿海港口，然后再办理报关、退税等手续，手续办好了还压着存着，等待合适的航次。去年，青岛港务局与海关多方协调，把码头搬到乌鲁木齐、西安、兰州、郑州、成都，开通内地海运直通快车，在当地直接办好报关、退税手续，货到青岛直接上船，出口货运量直线上升，目前已成为仅次于上海的全国第二大外贸进出口口岸，集装箱货运量与日本神户港并驾齐驱。

发展的路子各有不同，但很重要的一条是因地制宜，做足优势文章；学会借用外力发展自己，没有优势创造优势，借鸡下蛋，借梯登高——

再造发展新优势

发展的路子千条万条。基础不同，区位、资源等方方面面的条件不一样，发展的路子自然各有差异。但代表、委员们认为，最根本的一条是因地制宜，做足优势文章。

省人大代表、烟台市市长杨金镜认为，做足优势文章，首先要看清自己的优势所在。

20世纪90年代初，烟台市从国外引进了氨纶生产项目，当时的规模是300吨。如果仅满足于生产出合格产品，工艺设计和设备制造技术永远掌握在外方手里，企业根本不可能有今天。正是由于通过这个项目的引进，培养了大批技术人才，对技术消化吸收，形成了自主知识产权，氨纶才摆脱了外方的控制，短短5年时间，生产规模一跃扩大到5000吨。虽然公司只有330名职工，去年实现利税却高达 1.42 亿元，人均创利税 40 万元。烟台合成革厂、正海电子网板公司等烟台市数一数二的利税大户，走的都是和氨纶同样的路子。

杨金镜说，像这样从国外引进设备和技术的项目，各地都有，这就是我们拉近与先进国家技术差距、提高产品市场竞争力的一个潜在优势。但可惜的是，一些地方并没有真正意识到这个潜在优势，更没有把它变成显在优势，最大限度地发挥出来。

东营市科英激光电子有限公司从日本三洋电机株式会社引进了一个激光头生产项目，去年底，第一批产品走下了生产线。仅这一个项目全部达产后，就能使全市的外贸出口由全省的后几位一举跃入前几名。据有关人士讲，三洋电机之所以来东营投资，主要是被东营市低廉的劳动力价格所吸引。

省政协委员、科英公司总经理王景春对此颇有感慨："沿海城市都有港口、码头，交通便捷，引进外资，加快发展，具有内地城市无可比拟的区位优势。但这个优势能否发挥出来，人家是否愿意把钱投给你，还得弄明白自己吸引人的地方到底在哪里。"

省人大代表、山东岱岳集团董事长赵焕臣认为，优势总是相对的。对我省大多数企业来说，不可能都像海尔集团那样，把生产车间建到美国，但是，这并不说明我们的产品在国际市场没有立足之地。与其他一些发展中国家相比，我省相当一部分企业都有自己的技术和产品优势。瞄准国外市场，发挥比较优势，走出国门，直接参与国际竞争，这样我们的企业才能直接与国际市场接轨，熟悉国际贸易规则，了解全行业世界前沿信息，培养锻炼人才，加入世贸组织后可以尽快适应国际市场。

在代表、委员们看来，突破关键技术，加快高新技术产业化，最大的制约因素还是在人才。省人大代表、济南小鸭集团的李德强说，在家电行业，谁能挖来、抢到本行业技术和管理的"领头羊"，谁就能在市场竞争中占尽先机。在以往的人才争夺战中，与广州、上海等地相比，我们已经落后了。山东的企业就要不惜重金挖到"空降兵"，十几万元的投入，往往能带来多少年的技术领先和上千万元的利润。

一些政协委员谈到，与我省相比，深圳市在科研人才和科研院所的绝对数量上，要少得多。但是，其高新技术产业却获得了迅猛发展。究其原因，很重要的一条是做足了借的文章，没有优势创造优势，借鸡下蛋，借梯登高。这两年，深圳市建起一所虚拟大学，从全国高校聘请专人来深圳，免费给他们提供办公场所，并支付优厚报酬，让他们在高校和深圳之间来回穿梭，了解企业所需，从自己所属的院校搜集科研成果，拿到深圳的企业实现产业化。这样，投资不多，却等于把诸多高校的科研力量搬到了深圳。这个做法实在高明，值得借鉴。

从工业化迈向现代化，从小康奔向富裕，新世纪的山东要大而强、富而美，永续发展的活力在哪里——

发展勿忘可持续

谈发展、议发展，山东要永续发展，不断展示“大而强、富而美”的新姿，离不开可持续发展战略的实施，这已成了代表、委员们的共识。

省政协委员、山师大教授吴玉麟说，加快发展、提高效益，并不一定非要以浪费资源、牺牲环境为代价。只要抓住了提高科技含量和附加值这个核心问题，以较少的资源同样可以创造出比较高的效益。目前我省已经达到工业化社会的中后期发展水平，新世纪的山东，发展必须以建立资源集约型的国民经济体系为前提，变粗放型发展为集约型发展，实现人口、资源、环境与经济协调发展。

省人大代表，济宁市委书记贾万志对此感慨更深，他说，离开可持续发展就没有济宁的现在和未来。在计划经济条件下，济宁的优势是煤炭等资源的开采和粗加工，可如今如果再躺在煤矿上粗放发展就会走进死胡同。看看德国早期的鲁尔工业区和我国一些粗放型的煤炭工业区，开采过后一片狼藉，地面塌陷、污染严重，无不是短期行为、恶性开发的结果。济宁市“九五”期间坚持边开采边治理，投资3亿元治理了3万亩塌陷地，煤炭产量从八五末的2200万吨提高到“九五”末的3600万吨。坚持可持续发展战略，就是决不能干以掠夺性的资源开发而牺牲未来的蠢事。

一位政协委员告诉记者，在工业化社会中，一个城市的生态和环保质量能折射出整座城市的综合管理水平和现代化程度。环境优良的城市也是一个投资风险小、工作效率高，能吸引跨国集团和国际资本的地方。青岛、威海已经进入了良性循环；济南、烟台等地也在迅速提高城市质量。美丽的城市能引来精英人才，有了源源不断的人才储备，就有了持续发展的动力。

从损害环境到保护环境，从单一追求经济发展速度到力促人类与自然、经济与社会的协调发展，我们的发展观正日益走向科学。

“九五”期间，全省关停取缔3777家小污染企业，关停小造纸462家。宝贵的水资源和生态环境得到改善。

在城市环境综合整治方面，我们已建成青岛、烟台、威海、莱州、荣成5个全国环境保护模范城，居全国首位。

烟台、威海、日照、东营等国家级生态示范区建设已经启动，通过“碧海行动计划”,渤海湾、胶州湾的水质有了明显改善……

可持续发展,作为山东今后乃至未来的重要发展战略,已成为越来越多的人的共识和自觉行动!

(《大众日报》2001 年 2 月 12 日 3 版,合作者:滕敦斋　刘玉文)

插翅腾飞正当时

——代表委员畅谈加快非公有制经济发展

李春亭省长在《关于山东省国民经济和社会发展第十个五年计划的报告》中指出，非公有制经济规模小、档次低，是我省经济发展面临的突出问题。这一提法引起代表、委员们的普遍共鸣。围绕如何看待和加快发展非公有制经济，代表、委员们展开了热烈讨论，真知灼见随处闪现，让人耳目一新。

非公有制经济从没像今天这么风风光光。发展恰逢其时，机不可失；与某些先进省市比，我们差就差在非公有制经济上，不抓紧补课，差距就会越来越大——

刮目相看“小不点”

代表、委员们指出，李春亭省长在报告中把“积极推进国有经济布局和所有制调整，大力发展非公有制经济”作为“十五”我省工作的着力点之一，这一决策切中要害，富有远见。

事实上，非公有制经济早已不是昔日无足轻重的“小不点”，它早已成为我省国民经济的重要组成部分和强有力的经济增长点。去年占国民经济的比重已达31.6%，从业人员883万人，五年间创造就业岗位332万个。1999年底，全省个体业户比1997年底增加了45.5万户；私营企业增加了4.4万户，注册资本翻了一番多。非公有制经济的快速发展对拉动经济增长、缓解就业压力、调整优化经济结构、增加群众收入起到了举足轻重的作用。

德州一位代表指出，加快非公有制经济发展，既是实现由经济大省向经济强省跨越的不可逾越的阶段，也是欠发达地区经济腾飞的最佳切入点和突破口。去年德州市GDP和地方财政收入增幅分别达12.6%和22%，其中民营经济分别占GDP和地方财政收入的45.4%、52.7%，成为全市最具活力的经济增长点。

五莲县委书记黄金华代表指出，现在农民收入增长缓慢，种一年粮纯收入充其量不过500多元，而进企业打工一年，少说也收入5000多元。增加一个就业岗位，顶得上种十亩粮田。所以说从根本上解决农业问题，提高农民收入，必须“减少种粮的，增加吃面的，减少养猪的，增加吃肉的”，通过大力发展个体私营经济，把大量剩余劳动力从土地上转移出来。

前些年一些地方热衷于跑项目、抓资金，党政领导忙得团团转，结果由于种种原因，政府和企业背上了沉重的包袱。这几年淄博市通过放手发展民营经济，仅去年1～10月份民营经济就上缴税款4.8亿元，同比增长73%。淄博市委副书记、副市长冯梦令代表感慨万千：政府部门要直接投入多少财力物力，才能换来这么可观的效益啊?!

从代表、委员的言谈中，记者感受最强烈的是，加快非公有制经济发展恰逢其时，机不可失。

从各级领导的高度重视到舆论环境的空前支持，从各种优惠政策和扶持措施的相继出台到放宽民营经济的进入领域，非公有制经济从来没有像今天这样名正言顺、风风光光；发展天地、外部环境，从来没有像今天这样广阔和宽松。

有人把加快民营经济发展看作山东经济腾飞的又一机遇。省经贸委主任王仁元代表指出，经过三年改革攻坚，我省国企改革脱困目标已基本实现，国有经济重新焕发生机和活力。现在看来，我们与先进省市的差距主要在民营经济和外向型经济上。目前仅广州、深圳两市个体私营经济注册资本就比我省总量还多134亿元；浙江省个体私营经济产值、营业收入分别是我省的2.7倍和1.3倍。我们比先进省市落后了不是一步两步，再不抓住机遇加快发展，将会被甩得更远。

“两头热，中间冷，雷声大，雨点小”，民营企业欲摆脱“二等公民”地位任重道远；加快发展不能停留在一般性宣传上，必须在观念上有大突破，行动上有大手笔——

发展呼唤新思路

我们与广东到底差在了哪里？代表委员们认为，主要差在了观念上。天天喊解放思想，事实上思想解放程度还差得很远。广东自邓小平南方讲话后就把大力发展民营经济定为争创广东新优势的重要方面；东莞市提出，要把国有、外资、民营企业都当“亲儿子”，一视同仁。然而时至今日，我们还有不少人对民营经济心存偏见，认为只要抓好国有大户，发展不发展民营经济无关紧要；有人则担心在政治上冒风险，犯错误，不敢理直气壮放手支持，放胆发展。

留英博士、民营企业家徐丙垠代表认为，重视不能停在嘴上。现在对民营经济是“两头热、中间冷，雷声大，雨点小”。领导重视，舆论支持，但民营经济摆脱“二等公民”地位还任重道远。特别到了具体办事部门，目前还是摆脱不了思维定势，贷款贴息、各项扶持资金，样样都是先“国有”后“私营”。我们并不奢望特别关照，只是希望创造公平的竞争环境。面临的是同一市场，面对的却是不同的起跑线和不平等的竞争，民营经济的发展能不受限制？

禹王集团董事长刘锡潜代表认为，融资渠道狭窄，是制约民营经济发展最为突出的问题。目前除了资产抵押贷款，民营企业融资基本别无途径，特别是缺乏针对民营企业的长期资本市场，民营企业很难融到低成本的长期投资。

青州尧王制药公司总经理宗立成委员提到的一件尴尬事发人深思。去年当地有家民营家具厂电锯一响，环保局就跑来要 50 万元噪声污染费，其实企业一年交税才 5 万元，而周围比它噪音大得多的国有企业却不用交一分钱。还有一个民营企业家委员提到，近三年企业利润增加了一倍，税负却增加 3 倍。青岛服装工业园管委会主任国世清代表讲得好，“环境就是生产力”，不放水哪能养活鱼？困难时无人过问，赚了钱都来伸手，这样下去，不要说引不来投资，现有的企业也会被逼走。去年即墨市明确提出，要把青岛服装工业园建成“有税无费区”，进园企业除了交税，所有行政性收费一分钱不准收取。结果去年 3 月份园区才动工建设，目前仅进园企业缴纳的土地出让金就到位了 2 亿多元。

菏泽市市长陈光代表认为，大力发展民营经济，不能光停留在一般性的宣传发动，必须有大思路，大手笔，只有把民营经济与对外开放和招商引资、发展高新技术、国有企业战略性重组结合起来，才能有大突破、大发展。陈光举例说，菏泽一缺人才二缺资金，而浙江仅一个温州市，民间游资就有几百亿元。这些民营大户大都完成了原始积累，但受当地交通及区位限制，进一步发展受到限制。菏泽市地处中原腹地，交通电力通信便捷，又有丰富的廉价劳动力，一个工人的月工资至少比温州地区节省 300 元，去年浙东一家民营企业在菏泽上了 5 个灯饰厂，吸纳了一万名劳动力，这是多大的吸引力？陈光介绍说，去年菏泽市仅从浙江民营大户中引来的资金就不下 15 亿元。

作坊式经营、家族式管理、小富即安是制约民营经济发展的最大“瓶颈”；加快体制创新和技术创新，民营企业的紧迫性一点不比国有企业差——

新生亟须痛苦蜕变

如何抓住目前良好的机遇，把民营企业做大、做强，成为代表、委员们议论的焦点。

由于客观条件和主观因素的限制，有相当一部分民营企业是家族经营。企业决策个人说了算，用人唯亲是举，家族与企业捆绑在一起，利益关系缺乏制度约束，成为民营企业发展的严重障碍和最大“瓶颈”。随着市场竞争的日趋激烈，及“入世”和知识经济的挑战，民营企业的体制创新任务一点不比国有企业轻。

对此，省政协委员、青岛市工商联会长张纪良大声疾呼，民营企业必须改变思维惯性，在管理上突破家族模式，在用人上唯贤是举，在体制上突破产权单一模式，转向公司制、股份制和股份合作制。他说，在青岛市，凡是管理好、规模大、效益高的民营企业，都已经抛弃了家族经营模式。

桓台县聚荣实业有限公司是由兄弟 11 人发起成立的。前几年，公司财务外人不能过问，只由兄弟中一人管理，可是他不懂现代财务，致使企业屡屡出现失误，纠纷、官司时有发生。去年，公司高薪招进 3 名大学生，一位全权负责财务管理，一位做法律顾问，一位当翻译，从此，企业面貌焕然一新。省政协委员、桓台县聚荣实业公司总经理周荣仁说，我不可能啥都懂，我干不了的事，就要让内行的人来干，各种人才都要为我所用。

加快发展科技型民营企业，是提高我省民营经济整体水平的必然选择，这已成为代表、委员们的共识。

省政协委员、淄博市工商联会长李栋基说，在淄博市，效益最好的民营企业全是科技型的。电网改造需要的大量真空开关管，过去一直依赖进口。这项技术被某军工企业攻破，只是没有能力生产。淄博晨鸿电工公司获此信息后，花 30 万元从这家军工企业聘来技术人员，很快生产出填补国内空白的特种陶瓷真空开关管，不仅质量达到国际水平，而且价格低廉，1 个卖 1 万元，销售利润率高达 60%。

遗憾的是，这类企业为数还不多。谈论中，代表、委员们显得心情急迫。资料表明，与一些省市相比，我省还有不小的差距。1998 年，上海科技型民营企业已达 9000 多家，是我省的 4 倍，年销售收入过亿元的有 40 多家，过 10 亿元的 3 家，更为我们所远远不及。

民营企业能否做大、做强，决定因素是企业主的素质。张纪良委员介绍说，青岛市优秀的民营企业，如金王集团、创通公司、银河公司，企业主都有着良好的素质。金王集团董事长陈索斌是留美工商管理硕士，他以 2 万元资金起家，现在企业资产达 2 亿元，玻璃系列产品全部出口，去年创汇 4000 万美元。

扬弃自我是一个痛苦的过程，但要想生存发展，舍此别无他途。

（《大众日报》2001 年 2 月 14 日 3 版，合作者：滕敦斋）

勇立潮头竞发展

省第八次党代会上，建设“大而强、富而美”的新山东，这个9000万齐鲁儿女已久的期盼，再次成为凝聚人心、激活人气的触发点。围绕着如何实现这个目标，代表们畅所欲言，竭诚尽智。

风正一帆悬

——扭住发展不放松

吴官正同志在报告中指出，发展是硬道理，保持经济的较快增长，是增强竞争力的需要，是改善人民生活的需要，也是解决经济和社会发展中诸多矛盾的需要。省直代表团的代表们认为，这一论断，抓住了新世纪山东发展的关键。

代表们围绕发展展开热烈讨论：发展，才能代表先进生产力，才能为繁荣先进文化提供物质保障，才能从根本上满足人们日益增长的物质文化需求。

来自经济建设第一线的代表们深有感慨地告诉记者，过去3年来，面对亚洲金融危机、内需低迷、国际经济增长趋缓、出口压力增大、经济结构性矛盾突出和严重旱涝灾害的重重压力，我省国民经济之所以能持续快速健康发展，国民生产总值年均递增10.2%，地方财政收入由352亿元增加到573亿元，最根本的一条就是坚持了“发展才是硬道理”。展望未来，改革处于攻坚阶段，发展处于关键时期，要实现建设“大而强、富而美”的新山东的宏伟目标，在未来的竞争中占据主动地位，必须咬定发展不放松。

加快发展，既是我省面向未来的必然选择，也是解决发展中面临的诸多矛盾和问题的关键所在。省直二团代表李戈谈到，省第七次党代会以来，我省共安排城镇人口就业205万，52万下岗职工实现了再就业。做到这一点，第三产业和民营经济的迅速发展功不可没。省直二团代表王军民进一步说，随着城市化战略的实施，目前我省城市化水平已经达到39%，而城市化水平每提高一个百分点，对我省来讲就可提供90万个就业机会。所以加快城市化进程，加快小城镇建设，对我省不仅有深远的战略意义，而且有很强的现实意义。

近4年来，邹平县财政收入在全省县市区中上升了50个位次，仅一个魏桥棉纺厂去年就实现利税6亿余元，是1997年的6倍，提供就业岗位4万余个。来自邹平的滨州团代表刘士合对此感慨良多：“只有减少农民，才能富裕农民，而加快二、三产业发展，正是转移农村剩余劳动力最直接最有效的办法。”广饶县一个小小的大王镇，去年就实现财政收入1.6亿元，上万名劳动力在此找到就业岗位。来自广饶的东营团代表田振玉认为，说一千，道一万，经济发展不上去，建设“大而强、富而美”的新山东，代表最广大人民群众的根本利益，只能是句空话。

加快发展，说起来容易，但真正落到实处并非易事，代表们对此有着清醒的认识。德州团代表袁秀和、满春重认为：所谓发展才是硬道理，就是要咬定发展不放松，遇到困难不退缩，遇到挫折不低头。只有每一个企业、每一级党委都坚定不移地把加快发展当作执政兴国的第一要务，通过扎实深入的工作实现企业增效、财政增收、群众得实惠，建设“大而强、富而美”的新山东的目标才能真正落到实处。

惊涛拍岸急

——知不足而后奋起

“在区域间经济竞争空前激烈的今天，经济发展如逆水行舟，不进则退，进慢了也是退。”这是菏泽团代表陈光从广东考察归来后的最大感慨。

几年前陈光曾考察过广东“四小虎”，但仅仅过去四五年，“四小虎”的变化就让他大吃一惊：仅一个东莞市，人口不过150万，去年财政收入150亿元。一个小小的虎门镇，去年财政收入25亿元，城镇建得比我省一些地级市还漂亮。

党代会采访，记者强烈感受到，这样的危机意识无时不在、无处不在。

“我们坐不住啊！”这是莱芜团代表李玉妹见到记者的第一句话。去年莱芜组织干部到胶东和江浙先进县市考察学习，大家越看越受刺激：“别说和发达地级市比，就是与省内经济强县比，我们的财政收入也仅排在第九名之后。”过去莱芜不少干部对行政级别沾沾自喜，到南方考察后，不少干部甚至不好意思向人家介绍自己来自地级市。

中西部如此，来自沿海先进地区的代表也不例外。烟台团代表焉荣竹告诉记者，省委、省政府要求我们学赶无锡。事实上，我们不仅无法与无锡等南方城市相提并论，就是与青岛等省内城市比差距也不小。焉荣竹分析说，与先进地区比，表面看差在数字上，实质差在思想观念上，突出表现为一个“满”字，夜郎自大，骄傲自满，习惯于自己与自己比，今年与去年比，拿自己的长处比别人的短处，看不到差距，发展的动力和活力自然不足。因此，我们把加快发展的着力点放在解放思想上，把解放思想的着力点放在“反骄破满”上。通过多次讨论和外出参观学习，大家认识日益统一：烟台主要差在对外开放、县域经济和有效投入上。今年全市大力优化投资环境，先后在韩国、日本等地举办了一系列招商活动，仅赴韩投资恳谈会就签了24个投资过500万美元的项目。

来自企业界的代表话语之间同样充满危机意识和紧迫感。孙丕恕代表说，高新技术企业的竞争说到底是人才的竞争。入世之后，跨国巨头纷纷把研发基地设到中国，以实力和高薪与国内企业抢人才，这对国内IT企业造成巨大威胁。这种情况下，如何通过机制创新吸引人才、留住人才，就成了我们企业无法回避的当务之急。姜开文代表对此也有同感，他联系自己的工作实际谈到，钢铁行业尽管是传统产业，但入世后关税降低，质优价廉的国外钢材大举进入国内市场，加上全球钢材市场供过于求，钢材行业竞争同样异常惨烈。面对生死考验，国内钢铁企业只有加快技术和体制创新步伐，形成成本和技术优势，才能在竞争中立于不败之地。

知差距而后能奋起。正是这些危机意识和责任感、使命感，升腾成一种人人想发展、议发展、促发展的浓厚氛围。这是一种可喜的进步，是山东经济巨轮再次破浪远航的希望所在。

居高声自远

——发展要有新思路

加快发展，到底应该选择怎样的发展之路？代表们形成了这样的共识：必须打破封闭、狭隘的思维怪圈，站高一点，视野更宽步子更快；看远一步，面向未来求发展。

站高一点，跳出市门、省门、国门重新审视自我，就能看准区域经济竞争的核心所在，找准加快发展的着力点。德州团一位代表说："跳出德州看德州，区域间的经济竞争越来越演化为环境的竞争。谁能像经营品牌一样经营环境，像保护自己的眼睛一样保护环境，谁就能营造出生产要素迅速集聚的洼地，就能后来居上，在竞争中占据主动地位。"这几年，德州市响亮地提出："谁毁德州市的形象，就砸谁的饭碗。"大刀阔斧"拆庙减和尚"，先后有3万多名机关干部轮岗分流；清理削减各种收费和行政审批事项，优化投资环境。去年引进内外资项目392个，实际到位资金47亿元。仅一个齐河县，就引进投资额过亿元的项目10个，去年地方财政收入比上年增长28%。

看远一点，就能跳出封闭狭隘的思维怪圈，扬优避劣，在更大范围内配置资源，为我所用。早在三四年前，菏泽市就响亮地提出："敞开县门市门，像推销产品一样推销自己的企业。"这几年，全市有95家亏损和资不抵债的国有、集体企业，通过送、卖、联等多种手段拱手让给外地企业重组经营。当时好多人不理解，有的外地老板进入当地企业经营管理时，竟然被打得头破血流。但仅仅3年多时间，菏泽市工业企业的亏损面由90%下降到8%，实现利润由负4.5亿元上升为3.6亿元，8万多名下岗职工重新就业。来自菏泽市的代表深有感触地说，实践证明，“送”也是经济增长的一种方式。人家赚钱我收税，就业岗位增加，企业资产盘活，这样一举数赢的好事何乐而不为？

加快发展，路子千条万条，但最根本的一条就是因地制宜，找准适合自己的发展路子。视野决定发展思路，经济开放度决定发展速度。去年青岛市限额以上工业企业实现利税135.9亿元，实际利用外资16亿美元，新批千万美元以上大项目105个，在我省稳居龙头地位。但青岛团代表王国胜还是认为，跳出山东看青岛，青岛经济的外向度不如广州、苏州，高新技术不如上海、深圳，城市特色不如大连。加入WTO之后，区域间的竞争越来越突破国门界限。跳出国门看青岛，向国际先进城市看齐，青岛的差距更明显。必须抓住2008年奥运会这一难得机遇，运用市场手段完善城市功能，面向世界打响青岛的城市品牌，提高集聚各种生产要素的能力；不断扩大港口的经济腹地，加速形成贸易中心、物流中心、信息中心和国际航运中心；打破单向引进的思维定式，鼓励海尔、海信等名牌企业走出国门，到国外建立研发中心和生产基地，在全球范围内配置资源。这样，青岛才能在经济竞争国际化、资源配套全球化的大潮中形成自己的核心竞争力，在建设“大而强、富而美”的新山东的进程中发挥带头作用。

（《大众日报》2002年6月5日1版）

好风拂鲁千帆竞

金秋时节，穿行齐鲁大地，从繁荣的黄金海岸到殷实的鲁中腹地，从一望无垠的黄河三角洲到果实累累的沂蒙山区，塔吊林立的建设场面随处可见，千帆竞发的火热气氛扑面而来……

江泽民总书记一直对山东的发展寄予厚望，他强调："像山东这样的沿海省份，条件和基础都比较好，应该发展得快一些。"

肩负着总书记的重托，全省上下精神振奋，龙腾虎跃：从党的十三届四中全会召开的1989年到2001年，全省地方财政收入由100.9亿元增加到573.2亿元，年均增长15.26%；人民生活实现了由温饱到小康的历史性跨越。

发展：一个主题聚民心

如果把山东经济比作一艘乘风破浪的巨轮，它十多年来的航程并非一帆风顺：买方市场迎头而至，大量产品低层次过剩；亚洲金融危机来势汹汹；国有企业众多深层次矛盾在改革攻坚阶段集中暴露……

沧海横流，方显英雄本色。面对复杂多变的国际环境和发展征途上遇到的各种困难，省委、省政府牢记总书记的重托，始终紧紧抓住发展这个执政兴国的第一要务。省委书记吴官正反复告诫各级干部，必须牢牢抓住经济建设这个中心，突出发展主题，把加快发展作为解决各种矛盾和问题的根本途径。

一个主题聚民心。在各级干部心目中，发展这个硬道理能否硬起来，早已不是单纯的认识问题，已变成贯彻落实"三个代表"重要思想，保持党的先进性，坚持执政为民的自觉行动。全省上下万众一心，推动着山东经济这艘巨轮驶过了一个又一个激流险滩。

扭住发展不放松，就要有不甘人后、敢为天下先的勇气和胆略。经济欠发达的滨州市响亮地提出：实施"追赶战略"，加快经济发展。近两年，全市经济增长速度跃居全省前列，其中，邹平县财政收入在全省各县市区中的排名，近4年间飙升了51个位次。

勤劳朴实的山东大汉知道苦干，也学会了巧干。敢闯、敢试的胆识，一旦与对市场的洞悉水乳交融，就会迸发出神奇的力量。三洋激光电子项目落户东营就是典型一例。这个总投资12亿元的高科技项目，技术、设备由世界500强之一的日本三洋株式会社提供，合作方只需提供厂房和工人。但日方条件相当苛刻，当年必须出产品，正是这一条挡住了不少竞争者。在东营考察期间，日方代表吃晚饭时只说了句“你们准备怎么规划”，次日上午刚坐到谈判桌前，一份详尽的规划图就送了上来。素以办事效率高著称的日本人大吃一惊：就冲这效率，我们的合作肯定成功。从2000年7月28日双方开始接触，到注册成立有限公司，仅用了5天时间；又过了75天，6.3万平方米的厂房竣工，设备安装到位，3000多名技术工人经过培训同时上岗。一个年创汇4.5亿美元、能提供1万个就业岗位的项目，就这样在日本商人惊愕的目光中投产了。

1999年6月24日，江泽民总书记视察东营。此后短短三年时间，他们引进内外资项目8852个，到位外来固定资产投资137亿元，全市GDP年均增长14.7%，地方财政收入年均增长19.2%。

牢记总书记的重托，高举发展旗，大打发展牌，凝聚方方面面的力量，在创新中培植加快发展的新优势，是山东发展的真谛。

亚洲金融危机期间，一直对东南亚市场依赖性较强的山东对外经贸受到冲击。面对出口受阻，外资引进急剧下滑，众多韩国投资企业经营困难、纷纷撤资的严峻形势，省委、省政府审时度势，明确提出，谁能从夹缝里钻出来，谁就能把竞争对手甩在后边；谁被困难压住，谁就会步步落后。各级各部门按照省委、省政府的总体部署，大力实施市场多元化战略，在巩固东南亚传统市场的同时，全力开拓非洲、拉美、独联体和东欧等新兴市场。韩资比较集中的威海市着眼长远，千方百计帮助韩资企业筹措资金，共渡难关，韩商投资热在威海再次兴起。

亚洲金融危机后短短一年，我省外贸出口停滞不前的局面便被彻底扭转。1999年，全省出口增长高出全国平均水平5.7个百分点。从1997年到2001年，全省出口总值由108.6亿美元增加到181亿美元，增长67%。

调整：一条主线解千结

市场经济就是这般变幻莫测。

刚刚跨入“九五”门槛，山东经济就面对着买方市场的考验：全省52%的生产能力利用率在60%以下，40%的工业企业产品积压滞销。企业小、散、乱，生产集中度低，地区间产业结构雷同，产品档次、技术含量和附加值不高，缺乏规模、成本和技术优势，高新技术产业发展滞后。这样的经济结构，致使众多企业举步维艰，面临出局危险。

以传统支柱产业纺织业为例，“八五”末我省棉纺企业平均生产规模不到1万锭，而国外多在10万锭以上；美国纺织行业无梭织机比重占75%，毛纺万锭用人仅400人，而我省无梭织机仅占7.9%，毛纺万锭用人多达2400人。

1998年，根据中央的要求，省第七次党代会明确提出，把结构调整作为推动经济增长的关键环节，向调整和优化结构要速度，要效益，要后劲，在发展中调整，在调整中发展。面对几十年低水平重复建设形成的痼疾，省委、省政府果断决策，制定了“四个一批”的调整战略：对传统产业利用高新技术改造一批，对骨干优势产业集中力量壮大一批，对有发展潜力的高新技术产业加大力度扶持一批，对长线产品和落后生产能力转移淘汰一批。

调整的第一锤砸向了纺织业。从1998年起，我省两年压缩棉纺生产能力81万锭，分流安置下岗职工10.63万人。与此同时，集中22亿元技改资金重点投入，全省纺织行业纯棉精梳比例两年提高了6个百分点，1999年实现利润比压锭前增长了54%，达到了20世纪90年代最高水平。

纺织业的调整在我省并非个案。淘汰落后生产能力，关闭小煤井、小水泥、小化工……“九五”以来，这种壮士断腕式的调整贯穿全省传统产业的方方面面。

淘汰转移落后生产能力说到底只是手段，调整的根本目的在于聚拢五指重拳出击，加快传统产业的优化升级，集中力量培植优势产业，从总体上提高我省经济的竞争力。

有所不为才能有所为。统计资料显示，从1997年到2001年，全省地方工业技改投资达2991亿元，造纸、建材等7个传统支柱产业得到脱胎换骨式的改造升级，整体扭亏为盈。一大批知名企业和名牌产品脱颖而出。以造纸业为例，“九五”最后3年，我省关停造纸企业384家，而与此同时，晨鸣、华泰等骨干企业的规模和效益迅速跃居全国前列，1999年仅晨鸣实现利润就超过了调整前全行业的总和。

为了抢占竞争制高点，1998年，我省专门拿出5亿元专项资金扶持高新技术产业，之后又成立了注册资本12亿元的风险投资公司，采取聘请院士担任技术顾问、举办产学研洽谈会、与科研院所合作攻关、建立留学生创业园等多种形式，积极推动技术资本与金融、产业资本的有机结合。目前全省具有较高创新能力的高新技术企业达1695家，培植市场占有率居全国第一的高新技术产品30多种。从1997年到2001年，全省高新技术产业增加值由108.6亿元增长到369.3亿元，其中电子信息产业年均递增速度达33.4%。

短缺经济时代，各级各部门习惯了“政府刨坑，企业栽树”的发展模式。买方市场下，不对这种部门分割、条块分割、片面追求量的扩张的旧观念、旧体制动大手术，不仅现有的结构积弊积重难返，有限的增量也很难投到该投的地方。

近年来，我省改革项目审批体系，技改项目初选后专程赴京请院士论证拍板，然后向全社会推介招标；新建重大技改项目，凡实行投资主体多元化的优先审批。这不仅有效堵住了低水平重复建设，而且拓宽了融资渠道。“九五”期间，尽管银行贷款额大幅下降，但我省技改投资仍比“八五”期间高出了1.4倍，投资总额的80%来源于多元投资主体。

市场经济大浪淘沙，也锻造催生着日趋成熟的政府和企业。在应对全新挑战，重新审视自我的过程中，各级政府和企业调整的路子越走越宽。

老工业基地淄博最困难的时候，国有企业亏损面达57%，下岗失业职工有十多万人。他们实施“板块经济”战略，把73家市属企业下放给区县，发挥区域经济优势重组盘活。市里腾出手脚，每年筛选30个科技含量高的项目重点培植，出台政策多方融资，目前已安排“三〇工程”项目83个，总投资135亿元。2001年全市限额以上工业企业实现利税73.09亿元，比1997年增长61.13%。

菏泽市跳出市门、省门、国门搞调整，像推销产品一样推销自己的企业，3年来有75家困难企业被省外、国外企业兼并重组，不仅盘活资产20多亿元，而且新增资产7.3亿元。

青岛市的企业不求所在，但求所得，双星、红星大举进军西部，青啤刮起席卷全国的购并旋风，海信在南非建厂，海尔把生产和研发基地建到了美国本土，在全国、全球范围内配置资源，为我所用。去年，青岛市限额以上工业企业实现利税135.9亿元，同比增长14.7%。

改革：冲破羁绊天地宽

当初谁能想得到，一个资源枯竭、大部分矿井关闭、1.6万名职工下岗待业的百年老矿，短短五六年间竟能跃入全国企业500强。

是改革，使身陷绝境的国有老企业——淄博矿业集团重新焕发了生机。

1996年，淄博矿业集团召开万人誓师大会，吹响了扭亏攻坚战的号角：管理人员精简50%，干部实行末位淘汰制；对报废、衰老矿井实施就地转产，新办替代产业通过股份合作制等形式明晰产权。1998年，该集团在连续亏损26年后第一次赢利。去年，非煤企业达41个，销售收入突破10亿元，实现利润5600万元，1.2万名下岗职工重新走上工作岗位。

淄博矿业集团是全省国有企业改革攻坚的一个缩影。

国有成分比重过大，投资主体单一，机制不活，竞争乏力，是制约我省经济发展的突出问题之一。统计资料显示，1997年，全省国有大中型企业改制面仅为28%，亏损面却高达25.5%，进入国家重点监控名单的亏损大户就有371户。

党的十五大明确提出，要在三年内使国有大中型亏损企业基本摆脱困境，力争大多数国有大中型企业初步建立现代企业制度。1999年6月，江泽民总书记在青岛主持召开华东七省市国有企业改革和发展座谈会时，明确要求东部地区要率先实现“三年两个目标”。

面对国企改革这块难啃的骨头，省委、省政府多次召开会议，统一思想，逐个破解国有企业改革脱困面临的深层次问题，先后出台了国有企业增资减债、国有资产授权经营等一系列配套政策，着眼于从整体上搞活国有经济，提出了“四个一块”的新思路：对因产品规模小、市场竞争力差造成亏损的，依托优势企业兼并、租赁、托管，优势互补“靠一块”；对因高负债和资金紧张导致亏损但产品尚有竞争力的，加大力度“扶一块”；对一般竞争性的亏损企业，通过出售和股份制等形式，退出国有成分“放一块”；对资不抵债、扭亏无望的“破一块”。各级各部门加快建立国有资产运营体系，打破地域、行业、所有制界限，因企施策，逐企突破，使86%的国有企业和95%的国有中小企业实现了不同形式的改制，85.6%的国有大中型企业实现了投资主体多元化。

大刀阔斧的改革和战略性重组，使国有经济的影响力、控制力、竞争力显著增强。1997年至2001年，全省国有及国有控股工业企业由4352户减至2444户，但存量资产却由4952.79亿增加到6490.98亿元，亏损面降低了4.79个百分点。2001年，全省规模以上工业企业实现利润560.9亿元，比1997年增长156%。

如果说国有企业的改革攻坚还仅仅是在有限的存量资产上打转转，局限于具体企业和某一方面的改革。那么，政府“提速”的提出则吹响了我省新一轮改革开放整体突破的号角。

外科医生最痛苦的莫过于亲手切掉自身的脓包。但在区域间经济竞争空前激烈的今天，环境已成为区域经济发展的决定性因素。不痛下决心动大手术，就只能眼睁睁看着生产要素流向别的地方。

基于这种认识，经济欠发达的德州市明确提出，“要像经营品牌一样经营环境，像保护自己的眼睛一样保护环境”。他们“拆庙减和尚”，撤并了6个工业局，原有的483人压缩为58人，3万多名机关干部被分流到经济主战场，创办、领办民营企业。去年该市引进内外资项目392个，实际到位资金47亿元，仅齐河县就引进投资额过亿元的项目10个。分流出来的机关干部兴办各类项目500多个，总投资9.23亿元，实现利税2.3亿元。

在齐鲁大地，伴随着新一轮招商引资热潮，“一站式服务大厅”，简化行政审批手续，取消不合理收费项目，提高政府办事效率……这些有利于生产要素集聚的改革举措接踵而至。枣庄市的决策者认为，谁的行动更快，力度更大，落实得更扎实，谁就更有竞争力。只要有利于发展环境的优化，就是要“奖得让人眼红，惩处得让人害怕”。近两年来，该市向招商引资功臣颁发奖金 3336 万元，33 名干部因“三乱”问题被免职，39 人受到党纪政纪处分。而这两年全市到位外资达 100 多亿元，投入城建的外来和民间资金达 15 亿余元，占城建总投入的 91%。目前全市民营企业的注册资金是 1997 年的 7 倍。

为了更好地适应全省经济的发展，省政府加大了机构改革和行政审批力度，工作部门精简了 31%，人员编制精简 45%。在去年压缩 50%的基础上，今年省直部门行政审批项目总体压缩比例将达到 54.8%。

改革的深度和力度决定着发展的速度。只有高效的政府才能释放出强大的活力，才能形成各种生产要素迅速集聚的“洼地”。今年，烟台破土动工投资过千万元以上的大项目 771 个，其中过亿元的 74 个；421 个外资项目正式签订，其中千万美元以上的 33 个。

1～9 月份，聊城市引来一批国内著名民营企业，总投资额 108.2 亿元，到位资金 41 亿元。其中广东香江集团投资 29 亿元建设的香江光彩大市场，完工后可安排 10 万人就业，年可实现交易额 200 亿元、利税 8 亿元。

到 2001 年，全省实际利用外资累计 342 亿美元，外资企业 29048 家，91 家世界 500 强企业在山东投资近 200 个项目；全省非公有制经济占国内生产总值的比重比 1997 年提高了 9.1 个百分点，从业人员达 637 万人，有 60%的下岗职工通过民营企业、个体经济实现了再就业；第三产业每年提供的就业岗位平均在 50 万个左右。

（《大众日报》2002 年 10 月 31 日 1 版，合作者：申红）

退中求进

——国企:从重组看改革(上)

编者按 党的十六届三中全会明确要求:"加快调整国有经济布局和结构……进一步增强公有制经济的活力,大力发展国有资本、集体资本和非公有制资本等参股的混合所有制经济,实现投资主体多元化,使股份制成为公有制的主要实现形式。"

国有经济布局和结构的调整从何入手?建立健全国有资产管理和监督体制,深化国有企业改革,需要解决哪些深层次问题?记者从国企战略性重组入手,对此进行了深入采访,形成了"国企:从重组看改革"这组报道。

21世纪的第三个年头,一场规模空前的国有经济战略布局调整在齐鲁大地拉开帷幕。

8月,在香港国际会展中心,烟台市向外商亮出8个产权转让项目,涉及企业资产103.7亿元。同月,百年老字号张裕集团与法国卡斯特公司签订出让40%资产的意向。

9月,第七届中国投资贸易洽谈会在厦门举行,山东一下子捧出20家国有企业向外资全部或部分转让股权,涉及资产417亿元。

在刚刚结束的全国知名民营企业家"齐鲁行"活动中,我省又向全国知名民营企业推出23个非上市公司国有股权转让项目和55户上市公司国有股权减持项目……

"退是为了更有力地进!"深化省属国有企业改革领导小组办公室副主任王和先这句话道出了新一轮国有经济战略布局调整的主旨。

"与沿海发达省市比,山东差就差在国有经济比重过大、国有企业投资主体单一上。"从江浙沪考察归来,大家几乎异口同声。

统计资料显示,2002年我省国有及控股工业企业资产总量6958.6亿元,占规模以上工业的58.5%,分别比广东、江苏、浙江高出19.6、20和38.3个百分点。目前我省国有独资企业在国有和国有控股企业中占比64.78%。省属企业中,绝大多数行业办公室和公司管理的企业、省直部门及大专院校兴办的企业等,产权关系不清晰,基本仍在沿用计划管理体制。

“国有资产存量大，是山东经济发展的一大优势。这一优势发挥好了，对全省经济的辐射带动作用不可限量。但发挥不好，也可能会变成包袱。”省直有关部门赴深圳等地专题考察后，在调研报告中这样写道。

目前，我省国有企业平均资产负债率为72%，资产负债率超过70%的企业达60%，资不抵债的企业22.6%，全省国有企业不良资产约占总资产的12%。以省级国有资产为例，961亿元国有资产分散在1941个行政事业单位和1121户省属企业。由于国有资产配置分散，战线过长，而且过多分布在一般竞争性领域和中小企业，形不成拳头，因此资产质量不高、运营效率低下等问题相当突出，国有净资产平均收益率仅为2.18%，约1/3的资产因产能过剩而闲置沉淀，在静态中大量流失，国有资本吸附、调动和引导社会资本的作用远没发挥出来。

沉疴须猛药。在今年出台的《关于深化省属国有企业改革的意见》中，省政府明确提出，要用3年时间，全面完成省属国有企业公司制改革和产权制度改革，除涉及国家安全的企业实行国有独资，资源性重点企业、支柱产业中的骨干企业以及投资公司实行国有相对控股外，其他企业中的国有资本一律退到参股地位或全部退出，劣势国有企业退出市场，上市公司国有股调整到平均30%左右，国有大中型企业基本完成主辅分离、辅业改制。

省属国有企业如此，市属、县属国有企业也不例外。一个“退”字，被提到了前所未有的战略高度。

“不退，国有股‘一股独大’、法人治理结构形同虚设的问题无法从根本上解决。”一位业内专家如是说。

济南轻骑摩托车股份有限公司由盛转衰的教训，清楚地说明了这一点。

今年5月前，由于母公司轻骑集团在上市公司中处于绝对控股地位，国有股“一股独大”，上市公司董事长和母公司党委书记、董事长、总裁由一人兼任，权力高度集中，上市公司成了母公司的“提款机”，缺钱从上市公司提，贷款由上市公司担保，大量对外盲目投资成了包袱。受此影响，曾经连续5年雄踞全国同行业产销量第一的轻骑股份，去年亏损34.05亿元，创中国股市上市公司年度亏损之最；截至今年6月底负债21.86亿元，资产负债率284.6%。

“只有形成多元化的投资主体和有效制衡的法人治理结构，才能免蹈覆辙！”轻骑股份一位高层人士沉痛地说。

“退，是为了轻装上阵，攥紧拳头。”深化省属国有企业改革领导小组办公室审核督查组组长樊军对记者说。

资料显示，目前我省仅省属国有企业就办有社会机构380个，职工4.3万人，企业每年补贴13.5亿元，其中省属煤炭企业办有社会机构297个，职工3.5

万人，每年补贴12.1亿元。全省欠缴社会保险费1000万元以上的10户企业均为国有企业。

负债过高、冗员过多、企业办社会负担沉重等深层次矛盾不彻底解决，国有企业轻装上阵、平等参与市场竞争就只能是一句空话。但是，改革就要付出成本。这么大的债务、人员和企业办社会包袱需要降低、分流、分离，仅靠企业自身力量或国家拿钱显然远远不够。“引入多元化投资主体，将部分国有资产退出转让变现，可以为解决国有企业改革发展面临的深层次问题提供资金支持。”一位经济界人士分析道。

事实上，国有资本流动不仅不会流失，而且会保值增值。这不仅是国有企业的解困之路，而且是攀升之路。青岛国货集团股份有限公司的资产重组为此作了最好的诠释。

1999年，历经67年风雨历程的青岛国货亏损4114万元，每股亏损0.36元；2000年继续亏损，公司置身于退市边缘。短时间内靠正常的经营手段，企业摆脱困境几无可能。2001年7月，青岛市将国货的商业性资产剥离，由青岛商总以较低代价承接；由民营企业上海华馨受让股权，将其所属的无锡健特优质资产置换进来。重组当年，公司便在弥补前3个月1188万元亏损的基础上实现净利润3585万元，一举甩掉了“ST”帽子；2002年公司每股收益0.624元，净资产收益44.33%，位居深沪两市绩效排名第七。由于重组后上市公司注册地仍在青岛，青岛市通过重组不仅稳定了青岛国货原有的商业经营税源，而且培植起新的税源。

在我省，像青岛国货这样经过重组脱胎换骨的例子还有很多。据统计，1997年至2002年，全省国有企业通过改制、兼并、破产、债转股、中外合资合作等，总户数由4342户减少到2257户，下降48.1%；但资产总额却由4952.8亿元增加到6958.6亿元，增长了40.5%；净资产由1749.3亿元增加到2793.9亿元，增长59.7%；实现销售收入由2904.8亿元增加到4708.8亿元，增长62.1%；利税由315.2亿元增加到593亿元，增长88.1%；利润由84.3亿元增加到283.1亿元，增长235.8%。

这些数字说明，“不求所有，但求所得”的大规模战略性重组，是我省国有经济的攀升捷径。

（《大众日报》2003年12月1日1版）

“瓶颈”何在?

——国企:从重组看改革(下)

2007年岁末,济南化学医药国有资产经营公司连出重拳,将所属宏济堂、永宁两家制药公司投入民营企业力诺集团怀中;将裕兴化工、长城炼油等4家化工企业整体划转给外地企业中国蓝星集团。其中仅划转给蓝星集团的4家企业,就涉及资产总额16亿元。

一石击水,波澜迭起。然而,事实很快打消了人们的疑虑:永宁制药与力诺重组前拖欠银行贷款本息9000多万元,负债率200%。但重组当月,永宁的负债率就降到了39%;次月,亏损多年的永宁破天荒地盈利50万元。

“2001年6月,济南撤销9个工业主管部门,成立国有资产经营公司。化工、医药两大系统所属的37家企事业单位的国有资产使用、处置、运营等权力全部集中到化医公司,资产的保值增值责任实实在在压到了我们头上。国有资产再在谁手里缩水,谁就得负责任。化医公司这块国有资产‘冰糕’我们没有能力保存好,人家正好有个‘冷库’,不仅不会让‘冰糕’化掉,还能做得更多更大,为什么不给人家?”化医公司董事长王利民诘问。

王利民这番感慨,从一个侧面道出了长期以来制约我省国企重组的突出“瓶颈”——国有资产管理监督运营体制改革滞后。

目前我省国有资产管理监督运营体制最突出的问题是什么?省国资办副主任李华忠一针见血地指出:是“多龙治水”,管资产和管人、管事相脱节。

李华忠认为,国有资产的保值增值问题要想落到实处,必须有独立的出资人代表集中行使所有者的权益。但从目前我省的实际情况看,国有资本的出资人职能却仍然分散在众多部门。以省级国有资产监管体制为例,国资办负责国有资产的基础管理,但确保国有资产保值增值的相应权力,如企业经营者的任免权等却不在自己手里;大企业主要领导的任免权集中在组织部门和企业工委,所属企业领导班子的任免权分散在省直各部门,但这些部门对国有资产的保值增值却没有任何直接责任。

由于政资不分、政企不分,许多不应由企业承担的社会职能经常转嫁到企业头上,而许多本应由国有资本出资人行使的权力和承担的责任,如建立国有资产经营责任制、形成对企业经营者的激励和约束机制等反而弱化,国有资本保值增值和有序流动缺少必要的压力和动力。

缺少有效的国有资本运营载体。近几年，尽管我省陆续组建起48个国有资产经营(控股)公司，其中济南、青岛等10个市组建市级国有资产经营公司26个。但从全省情况看，国有资产经营公司覆盖面较窄，而且其中不少是由原行政主管部门翻牌，角色转换迟缓；全省实行国有资产授权经营的企业集团只有59家，其中省级只有兖矿、新华鲁抗两家。由于缺少统一有效的国有资本运营主体，部门、企业画地为牢、各自为战、人为地为资产流动重组设置障碍的现象很难根除。为了自身利益，有的企业甚至出现"自己卖自己""关系人关联交易"等问题，国有资本很难按照效益最大化原则进行合理流动、重组；即使部分国有资本退出变现，大量资金也仍留在企业，大大削弱了政府统筹解决国企改革重组面临的深层问题的能力。

采访中，一位省直部门负责人发出了这样的感慨："以前国企改革是企业争着改，现在情况变了，得政府逼着改！"省体改办副主任王树理认为，主要是因为国有资产管理体制改革滞后这道"坎儿"还没绕过去。

改革的动力，源于相关各方的利益权衡，有利才有积极性。改革开放20多年来，我省国企改革经历了扩大自主权、承包经营、转换经营机制、现代企业制度试点、债转股和三年改革攻坚等阶段。在这期间，企业本身特别是企业经营者或多或少都能从中得到好处。但改革走到今天，仅靠对单个企业单兵突破，已不能从根本上解决整个国有经济面临的战线太长、活力不足、资产质量不高、运营效益低下等深层次问题。

资本的本质在于增值，而增值的条件就是流动。国有资产只有流动顺畅，才能向配置最佳化、效益最大化的方向集中，进而发挥拉动、聚集和辐射效应。要想从整体上搞活国有经济，必须打破行业、地区和所有制限度，推进国有经济的战略性重组。而这样的改革，势必影响到企业经营者自身、所属部门乃至所在地区的权力、利益。在这种情况下，国企改革遇到这样或那样的压力和阻力也就不难理解了。

"所以要将分散在各个部门的国有资本出资人职能集中起来，建立责权利高度统一的国有资产出资人制度，形成'国有资产监督管理机构—国有资本运营公司—国有企业'三个层次的国有资产监督运营体系，将国有资产经营责任制、经营者激励约束机制等逐步落到实处，已成为加快我省国有经济战略布局调整、解决国企改革动力不足的当务之急。"王树理说。

采访中，许多业内人士还谈道，国有资本运营渠道不畅，缺少进出平台，也是制约我省国有经济战略布局调整的"瓶颈"之一。

据统计，目前我省竞争性行业的国有资产达1323.46亿元。仅15家省属上市公司就拥国有股65.9667亿股，占省属上市公司总股本的63.51%。按照省政府的要求，3年内要将国有股比例调整到平均30%，仅此就需转让国有股35亿股。但实际情况是，我省民营经济规模和实力较小，社会对国有资本的接纳能力相对偏弱；产权交易机构少，运作不够规范，国有资本交易大多采取协议转让方式，可供选择的余地较小，“卖者找不到买者，买者找不到卖者”，难以按照市场机制和效益最大化原则进行合理流动重组。这种情况下，尽快建立能够广泛吸引国内外优势资本的产权交易平台，就显得尤为迫切。

另外，改革重组中的不良资产如何核销，土地如何处置等，目前还缺乏操作性较强的政策突破和实施细则。以山水集团为例，5家改制企业涉及土地1155亩，账面价值11284万元，占评估后净资产的35.5%，“如果严格按照现有土地政策办理，仅巨额土地出让金，就可能抽干企业的流动资金，严重影响改制后企业的正常生产经营。”山水集团财务处一位工作人员说。

可喜的是，上述问题已经得到有关方面的重视。日前召开的深化省属国有企业改革领导小组联席会议，已原则上审议通过了《省属国有企业战略性重组中不实资产核销暂行办法》；完善产权交易平台等工作也在紧锣密鼓地进行……业内人士指出，这些深层次问题的逐个突破，将为我省国企改革重组撑起顺风帆。

（《大众日报》2003年12月2日1版）

造势与乘势

进入 21 世纪第三春，一股“解放思想，干事创业，加快发展”的大潮在齐鲁大地风起云涌。

站在新一年的起点，回望 2003，相信许多忙碌了一年的人们会露出欣慰的笑容：预计全省国内生产总值将达 12000 亿元，比上年增长 13%以上，增幅高于上年 1.4 个百分点以上；全省地方财政收入首次突破 700 亿元大关，达到 712.83 亿元，同比增长 21.33%；当年实际使用外资金额首次突破 100 亿美元，吸收外商直接投资额从全国第四位跃居第三位。

值得一提的是，这一佳绩，是在克服非典疫情和洪涝灾害影响后取得的。成绩的背后，是山东的决策者谋篇布局的胆略与卓识，是各级党政和全省人民改革攻坚、排难除障、跨越发展的气势与豪情。

好风凭借力　造势赖远谋

“善弈者谋势，不善弈者谋子”，这是古人对弈棋之道的经验性概括。强省之道，亦同此理。

山东新一轮大发展，需要造势；鼓起民心千百万，更需要谋势，统揽全局，运筹帷幄。

省委书记、省人大常委会主任张高丽指出，党的十六大提出了全面建设小康社会的奋斗目标，山东作为沿海经济大省，应当发展得更快更好。加快发展是从山东实际出发的发展，是让人民群众得到更多实惠、实现共同富裕的发展，是以结构调整为总抓手，着力提高经济运行质量和效益的发展，是扩大开放、推进经济国际化的发展，是以科技进步为动力、实现集约经营和可持续的发展。巩固好现有基础，发挥好多种优势，利用好各方面条件，山东完全可以更快更好地发展。

2003 年新春伊始，按照省委的统一部署，省直有关部门就在省领导的带领下，分别就调整优化经济结构、区域经济协调发展、加强生态环境和城市建设等十个重大问题进行了深入调研，为随后省委、省政府的一系列战略决策提供了重要依据。

3 月 27 日召开的省人大十届一次会议上，时任代省长的韩寓群所作的《政府工作报告》中，一些新名词引起了与会代表的关注，也成为会议期间及会后的热门话题。诸如：

——重要战略机遇期。山东作为沿海经济大省，要紧紧抓住今后二十年重要战略机遇期，努力发展得更快更好。

——半岛城市群。我省沿海和胶济铁路沿线的济南、青岛、烟台等8个城市，要增强全局意识和协作观念，坚决打破地区分割，强化整体优势，增强集群竞争力。

——产业协作区。东部沿海地区的青、烟、威等市，要加速与日韩的合资合作，积极构建山东与日韩"产业协作区"，承接国际产业转移。

——区域经济协调发展。以发展半岛城市群、推进中西部地区工业化和壮大县域经济为重点，推动地区间的资源整合，实现优势互补、共同发展。

此外，扩大县级经济和社会管理权限、探索循环经济发展模式、力争非公有制经济占到全省半壁河山等新提法，也为代表、委员们津津乐道。

随后，省里陆续出台的半岛城市群建设、加快县域经济发展等一系列决策、部署，为这些新名词、新提法写下了翔实注脚。

6月2日至3日，中共山东省八届五次全委会议召开，审议通过的《中共山东省委关于进一步解放思想干事创业加快现代化建设步伐的决定》，提出围绕"一个总目标"，争取"两个提前"，完成"三个阶段"任务，实施"四大战略"，落实"五项工作方针"，实现"六个方面变化"。

6月4日至5日，省委工作会议在济召开，吹响了全省解放思想、干事创业、加快发展的号角。

居高声自远　乘势欲高飞

我省解放思想、干事创业、加快发展的决策，是有深刻时代背景的。

观世界，多极化和经济全球化趋势日益显著，我们所面临的国际环境，机遇大于挑战。中国以其巨大的市场潜力和劳动力等资源优势，正成为吸引外资的"洼地"和经济增长的"高地"。美国《财富》杂志调查表明，全球92%的跨国公司计划在中国设立地区总部；日本有一半左右的大企业计划3年内将生产线移向海外，其中70%以上选在中国；韩国30万家中小制造企业有6000多家转移到中国，预计3年内，大部分将转向国外。

看中国，各地尤其是南方沿海诸省纷纷抢抓机遇，跨越发展。早在20世纪90年代，长江三角洲就抓住国际产业结构调整的历史机遇，大力发展对外加工贸易，经济结构和外向度水平变化巨大。入世后，长三角又抓住国际资本和产业加速向中国转移的重大机遇，主动承接以信息、重化工产业为主的国际制造业转移，建设国际性制造业基地。1992 年以来，江苏省 GDP 连续 11 年保持两位数增长；上海开发浦东新区 13 年，GDP 由 60 亿元增加到 2002 年的 1251 亿元；浙江温州靠占全市企业总数 90%以上的民营企业，2002 年 GDP 达到 1055 亿元。

“登东山而小鲁，登泰山而小天下。”跳出山东看山东，视野则更宽阔，历史机遇感和发展的紧迫感则更强烈。2003 年 4 月 13 日至 19 日，张高丽、韩寓群等省领导带领各市主要领导和省直部门主要负责同志，南下苏沪浙“取经”。三省市经济社会发生的巨大变化，干部群众奋发有为的精神状态，改革开放和加快发展的好思路、好经验、好做法，使大家开了眼界，长了见识，加快发展的危机感、紧迫感和责任感油然而生。

对照南方经验，烟台在 14 个沿海开放城市、全省 17 个市和周边城市三个坐标中对比反思，大破“自满自足自负，畏首畏尾畏难”的思想，开阔思路，高点定位，制定了烟台奋斗目标：力争经济总量在 14 个首批沿海开放城市中位次前移，GDP 到“十五”末达到 1700 亿元，年递增 15%、力争 16%，到 2010 年突破 3000 亿元。去年 6 月，贯彻省委工作会议精神，烟台市第一次把市委全委（扩大）会议拉到一个山村——龙口市南山集团（村）召开。会上，作出了“远学无锡，近学南山，解放思想，跨越发展”的决定。全市上下齐心协力埋头苦干，发展变化日新月异。去年上半年，全市 GDP 增幅 16.2%，居 14 个首批沿海开放城市第一位，预计全年可达 1308 亿元，增幅 17%以上，是“九五”以来增速最快的年份。

地处鲁西、经济欠发达的聊城市也不甘人后，立足自身优势，放大农用车、阿胶等产业优势，着力培植汽车、医药、有色金属等十大支柱产业，使产业链条进一步优化、延伸。预计 2003 年全市 GDP 增幅可达 16%，创近年来新高……

敞襟纳百川　放手天地宽

观念决定行动，思路决定出路。

实现山东经济的超常规、高速度、跨越式发展，空有一腔热情远远不够。只有解放思想，打破狭隘封闭的观念和体制障碍，运用市场经济手段，面向全国全球配置资源，才能营造出发展的全新天地。

多少年来，山东人沾沾自喜于国有经济一柱擎天。但与苏浙沪粤等发达省市相比，我省差就差在国有经济比重过大、投资主体单一、机制不活、历史包袱沉重上。

沉疴最需猛药医。在2003年7月3日召开的全省企业改革暨胶东半岛制造业基地建设工作会议上，省委副书记、省长韩寓群明确指出，今后3年，除国家规定的专营企业实行国有独资，资源性重点企业和支柱产业中的骨干企业实行国有相对控股外，其他企业中的国有资本一律退到参股地位或全部退出；劣势国有企业退出市场；上市公司国有股减持到25%左右，其中省属上市公司减持到30%左右；国有大中型企业基本完成主辅分离。

国企改革重组，省属一马当先。省政府出台《意见》，从不良资产处置、企业债务处理、主辅分离、富余人员分流安置等深层次问题入手，为省属国有企业改革重组拿出了针对性、操作性都很强的突破性配套政策。

一石击水，波浪迭起。一场规模空前的国有经济战略布局调整在齐鲁大地拉开帷幕。在厦门举行的第七届中国投资贸易洽谈会上，山东一下子捧出20家国有企业向外资全部或部分转让股权，涉及资产417亿元。这20个企业个个都是我省国有企业的佼佼者。

民营经济一直是山东经济发展的"短腿"。为了拉长这一"短腿"，省委、省政府在前年出台《关于进一步加快民营经济发展的决定》基础上，去年又出台了《关于进一步加快民营经济发展若干问题的补充规定》，明确要求各地建立民企信用担保体系，彻底放开民企经营领域；同时在新建企业注册登记、冠名、民营企业经营者进城落户等方面最大限度放宽条件。

统则死，放则活，这是市场经济的不二法则。在去年11月召开的全省县域经济工作会议上，我省选择了30个经济强县，按照"能放就放"的原则，把省级经济和社会管理权限下放到县市，放手让他们发展得更快更好；选择30个经济欠发达县，加大扶持力度，激发内部活力，让它们迎头赶上。

条块分割、各自为战、政出多门、重复建设，是经济发展的致命伤。为了形成整体竞争优势，把山东半岛建设成全国开放程度最高、活力最足、竞争力最强的高速增长板块，省委、省政府启动了半岛制造业基地建设，邀请高层次专家编制了《山东半岛城市群发展战略研究》。在省委、省政府规划协调下，胶东半岛8个城市努力打破地区分割，建立协商对话、协作行动机制，消除市场壁垒和体制性障碍，在规划统筹、基础设施共享、产业互补配套、提高资源配套效率、优化投资环境、积极承接日韩产业转移方面迈出了新的步伐。

合力就是竞争力。统计资料显示，去年前11个月，我省合同利用和实际利用韩资分别增长87%和91.4%，仅青烟威三市实际利用外资就占全省的70%。

调整调出生产力，开放铸就竞争力。去年我省限额以上工业销售收入预计增长34%；实现利税1500亿元，其中利润890亿元。山东工业占全国工业总量的比重比上年增长1.5个百分点。其中，136户重点企业集团去年前11个月累计实现利税645亿元，同比增长29.53％。

一山一水一圣人，是山东的象征，也是山东人的骄傲。

泰山，五岳独尊，“会当凌绝顶，一览众山小。”

黄河，润泽万物，奔流入海，气势磅礴。

孔子曰：“士不可以不弘毅，任重而道远。”

在新一轮解放思想、干事创业、加快发展大潮中，历史传承下来的山之雄、水之阔、圣人之志，在今天的齐鲁儿女手中，被赋予了崭新的时代内涵，也结下、并将继续结出新的累累硕果。

（《大众日报》2004年1月7日3版，合作者：齐淮东）

调出竞争新优势

“与其他先进省市比，我们差就差在经济结构上。”

“山东发展面临的最大难题是结构调整，最有潜力的也是结构调整。”

“抓经济就得抓结构调整。”

……

今年的《政府工作报告》频频提及的“结构调整”，在代表委员中引起强烈共鸣，分组审议、讨论中，迫切之情溢于言表，真知灼见不时闪现。

产业结构：升降之间长“短腿”

“制约菏泽发展的最大问题就是第一产业比重过高。不抓产业结构调整，菏泽永远没有希望。”菏泽市委书记陈光代表一见记者就作如是感慨，“南方先进省市第一产业比重不到10%，而5年前菏泽竟达55%。”

为改变这种状况，这几年菏泽全力打造绿色产品深加工、煤化工两大基地和苏鲁豫皖商贸物流中心，5年间一产比重下降14个百分点。目前全市羊肉、桐木加工出口均占全国的70%；正在实施的巨野煤电一体化与系列产品开发项目全部建成后，年可增加利税70多亿元。

放眼全省，产业结构不合理的并非个例。这其中，服务业发展滞后问题尤为突出。据统计，2002年我省服务业占GDP的比重仅居全国第21位。

服务业潜力巨大。权威部门调查显示，“九五”以来全省城乡居民服务性需求支出增速是实物需求支出的2倍多；近几年工业从业人员已经出现负增长，而服务业却吸纳了同期80%以上的新增劳动力。如果它在地方财政收入中的占比达到全国平均水平，我省财政每年就可增收50亿元。

发达国家的经验表明，人均GDP超过1000美元，第二产业比重超过50%，服务业就会进入快速增长期。2002年我省人均GDP已达1400美元，二产比重为50%，乘势而上恰逢其时。但要拉长服务业“短腿”，还有许多观念和体制障碍亟待突破。

来自省直部门的一位代表举例说，在上海，单位有人去世只需一个电话，专业化服务公司就把后事全都办妥，而我们许多单位还得成立班子去操办；好多机关和企事业单位后勤、招待所五脏俱全，政企不分，效益自然低下。可见制约我省服务业发展的核心问题并非传统服务业如何提升、新兴服务业如何培育，而是观念问题。

现在一提服务业，许多人很少想到文化体育产业，其实当今世界，文化体育与网络、旅游被并列为21世纪最具活力的朝阳产业。目前美国体育产业产值已远远超过石化、汽车等传统产业，全球体育产业年产值4000亿美元，而我们许多文化体育单位还在“守着金山讨饭吃”，得政府贴钱养着；许多非基本公用服务领域尚处于垄断地位，非国有经济和外资很难进入。因此，解放思想，转变观念，加快改革开放步伐，降低市场准入门槛，引入国外先进的市场化运作理念，才是我省服务业跨越的关键所在。

我省一些地方的实践为此作了最好的注脚。去年泰山集团仅靠体育器材就实现利税8000万元、出口创汇900万美元。而在聊城崛起的辐射周边三省的现代化商贸物流中心香江光彩大市场，年营业额已达十几亿元、直接安置1万余人就业，13亿元的巨额投资完全来自广东香江集团。

产业内部：纵横双向求突破

三次产业结构亟待调整，产业内部的结构同样需要调整。目前国内市场基本供大于求，人们的消费需求又在不断提升。这种情况下，只有延伸产业链条，迅速改变资源型、原料型产业比重过大的被动局面，才能在未来的竞争中立于不败之地。

产业链条长短直接影响到产品的市场竞争力。邹平经济的异军突起有力说明了这一点。这两年国内棉纺企业遍地开花，市场竞争异常惨烈，但靠纺纱起家的魏桥创业集团，已经形成了由棉花初加工、热电联产到纺纱、织布、染整、休闲装的完整产业链条，去年实现利税15亿元，同比增长82%。全国电解铝一哄而起，齐星集团却将产业链条由热电、铝锭延伸到铝板、铝带、铝箔等深加工领域，去年实现利税2.8亿元，今年几个深加工项目建成后实现利税可望翻番。高效益从哪里来？邹平县县长魏克田代表认为，除了深加工能力越强，市场空间越大，附加值越高之外，更重要的是完整的产业链条本身就伴生着成本优势。以齐星集团为例，每吨铝产品能降低成本1000多元。这样的产品投放市场，竞争力自不待言。

围绕主导产业和龙头企业，横向延伸配套能力，培育产业集群，同样是提高产业综合竞争力的关键所在。烟台开发区紧紧盯住机械汽车、IT两大产业强化配套能力，结果引来了LG等一批跨国巨头，而龙头企业的崛起又带动吸引来一大批配套企业，形成了发展的良性循环。去年该区仅IT、机械汽车两大产业就实现工业增加值200亿元，占到全区的2/3；财政收入比2002年增加7亿多元。开发区管委会主任王秀臣代表对此深有感触："为什么不少家电、IT企业把生产基地搬到珠三角或苏南，因为所需零部件在周边全部可以配套，所以产业配套能力也是非常重要的投资环境。"

所有制结构：进退有序天地宽

东阿阿胶集团是聊城屈指可数的好企业，去年该市却将其控股权让给香港华润集团。"靓女先嫁"，非议颇多，但事实胜于雄辩，仅华润现金入股东胶就拿到3亿元。此外华润还投资1.47亿元对东胶在建的啤酒项目进行了扩建改造，又投资5000万元为东胶麾下的临清中药厂建设新厂，并将其产品打入东南亚市场。

"国有资产存量较大，本是山东的一大优势。但这一优势发挥不好，国有经济比重过大、战线过长、机制不活、债务和人员包袱沉重的局面不迅速改观，财富也会变成包袱。"来自省直部门的代表谈起我省的所有制结构忧心忡忡。据了解，2002年我省国有及控股工业企业资产总量6958.6亿元，占规模以上工业企业的比重高出浙江38.3%；资产负债率超过70%的企业占到六成。

正是深刻洞悉了这一积弊，去年省政府明确提出，今后3年，一般竞争领域的国有资本逐步退到参股地位或全部退出；劣势国有企业退出市场；国有大中型企业基本完成主辅分离。

"有退才有进，有所失才会有所得。"这是济南机械电子国有资产运营公司董事长魏篁代表的切身体会。这个由市机械局和电子工业局改组而成的公司挂牌时，所属50多家企业总资产60亿元，净资产只有4亿元。经过短短两年的改革重组，净资产已增加到12亿元。重组威力可见一斑。

"民营经济总量较低，规模较小，既是我省所有制结构的突出问题，也是发展潜力最大的领域之一。"来自滨州的一位代表如是说。在他看来，发展民营经济离不开三条：土壤、种子和气候。所谓土壤就是当地群众的观念、意识；种子就是能人、企业家；气候就是发展环境。但光有这三样还远远不够。有土壤还得不断浇水施肥，通过典型示范把群众发展民营经济的底火烧得越来越旺；有种子还得不断"提纯复壮"，引导经营者创新机制，做大做强；有气候还得不断优化，提升政府服务水平。

（《大众日报》2004年1月12日3版）

定位与错位

在威海采访，几个部门都提到同样一件事：

属下某县级市费尽周折，拉来投资数千万美元的韩国造船项目，眼看就要落地了，没想到却被同属半岛制造业基地的另一个市活生生挖走了。

一位为这个项目付出许多努力的干部告诉记者，省里建设半岛制造业基地的初衷，旨在整合青烟威三市的力量，形成承接日韩产业转移的整体优势。但这种恶性竞争、自相残杀，只能抬高招商引资的成本。

威海市外经贸局局长王保华的分析则更趋理性：造船业是露天作业，不仅对港湾水深、水温、避风、无雨期天数等有严格要求，而且是高投入产业，仅前期勘探海底地质结构就需投入数百万元。威海地处胶东半岛最东端，与世界船舶生产大国日本、韩国隔海相望，是世界上最适合造船的地区之一。但目前半岛制造业基地的造船业产业带到底集中在哪儿尚不明确，三市都在争，到处布点，分散用力，形不成整体配套优势，很可能错失大规模承接日韩造船业转移的难得良机。

产业规划，是打造半岛制造业基地核心竞争力的指南。但翻翻青烟威三市的产业发展规划就会发现，在各市仅有的四五个重点发展产业中，交通运输设备（主要是汽车和造船）、电子信息、食品无一例外都被列为重中之重。

如何看待这种现象？威海市经贸委主任刘光明认为，产业培植重点的确立，应该基于各自的资源优势和产业基础，而且一个大的产业，涉及好多门类，因此，大产业的重复定位有时很难避免，但这并不排斥产业内部各有侧重。比如同是汽车产业，烟台以家庭轿车为主，威海以越野车、环保电动车为主，青岛以重卡、城市客车为主，这就形成了错位经营。如果背离了这个前提，什么都想做，平均用力，四面出击，很可能什么都做不好，最终削弱的是半岛制造业的整体竞争力。

产业配套能力，是整体竞争力一个很重要的砝码。在威海采访，不少人津津乐道于山东三星通信设备有限公司投资 2980 万美元的项目，仅它就引来韩国配套企业 20 多家，总投资 6000 万美元。但这家公司的副总经理赵国栋却认为，他们生产的打印机和传真机，每台需要零部件上千种，韩国配套企业尾随而至，对当地招商引资来说是件好事，但也从另一个侧面说明，当地的配套能力亟待提高。这也正是韩国三星在国内投资项目多达 20 多个，总投资 30 多亿美元，而这些项目大多没有花落距韩国最近的胶东半岛地区的重要原因。

省外经贸厅厅长周嘉宾进一步指出，这几年为什么国外电子信息产业开始大规模向外转移？因为随着技术的普及、竞争的加剧，这一产业已由暴利走向微利，而且越是如此，这些项目对承接转移地的产品配套能力就要求越高，对采购半径的要求就越小。长三角、珠三角在这方面独具魅力概缘于此，而我们恰恰在这方面处于明显劣势。

业内专家认为，增强配套能力，增加产业集聚度和对外资的吸引力，各自为战、分散出击，"剜到篮子都是菜""胡子眉毛一把抓"，显然既不经济，也力所不逮。建设半岛制造业基地，必须在充分竞争的同时，加强统筹规划，明确三市在产业之间和产业内部的具体定位，特别是在重点产业、重点领域甚至重点产品上，要尽可能实现错位竞争、优势互补。只有紧扣重点产业集中出击，延伸产业链条，强化配套能力，才能打造出多个特色鲜明的优势产业和簇群板块。

烟台市工业行业管理办公室主任姜明告诉记者，不仅三市之间需要分工合作，优势互补，错位发展，一个市同样需要如此。这两年，烟台确定在莱州三山岛到牟平养马岛这一段工业较发达地区，集中打造沿海经济产业带，并对产业带内每个县市区的发展重点进行明确分工：莱州发展石材产业，招远延伸黄金产业链条，蓬莱做大临港工业和葡萄酒产业，市开发区集中培植汽车和电子信息产业，全市集中打造中国食品名城品牌……分工明确了，富有活力的特色板块和产业簇群也就呼之欲出。

产业的分工定位和错位竞争并不意味着画地为牢。有关调查表明，电子家电、石化、汽车、钢铁、造船等产业的带动能力都在1∶10以上。青岛投资200亿元的大炼油项目，到2005年炼油能力将达上千万吨，炼油下游产品生产能力达100万吨，年销售收入150亿元。到2010年，上述指标将分别达到2000万吨、250万吨、300亿元。这么多的下游产品，绝非青岛一市所能消化，只要统筹规划到位，半岛制造业基地内的每一个城市，都可从这个产业链条中找到自己的位置，获得自己的利益。

然而，并不是每个地区、每个企业都可以自然而然地进入龙头企业的产业链条。在跨国公司的汽车流水生产线上，100万个零部件有6个不合格，整个流水线就得停产。这也正是烟台东岳汽车被上海通用盘活后，去年销售收入30亿元，但当地180多家汽车零部件企业尽管地处"近水楼台"，却由于大多以生产、维修为主，很少能进入东岳流水线的真正原因。所以，对照国际标准，围绕龙头企业，加快改进生产工艺，延伸产业链条，正是三市企业拓展发展空间，实现优势互补的理性选择。

（《大众日报》2004年7月8日1版）

竞争与融合

2004年6月1日至3日，珠三角再次成为瞩目的焦点。来自南方九省区和香港、澳门的相关人员云集于此，参加首届泛珠三角区域合作论坛，并签署了《泛珠三角区域合作框架协议》。此举标志着南中国新一轮区域合作拉开大幕。

而早在此前，长三角的区域合作和经济一体化，就已进入实质性操作阶段：在无锡、苏州，持上海的“公交一卡通”乘车，可享受九折优惠；在长江口外的大、小洋山岛，使用沪、浙两地的联通手机无须交漫游费；想去长三角任何一个城市就业，不需迁移户口、携带档案……

为什么以往的对手如今坐到了一起？省经贸委有关人士认为，区域经济合作越紧密，城市功能的互补性越强、产业关联度越高，人才、技术、资本的流动渠道越畅通，其资源配置效率就越高，整体竞争力也就越强。随着国内外区域经济融合步伐的快速推进，以往靠一个城市、地区单打独斗所形成的比较优势正日渐式微。我省提出打破行政分割造成的经济、贸易、制度、市场壁垒，加快整合青烟威三市资源，降低产业配套和商品交易成本，提高资源配置效率和集聚功能，形成整体竞争优势，承接国际资本转移，建设面向日韩的胶东半岛制造业基地，正是出于这样的战略考虑。

然而，面对紧锣密鼓的珠三角、长三角经济一体化浪潮，同属半岛制造业基地的青烟威三市，目前处于何种状态？省外经贸厅厅长周嘉宾认为，现在还是三足鼎立，而鼎立就意味着纷争。烟台的日资企业只有300余家，韩资企业不过2000余家，放大10倍，又有多少外国人知道烟台？而青岛则不同，仅国外政府、企业驻青代表处就有800多家，一个2008年奥帆赛又能产生多大的品牌效益？“所以，各打各的牌永远形不成特色。叫响半岛制造的品牌，必须把青烟威三市捆在一起，进行系统的策划包装，对内迅速确立其在环渤海经济圈的引擎地位，对外依托青岛形成整体的品牌效应。”

招商引资同样需要整合资源，形成合力。烟台市投资促进局局长张行如说，现在招商引资的一个通病就是各自为战、大呼隆，一趟一趟、一帮一帮不计成本往外跑，跑得外商眼花缭乱，不胜其烦。去年烟台按产业门类组成11个专业招商组，一个产业一个产业地对照韩国、日本不同城市的产业优势深入分析，有的放矢地开展专业招商，结果仅在韩国仁川一次招商说明会，就引来当地汽车零部件商200多家，引进韩国投资项目9个，协议外资1.1亿元。“如果将青烟威三市的产业布局理清，把优势资源整合起来，就能对承接日韩产业转移产生集聚效应。”张行如说。

在这方面，广西的做法值得借鉴。作为南中国出海通道的北部湾，三大港口分工定位明确：防城港以大宗散货为主，钦州港以集装箱为主，北海港以客运为主，整个广西攥紧拳头，围绕三个主攻方向分门别类，倾力扶持。反观半岛三市，大大小小的港口各自为战，互争货源的情况相当严重，相当一部分小港口吃不饱，现有基础设施不能充分利用，有限的资金撒了芝麻盐，同时又难以集中力量建设龙头大港。烟台港由于地处市区，客货混杂，疏港能力差，严重超能力运行，但将货运迁出市区建新港所需的上百亿元投资尚无着落。所以，加快整合港口资源，明确分工定位，实现优势互补，集中有限的力量加快青岛、烟台等龙头大港的提升，积极应对天津港、大连港的进逼，打造“东北亚航运中心”，从一定意义上，已成为建设半岛制造业基地的头等大事。

提高区域资源的配置效率和整体竞争实力，交通一体化是前提。正是由于这个原因，苏、沪、浙三省通力合作，打造连接上海的“1小时交通圈”“3小时都市圈”。而半岛制造业基地内三市间，连两小时交通圈都未形成，其高速公路密度尚不如西部一些地方。为什么苏州人能把上海的机场当成“我们的国际机场”？因为那里距苏州只有一个半小时车程。“假如我省能通过高速公路、高速铁路尽快把青烟威三市和所属县市、主要开发区、沿海大港、空港连成一体，打造出‘一小时半交通圈’，威海机场还有必要像现在这样为开通第一条国际航线四处求爷爷告奶奶吗？”省交通厅一位人士如是说。

业内人士指出，长三角的一体化进程，也是在长期而充分的竞争中形成的自觉分工，既有竞争，更有合作。在目前这样的财税体制、干部体制和行政分割下，半岛三市从“三足鼎立”到“水乳交融”，从激烈竞争到优势互补，不可能一蹴而就。三市间应当着眼长远，算清大账，主动当好山东区域经济一体化的领头羊，建立起从政府到部门再到行业协会的多层次互动、对话和协调机制。

据了解，目前全省半岛制造业基地的整体规划和产业、招商引资、交通、人才、配套政策等子规划已基本起草完毕。而青烟威三市也先走一步，初步建起了人才资源共享机制。更可喜的是，在第三届APEC中小企业技术交流暨展览会上，三市联手布展，在同一展区整体推介半岛制造业基地。我们相信，随着三市融合步伐的加快，一个充满活力的经济板块，一定会跃起在齐鲁大地东端，成为拉动山东经济乃至环渤海经济的强力引擎。

（《大众日报》2004年7月11日1版）

谱发展华章

今年 4 月，胡锦涛总书记视察山东时指出，希望山东在以科学发展观总揽全局上走在前面。这既是对我省近几年发展之路的充分肯定，更是对未来发展的殷殷期望和更高要求。

追溯近三年来全省经济社会的发展脉络，正是由于省委、省政府坚持科学发展观，登高望远谋全局，引领全省上下解放思想、干事创业，化挑战为机遇，才取得了一系列来之不易的辉煌成就，实现了全省经济的持续快速健康发展。

巩固好现有基础，发挥好多种优势，利用好各方面条件，山东作为沿海经济大省，完全可以发展得更快更好。

2003 年上半年，注定将在山东发展史上留下浓墨重彩的一笔。

新春伊始，省委、省政府主要领导带队，17 市党政一把手参加的学习考察团南下苏沪浙找差距，取真经。三地高涨的发展热情，不舍昼夜的进取精神，充满活力的创业氛围，让我省党政干部感到震惊。一场波及全省的解放思想大讨论骤然铺开。

跳出山东看山东，各级党政领导视野更宽，思路更广，历史机遇感和发展紧迫感油然而生：青岛对照苏州寻找差距，济南对照南京确定目标，烟台对照无锡转变观念……全省 17 个市甚至几乎所有的县市区，都在对照南方发达地区确定赶超目标，明确突破路径。6 月上旬，省委工作会议推出的“一二三四五六”的发展目标和总体思路，水到渠成地融化为全省上下解放思想干事创业的冲锋号角。

解放思想不是一句空话。在环境日益成为集聚各种生产要素的决定性因素的今天，各级各部门勇于向自己开刀，把束缚生产力和影响投资环境的种种权力“拱手相让”。在 2002 年全面启动“政府提速工程”、压缩 40%省级行政审批事项的基础上，2003 年我省又压缩了 50%；去年 6 月《行政许可法》施行前夕，18 个省直部门被确认不具备行政许可实施主体资格，74 项省级规范性文件和 130 项收费项目被果断砍掉。各地以设立行政审批服务中心为载体，切实提高工作效率和服务水平，投资环境明显改观。

条块分割、各自为战、恶性竞争、重复建设的怪圈，从整体上影响着竞争合力的形成。着眼于此，我省把青、烟、威作为一个经济板块统一规划建设，积极打造承接日、韩产业转移的胶东半岛制造业基地；邀请高层次专家编制《胶东半岛城市群发展总体规划》，引导半岛8市建立对话协作机制，消除市场壁垒和体制性障碍，将其打造成为全国开放程度最高、活力最足、竞争力最强的高速增长板块。

视野决定眼界，思路决定出路。2003年，面对非典不利影响，全省GDP突破1.2万亿元，增幅高于上年1.2个百分点；实际使用外资首次突破100亿美元，从全国第四跃居第三。去年全省GDP突破1.5万亿元，跃居全国第二，同比增长15.3%；实际使用外资增长32.4%；提前一年实现"十五"主要经济指标。今年上半年全省GDP增长15.4%；地方财政收入增长25.8%；新签合同外资增长53.4%，实际利用外资增长3.2%。

大调整既是大挑战也蕴藏着大机遇，抓住了机遇就可能赢得大发展。

几乎在我省吹响解放思想干事创业冲锋号的同时，宏观调控不期而至。是停下脚步抓调整，还是在大调整中求发展？山东的决策者面临抉择。

"能不能保持经济发展的良好势头，在激烈的竞争中掌握主动权，关键看结构调整能不能取得进展。结构调整事关经济社会发展全局，是我省发展的主线，必须贯穿始终牢牢抓住不放。要通过加快调整，实现经济增长方式由粗放到集约的转变，实现速度与结构、质量与效益的统一，形成经济发展的良性循环。"省委书记张高丽反复强调。

该限制的坚决限制，该调整的坚决调整，才能防止经济大起大落，保持全省经济的持续快速健康发展。仅2003年底以前我省就关停"五小"企业1606家；之后又全面清理了钢铁、电解铝、水泥等国家宏观调控重点限制项目；分三批撤销开发区739个，减少规划土地面积37.7万公顷，减幅分别达74.6%和77.4%；立案查处土地违法案件3.95万件。今年又明确提出，省级开发区每亩投资不得少于100万元，其中国家级开发区每亩投资强度一般不得低于240万元。

调整不是止步不前，而是为了集约利用各种有限的宝贵资源，"好钢用在刀刃上"，引导鼓励各地各企业转变经济增长方式，走低能耗、低污染、高技术、高产出的新型工业化道路，实现人与自然、资源与环境的协调发展。正是在这一指导思想引领下，2003年以来短短两年多，全省上下按照省委、省政府的要求，集中培植"三个一批"，突出"三大亮点"，经济结构、运行质量和整体竞争力发生了根本性变化，一大批辐射带动能力极强的大产业、大项目、大企业迅速崛起。在国家统计局去年底公布的全国2692家大企业集团名单中，我省入围企业总数位居全国第一。去年全省年销售收入过10亿元、过百亿元、过200亿元的企业分别达到230家、21家和10家，分别比上年增加42家、8家和6家。占1.4%

的大型企业对规模以上工业的贡献率达36.8%,户均利润是全省平均水平的近35倍,拉动全省工业利税稳居全国第一。

协调发展是科学发展观的内在要求。围绕这个要求,三个突破、促强扶弱等一系列举措次第展开

5月的鄄城(潍坊)工业园,塔吊林立,施工正酣,首批总投资6.6亿元的16个项目全面进入建设阶段。

鄄城是我省"东西联动突破菏泽"战略的受益县之一。据统计,东部8个强市结对帮扶菏泽8个弱县短短一年多,双方就达成合作意向54个,总投资123.5亿元。去年菏泽市GDP、固定资产投资、农民人均纯收入、地方财政收入分别增长17%、75%、19.9%、31.4%,均首次超过全省平均增幅,均为近20年来的最高水平。

"一个龙头""三个突破"战略实施以来,脱胎巨变的不仅仅是菏泽一市。

在省城济南,宽阔平坦的经十路贯通东西,投资16亿余元的济南国际机场新航站楼建成投用,体育中心、植物园全新亮相……城市面貌日新月异,经济发展增势强劲。

烟台市反骄破满找差距,振奋精神促发展,GDP增长速度由全国14个沿海开放城市的第7位迅速跃升到第1位。

突出发挥青岛龙头作用工作会议5月底开罢后短短一个月时间,新世纪中国第一座千万吨级炼油项目——青岛大炼油工程和投资99.38亿元的青岛海湾大桥全面动工建设;家电、电子、石化、汽车、造船、港口6大产业集群在该市强势崛起。

"突破30个经济强县,扶持30个经济弱县",带动整个县域经济发展的战略,取得明显成效。去年30个强县工业利税、固定资产投资、实际利用外资、财政收入等指标增幅均超过全省平均水平,有16个县进入全国百强县行列。30个经济欠发达县除地方财政收入外,各项主要经济指标增速均超过经济强县。

在统筹区域发展的同时,我省还把经济发展与农民增收、就业增加和财政增收紧密结合起来。仅去年全省就减免农业税和农林特产税38亿元;用于三农的投入增长48.5%;农村公路改造投资130亿元,使80%的行政村通上了柏油路。今年我省又明确提出,全省农业税再降2个百分点;力争新转移农村劳动力100万人;投资60亿元确保年底基本实现村村通柏油路;启动村村通自来水工程,力争三年内让全省80%以上的村庄用上自来水……

统筹城乡和一二三产业发展,有力拓宽了农民的就业渠道。仅去年全省就转移农村劳动力130万人,农民人均纯收入增长11.3%,为1997年以来最高。

以邹平县为例，仅一个魏桥创业集团就消化农村劳动力12万余人，正在建设的高档纺织印染系列项目建成后，又可创造就业机会4.5万个。

成绩已成过去，未来任重道远。在刚刚结束的全省科学发展情况交流现场会上，省委书记张高丽明确指出："在新的阶段、平台和起点上，我们既要看到取得的成绩，坚定加快发展的信心，更要保持清醒头脑，看到存在的差距和不足，防止自满自足、松懈麻痹思想，防止畏难发愁情绪，防止低要求、低标准、低水平。要引导干部群众特别是领导干部统一对抓住机遇、乘势而上的认识，统一对珍惜来之不易大好形势的认识，统一对居安思危、增强紧迫感的认识，抓住机遇而不可丧失机遇，开拓进取而不可因循守旧，毫不松懈，加大措施，乘势而上，推动经济社会发展再上新水平。"

目标已经明确，蓝图已经绘就。在贯彻落实科学发展观的征途上，山东的步履一定会迈得更加稳健。

（《大众日报》2005年8月5日1版）

“创新山东” 异彩纷呈

改革开放30年来，山东经济巨轮的每一次破浪远航，无不伴随着思想解放和改革创新的滚滚涛声。可以说，中国特色社会主义在山东的成功实践，就是一部不断解放思想、更新观念、开拓创新的历史。没有一轮又一轮的思想解放和改革创新，就没有齐鲁大地翻天覆地的历史性跨越。

解放思想为先导

乡镇企业的异军突起，是20世纪80年代初，发生在齐鲁大地上引人瞩目的事情。它发端于波及全省的第一轮思想大解放。

改革开放之初，胶东乡镇企业“敢吼第一声”，拉开了山东乡企发展的大幕。到1986年，全省乡镇企业总产值第一次超过农业总产值。但跳出山东看山东，苏南、浙江和珠三角已在全国领跑，形成了以乡村集体为特色的“苏南模式”、以个体私营经济为特色的“温州模式”和以外向型三资企业为特色的“珠三角模式”。

差距面前怎么办？省委、省政府先后四次组团到江、浙、粤考察学习，解放思想，借鉴经验，推出了一系列加快乡镇企业发展的政策措施。到1992年，乡镇企业总产值达2344亿元，占据全省工业总产值的“半壁江山”。在这一生力军的强力助推下，1991年全省国内生产总值跃居全国首位。

改革发展的每个关键时刻，敢于直面强手找差距、自提标杆加压力、敞开襟怀学先进，是改革开放30年来山东一以贯之的做法。思想的大解放，打破了小富即安的封闭保守观念，赢来了改革开放一轮又一轮的新突破、经济社会一步又一步的大发展。

省社科院对外经济研究所所长范振洪对此深有感触。他认为，奠定全省对外开放基本格局的外向型经济带动战略，就是通过第二次思想大解放直接促成的。

1992年邓小平南方谈话后，省委迅速组织展开解放思想大讨论。针对市场经济“姓资姓社”的争论，省委明确表态：在坚持“三个有利于”原则的前提下，鼓励各级干部大胆试、大胆闯、大胆干；因大胆探索而出现的工作失误，领导责任由省委承担，但坚决不允许不改革、不探索。同年3月，全省深化企业改革扩大对外开放经验交流会明确提出，在计划与市场、改革与发展、内向型与外向型经济、局部利益与整体利益的关系等问题上，认识要有新飞跃，观念要有新转变。当月，省主要领导同志带队分赴广东、福建、海南取经，回来后立即召开全省对外开放工作会议，“哪壶不开提哪壶”，一口气列出山东相比南方沿海省市的“五大不如”，提出在解放思想更新观念、筹集搞活资金、老企业嫁接改造和乡镇企业利用外资、转变政府部门职能等八大方面实现新突破。1994 年 4 月，面对宏观经济治理整顿的重重压力，省委、省政府再次召开全省对外开放工作会议，邀请苏州市委和浦东新区负责人介绍经验，要求全省上下以更大的胆略、气魄和更加扎实的措施，全面实施外向带动战略。正是这种触及观念、体制和灵魂的思想大解放，使我省经受住了重重考验，初步形成了全方位多层次的改革开放新格局。

发展无止境，解放思想同样没有止境。进入新世纪，解放思想更新观念，凝心聚力干事创业，以思想的大解放、观念的大更新，促进经济的大发展、社会的大进步，成为山东省委的执着追求和工作着力点。伴随着思想解放的步步深化，发展的理念也不断更新：从“加快发展”到“又快又好”再到“又好又快”，“创新山东”的发展思路一脉相承。

面对金融危机的全球性肆虐，省委、省政府未雨绸缪，邀请位列全国百强县首位的江苏昆山市委书记张国华作专题报告，学习其抢抓机遇、开拓创新的成功经验。日前又邀请国家发改委专家来山东作应对危机的专题讲座，为山东企业“危”中觅“机”，开启思路、谋划对策提供帮助。走出去，请进来，成为山东开阔眼界，推动观念创新的卓有成效的做法。

敢闯敢试趟新路

改革开放 30 年的山东之路，从某种程度上来讲是“闯”出来的。这一点在我省农村改革大幕初启时已初露端倪。

1978 年春天，东明县沙窝公社柳里村率先把收归集体的自留地退给农民，把 600 多亩撂荒地分给农民。对这一石破天惊的壮举，当时的菏泽地委旗帜鲜明地大力支持。第二年春节，东明县把收归集体的自留地、地排车退还给农民，把 10 万亩撂荒地分给农民自种自收，次年初又把集体土地分给农民，并于年底前全部实行了“大包干”。几乎与此同时，各种形式的农业承包责任制的雏形也在鲁西北地区出现，并渐成燎原之势。当时，不少人将此说成“倒退”“走资本主义道路”，直到 1980 年春天，“包产到户”还在全国引发激烈争论，而早在 1979 年，我省就制定下发了《关于落实农村经济政策若干问题的规定》，使以“五定一奖”为标志的农业生产责任制在全省得到广泛推行。到1983年底，以“大包干”为主要形式的家庭联产承包责任制在全省基本普及。

省委党校科学社会主义教研室主任魏恩政教授认为，解放思想的指向是打破禁区转变观念，解放思想的路径体现在山东，很重要的一条就是尊重群众首创精神，对实践证明行之有效的经验做法敢于大张旗鼓地宣传推广。这一点在山东农业市场化的进程中表现得尤为明显。

以家庭联产承包责任制为核心的农村第一步改革顺利完成后，山东的温饱问题得到基本解决。但到20世纪80年代中期，随着国家对大部分农副产品放开经营，城乡经济分割、农业社会化组织程度低，生产、加工、流通脱节等一系列制约农村经济发展的深层次矛盾又开始暴露，农产品卖难问题日益突出，价格波动频繁，农民增产不增收。

针对这些问题，诸城以国际国内市场为导向，以农副产品加工经营企业为龙头，以千家万户的家庭经营为基础，通过社会化服务体系的完善和新型利益分配机制的建立，使农、工、商、贸结成风险共担、利益均沾的共同体，有效解决了农民进入大市场的桥梁问题和农产品比较效益低的问题，在全省乃至全国率先走出了一条“商品经济大合唱”和“贸工农一体化”的农业发展新路子。1987年6月，省委、省政府在诸城召开农村改革现场会，对这一创举进行了总结推广。

为从更高层次上解决小农户和大市场的对接问题，1993年初，潍坊市在总结诸城以龙头带农户的贸工农一体化和寿光以市场带农户的产加销一条龙模式基础上，率先提出“确立主导产业，实行区域布局，依靠龙头带动，发展规模经营”的农业发展新战略。这就是农业产业化的雏形或前奏。

在充分调研论证基础上，1994年省委把实施农业产业化写进1号文件，全省迅速掀起了农业产业化的热潮。此后的事实证明，这一举措不仅保障了山东农业一直走在全国前列，而且很快进入中央决策，成为中国传统农业向现代农业转变的重要路径。

“创新山东”的生动实践

以解放思想为先导，建立并不断完善有利于最大限度地解放和发展生产力的体制机制，是山东30年不断推进改革创新的重要内容。

20世纪90年代初，经历了放权让利、两步利改税、承包制、转换经营机制等改革措施之后的国企改革陷入僵局。在一片质疑声中，诸城率先拉开国有中小企业产权改革大幕。省委党校马克思主义研究所所长迟树功认为，这一破冰创举，为后来国企改革的深层次推进杀出了一条血路。

以诸城改革为发端，1993 年我省在全国率先提出并实施了“抓大放小”战略，通过兼并、租赁、出售等方式全力推进国有中小企业改革改组。为提高山东经济的核心竞争力，实现由“山东制造”到“山东创造”的全面跨越，我省连续出台措施引导企业加快产业升级、品牌扩张和自主创新，全力培植高新技术、外经外贸、民营经济三大亮点，从而形成了与广东、浙江的“小狗经济”截然不同的“群象经济”模式。经济“群象”的拉动支撑，使我省规模工业利税、利润自 2004 年以来连续 4 年保持全国首位。

经济和社会的发展之路是漫长的，但紧要处往往只有关键的几步。目前，我省经济社会的发展到了一个紧要处。能不能清醒地判断形势，把握大势，谋划新路，关系着齐鲁大地的未来。在今年的省委工作会议上，我省作出了“加快推进经济文化强省建设”的战略决策。从建设“大而强富而美”社会主义新山东，到新起点上实现富民强省新跨越，再到加快经济文化强省建设，是省委审时度势、开拓创新，从整体上“创新山东”的生动实践。

这一战略决策给出了关键时期山东所处的历史方位和路径选择，确立了具有自身特色的发展之路，它要求全省上下进一步强化机遇意识、创新意识、市场意识和率先意识，以解放思想为先导，以提高核心竞争力为目标，以改革创新为动力，以转变发展方式为根本途径，着力转变不适应不符合科学发展观的思想观念，着力解决影响和制约科学发展的突出问题，着力构建充满活力、富有效率、更加开放、有利于科学发展的体制机制。

“创新”又一次被提升到“经济文化强省”建设的“龙眼”位置。我们有理由相信，只要全省上下紧扣这个“龙眼”凝心聚力乘势而上，就一定能在科学发展上走在全国前面，在日趋激烈的区域竞争中占据有利位置，再创新优势，再铸新辉煌！

（《大众日报》2008 年 12 月 9 日 1 版）

省外采风

齐鲁园林成一派

——世博会山东展区采风之一

位于昆明东郊金殿风景区的世博园，如今成了中外园林艺术的竞技场。3月底，记者到此采访，看到国内所有的省市自治区和不少国家地区，都把自己园林艺术的精华搬到了这里。山东在这里也建了自己的园子——齐鲁园。

进得齐鲁园，一块6米多高、10米多宽仿孔林“万古长春坊”形建的汉白玉“齐鲁牌坊”赫然入目，上面龙凤、神龟、仙鹤、天马、鹿、狮等神兽玲珑剔透，99条形态各异的雕龙栩栩如生；顶额“仁者乐山，智者乐水”的颜体朱书雍容典雅；两侧一对汉白玉麒麟形神毕肖，让人不由得驻足细观。

牌坊后的齐鲁园大门入口处前是鲁壁青铜浮雕“孔子圣迹图”，高1.8米，宽7.6米，上雕孔子讲学图和孔子周游列国图，场面壮阔，气势恢宏。绕鲁壁，穿重光门，驻足杏坛，以大写意的手法勾勒的泰山景观雄立眼前：高远处主峰拔地而起，“十八盘”“玉皇顶”“五岳独尊”等景点历历在目；低近处云溪流水、龙潭飞桥浑然天成。电子云雾发生器形成氤氲弥漫、云蒸霞蔚的效果，使人更感山雄气秀，亦真亦幻。

山前一泓碧水晶莹清澈，柳丝飘飘；池中三柱泉水激扬奋喷，水涌若盆，吐雪溅玉，势如鼎沸；泉边观澜亭碧顶红柱，雕有孔融让梨、孟母训子、弃疾填词等山东历史典故的画廊绕泉回环。廊映水中，水拍廊底，让人恍若置身趵突泉边。

这次世博会的主题是“人与自然”。泰山松柏、济南金线柳和金枝槐、枣庄400年生的石榴树、胶东卫茅、德州的龙枣树、烟台大樱桃、青岛百合、肥城佛桃等各种植物珍品参天掩地；地上草坪茸茸带露，一步一景，步移景异，人与自然不知不觉地融为一体，让人物我两忘，油然而生“仁者乐山，智者乐水”之感。这不是人与自然和谐相处的最好注脚吗？云南世博局局长郭方明说：“齐鲁园既有很深的艺术价值，又有很高的科技含量，游之观之完全是种享受。”

世博局专家组成员、著名园艺专家梁永基教授感慨道，齐鲁园以“一山一水一圣人”为主体内容，泰山为五岳之首，趵突泉为天下第一泉，孔子为中国儒家文化的代表，山雄水秀遥相辉映，浑然一体，在浓厚的历史文化积淀的衬托下粗犷又不失灵性，与北方雍容典雅的皇家园林和多山多水多才子、精工细雕的江南园林形成了鲜明对照，为中国园林艺术涂上了浓墨重彩的一笔，齐鲁园林完全可以自成一派。齐鲁园的施工总指挥张维东说:“我们就是想让山东的园林艺术走向全国,走向世界。让世人知道在皇家园林、江南园林两大流派之外还有个齐鲁园林。”

(《大众日报》1999 年 4 月 15 日 2 版)

山东人有拼劲

——世博会山东展区采风之二

在昆明世博园建设工地，要数山东的建设者名气最响。这个名气不仅来自他们建出的让人交口称赞的园林，更主要的来自他们的拼劲。说起这点。无论世博局的领导、专家、工作人员，还是兄弟省市区乃至异国的建设者，无不直竖大拇指：山东人真实干。

这个赞誉，是吃苦流汗换来的。为了如期完成建设任务，这些山东硬汉没有午休，没有节假日，甚至连去市区逛逛的时间都舍不得，整整拼搏了7个多月。

就说建泰山景观用的石头吧，大的重达二三十吨，小的也在1吨左右，都是从上百公里外的荒山上，用铁钎铁锹弄出来，再搬上卡车运回来的，仅载重12吨的大卡车就整整拉了250车。为选到合适的石头，三十多条齐鲁硬汉常常凌晨四点出发，晚上十一二点还回不来。工地现场临时负责人张洪斌说："累是累点，但自个选的石头放心，自个搬来的石头省钱。"可不是，买一车石头得三四千元呢！

在世博园建设工地，大多数兄弟省市的承办者都把工程承包了出去，自己只是在工地监督施工，很少有亲自动手干活的。但山东工地不一样。为了节约有限的资金，齐鲁园的承办单位省林业厅的干部职工既是工程的设计者，又是一线施工者。这些从省直机关走出来的干部，和工人们一样战斗在施工第一线。安排次日工作，设计变更图纸，那是晚上工人们休息后干的事。进山采石，搬石垒山，军人出身的施工现场总指挥、林业厅种苗站站长张维东始终冲在最前面。50岁的人干起活来连二三十岁的小伙子都自愧不如，有一次竟晕倒在工地上。年逾六旬的老园艺专家陈一山，白天和大家一起垒石运土，晚上设计图纸，一刻也闲不住。有一次摔得满脸是血，鼻骨骨折，在医院住了二十多天后又打着绷带出现在工地上，谁也劝不住。

齐鲁园栽植的2400多棵植物大多是从3000多公里外的山东老家运来的。为了保证成活率，有的树盘重达好几吨，都是人抬肩扛栽在园子的。春节前夕，昆明下了一场雪，许多省市室外展区的植物都遭到了灭顶之灾，但齐鲁园由于栽植管护精心，2400多棵植物成活率达95%以上。

3月30日晚，窗外月光融融。记者与这些建出国际一流园林的建设者们一起，住在阴暗潮湿的工棚里，坐在用木板砖头临时搭就的床铺上，就一盆咸菜疙瘩，喝着黏糊糊的面条，同声吼起《好汉哥》。现场指挥部的田文侠说："只要不给山东的父老乡亲丢脸，再苦再累都值。我们来到昆明，就想为国家争光，为山东人争气。"

（《大众日报》1999年4月16日2版）

展品亟需加把火

——世博会山东展区采风之三

世界博览会被誉为“世界经济、科技、文化界的奥林匹克盛会”，在亚洲也只有日本和韩国举办过。以园艺为主题的’99昆明世界园艺博览会，是我国首次主办的高等级世界博览会，到目前已有68个国家和25个国际组织决定参加，届时预计国内外的参观者将超过1000万人次，海外游客将达100万人次以上。我省能否在这次盛会上参展成功，从大处讲是为国争光，从小处说，是对我省改革开放成果、园林艺术的一次检阅，对我省的园林艺术和旅游资源走向世界，实在是一次千载难逢的机遇。

在紧锣密鼓的筹展过程中，我省室外展区齐鲁园先声夺人，赢得了前来视察的中央领导、世博局领导和专家们的一致好评。尽管初战告捷让人倍感欢欣，然而真正的较量才刚刚开始。

对于这点，山东组委会的负责人头脑非常清醒。组委会办公室副主任王建平告诉记者，齐鲁园仅仅是一个载体，能否参展成功，还得看载体里是否有真货色。据了解，这次世博会共设各种奖牌1272项，其中1100项是展品奖，所以能否征集到足够的高质量展品，如盆景（含雅石）、插花及各种室内室外树种、花卉、蔬菜、果品等，是这次世博会我省能否取得预期目标的关键。遗憾的是，目前的展品征集工作进展并不顺利。质量不高，精品不够，一流的展品非常欠缺。究其原因，关键还是认识问题。

由于大多数人对参展的重要性认识不够，参展积极性不高，展品征集进度大受影响，大量高质量展品散存于民间。一件像样的盆景，没有几千元作抵押，就是不放心拿出来，怕给碰坏了。一块奇石，没有几千元上万元作抵押，也是征集不出来的。

展品征集的最大制约因素是资金。世博会筹展任务，特别是展品的征集任务都分配到各市地，征集所需的资金由各市地负担。但由于认识程度、重视程度各不相同，各地进展并不一致。泰安市不仅一次性拿出119万元用于齐鲁园的建设，还额外拨出30多万元用于展品征集。青岛市为了拿出高质量的插花展品，在全市举办插花比赛，选出精品，再请国内知名专家进一步指导培训提高。但有的市地却重视不够，行动拖拉，有的资金到不了位，个别市地资金到了位,仅拿出1/3用于展品征集,以次充好,应付了事。

世博会5月1日就要正式开幕。时日不多,任务紧迫。各地各有关部门只有在认识上来一个大的转变,切实加大宣传力度,真正瞪起眼来把钱用到该用的地方,省里的既定目标才不至于落空。

看来,完成好这最后的冲刺,非得动点真格的不行。

(《大众日报》1999年4月17日2版)

窗口与契机

——访滇随笔之一

云南要建个世博园。

7月中旬，记者来到位于昆明市郊金殿风景区的园子建设工地，但见这里群山环抱，水波荡漾，绿草匝地，一座座建筑已拔地而起。陪同采访的云南省园艺博览局局长郭方明讲，'99昆明世界园艺博览会召开时，这里将耸起各具特色的建筑物84座，分室内展馆和室外展区两大部分。室内展馆包括集中展现中国园林文化广博精深内涵的中国馆、具有热带雨林景观和高山花卉景色的大温室、展示世界各国园艺精品和珍稀园林植物的国际馆等五大展馆。室外展区将由60多个参展国、我国30多个省市自治区出资，分别建设展示各自园林艺术和珍稀植物的园林景观。另外还将建成珍稀树木、药草、盆景、茶类、竹类六大专题园林。

世博会原来要在北京办，但云南还是争得了承办权。承办就得花钱，光直接投资就得16亿余元。加上为配合世博会所进行的治污、交通等基础设施建设，总花费不下二三百亿元，而中央对世博会的补贴仅2亿元。云南是个穷省，去年地方财政收入不过170亿元。花这么大一笔钱办这么个会，会不会是赔本买卖？但云南上上下下不这么看。

单就这个世博园看，世博会期间，这个集世界各国和全国各地园林艺术精华与珍稀植物的园林群，将成为昆明的一大景观吸引来无数游客。世博会后，这些将作为独特的旅游资源永久地留在云南。但这其中，真正需云南花钱的，只有五个室内展馆和六大专题园林。

就旅游资源看，多少年来，云南那红色的土地、银光点点的湖泊、莽莽苍苍的原始森林、“一日分四季，十里不同天”的独特气候、25个少数民族构成的多姿多彩的民族风情，天下奇观数石林，下关的风、大理的花、苍山的雪、洱海的月，热带雨林西双版纳，小桥流水的纳西古城，世界纬度最低的滑雪胜地玉龙雪山，恍若仙境的香格里拉，峻险逼人的长江第一峡虎跳峡……构成了其他省份无可比拟的丰富旅游资源。然而，再好的旅游资源“养在深闺人未识”，也仅仅只是资源，带不来任何财富。正是参透了这一点，云南人急于寻找一个让世人了解云南，让云南的旅游资源走向世界的窗口。

世博会就是这样一个窗口。它是20世纪末在我国举办的最后一次大规模全球性盛会,被誉为世界经济、科学技术的“奥林匹克”盛会。历时184天,其间中外游客保守估计也在1000万人次以上。1984年世博会在英国利物浦举办,参展国家37个,游客340万人次,门票直接收益600万英镑,间接收益1200万英镑。1990年在日本大阪举办,参展国63个,游客2000万人次,仅门票直接收入就达300多亿日元。

在主会场昆明和分会场大理、丽江等地采访,所到之处,记者强烈地感受到,云南的上上下下不仅把世博会当成展示旅游资源的窗口,更把这次盛会当成了一次优化旅游环境、实现旅游业腾飞的最好契机,到处都在大阔步地建机场、修公路,克服山高路远交通不便这一制约云南旅游业发展的“瓶颈”;治污染、开发旅游资源、绿化美化环境。昆明市市长张长寅讲,市里把2008年的城市交通网规划提前到今年完成。为根治滇池污染,市财政把明年的盘子都提前花出去了。游客对出租车上装隔离栏反感,觉得坐上去像坐囚车,市里克服重重阻力,决定将隔离栏统统拆除。事不大,但能让人感觉到云南改善旅游环境的工作已渗透到多么细微的地方!

云南人心中的确有笔大账!

(《大众日报》1998年8月13日5版)

小村不小

——访滇随笔之二

到昆明，不能不看看民族村。

民族村叫村，一年竟有三四百万名参观者；村史不过五六年，去年收入三千多万元。小小村子这么大的魅力和能量，一定有点特别的地方。特别在哪儿呢？还是跟我进村瞧瞧。

出昆明市区南行8公里，便到了位于滇池之滨、占地1340亩的民族村。进得村来，看建筑，赏景观，青山绿水间，吉祥的傣寨白塔，劲秀的大理三塔，高耸的彝家图腾柱……想象中的云南胜景一下子全扑进你的眼帘；充满浓郁异族情调的傣族、白族、彝族、纳西族、佤族、布朗族、基诺族、拉祜族村寨自成一体，各具特色。看风俗，多姿多彩的民族服饰，泼水节、三月节、三多节、火把节等异彩纷呈的民族节庆活动应有尽有；白族的三道茶、绕三灵，傣族的丢包、拴礼线、放高升，彝族的土司礼仪、拦路酒，佤族的舂新米、织统帕……回味无穷。看歌舞，傣族的象脚鼓舞、嘎光舞，白族的霸王鞭舞、草帽舞，彝族的左脚舞、龙灯舞……熊熊篝火掩映下的民族歌舞大联欢，令人陶醉。看文化，奇异的摩梭人母系社会形态，典雅的纳西族东巴壁画，白族扎染、草编，代表布朗族图腾文化的鬼神广场和祭神表演……丰富而神秘。

我国有55个少数民族，在云南这块神奇的土地上就居住着25个。众多的民族，悠久的历史，奇异的风俗，独特的民居，绮丽的风光，动人的传说，构成了云南深厚浓郁、丰富多彩的民族文化风情，牵动着多少人梦回神往。然而在云南旅游，山高路远，交通不便，特别是好多少数民族远居深山，短时间内很难饱览尽遍。于是，云南人想到了建这个充满奇异、神秘色彩又焕发着现代气息的民族村，将26个民族民居建筑、民俗、风情、历史文化、音乐、歌舞、宗教融为一体，浓缩在昆明的湖光山色之间，使旖旎的自然景观和浓郁的民族风情相映成趣。在这里，看景致、看文化、看风俗民情、看异族姑娘小伙载歌载舞，应有尽有，健康、活泼、充满情趣，丰富而深邃。村里人介绍说，目前仅建成代表8个少数民族文化的村寨，就已接待海内外游客800多万人次，其中海外游客已逾10万人次。1500万元投资，第二年即全部收回了。明年世博会期间，预计游客可达800万人次，收入可达1亿元。按规划用赚来的钱再把26个村寨全部建成，小村的大产业不知会大到什么样子。

事实上，这个村子所起的作用远不止赚钱。它还是个为少数民族地区培养人才的基地。带我们参观的白族导游小姐讲，从这里回去的，不少人已当了村长、经理、副乡长，还有几个正准备当副县长。在民族村工作的少数民族小姑娘，都是从深山农村选来的，年龄不过十几岁，来此长不过一年，短的还不到半年，已说一口标准的普通话，而且在与外界的广泛接触中开了眼界，长了见识和才干，怎能不成为发展家乡经济的骨干？“这也许是最好的扶贫。”村长段复祥如是说。

想想我们周围，一说开发旅游资源，好多地方不是建阴曹地府，就是建妖魔鬼怪宫，动辄投资数千万，钱没赚到，却把好好的自然风光给糟蹋了。因为这些东西本身就是畸形的，没有多少观赏价值和文化内涵，不能给人带来任何的健康向上的精神愉悦，又怎么能有生命力？看看小小的民族村，看看他们怎样立足当地的资源优势，最大限度地发挥资源优势，能否有点启发呢？

（《大众日报》1998 年 8 月 14 日 5 版）

洱海变清了

——访滇随笔之三

去年在中央电视台看到一则新闻，说全国七大淡水湖之一的高原明珠洱海遭受污染，水面蓝藻疯长，水质变黑发臭。

在我想象中，大理一直是个神秘美丽的去处。上关的风，下关的花，苍山的雪，洱海的月，何等的恬静悠远、诗情画意。洱海以月著称，可见其清曾是怎样的迷人。现在却成了这个样子，实在让人痛心。

这次到大理，第一件事就是去看洱海。到得岸边，却惊奇地发现，水底的石子粒粒可数。心想，自己站的这个地方游客自此登船游览，污染得太厉害也说不过去，或许是专门治了治装点门面，污染的水面一定在洱海深处。然乘船看了一个上午，游遍了大半个洱海，却发现所到之处，水面一样清澈。大理的同志讲，目前洱海能见度在七八米。250 平方公里水面，30 亿立方米储水量，水体能如此清澈，且仅用了短短一年时间，实不多见。真不知大理人有什么绝招。

要说有绝招，那就是下狠心。大理地处偏远，办工业难如登天，但为切断洱海的污染源，却果断关停了人造纤维厂、化工厂等少有的几个利税大户。以前沿岸数万人以捕鱼为生，五千多条动力船隆隆作响，密如蛛网的养鱼网箱遍布水面，油料、饵料随处排放，蓝藻暴发，水体的能见度下降到 0.5 到 0.7 米。现在，市里将这些网箱和渔船全部取缔。大理市地方财政收入不过两亿多元，为根治洱海污染，市里却拿出了 2.4 亿元，铺设排污管线，建污水处理厂，把市区所有污水集中处理后全部排入澜沧江。

不光洱海，苍山治理代价也同样不小。大理素以盛产大理石著称于世，大理石开采一直是大理市的支柱产业。但多年来对大理石的无序开采却破坏了苍山特别是洱海的面山植被，碎石还形成泥石流侵袭洱海。为维护苍洱景观的和谐统一，大理全面取缔了洱海面山地区大理石、花岗石和砂石料的开采，并已投进了三千万元恢复苍山植被。

要断几万渔民的财路，阻力肯定不小。但州委书记张金康说得好："得有个长远观念。早晚得治，早治早主动，早受益，越晚代价越大。道理讲清了，群众能接受。"的确，治理前，洱海的鱼怪味大得没人吃。继续污染和掠夺性捕捞，鱼迟早会捕光。渔民们明白这个理儿。现在好了，洱海清了，苍山美了，游客多了，地方、渔民都有了新的来钱门路，而且无烟无害无污染。去年至今，大理来了600多万游客，全市直接间接从事旅游的人员达到12万，旅游社会总收入14亿元。停了大理石开采，由外卖石料转为引进意大利设备外购石料精深加工，大理石资源的利用率提高了90个百分点，效益翻了好几倍，不也一样合算？

耐人寻味的是，张金康还是个专集环保邮票的集邮爱好者。去年他在大理搞了个环保集邮大奖赛，在当地、在云南省，都很是轰动。

（《大众日报》1998年8月15日3版）

好一座"古城"

——访滇随笔之四

丽江的大研古城是联合国公布的世界文化遗产。前年丽江发生 7 级地震，大研古城安然无恙。

古城与喧嚣的新市区比肩而立。走进古城，脚一踏上被数百年足迹踩得滑滑溜溜的青石板路，人的心境顿觉宁静而悠远。漫步古城，处处幽阁清流，主街傍河，小巷临渠，大小五彩石路依山顺水，随意延伸，或曲或直，四通八达。古城有 300 多座古貌斑驳的明清石桥，民居门前有桥，屋后有溪，户户垂杨，家家临波。古城的夜晚，小店铺华灯初上，铜器、陶器、民族服装、雕刻、扎染等富有民族风情的小商品吸引了众多游客。穿行在曲曲折折的石径上，小桥流水旁，不时有三三两两的小酒吧闪着淡淡的烛光；游客们悠闲地呷着啤酒、咖啡。

据说这个迄今保存最完整的纳西民居建筑群，始建于忽必烈南侵大理时期，距今 700 多年历史，被专家誉为"民居博物馆"。最可贵的是，古城中，东巴文字、图画、经典、乐舞、民风民俗等古老的东巴文化内容，至今仍完整地存活着。漫步街头，民居前，店铺里，这些东西随处可见。古城吸引了世界各国的游客，一对中央工艺美院的大学生相约在此永久定居，并开了家工艺品店，"这里丰富的文化乳汁够我俩吸吮一辈子。"女大学生说。

看到古城第一眼我就一直疑惑，为什么天下这么多文化遗产，独独这个古城能完完整整、原汁原味地保存下来？丽江地区副专员解毅说："主要是一直没能力开发。"这是句谦虚话。没能力开发固然是很有效的保护，但仅此远远不够。譬如说"文革"中，不去开发不是还可以破坏吗？但即使那时，古城也基本没有受损。其中主要原因，恐怕还是古城人对古城遗产独特的热爱和独到的眼光。

保护古城，当地政府起了关键作用。流经古城的水因天旱面临断源危险，当地决定从紧巴巴的财政盘子中挤出 1500 万元，引水补源，使古城小桥流水的独特风貌不致消失。1996 年丽江遭受 7 级大地震袭击，丽江人下力最大就是古城的抢修，还借此把与古城不相协调的现代建筑全部拆除。当地干部说，尽管保护古城的法规定了不少，还在重点民居上挂了牌子，建立了护城队，但不可能强求古城居民生活条件一成不变，他们要装热水器，要住得宽点，就难免破坏古城风貌，怎么办？市里只好拿钱帮他们逐批搬出古城，现已搬出4000余户。古城保护得再好，如果环境质量不好也不协调。为此，工业基础相当薄弱的丽江，竟下决心关停了污染严重的4家大企业和100余家小企业，使丽江迈入国内为数绝少的空气和水质均达到国家一级标准的城市行列。

不独对古城如此。长江第一峡虎跳峡位于丽江，17公里长的峡谷中有18处险滩，落差196米，可建装机容量为710万千瓦的世界最大的发电站。尽管经济尚欠发达，为避免破坏这18处险滩的自然景观，丽江人开发电力时则全部避开这些景点。

难怪每年有大批外国人来古城度假，有的甚至一住一两年。1990年到丽江旅游的不过10万人次，海外游客不足1万；1997年竟达197万，其中海外游客10万。

尽管地处偏远，经济落后，但丽江有句深入人心的话却能让好多发达地区的人感到惭愧：历史不能再生，资源不能再生。有了这种意识，丽江一定会像朱镕基总理视察时所说，“发展成为一个重要的国际旅游景区”。

（《大众日报》1998年8月16日3版）

汛前探访“小浪底”

汛期压力有所减轻

从洛阳市区北行40公里，就到了位于孟津县与济源市交界处的小浪底。在这里，仅次于三峡工程的举世瞩目的小浪底水利枢纽工程，正紧锣密鼓地建设着。工程建成后，这130公里的大峡谷将变成总库容达126.5亿立方米的大水库。

今年汛期将至。自1997年底截流后，小浪底工程进展到什么程度？对处于其下游的山东段今年乃至今后的黄河防汛等将产生什么影响？5月下旬，记者前往工地进行探访。

蒙蒙细雨中，站在大坝上游的山顶平台上，记者看到，一座底宽800米的大坝已经横亘在两山之间。桀骜不驯的黄河水顺着北岸山体中的导流洞缓缓流出。小浪底工程建管局宣传处刘凤翔介绍说，为减轻黄河下游今年的度汛压力，建管局与外商达成了加速大坝施工的协议。施工单位加班加点，争时间，抢工期，到5月20日，大坝已填筑到209.6米高程。到6月底大汛来临之际，可望填筑到215米高程，提前半年比原定计划多填筑15米。

建管局同志介绍说，大坝达到215米高程，“小浪底”就可拥有21亿立方米有效库容。上游来水达到300年一遇即18000立方米/秒流量，工程可将洪峰削减到8100立方米/秒，这意味着小浪底以下的黄河防洪标准可由现在的60年一遇提高到300年一遇。山东段黄河防汛压力可明显减轻。

大投资带来大受益

小浪底工程1994年开工，2001年竣工，动静态投资400亿元。从长远看对我省利弊何在？山东人最关心。

建管局专家告诉记者，小浪底20亿立方米的防凌库容可基本解除我省的凌汛威胁。此外，工程与我省密切相关的还有三笔账：

目前黄河下游防洪标准只能达到60年一遇。“小浪底”建成以后，黄河流域95%的洪水将得到有效控制。它与上游水利工程联合使用，可使下游防洪标准提高到千年一遇。也就是说，当大坝以上出现40000立方米/秒千年一遇的特大洪水时，可不使用鲁豫交界的北金滞洪区，我省黄河决口危险可望基本消除。

年均16亿吨的输沙量有4亿吨淤积河床,使下游河道年均抬升10厘米,形成"大堤与泥沙赛跑"的奇特现象。"小浪底"建成后,可减少下游河道淤积78亿吨,加上非汛期蓄水拦沙,汛期泄洪冲沙入海,将拦截泥沙100亿立方米,可基本保证下游河床20年内不淤积抬升。

黄河频繁断流的一大原因是上游来水量减少、引水量增加。但也和中下游干流调蓄能力太小不无关系。据专家介绍,黄河年径流量60%集中在7至9月,而用水高峰期的4至6月来水不到年径流量的20%。大量宝贵的黄河水汛期白白入海。"小浪底"建成后,春夏用水高峰时每年可为下游提供41亿立方米的"关键水",使下游1500万亩灌区用水保证率由现在的32%提高到75%。

一库难以定天下

专家指出,很多人寄希望于小浪底工程"一库定天下",这种想法很不科学。

"小浪底"建成后防洪标准提高到千年一遇,是指来自小浪底以上河段的千年一遇洪水可基本得到控制。而对工程以下如伊河、洛河、沁河暴雨区的洪水则毫无作用。据资料显示,1958年洪水通过小浪底的洪峰流量是13000立方米/秒,而处于其下游的花园口流量则高达23000立方米/秒。1996年我省黄河滩区大面积漫滩,而这时花园口的洪峰流量只有7600立方米/秒。此处下游依然是"悬河",洪水冲决大堤或因动物凿通造成堤坝溃口的危险依然存在。泥沙沉淀于库中,下游河道将因清水冲刷而下切,滩地将发生大面积坍塌,堤坝、桥涵很难安然无恙。

小浪底常年能够调蓄的黄河水只有26亿立方米。这对于下游100多亿立方米的引黄需求来说,显然远远不够。这还有个前提,上游来水不能太少,来沙不能增多。

曾记否,三门峡大坝截流时,很多人以为黄河防洪可以一劳永逸,下游一些堤防工程被废弃,山东、河南两省黄河河务局一度被撤销,结果至今每到汛期,两岸人民依然提心吊胆。当时也有人乐观地估计,经过15年水土保持,黄河泥沙可减少一半,但几十年过去了,黄河泥沙减少不到3亿吨,不足水土流失量的1/4。历史教训表明,单纯靠水利工程,解决不了黄河的所有问题。

所以"小浪底"的建成,准确说只是为治理黄河赢得了二十年千载难逢的机遇。要想根治黄河,上中游的水土保持,下游的堤坝河道治理,整个流域的调控、节约和合理用水,仍旧刻不容缓地摆在我们面前。

工程有尽时,治黄无穷期。

(《大众日报》1999年6月17日2版)

产权交易,天价背后玄机多

7.6 亿元资产卖了 20 亿元

采访上海联合产权交易所,记者听到这样两个交易案例:

一个是浙江一鸡精厂资不抵债濒临破产,企业管理层本想拿 6 万元整体收购。但当地政府考虑到还有 600 多名职工需要安置,就将该企业还有点知名度的商标拿到上海产权交易市场挂牌出让,没想到一下拿回 100 万元。

另一个是浦东自来水公司挂牌出让 50%的国有股权,尽管这块股权评估价仅为 7.6 亿元,但面对众多竞买者的激烈拼抢,入围的国际三大水务巨头法国中法水务公司、法国通用水务公司、英国泰晤士水务公司竟然开出 15 亿元的收购价码。经过 6 个多月的竞价角逐,2002 年 8 月,法国通用水务公司以 20.26 亿元的“天价”,才夺到这 50%的股权。

从“点对点”到“点对面”

为什么在别的地方送都送不出去的资不抵债企业,在上海却能卖出这样的高价?为什么别的地方四处求爷爷告奶奶,大量存量资产仍然找不到理想的战略合作伙伴?上海联合产权交易所研究发展部一位专家认为,关键是缺少市场化的产权转让价格发现平台。

上海的这个平台发端于 1994 年 4 月成立的城乡产权交易所,1996 年该所改组成上海产权交易所,去年由上海产权交易所和上海技术产权交易所合并组建的上海联合产权交易所挂牌,此时上海产权交易年成交额已突破 3000 亿元,占到全国产权交易总成交额的一半。

与这些年来国内普遍采用的“点对点”式的协议出让相比,这种“点对面”式的产权交易,在提高转让收益方面的优势显而易见:转让消息一经实力雄厚的产权交易机构面向中外投资者公开发布,竞购者之间激烈竞价,出让方的谈判地位、选择余地自然不可同日而语。再加上上海产权交易机构庞大的客户群、完善的信息网络、良好的品牌信誉,交易价格自然节节攀升。

逼出来的“阳光交易”

既然两种方式优劣自现,为什么这些年绝大多数国有产权交易还是选择前者？有关专家指出，一个重要原因是国有资产监督运营体制和保值增值机制尚不健全。以挂牌方式公开交易，一切过程都暴露在光天化日之下，转让收益增加了，但由“暗箱操作”带来的好处却没有了；理想的战略投资伙伴引来了，企业控制权却面临着易手危险。因此许多地方和企业缺乏公开挂牌交易的外在压力和内在冲动。

正是着眼于此，上海在建立健全国有资产监督管理运营体制和保值增值机制的同时，在1998年就颁布了《产权交易管理办法》，规定所有产权出让必须通过产权交易市场公开挂牌交易。激励制约机制形成了，“暗箱操作”的后路也堵死了，产权市场的交易额自然巨量攀升。

学什么？借什么？

统计资料显示，2002年我省国有及控股工业企业，在规模以上工业中的占比分别比广东、江苏、浙江高出19.6、20和38.3个百分点。

显而易见，解决国有经济比重过大、战线过长、机制不活、历史包袱沉重、市场竞争乏力问题，引进多元化的投资主体是条必经之路。从上海的经验看，充分发挥产权交易这一国有资本退出通道的作用，无疑是加快上述进程，同时最大限度确保国有产权转让增值的最佳途径。但与上海比，我省在这方面还相当滞后，正式挂牌成交的产权转让项目寥寥无几。究其原因，从主观上看，相当一部分地方和企业对产权交易的认识还不到位，观念亟待更新。从客观上看，一方面我省缺少像上海乃至整个长三角那样能够承接大宗国有产权交易转让的密集民间和跨国资本；另一方面，产权交易市场起步较晚，鲁信、鲁财两个省级交易中心去年下半年才挂牌成立，尚未形成运作规范、实力雄厚、能够接纳跨国和国内资本的快速通道。

可喜的是，我省已经意识到这方面的差距。专程考察过上海产权交易市场的省属国企改革领导小组办公室副主任王和先在接受记者电话采访时表示，《山东省国有产权交易管理办法》去年底已出台；目前领导小组办公室正会同省经贸委、省政府驻沪办事处，积极组织国有企业负责人到上海实地培训，开阔思路，转变观念；同时有关产权交易机构与上海联合产权交易所的联手合作也在紧锣密鼓磋商之中，有条件的国有企业还可直接借助上海的产权交易平台，吸引国内外战略投资伙伴。

借脑借力双管齐下，我省国有经济布局战略性调整，一定能闯出一片全新天地。

（《大众日报》2004年4月18日1版）

长三角，一体化中启示多

一体化“化”什么

在无锡、苏州使用上海的“公交一卡通”乘车，可享受九折优惠；在虹桥机场租车开回杭州，可在当地网点还车，无须再开回来；在长江口外的大、小洋山岛使用沪、浙两地的联通手机无须交漫游费；想去长三角任何一个城市就业，不需迁移户口、携带档案；想到其中任何一个城市旅游、看演出，在当地网点就可订票……

阳春时节，无论置身长三角哪一个城市，都能强烈感受到这种扑面而来的一体化浪潮。

目前紧锣密鼓建设的杭州湾跨海大桥，沪杭、沪宁等城际快速轨道交通，正在把上海和周边百余城镇纳入“1 小时交通圈”。与此同时，江苏到上海的高速公路通道规划增加了沿江高速二期、苏沪高速，浙江通往上海的高速增加了杭浦高速、申嘉湖高速，同时现有的沪杭高速浙江段将全线拓宽，一个连接上海的 3 小时都市圈正呼之欲出。

形成快捷通畅的人流、物流通道和资源共享平台，光有基础设施的硬件保障远远不够。去年以来，三省市先后签署了《长三角质量技术监督合作互认协议》《长三角标准化服务合作宣言》《高校毕业生就业工作合作协议》等一揽子协议。在这些协议推动下，三省市的产品质量检验实现了异地互认，信息资源实现了整合与共享；三省市联手共建的“专家资源库”，正在搭建起人才、技术、科研成果的共享平台；在上海搞得颇有声色的人才业绩档案和诚信体系正在苏浙两省广泛推广，形成横跨长三角的诚信体系共享平台；三省市联手共建的中国首个无障碍跨省市旅游区，已经实现了共同开发旅游线路、共同推介相关景点、联网售票……

长三角一体化，到底应该“化”什么？用习近平同志的话说，就是通过方方面面的接轨融合，实现三省市间的“市场相通、体制相融、资源共享、交通共连、人才互通和产业互补”。

一体化为什么

长三角是目前公认的中国最具活力的地区之一，这里布满了全国最密集的城市群。在这个群雄竞起、竞争激烈的地区,为什么大家能够摒弃前嫌紧密携手?

“这是各地追求利益最大化的共同需求。”上海市社科院经济研究所所长助理权衡博士一语点出了长三角一体化的直接动因。

从上海来看,要想摆脱商务成本上升对制造业资本集聚带来的负面影响,大力提高服务业的占比,保持经济的高速增长,成为国际经济、金融、贸易、航运中心,必须依托江浙两翼广阔腹地的强力支撑。

对浙江来说,要想打破经济开放度不高“瓶颈”,改变仅依靠民营经济瘸腿前行的被动局面,必须打破交通等方面的瓶颈,拉近与上海这个承接国际资本转移的“桥头堡”的时空距离。一个跨海大桥的建设,让地处边缘地带的宁波市一步跨入长三角核心区域,就是最好例证。

从主要依靠外资高速发展的江苏来看,台资北移、珠三角疲态渐显的事实不断提醒他们,不借助上海的人才、技术、资金密集,跨国公司地区总部云集的优势,与上海形成紧密关联的产业链条,很难长久留住跨国资本这只不断流向性价比最佳地方的“候鸟”。

省政府驻沪办事处的一份调研报告,则从更深层次阐述了长三角一体化的内在动因:欧盟等经济体一体化组织的成功经验表明,区域内部经济合作愈紧密,城市功能的互补性越强、产业关联度越高,人才、技术、资本的流动渠道越畅通,其资源配套效率就越高,整体竞争优势也就越强。而长期行政分割造成的经济、贸易、制度、市场壁垒,无疑增加了区域间贸易的交易成本,降低了资源的配置效率。从这一角度审视,目前的一体化进程,是长三角打破各自为战、恶性竞争怪圈,降低产业配套和商品交易成本,提高资源配置效率和集聚功能,再造区域经济整体竞争力的破冰之举。

一体化靠什么?

采访长三角这些天,这个问题一直困扰着记者:为什么人家跨省一体化进程,去年以来短短一年间,竟然取得了那么大进展;而我省自去年启动的半岛城市群和制造业基地建设,在打破行政分割、实现资源共享和产业整合上,至今还少见突破性进展?

业内人士指出,关键是认识问题。市场经济的竞争说到底是区域经济整体竞争实力的较量。而区域经济整体竞争力的形成,既需要“龙头”的强力带动,更需要“龙身”“龙尾”的协调互动。正是深谙这一点,连江浙这样的发达地区,都心甘情愿低下头接轨上海;连上海这样的国际性大都市都主动提出“学习江浙、服务江浙、依托江浙、接轨江浙”。而在我省，面对长三角、珠三角与京津唐经济圈的南北挤压，不少城市仍陷于各自为战，恶性竞争的怪圈。以港口为例，从日照到东营，临海 30 个县市区竟分布了 25 个。这种由行政分割、“诸侯经济”带来的低水平重复建设和恶性竞争，使有限的资源都消耗在了“内耗”上，又怎能应对人家攥紧的双拳？

客观分析，长三角各省市、城市之间并不是没有竞争，一体化进程也并非一帆风顺。但正是在激烈的竞争中，在一次次的论坛、研讨、磋商、争论中，大家的心态日趋冷静和理性，合作的领域也日益拓展。这其中，政府的强力助推和广泛畅通的对话交流平台功不可没。据了解，仅近两年来，在三省市间召开的区域合作经济研讨会就超过 100 次之多。此外，定期召开的“长三角城市经济协调会”“长三角 15 城市市长论坛”“二省一市省市长联席会议”等，都已成为进行磋商交流的主要平台。各市举办的“接轨上海活动周”“融入大上海展览展销活动”等，也一波接一波。包括共建以上海为主导的“区域经济一体化试验区”等一揽子协议，以及差异化的产业互补初步框架，就是在去年三省市党政领导高层次互访磋商中敲定的。浙江省还专门下发了《关于主动接轨上海参与长三角地区合作与交流的若干意见》。

跨区域的资本流动与融合，说到底是一种眼界和胸怀。这几年仅温州就有 250 家企业迁到了上海，但温州市的领导看得很开：资本流动、融合最快的时候，也是经济发展最快的时候；接轨上海，正是温州的“草根民企”脱胎换骨的最好平台。事实为这一观点做了最好的佐证。去年春节前 10 天，由外地汇到温州的钱就达 200 亿元，平均每天 20 亿元。

必须承认，未来的经济竞争，绝不仅仅是城市与城市间点对点的竞争，而是区域间面对面的竞争。从这个意义上，在一定区域内，生产要素打破行政区划的壁垒自由流动，是提高竞争力的必由之路。不论是长三角，还是我们的半岛城市群都无法回避。

（《大众日报》2004 年 4 月 23 日 1 版）

渤海北岸潮来急

——振兴东北望山东·以辽宁为标吊①

深秋时节，沿沈大高速公路一路走来，与山东一海之隔的辽东半岛上演的一幕幕振兴东北活剧，带给记者的既有振奋、感慨和惊叹，更有沉甸甸的压力和挑战。

挑战北来——猛虎脱笼咄咄逼人

深秋的沈阳晴空如洗，白云朵朵。天空之湛蓝，空气之清新，甚至让一位浙江同行发出如是惊叹："原来以为重工业密布的沈阳烟囱林立，浓烟滚滚。想不到这里的空气质量甚至超过了我们杭州。"

空气质量巨变，正是沈阳老工业基地甩掉"傻大黑粗"破帽的显著标志。1921年建厂的沈阳矿山机械集团，总工程师杨好智告诉记者，经过五六年的改革攻坚和技术改造，不仅所有的厂房设备焕然一新，集团职工也由1.2万人下降到4600万人，今年集团仅到手订单就达23亿元，1～7月份实现销售收入17亿元。

"最困难时沈阳下岗职工30余万。在东北寒冷的严冬，相当一部分职工甚至连暖气都烧不起。现在沈阳最困难的时候已经挺过，不仅沈重、沈鼓、沈阳机床等'老、大、难'国企开始向销售收入过50亿、100亿全力冲刺，而且还崛起了以'中华'、'宝马'轿车为代表的新兴装备制造业，和以软件出口全国第一的东软集团为代表的一大批高新技术产业。"沈阳市计委主任汪涛说。

雄风初振的沈阳，只是东北老工业基地焕发生机的一个缩影。

20世纪90年代，作为"共和国工业长子"的东北地区，由于计划经济实行最早最彻底，退出也最晚，设备技术老化，债务、人员等历史包袱沉重，各种体制性、结构性矛盾突出，大批企业陷入困境，众多职工放假离岗，经济发展举步维艰，形成了举国关注的"东北现象"。

"东北的问题说一千道一万，根子在于观念、机制。这两个问题解决了，庞大的国有存量资产很快会从包袱变成财富。"面对记者，辽宁省委常委、副省长许卫国言谈之间信心十足。

许卫国的底气来自东北雄厚的工业基础。经过多年建设，目前辽宁已经成为全国工业行业最全的省份之一，其中钢材、轻型客车、造船、数控机床产量和装备制造业的58种产品位于全国前列；石化工业经济总量全国第三，原油加工能力全国第一；冶金工业综合实力全国第二，中厚板产量全国第一；国家级企业技术中心15个，省级45个，居全国第一。如此雄厚的工业基础，都是当年建设沿海经济特区、开发浦东、西部大开发时无法比拟的。

改革开放20年多来的实践一再证明，国家区域经济发展重心的每一次转移，都会带来这个区域的迅速崛起，珠三角如此、长三角如此，拥有雄厚产业基础的东北地区又岂能例外？事实上，振兴东北战略实施至今短短一年，辽宁这个共和国的"总装备部"，已经犹如咄咄逼人脱笼欲出的猛虎，进入近年来增长最快的时期。今年上半年全省规模以上工业企业实现利税增长77.6%，其中国有及国有控股工业企业利润增长了1.2倍，达127亿元。

不光国有骨干企业一个个活了过来，国有经济一枝独秀的被动格局也已开始破冰。以营口市为例，民营企业已发展到9.1万户，生产总值占到全市经济总量的85%，从业人员占到全市就业总数的80%，其中就有曾喊出"宁做国企的鬼，也不做私企的人"的下岗再就业职工近15万人。

空当之虞——南资北上竞逐关东

国企复苏只是"东北虎"破笼发威的一个侧面。

据沈阳市市长陈政高介绍，目前仅在沈阳投资的南方人已达20万人，总投资超过900亿元；进驻沈阳的建设大军已达70万人。1～7月份全市固定资产投资324.9亿元，同比增长73.4%，增幅雄踞全国副省级城市首位。

资本是用脚投票的。东北的吸引力何在？许卫国认为，除了丰富的资源，完整的工业体系，较低的原材料和商务成本，庞大的市场以外，辽宁还有高达6500亿元的国有资产虚位以待国内外投资者并购重组；有廉价而庞大的高素质产业大军和170万专业技术人才、36万高级技工、5万技师可供投资者选择。

"'硬通货'之外，辽宁还有更厉害的撒手锏！"一位德州籍的辽宁省委副秘书长告诉记者。

在国家宏观调控日趋严格的大背景下，这其中最让人眼红的莫过于用地上的网开一面：在沈阳，记者看到，规模120平方公里的浑南开发区、125平方公里的铁西新区、42平方公里的农业高新区、190平方公里的旅游度假区以及17公里长的"南北金廊"、42公里长的"东西银带"已经全面拉开建设框架。鞍山市也一口气划出53平方公里建设工业园。

国家东北振兴办有关负责人表示，东北的新上项目只要符合国家产业政策，省里可以直接拍板立项，土地供应对东北给予特殊照顾。辽宁省自己也提出：在国家政策允许的范围内土地征用、征地补偿、出让金可以减免。此外，辽宁还利用全国社会保障改革试点省的特殊政策，帮助国有企业解除了175万人的人员包袱，从而为外来资本参与辽宁国企改革重组扫平了又一只拦路虎。即将在辽宁展开的增值税改革试点，也使外来投资者的投资建设成本大大降低(购进设备都可直接抵扣增值税)。全省每年还拿出3亿元作为企业技术改造贴息资金，沈阳拿出3亿元设立装备制造业发展基金……

所有这些，都成了辽宁招徕各路外来资本的香甜诱饵。

由于商务成本攀升、土地、电力供应等各种生产要素的制约作用日趋明显，包括港澳台在内的南方资本由南向北梯次转移，已经成为大势所趋。谁抓住了这次稍纵即逝的难得机遇，谁就能在日趋激烈的区域竞争中异军突起、后来居上。但面对东北吸引外资的一系列“撒手锏”，南资到底花落谁家？北上途中会否绕过山东？的确不是杞人忧天！

再造优势——博弈东北亚经济圈

除了南来资本的密集投入，在整个东北亚经济圈内，东北热土的人气也在持续升温。据统计，仅今年上半年来沈阳考察访问的外宾团组就达322批3970人次，分别同比增长1.5倍和4.9倍；在沈阳5月举办的“韩国周”上，对方来了20个国会议员、16个市长和1万多名贵宾，签约项目234项，外资额19亿美元。9月1日开幕的沈阳第三届制造业博览会又吸引了509家跨国制造业巨头，其中仅世界500强企业就达34家。记者到人潮涌动的博览会场转了一圈，日商、韩商随处可见。今年上半年沈阳到位外资10亿美元，同比增长150%。其他城市也不逊色，今年上半年仅营口就接待境外来访团组139个，其中来自日、韩的占了大半。

值得注意的是，目前日本投资不仅雄踞大连利用外资首位，而且投资额占到全国的1/10。其中不乏东芝、松下等世界500强投资的大项目。这也与韩资占我省利用外资首位，而且多是中小企业的情况形成鲜明对比。

有关专家预测，未来15年内，总人口超6亿的东北亚可望形成GDP超过2.5万亿美元、在全球最具影响力的经济体。正由于此，抓住日韩产业转移的难得机遇，加快胶东半岛制造业基地建设和半岛城市群崛起，迅速确立在东北亚经济圈中的强势地位，已经成为我省在未来竞争中占据主动地位的关键所在。但与地处东北亚经济圈的核心地带、紧邻日韩俄朝，在承接日韩产业转移和吸引俄罗斯的资金、技术和资源方面，有着特殊区位和地缘优势的东北三省相比，我们无疑还有许多需要正视的地方。辽宁的人气直升已经说明了这一点。直面这一压力和挑战,有针对性地制定应对之策,以更大的力度以更大的胆识、更广阔的胸怀、更有效的手段加快优化投资的软硬环境,再造发展新优势,已经成为摆在我们面前的当务之急。

(《大众日报》2004 年 10 月 18 日 3 版)

大手笔改造 “巨人”获新生

——振兴东北望山东·以辽宁为标本②

辽宁半岛的振兴步伐尽管刚刚迈开，但对“巨人”型企业和重点工程的改造调整，为我省钢铁、装备制造及基础设施改造提升和健康发展，提供了诸多启示。

以“特”见长新鞍钢

在宏观调控的大背景下，众多一哄而起的钢铁项目日子很不好过。但比共和国年龄还大的老国企鞍钢集团，今年上半年销售收入、上缴税款却分别增长了44%、31%，带动同期的钢都鞍山工业利润同比增长3.3倍。

20世纪90年代中期，由于设备老化，产品滞销，鞍钢外欠货款高达156亿元，不仅工资发不出来，连生产用煤都得号召党员凑钱来买。

“鞍钢雄风再振得益于一个特字。”集团党委常委穆铁健说。

鞍钢之特，突出体现在产业链条上。目前鞍钢已经由普通钢板延伸到热轧板、冷轧板、镀锌板、彩涂板等终端高精尖产品。不仅具备了时速300公里以上的高速钢轨和各种规格重轨生产能力，而且建成全球最大的集装箱板材生产线；当今世界钢铁板材深加工的终极产品——彩色涂层板的年生产能力已高达30万吨。据了解，目前普通建筑钢材每吨售价仅2000元，而鞍钢生产的镀锌板已卖到4000元，集装箱板材4700元，可直接用于家电面板的彩涂板售价更是高达5000多元。

鞍钢技改，集中有限的人财物力做足“特”字文章，利用高新技术改造生产流程中的关键环节和重点部位，拉长产业链条。资金不够，技术不够，鞍钢巧做借字文章：组建的新轧钢有限公司在香港和深圳上市融资41亿元；与德国蒂森克虏伯公司合资建成的镀锌板生产线生产的轿车面板已经用到奔驰等世界顶级轿车上，成为国内除宝钢外唯一具备汽车面板批量生产能力的企业。

目前鞍钢高附加值产品占比已高达44%，但“九五”期间技改投入却比国家批复的总体规划节约了76亿元。今年上半年鞍钢出口创汇3.4亿美元，雄踞全国同行业第一，在国际同行业的竞争力已跃居第9。

搬出来的“重老大”

渤海岸边，大连湾畔，3 个高达 288 米的厂房一字排开，每个比三个足球场还大。厂房之外，是 12 万平方米露天总装场地及两个 5000 吨级泊位码头。这就是大连重工·起重集团用两年半时间移山填海搬迁改造兴建的泉水基地，也是我国重工行业唯一的现代化重大装备临海制造基地。

重工·起重集团不是一般性的搬搬迁迁，而是抓住了“临海”这个重型机械企业的核心竞争力。

集团党委书记朱德康介绍说，冶金、散料装卸、起重、港口等重型机械每套重达两三千吨，涉及零部件数万个。搬迁前两个老厂区近海不靠海，生产的巨型设备只能拆开散运到目的地，然后再组装起来安装。有了临海基地，产品全部组装完毕就可直接装船出海，仅此缩短安装工期 6～8 个月。而且水路直接运输仅是陆路运输成本的 1/3。靠着这个“撒手锏”，去年集团销售收入比搬迁前翻了一番，销售收入、人均利税雄踞全国第一。靠着这一思路，大连还引来了远在齐齐哈尔的中国一重集团的“举家”搬迁。

“企业的大手笔搬迁改造离不开政策的大手笔扶持。”集团党委副书记丛红说。始建于 1914 年的大连重工和始建于 1948 年的大连大起重组前仅一路之隔，产品工艺相似，内耗严重，一度十分困难。2001 年重组时，每分流一个富余职工，市里补贴 1 万元。此举使两厂职工由重组前的 2.4 万人降到了重组时的 8400 人。重组后，市里又将面积达 120 万平方米的两个老厂区搬迁得到的 10 多亿元土地出让金，全部用于新设备购置，而退下来的 400 多台套旧设备则全部用于带资分流富余职工。这样一来，集团不仅大型机械制造和总装能力增长两倍以上，具备了参与国际竞争的硬件基础，而且职工数量一举下降到 2400 人。去年集团劳动生产率提高到每年 54 万元/人，比重组前增长 265%；今年销售额可达 38 亿元，劳动生产率每年 88 万元/人，同比分别增长 65%、63%。

改出来的“第一路”

8 月 29 日，全国最早建成通车的沈(阳)大(连)高速公路经过 27 个月改扩建全线通车，再次成为名副其实的“神州第一路”。

作为全国首例大规模高速公路改扩建工程，改造后的沈大高速全长 348 公里，比老沈大高速全线距离缩短 27 公里；与以前的宽仅 26 米、双向四车道、设计时速 100 公里、车辆混行相比，改造后路基宽达 42 米、双向 8 车道、设计行车时速 120 公里，不仅实现了分车行驶，使全程行驶时间比原来节省 1 个多小时，而且昼夜通行能力达到 15 万辆次，是改扩建前的 3 倍，路面质量达到首都国际机场的跑道标准，成为国内目前标准最高、里程最长的双向 8 车道高速公路。

更让人刮目相看的是，沈大高速包括服务区在内的改扩建总投资仅 75 亿元，每公里平均造价 2150 万元，比新建同样一条高速公路节约投资 2/3，在目前国内造价最低。

难怪出席通车典礼的交通部部长张春贤如是评价："沈大高速改扩建工程探索了经济上升阶段高速公路的成长规律，为我国高速公路改扩建积累了宝贵经验，提供了重要示范。"

与改造前的老沈大高速相比，1993 年建成通车的济青高速公路面临问题及在两省所处的位置都差不多。经过 10 多年的运转，均已处于超负荷运转状态，且都进入了大修期。据初步测算，新建第二条济青高速，每公里造价达 6000 万元左右。从沈大高速的成功改造中，我们能否得到些启示呢？

（《大众日报》2004 年 11 月 2 日 3 版）

青岛港：挑战声急待加力

——振兴东北望山东·以辽宁为标本③

记者日前在辽宁采访强烈感受到，挟着东北振兴滚滚春雷的大连市，已经与天津、青岛展开了东北亚国际航运中心的全力角逐。其规划手笔之大，行动速度之迅捷，扶持政策之有力、投资强力之惊人，无不让人眼热心跳。

6年总投资270亿元

8月3日，大连九届八次全委会正式通过了《关于加快东北亚重要国际航运中心建设的实施意见》。这是继青岛、天津之后，环黄渤海地区又一个目标直指东北亚国际航运中心的城市。

针对大连港发展空间有限的"瓶颈"，市里将大孤山半岛和大窑湾、鲇鱼湾"一岛两湾"一线长达数十公里这块大连市最好的岸线资源全部划出来，专门用于建设大连港新港区。

建设资金不足，大连市牵线搭桥，千方百计吸引新加坡港湾局、中国远洋运输集团等国内外巨头投资入股，共建新港区的各个专业码头；明确提出：地处市区黄金地段的3平方公里老港区搬迁之后建设商业中心，置换出来的40多亿元土地出让金全部用于新港区建设。另外，大连还用大连港所得税的地方留成部分，设立了国际航运中心建设专项基金；将新港区海域吹填出的土地无偿划拨给大连港；对港口及重大物流项目，免收城市基础设施配套费，并根据项目功能或投资强度减征或免征土地出让金；参与新港区建设的企业获利后5年内所得税全额奖励返还……所有这些，都是为了确保一个目标：到2010年新港区总投资达到270亿元。

6年再建两个大连港

其实早在此前，大连建设东北亚国际航运中心的各项重点工程，已经紧锣密鼓全面铺开。

穿行大连新港的建设工地，记者看到，30万吨级矿石专用码头东北亚国际航运中心，已经在大窑湾新港区建成投用，这也是东北地区唯一的矿石专用码头；我国内地最大的30万吨级原油码头主体工程已经完工，它不仅可以接卸国际上最先进的30万吨级超大型油轮，而且与大连港原有的原油、成品油码头一起，使鲇鱼湾港区一跃成为年通过能力达5500万吨的全国最大的油品转运中心。

与此同时，大窑湾集装箱二期工程、我国最大的汽车物流码头、大连港深水杂货码头也在紧锣密鼓建设之中。大连港重点工程建设指挥部总指挥许健告诉记者，到2010年，大连港吞吐量可达2.5亿吨，集装箱吞吐量1000万标箱，相当于再建两个现有的大连港。

倾力打造东北亚国际航运中心，大连市的决策者绝非心血来潮。当今世界，实力最强、发展最快的35个城市，有33个是国际航运中心，或者正在建设国际航运中心。原因显而易见——航运中心不仅是一个区域的物流中心，而且是一个区域的经济中枢。“把大连建设成东北亚重要的国际航运中心，不仅可以增强大连的辐射功能和牵动作用，吸纳更多的资金流、信息流、物流在大连集散，而且可以形成口岸与腹地的经济互动，增加东北地区对国际资本和技术人才的吸引力，提升东北地区在东北亚乃至世界经济中的国际竞争力。”大连市市长夏德仁说。

亟待形成合力

与咄咄逼人的大连港相比，同样将东北亚国际航运中心作为奋斗目标的青岛港，面临的形势并不乐观：由于预留岸线和现有堆场不足，特别是国家海洋局批准的25万吨级矿石码头迟迟不能开工建设，发展后劲明显不足，眼下的矿石压港问题已相当突出：目前在外海锚地滞留的矿石船少则七八艘，多则十几艘，每天每艘滞留费用高达9万美元，去年至今已使上亿美元在海上打了水漂。

有关专家指出，港口业是投资巨大但辐射带动能力极强的基础产业。把青岛港建设成东北亚国际航运中心，不仅事关半岛制造业基地建设和半岛城市群崛起全局，也远非一企一地力所能及。因此，面对咄咄逼人的大连港，必须站在全省经济发展全局对青岛港重新进行定位、规划，并出台强有力的扶持措施，特别要抓紧改变沿海港口各自为战、投资分散、缺乏分工、互争货源的局面，通过调整重组和股权合作形成优势互补，集中有限的人财物力，全力确保青岛港在未来竞争中的主动地位。

更应快马加鞭

或许有人认为，大连与青岛两大港口天各一方，腹地纵深并不冲突，人家建设东北亚国际航运中心关咱何事？事实并非如此。

从2000年到去年，韩国的中转集装箱已经由2000年的245.4万标箱增加到去年的311.1万标箱，其中56.6%来自我国北方。大量的中国中转集装箱不惜绕道韩国，原因正在它的独特竞争优势——它对中转集装箱采取自由港政策，我国的中转箱一到韩国港口，只要航班合适立即可以装船。

有关专家以此为例分析指出，区域性航运中心的形成速度，与港口接纳大型专业化船舶的深水航道和泊位、各种专业化码头的发达程度、集疏运网络和能力、通往全球各主要地区的数量和航班密度，以及通关、货物代理、金融、信息等综合配套服务能力成正比。而这些构成区域性航运中心的关键因素，直接影响到货物的运输效率和综合运输成本，自然而然也直接影响着港口对货物的吸纳集聚能力和市场竞争能力。原因显而易见，货总是流向运输效率最高、成本最低的地方。

正是出于上述考虑，目前大连港的胃口早已不仅仅局限于东北腹地，这一点从它将韩国釜山、光阳港视为竞争对手，将自己2010年的近期目标定位为环黄渤海地区重要干线港和中转港，到2020年的远期目标定位为东北亚的重要枢纽港，就可见一斑。更值得注意的是，承担了东北地区70%以上的货运量和90%以上外贸集装箱的大连港，靠着通达世界160多个国家和地区300多个港口的航线优势，目前已经把环渤海内的支线运输网络，挂靠到了天津、秦皇岛、京塘、烟台、威海、龙口等众多城市，并一跃成为全国第二大集装箱中转港。

面对发展迅猛的大连港，我们还能无动于衷吗?

（《大众日报》2004年11月2日10版）

特色产业托举个性城市

机遇意识与高增长行业

在经济发达的珠三角城市群中，广州的“龙头”地位无可置疑。2003年全市GDP突破4000亿元大关，占全广东经济总量的1/4强，继续稳坐全国省会城市头把交椅。近年增势迅猛的佛山、东莞等周边强市，也主动参与广州的产业分工，承接它的强力辐射。

时光倒转到20世纪90年代中期以前，广州在珠三角不仅没有这么风光，甚至出现边缘化趋势。

改革开放之初，由小渔村起家的深圳作为中国对外开放的第一片试验田，挟着毗邻香港和政策优惠的东风，“三来一补”增势强劲，对没有任何政策优势的广州“老大哥”形成第一轮严重冲击；80年代中期前后，“喝广东水，吃广东粮”让广东食品工业红遍全国，广州又一次与这轮高增长行业擦肩而过；20世纪80年代末90年代初，观念超前、政策灵活的广东“四小虎”迅速崛起，“粤家电”横扫大江南北，观念保守、体制僵化的广州，其“龙头老大”地位再次面临严峻挑战。

“在行政影响日趋弱化的今天，只有站在全球大背景下超前洞悉高增长行业跨国转移的机遇，培植起拉动能力极强的优势支柱产业，才能在带动自身经济增长的同时，奠定省会城市的龙头地位。”痛定思痛之后，广州的决策者形成了这样的共识。

20世纪90年代中后期以来，广州紧紧抓住中国工业重型化趋势，以及国际重化工业加速向外转移带来的巨量市场空间机遇，积极承接国际产业转移，全力培植汽车、石化、钢铁、造船等特色优势产业，再次奠定了其在珠三角的龙头地位。去年1～10月份，全市完成工业总产值4618亿元，特色产业对全市经济的贡献率达到50.5%，直接拉动GDP增长7.8个百分点；其中几大支柱产业同比增长34.7%，在全市工业中的占比由2003年同期的39%提高到44%，轻重工业比重提高到47.23∶52.77，真正跨入重型工业高速发展的全新阶段。

这其中，汽车产业的崛起最具典型意义。

1998年前后，不少人叫嚷国内汽车工业已经过剩，但广州坚定不移地认为，新一轮消费热潮即将到来，顶着“标致”项目合资失败的压力，千方百计促成广汽集团与日本本田的合作，结果6年来广州本田已累计实现销售收入835亿多元，利税302亿多元。在本田项目的成功示范下，日本三大汽车巨头丰田、日产、本田如今已齐聚广州。到2010年全市轿车产销量可达130万辆，销售收入可达3000亿元。这种辐射带动能力极强的支柱产业不仅拉动了广州经济强劲增长，连周边城市的相关企业也争相挤进广州的汽车产业链条，有的甚至主动将生产基地搬进广州。

"过去广州在发展省城经济中忽视了特色优势产业的培植，结果一次次痛失发展机遇。这几年广州并没下指标作规划发展第三产业，但三产比重却由20世纪90年代中期的48%提高到了现在的56%。这说明在经济发展的特定阶段，根本动力还是工业化，大产业才能带来大就业、大消费、大流通。"谈及这些年来的成败得失，广州市委书记林树森如是感慨。

比较优势与"天堂硅谷"

在许多人心目中，杭州是人间天堂。但在IT界人士心目中，杭州更是创业天堂。

据统计，2003年该市信息产业销售收入已达562亿元，一跃成为国家集成电路设计和软件产业化基地。其中仅软件企业就达201家，占到浙江全省的87%；2003年实现销售收入126.3亿元(不含手机嵌入式软件)，仅次于北京、深圳、上海，雄踞全国第4，而且与上海相差不足1亿元；在"2004中国软件业前100强"排名中，仅杭州企业就占了12席，入选数仅次于北京、广东，居全国第3位；目前该市在内地主板和香港上市的软件企业已达12家，成为全国拥有软件业上市公司最多的城市。

"杭州信息产业的崛起不是偶然的"，杭州市委研究室经济研究处副处长阮重晖对记者分析说，"它是杭州立足自身实际，最大限度凸显比较优势，探索独特性、差异化发展道路带来的必然结果。"

杭州既是传统资源小市，也是环境资源大市，这一特点决定了在区域间生产要素争夺空前激烈的今天，面对上海、苏州、宁波等省内外强市的强势挤压，杭州要想跳出产业同构、恶性竞争的怪圈，必须立足自身实际，找准比较优势，培植起科技含量高、经济效益好的优势产业。从这一角度审视，以信息技术为代表的高新技术产业，最切合杭州实际，其"人间天堂"的环境优势，也最有利于吸引发展这类产业不可或缺的智力资本。

事实正是如此。大量智力资本的涌入令杭州的高新技术产业异军突起。据统计，目前国内"海归"人员仅在杭州创业的就达10万左右，创办的140余家企业多为微电子、软件、光机电一体化等高新技术企业，其中过亿元企业 5 家，过千万元的企业 10 家，由两个留学生创办的 UT 斯达康销售收入甚至超过 100 亿元。

打造"天堂硅谷"只是杭州紧扣比较优势培植特色优势产业的一个缩影。这几年杭州全力发展总部经济、楼宇经济、会展经济等都市特色产业，2003 年 GDP 达到 2000 多亿元，经济总量多年雄踞全国省会城市第二位。

（《大众日报》2005 年 1 月 15 日 2 版）

雪域诱惑

“三神”之地

到了西藏才知道什么叫神秘、神奇、神圣；才能领略到她究竟对探险、旅游和朝圣者来说有多么大的诱惑力。

越野车在空旷高远、一尘不染的蓝天白云下穿行，直插云霄的皑皑雪山，一望无垠的高原草甸，蔚蓝剔透的高原湖泊，密悬旌幡的雪域山口，朝圣者精心搭起的玛尼堆……每次停车驻足，没有人顾及高原反应，都在频频按动快门，谁也不愿上车离开。陪同的援藏干部只好开玩笑劝阻道：“比这好的景色后面有的是。有人在西藏跌了一跤，地上的石头碰到快门，想不到拍出的照片竟然获了大奖。”

然而这还只是雪域诱惑的一个侧面。翻过世界上海拔最高的高原草甸，就进入了景致迥异的樟木沟。车在陡峭笔直的悬崖上蜿蜒穿行，山顶是高耸入云的皑皑雪山，山腰上却是莽莽苍苍的原始森林和随处可见飞流直下的道道瀑布，山下是红黄相间满布眼帘的花草树木以及清冽湍急的江水，而且越往下走植被的层次和色彩越分明。车子经常在瀑布水帘中穿行，一路跑来竟被冲刷得如同洗过一般。谁能想到，在被不少人视为不毛之地的世界屋脊，会有这样藏在深闺人未识的风光。“中印边境的亚东、藏东南的林芝比这里还美呢。”随行的昂仁县委副书记徐俊国说。

遍地商机

在嗅觉灵敏的投资者眼中，西藏同样是充满诱惑、商机无限。

在山路崎岖、人迹罕至的樟木口岸，记者看到，无处不在的温州商人早已捷足先登，在这个悬挂在悬崖上的小镇里建起了小商品批发市场，并通过这个口岸把内地的日用轻纺产品源源不断地出口到了尼泊尔。烟台一个体老板在此建了个高档酒店，结果客房天天爆满。主管口岸的烟台援藏干部姜卫东告诉记者，明年 7 月中尼公路就可建成通车，届时不光到这里和尼泊尔观光的游客必然骤增，中尼两国的边贸生意也会大幅增长，现在抢滩正逢其时。

“还有目前西藏最火的旅游热点林芝，年底前机场建成就可通航。这里海拔只有两千多米，空气清新，景致独特，正是投资开发房产、商贸、旅游的绝佳地区。”对口支援林芝的广东、福建援藏干部说。在林芝，记者发现，敏感的粤闽商家已经开始在此投入巨资，林芝行署驻地的新城建设已全面铺开，仅一棵2600岁的古树圈上围墙，门票就达30元，回报率之高可见一斑。

据了解，在青岛对口的日喀则市，目前房价已涨至两三千元，但地价却比内地便宜得多。以前日喀则根本吃不到新鲜西瓜。这几年潍坊帮扶对口的南木林县建起大棚，产出的小西瓜每斤竟然卖到七八元钱。由于当地商品稀缺，在此消费一瓶中档酒至少也得二三百元。去年淄博援藏干部从高青运去扳倒井酒，每瓶加上运费才29元成本，但在西藏竟然卖到298元。更何况青藏铁路通车后运输成本还可大大降低。

双赢富矿

在淄博对口的昂仁县，同样处处都是商机。以海拔全球最高、规模全国最大的达格架地热喷泉为例，不仅天然沸口多达100余个，喷出水位最高达四五十米，景致极其壮观，而且富含各种矿物质。稍加包装就是独一无二的观光休闲景点。另外，昂仁还是一世班禅克珠杰格勒巴桑和藏戏创始人唐宗杰布的故乡。以一世班禅的出生地为例，尽管这里只有几个泉眼，但每年朝圣并捧取圣水者络绎不绝。稍加修葺开发就是旅游胜地和优质矿泉水。开发潜力之大可见一斑。

除了丰富的大理石、煤、石油、地热等地下资源外，昂仁仅星罗棋布的大小湖泊就达19个，流经全县的江河也达3条。

所幸的是已经有人捷足先登。目前天湖正源渔业公司的烤鱼片项目已完成一期投资180万元，安排藏民就业120多名，月工资达600元。兖矿集团今年4月派团考察后也与昂仁达成了合作开发矿产的意向……

“这种在内地极为稀缺的独特资源优势和巨大开发潜力，既是昂仁跨越发展的最大王牌，也是商家千载难逢的无限商机。利益为桥才能把源源不断的资源、技术引入昂仁，也是达到投资者与当地发展的双赢效果。可惜的是，目前还很少有山东企业意识到这一点！”援藏干部、昂仁县委书记王咏不无惋惜地说。

（《大众日报》2005年11月28日3版）

昂仁之变

深秋10月，昂仁县城团结广场。上午10点，当一群群藏民领到属于自个的电视机、太阳能灶和农用拖拉机时，淄博第四批援藏干部胸前早已挂满洁白的哈达。

事实上打动藏民的远不止这400万元援藏物资。在昂仁采访期间，不管走到哪里，随口问问藏民，都会听到一连串援藏干部的名字——黄希俭、王树愧、徐培栋……尽管有的已离开昂仁三四年甚至六七年。

难怪如此。从全县第一座水电站到第一条柏油路；从第一座门诊楼到一个个窗明几净的乡村卫生室；从第一个水冲式厕所到全藏第一个县级文化广场和公园；从昂仁第一座希望小学到去年通过“普六”验收……短短10年间，淄博四批援藏干部已在昂仁完成投资5000余万元，建成援藏项目110多个。

深入农牧区就会发现，援藏干部带给昂仁的变化远不止投几笔资金、上几个项目这么简单。

在拉日孜村头繁忙的场院上，村长次旺多吉告诉记者，在援藏干部帮助下，全村青稞亩产足足提高了200多斤。现在全村33户一半以上有了手扶拖拉机。过去打青稞要等老天刮风，常常得半个月；如今用拖拉机打场，5天就干完了。

达局乡乡长加措介绍说，以前乡里藏民守着土地不敢出去，人均年收入只有800多元。自从援藏干部帮我们建起水电站，藏民破天荒看上电视，眼界开阔观念转变，一大半青壮年劳力纷纷跑到日喀则、阿里打工赚钱。全乡人均年收入如今已达1850元。

变化的何止农牧区。多年来阻隔在崇山峻岭中的当地干部想都不敢想招商引资。去年以来县里从援藏资金中拿出100万元设立了项目启动、招商引资、吸引外来人口居住、劳务输出、农牧业扶持、教育助学6个基金；并率先设立了招商旅游局，破天荒邀请专家对昂仁的旅游资源进行规划包装；在全藏各县市区中第一个设立驻拉萨、成都、山东、浙江办事处。去冬以县委书记王泳为组长的山东第四批援藏干部主动放弃休假和亲人团聚的宝贵机会，在全自治区第一个组团奔赴温州、佛山、东莞招商引资，拜访山东企业洽谈合作事宜。今年全县招商引资首次突破1000万元，县里第一个矿泉水厂、第一条步行商业街、第一个水产品加工企业相继建成投用。

不到昂仁，不知道援藏工作的艰苦。

在昂仁短短5天里，我们就已深深领教了高寒缺氧带来的胸闷气短、头痛欲裂和彻夜失眠的滋味。援藏3年情况如何可想而知。担任过昂仁县委书记的黄希俭告诉记者，1995年他带领淄博第一批援藏干部到昂仁时，县里连电灯、电话、楼房都没有。全县平均海拔4513米，海拔五六千米的山脉有80余座，含氧量只有内地的百分之五六十。

“下乡甚至要冒生命危险。县里的农业技术员阿多和罗布次仁就是在下乡返回途中被多雄藏布江洪水卷走的。”原昂仁县委副书记李贡平告诉记者。援藏期间一次患病找不到药，又抽不出时间到200公里以外的地区医院治疗，他甚至冒着生命危险注射了兽用庆大霉素。

高原反应强烈得连说一句话都非常艰难的王咏刚到昂仁，就用10多天时间跑遍了全县所有乡镇。常务副县长白相房进藏第二天身患肺水肿，被送到地区医院时医生直叫再晚半小时就没救了。可他仅在医院待了七天就返回了工作岗位……

“昂仁是山东10年援藏的一个缩影。”山东第四批援藏干部总领队徐东升说。“这里的援藏干部身上，最鲜明不过地体现了山东大汉思路开阔、善打硬仗的精神风貌！”日喀则地委书记宫蒲光面对记者如是评价。

（《大众日报》2005年12月6日3版）

业务论文

“新”字之外求什么

新闻新闻，少了新字就不成其为新闻。所以记者的喜怒哀乐总连着一个新字。但许多篇什，时过境迁，很少有人再回头翻翻。这是我作为记者的悲哀。我常想，新闻难道命中注定只能成为易碎品？读者是不是仅为一个“新”字才想看新闻；“新”字之外，能否兼有点别的东西，让人想看，又耐看，事过境迁再翻翻还有点滋味。

写给谁看

这几年老为写工作性报道发愁，不能不写又总写不好，写出来自己都不想再看。看齐淮东的《林中宁阳》才知道，宣传林业工作的生态效益，也可以把报道写得像散文，文美人爱看，表现力毫不逊色。原来工作性报道不一定非板着面孔。记者的稿子毕竟是写给读者看的。

今年 3 月我去了趟海边，本来是漫无目的出去转转，事先没题目，也没写稿压力，但走了四五天，海边农民对海防林视同生命的深厚感情、海防林遭受的触目惊心的破坏、威海护林的功夫和丰厚回报，深深地触动了我，突然涌出写稿冲动，非吐之而后快。我把沿途见闻记下来，题为《沿海看林散记》。回头看看倒比以往有目的采访的稿子厚重得多。大概是没了非得写个什么稿子的思想负担，从内心深处想替饱受过风沙肆虐的海边农民说点话。

中国青年报的记者刘健写济南工行在众多媒体新闻大战中独树一帜颇耐人寻味。其实不要说这几年，就是前二三十年宣传的文明服务典型还少吗？大家已司空见惯，他们关心的是这个典型和以往的到底有何不同；工行面孔咋一下就多云转晴天。有的报道也涉及了这点，但篇幅太长全淹没了。刘健不一样，开口就问为什么，了解到工行实在是不得已而为之，是被市场竞争逼的。全文只有千把字，《是谁改变了你的嘴》，相信这个题目就能使人眼睛一亮。

要让读者眼睛一亮，记者眼睛先得亮亮堂堂。采写前号准了读者脉搏，平常心里装着读者的喜怒哀乐，写稿才能搔到读者的痒处，写出的稿子读者才想看、耐看。

哪来的馅饼

去年和张天卫采访《访贫札记》。刚接受采访任务很兴奋，觉得可碰到个大题材。参加了全省扶贫调度会后心却凉了。听各贫困县汇报似乎都脱了贫，哪还有啥再采访的必要,报纸上对各地脱贫经验的报道不少了。就此罢手,又不甘心,最后决定实地看看。不看不知道,一看吓一跳。15 天进村入户采访,行程千余里,所见所闻大大超出我们想象。

60 多岁的老妈妈盼了一辈子水,盼到村里用一半保命地换来几十万元和水库修到村边,依旧喝着苦涩的黄泥汤。在贫困县,一个村一个村地转,随便推开一家的门看看,贫困状况都让人惊心。我们越看心里越沉重。及至到了失去妈妈的小张苹家,看着姐弟仨奖状贴了一屋子,却面临失学危险,家里仅有的一袋麦子还是从亲戚家借来的。问他们想不想上学,小张苹眼泪测地下来了,我俩眼泪也夺眶而出,拿出 100 元放在炕上说:"交不起学费就给叔叔写信",强忍泪水扭头就走。踩着泥泞出了村子坐上车,3 个孩子淋得湿湿的还站在家门外目送我们。就是这没费多大劲原原本本白描下来的见闻,却打动了不少读者,来信来电要地址,给他们寄钱寄物。

更让人震惊的是,就在这么贫困的地方,乡里还在大摆酒宴欢送下派干部;听说我们来采访,派人死缠硬泡非要我们一块儿去吃。我们去了能吃得下去?一特困乡乡长上任 3 月还不知乡里多少贫困村、多少贫困户,还毫不脸红辩解说才上任。一国家级贫困县群众吃不上饭喝不上水,连扶贫资金都没见过,县扶贫办主任、乡领导却拿手机坐高级轿车到处张扬。一些贫困地区农民该享受的免除征购粮、农业税等优惠政策得不到落实,负担反比发达地区还重。我们把这些原盘托出,引起不小震动。因为说的全是事实,这些地方大都心悦诚服拿出了整改措施。稿子说得最重的庆云县,县委书记王树理出差在外夜不成眠,连夜向记者写了长信,词恳意切自责作为党的干部没有尽责(此信在本报头版头条加编者按发表)。稿子被评为全省精神文明建设精品工程,我们才有些后怕,当初开完会就打道回府,不白丢了个好题材?

比起穆青写《县委书记的榜样——焦裕禄》在兰考蹲了 3 个月,郭超人写《红旗插上珠穆朗玛峰》和登山队员同吃同住 80 多天一直上到风雪搅天极度缺氧的海拔 6600 米,我们下的功夫差得很远,但这次采访已足以让我们明白,天上不会掉馅饼。脚板磨不穿,稿子让人想看耐看难上加难。

采访拿不到拿人的素材;想写厚实平常又不注意积累,底货太少,写出的稿子又怎能让人回味无穷?

事实比记者高明

采访功夫下到了,未必出好稿子。

有一年我和于向阳采访"早点",济南上海跑了 10 多天,到手的材料不少。

开始想从两地现状、餐饮企业自身原因、政府原因、出路四个方面作四篇大文章，结果不是这篇材料多，就是那篇材料少，写得相当费劲，写出来干巴巴不像样，全是些生硬的说教话。去请教部领导和老记者，他们说，你们有的是现成的活材料，这样肢解了太可惜，全糟蹋了。干脆就写《在济南吃早点》《在上海吃早点》，《早点不是"小不点"》，把看到听到和切身感受到的如实记下来就够了。这样写确实顺手，济南早点的差、老百姓的渴望，上海早点的价廉物美、市民由衷满意，这些耳闻目睹的活材料全用上了，形成反差的原因、济南早点的出路也水到渠成出来了。记者没有站出来说一句话，但读来亲切自然有说服力。这组稿子获山东新闻奖二等奖，我想绝不是因为记者多高明，靠的正是事实，而记者恰恰退居到了幕后。看来事实的确比记者高明得多。事实的本来面目采访到了，原原本本写下来，要表达的自自然然流露出来了，可能就是很活很新鲜的好东西。有人讲写通讯就是写故事、写细节，我想正是这个理。

忠于事实，写出的报道可能不会惊天动地，但真实，这是新闻的生命，真实读者才信服；可能离个别人的胃口有距离，但贴近普通读者，他们才愿看；这样写出来可能平平淡淡，朴朴素素，但朴素也是一种美；这样写报道可能没头没尾，但残缺也是一种美。也许我的体会没多大说服力，那就看看获 1996 年中国新闻奖特别奖的《北京有个李素丽》。

4000 多字的通讯，记者没站出来说一句话。17 小节，全是自自然然实录了李素丽一天工作的片段：撑伞为上车的乘客挡雨，下车搀老大娘上车，拿卫生纸擦车里的痰迹……就像一个接一个的电视分镜头，一小节一个细节或故事。李素丽的音容笑貌、气质、境界，对顾客的关心，顾客的由衷回报，全都跃然纸上，如在眼前，真真切切，就像在看电视。但朴素清新的文字，又比电视多了几分回味的余地。现在电视对报纸冲击越来越大，因为电视直观，对观众的视觉能产生直接冲击。这方面报纸处于明显劣势，但从这个稿子看，报纸还是能学学电视这个长处的。

以前写稿子一上来就几大块，写人物就是拼命工作乐于助人廉洁自律；写专题报道就是问题原因对策。生活的本来面目没了，活生生的素材被肢解了，笔下人物没了常人的喜怒哀乐，观点不是从对事实的叙述中水到渠成出来的，而是先入为主没采访就有了的，黑压压一大片，拉开了稿子与读者的距离，让人一看望而生畏，感到在拉开架子教训人，观点再高明，再会妙笔生花选角度强扭事实又有多大用。看来记者写稿得有个尺度，那就是老老实实忠于事实。

（《青年记者》1998 年第 06 期）

胆识·眼界·着眼点

——环境报道的体会点滴

报社推荐我参加国家环保总局地球奖评选，翻着厚厚一大摞剪报册才发现，自己这五六年记者生涯，真正持之以恒关注思考的，还是我们的生存环境。

是的，环境报道不是给个别领导贴金，也少有迎来送往，搞不好还会给自己惹上不小的麻烦。但这恰恰是这类报道的价值所在。不关注问题的记者不是称职的记者。不关注社会群体整体利益和生存状态、生活质量的记者不是完整的、有良知的经济记者。

有胆更要有识

来报社时间不长，主任就派我参加齐鲁环保世纪行采访。当时劲头十足，搞环境报道，不就揪住污染大户狠狠曝光吗？想不到到现场一看，事情没那么简单，污染大户的狡猾程度远远超出了记者的想象。

都知道博兴造纸厂是小清河流域的排污大户，但进厂一看，治污设备好端端地转动着，同来的省环保局的同志也傻了眼，明知人家整天排污，就是抓不着把柄，一帮人只好垂头丧气无功而返。车子驶离厂门口时，记者颇不甘心、独自下车绕着厂区角角落落转了好几圈，终于看出了蛛丝马迹，偌大的排污设备轰隆隆运转着，就是找不到污水的进水口。再一细看，生产车间的污水根本没进污水处理池，全从一个不易发现的地下暗道偷偷流走了。冷冰冰的事实面前，企业负责人低下了头，原来治污设备纯粹是个"聋子的耳朵样子货"，花了几百万元纯粹为了应付环保部门检查，检查的来了开一下，检查的一走马上停下来。也难怪，一年光运转费用就好几百万元，而且带不来任何效益，傻瓜才心甘情愿老老实实整天开着。这才是问题的实质所在。采访成功了，《博兴造纸厂，治污设备上了马却没有正常运转》一挥而就。稿子发表后引起环保部门的高度重视、认为抓住了一个面上相当突出的问题，不少地方还专门为污染大户安上了检测治污设备运转状况的黑匣子。此稿被评为国家环境新闻奖和齐鲁环保世纪行新闻奖一等奖。

思考决定深度

批评曝光不是目的。没有哪个企业家打心眼里愿意背上污染的骂名。所以搞环境报道，既要充分利用好舆论监督这个武器，让污染大户行径暴露在光天化日下，引起有关部门重视，更要通过细致观察和深入思考算账对比，为其找到出路。

早在1996年麦草制浆治污技术还不过关、企业苦于治污无门时，我就开始留心以为小造纸企业寻找出路。在淄博第二造纸厂，我发现这个厂虽然停了麦草制浆，但新上的顺酐生产线年利润上千万元，相当于原来企业的好几倍，厂长李学峰感慨地告诉记者："看来赚钱不一定非要以牺牲环境为代价。"桓台县造纸厂停了麦草制浆以废纸回收作原料开发高档纸制品，污染物排放量降低了2/3，企业效益却没有滑坡。记者敏锐地抓住这两个事例，写出《纸厂老板，挺起你的腰板来》，一位纸厂厂长看稿后写信给记者："我们这些污染大户以前最头痛见记者，以为记者就会曝光添乱，想不到还有这样理解我们、能如此设身处地为我们出主意、指出路的记者！"

题材无大小，差别只在思考的深浅。留心多了，思考多了，集腋成裘，小题材也能做成大文章。这几年我注意留心收集资料，深入分析对比，写成《山东环保产业：支柱亟待撑起来》的深度报道，通过国内外环保产业的迅猛发展与山东的严重滞后，揭示了环保产业的广阔发展前景和巨大市场潜力，在省内新闻媒体首次鲜明提出，应该把这一产业作为未来山东经济发展的一个新的经济增长点，由省政府在组织机构、扶持政策、发展重点等方面统筹规划。稿件在《大众日报》配图表、资料、评论以整版篇幅突出处理后，引起省人大环保委员会、省环保局及一些企业的高度重视，有的还专门约见了记者。之后不久，省政府专门召开专题会议就环保产业的发展问题进行了具体的研究部署。此稿被评为1998年齐鲁环保世纪行新闻奖一等奖。

记者的眼界决定稿件的视野。随着对环保问题的不断了解，我越来越明确地认识到，水资源的问题、林业问题、水土流失和水土保持问题、耕地保护问题，样样都是大事儿，这些绝不仅仅是关乎子孙万代生存和山东经济的可持续发展的问题，而是与我们眼前的生存状况、生活质量密切相关。所以搞环境报道，记者关注的焦点不应局限在几个污染企业，他关注的领域应是整个社会群体的生存环境。

捕捉事实回归事实

生态、环境问题都是老问题，老话题。板着面孔满纸数字资料，很容易自己写来痛心疾首、危言耸听，别人读来隔靴搔痒了无新意，事不关己高高挂起。这个问题怎么解决？我认为最好的办法是回归事实。比如写《节水的潜力到底有多大》，我就选择了这样的事实作开头：一位蹲在旁边看妈妈洗衣服的孩子突发奇想："妈妈，这世界能不能没有水？"妈妈不假思索地说："傻孩子，怎么能没有水？没有水，怎么会有你和妈妈？"正是这些司空见惯、天经地义的意识中，多少长流水，从洗衣妈妈手底下流走了。正是在这样的意识下，多少宝贵的水资源，从我们身边白白浪费了？这个开头用的是再平常不过的事实，但在我看来比任何吓人的大话都有感染力，都能拉近与读者的距离：原来浪费水的现象就这么再普通不过地常常发生在我们身边？

只有重复的话题，没有重复的新闻事实。只有发生在我们身边的、活生生的事实才触动人的末梢神经。

事实是什么，事实就是脚底板。

到不了海边，不亲眼看到呼啸而来的风沙一夜间就能把人们辛辛苦苦建起的高尔夫球场、草坪、花坛、度假村埋上半人高，不亲耳听听老支书"提起北沙滩，叫人好心酸，沙埋城墙根，风起不见天，房屋沙里埋，农田变沙滩"的辛酸回忆，你无法想象片面追求经济效益、乱砍乱毁海防林，能招来大自然如此疯狂的报复，更无法体会海边老百姓对毁林割肉剜骨般的痛心疾首(《海防林，祝你平安》)。到不了沂蒙深山的库区，不亲眼看到老百姓一筐筐、一步步从山脚艰难地背土上山，一巴掌大一巴掌大地砌石造地，你无法感受到缺地少粮的老百姓对土地心头肉似的贴心疼爱(《访贫札记》之四)。到不了盐碱涝洼区，不看到"缺少妈"天不亮赶到好几里外的低洼地排队等水，喝不上黏糊糊的黄泥汤，你不会感受缺水区人对甜水望眼欲穿的期盼和珍惜(《访贫札记》之二)……

只有在这样的时候，你才会感同身受，原来大自然对人类的报复，并不是遥远的事情，它已经实实在在地发生在我们身边，并且无时无刻不在疯狂地报复着人类，吞噬着我们的生活。不用大话套话，不用罗列数字，危言耸听。仅仅把这样的事实原原本本摆出来，就足以触目惊心，振聋发聩。

(《青年记者》2001 年第 03 期)

发现力、策划力、凸现力

——关于新闻解读的解读

在近两年的《大众日报》上，新闻解读下功夫较大，版面处理突出。实践中我们深深体会到，新闻解读是改变党报版面雷同的老面孔，吸引读者“眼球”，增强报纸冲击力、贴近性、权威性的有效手段。

做出看点吸引眼球

——为何重视新闻解读

所谓新闻解读，顾名思义，就是综合运用各种新闻体裁和版面编排手段，对重大新闻的发展变化进程、产生背景、发展趋势、意义影响等相关内容进行的全方位、多角度、深层次报道透析和集中强势处理。

报纸是新闻纸。报纸上的文字，按道理都应该是新闻或对新闻的解释说明。既然如此，为什么又把新闻解读摆上了举足轻重的突出位置？这与眼下党报的版面现状和面临的竞争态势密不可分。

受党报的特殊定位及传统思维模式影响，多年来各级党报上工作性报道、会议消息、领导人活动较多，而大量鲜活生动、富有冲击力和贴近性的新闻被淹没在程式化的报道和版面处理之中。

这种现状如何改变？从读者本身的阅读兴趣来看，随着经济全球化进程的不断加快和信息技术的高度发达，读者对信息的选择性越来越强，对信息加工处理的要求越来越高。国内外发生的重大新闻事件，各级党委政府的一举一动，都可能对读者的切身利益、生存发展机会产生直接或者间接的影响。这种情况下，读者不仅急于知道发生了什么，更重要的是急于知道为什么会发生，发生的新闻会有什么样的发展趋势，会对自身乃至本地区的经济社会发展产生什么影响。这种情况下，只有对读者关注的重要新闻进行多角度、深层次、全方位的详尽解读，才能满足读者的阅读需求。

从报纸自身的生存发展而言，在传播渠道越来越丰富的“信息爆炸”时代，只有把读者真正关注的、能够引起阅读兴趣的重要新闻，从铺天盖地的众多信息中筛选出来，并通过独特深入的策划采写和版面处理，源源不断地提供给读者，让读者一次又一次地眼前一亮，才能吸引读者的“眼球”，进而在日趋激烈的媒体大战中赢得主动。

环视这两年报业市场，就会发现，一次策划周密、创意独特的新闻解读，常常可以让一张报纸一夜之间声名鹊起。1997 年 8 月 30 日，英国王妃戴安娜在巴黎香消玉殒，几乎所有的媒体都刊发了二三百字的稿件，《南方都市报》却拿出当天一半的版面，对这一事件进行具体入微的详细解读。靠着这组新闻解读，这个创刊仅 8 个月的新面孔，在强手如林的广东报业市场，“让数以万计的读者在一个清晨发现了都市报”。周末本来是新闻资源的“贫矿”、报纸零售的淡日，但这两年《广州日报》在周末拿出 3 个版专做国际新闻，并用其中的一个整版对本周发生的重大国际事件、近期热点进行全景式解读，结果周末报纸零售量、广告量直线上升。

正是看到了新闻解读的巨大作用，这几年大众日报对新闻解读可以说是不惜版面。除了各版陆续开设的《今日观察》《今周关注》《大众视点》《今日看点》《特别关注》等栏目外，我们还专门设立了“纵深版”，集中进行新闻解读。在使用体裁上，消息、通讯、评论、专访、读者观点不拘一格，并相互补充；在表现手段上，图表、照片、相关链接、阅读提示、名词解释等各种方式应有尽有，灵活运用。报纸力求以最详细的内容，最直观、最生动活泼的表现手段，最富有冲击力的版面组合，达到让读者解渴的目的。

捕捉亮点　聚焦亮点

——什么样的新闻应该解读

在纷繁复杂的众多信息中，什么样的新闻值得解读？这是做好新闻解读的前提。

站在读者的立场上考虑，新闻解读的取舍只有一个：那就是读者的关注程度。

从这一角度审视，美国事件、中国成功申办 2008 年奥运会等重大事件的新闻毫无疑问值得解读。但这样的新闻事件毕竟可遇不可求。这些人所共知的重大新闻事件之外，还有更多更广的新闻富矿值得关注挖掘：

其一，各级政要的重要讲话及活动、各种会议上透露出来的新信息、新动向、新政策、新举措。以前各类媒体特别是各级党报对繁多的领导人活动、各种会议较难处理。不登，领导不满意；登吧，黑压压一片让人望而生畏。其实重要的领导讲话，各类会议，各种新文件、新政策、新举措中，潜藏着极为丰富的信息含量。就活动报活动，就会议报会议，就文件登文件，大量的新闻必然淹没其间。对读者而言，他们不仅想知道这样的讲话、活动、会议、文件政策透露出了什么信息，而且想知道这样的新信息、新动向意味着什么，会对自己的工作生活产生什么影响。把读者想知欲知的这些信息通过新闻解读挑明挑亮，把它与读者的关系、对读者的影响解读清楚，肯定能受到读者的欢迎。

其二，一些带有全局意义的新做法、新经验、新探索。许多人可能认为，发生在个别地区甚至外省市的新经验、新做法、新尝试，对本媒体覆盖范围内的读者群体不会产生吸引力。事实并非如此。前些年预算外资金管理失控，湖南省进行改革试点，大众日报派记者对湖南的做法进行详细采访，刊发的《弊多利少"预算外"》《财源滚滚"预算外"》《谁说管不住"预算外"》等 3 篇报道，解读的是湖南的情况，但预算外资金的惊人黑洞，山东读者看后同样触目惊心，管好之后的巨大收益同样让山东读者脸红心跳，如何管好预算外资金同样让山东各级领导思路洞开。这些新闻只要原原本本解读出来，本身就会吸引读者。还有新疆航空公司推出"红眼航班"，我们周围的读者肯定会想到自己什么时候能享受到这样的优惠票价；上海早点办得不错，我们把它解读清楚了，山东的读者肯定感兴趣：为什么我们就是学不了？威海获得联合国人居奖，我们的读者肯定会问，为什么山东的其他城市不能搞得这么清洁、这么美？类似的新闻解读清楚了，在贴近性上把功夫下到了，肯定能赢得读者。

保持敏感　超前介入

——做好新闻解读的重要条件

明确了取舍标准，只是做好新闻解读的第一步。

新闻的生命是时效。再好的新闻素材，再详尽独到的解读，如果在报道时效上被别人抢了先机，都可能事倍功半，甚至前功尽弃。

俗话说"巧妇难为无米之炊"。许多新闻事到临头，尽管解读的价值很大，但由于缺乏超前策划和充分准备，手头资料紧缺，只能眼睁睁地看着千载难逢的新闻资源白白浪费，独留遗憾。由此可见，超前介入，未雨绸缪，正是做好新闻解读的重要条件。

为了不放过任何一个值得大做的新闻线索，大众日报出台规定，明确要求采编人员切实加强与有关部门的联系，广辟信息来源渠道，对露出苗头的重大新闻超前介入，一追到底，力求在重大新闻发生或发布之前，把相关材料尽可能地搜集充足，把相关人员尽可能地采访详尽。同时实行采编联动，编辑超前介入策划，需要做图表提前做出图表，需要配发照片提前准备照片。对要闻版编辑，还明确要求对每一条新华社通稿和中央电视台《新闻联播》，都要设身处地考虑一下与我省读者有没有关系，一旦有联系，马上安排记者介入采写相关报道。由于措施得力，在重大新闻发生的同时，不少编辑记者就已拿到解读需要的相关资料。

今年山东省先后查处了潘广田、矫智仁两起特大贪污受贿案及上市公司东方电子财务造假大案。由于这些案子影响较大，有关部门在查处时慎之又慎，对外界严密封锁消息。但大众日报记者及时捕捉到了这些信息，提前数月超前介入，因此在这些案件公布当日，不仅第一时间抢发了消息，而且每一个案子都拿出了2万多字的重磅新闻解读。比如今年年初轰动全国的东方电子财务造假案刚一公布，《大众日报》就以接近3个版的篇幅，独家刊发了本报记者采写的4篇新闻解读《谁导演了东方电子神话》《透视违规中介》《神圣的使命》《东方电子走向新生》，将这一大案的来龙去脉、产生的深层次原因、艰苦的侦破过程及备受广大股民关注的东方电子前途命运，一下子端给了读者。今年4月，省政协原副主席、农行山东分行副行长潘广田受贿案浮出水面，我们又在第一时间以每天近两版篇幅，连续两次刊登了《"傍大款"的悲剧——潘广田堕落记》《"规矩"缘何成摆设——从潘广田受贿案看金融高管犯罪》《铁证缚巨贪——潘广田"落网"记》《"我悔青了肠子"——潘广田忏悔录》。这些报道不仅在山东、就是在全国也是独家新闻。连一向以抓新闻著称的《南方周末》及我们集团的《齐鲁晚报》等众多媒体，也不得不刮目相看，纷纷打电话索要稿子。没有超前的介入和策划，不可能做出这样让读者过瘾的新闻解读。

挑亮新闻　力求贴近

——做好新闻解读的着力点

面对一个值得一解的新闻素材，怎样处理才能让读者过瘾解渴？我们认为应该注意以下几个方面：

在贴近性上下功夫。同样一条新闻，贴近性越强，读者的关注度就越大。比如今年3月国家召开科技奖励大会。对山东的读者来说，我们认为更大的兴趣应该是山东的相关情况。为此我们超前策划，除在一版刊发会议的相关消息外，还专门拿出一个整版刊发了与山东相关的新闻解读，其中包括主体消息：山东获国家科技奖数量连续10年居全国之首；相关链接：2002年国家科技奖山东项目名单；新闻解读：《"十连冠"的冷思考》；山东获奖专家专访：《我们还有差距》《谁来保护我们的专利》《机器人需要销售经理》等；新闻资料：五大国家科学技术奖；并配发了相关图表、照片。由于与山东读者联系紧密，读者反映强烈。再比如今年3月山东省召开提高行政效率优化发展环境工作会议。这个会议出台的举措对广大投资者乃至普通读者与政府打交道，会带来什么方便？政府提速的初衷是什么？决心有多大？怎样才能落到实处？这是读者最关心的。着眼于此，在例行的会议报道和评论员文章之外，我们在一版突出位置把15个省直部门的具体承诺内容列了出来，同时又在当日纵深新闻版配发了《政府提速工程出台的前前后后》的新闻解读。之后又以每天半个版的篇幅，连续刊发了《部门评说政府提速》《政府提速，必须上下行动起来》《政府提速引起强烈反响》等系列解读，既有力配合了党委、政府的中心工作，又提高了读者的关注度。

把新闻点挑出来。在生活节奏日益加快的今天，一个新闻不管含金量有多高，一股脑儿地端出来黑压压一片，没有人会拿出耐心“沙里寻金”。只有下功夫把新闻点挑出，才能吸引读者甚至产生“三步五秒效应”。正由于此，近两年我们要求编辑记者在进行新闻解读时，下功夫把读者关注的新闻点“拎”出来，标醒目。比如今年山东5所高校试行自主招生，我们从中挑出三个新闻点做在小标题上，分别是《自主招生如何操作》《有利于建设特色大学》《中学教育将受冲击》，并配发了国内外大学如何进行自主招生等相关链接。读者对自主招生的好处、影响及操作过程一目了然。今年3月，山东决定提高水价，我们的编辑记者没有单纯报道会议、文件，而是拿出了《水价提高为哪般》的新闻解读：读者关注的新闻点通过《水价到底如何形成》《干旱是大背景》《市政改革的需要》《市民这样看》4个小标题和“银川单位用水超过40%加价5倍收费”“新乡水价实行阶梯式收费”“深圳宝安水价提高34.8%”三个相关链接，一下子凸现在读者面前。3月3日山东省转发国家《关于促进下岗失业人员再就业税收政策的具体实施意见》，我们将文件解读成《符合条件的企业享受什么税收优惠》《符合条件的人员享受什么税收优惠》《享受人员如何认定》《享受企业如何认定》4个小标题，读者看后一目了然。对新华社的通稿，一旦发现有信息含量，我们也马上安排力量进行特殊处理甚至进行重新改写，力求把新闻资源挖透用足，把其中的精华做成新闻解读的一大亮点。

一追到底做深做透。许多新闻仅靠一次性的集中解读远远不够。对这样的新闻，我们要求采编人员一追到底，做深做透，一直做到问题的解决为止。今年5月济南市召开清理违法建筑工程大会。面对这一市民关注的重大举措，我们在会议召开的同时刊发多篇新闻解读，通过“违规现象触目惊心”“板子打在谁身上”“阳光政府可治顽疾”等侧面，对相关背景和违规建筑产生的深层次原因、根治这一顽症的具体办法及市民的期待疑虑进行了深入剖析，之后又刊发了《谁在蚕食千佛山》《千佛山风景区遭遇蚕食再调查》《违法建筑煞风景》等一大批有影响、有深度的系列解读，有力地推动了这一市民关切、政府关注的民心工程，也提高了《大众日报》的权威性、影响力和贴近性。

（《新闻战线》2003年第12期）

挖掘独家“富矿”

——“轻骑”报道“画外音”

2004年8月9日，备受关注的济南轻骑重组复市终于尘埃落定。作为这一事件的追踪报道者，我也长长松了口气。蓦然回首，我深深感到自己收获的绝不仅是一篇篇独家报道，而是对党报记者从业理念的重新认识：“只有真情投入，以心换心，才能真正赢得理解支持，进而开拓出源源不断的独家新闻；只有面对大局敢于取舍，真正为企业、地方的改革发展稳定大局负责，才能提高党报的权威性和影响力，写出‘政经大报’需要的稿子。”

初识“富矿”

去年5月23日，济南轻骑因连亏3年被上交所停止交易。同年9月26日，又被法院一纸破产通知书推上破产还债危局。我意识到其中的新闻价值：

作为总股本9亿股，涉及境内外股民25.4万人、职工7000多名，上市股本盘子之大、涉及境内外股民和职工数量之多在中国股市均屈指可数的上市公司，济南轻骑无疑是社会各界关注的焦点。一旦其真正破产，不仅众多股民和债权人血本无归，数千职工衣食无着，而且会对地方的经济发展、社会稳定和诚信形象产生不可估量的负面影响。

另外，从生产出中国第一台民用摩托车、连续五年产销量稳居全国第一的民族工业旗帜，到陷入年亏损额34亿余元、总负债近22亿元、资产负债率284.6%的破产还债边缘，这背后到底有什么振聋发聩的深层次原因？

更值深思的是，作为连创中国股市年度亏损额、母公司关联欠款、资产负债率数个第一的上市公司，济南轻骑关联欠款高达28.6亿余元，各项违规担保10多亿元。几乎整个中国股市存在的共性问题在济南轻骑均有突出反映。这些对中国股市的规范健康发展敲响了什么警钟？

如是等等无不发出这样的信号，此时的济南轻骑简直就是一座挖掘不尽的新闻富矿。

患难成交

新闻的竞争是时效、独家、深度的竞争。特别是面对嗅觉灵敏、无孔不入的生活类媒体记者及众多全国性强势媒体，一家省级党报记者要想抢占先机，不光要有高度的新闻敏感，更重要的是必须赢得新闻来源的提供者——济南轻骑高层特别是新任董事长王利民的充分信任和支持。

可做到这点谈何容易！对王利民这位省城首屈一指的资本运营大腕，我早有耳闻，尽管以前在个别场合与他也有过接触，但他连我的名字都叫不上来。

正在一筹莫展之际，机会来了。去年 9 月 27 日轻骑濒临破产、三联介入重组的“重磅消息”一出，不少媒体纷纷大肆渲染炒作，甚至不惜在头版头条刊出“济南轻骑濒临破产”这样的特大号黑体通栏标题。这样的报道见报后，被不少竞争对手当成了打垮轻骑、争抢顾客的“撒手锏”。一时间这样的版面纷纷被各大摩托车生产销售企业抢购复印，张贴到遍布全国的专卖店前。在这些报道的误导下，身陷困境的济南轻骑更是雪上加霜，销量直线下跌。

作为省级党报，面对这样一个曾为地方经济发展立下赫赫战功而今却身陷困境的大型国有企业，是以大局为重，对地方、企业的长远发展和广大股民、职工利益负责，雪中送炭在舆论上给予力所能及的理解支持，还是趁火打劫，不加选择地单纯追求轰动效应和读者眼球？我们选择了前者。稿件写好后又经值班编委再三斟酌修改，最终决定在刊在一版的消息标题中突出“三联宣布介入重组”这一新闻事实；并按同一思路确定了发在二版的深度报道标题：《背负亏损包袱，走到破产边缘，三联介入重组，燃起新的希望——(肩)轻骑重组图新生(主)》。稿件发表后，王利民破天荒邀请我促膝长谈：“毕竟是省级党报，处理的稿子就是看主流，顾大局！”

随后我又写出《战略重组带来利好(主)轻骑股份主业恢复发展到近 5 年来最好水平(副)》的消息。稿件在一版突出处理后，轻骑的营销人员纷纷争着拿来复印，针锋相对地张贴到遍布全国的专卖店前。“一家省级党报发出这样权威公正的声音对消费者进行正确引导，这能起到花多少钱都换不来的难得效果！这对轻骑销售的止跌回升起到了至关重要的作用。”在此稿见报后，王利民表达了这样的感激。

“我们这才认识到什么是真正的党报！今后你们想采访什么，我们就毫无保留地提供什么；所有新闻线索首先提供给你们！”王利民表示。

取舍之间

王利民果然说到做到。在此后几乎所有社会各界特别是股民关注的轻骑重组重要节点，他都首先通知《大众日报》独家发表。

当然这中间也有过小小的波折。比如在与中车集团达成重组意向时，王利民同样亲自打电话通知了我，但他还是像往常一样忘不了提醒我："我们是上市公司，所有重大事项都不能先于公告提前公开，最早也得和公告同时见报。"作为党报记者，人家既然这么信任你，把最重要的新闻素材优先提供给你，你就有责任顾全大局，绝不能为逞一时之快给企业走出困境制造麻烦。正是考虑到这点，我一直严格把握发稿时间。没想到百密一疏，与中车重组的公告还没发布，个别媒体就提前披露了这一消息。王利民了解到这一情况后，严肃处理了泄露消息的公司高管。此后类似情况再没发生。人家做到了这个份上，咱还有什么抱怨的！

之后紧接着就是上交所下达上市通知书的消息在《大众日报》独家刊发。10 天之后的 8 月 9 日，济南轻骑正式复市，我将积累了一年多、记了一大本的采访素材精心梳理，撰写出《"蒙尘美玉"浴火重生 济南轻骑今日复市》的深度报道。

（《青年记者》2004 年第 11 期）

秘密武器需珍视

——报纸内参采写随感

作为一名报纸记者，采写好见报稿固然责无旁贷，但用好用活内参这个秘密武器，也是必不可少的职责之一，而且这个武器有时发挥的作用和产生的影响，甚至比见报稿还要大。

分量沉甸甸

内参的分量到底有多重？作用究竟有多大？我在翻阅《中国名记者代表作》时体会最深。记得其中有一篇稿子叫《延安调查》，作者是新华社名记者冯森令。文章近万字，写的全是记者所见所闻，拨乱反正后当地领导仍然沿袭下来的"文革"之风、官僚主义、一厢情愿搞形式、脱离实际瞎指挥，及其所导致的延安群众贫困潦倒甚至大量背井离乡流落街头等惨状，至今回想仍恍若眼前。

试想这样一篇彻底暴露阴暗面、严厉批评一级地委甚至省委的稿子，特别写的又是对中国革命作出特殊贡献、在新中国地位特殊的革命圣地延安，其敏感程度可想而知，至少没有公开见报的可能性。但稿子反映的又是记者花了一个多月采写的让人触目惊心的事实，而且事关老区人民身家生计。两难之中怎么办？内参成为最好的表达形式。事实上，通过新华社的内参动态清样这个特殊形式，该稿不仅直达中央高层，而且看得不少在延安战斗过的老领导、老红军泪流满面，他们说："想不到革命胜利这么多年，养育我们的老区群众还生活得这么苦、这么惨！"之后不久，中央政治局召开会议，专题研究扶持延安发展问题，并成立了陕北建设指导委员会。内参的特殊功能、作用和分量由此可见一斑。

内参到底特殊在什么地方？其一，党的新闻工作者既是各级党委政府了解面上突出问题、做出正确决策的桥梁和纽带，也是帮助群众反映并解决实际问题和困难的重要媒介。但实际情况是，许多群众关心的突出问题由于诸多原因和限制，不可能也不应该公开见报。这种情况下内参就成为下情上传的最好途径。其二，当今社会媒体众多，见诸公开媒体的稿件领导未必有时间细看，而直达领导手中的内参由于长期以来形成的特殊位置，往往容易引起领导重视，且批示概率极高，既有利于问题的解决，又可从另一个途径提升媒体在高层核心读者群中的形象和影响力。其三，内参并不一定全写负面问题，许多好的做法和经验由于受众面窄等原因，不宜公开见报或长篇报道，但这些做法和经验又对某一方面的工作具有指导意义，通过内参详尽反映，往往能引起对某一领域感兴趣的领导的重视，从而有效促进面上工作。

凡此种种都说明，作为党的新闻工作者的记者，在用好公开见报武器的同时，决不能忽视并丢下内参这个秘密武器。

随手偶得之

许多人觉得现在媒体从业压力这么大，连公开见报的稿子都写不过来，哪有时间考虑内参。其实采写内参有时并不需要专门抽出时间。采访间隙稍一留心，就可能抓到有分量的内参作品。

记得2004年我在采访编辑部布置的重点题目《"半岛制造"一年回眸》系列报道时，好几次听到青、烟、威三市在招商引资中，为了争抢国外某个造船项目打得不可开交，打来打去只好不断抬高许诺，给待价而沽的精明外商的优惠政策，结果不仅将极其珍贵的岸线资源白白送给了垂涎三尺的外商，还得搭上拆迁等诸多费用。明知赔本还在争抢，因为这背后牵扯到政绩二字。采访中，十几年前李光耀访问烟台时曾参与过接待筹备工作的烟台经贸委一位负责人甚至不无痛心地告诉记者，那次李光耀本想把投资近70亿美元的新加坡工业园放在山东，但在鲁期间看到青、烟、威三市互不相让，省里又没明确态度，只好把这块肥肉放到了苏州。

如果沿海各地继续恶性竞争，会不会重蹈痛失新加坡工业园的覆辙？在强烈的责任感驱使下，我连夜写出《沿海各市恶性竞争 鹬蚌相争渔翁得利 我省造船业基地建设亟待统一布局》一稿，并以内参特刊形式直送省领导。时任省委书记的张高丽当即批示："请省政府酌处。"张高丽批示次日，韩寓群省长做出批示："请仁元、守璞同志阅。这篇内参写得很好，借鉴历史经验教训。我们必须尽快召开半岛制造业基地发展会议，加强三市协调协作，整合海岸线资源，发挥优势。"此后分管副省长王仁元又将这篇内参批转给省经贸委主任李书绅、副主任郑兴业，批示中说："书绅、兴业：应引起重视，注意探讨解决办法。"此后不到20天，全省半岛制造业基地发展会议在青岛召开，其间专门研究部署了半岛造船业基地的统一规划和整合问题。

说实话，自己干了十多年记者，真正让省里主要领导直接批示的稿子寥寥无几。但这个随手捡来的副产品不仅得此殊荣，而且评上山东新闻奖内参金奖。现在想来，当时如果一味盯着编辑部布置的题目，肯定会与它失之交臂。正所谓有心栽花花不开，随手捡来金元宝。意识到题材的分量并随手写出来，有时往往有意想不到的收获。

胸中有问题

抓到有分量的内参关键在哪里？我的体会是胸中有问题。

记得2004年我赴辽宁参加东北振兴采访团，正逢沈大高速公路改扩建后正式通车。乘着豪华客车穿行在改造一新、宽阔平坦的沈大高速上，听着陪同采访的辽宁同志溢于言表地兴奋介绍，我不由自主地想起了我省即将开工的第二济青高速，脑子里马上打起了一大堆与这次采访完全无关的问号：同样都是横穿两省最发达的半岛地区，同样是连接两省两大中心城市的主干道，几乎同期建成又同时面临着年久路损亟待大修、车流剧增不堪重负的情况，为什么我们要另铺新摊新建一条，而辽宁却只是在原有基础上进行拓宽改造，将原来的双向四车道改成了双向八车道？改造拓宽与新建，投资、工期、设计时速和行车容量差多少？能少占多少耕地？可否通过自己的内参，为我省提供一条更为合算的可行方案？这一连串的问题搅得我寝食难安。在完成既定采访任务间隙，我抓住难得的几次机会，甚至在宴请我们的饭桌上，见缝插针地采访了辽宁方面的有关同志，回到济南又详细了解了第二济青高速的规划设计、投资等情况。通过对比惊奇地发现，改扩建比另起炉灶节约投资106亿元，节约土地2.69万亩，而且工期更短效果更好，并据此写出内参《建议扩建老济青高速路 缓建第二条济青高速》。

事实上当时第二济青高速已经立项。所以这篇内参没被采纳也在意料之中。另外省里还考虑到通过其带动沂源、沂水等沿线山区的发展，并借此提升黄岛青岛新港的货物进出效率。但尽管如此，稿件发表后省发改委、交通厅有关领导特别是公路规划设计部门有关专家，还是对它所提供的数字表示震惊，认为连他们也不曾算过这么细的账，做过这么翔实的对比。更让我备感幸运的是，这篇没得到任何批示、没产生直接影响的内参，却得到新闻界各位评委专家的肯定和青睐，并被评选为本年度山东新闻奖内参金奖第一名。我想之所以如此，涉及的问题比较重要是主要原因；同时或许敢于面对已成定局的全省性决策，针锋相对地提出了完全相反的见解，且言辞犀利，有理有据，见人所未见，言人所未敢言，也打动了评委。另外在辽宁采访期间，我看到迅速崛起的大连软件园，想到亟待破题的山东软件业，又顺手写了一篇内参：《大连软件业启示多》，发出后反响同样不错。回头想想，如果当初没有对我省面上问题的了解和感触，就不可能抓到这些有针对性有分量的内参。由此我也深深感受到：胸中有问题，内参随手得。处处稍留心，一石得双鸟。

（《青年记者》2007年第11期）

企业报道如何突破

市场经济体制日趋完善的今天，任何一个媒体要想扩大核心影响力、吸引读者增加效益，都无法抛开企业这个市场经济的主体。那么企业报道如何突破？笔者结合自己的切身体会谈点粗浅认识。

高度决定影响力

1997年，中央各大媒体竞相抽调精兵强将，对作为中宣部确定的国企改革重大典型——长虹集团进行规模空前的集中报道。按说，与中央媒体相比，作为省级党报的《四川日报》并无优势，但这次集中报道中，由该报采写的《"长虹"启示录》不仅入选中宣部新闻局出版的《1997新闻报道精品选》，还夺得中国新闻奖二等奖。

读读这组报道就会发现，它之所以脱颖而出，得益于"气势"两个字。一组三篇稿子《决策与名牌》《资本与市场》《管理与机制》，一气呵成，其文字之凝练、行文之流畅，有如滔滔江水一泻千里，让人读来欲罢不能。而气势的背后，是报道的深度和思辨性。正如中宣部新闻局所点评的："在众多关于长虹的报道中，这是一组有哲理、有深度、有特色的力作。报道从决策、名牌、资本、市场、管理、机制六个方面高度概括了长虹经验，鲜明地回答了搞好国有大中型企业的诸多问题，立意高，开掘深，针对性强，选材精当，指导性与可读性融为一体。"

由此推而广之——为什么企业报道多如牛毛，给大家印象深的并不多？为什么时过境迁好多年，但稍有点新闻常识的人至今还能记起关于关广梅、步鑫生、马胜利等改革先锋的报道？甚至仍然将其作为范文津津乐道！我想，是记者所处的高度与稿件开拓的深度、报道的指导性与可读性等因素的有机融合起到了至关重要的作用。5年前我和刘加增合写的《鲁能现象启示录》获得山东新闻奖一等奖，恰恰也是得益于此。只有下决心精选报道对象、下力气吃透采访对象，同时站在全局高度审视报道对象，在针对性和高度、深度上奋力开拓，才能写出有影响力的企业报道。

深入"井"下抓原创

毫无疑问，上述系列重头报道是企业报道的集束式炸弹。一个媒体要想在读者中产生影响力和冲击力，特别是要想在企业界奠定自己的强势位置，让核心强势企业不得不对这个媒体刮目相看，让众多有宣传欲望的企业竞相垂涎这样的眷顾和厚爱，每年离不开这样几组集束式炸弹。

问题是面对面大量广的企业群体，能够享受如此殊荣的企业毕竟少之又少，报纸的版面也不允许。在版面和报道篇幅极其有限的情况下，怎么抓出既让企业刮目相看又让读者买账的好稿子？以下例子对我启示良多。

比如作为大众日报驻淄博记者站的记者，我经常到淄矿集团采访，集团领导也一再介绍他们技术创新投入很大成效很显著，提供了一堆又一堆材料，但我总觉得找不到感觉，一下笔就写成了工作性报道。后来陪编辑部一位记者去淄矿，人家采访了半小时就大腿一拍：现在到处都讲延伸产业链增加产品附加值，讲提高资源的利用效益，人家淄矿通过连续5年的技术攻关，从煤块里拉出了细如发丝的“碳”纤维，这不是现成的原创新闻吗？而且连标题都脱口而出：《煤块里拉出增值数十倍上百倍的碳纤维（肩），挖煤的挖出新材料（主）》。稿子发出后不仅企业连连称好，还被评为当日优稿。

由此我深深体会到，企业报道不是教条死板的工作性表扬稿的代名词。只要转变观念抓新闻，扑下身子抓活鱼，从企业里一样能抓出活蹦乱跳的原创新闻。

沿着这个路子走下去，我在淄矿继续深入采访，在中央刚刚提出3年内解决农民工身份问题时，就率先采写出《岭子矿没了“农民工”》，并通过企业及“井下农民工”的切身体会告诉读者，这样做不仅农民工方方面面的利益得到了保障，而且有利于企业安全生产、效益稳定和长远发展，利民利企利国。在此稿发出并获总编辑嘉奖令半年后，青岛港等企业也开始实施这一做法。

碰点钉子又何妨

有一次采访经历很难忘。2007年我几次联系东岳集团董事长张建宏，他都推说没时间。也难怪——人家是打破国际技术垄断、圆了四代化工部长梦想的全球氟硅巨头和全省高新技术一号工程实施企业，国家科技部部长万钢2007年上任不到1个月就专程来东岳调研，中央各大媒体更是竞相追逐。但我采写的稿子发出后正逢东岳创立20周年大庆，当时厂内高朋如云，没想到张建宏一眼认出了我，抛开那么多贵宾跑过来拉着我的手说：“《20年跨越‘50年’》，你这个标题好。不用看内容就知道你是个真记者！”此后我不仅成了张建宏的座上宾，《大众日报》也成了东岳投放广告的首选媒体

由此我感触极深：在多如牛毛的各类媒体围追堵截中，作为市场大潮“骄

子"的企业家也在挑剔甚至排斥着媒体。这样的情况下,我们记者不能枉自清高、扭头就走——

1. 有的企业本身并不愿宣传,但其位置和分量决定了媒体必须牢牢抓住。比如,像东岳这种自主创新典型,对它的集中解剖不仅可以满足政经企业界主体读者的需要,而且抓住了这样的企业可能就抓住了一个开发潜力不可限量的广告客户。

2. 有的企业根本不想和媒体打交道,但其特殊内涵决定了它最不想让媒体报道的可能就是读者最关注的。比如十几年间由一个油棉厂发展为全球最大棉纺织企业的魏桥创业集团,之所以不愿接受媒体采访,是因为其好几次重大飞跃都是钻了国家政策的空子,都是与国家宏观调控政策对着干——国家越压锭它越铆足劲儿扩规模。但它能为别的企业跨越发展提供什么启示?不仅普通读者关注,许多急于扩张的企业和急于加快发展的党政领导更为关注。正是出于这种考虑,越碰钉子我越想采访,足足关注了两三年,甚至不惜求助于其所在的邹平县的县委书记,终于完成了《魏桥悖论——全球最大棉纺巨头传奇》的见报稿。针对不宜公开报道但对各地和广大企业又有较强启示意义的魏桥崛起深层次原因,又写了一个长篇内参:《胆大包天张士平》。这样一明一暗,既没对魏桥发展产生负面影响,又满足了读者胃口,岂非一举两得?

3. 读者关注的一定是记者最应该盯住不放的。碰个钉子就缩头,很可能会与读者最感兴趣的独家报道失之交臂!比如2003年我采访因上市公司被大股东掏空而负债累累面临退市危局的轻骑股份时,新任董事长王利民讳莫如深。但我深知这个牵涉到20万中外股民和上万名职工身家性命的企业在全省乃至国内外的分量,于是三番五次找他,一再申明《大众日报》作为省级党报是最负责任的,只有通过这个权威渠道适时发出声音,才能正面引导舆论,避免社会上的各种不实揣测甚至耸人听闻的流言蜚语。结果,第一篇稿子发出,王利民马上打电话表示以后重组有任何进展,一定第一个通知我,先通过《大众日报》向社会公布。就这样我先后围绕轻骑股份重组、复市采访刊发了七八篇独家新闻。这次经历让我体会到,要想挖出读者关注的企业报道富矿,就要设身处地为企业着想,用自己的诚意和稿件让报道对象认识你和你背后的媒体。

形式一变耳目新

1997年,《大众日报》刊发过一组7篇《海尔日记》,不仅反响强烈,还获得山东新闻奖一等奖和中国新闻奖三等奖。

现在看来这组报道之所以成功,形式的创新起了关键性作用。整组报道以日记和记者体验的形式，将《海尔重温“甲申祭”》《王刚两踩“大脚印”》《抢出来的订单》等一个个鲜活生动的事例，一幕幕展现在读者面前，就像记者在带着读者身临其境到海尔生产经营现场去参观体验，让人不觉得是在看报道，而像在看一个个情节生动的故事片。

无独有偶。海尔、魏棉两大企业一东一西，都是全省出口创汇的排头兵，都分别是全国乃至全球家电、棉花加工两大行业的领军企业。单单拿一个企业孤立地解剖分析，稿子可能平铺直叙，读者可能印象不深。《大众日报》记者别出心裁独辟蹊径，把这两个企业放在一起，组织策划了一篇《海尔与魏棉的对话》，两个企业一个靠内涵发力，甚至把生产厂搬到了美国；一个靠外延扩张，尽管偏处邹平一隅，但条条大路通罗马，同样将产品打到五湖四海。形式新颖，思路独到，读来令人耳目一新，印象极深。

还有一年我与另一记者去总结曾经显赫一时的宏祥电器由盛至衰的深刻教训。材料拿到一大堆，但写来写去都像在说教，读来连自己都觉得沉闷枯燥。百思不得其解间请教了大众日报社一位老前辈，他说：你们为什么要一条路子走到黑，白费力气不讨好？为什么不能来个逆向思维？几句话一点，我们茅塞顿开，稿子一气呵成——主题叫《不该有的结局——写在宏祥集团倒闭时》，三个小标题分别为“如果不是‘超常规’……”“如果不是‘太关爱’……”“如果不是‘一言堂’……”只看看这几个新颖生动的大小标题，宏祥不顾实际盲目扩张、方方面面为了政绩、面子将企业捧上绝路、家族式管理唯我独尊等乡镇企业发展到一定阶段的致命通病，全都一目了然。正话反说但稿子新颖独到好看耐看，这比下死劲正面解剖要讨巧省劲得多。

由此可见进行企业报道，不一定非要沿袭着工作性报道、传统式思维的老路子一板一眼死写硬写。如果陷进这个泥潭，越卖力，读者可能越不买账，甚至连你下死工夫拍马逢迎的企业也看不起你——因为这个路子太没新意太枯燥乏味、太不堪卒读了，甚至人家看个标题，就不愿再看下文。所以换个思路和形式，很可能会带来企业报道的一片全新天地！

（《青年记者》2008 年第 02 期）

我们需要什么样的新闻状态

——重大事件报道得失录

在大众日报明确提出提高舆论引导力、社会影响力和市场竞争力，打造山东第一权威主流政经大报的今天，记者尤其是长期习惯于应付当地工作性报道的党报驻站记者，到底需要什么样的新闻状态？从今年4月底到7月初短短两个月里，面对“4·28”胶济铁路重大交通安全事故、万杰股权拍卖、柴油供需紧张连夜调价等一连串突如其来的重大事件和问题，作为大众日报淄博记者站记者，我们在这些大事的报道中得失兼有、感触良多。现将这些得失感触梳理出来，既是对自身的一次深刻反思，也希望与同行共勉。

大事面前须破定势

“4·28”胶济铁路特别重大交通安全事故在淄博境内发生后两小时，我站记者迅速打的赶到事发现场，在向编辑部领导及时汇报的同时，想方设法冲破一道又一道警戒线，与担任警戒的警察们玩“捉迷藏”、钻庄稼地、插小道、吵架甚至“狐假虎威”蒙骗威吓，终于钻进了核心警戒区，先后拍下500多张现场照片，并就事发瞬间的现场情况、事发前后的乘客状态，采访了大量惊魂未定的乘客；就受难人员抢救及旅客疏散、事故前因后果，采访了大量周边村民、现场医护人员、公安干警及方方面面的负责人，得到大量第一手资料；还为随后赶来的编辑部记者争取到了进入核心警戒区的特别通行徽章。也因有了这个先决条件，我们才得以“零距离”爬上爬下跟踪采访，还近距离抓拍到上百幅中央领导现场处理事故的珍贵照片。

或许由于上述原因，从当时中午直到次日，我站人员包括司机的电话几乎被打爆了，解放日报、南方日报等数十家中外媒体记者纷纷来电询问现场情况，恳请提供相关素材。尽管我们并没透露任何情况，但从中能看出这些媒体对大众日报的认可，也说明无论从新闻敏感、反应速度，还是从掌握第一手材料的丰富程度看，我们与信息渠道极为畅通的当地生活类媒体相比，与随后赶来但进不了现场，甚至第二天还没赶到现场的国内外各大媒体相比，不仅毫不逊色，而且有明显优势。

从当晚开始，我们与编辑部记者一道采写的稿件，就被审定为省内其他媒体的通稿，并一再得到山东省委宣传部领导的充分肯定。但这点成绩的背后，遗憾更多。一些宝贵的第一手新闻素材，因有关领导说“除了审过的关于我省救援方面的稿子，任何稿子都不准发”，根本没派上用场。特别是面对赶到现场的中央电视台19名记者及由社长带队的40多名新华社记者即时同步发回的一篇又一篇报道，我们的遗憾之感更为强烈——是呀，如果能跳出重大突发事件报道只能无条件服从于上级要求的传统思维定式，如果不是局限于去年华源煤矿特大透水事件的报道惯例，我们能为编辑部发回多少有冲击力的图片和报道——至少当时第一个冲进现场进行抢救的村民和警察、医护人员的报道能写得活灵活现，而且经过争取完全有可能发出；至少能为编辑部提供充足发稿的选择余地和对上争取空间。反观这次抗震救灾报道，如果我们仍按部就班等待上级批准允许，大众报业集团怎么可能在第一时间到达抗震一线，并以56名一线记者的强大阵容，先后发回16500余篇(幅)稿件、图片。这一反一正再有力不过地说明，只有敢于打破传统思维定式，只要把握引导得当，就能以强有力的应急反应机制创造条件争得主动，在重大突出事件中抢得先机，形成舆论强势。反而言之，如果我们当时局限于既有的条条框框，等着被批准后再去抗震一线，我们的报纸又会多么黯然无光！

两难尤需巧“周旋”

地方发生重大新闻，就要冲上去报出来，这对采写完就可拍屁股走人的编辑部记者来说根本不是问题。但对方方面面有求于人、受制于当地的党报驻站记者来说，如何既不漏过重大新闻，又不得罪当地领导，委实是个两难选择。ST万杰的股权拍卖就是典型一例。

事实上我们对此事一直保持着高度新闻敏感，而且积累了大量相关素材。但当地领导出于种种考虑，一直反对公开报道，而且拍卖前一天下午还专门召开协调会，明确要求只能发通稿，并专门给记者站打来电话。

到底报还是不报？我们向记者部领导请示沟通后，态度非常明确：面对这个备受股民和社会关注的“山东第一民企”股权拍卖新闻，不报道就是失职，就对不起大众日报的权威主流形象。但怎样征得当地领导同意？怎样既充分报道了这一事件，又不致得罪当地领导？两难之间，我们委实动了番脑筋。

拍卖会之前，我们提前赶到万杰所在地，与相关当事人、部门和拍卖公司进行充分沟通。当晚10点终于打通主管领导的电话，探听到“明天将有三家公司来竞拍，其中有鲁商集团”。应该说这是一个独家重磅新闻，如果次日见报肯定会有大量网站转载。但我们还是思前想后忍痛割爱。事实上这样做既遵守了

"事前不发相关报道"的约定和承诺,又做到了对信息来源人和拍卖大局负责,从而赢得了相关部门领导的理解信任和尊重支持。

设身处地想想,当地之所以反对报道,是担心媒体把握不准甚至歪曲报道,将好不容易进展到目前的ST万杰这只"烫手山芋"的重组给搅黄了。弄清了这个心理底线,我们再三考虑后认为,作为省级党报,在采写相关稿件时,有责任维护大局。于是,在采写拍卖会当天的两篇报道时,字斟句酌,煞费苦心,特别是对一些关键环节的表述,既尽可能客观公正,又有意识避开当地的敏感神经。由于把握得当,尽管有关负责人对是否发稿的表态并不痛快,甚至提出最好不发,但看到我们的稿子,特别是听到我们关于"通过大众日报这样的主流权威媒体发出客观公正的声音,有助于引导纠正各种不负责任的报道及传言"的再三陈述,有关领导尽管没明确表态同意见报,但也没明确表示坚决不允许。

拍卖会次日,看到当地媒体清一色见报的都是不足150字的一篇通稿,而我们的报道则以近一个版的版面强势隆重推出,还真为自个儿捏了把汗。然而,事后当地有关部门领导拿着一家市外媒体的报道大发雷霆,认为报道妄加判断、妄下结论,对万杰重组大局产生了极为恶劣的负面影响,反而明确肯定还是大众日报的报道客观公正、分寸把握得当。实际上,有关事实我们报道得也很充分,只是我们自觉"把关",深知记者不是法官和裁判,任何结论都应该读者通过所报道的事实自己判断,而不应由记者妄下结论。

由此,我们感受到,只要有理有节尊重事实、立足大局把握得当,充分沟通相互理解尊重,面对备受瞩目的地方重大新闻事件,驻站记者不仅能报道好,而且完全可以赢得地方领导的理解尊重。当然,这其中对新闻的"理性的执着"至关重要,如果一遇阻力就妥协退缩,或者一味迎合讨好,不仅会与重大新闻失之交臂,甚至会成为当地的跟屁虫,为他们所看不起。

好策划还要快执行

6月20日,成品油价格上调,我们第一时间跑到加油站,采访炼油企业、石油公司、加油站和前来加油的司机,在次日2版头条发出了《成品油价格上调第一天》,被评为大众日报当日优稿。我们反应速度,比编辑部跑口记者及不少兄弟媒体都快。而早在今年夏收期间,也就是柴油最紧缺时节,我们还在大众日报读者版采写刊发了《储油到村夏收无忧》,此稿件同样全票通过,被评为当日优稿。在电力短缺最突出的7月初,我们还深入用电企业,采写刊发了《亲历企业用电短缺》。作为驻站记者,这几篇稿子能突出刊发并获得好评,得益于宏观意识、新闻敏感、快速反应和扎实采访。

但喜悦之余我们遗憾更多。

早在油价上调一个月前，我们就完成了“关注柴油短缺系列报道”的策划，甚至连整个策划的大标题《柴油？柴油！柴油……》及其中每篇稿件的标题都想好了，分别为第一篇：《千里跟车加油记》，计划亲自跟随大货车司机跑一趟广州，看看他们加油到底有多难；第二篇：《加油者说》，看看柴油短缺对物流货运公司、对用油企业的原油供应和产品销售、甚至对整个国民经济正常运转到底能影响到什么程度；第三篇：《售油者说》，计划实地看看加油站每天到底能供多少油，承受的压力有多大，石油公司的柴油供需悬殊有多大；第四篇《产油者说》，看看产油企业的产量到底有多大，成本与售价倒挂有多严重；第五篇：《管油者说》，请有关官员和专家分析一下柴油紧缺的症结在哪里，解决之道是什么。

应该说，这组策划主题重大，读者关注度高，策划比较周密完善，形式还算新颖。讨论这个题目时我们激动得直拍大腿，都认为不仅值得一写，而且一定能引起反响，并且已经采访了齐鲁石化、金诚石化等国有、地方炼油企业，以及不少用油企业、司机和加油站。特别是看到排队加油现象在各地愈演愈烈，以淄博为例，截至6月12日，已出现18起因加油引发的治安案件，当地不得不抽调数百名公安干警，逐个加油站昼夜维持秩序。还采访到王村一家中石化加油站的女职工，被一个加不上油火冒三丈的货车司机打得住了一个多月院，尽管已经回来上班，但谈起当时的可怕场面，仍心有余悸，我们更意识到这组报道的紧迫性。并且连货车司机都联系好了，准备次日跟车出发，连路上为等待加油与司机师傅消磨时间的扑克也准备好了。想不到当天夜里就听到了明天油价上涨的消息——看着电视我们坐在椅子上半天动弹不了，回宿舍后，一夜辗转未眠。因为谁都知道，这意味着明天因成本与售价倒挂而带来的石油巨头惜售状况肯定会明显缓解；我们的精心策划自然而然失去了采写的必要。

一个有可能冲击重大奖项的新闻策划不得不含泪舍弃。但痛定思痛，与这组报道失之交臂，尽管有这样那样的原因，比如先期采访不顺、炼售油企业不接受采访耽误了不少时间，其间ST万杰股权拍卖的报道也占用了好几天，但对迫在眼前、随时可能出现的柴油涨价缺乏清醒认识、行动迟缓，我们难辞其咎。这也再次提醒我们，好的报道策划，如果不能与时间赛跑，结果只能是纸上谈兵。

（《青年记者》2008年第24期，合作者：郭炉）

用活资本杠杆　撬动传媒主业

——大众报业集团资本运营战略的实践与思考

念好“主业、资源、资本”三昧真经，实现三者的良性循环，既是大众报业集团的发展战略，也是大众报业近年来快速崛起、备受业界瞩目的秘密武器之一。仅从资本运营和投融资平台建设而言，大众报业集团经历了以下历程，并初步形成了自己的战略思考。

以资本为纽带，壮大三条传媒产业线

放眼全球，新闻集团等跨国传媒巨头，无一不是横跨报刊、广电、出版、影视等众多领域的跨媒体、跨行业、跨地域传媒集团。而目前国内传媒业的行业壁垒仍未打破，严重制约了传媒集团做大做强。正是在这样的背景下，大众报业集团适时提出，加快做大报业、有线电视、新媒体三大传媒产业线，实现由报业集团向传媒集团的根本转变；加快做强文化园区、楼宇经济、发行物流、印刷、会展等衍生板块，实现由传媒集团向文化企业集团的根本转变。

围绕报业主线，大众报业集团始终牢牢坚持精心做强报纸内容，全方位提升媒体舆论引导力和品牌影响力，全力扩大控制性区域市场，不仅培植起了大众日报、齐鲁晚报、半岛都市报三大利润支柱，而且形成了济南、青岛两大产业发展高地。

在跨媒体、跨行业壮大传媒主业方面，集团在投资入股山东有线电视的同时，还对旗下全国重点新闻网站——大众网现金增资上亿元，支持其向下牢牢扎根，打造山东互联网传媒集团，迅速做大做强；抓住山东省被列入全国手机报整合拓展试点省市的难得机遇，注资 5000 万元成立了山东手机传媒公司，正在加快整合全省手机报资源，打造“一省一报一端”。

近几年，集团旗下报纸利润连续稳定在 4 亿元，今年直逼 5 亿元。大众网 2013 年实现经营收入 1.12 亿元，同比增长 31.48%，利润水平居全国省级重点新闻网站第一位；手机报用户明年将分别达到 1000 万和 2000 万。一个集报业、有线电视、新媒体于一身，广泛深度覆盖山东的大型现代化传媒集团已现雏形。

念活三昧真经，实现主业资源资本循环互动

有人会说，大众报业集团短短几年间，连续投入巨资壮大传媒主业，是因为效益好，本身有钱。这话有道理，但不尽然。说有道理，是因为集团这几年利润稳定可观。说不尽然，是因为完全靠自有积累滚动发展，短时间内不可能有这么一连串的大手笔。这其中，打通主业、资源、资本三大关键环节，大众文章全盘皆活。

比如，依托主业的品牌等优势，集团不仅先后拿到2000多亩宝贵的土地资源，还成功进入了山东有线电视网络。通过资源资本化，又为集团获取更多的优质廉价资源提供了充足的资金保障。其中，仅济南东部一块工业土地变性和挂牌出让，就获得净利润1.9亿元。用这笔钱，集团已从济南西部大学城拿到建设用地500多亩。

还比如，通过对集团支柱媒体半岛都市报的股份制改造和二次增资，半岛传媒公司累计拿到现金4亿余元；依托集团品牌媒体的市场控制力和赢利能力所建设起来的良好商誉，集团成功发行了全国传媒业首支中期票据，注册规模10亿元，首期融资5亿元，融资成本明显低于银行贷款基准利率，有力保障了各项事业发展的资金需求。

再比如，依托报纸主业优势，集团济南总部印刷基地早在公司制改造伊始，就引进了全球最大的新闻纸生产企业华泰集团的战略投资。这几年集团累计投入3亿余元提升印刷辅助保障能力，连续引进环球75、高斯、高宝等一系列大型现代化印刷设备，使报纸印刷质量和时效显著提升，印力跃居全国前列，很大一块投资也源于华泰集团。

搭建专业平台，培植壮大投融资板块

如果说上述举措还仅是依托主业获取资源，依托资源引进资本，那么，以下两大投融资平台的搭建，则是集团更加自觉地打造投融资板块，借助专门平台拓展资本运营领域，助力集团发展的新战略。

2012年5月，集团注册成立了大众文化投资控股有限公司，将刚刚投资8亿元所获得的山东有线电视股权评估溢价后注入其中，然后引入了山东省国有资产投资控股有限公司高达11.25亿元的战略投资，并将公司更名为山东省文化产业投资公司(以下简称文投)。短短9个月，不仅使该笔投资溢价了90%，直接收回现金3.8亿余元，相当于收回了接近一半的投资；而且使文投实收资本达到15.75亿元，从而一跃成为国内领先、山东最大的文化产业投资机构。

文投成立后，先后对集团内部的半岛传媒公司和大众网合计注资2.3亿元；同时，对外投资4320万元参股了山东出版传媒股份公司，成为其第四大股东，从而成为迅速涉足报业、广电、出版、网络等所有文化传媒核心产业的投资公司。这些投资项目上市后市值相当可观。

与此同时，集团专门针对新媒体、新技术和新兴业态成立了股权投资平台——山东大众创业投资有限公司（以下简称创投），并以综合评分第一名的成绩获得山东省省级创业投资引导基金2500万元的资金扶持；还与山东产权交易中心合作成立了全省首家也是目前唯一的文化产权交易平台——山东文化产权交易所，正在将其打造成文化产品价值发现、文化产权交易增值和文化项目投融资的核心平台。

据了解，在国内同时拥有文投、创投、文交所三个文化资本对接平台的传媒企业，除大众报业外，目前还没有见到第二家。

打通资本通道，打造文化产业战略投资者

大众报业集团领军人一再强调，大众报业的核心竞争力是媒体影响力，集团无论拓展多少产业、赚多少钱，最终都不能忘了传媒主业这个根本，始终都要反哺和壮大传媒主业。所以文投、创投作为集团的投融资平台，要想强力服务于这一集团核心战略定位，不仅要看你眼前投了什么项目，能赚多少钱；更要看你有多强的资源资本化以及资本增值能力，特别是回馈主业能力。如果仅仅把手中仅有的几个钱投出去就完事大吉，很快就会失去存在的必要；如果仅仅守着手里已投的几个项目坐等上市增值，不仅不确定性太大，自身会错失发展良机，更重要的是会耽误集团整体战略的推进步伐。

立足这样的战略考量，创投、文投正在谋划新一轮的战略定位和突破路径。其中，创投拟装入集团相关资源，引进战略投资者，在实现集团相关资源迅速增值的同时，力争跃升为与文投实力相当、并驾齐驱的投融资平台，主要侧重于新媒体、新技术、新商业模式以及其他战略性新兴产业。在此基础上，积极整合实力雄厚的民间资本，设立更多专业投资基金和行业并购基金，为推进集团战略提供源源不断的项目贮备，为集团楼宇经济、文化园区和发行物流等支柱板块的壮大提供强有力的融资支撑。而文投则拟在积极推进已投资项目上市增值的同时，充分依托大众报业的媒体品牌、信息获取和项目进入优势，积极贮备、参与优势文化项目；与各地市、各行业广泛发起和管理更多的文化产业地区基金和行业基金，全力打造股权投资、资本运营、基金管理及文化金融四大业务平台。

对尚处于有限开放状态的文化产业来说，创投、文投这种依托产业背景催生出来的投资平台，相比单纯的金融资本，有着更为独特的资源整合优势与资本运作空间。这种背景下，如果能再迅速打通上市平台瓶颈，从集团和创投、文投层面看，就能把丰富的资源和已有、已投和拟投资项目源源不断地资本化并且迅速增值，从而能够以更大的实力在更大范围内进行产业整合和并购重组；同时两大平台设立扩大各类基金、广泛募集社会资本、进入相关项目，吸引力自然水涨船高。从上市公司角度看，有了源源不断的优质项目，既可持续提升业绩，不断强力提升股价和市值，又可从中实现更大幅度的投资增值。

所以，牢牢抓紧资本市场这个“牛鼻子”，彻底打通资源资本化和增值、退出通道，从更高层次实现资本与主业的融合互动和协同发展，已成带活创投、文投平台甚至整个集团资本运营棋局的关键棋子。着眼这一认识，目前集团正在双管齐下，对内全力加快大众网上市步伐，对外通过文投直接或间接控股一家上市公司。一旦其中有一条路走通，不仅投融资板块将迅速拉升为集团的支柱板块，整个集团也将真正转变为文化产业的战略投资者。

（《传媒》2014 年第 11 期，合作者：赵龙）

上飞机，进班级：半岛都市报拓展发行的探索

《半岛都市报》坚定报纸是报业发展根基的理念，千方百计稳定发行量、提高发行效率，争取读者年轻化，从而确保报纸用户量，提高报纸在年轻优质客户群的覆盖率，让报纸更有效覆盖有话语权、有消费能力的群体。“报纸上飞机”“报纸进班级”这两大活动便是在这种思路指导下筹备组织的，取得了良好效果。

报纸上飞机，营造云端阅报环境

2017年初，青岛众多网友纷纷在微信朋友圈中热传王健林在私人飞机上的一张照片，王健林正翻看当天的《半岛都市报》，无意中给《半岛都市报》上飞机当了一回“形象代言人”。

“坐飞机，看半岛，天下事，全知晓”，已成为一些青岛市民们耳熟能详的一句话。目前，《半岛都市报》每天在飞机上投放3万份，包括山东航空、东方航空、青岛航空、厦门航空等主要航空公司，成为青岛流亭机场全年2000万人次的出行好伴侣，无论是国内航线还是国际航线，都能看到《半岛都市报》，大大提升了报纸阅读率，同时集聚一大批高端读者，报纸影响力显著上升。

以山东航空为例，山航是青岛机场投放飞机最多、旅客运输量最大的航空公司，其青岛进出港航班已经实现了《半岛都市报》全覆盖，深受乘客欢迎。“《半岛都市报》知名度高，信息权威，语言生动活泼，旅客上飞机就会拿份报纸，读半岛已经成为乘客们的习惯了。”山航客舱部青岛大队乘务四中队中队长吕晓丽介绍，只要是从青岛出港的航班，要《半岛都市报》的乘客特别多，每次分发的时候，总是很快被旅客抢光。

《半岛都市报》与这些航空公司都签署了战略合作协议，与航空公司一道开发各种航空旅游产品，并利用报社拥有旅行社这一优势，直接帮助其拓展事业，拉长产业链。《半岛都市报》与山东航空一起研发了慈翔海南游、贵州游、桂林游、长沙游等系列旅游产品，每个团都是一推出就报满，帮助航空公司提高上座率和盈利率，游客们也能以相对低的价格享受高品质服务，可谓多赢之举。

厦门航空在2017年底开通青岛直飞洛杉矶的航班，经过独到细致策划和组织，厦航不仅选择《半岛都市报》作为重点宣传媒体合作伙伴，而且还一起在青岛市场推出“6999元人民币，美国十日游”的旅游产品，直接颠覆动辄就上万

元的传统美国游价格，已有几百名市民报名参团，满意度很高。

这些合作实现了报社、航空公司、市民的多方共赢，这些航空公司对合作非常满意，双方建立起牢固的合作关系。正在建设中的青岛胶州国际机场投入使用以后，将成为国内一流、世界先进的区域枢纽机场，每日航班数将大幅度增加，航空公司都承诺随着航班数量的增加，报纸上飞机的数量也可以随之增加，航空公司对于互联网时代的报纸而言，可能就像当年私家车猛增救活了电台的意义一般。

抢占学校阵地，让读者年轻化

除了飞机是手机等移动端影响力比较薄弱领域外，还有一个比较抵触手机移动端的重要领域便是校园。青岛全市有100多万名中小学生，他们平时忙于学习和考试，很少有阅读报纸的时间，更谈不上读报习惯的养成，而学校每年订阅的报纸多是为教师或校内各办公室使用，而且为了防止学生沉迷手机游戏或手机不良信息侵害，青岛多数初高中都严格禁止学生携带手机进校。

从这一层面上讲，中小学生这个群体可以说是报纸读者的“真空地带”，在全国纸媒订阅量普遍下滑严重的大背景下，让中小学生群体订报读报也成了提高报纸发行量的有效途径。而且随着手机等移动载体不断智能化、客户端等新媒体发展的日新月异，纸媒的用户年龄逐渐偏大已经成了不争的事实。让报纸进入班级，可以逐渐培养学生的读报习惯，进而实现读者的年轻化，提高报纸对这些优质客户群的覆盖率，为《半岛都市报》未来发展培育年轻的读者群体。

正是考虑到该群体对订报的巨大促进作用，2017年9月《半岛都市报》开启全年征订活动后，便下定决心，以中小学生为突破口，精心发起组织了以“半岛新生代 慧眼看世界”为主题的报纸进班级活动，从青岛市教育局直属高中开始，陆续为各个学校的每个班级派送全年报纸，达到让市区乃至全市每个班级都有《半岛都市报》，让每个学生都能看到报纸的目的。这部分读者对报纸来说就是非常高效的读者，在一定程度上让报纸的发行结构得到了优化。此次活动在举办之初半岛传媒就本着公益的原则，不收取学生和学校的一分钱。对学校来说，不用花费学生和学校一分钱，就能让每个学生每天都能看到《半岛都市报》，尤其是在沟通过程中，众多学校负责人都对手机等的危害深恶痛绝，都非常认可纸媒在传播权威信息、正能量方面的积极意义，双方基本上都是一拍即合。活动启动后一经报道，很多学校都主动与报社联系，希望参与。

通过免费的报纸，学生能第一时间看到正能量、引领主流价值的新闻信息，树立坚定理想、形成正确意识、培养良好兴趣。而且通过读报，学生不仅可以了解国内外的时事信息、各地民风民俗，还可以活学活用报纸的语言文字，吸收丰富的素材，开阔学生的视野，拓展学生的知识面，提高写作能力。比如2015年2月《半岛都市报》做了以“行囊”为主题的春节特刊，而第二年山东高考语文的作文题目恰恰就是“行囊”，有阅读《半岛都市报》的学生均受益匪浅。

在坚持了公益性的原则，充分考虑到各方需求后，《半岛都市报》“报纸进班级”活动一经《半岛都市报》、半岛网、半岛客户端、半岛官方微信微博等渠道传播，在青岛迅速引起热议，学校、企业参与热情高涨，教育主管部门对活动表示了充分肯定，既促进了报纸发行，也极大地提升了《半岛都市报》的品牌影响力和在市民中的公信力。

半岛都市报教育全媒体中心充分利用“报纸进班级”这一平台大力发展校园学生记者，学生记者人数增长迅速，安排记者、编辑到班级里面给学生记者上新闻写作课，鼓励学生记者给教育周刊投稿，增强互动性。和学校联合开展班级读报活动，通过报纸、客户端、微博、微信发布学生读报感受，效果不错。

有效发行带动广告逆势增长

除了飞机、学校这两大阵地，《半岛都市报》还利用各种形式，大力开拓窗口单位征订大户，加大与酒店、宾馆、银行、保险、商场、电信、公交车、高速收费口、加油网点、社区居委会等窗口单位的报纸促销力度，实现发行有效覆盖。正是在有效发行上的有力支撑，通过各种内部改革，以及全方位推进全媒全案营销转型、提升融媒体影响力，2017年在严峻的报业经营局面下，《半岛都市报》广告逆势增长，增幅达到18%，实现了广告经营逆势增长，融合影响力和经济效益同步提升。

（《中国记者》2018年第07期，合作者：单俊楠）

全媒全案营销转型　带动广告逆势飘红

——半岛都市报社扭转广告下滑困局的思考和探索

面对都市类纸媒广告连年“断崖式”下滑的严峻形势，半岛都市报社从观念更新、创意策划、力量调整、体制变革、机制创新等方面改革创新流程再造，全方位推进全媒全案营销转型。2016 年上半年，改革调整基本到位，下半年起，广告止跌回升，带动全年广告降幅同比收窄 24.9 个百分点。2017 年，广告刊登更是月月逆势飘红，较 2016 年增长 18%，其中新业务占比两成左右，利润较 2016 年增长了 77%。笔者通过近两年在半岛都市报社的实践与探索，现将一些做法和想法分享，以期为我国报业发展提供借鉴。

打通壁垒配强力量，再造流程打造根基

实现全媒全案营销转型，首先要打通环节整合资源，调整优化组织架构，配强策划营销力量。2016 年，半岛都市报社领导班子调整到位后，首先针对传媒方式变革和客户需求变化，打破采编、经营和新媒体壁垒，选拔精兵强将，组建了集行业新闻采访、专刊编辑、新媒体运营和广告经营于一体的八大行业全媒体中心及专门为重点客户量身定做策划营销方案的全媒体策划中心。同时重构再造新闻采编发流程，形成了以“中央厨房”为核心、报网端微一体统筹、“一次采集、多次生成、多元发布、多渠道融合、多平台互动”的全媒体采编传播架构和考核奖惩体系。2017 年，又进一步充实加强了全媒全案策划营销力量，调整优化了考核奖励办法。

为丰富全媒传媒手段，强化媒体营销效果，半岛都市社在全力优化报纸发行结构、集中突破并密集覆盖核心城区及学校、医院、金融、办公楼宇、港口车站、公交地铁、窗口门店等重点行业和人流密集区域的同时，创新机制、加大投入，组建了 10 多个跨部门的新媒体工作室，全力培育壮大新媒体集群，形成了集文图、音视频、VR、小程序等十八般武艺于一身、用户规模超过 1800 余万的全媒体矩阵。其中，仅《半岛都市报》官方微博粉丝量就达到 820 万，《半岛都市报》系列网群及半岛都市报客户端合计用户突破 700 余万，仅报纸阅读率最高的青岛进出港航班就密集发行 3 万余份。报网端微联动和广泛覆盖各行业细分圈层的微信矩阵“百号齐发”，成为《半岛都市报》传播营销的突出优势。2017

年，半岛都市报V视航拍的“田横祭海节”视频仅三天总访问量就超过350万次，当地领导由衷感慨：“《半岛都市报》早已不只是一份报纸了！”

案例引领典型示范，引领全员观念转变

实现全媒全案营销转型，必须通过典型案例的示范引领，彻底打破传统广告经营惯性和惰性，带动全员转变观念。2016年8月，半岛都市报社以《半岛都市报》创刊17周年为契机，策划推出了“干掉线上·首届半岛粉丝节”全媒全案系列营销活动。营销人员拿着一个个为客户量身定做的创意策划方案上门对接组团谈判，并通过全媒传播和全案执行帮助商家聚客引流。独特的创意策划，高潮迭起异彩纷呈的系列活动，悬念不断的全媒造势，向读者和客户呈现了一个与过去完全不同的《半岛都市报》，带动当月广告刊登同比增长9.9%，实现了自2014年5月以来广告连续27个月大幅下滑之后的首次正增长。

这次成功的全方位练兵，向习惯于传统广告经营模式的半岛都市报人开启了一扇窗口：原来纸媒广告还能这么玩，原来我们的优势仍在、爆发力惊人。紧接着我们又乘势而上，紧锣密鼓展开了重点行业典型案例的破冰之旅。经过10多次的沟通和调整优化，当年9月底，由全媒体策划中心精心策划包装的楼盘广告在《半岛都市报》独家全新亮相，短短3个月时间，销售回款高达27亿元，带动该公司2017年对半岛都市报社的广告投放比2016年翻了一番。该公司总经理由衷感慨：“谁说你们没人才？谁说纸媒不行了？仅你们的策划方案就值100万元！”

一个成功案例搅动一个行业。2017年，半岛房产全媒体中心仅大客户的全媒全案合同额度就占到全年刊登额的一半以上，带动了该中心广告同比增长52%。甚至连只投放电视广告的某装饰公司也破天荒地把数额可观的广告投给了《半岛都市报》，成为该公司全国唯一投放广告的纸质媒体。

策划开路创意造节，全媒传播全案执行

按照行业规则和传统思维惯例，金融广告每年12月下旬基本接近尾声。但2016年12月下旬，由半岛金融全媒体中心独家创意策划的以“集中展示山东金融改革三年成果、对接实体经济”为主题的首届山东金融博览会暨系列论坛，短短3天却吸引了100多家金融机构和众多地方政府参展参会，凭空增收数百万元；2017年，第二届山东金博会收入、利润再创新高，并成为每年山东金融界的固定盛会。

一个个精心策划打造的典型案例横空出世，不仅让客户对《半岛都市报》刮

目相看，更重要的是让半岛都市报社策划营销团队越来越深刻地认识到，只要真正为客户着想、能够为客户创造价值，就能把报社与客户的关系，从单纯的甲方乙方变成共同成长、互惠双赢、谁也离不开谁的战略合作伙伴；只有敢于谋划大事、善于搭建平台，就能拿到增量大单。策划开路创意造节，成为撬动广告大户的“撒手锏”。以健康全媒体中心为例，这两年通过“三七养生节”“灵芝养生节”“健康减肥月”等创意造节活动，带动广告连续两年同比增长 35.5%。旅游全媒体中心通过“母亲节满城尽飘金丝带”等创意策划活动，带动 2017 年广告增长 8%，仅独家策划的国际海参节就签约广告 300 万元。汽车全媒体中心通过为各类车展量身定做全媒全案营销方案，2017 年，广告刊登同比增长 31.72%，仅“冬季车展”创收就达到 540 万元。尤其值得一提的是，2017 年，第二届半岛粉丝节系列创意策划活动前后持续近三个月，带动报社广告同比增长 40%，仅社庆两天，广告刊登就比 2016 年同期翻了一番多；9 月，报社广告也同比增长了 26%。

全媒传播全案执行，成为强化营销效果的独门利器。由半岛都市报社独家策划的首届“灵山玫瑰节”，调度统筹报、网、端、微近 10 个部门，前后持续一个多月，先后策划组织了食神大赛、花香报纸、花海瑜伽、开幕式、民俗演出、农产品展、书画大赛、“我为灵山代言”大赛等十余项精彩纷呈的活动，不仅创收可观，还为灵山镇带来 50 万人次的游客量。由全媒体策划中心策划、消费全媒体中心具体组织的“首届中国 · 童装小镇七彩节暨七彩年会”，不仅显著撬动了创收增量，半岛都市报社员工王文文还受聘兼任即墨童装小镇策划部长。教育行业通过 30 多个涵盖各个年级、入群人数超万人的“半岛帮”家长群点对点传播，形成了名校和培训机构追着签约战略合作局面，带动了 2017 年广告、特刊及活动收入同比增长 88%。由半岛都市报社策划的“青岛郯城周”，不仅综合创收 250 万余元，还为报社广泛对接服务青岛之外的众多县市区来青岛招商推介，更大范围撬动了经营创收，拓出了一片更加广阔的新天地。

高端对接自我营销，让客户重新认识《半岛都市报》

再好的全媒全案策划营销优势，如果不与客户沟通、不被客户认可，《半岛都市报》在客户心目中仍然只是一份效果不佳、风光不再的报纸。

着眼于此，半岛都市报社全面实施“一把手”见面、见“一把手”工程，社领导率先垂范，每周都要“走出去请进来”，登门拜访区市、市直和行业、企业“一把手”，或把他们请到报社、请进《半岛都市报》直播室，高层次对接，面对面沟通，不仅跳过了与客户沟通的中间环节，及时准确掌握了客户需求，有效打消了客户对《半岛都市报》广告投放效果的误解和顾虑，还能把《半岛都市报》全媒全案策划营销的全新变化和显著优势，以及报社能提供的全新服务内容和典型案例的具体效果直接传递给对方的决策者。尤其是由于新媒体广告提成高、回扣多等原因，很多宣传营销主管一边倒地向自己的决策者灌输纸媒不行了，广告投放没用了，人为把半岛都市报社和客户的决策拍板者屏蔽了。通过面对面沟通，这道“肠梗阻”坚冰迎刃而解。

全媒全案营销转型，还必须善于并勇于自我营销。2017年年初，半岛都市报社制作了《你所不知道的半岛都市报》宣传册和系列视频、VR、H5，多方式、多渠道展示了半岛都市报社全媒体发展成果、全媒全案策划营销架构和典型案例创意策划效果，要求所有采编经营人员在与采访对象和客户见面时，要先把宣传册摆到对方面前，并设法把系列宣传视频播放给客户，让客户一册在手，就能对半岛都市报社的全新变化和策划实力特别是对每一个行业精心打造的典型案例的操作过程和执行效果一目了然，让客户知道原来可以和半岛都市报社这么合作。另外，报社还借助节点、热点、新闻点，不断策划推出自我营销的话题，通过网络频繁引发爆点，频频刷出存在感。比如，央视《遇见大咖》栏目报道王健林在私人飞机上阅读《半岛都市报》的视频一经发现，报社立即策划推出“看半岛实现小目标”微信视频，在朋友圈迅速掀起刷屏热潮。2017年，《半岛都市报》第九次入选中国500最具价值品牌，报社在报、网、端、微迅速推出“半岛都市报为什么能”的深度报道和H5特色微信产品，形成了又一轮自我营销热潮。

（《传媒》2018年第07期）

发挥全媒体传播优势，讲好半岛故事

——半岛都市报主动融入中心、积极服务大局的探索

2019年是青岛改革发展极不平凡的一年。一年来，半岛都市报作为省级党报集团大众报业集团在青岛创办的主流媒体，认真贯彻落实习近平总书记对大众日报创刊80周年的重要指示精神，主动融入并有力服务好青岛经济社会发展大局，充分发挥半岛都市报所属报网端微的独特优势，紧紧围绕山东省委常委、青岛市委书记王清宪主政青岛后的一系列重大思路举措，提高政治站位，突出策划引领，创新报道手段，拓展传播渠道，持续推出多组战役性融媒体报道，策划组织了一系列服务当地中心工作的重大活动，在当地主流核心读者和广大市民中引起广泛关注，有力彰显了省级区域主流媒体的独特作用和策划引领力、融合影响力和资源整合力。

明确定位主动担当，围绕中心积极作为

2019年春节前夕，王清宪书记主政青岛后不久，召开全市新闻媒体座谈会，就新闻舆论工作提出了一系列明确要求。报社党总支、编委会以强烈的新闻敏感立即行动起来，召开中层干部会议，迅速传达吃透会议精神，明确提出要举全报社之力，社长直接调度，总编辑挑头担纲，拿出精兵强将，集中优势兵力，以强烈的责任感和使命感勇于担当主动作为，充分发挥省报集团驻青主流媒体强大的策划采编和融媒传播优势，紧紧围绕王清宪书记一系列新理念新思路新举措，超前策划精心组织，报网端微集束发力融合互动，讲好"开放现代活力时尚"的青岛故事，广泛传播青岛声音，将之打造成全年新闻宣传的最大亮点。

春节后一上班，恰逢全省"担当作为、狠抓落实"动员大会召开，报社迅速行动起来，总编辑靠前指挥，编委会协同推进，采编骨干积极参与，策划选题碰撞思路，浓墨重彩推出"龙头昂起来——以高水平开放擘画新蓝图"系列述评，引导全市上下深入领会市委决策部署的深刻内涵和精兵强将攻山头的魄力决心。

这组四个整版的系列述评，先声夺人气势磅礴，以事说理深度解读，彰显了青岛的差距、症结和潜力，展现了市委的新理念、新思路、新担当，描绘了青岛的蓝图和明天，在春寒料峭的二月为青岛踏上新征程敲响了隆隆战鼓，有力提振了全市上下干事创业的精气神，拉开了半岛都市报围绕中心服务大局、勇于担

当主动作为的序幕。

策划引领聚焦战役，浓墨重彩高潮迭起

以“龙头昂起来”系列述评为冲锋号，半岛上下乘势而上，紧扣贯彻落实习近平总书记对青岛的重要指示和要求，聚焦打造“一带一路”国际合作新平台、“学深圳、赶深圳”、打好15个攻势等中心工作，一月一台重头戏，一个主题一场战役，掀起了一轮接一轮的新闻宣传高潮。

围绕“学深圳、赶深圳”，先后推出“印象深圳——半岛特派记者四篇报道解码鹏城”“读懂青岛——半岛首席记者问计专家学者”等主题系列报道，分别用十多个整版的篇幅全力探寻深圳改革开放的生动实践，深入挖掘深圳快速发展的宝贵经验，客观分析青岛面临的现实差距，明确学赶方向和路径，有力推动了市委部署的落地落实，营造了鼓劲加油的浓厚氛围。

抓住总书记视察山东一周年契机，半岛推出“青岛答卷——搞活大青岛，谱写新答卷”系列报道，用8个整版全面展示了青岛沿着总书记指明的方向，吹响号角发起攻势、咬定目标勇毅笃行、迈上高质量发展之路的时代新姿。

围绕选派干部赴深圳体悟实训这一创新性干部培养方式，半岛都市报多次派出骨干记者前往深圳，走近实训干部，对话深圳企业，推出“厉兵鹏城”“百战归来”等系列报道，挖掘了“销售员书记”“997处长”等榜样人物，讲述了“勇接KPI考核”“青岛企业勇闯大湾区”等鲜活事例，思考了“会展业如何腾飞”“人才如何汇聚青青之岛”等深度话题。一篇篇有情有景有血有肉、有故事有思考、富有感染力说服力的报道，为市委持续选派干部到深圳体悟实训、培养锻造“三化一型”高素质干部队伍营造了浓厚舆论氛围。围绕市委“双招双引”全新理念，策划推出“大平台大生态——平台竞合生态蝶变，激活青青之岛”系列报道，用九个整版的篇幅聚焦全市上下用平台思维做发展乘法，用生态思维创发展环境，见人见事见真章，让广大市民看到变化、思考变化、追求变化……

作为2019年战役性报道的收官之作，报社派出骨干记者，围绕青岛一年来发生的巨大变化，深入采访挖掘，于12月中旬以年终策划专稿“青岛引力2019”为主题，连续推出“平台生态篇”“招才引智篇”“干部生态篇”“营商环境篇”“民营经济篇”“活力时尚篇”“乡村振兴篇”7组系列报道。上述报道平均每月一个重量级、每月一场大战役，多次在广大干部中形成话题，引发了市民热议。

全媒互动全网推送，融合传播居高声远

近几年来特别是去年以来，半岛都市报以“挺进全媒体，塑造新主流”为目

标，按照“智能传媒”全新定位，全面拓展媒体融合传播新路径，打造报网端微深度融合的全媒体生态圈，先后组建了平台管理、内容创意、视频采访、视频编辑、全媒体策划和大数据开发团队，全力强化内容创意生产、视频制作，做强新媒体平台，突出移动优先和全媒全网分发。目前，报网端微总用户量超过 4000 万，46 个微信公号广泛覆盖岛城所有细分行业和人群。在去年人民网研究院发布的中国媒体融合传播力百强榜中，半岛位居全国都市报第五、全省纸媒第一；半岛新闻客户端总下载数量过千万；官方微博粉丝量 1080 万，成为山东机构媒体第一个“千万级”微博大 V；半岛搜狗号获评全国媒体排行榜第六位；半岛头条号、百家号、搜狐号均入选全国年度最有影响力榜单；“半岛 V 视”团队组建短短三年，已制作发布视频、直播、VR、航拍 1 万余条，成为半岛地区影响力最大的新闻短视频平台。

利用这些新媒体优势，半岛都市报全力传播青岛声音，讲好青岛故事，让青岛声音牢牢占据了移动互联网阵地。仅专人负责头部互联网平台内容分发推送和大号运维不到半年，16 个平台大号总阅读播放量就已超过 5 亿次，其中抖音号总播放量 1.7 亿次，今日头条阅读播放量 1.48 亿次。重大主题系列报道爆款频现，被新华社、人民日报（网）、央视、学习强国、全国党媒融合平台等转发，共收获阅读量 8500 多万。其中“龙头昂起来”系列述评，仅借助头条号就收获了每篇百万次以上的阅读量；去年初开篇的四篇述评累计阅读量超 600 万。

半岛都市报全力打造的时政新闻新产品“政前方”，把握青岛发展脉络，配合重大主题策划，选题精准立意独特，分析独到擅抓细节，以小见大以事说事。其中《通过两场“大场面”答辩，读懂市委书记的“想透、说清、干实”》等作品一经推出，立即刷屏；《中国—上海合作组织地方经贸合作示范区建设总体方案》一经审议通过，“政前方”就敏锐捕捉到深圳青岛“同框”现象，第一时间推出《南深圳，北青岛！总书记同时定调两块“试验田”！青岛的担子重若泰山》，率先明确提出了“南深圳，北青岛”概念，有力提升了青岛的全国关注度。

此外，半岛都市报还重组策采编发流程，强化 H5、动漫等创意新媒体产品制作。“胶东半岛一体化”主题动漫《憧憬大胶东：10 年后，你的生活是这样的》一周内收获点击 300 万次；“十一”期间原创航拍视频《飞阅四季，瞰青岛新变化》在各大网络平台热传，人民日报、光明日报、北京日报等十余家权威媒体转发，视频播放 429 万次，仅微博上的阅读量就达 1.1 亿次；另外还有数十条专题视频登上学习强国平台，其中纪念习近平总书记视察青岛一周年的视频作品《不负重托——这一年，这座城》还登上学习强国首页。

立足青岛辐射半岛，推进一体主动作为

半岛都市报作为省级党报创办、以“半岛”命名的区域性主流媒体，创刊初衷就是深耕青岛、辐射半岛。创刊 20 余年，媒体竞争环境在变，但发挥自身独特作用，助力青岛龙头高昂强势崛起的初心始终不变，推进胶东半岛城市群一体化的使命始终不变。特别是在省委空前重视发挥青岛龙头作用、推进半岛城市群一体化的今天，半岛都市报更是责任在肩责无旁贷。

着眼以上认识，半岛都市报在连续四年成功举办了四届山东金融博览会暨金融＋实体经济高峰论坛、有力提升了青岛的辐射带动力的同时，去年紧紧围绕习近平总书记、刘家义书记对青岛的独特定位和明确要求，发挥媒体独特定位和优势，跳出青岛放眼全省，派出多路精兵强将，深入周边城市，实地探访体验，思想碰撞深度挖掘，以“大半岛齐步跑——山东吹响胶东半岛一体化冲锋号”为主题，连续推出“时代机遇篇”“他山之石篇”“奋起直追篇”“携手共进篇”“龙头担当篇”等多组系列报道，用 11 个整版的篇幅，全面解读了胶东半岛地区一体化具备的优势潜力、存在的差距瓶颈，突破的路径和措施，特别是青岛作为龙头城市在其中肩负的历史使命和形成的全新思路，在烟威潍日等周边城市引起强烈反响。

与此同时，半岛都市报充分发挥联系对接周边城市的独特作用，创意策划并承办了一系列大型活动。其中，独家创意承办的 2019 青岛沂蒙周项目对接、旅游推介和农产品展销活动，搭建起了发挥青岛平台作用、对接辐射带动周边城市发展的新平台和新模式，实现了经济社会效益双丰收。半岛都市报独家创意承办的山东省首届大学生合唱艺术节，160 余所高校参与，参赛师生超过 100 万人，仅来青参加决赛的人员就达 5000 余人，有力提升了青岛的城市品位和影响力。山东省教育厅邓云峰厅长接受半岛都市报专访，明确要求这个活动继续办下去，每年一次，尽快升级为全省大学生艺术周，打造成教育部关注支持的全国大学生展示交流平台。

真正有作为，才能真正被认可、受重视、有地位。从今年开始，青岛市委同意半岛都市报主要领导列席市委常委会议，这在半岛都市报创刊 20 年来尚属首次，在全国异地办报的媒体中也极罕见。与此同时，去年半岛都市报仅围绕各级党委中心工作策划的五个重大活动累计收入达 2100 余万元。这也再次表明，媒体只有始终把社会效益摆在首位，才能切实保障和提升经济效益。

（《青年记者》2020 年第 09 期，合作者：张辛　李兵）

三策并举“建转减” 浴火重生真转融

——半岛都市报社“五个坚定不移”引发聚合裂变

面对新冠肺炎疫情影响等一系列困难和挑战，半岛都市报社·半岛传媒股份有限公司扎实落实大众报业集团党委书记、社长、董事长梁国典关于“坚定不移做优做强半岛传媒、坚定不移推进媒体融合、坚定不移深化改革、坚定不移瘦身强体、坚定不移抓好党建”的明确要求，“建、转、减”三策并举，“内容建设、技术支撑、创新管理”三管齐下，引发一系列聚合裂变。2020 年，新媒体、新业态、新模式、新技术“四新”收入逆势增长 36%，占到广告总收入的 70%，有力化解了疫情冲击，补上了传统广告下滑缺口，拉动广告 4 月起止跌，后三季度连续稳中有升。

一、重构架构流程，构建“四全”传播新格局

坚定不移做优做强半岛传媒，核心是抓住内容建设这个根本，构建起全程、全息、全员、全效的“四全”媒体组织架构和适应全媒传播规律的新闻采集、生产、分发、接收、反馈流程，再造新媒体时代半岛都市报社在青岛乃至胶东经济圈的第一影响力。着眼这一认识，自 2020 年以来报社主要实现了以下突破。

1. 重组采编架构，实现集约高效一体化。数字融媒中心和 5G 直播间建成并投入使用；发挥值班编委全媒体指挥调度作用，淡化部门边界，聚合生产能力，实现一支队伍服务多个平台和全媒体、立体化、即时性报道成常态；调整考核机制，鼓励记者编辑和其他岗位特长人员自主组合生产传播融合产品，承办频道、栏目，释放创新活力，广泛发掘和充分利用隐藏在报社各个角落的潜质“网红”；恢复经济新闻中心，设立半岛智库企业研究院，聚焦新经济、新企业、新模式、新业态报道，提升经济领域 OGC(职业生产内容)能力；完善首席记者(编辑)制，严格控制中层干部增量，剥离存量副主任管理职能，按照发稿动态考核，使得一批资深副主任重新焕发一线业务能手的生机活力，为整体陷入老化的采编队伍激发起新动能。

2. 重构内容平台，建立融合传播生态圈。重组成立新媒体创意和短视频矩阵建设中心，自主运营的头条、抖音、快手等平台账号达到 40 余个，抖音总播放量突破 25 亿次，总点赞量超过 1.5 亿次；根据山东省媒体分布和青岛城市定位，

创办《风口财经》，打造面向新经济人群的垂直类移动平台和长江以北地区最有影响力的财经新媒体，上线不到两个月获得青岛党政领导、企业、智库等多方广泛关注；设立半岛新闻客户端总编辑兼首席运营官，持续升级并上线了互动性更强的7.0版本；重点培育红茶壶漫评、凌波微评、网红天团等融合专栏、频道；报纸以精品化为目标，强调思想性，突出独特性，做好深加工，变快读为深读，变告知为启迪，以不可替代的内容让人有所得，有所思，有所悟；推出报纸版杂志《新闻周刊》和手机版杂志《翻篇》，分别围绕社会感动和社会欢乐元素，推进内容生产供给侧结构性改革，创新表现形式，有力提升了传播效果。

3. 重塑编辑理念，强化主流媒体舆论引领。围绕山东省委、青岛市委中心工作，主动设置议题，坚持每天都要生产至少一篇思想深刻、见解独到、能为用户提供独特价值的专业优质内容，发挥正确舆论导向和主流媒体价值观的引领作用。其中，新冠肺炎疫情应对、工业互联网之都和创业城市建设、半岛五市一体化发展等一系列主题报道，受到青岛市委主要领导批示肯定和转发点赞；在青岛秋季疫情、海参养殖、黄岛山火、崂山外国人插队等重大舆情事件发生时，站稳阵脚，不跟风商业平台和自媒体，不被网络杂音带乱节奏，有力引导了社会舆论，多次被青岛市委主要领导点名授权官方声音首发，市委主管部门专门到报社召开正能量宣传现场会予以肯定感谢。

二、再造新业态，“四新”收入占比达七成

面对新媒体的冲击和挑战，都市类报纸只有下决心摆脱对传统纸媒的依赖和幻想，以先进技术为支撑，坚定不移推进媒体融合，转变经营思路，再造新业态，才能有力弥补传统纸媒收入持续下滑产生的缺口和压力，实现转型发展。2020年“四新”收入逆势增长36%，占到广告总收入的70%，拉动整个半岛广告自2020年4月起止跌回升，后三季度较2019年同期稳中略增，就是有力印证。

1. 强化技术支撑，新模式发挥大作用。早在2019年年初，半岛都市报社高薪招聘技术总监，成立大数据开发公司，组建技术开发、大数据运营团队。不仅实现了对所属客户端、新媒体、小程序等的自主开发、贴身服务和多频次迭代升级，而且具备了对外技术开发和服务创收能力，并且为《鲁中晨报》等成功开发了新闻客户端和应用小程序。2020年报社还在全国同行业率先建成采编经营协同数字中台，实现了中台技术支持、前端应用开发快速响应和后端财务、人事等管理数据以及客户大数据的全面打通。这其中，创意并自主开发的“半岛验房”小程序在疫情影响面前作用最为典型，撬动新媒体收入同比增长325%，不仅填补了主报下滑的缺口，而且拉动房产中心收入比2019年增长16%。与此

同时，报社还成立专门部门发力两微矩阵建设和社群壮大，报社官方微信综合排名跃居青岛媒体公号榜首；在《中国新闻出版广电报》推出的省级媒体榜单中，官方微博多次名列山东媒体类微博第一，带动2020年"两微"收入同比增长284.2%。半岛网也在新媒体和活动的强力支撑下，利润比考核指标超额59%。

2. 强化全媒服务，新媒体、大策划实现大撬动。2020年，半岛政务中心克服人员集体离职、团队全新组建等困难，迎难而上激情拓展，充分发挥新媒体创意分发、视频制作和新上线的半岛舆情大数据监测系统BPOS等全媒全案服务手段作用，在各级政府财政收支明显收紧的情况下，短短8个月完成收入逆势增长8%。视频策划制作带来直接收入近200万元。创意策划的沿黄网络媒体和主流媒体青岛行两大活动，合计创收300余万元。策划并持续推出的"战疫90天""青岛两会""护士节""开学和中、高招"等系列特刊，撬动收入700余万元。特别是社庆当天主报出刊112个版，实现收入315万元。

3. 强化业态创新，大数据业务为经营转型探路。2020年2月，阿里钉钉首次全面开放私域流量池钉钉圈子，作为对内打造企业文化，对外连接客户、粉丝形成数字化社群的全新平台，我社迅速反应，通过"2020百日万店消费季·青岛商业服务之星评选"和半岛探店"一元抢购百万代金券"两大活动，短短几周便创建了上万人规模的"半岛都市圈"，并且联动近百家商户，带动5000多人次线上下单消费；自主开发的小程序，新增车展、美容养生等栏目，并与半岛验房小程序打通，具备了线上下单、一键支付、获取门票、在线客服回复等一系列全新功能，不仅有力撬动了旗下的大桶水营销上量，还实现了线下活动与线上服务的有机融合；半岛汇纳大数据实验室揭牌成立，与以商业大数据为主营业务的上市公司上海汇纳科技合作开拓线下数据采集、管理、分析、运营等业务，目前已谈成一系列意向客户；教育全媒体中心将"半岛云课堂"升级改造为"家长说"，并陆续上线预约探校、在线监督等功能，新媒体收入同比增长313%，带动可考核收入与2019年持平；健康全媒体中心上线了"美bar"小程序，通过丰富的板块设置有力解决了用户美容难题，有效激活了医疗美容市场。所有这些，都将彻底改变媒体与用户的连接方式，把半岛都市报社的传播、营销和转化能力，通过新技术集成到一个个全新的线上平台，形成经营能力的MCN分发变现和数据沉淀，为传统广告客户入驻平台开展自主营销，与半岛各媒体形成更为紧密的伙伴关系奠定坚实基础。

三、创新体制机制，减掉沉重包袱实现轻装上阵

人员过多不堪重负，下属困难企业多战线长，干部"铁交椅"、综合部门"大

锅饭”等，既是传统媒体的通病，更是半岛都市报社生存发展的拦路虎。正是看到了这一点，大众报业集团梁国典社长到半岛都市报社调研时明确提出：我们现在到了生死存亡的关头，不改革就死路一条。要加大内部“三项制度”改革，将慵懒闲散人员淘汰掉，留住骨干和精英。要按照互联网＋和现代企业管理的思路去中心、去层级、去行政化，实现组织架构再造，绩效考核全员化，管理动态化，一月一考核，年底再进行排名和末位淘汰。

1. 干部“能上能下”、职工“能进能出”、薪酬“能增能减”的常态化机制全面确立。半岛都市报社党委书记率先垂范，首先从自己直接分管的部门改起，痛下决心撤并人力资源等部门，为改革攻坚打开了缺口。继采编、经营和综合部门月度效益工资总额与广告增降幅直接挂钩同升同降之后，2020 年报社又全面启动综合部门全员考核，每月根据个人工作日志动态打分，并与月度绩效工资、职级升降、评优树先等直接挂钩，同时成立待岗人员培训学校，严格推行末位淘汰。编委会还针对主报常态化版数减少而出版人员过多的情况，拿出优化调整报纸出版人员方案，将原来的 38 名出版人员压缩至 13 人，其余人员进行内部双选，没有岗位的人员待岗培训，三个月不能上岗的依法解聘。另外，后勤服务部门也推进社会化改革，对每年亏损额合计 80 万元的 19 楼餐厅和 3 楼职工食堂，分别对内对外承包经营，不仅实现这两个单位全部扭亏，并且分流人员 10 多人。

2. 收缩战线减人增效取得突破，半岛都市报社及下属企业全部盈利或扭亏。2020 年以来，发行公司消化 2019 年亏损 566 万元，盈利 106 万元；硅谷网完成股东同比例减资，收回投资 420 万元；早教网完成股权调整，不仅收回所有投资的 350 万元，而且实现利润 86 万元，还净赚了 10％的股权；以原始投资成本价完成新报传媒 1％的股权调整，收回现金 350 万元，带动该公司同比减亏 769 万元，减幅 56％；茶文化公司完成单方面减资，90 万元投资全部收回；信网公司完成优质股权混改，不仅收回投资 172.5 万元，还将持股权比例提升至 55％，并且实现净利润 146 万元；文旅中心成功引进战略合作伙伴，溢价出让半岛都市报社国旅 72％的股权即将完成，不仅可将我方 220 万元原始投资全部收回，还实现了半岛国旅盈利。

综上所述，2020 年不仅半岛传媒及其下属公司全部盈利，而且当年分流富余人员 233 名。近五年半岛传媒合计实现利润 2.7 亿余元，累计分流富余人员 1445 人，人员已由 2016 年年初的 2405 人减至目前的 960 人，减幅超过 60％，不堪重负的人力成本等各种包袱显著减轻，逐步实现轻装上阵。

（《传媒》杂志 2021 年第 04 期）

附录

贠瑞虎：拓荒传媒金融

卞文超

贠瑞虎在办公室

在大众日报记者、编辑、特派记者、记者站长岗位历练近10年的贠瑞虎，自2009年初任大众报业集团办公室副主任、2010年初任集团战略运营部主任，到2016年初转任半岛都市报社长期间的六七年里，一直摸爬滚打在资本运营和资源整合一线。

他从无到有，具体牵头，一手搭建起了山东文化产权交易所、大众创业投资公司、山东省文化产业投资公司、深圳同心文鼎基金管理公司四大投融资平台，并作为这四个投融资平台的首任董事长，带领团队打造形成了净资产过20亿元、累计贡献利润过10亿元的传媒金融板块，为大众报业集团实现向文化产业战略投资者的转型跨越，作出了突出贡献。

大众报业集团传媒金融板块的搭建始于2010年。当年初，贠瑞虎刚刚担任集团新组建的战略运营部首任主任，就跟随集团领导赴上海下杭州，学习借鉴先进报业集团资本运营经验，开始着手搭建集团传媒金融板块的拓荒之旅。当年年底，全省首家文化产权交易平台——山东文化产权交易所注册成立，并得到省委常委、宣传部部长孙守刚的批示肯定。之后，他又带领团队紧锣密鼓争取省级创业引导资金，搭建股权投资平台，组建成立了注册资本达1.65亿元的大众创业投资公司，并以综合得分第一名的成绩，争取到省级引导资金2500万元，争取额当年全省最多。之后他又带领该公司成功跻身拟上市的山东省互联网传媒集团第二大股东和山东广播电视台旗下的领航传媒第四大股东；联合山东广电网络公司和深圳同心基金创办了深圳同心文鼎基金管理公司，并且在短短一年内实现首个投资项目成功退出，收益达到2.1倍，还取得证券投资基金阳光私募等诸多资质。

为了充分挖掘大众报业集团所持山东广电网络公司股权这笔集团发展史上最大额度投资的增值潜力，贠瑞虎带领战略运营部团队，精心设计合作方案，历经数轮谈判审批，成功引进战略投资11.25亿元，不仅成立了注册资本达15.75亿元的山东省文化产业投资公司，还为集团直接收回现金3.8亿余元，并使这8亿元原始投资短短9个月溢价到1.9倍，实现利润7.2亿元，为集团利润连续两年遥居全国第一，综合实力跃居全国第三发挥了关键作用。

任山东省文化产业投资公司首任董事长期间，他与经营团队密切配合，不仅实现了公司利润年年翻番甚至数番式增长，累计利润达到3亿余元，特别是通过敏锐把握二级市场定向增发机遇，仅2015年就实现利润2亿元，使该公司一跃成为集团第一利润支柱和全国同行业效益最好的文投平台；而且着眼长远，成功入股山东出版传媒股份有限公司等拟上市平台，目前长期股权投资已有一个通过证监会审批即将上市，另一个也有望明年通过证监会审批登陆主板市场，为公司投资下一步的大幅增值奠定了坚实基础。去年该公司还获得省政府批复，组建省级文化产业投融资平台——山东省文化产业投资集团。

作为集团办公室副主任和战略运营部主任，贠瑞虎还率领团队在济南累计为集团拿到宝贵土地资源530余亩，并办结了“中国院子”一期土地手续和大众传媒大厦土地变性手续，为集团拓展发展空间、推进重点项目以及迅速收回投资，扫清了关键障碍；具体执笔了集团第一个五年规划等一系列文件材料，牵头办结了齐鲁传媒集团组建全部手续，按时完成了省里下达的改革任务，并被评为“齐鲁文化英才”。

（《大众日报》2017年11月9日12版）

见证齐鲁变迁　记者伴我成长

——写在本书付梓时

媒体从业 25 年，最难忘的还是 1995 年底至 2009 年初在大众日报采编一线的十三四年，因为到这里工作，原本就是一种奢望。

一

我出生于陕北洛川。1992 年大学毕业，从济南火车站下车第一次踏上山东土地，坐上长途汽车路过经十路，一座颇有气势的大楼从眼前一闪而过，但楼上“大众日报”四个鲜红的大字，却触电一般震撼了我。其实此前我从没听说这份报纸，但直觉却是：这一定是一份了不起的大报，能在这里当个记者，也不枉自己远离故土闯了趟山东。当然我也深知这是痴人说梦——自己初来乍到无亲无故，怎么能进这么好的单位?！于是只好把这个奢望深埋心底。

在淄博化纤总厂工作三年多，天天看报纸上的大块文章，常想自己上的是中文系，进不了省报，随便进个新闻单位也行啊！想不到 1995 年“五一”前夕机会来了——山东有线电视公开招聘，可惜父母早就选好日子并通知了亲朋好友，让我回老家风风光光办个婚礼，但考试时间恰与婚期冲突。为了不让父母失望，我只好怀揣招聘启事回了老家。整个婚礼前后我都在遗憾，好不容易碰上个实现人生梦想的机会，竟然擦肩而过！心里那份失落可想而知。

想不到又过了四个月，大众日报公开招聘，面试、笔试一路顺利，心中那份狂喜简直没法形容。其实高兴的何止是我。进报社实习不久就过春节了，带着刚发的几个“小豆腐块儿”回老家过年，第一次发现一向严肃沉郁的父亲竟如此开心。至今我还保留着春节后返回山东父亲写给我的一封信，信里说：“我儿能到省级党报工作，说明你有真才实学。父母虽然舍不得放你到山东，但现在看来你的选择是对的。你要好好珍惜安心工作，一定要对得起组织给你的机会，不要挂念我们。”想不到此信之后竟成永诀。

二

从跟孙巍老师实习伊始，感受着他火一般的新闻激情，我们一下子都热血沸腾了。实习半年后分配至经济新闻部，分工的农口虽然清贫，却是出大记者、大稿子的新闻富矿，也是报社的获奖专业户。那时看对桌李鹏飞兄的《苍山回眸》《水水水》等，真的太震撼太崇拜了。一问才知，这样的大稿子采写要花个把月，难怪这么厚实凝练。更有意思的是，当时的分管领导王培文一见我们在办公室就皱眉头，说不下去怎么能出好新闻?！加之我跑的林业、乡企、土地三个厅局会很少，不下去根本完不成任务。前有示范后有压力，所以那时的我基本不在办公室，一有机会就往基层跑，一出差就是七八天甚至十多天。《访贫札记》《话说乡企》《农民增收路在何方》等一组组稿子，就是坐长途车甚至三轮车，上山下乡进村入户，用脚底板跑出来的。

稻盛和夫说：答案在现场，现场有神灵。干新闻同样如此，所谓神灵其实就是灵感。奔向现场就有线索、有灵感，深入现场就有素材、有答案。脚底板功夫下到了，写起来反而简单了。这两者之间的窗户纸，是采写《访贫札记》时大众日报老主任许学芳帮我们捅破的。记得我与张天卫历时半个月行程千余里采访回来，虽觉收获满满，却老虎吃天下不了笔。天卫兄灵机一动，说找许老师请教。想不到许老师刚听完前两个县的采访过程，就说你俩叙述的已经让我很感动了，我看就将所见所闻原原本本写下来，读者肯定受触动。至于存在什么问题，到底怎么解决，留给读者自己去体会，甚至连前几篇的标题和开头都念出来了。就是这么几句点拨，我们一下子开了窍，五篇稿子很快就一挥而就，并连续五天在头版显著位置迅速发出，果然一炮打响，不仅获评“山东省精神文明建设精品工程”，而且入选中宣部新闻局编辑出版的1997年度《新闻精品选》；《中华新闻报》还专门发文点评：《记者下去，办法上来》。

后来的《话说乡企》等，同样让我们备尝这样采写的甜头：只要奔向和深入现场，拿回过硬的素材和细节，原汁原味端出来就足以触动人心。绞尽脑汁做总结、舍本逐末玩技巧，不仅费力不讨好，反而会把鲜活生动的素材、细节，淹没打散糟蹋了。

领悟到这个真谛的我们，越尝甜头就越想深入现场，越深入现场就越有感觉，于是“抓新闻就得奔向现场、有深度就得深入现场、写活写深仍得回归现场”的采写理念，日甚一日入脑入心。不仅当记者前三年跑农口如此，后来跑工业、跑环保、当特派、驻站无不如此——这几乎成了一种思维惯性。现在提倡宣传思想干部增强“四力”。我体会到作为主流媒体记者，脚力是首要前提——这体现着记者的宗旨意识，决定着记者走向哪里的问题：是浮在上面，跑机关、泡会议、改文件、摘网络，玩弄文字游戏，还是沉到基层，将脚板和笔触聚焦到充满热点难点焦点和创新创造实践的火热现实生活。这是我当记者的最强烈体会，也是本书取名为《奔向现场》的原因。它是一切鲜活新闻、深度报道的源头活水，更直接奠定了记者的作风和文风。

三

记者深入现场获取素材，当然要眼见为实，但眼见未必都实，用眼中看到的个别、局部和表象现象，以偏概全引领舆论推动工作，有时还可能火上浇油激化矛盾，好心办了坏事。它考验的是记者的眼力和脑力，说到底就是要透过纷繁复杂的表面现象，由此及彼由表及里，去粗存精去伪存真，一下子看透问题的本质。做到这点靠什么？靠持续不断的学习、积累与磨炼，靠反反复复的分析、思考和判断。这方面功夫下不到，早晚跑偏碰壁吃苦头。

记得一次上省“两会”，我与同事采写的加强思想政治工作的稿子，几乎被赵念民老师重写了一遍，看着他用红笔在稿子上又划又改，我额头的汗都下来了。想不到自己干了好几年记者，竟然把稿子写成这样！后来才知道，最要命的是自己连中央关于加强思想政治工作的意见都没看，写的稿子怎么能有的放矢?！学习积累的重要性可见一斑。

所以提升眼力脑力没有捷径。必须“心中有问题，常怀忧患心”，不断学理论、学政策、钻研各种专业知识，时刻站在全省、全国、全行业、同类社会群体的高度敏感发现问题、深入思考问题，日积月累久久为功，才能站得高、看得远、想得透、把得准、挖得深，善于从点上丰富鲜活的事实素材和创新创造中，不断提炼出面上具有普遍意义和指导作用的大主题。正所谓“家里有粮，心中不慌”，“胸中有大局，眼力有深度，出手有高度”。

笔力的磨炼同样如此。记得刚当记者时，特别羡慕老记者文笔的老辣与自如，于是一有空就去报社阅览室，找来自己崇拜的名家和报社前辈的作品复印下来，或者到资料室借来他们的作品集以及各种获奖作品集反复研读。家里的地下室，至今还保留着不少当年的剪报册。刚开始越看越有压力，但看多了却有潜移默化之效。作家张炜也印证了这一点。他说，眼花之前，每天读多少字的大师作品，每天写多少字的作品，他都有明确目标，天天坚持毫不懈怠。好作品看多了，眼界就高了；笔头子磨到了，笔力就到位了。所以胸中有目标，多读勤练笔，特别是刚入门时反复研读甚至直接模仿名家名作，也是记者快速入门提升笔力的一大捷径。这是我当记者的又一体会。

四

在报社不仅不缺好老师，更不缺好领导。记得我们几个新记者第一次上省“两会”时还没转正，但时任总编朱宜学说，新记者更需要锻炼。第一次参与“齐鲁改革开放二十年”大型采访报道，是徐守礼主任专门把我这个初出茅庐的新记者与刘加增老师安排在一起，说白了就是让老记者带、让我跟着学。第一次参与省委书记点题的大典型，是梁国典老师叫的我，他还带着我这个忐忑不安的新手整整采访了一周。没有这样的开头和手把手传帮带，自己永远没机会没信心接触这样的大题目。

业务无止境，任何记者任何时候都没有自满的资本。记得一次梁国典老师带我采访一个地级市的民生工作，回来看完初稿后说：这么写还用带你这个特派记者吗？话虽平和却分量不轻，我当时恨不得找个地缝钻进去。好在他也只是点到为止，说完就让我留下稿子先回去。第二天我去他办公室拿回稿子一看，不仅上面改得密密麻麻，甚至连大、小标题都改好了。回去按他的思路重新顺了一篇，这才勉强过关，但他后来还是一如既往分给我大题目，带着我看大稿子。

所以一个记者的顺利成长，既是领导、老师、同事信任关爱、提携锻炼和手把手指导出来的，也是批评出来的。有时虽只淡淡几句，甚至算不上批评，却足以让人醍醐灌顶警醒汗颜，知耻而后勇！

五

离开采编一线十多年了，每每翻开剪报本，看着大大小小千余篇见报稿子，虽然大多业已过境迁物是人非，再次证明了新闻还真是“易碎品”，但当时采写的点点滴滴，仍历历如在眼前。哪怕其中一个应景的“豆腐块”，都能沟起一段回忆和感慨。

之所以不能萦怀，是因为在大众日报干记者、编辑、特派记者、淄博记者站长前后十三四年，走乡村、访企业、跑机关、转市县，在自己最美好的青春年华，干着自己最心仪的工作。

之所以敝帚自珍，是因为这些稿件，见证和记录了那个时代齐鲁大地的风起云涌、时代变迁和百姓冷暖。

之所以感恩感激，是因为自己在最幸运的时代，来到了最厚重包容的大众日报，遇到了那么多乐于指点帮带的好领导、好师长、好同事。以至于我进报社快十年第一次登台演讲，不少同事还诧异地问：“你怎么是陕北人？你不是淄博的吗?”看看，这就是宽容厚道、一点都不排外的“大报人”、山东人！

之所以收获最大，是因为采编一线十几年，从各级领导到普通百姓，从中央、省、市、县到企业、乡农，都广泛采访接触了。只要处处用心留心，所有采访对象无论上层底层、成功失败，都有可学可鉴之处，都是自己人生的一面镜子，既给人启迪，更催人反思让人猛醒。

所以十几年的记者生涯，给了我人生最宝贵的财富。把这些自己动腿动脑用手用心采写出来的稿子结集出版，不是因为这些稿子写得多好，记录的思考的至今仍多有大价值，只是为了定格一段青春，保留人生最重要阶段那些最值得珍惜的幸运、感激和感恩。

还要感谢我的爱人刘君，我入职大众报业集团至今26年，因为工作原因我俩一直聚少别多，长达15年两地分居。从挺着“大肚子”一个人上下班，到教育儿子天天成长，她一直都是默默承担；甚至为了支持我，还忍痛放弃了自己最喜爱的电台主持人工作。并且无论我工作顺利与否，展现给我的总是微笑、耐心与倾听。她最常说的一句话是：“我看你现在就很好。你看周围谁轻松?”就是这么轻轻一句，无论什么样的困惑和压力，一下子都释然了。还有母亲和岳母，无论我俩因工作原因分开多远，都一边一个陪在身边，无微不至悉心照顾。

所有这些，无论何时想起，除了幸运就是感激。生活如此美好，自己能做的，只有知足、感恩和加倍努力。

六

本书所选新闻作品，均为发表于大众日报的经济类和与经济工作相关的通讯、述评和专题报道。一些关注时间较长的市、县、行业、企业，限于本书容量只选择了较有代表性的。各部分篇目基本按发表时间排序，每部分划分标准并不严格甚至内容有所交叉，只是侧重点不同而已。业务论文部分既有采编一线的体会，也有从事战略运营和都市报管理岗位的心得，另外还附录了自己被评选为“齐鲁文化英才”后的一篇小报道，也算知天命之年的一个小结。

选入本书的部分新闻作品，采访中得到曲怀生、佟化文、任松高、鲍继民、蓝海、郭利民、崔永刚等当时驻站同事的大力支持；省直相关部门的刘得、王成义、王剑、徐宗中、王荣国、王大学等，各地宣传部的胡禄太、毕晟磊、高健、傅斌、尹玉翠、张金梅、赵敬源、孙伯悟、夏应禄、杜鸿强、李钢、赵兴林、于浩、彭建新、张帆、苏向东、王立才、张柯、张秀贵、魏其宁、王亚健、贾立等，以及相关企业的李玉文、朱兴中、史大伟等，提供了诸多采访方便。本书出版中，同事张守先、刘宜庆等做了大量整理协调工作；中国海洋大学出版社的领导、编辑也提出不少宝贵建议；刘君为本书封面题写书名并配图。在此一并致谢。

2021年2月于青岛